P. D. James
Ein makelloser Tod

P. D. James
Ein makelloser Tod

Roman

Aus dem Englischen von
Walter Ahlers und Elke Link

Droemer

Die englische Originalausgabe erschien 2008 unter dem Titel
The Private Patient bei Faber & Faber Ltd., London.

Besuchen Sie uns im Internet:
www.droemer-knaur.de

Copyright © 2008 by P. D. James
Copyright © 2009 für die deutschsprachige Ausgabe bei
Droemer Verlag
Ein Unternehmen der Droemerschen Verlagsanstalt
Th. Knaur Nachf. GmbH & Co. KG, München
Alle Rechte vorbehalten. Das Werk darf – auch teilweise – nur mit
Genehmigung des Verlages wiedergegeben werden.
Umschlaggestaltung: ZERO Werbeagentur, München
Umschlagabbildung: © Christie's Images /
John F. Francis 19th century / Corbis
Satz: Adobe InDesign im Verlag
Druck und Bindung: CPI – Ebner & Spiegel, Ulm
Printed in Germany
ISBN 978-3-426-19846-9

4 5 3

*Dieses Buch widme ich dem Verleger Stephen Page
und allen meinen Freunden bei Faber & Faber,
den alten und den neuen,
zur Feier meiner sechsundvierzig Jahre
als Autorin des Verlags.*

Anmerkung der Autorin

Dorset ist bekannt für Tradition und Vielfalt seiner Manor Houses, aber der Reisende, der in diese schöne Grafschaft kommt, wird vergeblich nach Cheverell Manor suchen. Das Manor und alles, was damit verbunden ist, die betrüblichen Ereignisse, die sich dort abgespielt haben, existieren ausschließlich in der Fantasie der Autorin und ihrer Leser und stehen in keinerlei Zusammenhang mit irgendwelchen lebenden oder verstorbenen Personen.

P. D. James

Erstes Buch
21. November – 14. Dezember
London, Dorset

1

Am 21. November, ihrem siebenundvierzigsten Geburtstag, drei Wochen und zwei Tage vor ihrer Ermordung, fuhr Rhoda Gradwyn zu einem ersten Termin bei ihrem plastischen Chirurgen, um in einem Sprechzimmer, das man eigentlich aufsuchte, um sich Mut machen und von Sorgen befreien zu lassen, den Entschluss zu fassen, der sie letztlich das Leben kostete. Danach würde sie im Ivy zu Mittag essen. Das Zusammentreffen der beiden Verabredungen war Zufall. Mr. Chandler-Powell hatte keinen früheren Termin zur Verfügung gehabt, und der Lunch mit Robin Boyton, für Viertel vor eins gebucht, war schon vor zwei Monaten verabredet worden; im Ivy durfte man nicht damit rechnen, auf gut Glück einen Tisch zu bekommen. Keines der beiden Ereignisse betrachtete sie als Feierlichkeit zu ihrem Geburtstag. Über dieses Detail ihres Privatlebens wurde, wie über vieles andere, nicht gesprochen. Sie bezweifelte, dass Robin ihr Geburtsdatum erfahren oder sich auch nur dafür interessiert hatte. Auch wenn sie eine angesehene, sogar namhafte Journalistin war, erwartete sie nicht, ihren Namen auf der VIP-Geburtstagsliste der *Times* zu lesen.

In der Harley Street wurde sie um Viertel nach elf erwartet. Bei den meisten Verabredungen in London ging sie wenigstens einen Teil des Weges zu Fuß, diesmal hatte sie für halb elf ein Taxi bestellt. Eigentlich dauerte die Fahrt aus der City heraus keine Dreiviertelstunde, aber beim Londoner Verkehr wusste man nie. Sie begab sich auf ein ihr fremdes Terrain und wollte sich bei ihrem Chirurgen nicht gleich unbeliebt machen, indem sie bereits zum ersten Termin zu spät kam.

Vor acht Jahren hatte sie ein Haus in der City gemietet. Es gehörte zu einer schmalen Häuserzeile an einem kleinen Rondell am Ende der Absolution Alley nahe Cheapside. Kaum war sie damals eingezogen, wusste sie, dass sie in keinem anderen Teil Londons mehr leben wollte. Sie hatte einen langfristigen Mietvertrag, der verlängert werden konnte; gerne hätte sie das Haus gekauft, aber sie wusste, dass es niemals zum Verkauf stehen würde. Es bereitete ihr keinen Kummer, dass sie nicht darauf hoffen durfte, es einmal ganz zu besitzen. Es stammte zum größten Teil aus dem siebzehnten Jahrhundert. Viele Generationen hatten in dem Haus gewohnt, waren dort zur Welt gekommen und gestorben und hatten nichts hinterlassen als ihre Namen auf uralten, vergilbten Mietverträgen, und sie fühlte sich ganz wohl in ihrer Gesellschaft. Die unteren Räume mit den Kassettenfenstern waren dunkel, aber ganz oben in ihrem Arbeitszimmer und im Wohnzimmer öffneten sich die Fenster dem Himmel, und man blickte auf die Hochhäuser und Kirchtürme der City und noch weit darüber hinaus. Eine Eisentreppe führte von einem schmalen Balkon im dritten Stock auf ein eigenes Dach, auf dem Blumentöpfe aus Terrakotta standen; an Sonntagen, wenn der Feiertagsfriede bis in die Mittagsstunden hineinreichte, konnte sie dort bei schönem Wetter mit der Zeitung oder einem Buch sitzen, und die vormittägliche Ruhe wurde nur durch das vertraute Läuten der Glocken in der Stadt gestört.

Die Stadt unter ihr war ein Beinhaus, errichtet auf vielen Schichten Knochen, die Jahrhunderte älter waren als die, die unter den Innenstädten von Dresden oder Hamburg ruhten. War dieses Wissen Teil des Geheimnisses, das die Stadt für sie bewahrte und das sie nie deutlicher spürte als auf ihren einsamen, vom sonntäglichen Geläut begleiteten Erkundungsgängen durch ihre versteckten Straßen und Plätze? Die Zeit hatte sie schon als Kind fasziniert, ihre augenscheinliche Fähigkeit, sich in verschiedenen Geschwindigkeiten zu bewegen, Geist und Körper zu zersetzen, alle Augenblicke, die gewesenen und die zukünftigen, in einer illusorischen Gegenwart zu verschmelzen, die sich mit jedem Atemzug in unverrückbare, unabänderliche Vergangenheit verwandelte. In der City of London waren diese Augenblicke in Granit und Backstein festgehalten und verfestigt, in Kirchen und Monumenten und den Brücken, die sich über die graubraune, ewig dahinfließende Themse spannten. Wenn sie im Frühling oder Sommer um sechs Uhr früh das Haus verließ, drehte sie hinter sich zweimal den Schlüssel im Schloss und trat hinaus in eine Stille, die ihr tiefer und geheimnisvoller erschien als das bloße Fehlen von Geräuschen. Manchmal kamen ihr auf diesen einsamen Gängen sogar ihre Schritte gedämpft vor, als fürchtete etwas in ihr, die Toten zu wecken, die durch diese Straßen gegangen waren und dieselbe Stille gekannt hatten. An Sommerwochenenden wusste sie, dass nur wenige Hundert Meter entfernt schon bald Einheimische und Touristen in hellen Scharen über die Millennium Bridge strömen, die vollbeladenen Flussschiffe mit majestätischer Plumpheit von ihren Ankerplätzen ablegen würden und das öffentliche London zu lärmendem Leben erwachte.

Aber von dieser Geschäftigkeit drang nichts in den Sanctuary Court. Das Haus, das sie sich ausgesucht hatte, konnte sich nicht gründlicher unterscheiden von der mit Gardinen verhängten klaustrophobischen Doppelhaushälfte im Laburnum Grove in Silford Green, dem Londoner Vorort, in dem sie zur Welt gekommen war und die ersten sechzehn Jahre ihres Lebens verbracht hatte. Heute würde sie den ersten Schritt tun, um sich mit dieser Zeit auszusöhnen oder – sollte Aussöhnung nicht möglich sein – ihr wenigstens die zerstörerische Wirkung zu nehmen.

Es war halb neun, sie war in ihrem Badezimmer. Sie drehte das Duschwasser ab und trat, in ein Handtuch gehüllt, vor den Spiegel über dem Waschbecken. Als sie mit der Hand über das beschlagene Glas wischte, erschien ihr Gesicht blass und namenlos wie ein verschwommenes Gemälde. Seit Monaten hatte sie die Narbe nicht mehr bewusst berührt. Jetzt fuhr sie mit den Fingerspitzen behutsam über ihre ganze Länge, tastete den silbrigen Streifen in der Mitte, die harten, unebenen Konturen der Ränder ab. Sie verdeckte die Wange mit einer Hand und stellte sich die Fremde vor, die in ein paar Wochen in denselben Spiegel schauen und dort eine Doppelgängerin von ihr sehen würde, eine unvollkommene, nicht entstellte allerdings, auf deren Gesicht vielleicht nur noch eine schmale weiße Linie anzeigte, wo dieser wuchernde Spalt verlaufen war. Während sie auf ihr Antlitz blickte, das ihr wie eine verblichene Fotografie eines früheren Selbst erschien, riss sie langsam, aber systematisch ihre sorgsam errichteten Schutzwälle ein und ließ die turbulente Vergangenheit wie einen anschwellenden Bach zuerst, dann wie einen Hochwasser führenden Fluss hereinbrechen und ihre Gedanken überspülen.

2

Sie war wieder in dem kleinen hinteren Zimmer, Küche und Wohnzimmer zugleich, in dem ihre Eltern ihre Lügen gelebt, ihr selbst gewähltes Exil vom Leben durchlitten hatten. Das vordere Zimmer mit seinem Erkerfenster war besonderen Gelegenheiten vorbehalten, Familienfesten, die nicht gefeiert wurden, Besuchern, die nicht kamen; seine Stille roch nach Möbelpolitur mit Lavendelaroma und abgestandener, so unheilschwangerer Luft, dass sie versuchte, sie nicht zu atmen. Sie war das einzige Kind einer ängstlichen, unfähigen Mutter und eines trinkenden Vaters. Seit über dreißig Jahren definierte sie sich so, und daran hatte sich nichts geändert. Scham und Schuldgefühle hatten ihre Kindheit und Jugend eingeengt. Die periodischen Gewaltausbrüche ihres Vaters waren unberechenbar gewesen. Man konnte nicht ruhigen Gewissens Schulfreundinnen mit nach Hause bringen oder Weihnachts- oder Geburtstagspartys geben, und weil sie niemanden eingeladen hatte, war sie auch von niemandem eingeladen worden. Ihre Grundschule war eine reine Mädchenschule gewesen, und die Mädchen pflegten untereinander sehr enge Freundschaften. Es galt als ein großer Gunstbeweis, von einer Freundin eingeladen zu werden, im Hause ihrer Eltern zu übernachten. Im Laburnum Grove 239 hatte nie ein fremdes Kind geschlafen. Aber die Isolation machte ihr nicht viel aus. Sie wusste, dass sie intelligenter als ihre Klassenkameradinnen war, und konnte sich einreden, keinen Bedarf an Freundschaften zu haben, die intellektuell unbefriedigend bleiben mussten und die ihr ohnehin niemand anbot.

Es war an einem Freitagabend um halb zwölf. Ihr Vater hatte seinen Lohn ausbezahlt bekommen, der schlimmste Tag der Woche.

Sie hörte das gefürchtete Geräusch, das harte Zuschlagen der Eingangstür. Er kam hereingepoltert; Rhoda sah ihre Mutter vor dem Lehnsessel, der Sekunden später seinen Zorn erregen würde. Es war sein Sessel. Er hatte ihn ausgesucht und bezahlt. Am Vormittag war er geliefert worden. Der Lieferwagen war schon wieder fort gewesen, als ihre Mutter entdeckt hatte, dass es die falsche Farbe war. Man hätte ihn umtauschen können, aber bis Ladenschluss war dazu keine Zeit gewesen. Rhoda wusste, dass das weinerliche, kleinlaute Wimmern ihrer Mutter ihn bis aufs Blut reizen würde und dass ihre eigene misslaunige Anwesenheit keinem von beiden half, doch sie konnte nicht einfach zu Bett gehen. Der Lärm von unten herauf wäre unerträglicher gewesen als dabeizubleiben. Und jetzt war der Raum von seiner Gegenwart erfüllt, seinem torkelnden Körper, seinem Gestank. Als sie das rasende Gebrüll, seine wirren Beschimpfungen hörte, wallte Zorn in ihr auf, und mit dem Zorn kam der Mut. Sie hörte sich sagen: »Mutter kann nichts dafür. Der Sessel war noch verpackt, als der Mann weggefahren ist. Sie hat nicht sehen können, dass es die falsche Farbe ist. Die müssen ihn umtauschen.«

Da ging er auf sie los. Sie konnte sich nicht erinnern, was er gesagt hatte. Vielleicht gar nichts, oder sie hatte es nicht gehört. Da war nur das Krachen der berstenden Flasche, wie ein Pistolenschuss, und der Whiskygeruch, ein Augenblick sengenden Schmerzes, der fast so schnell verging, wie er gekommen war, das warme Blut, das ihr von der Wange auf das Sitzkissen des Sessels tropfte, der gequälte Schrei ihrer Mutter: »O Gott, Rhoda, was machst du da? Das Blut! Jetzt können wir ihn nicht mehr umtauschen. Den nehmen sie bestimmt nicht zurück.«

Ihr Vater schaute sie kurz an, bevor er hinausstolperte und sich hinauf ins Schlafzimmer schleppte. In den Sekunden, in denen ihre Blicke sich begegneten, meinte sie bei ihm eine Verwirrung der Gefühle zu erkennen: Fassungslosigkeit, Entsetzen, Ungläubigkeit. Jetzt erst kümmerte sich die Mutter um ihr Kind. Rhoda hatte versucht, die Wunde zusammenzudrücken, Blut klebte an ihren Händen. Ihre Mutter holte Handtücher und eine Schachtel Heftpflaster, versuchte mit zittrigen Fingern, sie zu öffnen, ihre Tränen vermischten sich mit Blut. Rhoda nahm ihr die Schachtel vorsichtig aus der Hand und zog die Hüllen von einigen Pflastern, mit denen sie zumindest den größten Teil der Wunde verschließen konnte. Als sie nicht einmal eine Stunde später in ihrem Bett lag, war die Blutung gestillt und ihre Zukunft vorgezeichnet. Es würde weder ein Arztbesuch stattfinden noch eine wahrheitsgetreue Erklärung geben; sie würde ein paar Tage nicht zur Schule gehen, telefonisch entschuldigt von ihrer Mutter, sie fühle sich nicht wohl. Und wenn sie wieder hinging, hätte sie eine erfundene Geschichte parat: Sie war gegen die Kante der offenen Küchentür geprallt.

Inzwischen wurden die gestochen scharfen Bilder dieses einen, vernichtenden Augenblicks durch profanere Erinnerungen an die folgenden Jahre abgeschwächt. Die Wunde hatte sich entzündet, war schmerzhaft und langsam abgeheilt, und ihre Eltern hatten beide nie wieder ein Wort darüber verloren. Ihr Vater, der ihr noch nie offen in die Augen sehen konnte, mied fortan ihre Nähe. Die Klassenkameradinnen wandten den Blick ab, und es schien ihr, als wäre Furcht an die Stelle offener Abneigung getreten. Niemand in der Schule sprach in ihrer Gegenwart von der Verunstaltung, bis sie gegen Ende der sechsten Klasse ihrer Englischlehrerin gegenübersaß, die sie dazu bringen wollte, sich in Cambridge – ihrer Universität – und nicht in London um einen Studienplatz zu bewerben. Ohne von ihren Unterlagen aufzublicken, sagte Miss Farrell: »Die Narbe auf Ihrem Gesicht, Rhoda. Sie glauben gar nicht, was die Gesichtschirurgie heutzutage alles leistet. Vielleicht sollten Sie sich einen Termin bei Ihrem Hausarzt geben lassen, bevor Sie hinfahren.« Ihre Blicke waren sich begegnet, Rhodas glühend vor Entrüstung, und nach ein paar Sekunden des Schweigens hatte sich Miss Farrell, ihr Gesicht übersät von hektischen Flecken, über ihre Unterlagen geduckt.

Man begegnete ihr zunehmend mit vorsichtigem Respekt. Weder Abneigung noch Respekt konnten ihr etwas anhaben. Sie entwickelte ihr ganz eigenes privates Interesse, eine Neugier auf das, was andere verbergen wollten. Das Stöbern nach den Geheimnissen anderer Menschen sollte zu einer lebenslangen Leidenschaft werden, ihrer beruflichen Karriere Nährboden und Richtung geben. Sie ging auf die Jagd nach Gedanken. Achtzehn Jahre nachdem sie aus Silford Green fortgezogen war, hatte ein aufsehenerregender Mordfall den Vorort in Atem gehalten. Sie hatte die körnigen Bilder von Opfer und Mörder in den Zeitungen ohne besonderes Interesse betrachtet. Der Mörder gestand nach ein paar Tagen, kam hinter Gitter, der Fall war gelöst. Als investigative Journalistin, die inzwischen immer erfolgreicher wurde, war sie weniger an Silford Greens kurzem Ruhm als vielmehr an ihren eigenen raffinierteren, einträglicheren und fesselnden Ermittlungsmethoden interessiert.

Sie hatte ihr Elternhaus an ihrem sechzehnten Geburtstag verlassen und sich im Nachbarvorort ein möbliertes Zimmer gesucht. Bis zu seinem Tode schickte ihr Vater ihr wöchentlich eine Fünfpfundnote in einem Briefumschlag. Sie bedankte sich nie für das Geld, behielt es aber, weil sie es als Zuschuss zu ihrem Wochenendjob als Aushilfskellnerin dringend benötigte, und rechtfertigte sich damit, dass es wahrscheinlich weniger war, als sie zu Hause verzehrt hätte. Als fünf Jahre später – nach einem ausgezeichneten Abschluss in Geschichte hatte sie in ihrer ersten Stelle Fuß gefasst – ihre Mutter anrief und ihr mitteilte, dass ihr Vater gestorben war, registrierte sie ein völliges Fehlen von Gefühlen, das ihr paradoxerweise stärker und nachhaltiger erschien als jede Form von Trauer. Sie hatten seine Leiche aus einem Fluss in Essex gezogen, dessen Namen sie sich nie merken konnte, und am Alkoholpegel im Blut hatte man ablesen können, dass er im Vollrausch gewesen war. Der amtliche Leichenbeschauer bescheinigte erwartungsgemäß und wohl auch korrekterweise Tod durch Unfall. Sie hatte darauf gehofft. Nicht ohne einen Hauch von Scham, der schnell wieder verflog, sagte sie sich, dass ein Selbstmord ein zu vernünftiger, zu bedeutsamer Schlussstrich unter ein so fruchtloses Leben gewesen wäre.

3

Das Taxi kam schneller voran als erwartet. Um nicht zu früh in der Harley Street anzukommen, ließ sie den Fahrer am Ende der Marylebone Street anhalten und legte den Rest des Weges zu ihrem Termin zu Fuß zurück. Wie bei den wenigen anderen Malen, die sie hier durchgekommen war, war sie fasziniert von der Verlassenheit der Straße, der beinahe unheimlichen Ruhe, die über diesen klassischen Reihenhäusern aus dem achtzehnten Jahrhundert lag. Fast jede Tür trug ein Messingschild mit einer Liste von Namen, die signalisierten, was ohnehin jeder in London wusste – man war auf dem Olymp der ärztlichen Kunst angekommen. Irgendwo hinter diesen glänzenden Haustüren und diskret verhängten Fenstern warteten Patienten in den verschiedensten Stadien der Furcht, Besorgnis, Hoffnung oder Verzweiflung, aber man sah so gut wie nie einen von ihnen kommen oder gehen. Es begegnete einem höchstens einmal ein Vertreter oder ein Bote, ansonsten wirkte die Straße wie eine verlassene Filmkulisse, die auf den Regisseur, die Kameraleute und Schauspieler wartete.

Als sie vor der Tür stand, studierte sie die Namen. Zwei Chirurgen und drei Internisten, der erwartete Name ganz oben: Mr. G. H. Chandler-Powell, FRCS, FRCS (Plast), MS – Mitglied der Königlichen Gesellschaft der Chirurgen und der Plastischen Chirurgen, aber die beiden letzten Buchstaben taten kund, dass ein Chirurg den Gipfel der Fachkompetenz und Reputation erklommen hatte: *MS – Master of Surgery*. Das klang gut, fand sie. Die Wundärzte und chirurgischen Handwerker, die ihre Diplome aus der

Hand Heinrichs des Achten erhalten hatten, wären erstaunt, wie weit es ihre Profession gebracht hatte.

Die Tür öffnete ihr eine junge Frau mit ernstem Gesicht, ihr weißer Kittel war figurbetont geschnitten. Sie war attraktiv, aber nicht verstörend schön, und das kurze Begrüßungslächeln wirkte eher drohend als freundlich. *Leitkuh*, dachte Rhoda, *Zugführerin bei den Pfadfinderinnen. So eine gab es in jeder Abschlussklasse.*

Das Wartezimmer, in das man sie brachte, entsprach so genau ihren Erwartungen, dass sie für einen Moment das Gefühl hatte, schon einmal hier gewesen zu sein. Es machte durchaus Eindruck, ohne Dinge von echter Qualität zu enthalten. Der große Mahagonitisch in der Mitte, auf dem Ausgaben von *Country Life*, *Horse and Hounds* und ein paar der anspruchsvolleren Frauenzeitschriften so ordentlich aufgereiht lagen, dass man sie sich kaum zu lesen traute, war eindrucksvoll, aber nicht elegant. Das Sortiment an Stühlen, einige mit steiler Rückenlehne, andere etwas bequemer, sah aus wie auf einem Landhausverkauf ersteigert, aber selten benutzt. Die Jagdstiche waren groß und beliebig genug, nicht zum Diebstahl zu verführen, und sie zweifelte an der Echtheit der beiden hohen Balustervasen auf dem Kaminsims.

Außer ihr zeigte keiner der Patienten äußerliche Hinweise auf die spezifische Fachkenntnis, deren er bedurfte. Wie meistens, konnte sie die anderen beobachten, ohne befürchten zu müssen, dass neugierige Blicke lange auf sie gerichtet sein würden. Sie hatten kurz hochgeschaut, als sie eingetreten war, aber ohne ein kurzes Nicken der Begrüßung. Als Patient gab man einen Teil von sich auf, um Aufnahme in ein System zu finden, das einen, so harmlos es auch war, auf subtile Weise der Initiative, ja beinahe des freien Willens beraubte. Jeder saß dort in seiner eigenen Welt, geduldig und fügsam. Eine Frau in mittleren Jahren, ein Kind neben sich auf dem Stuhl, starrte ausdruckslos ins Nichts. Das kleine Mädchen langweilte sich und blickte unternehmungslustig um sich. Schließlich begann es mit den Füßen leise gegen die Stuhlbeine zu stoßen, bis die Frau ihm, ohne es anzuschauen, mit ausgestreckter Hand Einhalt gebot. Gegenüber von ihnen zog ein junger Mann, in seinem dunklen Anzug der Prototyp eines Bankers, die *Financial Times* aus seiner Aktenmappe, klappte sie mit geübten Bewegungen auseinander und richtete seine Aufmerksamkeit auf eine Seite. Eine modisch gekleidete Frau bewegte sich leise auf den Tisch zu, begutachtete die Magazine, konnte sich für keines entscheiden, kehrte zu ihrem Stuhl am Fenster zurück und schaute wieder auf die leere Straße hinaus.

Man ließ Rhoda nicht lange warten. Die junge Frau, die sie hereingebracht hatte, kam zu ihr und teilte ihr mit leiser Stimme mit, dass Mr. Chandler-Powell sie jetzt empfangen könne. Bei seiner Fachrichtung begann die Diskretion offenbar schon im Wartezimmer. Sie wurde in einen großen, hellen Raum auf der anderen Seite des Flurs geführt. Schwere Leinenvorhänge rahmten die beiden hohen Doppelfenster zur Straße hin, und ein weißer, beinahe durchsichtiger Store aus Musselin dämpfte das winterliche Sonnenlicht. In dem Raum fand sich nichts von dem Mobiliar und den Geräten, die sie eigentlich erwartet hatte; er glich eher einem Salon als einem Sprechzimmer. Links von der Tür in der Ecke stand ein schöner lackierter Wandschirm mit einem ländlichen Motiv, das Wiesen, einen Bach und ferne Berge darstellte. Er war offenkundig alt, wahrscheinlich aus dem achtzehnten Jahrhundert. Vielleicht, dachte sie, verdeckte er ein Waschbecken oder sogar eine Behandlungscouch, aber das schien eher unwahrscheinlich. Man konnte sich nicht recht vorstellen, dass sich in diesem privaten, wenn auch opulent eingerichteten Ambiente jemand seiner Kleider entledigte. Auf beiden Seiten des marmornen Kamins stand je ein großer Ohrensessel, und gegenüber der Tür waren zwei Stühle vor einen Sockelschreibtisch geschoben. Das einzige Ölbild hing über dem Kaminsims, das gewaltige Gemälde eines Tudor-Hauses, vor dem eine Familie des achtzehnten Jahrhunderts posierte, der Vater und zwei Söhne zu Pferde, die Frau mit drei jungen Töchtern in einer offenen Kutsche. An der Wand gegenüber hing eine Reihe kolorierter Stiche von Londoner Stadtansichten des achtzehnten Jahrhunderts. Die Stiche und das Ölgemälde gaben ihr das Gefühl, sanft der Zeit enthoben zu sein.

Mr. Chandler-Powell, der hinter seinem Schreibtisch gesessen hatte, war bei ihrem Eintritt aufgestanden und kam ihr mit ausgestreckter Hand entgegen, bevor er auf einen der beiden Stühle deutete. Sein Händedruck war fest, aber kurz, seine Hand kühl. Sie hatte ihn sich in einem dunklen Anzug vorgestellt. Stattdessen trug er hellen, blassgrauen Tweed, elegant geschnitten, der ihn kurioserweise noch förmlicher erscheinen ließ. Als sie Platz genommen hatte, schaute sie in ein kräftiges, kantiges Gesicht mit einem großen, beweglichen Mund und hellbraunen Augen unter buschigen Brauen. Das braune Haar, glatt und etwas widerspenstig, war über eine hohe Stirn gekämmt, ein paar Strähnen fielen fast bis in sein rechtes Auge. Als ersten Eindruck vermittelte er Selbstvertrauen, und sie erkannte sogleich die Patina, die etwas mit Erfolg zu tun hatte, wenn auch nicht alles. Es war ein anderes Selbstvertrauen als das, mit dem sie als Journalistin oft zu tun hatte: Berühmtheiten, immer begierig nach der nächsten Kamera spähend, allzeit bereit für die adäquate

Pose; Schaumschläger, die zu wissen schienen, dass ihre Berühmtheit eine Erfindung der Medien war, ein flüchtiger Ruhm, den nur ihr verzweifelter Glaube an sich selbst aufrechterhalten konnte. Hier saß ihr ein Mann in der inneren Gewissheit gegenüber, im Zenit seiner Karriere zu stehen, unantastbar zu sein. Sie meinte sogar einen Hauch von Arroganz zu spüren, den er nicht ganz verstecken konnte, aber das mochte ein Vorurteil sein. Master of Surgery. Ja, das passte.

»Miss Gradwyn, Sie kommen ohne Überweisung Ihres Hausarztes zu mir.« Er sagte das als reine Feststellung, ohne Tadel. Er hatte eine tiefe, angenehme Stimme, wenn auch mit leicht ländlichem Einschlag, den sie nicht genau einzuordnen wusste und nicht erwartet hatte.

»Es wäre eine Verschwendung seiner und meiner Zeit gewesen. Ich werde seit acht Jahren in Dr. Macintyres Praxis geführt, ohne jemals ihn oder einen seiner Kollegen konsultiert zu haben. Ich gehe lediglich alle zwei Jahre zu ihm in die Sprechstunde, um mir den Blutdruck messen zu lassen.«

»Ich kenne Dr. Macintyre. Ich rufe ihn an.«

Ohne etwas zu sagen, kam er zu ihr herüber, drehte die Schreibtischlampe und richtete ihr grelles Licht direkt auf ihr Gesicht. Mit seinen kühlen Fingern tastete er die Haut an beiden Wangen ab, kniff sie zu Falten zusammen. Die Berührung war so unpersönlich, dass sie an einen Affront grenzte. Sie fragte sich, warum er nicht hinter dem Schirm verschwunden war, um sich die Hände zu waschen, aber falls er es bei dieser Voruntersuchung für nötig hielt, hatte er es vielleicht schon getan, bevor sie ins Zimmer kam. Einen Augenblick lang betrachtete er die Narbe eingehend, ohne sie zu berühren. Dann schaltete er die Lampe aus und setzte sich wieder hinter seinen Schreibtisch. Mit einem Blick auf das Karteiblatt fragte er: »Wie lang liegt diese Tat zurück?« Die Formulierung der Frage verblüffte sie. »Vierunddreißig Jahre.«

»Und wie ist es passiert?«

»Muss ich darauf antworten?«, fragte sie.

»Nein, es sei denn, Sie haben sich das selbst zugefügt. Was ich nicht vermute.«

»Nein, ich habe es nicht selbst getan.«

»Sie haben vierunddreißig Jahre gewartet, um etwas zu unternehmen? Warum jetzt, Miss Gradwyn?«

Nach einer Pause sagte sie: »Weil ich sie jetzt nicht mehr brauche.«

Er antwortete nicht, aber die Hand, die gerade etwas auf das Karteiblatt schrieb, hielt für ein paar Sekunden inne. Er hob den Blick und fragte: »Was erhoffen Sie sich von dieser Operation, Miss Gradwyn?«

»Ich würde die Narbe gern ganz verschwinden lassen, aber mir ist klar, dass das nicht möglich ist. Ich glaube, ich hoffe auf eine schmale Linie statt des breiten, tiefen Risses.«

»Mit etwas Make-up wird sie so gut wie unsichtbar sein«, sagte er. »Ich will Sie nach der Operation gerne an eine Kosmetikerin zur Gesichtscamouflage überweisen.«

»Ich würde lieber ohne Schminke auskommen.«

»Vielleicht kommen wir mit sehr wenig oder ganz ohne aus, aber die Narbe ist tief. Sie wissen vermutlich, dass die Haut aus Schichten besteht, und wir müssen Schicht für Schicht öffnen, um sie wiederherzustellen. Nach der Operation wird die Narbe eine ganze Zeitlang rot und wund aussehen, schlimmer als vorher, bevor sie verheilt. Außerdem müssen wir uns auch um die Auswirkung auf die Nasolabialfalte kümmern, um die leicht herabhängende Lippe und die Stelle oben an der Narbe, wo sie den Augenwinkel herunterzieht. Zum Abschluss muss ich mit einer Fettinjektion alle Unregelmäßigkeiten in den Konturen auffüllen und ausgleichen. Aber wenn Sie am Tag vor der Operation zu mir kommen, zeige ich Ihnen anhand eines Schaubilds in allen Einzelheiten, was ich vorhabe. Die Operation findet unter Vollnarkose statt. Hatten Sie schon einmal eine Narkose?«

»Nein, das ist das erste Mal.«

»Der Anästhesist wird vor der Operation mit Ihnen reden. Ich würde gerne ein paar Tests machen lassen, unter anderem Blutuntersuchungen und ein EKG, aber das machen wir am besten im St. Angela's. Vor und nach der Operation wird die Narbe fotografiert.«

»Sie sprachen von einer Fettinjektion«, sagte sie. »Was ist das für ein Fett?«

»Ihr eigenes. Wir entnehmen es mit einer Spritze vom Bauch.«

Na klar, dachte sie, *dumme Frage.*

Er sagte: »Was denken Sie, wann wollen Sie es machen lassen? Ich habe Belegbetten im St. Angela's, aber Sie können auch ins Cheverell Manor kommen, meine Klinik in Dorset, wenn Sie es vorziehen, nicht in London zu sein. Der früheste Termin, den ich Ihnen anbieten kann, wäre Freitag, der 14. Dezember. Aber dann müssten wir es im Manor machen. Zu der Zeit ist außer Ihnen nur noch eine Patientin dort, denn über Weihnachten schließe ich die Klinik.«

»Ich würde es lieber nicht in London machen lassen.«

»Mrs. Snelling bringt Sie nach der Beratung in unser Büro. Dort bekommen Sie von meiner Sekretärin eine Broschüre über Cheverell Manor. Wie lange Sie bei uns bleiben, ist Ihnen überlassen. Die Fäden ziehen wir voraussichtlich am sechsten Tag, und nur wenige Patienten müssen oder wollen nach der Operation länger als eine Woche bleiben. Wenn Sie sich für das Manor entscheiden, würde ich Ihnen raten, sich einen oder zwei Tage Zeit für einen vorbereitenden Besuch zu nehmen. Es ist mir lieber, wenn sich die Patienten vorher ansehen, wo man sich um sie kümmern wird. Es trägt zur Beruhigung bei, wenn man nicht an einen völlig fremden Ort kommt.«

»Wird die Wunde schmerzhaft sein, nach der Operation, meine ich?«

»Nein, das ist unwahrscheinlich. Es brennt vielleicht ein bisschen, und es wird eine beträchtliche Schwellung geben. Sollten Sie Schmerzen haben, geben wir Ihnen etwas.«

»Bekomme ich einen Kopfverband?«

»Keinen Verband. Eine Kompresse mit Klebeband.«

Es blieb noch eine Frage, und sie scheute sich nicht, sie zu stellen, auch wenn sie meinte, die Antwort schon zu kennen. Sie fragte nicht aus Furcht und hoffte, er würde das verstehen, und wenn nicht, war es auch nicht schlimm. »Ist die Operation gefährlich?«

»Keine Vollnarkose ist ganz ohne Risiko. Die Operation an sich kostet Zeit, ist schwierig und wahrscheinlich nicht ganz unkompliziert. Aber das soll meine Sorge sein, nicht Ihre. Ich würde den Eingriff als chirurgisch nicht gefährlich bezeichnen.«

Sie fragte sich, ob er damit auf andere Gefahren verweisen wollte, vielleicht auf seelische Probleme nach einer so drastischen Veränderung des Aussehens. Damit rechnete sie jedoch nicht. Sie hatte vierunddreißig Jahre lang mit den Auswirkungen der Narbe leben müssen. Da würde sie wohl mit ihrem Verschwinden zurechtkommen.

Er fragte sie noch, ob sie irgendwelche anderen Probleme hatte. Sie verneinte. Er stand auf, und als sie sich die Hand gaben, lächelte er zum ersten Mal. Das Lächeln verwandelte sein Gesicht. »Meine Sekretärin wird Ihnen den Termin für die Tests im St. Angela's zusenden«, sagte er. »Könnte das ein Problem werden? Sind Sie in den nächsten zwei Wochen in London?«

»Ich bin in London.«

Sie folgte Mrs. Snelling in ein Büro am Ende des Flurs im Erdgeschoss. Dort überreichte ihr eine Frau mittleren Alters eine Broschüre über Cheverell Manor und seine Einrichtungen und informierte sie über die Kosten sowohl des vorbereitenden Besuchs, den Mr. Chandler-Powell für ratsam halte, wie sie erklärte, der allerdings nicht obligatorisch sei, als auch über die höhere Summe für die eigentliche Operation einschließlich einer Woche postoperativen Aufenthalts in der Klinik. Mit hohen Kosten hatte sie gerechnet, aber die Wirklichkeit übertraf ihre Schätzungen. Kein Zweifel, dass sich in diesen Zahlen neben medizinischem auch gesellschaftliches Prestige spiegelte. Sie meinte sich an die Worte einer Dame zu erinnern: »Aber natürlich, ich gehe nur ins Manor.« Als symbolisiere der Landsitz den Zugang zu einem Zirkel privilegierter Patienten. Sie wusste, dass sie die Operation auch von der Krankenkasse hätte bezahlen lassen können, aber für nicht dringende Fälle gab es eine Warteliste, außerdem legte sie Wert auf Vertraulichkeit. Vertraulichkeit und geringe Wartezeit waren allenthalben zu einem kostspieligen Luxus geworden.

Nur dreißig Minuten nach ihrem Eintreffen wurde sie wieder verabschiedet. Sie hatte noch eine Stunde Zeit bis zu ihrer Verabredung im Ivy. Sie würde zu Fuß gehen.

4

In einem beliebten Restaurant wie dem Ivy durfte man nicht auf Anonymität hoffen, aber so wichtig ihr gesellschaftliche Diskretion auf allen anderen Gebieten war, im Zusammenhang mit Robin machte sie sich darum keine Gedanken. In einer Zeit, in der es für einen schlechten Ruf immer skandalöserer Indiskretionen bedurfte, hätte nicht einmal das trostloseste Klatschblatt der Enthüllung, dass die bekannte Journalistin Rhoda Gradwyn mit einem zwanzig Jahre jüngeren Mann zu Mittag aß, auch nur einen Absatz gewidmet. Sie hatte sich an ihn gewöhnt; er amüsierte sie. Er öffnete ihr die Bereiche des Lebens, in denen sie – wenn auch nur indirekt – Erfahrungen sammeln wollte. Und er tat ihr leid. Das war nicht gerade eine Basis für Vertraulichkeiten, und was sie anging, gab es auch keine. Er beichtete, sie hörte zu. Aber eine gewisse Befriedigung musste ihr die Beziehung wohl doch verschaffen, wie hätte sie sich sonst erklären sollen, dass sie immer noch bereit war, ihm Zugang zu einem der Sperrgebiete ihres Lebens zu gewähren? Wenn sie über diese Freundschaft nachdachte, was selten genug vorkam, erschien sie ihr wie eine Gewohnheit, die keine größeren Investitionen erforderte als ein gelegentliches Mittag- oder Abendessen auf ihre Kosten, und mit ihr Schluss zu machen würde wahrscheinlich mehr Zeit und Mühe kosten, als sie fortzusetzen.

Wie immer erwartete er sie an seinem Lieblingstisch bei der Tür, den sie vorbestellt hatte, und als sie hereinkam, hatte sie Gelegenheit, ihn noch kurz beim Studium der Speisekarte zu beobachten, ehe er aufblickte und sie bemerkte. Sie war

– jedes Mal wieder – von seiner Schönheit beeindruckt. Er selbst schien sich ihrer gar nicht bewusst zu sein, auch wenn es schwerfiel zu glauben, dass ein so durch und durch solipsistischer Mensch nicht erkannte, mit welchem Kapital Schicksal und Gene ihn beschenkt hatten, und es nicht zu seinem Vorteil zu nutzen versuchte. Bis zu einem gewissen Grade tat er es ja, aber offenbar ohne großes Engagement. Es fiel ihr immer wieder schwer, zu glauben, was die Erfahrung sie lehrte, nämlich dass Männer oder Frauen von physischer Vollkommenheit sein konnten, ohne über vergleichbare Qualitäten der Seele und des Geistes zu verfügen, dass Schönheit an gewöhnliche, ungebildete oder dumme Menschen verschwendet sein konnte.

Sie vermutete, dass Robin Boyton den Platz auf der Schauspielschule, sein erstes Engagement, seinen kurzen Auftritt in einer vielversprechenden, aber nach drei Folgen wieder abgesetzten Fernsehserie seinem Aussehen zu verdanken gehabt hatte. Nichts war von Dauer gewesen. Selbst der geduldigste oder nachgiebigste Produzent oder Regisseur hatte irgendwann die Nase voll von nicht gelernten Texten und ständigen Abwesenheiten bei Proben. Nach seinem Scheitern als Schauspieler hatte er eine Reihe von anderen fantasievollen Projekten verfolgt, von denen einige vielleicht sogar erfolgreich gewesen wären, hätte seine Begeisterung nur länger als sechs Monate vorgehalten. Sie hatte seinen Überredungskünsten widerstanden und in keines dieser Projekte investiert, und er hatte ihre Weigerung ohne Groll akzeptiert. Aber keine ihrer Absagen hatte ihn davon abhalten können, es wieder zu versuchen.

Er stand auf, als sie auf den Tisch zuging, und während er ihre Hand hielt, küsste er sie schicklich auf die Wange. Die Flasche Meursault im Weinkühler, die nachher auf ihrer

Rechnung stehen würde, war bereits zu einem Drittel geleert.

»Wie schön, dich zu sehen, Rhoda«, sagte er. »Wie ist es dir mit Big George ergangen?«

Sie benutzten keine Kosenamen. Einmal hatte er sie Liebling genannt, sich aber kein zweites Mal getraut. »Big George?«, fragte sie. »So wird Chandler-Powell in Cheverell Manor genannt?«

»Nicht in seiner Gegenwart. Du wirkst ausgesprochen ruhig nach dem Martyrium, aber das kenne ich ja nicht anders von dir. Wie war es denn? Ich sitze hier außer mir vor Sorge.«

»Wie soll es schon gewesen sein? Er hat mich empfangen. Sich mein Gesicht angesehen. Wir haben einen Termin vereinbart.«

»Hat er denn keinen Eindruck auf dich gemacht? Da wärst du die Erste.«

»Sein Auftreten ist beeindruckend. Für eine Beurteilung seines Charakters fehlte die Zeit. Er wirkte kompetent. Hast du schon bestellt?«

»Als hätte ich das je getan, bevor du hier warst? Aber ich habe mir ein geniales Menü für uns beide ausgedacht. Ich weiß, was dir schmeckt. Auch beim Wein hatte ich mehr Fantasie als sonst.«

Beim Studium der Weinkarte sah sie, wie viel Fantasie er auch beim Preis an den Tag gelegt hatte.

Sie hatten kaum mit dem ersten Gang begonnen, als er die Katze aus dem Sack ließ. »Ich brauche etwas Kapital. Nicht viel, nur ein paar tausend. Es ist eine erstklassige Investition, geringes Risiko – im Grunde null Risiko bei garantierter Rendite. Jeremy schätzt sie auf zehn Prozent jährlich. Ich hab mir gedacht, es könnte dich interessieren.«

Er bezeichnete Jeremy Coxon als seinen Geschäftspartner. Rhoda fragte sich, ob er vielleicht mehr als das war. Sie war ihm nur einmal begegnet und hatte ihn als redseligen, aber harmlosen Menschen nicht ohne Verstand erlebt. Wenn er einen Einfluss auf Robin hatte, konnte das nur zum Guten sein.

»An risikolosen Investitionen mit einer garantierten Rendite von zehn Prozent bin ich immer interessiert«, sagte sie. »Mich wundert bloß, dass man dir nicht die Türen einrennt. Was ist das für ein Deal, den du da mit Jeremy ausgeheckt hast?«

»Derselbe, von dem ich dir schon bei unserem Lunch im September erzählt habe. Na ja, in der Zwischenzeit haben die Dinge sich entwickelt, aber an die Grundidee kannst du dich vielleicht erinnern. Eigentlich ist sie von mir, nicht von Jeremy, aber wir haben sie zusammen ausgearbeitet.«

»Du hast mal was von einer Schule für Umgangsformen erzählt, die du mit Jeremy für gesellschaftlich unbeleckte Neureiche einrichten wolltest. Irgendwie sehe ich dich nicht als Lehrer – schon gar nicht als Experten für Umgangsformen.«

»Ich lerne es aus Büchern. Es ist verblüffend einfach. Und der Experte ist Jeremy, der hat da keine Probleme.«

»Und warum bringen deine gesellschaftlich Unbeleckten es sich nicht selber aus Büchern bei?«

»Das könnten sie zwar, aber es geht ihnen um den zwischenmenschlichen Touch. Wir impfen ihnen Selbstvertrauen ein. Und sie bezahlen uns dafür. Wir haben da eine echte Marktlücke aufgetan, Rhoda. Viele junge Leute – also, vor allem junge Männer, und nicht nur reiche – sind verunsichert, weil sie nicht wissen, was sie zu welchen Gelegenheiten tragen sollen, was sie tun müssen, wenn sie zum ersten Mal ein

Mädchen in ein feines Restaurant ausführen. Sie wissen nicht, wie sie sich in Gesellschaft verhalten müssen, wie sie Eindruck auf ihren Chef machen können. Jeremy hat ein Haus in Maida Vale, das er mit seinem Erbe einer reichen Tante gekauft hat, und das nehmen wir fürs Erste. Natürlich müssen wir diskret vorgehen. Jeremy weiß nicht, ob er das Haus für gewerbliche Zwecke nutzen darf. Wir leben in Angst vor den Nachbarn. Im Erdgeschoss haben wir ein Zimmer wie ein Restaurant eingerichtet, dort machen wir Rollenspiele. Erst wenn unsere Klienten das nötige Selbstvertrauen haben, gehen wir mit ihnen in ein richtiges Restaurant. Nicht in solche wie dieses, in andere, auch keine ganz billigen, die uns Sonderpreise einräumen. Natürlich auf Rechnung der Klienten. Die Sache läuft nicht schlecht, das Unternehmen gedeiht, aber wir brauchen ein anderes Haus oder zumindest eine Wohnung. Langsam stinkt es Jeremy, auf sein Erdgeschoss praktisch verzichten zu müssen, und dass diese seltsamen Typen auch noch auftauchen, wenn er Freunde eingeladen hat. Und dann ist da noch das Büro, das er in einem seiner Schlafzimmer eingerichtet hat. Er bekommt drei Viertel des Profits, wegen dem Haus, aber ich merke ihm an, dass er langsam mal meinen Anteil sehen will. Und meine Wohnung eignet sich beim besten Willen nicht. Du weißt ja, wie es da aussieht, nicht gerade das ideale Ambiente für unsere Zwecke. Und wer weiß, wie lange ich da noch bin. Der Hauswirt wird langsam ungemütlich wegen der Miete. Wenn wir erst eine neue Adresse haben, geht es auch voran. Na, was meinst du, Rhoda? Interessiert?«

»Interessiert, davon zu erfahren. Nicht interessiert, Geld in die Sache zu stecken. Aber vielleicht funktioniert es. Hört sich vernünftiger an als deine bisherigen Passionen. Ich wünsch dir jedenfalls viel Glück.«

»Also ist die Antwort nein.«

»Die Antwort ist nein.« Spontan fügte sie hinzu: »Da musst du schon auf mein Testament warten. Karitative Anwandlungen lebe ich lieber erst nach meinem Tode aus. Man trennt sich leichter von seinem Geld, wenn man selber nichts mehr damit anfangen kann.«

In ihrem Testament war er mit zwanzigtausend Pfund bedacht, nicht genug für die Finanzierung exzentrischer Hirngespinste, aber immerhin eine gewisse Garantie, dass die Erleichterung, überhaupt etwas vererbt zu bekommen, die Enttäuschung über die Summe überdauert. Es machte ihr Spaß, sein Gesicht zu betrachten. Mit einer leisen Reue, der Scham zu ähnlich, um angenehm zu sein, registrierte sie, dass sie sich an diesem ersten, maliziös von ihr hervorgerufenen Aufblitzen freudiger Überraschung, der Gier in seinen Augen und dem raschen Zurücksinken in realistisches Denken weidete. Weshalb musste sie sich immer wieder bestätigen, was sie ohnehin über ihn wusste?

Er sagte: »Du hast dich natürlich für Cheverell Manor entschieden, und gegen seine Belegbetten im St. Angela's.«

»Ich will lieber fort von London, da sind die Aussichten besser, in Ruhe gelassen zu werden. Am 27. fahre ich für zwei Tage zur Vorbereitung hin. Anscheinend ein Angebot. Es ist ihm lieb, wenn die Patienten den Ort schon kennen, bevor er operiert.«

»Das Geld ist ihm auch lieb.«

»Dir etwa nicht, Robin? Du musst gerade reden.«

Mit dem Blick auf seinen Teller antwortete er: »Ich würde dich gerne im Manor besuchen, wenn du dort bist. Ein bisschen Zerstreuung wird dir nicht schaden. Es gibt nichts Langweiligeres als die Genesung.«

»Nein, Robin, auf ein bisschen Zerstreuung kann ich bes-

34

tens verzichten. Die Leute dort werden hoffentlich dafür sorgen, dass ich ungestört bleibe. Schließlich ist das Sinn und Zweck der Einrichtung.«

»Du bist ganz schön undankbar, wenn man bedenkt, dass Cheverell Manor meine Empfehlung war. Würdest du dort hingehen, wenn ich nicht wäre?«

»Da du kein Arzt bist und noch nie eine kosmetische Operation hattest, wüsste ich nicht, was eine Empfehlung von dir wert sein sollte. Du hast das Manor mal nebenbei erwähnt, mehr nicht. Ich hatte schon vorher von George Chandler-Powell gehört. Ist ja auch kein Wunder, schließlich ist er einer der besten Chirurgen Englands, wenn nicht Europas, und die Schönheitschirurgie ist inzwischen genauso populär wie Schönheitsfarmen. Ich habe ihn mir ausgesucht, seine Leistungen verglichen, mir fachmännischen Rat geholt und mich für ihn entschieden. Du hast mir übrigens nie erzählt, welche Verbindungen du zum Cheverell Manor hast. Vielleicht sollte ich das wissen, damit ich nicht mal beiläufig deinen Namen erwähne und dann in eisige Gesichter schaue und womöglich noch das schlechteste Zimmer bekomme.«

»Das könnte allerdings passieren. Ich bin nicht gerade ihr Lieblingsgast. Im Manor lass ich mich gar nicht erst blicken – das würde für beide Seiten zu weit gehen. Sie haben ein Besucherhaus, Rose Cottage, dort miete ich mich ein. Ich muss sogar dafür zahlen, was eigentlich eine Frechheit ist. Sie schicken mir nicht einmal etwas zu essen herüber. Im Sommer ist oft alles besetzt, aber im Dezember können sie schlecht behaupten, dass sie nichts frei haben.«

»Du bist eine Art Verwandter, hast du mal gesagt.«

»Nicht von Chandler-Powell. Sein chirurgischer Assistent, Marcus Westhall, ist mein Cousin. Er assistiert bei den Operationen und betreut die Patienten, wenn Big George in London ist. Marcus wohnt zusammen mit seiner Schwester Candace in dem anderen Cottage. Candace hat nichts mit den Patienten zu tun; sie hilft im Büro. Ich bin ihr einziger lebender Verwandter. Man sollte meinen, dass ihnen das etwas bedeutet.«

»Und? Tut es das?«

»Wenn es dich nicht langweilt, erzähle ich dir von meiner Familie. Es ist eine lange Geschichte. Ich mache es so kurz wie möglich. Natürlich geht es um Geld.«

»Wie immer.«

»Es ist auch eine traurige Geschichte von einem armen Waisenjungen, der ohne einen Penny in die Welt gestoßen wird. Tut mir leid, wenn ich sie dir jetzt auf die Seele laden muss. Es wäre ein Jammer, wenn dir salzige Tränen auf deinen köstlichen gefüllten Taschenkrebs fallen würden.«

»Das Risiko gehe ich ein. Es kann nicht schaden, etwas über den Ort zu wissen, bevor ich dort hinfahre.«

»Ich hab mich schon gefragt, was hinter dieser Essenseinladung heute stecken könnte. Wenn du gut vorbereitet hinfahren willst, bist du bei mir richtig. Die Kosten für ein gutes Essen wiegt es allemal auf.«

Er sagte das ganz ohne Groll, dafür mit einem amüsierten Lächeln. Sie musste sich daran erinnern, dass es nicht klug war, ihn zu unterschätzen. Er hatte vorher noch nie über seine Familiengeschichte oder seine Vergangenheit gesprochen. Für jemanden, der so bereitwillig Auskunft über alle Einzelheiten seines Alltags gab und von den kleinen Siegen und den wesentlich zahlreicheren Fehlschlägen in Liebesdingen und Geschäftsangelegenheiten meistens voller Humor erzählte, hatte er sich über seine Vorgeschichte bemerkenswert bedeckt gehalten. Rhoda vermutete, dass er eine

36

sehr traurige Kindheit gehabt haben könnte und dass dieses frühe Trauma, von dem sich niemand vollständig erholt, die Wurzel seiner Unsicherheit war. Da es ihr selber fern lag, auf vertrauliche Mitteilungen mit ähnlicher Offenheit zu antworten, war sie auch nicht in ihn gedrungen. Aber es konnte tatsächlich nützlich sein, gewisse Dinge über Cheverell Manor im Voraus zu wissen. Sie würde als Patientin dorthin kommen, was nichts anderes bedeutete, als dass sie dort verletzlich sein und sich in einer gewissen physischen und seelischen Abhängigkeit befinden würde. Völlig uninformiert anzureisen, würde sie gleich ins Hintertreffen bringen.

»Erzähl mir von deinen Verwandten«, sagte sie.

»Sie sind gut gestellt, verglichen mit meinem Standard, und werden bald, nach jedermanns Standard, steinreich sein. Ihr Vater, mein Onkel Peregrine, ist vor neun Monaten gestorben und hat ihnen um die acht Millionen Pfund hinterlassen. Er hat sie von seinem Vater Theodore geerbt, der nur wenige Wochen vor ihm gestorben ist und der das Familienvermögen verdient hat. Von T. R. Westhalls *Lateinfibel* oder *Neugriechisch, Erste Schritte* oder so ähnlich, hast du vielleicht schon gehört. Ich selber hab sie nie in der Hand gehabt, weil ich nicht auf solchen Schulen war. Aber wenn Schulbücher zum Standard werden, geadelt durch langen Gebrauch, verdient man einen Haufen Geld damit. Sie werden immer wieder aufgelegt. Und mit Geld konnte der Alte umgehen. Er hatte das Talent, es zu vermehren.«

Rhoda antwortete: »Es erstaunt mich, dass es für deine Cousins so viel zu erben gibt. Zwei Todesfälle so kurz hintereinander, Vater und Großvater, da müssen die Forderungen des Finanzamts doch horrend gewesen sein.«

»Da hatte Großpapa Theodore vorgesorgt. Ich sag ja, mit

Geld kannte er sich aus. Er hat eine Art Versicherung abge-
zweigt, bevor die Geschichte mit seiner letzten Krankheit
anfing. Auf jeden Fall ist das Geld da. Sobald das Testament
rechtskräftig ist, gehört es ihnen.«
»Und du hättest gerne einen Teil davon.«
»Offen gesagt finde ich, mir würde ein Teil davon zustehen.
Theodore Westhall hatte zwei Kinder, Peregrine und Sophie. Sophie war meine Mutter. Ihre Eheschließung mit
Keith Boyton stieß bei ihrem Vater auf wenig Verständnis.
Ich glaube, er hat sogar versucht, sie zu unterbinden. Er hielt
Keith für einen faulen, nichtsnutzigen Goldgräber, der nur
hinter dem Geld der Familie her war, und wenn ich ehrlich
bin, lag er damit nicht ganz falsch. Meine arme Mami ist
gestorben, als ich sieben war. Ich wurde von meinem Vater
großgezogen – mitgeschleppt ist das passendere Wort. Irgendwann hat er es aufgegeben und mich in Dotheboys
Hall, dieses sogenannte Internat, gesteckt. Seit Dickens hat
sich vielleicht ein bisschen was verbessert, aber nicht wesentlich. Das Schulgeld übernahm ein Wohlfahrtsverein, viel
war's eh nicht. Das war keine Schule für einen hübschen
Knaben wie mich, schon gar nicht für einen, der das Schild
Fürsorgekind um den Hals baumeln hatte.
Er griff nach seinem Weinglas, als wäre es eine Handgranate,
seine Knöchel waren weiß. Rhoda fürchtete schon, es könnte ihm in der Hand zerspringen, aber er lockerte den Griff,
lächelte sie an und hob das Glas an die Lippen. »Seit Mamis
Heirat waren die Boytons die Aussätzigen der Familie«,
sagte er. »Die Westhalls vergessen und vergeben nichts.«
»Wo ist dein Vater jetzt?«
»Ehrlich gesagt habe ich nicht die leiseste Ahnung, Rhoda.
Als ich mein Stipendium für die Schauspielschule bekam,
war er gerade nach Australien ausgewandert. Seitdem haben

wir keinen Kontakt mehr gehabt. Vielleicht ist er wieder verheiratet, oder er ist tot oder beides. Wir standen uns nicht besonders nahe. Er hat uns nicht einmal Geld geschickt. Die arme Mami musste Schreibmaschine lernen, um in einem Sekretärinnenpool ein schmales Einkommen zu verdienen. Seltsamer Ausdruck, Sekretärinnenpool. So etwas gibt es glaube ich gar nicht mehr. Und Mamis Firma war ein besonders schlimmer Sauladen.«

»Hast du nicht mal gesagt, du bist Waise?«

»Bin ich das denn nicht? Und wenn mein Vater nicht tot ist, er ist jedenfalls nicht mehr da. Nicht einmal eine Postkarte in acht Jahren. Wenn er nicht tot ist, ist er alt. Er war fünfzehn Jahre älter als meine Mutter, er muss weit über sechzig sein.«

»Es ist also nicht damit zu rechnen, dass er plötzlich auftaucht und ein Teil vom Erbe beansprucht.«

»Und wenn er es täte, würde er nichts kriegen. Ich habe das Testament nicht gesehen, aber als ich beim Familiennotar angerufen habe – nur interessehalber versteht sich –, wollte er nicht mit einer Kopie rausrücken. Er schickt mir eine, sobald das Testament rechtskräftig ist, hat er gesagt. Aber ich glaube nicht, dass ich mich da reinhänge. Bevor die Westhalls einem Boyton etwas geben, spenden sie ihr Geld lieber einem Katzenasyl. Mein Anspruch gründet sich auf Fairness, nicht auf das Gesetz. Ich bin ihr Cousin. Ich habe den Kontakt aufrechterhalten. Sie haben mehr Geld, als sie ausgeben können, und sind stinkreich, wenn das Testament vollstreckt ist. Ein bisschen Großzügigkeit würde ihnen nicht weh tun. Deshalb fahre ich hin. Damit sie nicht vergessen, dass es mich gibt. Onkel Peregrine hat Großvater um ganze fünfunddreißig Tage überlebt. Ich möchte wetten, der alte Theodore hat nur so lange durchgehalten, weil er seinen Sohn überleben wollte. Ich weiß ja nicht, was passiert wäre, wenn Onkel Peregrine als Erster gestorben wäre, aber wenn es juristisch noch so kompliziert geworden wäre, ich hätte doch keinen müden Penny gesehen.«

»Trotzdem müssen deine Cousins sich Sorgen gemacht haben. Es gibt eine Klausel, die für alle Testamente gilt: Wenn der Vermächtnisnehmer den Tod des Erblassers nicht um achtundzwanzig Tage überlebt, ist er nicht erbberechtigt. Sie werden sich größte Mühe gegeben haben, ihren Vater am Leben zu erhalten – falls er die entscheidenden achtundzwanzig Tage überhaupt überlebt hat. Vielleicht haben sie ihn auch in eine Gefriertruhe gesteckt und am Stichtag hübsch und frisch wieder vorgezeigt. Diese Geschichte gibt es in einem Kriminalroman von Cyril Hare. Ich glaube, das Buch heißt *Der Tote von Exmoor*, kann auch sein, dass es ursprünglich unter einem anderen Titel veröffentlicht war. An viel kann ich mich nicht erinnern. Ich hab es vor Jahren mal gelesen. Er war ein eleganter Autor.«

Er schwieg und schenkte Wein ein, mit den Gedanken ganz woanders.

Mein Gott, nimmt er diesen Unsinn tatsächlich für bare Münze, dachte sie belustigt und auch ein bisschen besorgt. Wenn er der Sache allen Ernstes nachging, würde eine solche Beschuldigung unweigerlich zum endgültigen Zerwürfnis mit Cousin und Cousine führen. Nichts dürfte ihm die Türen zum Rose Cottage und dem Cheverell Manor endgültiger verschließen als der Vorwurf des Testamentsbetrugs. Der Roman war ihr spontan in den Sinn gekommen, und sie hatte drauflos geplappert, ohne nachzudenken. Dass er ihre Worte jetzt ernst zu nehmen schien war absurd.

Wie um den Gedanken abzuschütteln, sagte er: »Das ist natürlich abwegig.«

»Natürlich. Was stellst du dir vor, dass Candace und Marcus Westhall im Krankenhaus auftauchen, wenn ihr Vater schon im Sterben liegt, ihn mit nach Hause nehmen und in eine Gefriertruhe stecken, sobald er gestorben ist, um ihn acht Tage später wieder aufzutauen?«

»Dazu hätten sie nicht ins Krankenhaus gehen müssen. Candace hat ihn während der letzten zwei Jahre bei sich zu Hause gepflegt. Die beiden alten Männer, Großvater Theodore und Onkel Peregrine, lagen im selben Pflegeheim in der Nähe von Bournemouth, doch als das zu einer immer größeren Zumutung für das Pflegepersonal wurde, bestand die Leitung darauf, dass einer von beiden das Heim verließ. Peregrine verlangte von Candace, dass sie ihn zu sich nahm. Dort ist er bis zuletzt geblieben, nur ein tatteriger alter Hausarzt hat hin und wieder nach ihm gesehen. Ich habe ihn während der letzten zwei Jahre gar nicht mehr zu Gesicht bekommen. Er ließ keine Besucher zu sich. Es wäre also möglich gewesen.«

»Ach, Unsinn«, sagte sie. »Erzähl mir von den anderen Leuten im Manor. Zumindest von denen, auf die es ankommt. Wen werde ich dort kennenlernen?«

»Also, zuerst natürlich Big George persönlich. Und dann die Bienenkönigin des Pflegepersonals, Oberschwester Flavia Holland – sehr sexy, wenn man auf Schwesterntracht steht. Mit den anderen Pflegern will ich dich nicht langweilen. Die meisten kommen morgens mit dem Auto aus Wareham, Bournemouth oder Poole. Der Anästhesist hat früher als Kassenarzt gearbeitet und von der Gesundheitsbehörde genommen, was er kriegen konnte. Später hat er sich in ein gemütliches kleines Cottage an der Küste bei Purbeck zurückgezogen. Die Halbtagsstelle im Manor ist der ideale Job für ihn. Interessanter ist Helena Haverland, geborene Cressett. Sie nennt sich Verwalterin, und das bezeichnet so ziemlich alles, von der Haushaltsleitung bis zur Kontrolle der Geschäftsbücher. Sie kam nach ihrer Scheidung vor sechs Jahren ins Manor. Das Interessante an Helena ist ihr Name. George hat das Manor nach dem Debakel bei Lloyd's von ihrem Vater, Sir Nicholas Cressett, gekauft. Er war im falschen Syndikat und hat alles verloren. Als George den Job des Hauptverwalters ausschrieb, hat Helena sich beworben und wurde eingestellt. Ein Mann mit mehr Fingerspitzengefühl als George hätte sie nicht genommen. Aber sie kannte das Haus genauestens, und soviel ich gehört habe, hat sie sich unentbehrlich gemacht, und das war klug von ihr. Sie kann mich nicht ausstehen.«

»Wie unvernünftig.«

»So sehe ich das auch. Aber im Grunde kann sie niemanden ausstehen. Da dürfte ein gewisser Familiendünkel im Spiel sein. Immerhin hat das Landgut den Cressetts fast vierhundert Jahre gehört. Ach, und die beiden Köche sollte ich noch erwähnen, Dean und Kim Bostock. George scheint das Ehepaar von einem richtig guten Laden abgeworben zu haben. Das Essen soll ausgezeichnet sein. Ich bin leider nie eingeladen worden, es zu probieren. Dann ist da noch Mrs. Frensham, Helenas alte Gouvernante, die für das Büro zuständig ist. Sie ist die Witwe eines Priesters der Church of England, und genau so sieht sie auch aus, eine Art wandelndes Gewissen, das dich an deine Sünden erinnert. Und es gibt noch dieses seltsame Mädchen, das sie wer weiß wo aufgegabelt haben, Sharon Bateman, eine Art Faktotum, die alle möglichen Arbeiten in der Küche und für Miss Cressett erledigt. Sie latscht überall herum und trägt Tabletts durch die Gegend. Das wären in etwa die, die du kennen musst.«

»Woher weißt du das alles, Robin?«

»Ich halte Augen und Ohren offen, wenn ich mit den Dorfleuten im Cressett Arms Bier trinke. Außer mir macht das
keiner. Und die sind auch nicht gerade gesprächig gegenüber Fremden. Entgegen der allgemeinen Auffassung. Aber
ich habe auch für Nebensächlichkeiten und Untertöne ein
Ohr. Im siebzehnten Jahrhundert hatten die Cressetts einen
höllischen Streit mit dem Gemeindepfarrer und sind danach
nicht mehr in die Kirche gegangen. Das Dorf ergriff damals
Partei für den Pfarrer, und der Zwist zog sich durch die
Jahrhunderte, wie das eben so ist. Chandler-Powell hat
nichts getan, um ihn beizulegen. Weil er ihm gerade recht
kommt. Die Patienten wollen dort ungestört sein, es legt bestimmt keiner Wert darauf, dass man sich im Dorf das Maul
über ihn zerreißt. Ein paar Frauen aus dem Dorf gehören
zur Putzkolonne in der Klinik, aber die meisten anderen
Angestellten kommen von weiter weg. Ach, beinahe hätte
ich den alten Mog vergessen – Mr. Mogworthy. Er hat für
die Cressetts als Gärtner und Mädchen für alles gearbeitet,
und George hat ihn übernommen. Er ist ein Quell an Informationen, man muss nur wissen, wie man sie ihm ent-
lockt.«
»Unglaublich.«
»Was?«
»Der Name. Der muss erfunden sein. Kein Mensch heißt
Mogworthy.«
»Er schon. Es hat mal einen Pfarrer mit dem Namen gegeben, sagt er, in der Holy Trinity Church in Bradpole, Ende
des fünfzehnten Jahrhunderts. Mogworthy behauptet, von
ihm abzustammen.«
»Das ist schwer möglich. Wenn der erste Mogworthy ein
Priester war, dann ja wohl ein römisch-katholischer, der im
Zölibat leben musste.«

»Gut, dann eben von derselben Familie. Jedenfalls gibt es ihn. Er hat in dem Cottage gewohnt, das jetzt Marcus und Candace bewohnen, aber George wollte das Cottage für sich und hat ihm gekündigt. Er lebt jetzt bei seiner alten Schwester im Dorf. Ja, Mog ist ein Quell an Informationen. Dorset ist voll von Legenden, eine schrecklicher als die andere, und Mog kennt sie alle. Dabei ist er gar nicht in der Grafschaft geboren. Alle seine Vorfahren haben dort gelebt, aber Mogs Vater ist vor seiner Geburt nach Lambeth gezogen. Du musst ihn nach den Cheverell-Steinen fragen.«

»Hab noch nie davon gehört.«

»Oh, das wird sich ändern, wenn Mog in der Nähe ist. Du kannst eigentlich gar nicht dran vorbeilaufen. Es ist ein Steinkreis aus der Jungsteinzeit auf einem Feld direkt beim Manor. Und dazu gibt es eine schaurige Geschichte.«

»Erzähl.«

»Nein, das überlasse ich Mog oder Sharon. Mog behauptet, dass sie von den Steinen besessen ist.«

Der Kellner servierte den Hauptgang, und Robin hörte auf zu reden. Mit beifälliger Zufriedenheit betrachtete er die Speisen auf dem Teller. Er hatte das Interesse an Cheverell Manor verloren. Ihr Gespräch wurde oberflächlich, offensichtlich war er mit den Gedanken woanders. Erst beim Kaffee richtete sein Blick sich wieder auf sie, und sie war aufs Neue fasziniert von der Tiefe und Klarheit seiner Augen, ihrem beinahe übernatürlichen Blau. Die durchdringende Kraft seines Blicks war verstörend. Er streckte ihr die Hand über den Tisch entgegen und sagte: »Rhoda, komm mit zu mir. Jetzt gleich. Ich bitte dich darum. Es ist wichtig. Wir müssen reden.«

»Haben wir doch schon.«

»Über dich und über das Manor. Nicht über uns.«

»Wartet Jeremy denn nicht auf dich? Müsstest du deinen
Klienten nicht beibringen, wie sie auf renitente Kellner und
korkigen Wein zu reagieren haben?«
»Die Leute, denen ich das beibringe, kommen in der Regel
abends. Bitte, Rhoda.«
Sie beugte sich zu ihrer Handtasche hinüber. »Tut mir leid,
Robin, aber es geht nicht. Ich habe noch eine Menge zu er-
ledigen, bis ich in die Klinik gehe.«
»Natürlich geht es. Warum sollte es nicht gehen? Du willst
bloß nicht.«
»Es würde gehen, aber heute passt es mir nicht. Lass uns
nach der Operation reden.«
»Dann ist es vielleicht zu spät.«
»Zu spät für was?«
»Für vieles. Merkst du denn nicht, dass ich Angst habe, dass
du mir den Laufpass gibst? Du stehst vor einer großen Veränderung. Vielleicht denkst du darüber nach, mehr als nur
eine Narbe loszuwerden.«
Zum ersten Mal in den sechs Jahren ihrer Beziehung war
dieses Wort zwischen ihnen gefallen. Ein Tabu, dessen sie
sich gar nicht bewusst gewesen waren, war gebrochen. Da
die Rechnung gezahlt war, erhob sie sich, bemüht, den Zorn
in ihrer Stimme nicht durchklingen zu lassen. Ohne ihn anzusehen, sagte sie: »Es tut mir leid, Robin. Lass uns nach der
Operation reden. Ich fahre mit dem Taxi in die Stadt zurück.
Soll ich dich irgendwo rauswerfen?« Das machten sie oft so.
Er fuhr nicht gerne U-Bahn.
Der Ausdruck war unglücklich gewählt, sie merkte es ihm
an. Ohne eine Antwort zu geben, schüttelte er den Kopf
und folgte ihr schweigend zur Tür. Bevor sie draußen in
unterschiedliche Richtungen auseinandergingen, sagte er
plötzlich: »Wenn ich mich von jemandem verabschiede, hab

ich jedes Mal Angst, ich könnte ihn vielleicht nie wiedersehen. Ich habe meiner Mutter immer vom Fenster aus
nachgeschaut, wenn sie zur Arbeit ging. Ich hatte schreckliche Angst, sie könnte nicht mehr wiederkommen. Kennst
du das Gefühl?«

»Nur wenn ich mich von jemandem trenne, der über neunzig ist oder an einer unheilbaren Krankheit leidet. Beides
trifft auf mich nicht zu.«

Nachdem sie sich getrennt hatten, blieb sie zum ersten Mal
stehen und schaute seiner sich entfernenden Gestalt nach,
bis sie verschwunden war. Sie fürchtete sich nicht vor der
Operation, war frei von allen Todesahnungen. Mr. Chandler-Powell hatte gesagt, bei einer Vollnarkose gebe es immer
ein Restrisiko, das bei Spezialisten aber zu vernachlässigen
sei. Doch als er außer Sicht war und sie sich wieder umdrehte, spürte sie Robins irrationale Angst einen Moment lang
am eigenen Leib.

5

Am Dienstag, dem 27. November, war Rhoda Gradwyn um zwei Uhr nachmittags bereit für die Abfahrt zu ihrem ersten Besuch im Cheverell Manor. Ausstehende Arbeiten waren wie immer rechtzeitig fertig geworden und geliefert. Sie konnte das Haus nicht einmal für eine Nacht verlassen, ohne gründlich geputzt, aufgeräumt, die Papierkörbe geleert, sämtliche Unterlagen in ihrem Arbeitszimmer eingeschlossen und ein letztes Mal alle Innentüren und Fenster überprüft zu haben. Was sie ein Zuhause nannte, musste tadellos in Ordnung sein, bevor sie es verließ, als wäre diese Pedanterie eine Garantie für eine wohlbehaltene Rückkehr.

Mit der Broschüre über das Manor hatte sie auch eine Wegbeschreibung für die Fahrt nach Dorset bekommen, aber wie jedes Mal, wenn sie eine unbekannte Strecke fuhr, schrieb sie die einzelnen Etappen auf eine Karte und heftete sie ans Armaturenbrett. Am Vormittag hatte manchmal die Sonne geschienen, aber sie war – trotz des späten Aufbruchs – nur langsam aus London herausgekommen, und als sie fast zwei Stunden später vom M3 auf die Ringwood Road abbog, setzte bereits die Dämmerung ein und brachte einen heftigen Regenschauer mit, der sich binnen Sekunden in einen Wolkenbruch verwandelte. Die Scheibenwischer rackerten sich ab wie lebende Wesen, aber gegen diese Fluten waren sie machtlos. Vor sich erkannte sie nur noch die Lichtkegel ihrer Scheinwerfer auf dem gerippten Wasser, das im Nu zu einem kleinen Fluss anschwoll. Es begegneten ihr nur wenige Autos. Jeglicher Versuch weiterzufahren war sinnlos, und sie spähte durch die Regenwand nach einem Seitenstreifen, der festen Stand bot. Nach einer Minute rollte sie vorsichtig auf einem mit Gras bewachsenen Bankett vor einem schweren Bauernhoftor aus. Hier drohte zumindest kein versteckter Graben oder tückisches Schlammloch. Sie stellte den Motor ab und lauschte dem Regen, der wie ein Kugelhagel auf das Dach prasselte. Unter diesem Ansturm herrschte im Inneren des BMW metallische Grabesstille, die das Getöse draußen noch lauter erscheinen ließ. Sie wusste, dass hinter den gestutzten unsichtbaren Hecken eine der schönsten Landschaften Englands lag, aber jetzt fühlte sie sich gefangen in einer unermesslichen, potenziell feindseligen Weite. Das Mobiltelefon hatte sie abgeschaltet – wie immer mit Erleichterung. Kein Mensch wusste, wo sie war, niemand konnte sie erreichen. Es kamen keine Autos mehr vorbei, und wenn sie durch die Windschutzscheibe spähte, sah sie nur die Wand aus Wasser und die zitternden Lichtpunkte entfernter Häuser dahinter. Normalerweise schätzte sie die Stille und war in der Lage, ihre Fantasie zu zügeln. Der anstehenden Operation sah sie zuversichtlich entgegen, auch wenn es durchaus vernünftige Gründe dafür gab, nervös zu sein; eine Vollnarkose war nicht ohne Risiken. Doch die Beklommenheit, die sie jetzt spürte, ging tiefer als die Sorge über diesen vorbereitenden Besuch oder die Operation. Es war ein unangenehmes, irrationales Gefühl, als würde eine bisher unbekannte oder aus ihrem Bewusstsein verdrängte Realität sich langsam bemerkbar machen und darauf bestehen, wahrgenommen zu werden. Es war sinnlos, das Tosen des Unwetters mit Musik übertönen zu wollen, also fuhr sie ihren Sitz zurück und schloss die Augen. Erinnerungen, ältere und nicht so alte, kamen ihr ungehindert in den Sinn. Sie erlebte noch einmal den Tag im

Mai vor sechs Monaten, mit dem alles anfing, der sie erst auf
diese Fahrt, dieses gottverlassene Stück Landstraße gebracht
hatte. Der Brief ihrer Mutter hatte zusammen mit uninter-
essanter Post im Briefkasten gesteckt: Wurfsendungen, Ein-
ladungen zu Kongressen, an denen sie nicht teilnehmen
wollte, Rechnungen. Briefe ihrer Mutter waren meist noch
knapper gehalten als ihre Telefongespräche, und Rhoda hatte den Umschlag, quadratischer und dicker als diejenigen,
die ihre Mutter normalerweise versandte, mit der leisen Vorahnung zur Hand genommen, es könnte etwas nicht in Ordnung sein – Krankheit oder Probleme mit dem Bungalow,
die ihr Kommen erforderten. Und dann war es eine Einladung zur Hochzeit. Auf einer Karte gaben Mrs. Ivy
Gradwyn und Mr. Ronald Brown in von Hochzeitsglocken
gerahmter Schmuckschrift der Hoffnung Ausdruck, alle
Freunde und Angehörigen bei der Feier ihrer Hochzeit begrüßen zu dürfen. Darunter standen Datum, Tageszeit, die
Adresse der Kirche und der Name eines Hotels, in dem alle
Gäste willkommen wären. Dazu eine handschriftliche Notiz ihrer Mutter: *Bitte komm, wenn du es irgend möglich
machen kannst, Rhoda. Ich weiß nicht, ob ich dir von Ronald geschrieben habe. Er ist Witwer, und seine Frau war
eine meiner besten Freundinnen. Er freut sich sehr darauf,
dich kennenzulernen.*
Sie erinnerte sich an ihre Reaktion – Erstaunen und die von
leiser Scham begleitete Erleichterung, dass diese Heirat sie
womöglich von einem Teil der Verantwortung für ihre Mutter, ihrem schlechten Gewissen wegen der seltenen Briefe
und Anrufe und der noch selteneren Besuche entlastete. Sie
begegneten sich als höfliche, aber wachsame Fremde, immer
noch gehemmt durch das Unaussprechliche, die Erinnerungen, die sie sorgsam unter Verschluss hielten. Sie glaubte

nicht, schon von Ronald gehört zu haben, und verspürte auch nicht den Wunsch, ihn kennenzulernen, aber diese Einladung konnte sie auf keinen Fall ablehnen.

Jetzt durchlebte sie noch einmal den bedeutungsvollen Tag, der nichts als artig zu ertragende Langeweile versprochen hatte, und ihr stattdessen diesen regengepeitschten Augenblick und alles, was noch vor ihr lag, beschert hatte. Sie war rechtzeitig aufgebrochen, aber ein umgestürzter Lastwagen hatte seine Ladung auf der Autobahn verloren, und als sie vor der Kirche ankam, einem finsteren, neugotischen Bau, hörte sie den unsicher näselnden Gesang des wohl schon letzten Chorals. Sie parkte ein Stück die Straße hinauf und blieb im Wagen sitzen, bis die Hochzeitsgesellschaft, in der Mehrzahl Menschen mittleren oder höheren Alters, aus der Kirche kam. Ein Auto mit weißen Bändern war vorgefahren, aber sie war zu weit entfernt, um ihre Mutter oder den Bräutigam erkennen zu können. Hinter den anderen Autos folgte sie dem Brautwagen etwa sechs Kilometer die Küste hinauf zu dem Hotel, einem edwardianischen Gebäude mit vielen Türmchen, das flankiert war von Bungalows und hinter dem ein Golfplatz lag. Die große Zahl dunkler Balken in der Fassade deutete auf die Absicht des Architekten, im Tudorstil zu bauen, aber dann musste die Hybris ihn dazu verführt haben, das Gebäude mit einer Zentralkuppel samt palladianischem Portikus zu versehen.

Die Eingangshalle hatte eine Atmosphäre längst verblasster Größe, Vorhänge aus rotem Damast warfen schmuckvolle Falten, der Teppich trug einen grauen Schleier aus jahrhundertealtem Staub. Sie gesellte sich zu den anderen Hochzeitsgästen, die sich etwas unentschlossen in Richtung eines Raums im Hintergrund bewegten, dessen Bestimmung ein gedruckter Zettel auf einem Anschlagbrett neben der Tür verkündete: *Privatveranstaltungen.* Einen Augenblick blieb sie unentschlossen auf der Schwelle stehen, bevor sie eintrat und ihre Mutter auch gleich entdeckte. Sie stand neben ihrem Bräutigam inmitten einer kleinen Gruppe schwatzender Frauen. Rhodas Eintritt blieb beinahe unbemerkt, aber sie ging langsam auf sie zu und sah, dass ihr Gesicht sich zu einem zaghaften Lächeln verzog. Sie hatten sich seit vier Jahren nicht gesehen, aber sie sah jünger aus und glücklicher, und nach ein paar Sekunden gab sie Rhoda einen vorsichtigen Kuss auf die rechte Wange und drehte sich zu dem Mann an ihrer Seite um. Er war alt, mindestens siebzig, schätzte Rhoda, beinahe etwas kleiner als ihre Mutter, und hatte ein weiches, pausbäckiges, freundliches und ein wenig furchtsames Gesicht. Er schien etwas verwirrt, und ihre Mutter musste Rhodas Namen zweimal nennen, ehe er lächelte und ihr die Hand gab. Sie wurde den anderen vorgestellt. Die Gäste sahen nachdrücklich über die Narbe hinweg. Dafür nahmen ein paar herumtobende Kinder sie umso dreister in Augenschein, bevor sie lärmend durch die Glastür verschwanden, um draußen zu spielen. Rhoda erinnerte sich an Gesprächsfetzen. »Ihre Mutter erzählt so oft von Ihnen.« – »Sie ist mächtig stolz auf Sie.« – »Schön, dass Sie die weite Reise nicht gescheut haben.« – »Ist das nicht ein prachtvoller Tag dafür?« – »Ist es nicht schön, die beiden so glücklich zu sehen.«

Das Essen und der Service waren besser, als sie erwartet hatte. Ein fleckenlos weißes Tischtuch bedeckte die lange Tafel, Tassen und Teller strahlten, und ein erster Biss in das Sandwich bestätigte, dass der Schinken ganz frisch war. Sie wurden von drei nicht mehr ganz jungen, als Dienstmädchen verkleideten Frauen mit geradezu entwaffnender Freundlichkeit bedient. Aus einer großen Kanne wurde starker Tee ausgeschenkt, und nach ausgiebigem Getuschel zwischen Braut und Bräutigam servierte man verschiedene Drinks aus der Bar. Die Unterhaltung, bis dahin gedämpft wie auf einer Beerdigung, wurde lebhafter, man erhob die Gläser, von denen manche mit Flüssigkeiten in den sonderbarsten Farben gefüllt waren. Nach ausführlichem Palaver zwischen ihrer Mutter und dem Barkeeper trug man feierlich die Champagnergläser herein. Es war Zeit für den Trinkspruch.

Diese Aufgabe fiel dem Pfarrer zu, der das Paar getraut hatte, einem rothaarigen jungen Mann, der jetzt, aus seiner Soutane befreit, ein Kollar unter einem Sportjackett trug, dazu graue Hosen. Er hob sacht die Hände, als gelte es, eine ausgelassene Stimmung zu dämpfen, und hielt eine kurze Ansprache. Offenbar war Ronald der Organist der Kirche, und da durften ein paar bemühte Anspielungen auf alle zu ziehenden Register und ein harmonisches Zusammenleben bis ans Ende der Tage natürlich nicht fehlen; harmlose Zwischenrufe, an die sie sich nicht erinnerte, wurden von den mutigeren Gästen mit verschämtem Gelächter begrüßt.

Um den Tisch herum herrschte Gedränge, und sie ging mit dem Teller in der Hand hinüber zum Fenster, dankbar für den Moment, in dem sie von den hungrigen Gästen in Ruhe gelassen wurde. Sie beobachtete die Leute mit einer Mischung aus kritischer Aufmerksamkeit und boshaftem Vergnügen – die Männer in ihren Sonntagsanzügen, deren Jacken sich hier und da über runden Bäuchen und gepolsterten Schultern spannten, die Frauen, die sichtlichen Aufwand betrieben und die Gelegenheit zur Vorführung neuer Errungenschaften ergriffen hatten. Die meisten trugen wie Rhodas Mutter geblümte Sommerkleider mit dazu passenden Jacken, mancher pastellfarbene Strohhut wollte nicht recht auf die frisch toupierte Frisur passen. In den dreißiger und vierziger Jahren hätten sie nicht entschieden anders ausgesehen, dachte Rhoda. Ein neues unwillkommenes, aus Mitleid und Zorn bestehendes Gefühl beunruhigte sie. *Ich gehöre hier nicht her, ich fühle mich nicht wohl mit ihnen, und sie sich nicht mit mir. Ihre betretene Höflichkeit vermag die Kluft zwischen uns nicht zu überbrücken. Aber hier komme ich her, diese Leute sind meinesgleichen, die gehobene, sich mit der Mittelschicht vermischende Arbeiterklasse, die amorphe, unbeachtete Masse, die für das Land die Kriege führt, brav ihre Steuern zahlt und sich an das klammert, was man ihr an Traditionen gelassen hat.* Diese Menschen hatten erleben müssen, wie ihr schlichter Patriotismus verspottet, ihre Gesinnung verachtet, ihre Ersparnisse entwertet worden waren. Sie haben keinen Ärger gemacht. In ihre Viertel mussten nicht regelmäßig Millionen aus öffentlichen Haushalten gepumpt werden, um ihnen bürgerliches Wohlverhalten anzuerziehen und sie bei der Stange zu halten. Und wenn sie sich beklagten, dass ihnen ihre Städte fremd geworden waren, ihre Kinder in überfüllten Schulen erzogen wurden, in denen neunzig Prozent der Schüler kein Englisch sprachen, hielten ihnen die anderen, die ihr Leben unter wohlhabenderen und angenehmeren Umständen führen durften, Vorträge über die Kardinalsünde des Rassismus. Von keinen gewieften Steuerberatern geschützt, waren sie die Milchkühe eines habgierigen Fiskus. Keine lukrativen Einrichtungen für soziales Engagement und psychologische Grundlagenforschung hatten sich erhoben, um sich ihrer auf Entzug und Armut gegründeten Defizite anzunehmen und ihnen Absolution zu erteilen. Vielleicht sollte sie noch etwas über sie schreiben, bevor sie den Journalismus endgültig an den Nagel hängte, aber angesichts interessanterer und einträglicher Herausforderungen wusste sie jetzt schon, dass sie es nicht tun würde. Sie hatten so wenig einen Platz in ihren Zukunftsplänen wie einen Platz in ihrem Leben.

In ihrer letzten Erinnerung standen sie und ihre Mutter in der Damentoilette, beide betrachteten einander in dem langen Spiegel über einer Vase mit künstlichen Blumen.

Ihre Mutter sagte: »Ronald mag dich, das hab ich ihm angesehen. Ich bin froh, dass du kommen konntest.«

»Ich auch. Und ich mag ihn auch. Ich wünsche euch, dass ihr sehr glücklich werdet.«

»Bestimmt. Wir kennen uns seit vier Jahren. Seine Frau hat im Kirchenchor gesungen. Eine wunderbare Altstimme – ungewöhnlich für eine Frau. Wir haben uns von Anfang an verstanden, Ron und ich. Er ist so freundlich.« Ihre Stimme klang etwas selbstgefällig. Mit kritischem Blick in den Spiegel rückte sie sich den Hut zurecht.

»Er sieht auch freundlich aus«, sagte Rhoda.

»O ja, das ist er wirklich. Er macht keinen Ärger. Und ich weiß, dass Rita es so gewollt hätte. Sie hat es mir mehr oder weniger zu verstehen gegeben, bevor sie gestorben ist. Ron hat nie gut allein sein können. Und wir kommen zurecht – finanziell, meine ich. Er verkauft sein Haus und zieht zu mir in den Bungalow. Das ist doch das Vernünftigste, immerhin ist er schon siebzig. Also dieser Dauerauftrag, meine fünfhundert Pfund monatlich – damit musst du nicht weitermachen, Rhoda.«

»Ich möchte es beibehalten, es sei denn Ronald hat etwas dagegen.«

»Nein, nicht deshalb. Ein bisschen Extrageld kann man immer brauchen. Ich dachte nur, du brauchst es vielleicht selber.«

Sie drehte sich um und strich Rhoda über die linke Wange, eine so sanfte Berührung, dass Rhoda nur ein sehr leises Be-

ben der Finger an der Narbe spürte. Sie schloss die Augen, um nicht mit den Wimpern zu zucken. Aber sie wich nicht zurück.

»Er war kein schlechter Mensch, Rhoda«, sagte ihre Mutter. »Es lag am Alkohol. Es war nicht seine Schuld, er war krank. Und er hat dich wirklich liebgehabt. Das Geld, das er dir geschickt hat, nachdem du aus dem Haus warst – das ist ihm nicht leichtgefallen. Für sich selber hat er nichts ausgegeben.«

Außer für Schnaps, dachte Rhoda, aber sie sagte es nicht. Sie hatte sich nie bei ihrem Vater für die fünf Pfund bedankt, sie hatte ihn nie mehr gesehen, nachdem sie das Elternhaus verlassen hatte.

Die Stimme ihrer Mutter schien aus tiefem Schweigen zu kommen. »Erinnerst du dich an die Spaziergänge im Park?«

Sie erinnerte sich an die Spaziergänge in dem Vorstadtpark, in dem immer Herbst zu sein schien, an die schnurgeraden Kieswege, die eckigen und die runden Blumenbeete mit den schreienden Farben der Dahlien, einer Blume, die sie nicht ausstehen konnte; sie war neben ihrem Vater hergegangen, und keiner hatte ein Wort gesprochen.

»Er war ganz in Ordnung, wenn er nicht getrunken hatte«, sagte ihre Mutter.

»Ich kann mich nicht erinnern, dass er mal nicht getrunken hätte.« Hatte sie das gesagt oder bloß gedacht?

»Es war nicht so leicht für ihn, bei der Gemeinde zu arbeiten. Ich weiß, dass er von Glück sagen konnte, dass sie ihm die Arbeit gegeben haben, nachdem er bei der Kanzlei rausgeflogen war, aber sie hat ihn unterfordert. Er war klug, Rhoda, deinen Verstand hast du von ihm. Er hatte ein Stipendium für die Universität, und das als Bester.«

»Du meinst, er ist Jahrgangsbester gewesen?«

»Ich glaube, das hat er mal gesagt. Auf jeden Fall war er intelligent. Deshalb war er auch so stolz, dass du aufs Gymnasium gekommen bist.«

»Ich habe gar nicht gewusst, dass er auf der Universität war. Er hat mir nichts davon erzählt.«

»Na ja, du weißt doch warum? Weil er dachte, es interessiert dich nicht. Er hat nicht gern geredet, nicht von sich selbst.«

Keiner von ihnen hatte gern geredet. Sie hatten sich mit den Gewaltausbrüchen, hilflosem Zorn und der Scham abgefunden. Die wichtigen Dinge waren unausgesprochen geblieben. Als sie ihrer Mutter ins Gesicht schaute, fragte sie sich, warum sie jetzt damit anfangen sollte. Ihre Mutter hatte ja recht. Es konnte für ihren Vater nicht leicht gewesen sein, Woche für Woche eine Fünfpfundnote zu erübrigen. Sie war immer ohne viele Worte gekommen, manchmal mit einem kurzen Gruß in zittriger Handschrift: *Alles Liebe, dein Vater.* Sie hatte das Geld genommen, weil sie es brauchte, und den Brief weggeworfen. Mit der grausamen Gleichgültigkeit Heranwachsender hatte sie ihn für unwürdig befunden, ihr seine Liebe zu schenken, von der sie wusste, dass sie ein schwierigeres Geschenk als Geld war. Vielleicht war in Wirklichkeit sie seiner Liebe nicht wert gewesen. Über dreißig Jahre lang hatte sie ihre Verachtung, ihren Groll und, ja, ihren Hass gehegt. Aber dieser schlammige Fluss in Essex, dieser einsame Tod, hatte ihn für immer ihrer Macht entzogen. Sie hatte sich nur selbst weh getan, und das erkannt zu haben, konnte der erste Schritt zur Heilung sein.

»Es ist nie zu spät, jemanden zu finden, den man lieben kann«, sagte ihre Mutter. »Du bist eine attraktive Frau, Rhoda, du solltest etwas wegen deiner Narbe unternehmen.«

Worte, mit denen sie nicht gerechnet hatte. Worte, die seit

Miss Farrell niemand mehr auszusprechen gewagt hatte. Sie wusste nicht mehr genau, was danach passiert war, nur dass sie leise und ohne jede Emphase geantwortet hatte.

»Ich lasse sie wegmachen.«

Sie musste eingeschlafen sein. Als sie wieder ganz wach war, stellte sie erstaunt fest, dass es zu regnen aufgehört hatte. Es war dunkel geworden. Sie schaute auf das Armaturenbrett. Viertel vor fünf. Sie war jetzt fast drei Stunden unterwegs. Das Motorengeräusch zerriss die unerwartete Stille, als sie vorsichtig vom Seitenstreifen auf die Straße rollte. Der Rest der Fahrt war einfach. Die Abzweigungen kamen an den erwarteten Punkten, die Lichtkegel ließen beruhigende Namen auf den Wegweisern aufleuchten. Eher als erwartet las sie den Namen Stoke Cheverell und bog nach rechts ab auf die letzten anderthalb Meilen. Die Dorfstraße war verlassen, Lampen leuchteten hinter zugezogenen Vorhängen, und nur der Dorfladen an der Ecke mit seinen hellen, vollgestellten Schaufenstern, hinter denen ein paar späte Kunden zu sehen waren, zeigte Anzeichen von Leben. Und dann kam sie zu dem Schild, auf das sie gewartet hatte, Cheverell Manor. Die eisernen Torflügel standen offen. Sie wurde erwartet. Sie fuhr die kurze Allee entlang, die sich auf einen Halbkreis öffnete, und das Haus stand vor ihr.

Die Broschüre, die man ihr im Anschluss an die erste Konsultation überreicht hatte, hatte ein Foto von Cheverell Manor enthalten, aber das war nur eine blasse Annäherung an die Wirklichkeit gewesen. Im Licht der Scheinwerfer sah sie die Umrisse des Hauses, das ihr größer als erwartet vorkam, ein dunkler Koloss vor dem noch dunkleren Himmel. Es breitete sich zu beiden Seiten eines hohen zentralen Giebels aus, in dem ganz oben zwei Fenster waren. Hinter ihnen brannte ein blasses Licht, aber bis auf vier große zweigeteilte Fenster links von der Eingangstür, die hell erleuchtet waren, waren alle anderen dunkel. Als sie den Wagen langsam unter den Bäumen ausrollen ließ, öffnete sich die Tür, und grelles Licht ergoss sich über den Kies.

Sie stellte den Motor ab, stieg aus und öffnete die hintere Tür, um den Reisekoffer vom Rücksitz zu nehmen; die kühle, feuchte Luft atmete sich herrlich leicht nach der Autofahrt. Eine männliche Gestalt erschien in der Tür und kam auf sie zu. Obwohl es nicht mehr regnete, trug er einen Plastikregenmantel mit Kapuze, die ihm über die Stirn reichte wie eine Babyhaube und ihm das Aussehen eines bösen Kindes gab. Er ging festen Schrittes und hatte eine kräftige Stimme, aber sie sah, dass er nicht mehr jung war. Er nahm ihr die Tasche mit festem Griff aus der Hand und sagte: »Wenn Sie mir den Schlüssel geben, stelle ich den Wagen für Sie ab. Miss Cressett sieht es nicht gerne, wenn Autos vor dem Haus parken. Sie werden schon erwartet.«

Sie gab ihm den Autoschlüssel und folgte ihm ins Haus. Die Beklommenheit, die vage Verwirrtheit, die sie im Auto gespürt hatte, als sie allein da draußen im Unwetter saß, war noch nicht verflogen. Ohne jedes Gefühl – außer einer leisen Erleichterung, angekommen zu sein – betrat sie die große Eingangshalle mit dem zentralen Treppenhaus. Lieber wäre sie jetzt allein, der Notwendigkeit des Händeschüttelns und förmlicher Begrüßungen enthoben. Sie sehnte sich nach der Stille ihres Zuhauses, der vertrauten Behaglichkeit ihres Betts.

Die Eingangshalle war eindrucksvoll – damit hatte sie gerechnet –, aber nicht einladend. Nachdem der Mann ihren Koffer am Fuß der Treppe abgestellt hatte, öffnete er links von sich eine Tür und rief hinein: »Miss Gradwyn, Miss

Cressett«, bevor er ihn wieder zur Hand nahm und damit die Treppe hinaufstieg.

Sie trat durch die Tür und fand sich in einem Saal wieder, der Bilder heraufbeschwor, die sie vielleicht in der Kindheit und bei Besuchen in anderen Herrenhäusern gesehen hatte. Nach der Dunkelheit draußen war er erfüllt von Farben und Licht. Die gewölbten Balken unter der hohen Decke waren geschwärzt vom Alter. Sorgsam geschnitzte Faltenfüllung bedeckte den unteren Teil der Wände, und darüber hingen in langer Reihe Porträts aus Tudor-, Regency- und viktorianischer Zeit, gemalt von unterschiedlich begabten Künstlern und in manchen Fällen wohl eher aus Respekt vor der Familie denn aus ästhetischen Erwägungen dort aufgehängt. Ihr gegenüber befand sich ein steinerner Kamin, über dem ein steinernes Wappen prangte. Ein Holzfeuer knisterte auf dem Rost, die tanzenden Flammen warfen einen roten Schein auf die drei Gestalten, die sich erhoben hatten, um sie zu begrüßen.

Sie hatten offensichtlich beim Tee gesessen. Die beiden mit Leinen bezogenen Ohrensessel, die einzigen moderneren Möbelstücke im Raum, waren im rechten Winkel zum Kamin aufgestellt. Zwischen ihnen stand auf einem niedrigen Tisch ein Tablett mit den Überresten der Mahlzeit. Das Willkommenskomitee bildeten ein Mann und zwei Frauen, auch wenn das Wort »Willkommen« fehl am Platze schien, denn sie kam sich wie ein Eindringling vor, zur Unzeit zum Tee erschienen und ohne großen Überschwang erwartet.

Die größere der beiden Frauen übernahm das Vorstellen. »Ich bin Helena Cressett«, sagte sie. »Wir haben telefoniert. Ich bin froh, Sie wohlbehalten zu sehen. Wir hatten ein schlimmes Unwetter, aber die sind oft lokal begrenzt. Vielleicht sind Sie verschont geblieben. Darf ich Ihnen Flavia

Holland vorstellen, die OP-Schwester, und Marcus West-hall, der Mr. Chandler-Powell bei der Operation assistieren wird.«

Sie gaben sich die Hände, Gesichter verzogen sich zu einem Lächeln. Rhodas erster Eindruck von neuen Bekanntschaf-ten war immer sehr direkt und nachhaltig, ein visueller Ein-druck, der sich ihr einprägte, sich nie mehr ganz auslöschen ließ und mit der Wahrnehmung eines zugrundeliegenden Charakters einherging. Diese konnte sich – wie sie aus Er-fahrung wusste – mit der Zeit und durch nähere Bekannt-schaft als absolut falsch herausstellen, aber das passierte ihr nicht oft. Jetzt, mit ihrer von Müdigkeit getrübten Wahr-nehmung, erschienen sie ihr beinahe wie Stereotypen. Hele-na Cressett im perfekt geschnittenen Hosenanzug mit Roll-kragenpullover, der es vermied, zu elegant für ein Landhaus zu wirken, und trotzdem keinen Zweifel daran ließ, dass er nicht von der Stange war. Kein Make-up bis auf Lippenstift; feines, blasses Haar mit einem Hauch Kastanienbraun um-rahmte ein Gesicht mit hohen, hervorstehenden Wangen-knochen, die Nase eine Idee zu lang; ein Gesicht, das man als attraktiv, aber sicher nicht als schön bezeichnen würde. Bemerkenswerte graue Augen betrachteten sie eher mit Neugier als mit förmlicher Freundlichkeit. *Früher Schul-sprecherin, jetzt Schulleiterin*, dachte Rhoda, *oder, noch wahrscheinlicher, Rektorin eines College in Oxbridge*. Ihr Händedruck war fest, die neue Studentin wurde mit Vorbe-halt begrüßt, die Beurteilung zurückgestellt.

Schwester Holland war weniger förmlich in Jeans, schwar-zen Pullover und Veloursweste gekleidet, bequeme Klei-dung, die betonte, dass sie von der unpersönlichen Tracht ihrer Tätigkeit befreit und außer Dienst war. Sie hatte dunk-les Haar und ein freches Gesicht, aus dem sexuelles Selbstbewusstsein sprach. Ihre großen dunklen Augen, deren Pupillen fast schwarz wirkten, musterten die Narbe, als wollte sie abschätzen, welche Probleme von dieser neuen Patientin zu erwarten waren.

Mr. Westhall war eine Überraschung. Er war zart gebaut, mit hoher Stirn und einer feinen Physiognomie, eher das Gesicht eines Dichters oder Akademikers als das eines Chirurgen. Von der Kraft und dem Selbstbewusstsein, die Mr. Chandler-Powell ausgestrahlt hatte, war bei ihm nichts zu spüren. Sein Lächeln war wärmer als das der Frauen, sein Händedruck jedoch kalt, trotz des wärmenden Kaminfeuers.

Helena Cressett sagte: »Sie können sicher einen Tee oder etwas Stärkeres gebrauchen. Wollen Sie ihn hier zu sich nehmen, oder lieber auf Ihrem Zimmer? Auf jeden Fall bringe ich Sie jetzt erst einmal hinauf, damit Sie sich einrichten können.«

Rhoda zog es vor, den Tee auf ihrem Zimmer zu trinken. Sie stiegen nebeneinander die breiten, läuferlosen Treppenstufen hinauf und gingen einen Flur entlang, an dessen Wänden Landkarten und alte Ansichten des Manor hingen. Rhodas Koffer stand vor einer Tür ungefähr in der Mitte des Patientenflurs. Miss Cressett nahm ihn, öffnete die Tür und trat zur Seite, um Rhoda den Vortritt zu lassen. Miss Cressett zeigte ihr die beiden ihr zugewiesenen Zimmer wie ein Hotelier, der in knappen Worten auf die Annehmlichkeiten einer Suite hinweist, eine routinemäßige Prozedur, zu oft schon wiederholt, um mehr als eine Pflicht zu sein.

Rhoda fand das Wohnzimmer gut proportioniert und schön eingerichtet, ganz offensichtlich mit echten Stilmöbeln, die meisten im georgianischen Stil. Das Schreibpult aus Mahagoni hatte eine angenehm große Schreibfläche. Die einzigen modernen Möbelstücke waren die zwei Ohrensessel vor dem Kamin und eine große, angewinkelte Leselampe neben einem von ihnen. Links von der Feuerstelle stand ein modernes Fernsehgerät und im Regal darunter ein DVD-Player, eine unpassende, aber wohl unverzichtbare Ergänzung zu einem Zimmer, das Charakter haben und komfortabel sein sollte.

Sie gingen nach nebenan. Dieselbe Eleganz, jeder Hinweis auf ein Krankenzimmer war mit Bedacht vermieden. Miss Cressett stellte den Koffer auf einem klappbaren Ständer ab, ging hinüber zum Fenster und zog die Vorhänge zu. »Es ist schon zu dunkel, um noch etwas zu sehen«, sagte sie, »aber morgen früh haben Sie einen herrlichen Ausblick. Dann sehen wir uns wieder. Falls Sie alles haben, was Sie brauchen, lasse ich Ihnen jetzt den Tee und die Speisekarte für das Frühstück heraufbringen. Wenn Sie lieber unten zu Abend essen wollen statt allein hier oben, um acht wird im Speisezimmer serviert, aber wir kommen schon um halb acht auf einen Aperitif in der Bibliothek zusammen. Wenn Sie dazukommen möchten, rufen Sie mich kurz an – die Durchwahlnummern finden Sie auf der Karte neben dem Telefon. Es kommt dann jemand herauf, um Sie zu holen.« Damit war sie verschwunden.

Für diesen Tag hatte Rhoda genug von Cheverell Manor gesehen, und es fehlte ihr an Unternehmungslust, um sich in das Hin und Her einer Tischkonversation zu stürzen. Sie würde sich das Abendessen auf das Zimmer bringen lassen und früh zu Bett gehen. Langsam ergriff sie Besitz von einem Zimmer, in das sie, das wusste sie schon jetzt, in gut zwei Wochen furchtlos und ohne böse Vorahnungen zurückkehren würde.

6

Am selben Dienstag um zwanzig vor sieben hatte George Chandler-Powell die Liste seiner Privatpatienten im St. Angela's Hospital endlich abgearbeitet. Paradoxerweise fühlte er sich erschöpft und ruhelos zugleich, als er den Operationskittel auszog. Er hatte den Tag früh begonnen und ohne Pause durchgearbeitet, was ungewöhnlich war, aber nur so schaffte er seine Londoner Privatpatienten, bevor er zu seinem alljährlichen Weihnachtsurlaub nach New York aufbrach. Seit der Kindheit war ihm die Weihnachtszeit ein Graus, und er verbrachte sie nie in England. Seine Exfrau, inzwischen mit einem amerikanischen Investor verheiratet, der ihr problemlos den Standard bieten konnte, den sie beide als angemessen für eine Frau von ihrer Schönheit erachteten, hatte dezidierte Ansichten darüber, dass alle Scheidungen notwendigerweise »gesittet« ablaufen mussten, wie sie es bezeichnete. Chandler-Powell hegte den Verdacht, dass ihr Ausdruck lediglich eine großzügige, im Gegensatz zu einer weniger großzügigen Abfindung bezeichnete, aber die Absicherung ihres Lebens in den USA versetzte sie in die Lage, die eher profane Freude an pekuniärem Zugewinn durch den äußerlichen Anschein von Großzügigkeit zu ersetzen. Und so hatten sie jetzt beide ihren Spaß daran, sich einmal im Jahr zu sehen und sich an dem kultivierten Unterhaltungsprogramm zu erfreuen, das Selina und ihr Gemahl zu seinen Ehren zusammenstellten. Er blieb nie länger als eine Woche und flog dann nach Rom weiter, wo er immer in derselben *Pensione* vor den Toren der Stadt abstieg, in der er zum ersten Mal gewohnt hatte, als er noch in Oxford studierte, und wo man ihn ohne Getue willkommen hieß und er niemanden sehen musste. Aber der jährliche New-York-Besuch war ihm zur Gewohnheit geworden, und im Moment sah er keinerlei Grund, damit zu brechen.

Man erwartete ihn nicht vor Mittwochnacht im Manor. Die erste Operation stand am Donnerstagmorgen an, aber heute Morgen hatten die beiden Stationen für Kassenpatienten wegen einer Infektion geschlossen werden müssen, und die gesamte Liste für den nächsten Tag war verschoben worden. Als er nun in seiner Wohnung am Barbican am Fenster stand und auf die Lichter der Stadt hinunterschaute, erschien ihm die Wartezeit auf einmal viel zu lang. Er wollte hinaus aus London, sich vor das Kaminfeuer im großen Saal des Manor setzen, die Lindenallee entlangspazieren, eine weniger belastete Luft atmen, in der ein Hauch von Holzrauch, Erde und gemulchtem Laub lag.

Mit der unbekümmerten Euphorie eines Schuljungen vor der Fahrt in die Ferien warf er das Gepäck für die nächsten paar Tage in eine Reisetasche und sprang, zu ungeduldig für den Fahrstuhl, die Treppen hinunter zur Tiefgarage und seinem wartenden Mercedes. Es folgte die gewohnte Quälerei durch den Feierabendverkehr, aber als er auf der Autobahn war, gewannen – wie jedes Mal, wenn er alleine durch die Nacht fuhr – Erleichterung und Freude über die Geschwindigkeit die Oberhand, und unzusammenhängende Gedanken an die Vergangenheit flogen ihm wie eine Abfolge verblasster, bräunlicher Fotografien unbeschwert durch den Kopf. Er schob eine CD mit Bachs Violinkonzert in d-Moll in den Player und ließ, die Hände locker an das Lenkrad gelegt, Musik und Gedanken zu kontemplativer Ruhe verschmelzen.

An seinem fünfzehnten Geburtstag war er im Hinblick auf drei Dinge, die seine Gedanken seit der Kindheit immer stärker beschäftigt hatten, zu Entscheidungen gekommen: Es gab keinen Gott. Er liebte seine Eltern nicht. Er würde Chirurg werden. Die erste Entscheidung erforderte keinerlei Maßnahmen, er musste nur der Tatsache Rechnung tragen, dass weder Hilfe noch Trost von einem übernatürlichen Wesen zu erwarten waren und sein Leben wie das aller anderen von der Zeit und vom Schicksal bestimmt wurde, und dass es an ihm lag, einen möglichst großen Teil selbst in die Hände zu nehmen. Die zweite Entscheidung stellte ihn vor kaum größere Anforderungen. Und als seine Eltern ihm – ein wenig verlegen, seine Mutter sogar beschämt – ihre Absicht mitteilten, sich scheiden zu lassen, drückte er sein Bedauern aus – das erschien ihm nur angemessen –, um sie dann auf subtilste Weise zu ermutigen, den Schlussstrich unter eine Ehe zu ziehen, die sie ganz offensichtlich alle drei unglücklich gemacht hatte. Schulferien, die nicht ständig von schmollenden Gesichtern oder Hasstiraden gestört waren, schienen ihm eine durchaus erfreuliche Perspektive zu sein. Als sie während einer Urlaubsreise – einem von mehreren Versuchen einer Versöhnung und eines Neuanfangs – bei einem Verkehrsunfall ums Leben kamen, fürchtete er einen Augenblick lang, das von ihm in Abrede gestellte höhere Wesen könnte womöglich doch existieren – weniger barmherzig, dafür von sardonischem Humor beseelt –, aber er machte sich schnell klar, wie töricht es wäre, einen barmherzigen Aberglauben aufzugeben, um sich einen viel unbequemeren, vielleicht sogar bösartigen dafür einzuhandeln. Die dritte seiner Entscheidungen blieb ihm als Ehrgeiz und Auftrag: Er würde sich auf die handfesten Tatsachen der Wissenschaft verlassen und Chirurg werden.

Außer Schulden hatten seine Eltern ihm nicht viel hinterlassen. Aber das war auch egal. Er hatte von jeher den größten Teil der Sommerferien bei seinem verwitweten Großvater in Bournemouth verbracht, und dort fand er jetzt sein Zuhause. Soweit es ihm überhaupt möglich war, einen Menschen zu lieben, war Herbert Chandler-Powell dieser Mensch. Er hätte den alten Mann auch gemocht, wenn er arm gewesen wäre, aber es traf sich umso besser, dass er reich war. Er hatte ein Vermögen mit seinem Talent gemacht, elegante und originelle Pappschachteln zu entwerfen. Viele Firmen hatten es sich zur Prestigeangelegenheit gemacht, ihre Produkte in Chandler-Powell-Schachteln auszuliefern, viele Geschenke wollten nur in einer Schachtel mit dem unverwechselbaren C-P-Kolophonium verpackt werden. Herbert entdeckte und förderte junge Designer, und einige der Schachteln, in begrenzter Auflage herausgegeben, brachten es zu begehrten Sammlerobjekten. Sein Unternehmen brauchte keine Werbung außer den Produkten, die es herstellte. Mit fünfundsechzig – George war zehn Jahre alt – verkaufte er die Firma an seinen härtesten Konkurrenten und setzte sich mit den verdienten Millionen zur Ruhe. Er finanzierte Georges teure Schulausbildung und das Studium in Oxford und verlangte als Gegenleistung nicht viel mehr als die Gesellschaft des Enkels während der Schul- und Semesterferien und später bei drei oder vier Besuchen im Jahr, eine Bedingung, die für George nie eine Belastung war. Wenn sie zusammen wanderten oder über Land fuhren, lauschte er der Stimme des Großvaters, die ihm Geschichten aus einer trostlosen Kindheit, von Studienjahren in Oxford und kommerziellen Triumphen erzählte. Bevor George nach Oxford ging, war sein Großvater mehr in die Einzelheiten gegangen. Die Erinnerung an die Stimme des Großvaters tönte kräftig und

Respekt gebietend durch die bebende Schönheit der Violinen.

»Ich bin von der Oberschule dorthin gekommen, ausgestattet mit einem staatlichen Stipendium. Du kannst dir das vielleicht nicht vorstellen. Ich weiß nicht, wie das heute ist, aber sicher nicht viel anders. Man hat sich nicht über mich lustig gemacht oder mich verachtet oder mir das Gefühl gegeben, anders zu sein – ich *war* ganz einfach anders. Ich hatte nie das Gefühl, dorthin zu gehören – und ich gehörte dort auch nicht hin. Vom ersten Tag an hab ich gewusst, dass ich nicht das Recht hatte, dort zu sein, dass etwas in der Luft der Collegehöfe mich zurückwies. Natürlich war ich nicht der Einzige, dem es so ging. Dort waren Jungen, die nicht einmal vom Gymnasium kamen, sondern von noch schlechter beleumundeten Public Schools, die sie lieber nicht beim Namen nennen wollten. Ich konnte es ihnen ansehen: Sie wollten um jeden Preis Zutritt zu den goldenen Kreisen der privilegierten Oberschicht. Ich hab sie mir vorgestellt, wie sie sich mit Intelligenz und Talent in die akademischen Dinnerpartys in Boars Hill drängen, auf den Landwochenenden wie die Narren bei Hofe ihre zu Herzen gehenden Verse, ihren Witz und ihre Klugheit zu Markte tragen, sich den Zugang erkaufen. Ich hatte keine solchen Talente außer meinem Verstand. Ich habe die ganze Bagage verachtet, aber ich wusste, wovor sie Respekt hatten, alle. Vor Geld, mein Junge, darauf kam es an. Bildung war wichtig, aber Bildung mit Geld war besser. Also habe ich Geld verdient. Und es wird irgendwann dir gehören, das, was noch übrig ist, nachdem ein gieriger Staat sich bedient hat. Du musst es klug zu nutzen wissen.«

Herberts liebstes Steckenpferd war es, stattliche, der Öffentlichkeit zugängliche Herrensitze zu besuchen, auf sorgsam geplanten, weitläufigen Umwegen dorthin zu fahren, aufrecht hinter dem Lenkrad seines blitzenden Rolls-Royce sitzend wie ein General der viktorianischen Armee – von dem er durchaus etwas hatte. Erhaben waren sie über Landstraßen und wenig benutzte Nebenstraßen gerollt, und der Enkel hatte dem Großvater aus dem Reiseführer vorgelesen.

George hatte sich immer darüber gewundert, dass ein Mann, der so viel für die Eleganz der georgianischen Zeit und die Solidität der Tudor-Stils übrig hatte, in einem Penthouse in Bournemouth lebte, auch wenn es einen atemberaubenden Meerblick bot.

Mit der Zeit verstand er es immer besser. Je älter sein Großvater wurde, desto einfacher richtete er sich sein Leben ein. Jeden Tag kamen eine gutbezahlte Köchin, eine Haushälterin und eine Putzfrau zu ihm, verrichteten still und effektiv ihre Arbeiten und gingen wieder. Sein Mobiliar war teuer, aber spärlich. Er musste die Dinge, für die er sich begeisterte, nicht kaufen. Er konnte bewundern, ohne besitzen zu wollen. Von sich selbst wusste George seit langem, dass er besitzen wollte.

Und so hatte er schon bei ihrem ersten Besuch auf Cheverell Manor gewusst, dass er dieses Haus einmal besitzen wollte. Es stand im milden Licht eines frühen Herbsttages vor ihnen, die Schatten wurden schon länger, die sinkende Sonne tauchte Bäume, Rasenflächen und Steine in intensivere Farben, das Haus, die Gärten, das große schmiedeeiserne Tor – das alles erlebte er einen Augenblick lang in einem ruhigen, beinahe überirdischen Gleichklang aus Licht, Form und Farben, der ihm ans Herz ging. Am Ende ihres Besuchs drehte er sich noch einmal zu dem Haus um und sagte: »Das will ich kaufen.«

»Ja, George, eines Tages vielleicht.«

»Aber die Leute verkaufen Häuser nicht einfach so. Ich würde es nicht tun.«

»Die meisten nicht. Es sei denn, sie müssen.«

»Aus welchem Grund, Großvater?«

»Weil ihnen das Geld ausgeht, sie den Unterhalt nicht mehr zahlen können. Oder der Erbe scheffelt Millionen in der Stadt und hat kein Interesse an so einem alten Kasten. Oder er ist im Krieg gefallen. Die Klasse der Gutsbesitzer neigt dazu, im Krieg zu fallen. Manch einer verliert seinen Besitz auch durch Leichtsinn – Frauen, Glücksspiel, Alkohol, Drogen, Spekulation, Verschwendungssucht. Es gibt viele Gründe.«

Am Ende verdankte George das Haus dem Unglück des Vorbesitzers. Sir Nicholas Cressett verlor durch das Fiasko bei Lloyd's im Jahre 1990 sein gesamtes Vermögen. George erfuhr zufällig davon, dass das Haus auf dem Markt war, als er einen Artikel in einem Finanzblatt las, in dem die Hauptgeschädigten der Lloyd's-Geschichte aufgezählt wurden. Der Name Cressett stach ihm ins Auge. Er erinnerte sich nicht, wer den Artikel geschrieben hatte – nur dass es eine Frau war, die sich einen Namen als investigative Journalistin gemacht hatte. In dem wenig freundlichen Artikel war mehr von Habgier und Dummheit als von unglücklichen Umständen die Rede gewesen. Er hatte schnell gehandelt und das Manor gekauft, nach harten Verhandlungen und mit genauen Vorstellungen, welche Besitztümer in dem Paket enthalten sein sollten. Die besten Gemälde waren in eine Auktion gegeben worden, aber auf die hatte er auch keinen so großen Wert gelegt. Ihm ging es um die Einrichtungsgegenstände, die ihm bereits damals bei seinem Besuch als Junge aufgefallen waren, vor allem einen Queen-Anne-Ohrensessel. Damals war er eine Sekunde vor seinem Großvater in

den Speisesaal getreten und hatte den Sessel dort stehen sehen. Als er sich hineinsetzte, kam ein Mädchen, ein einfaches, ernsthaftes Kind, sicher nicht älter als sechs, in Reithosen und einer Bluse mit offenem Kragen auf ihn zu und schnauzte ihn an: »In dem Sessel darfst du nicht sitzen.«
»Dann hättet ihr eine Kordel aufstellen müssen.«
»Da gehört auch eine Kordel hin. Eigentlich steht da immer eine.«
»Jetzt jedenfalls nicht.« Nachdem sie sich ein paar Sekunden lang feindselig angestarrt hatten, war George aufgestanden. Wortlos und mit verblüffender Leichtigkeit hatte sie den schweren Sessel hinter die weiße Kordel geschoben, die den Essbereich von dem schmalen, Besuchern zugänglichen Streifen trennte, sich entschlossen mit baumelnden Beinen hineingesetzt und ihm fest in die Augen geblickt, als wartete sie auf seinen Protest. »Wie heißt du?«, wollte sie von ihm wissen.
»George. Und du?«
»Helena. Ich wohne hier. Und du darfst über keine weiße Kordel steigen.«
»Bin ich ja auch nicht. Der Sessel stand auf meiner Seite.«
Die Begegnung war zu unerfreulich, um sie in die Länge zu ziehen, und das Mädchen war zu klein und zu schlicht, um sein Interesse zu wecken. Er zuckte mit den Schultern und ging.
Und jetzt stand der Sessel in seinem Arbeitszimmer, und Helena Haverland, geborene Cressett, war seine Verwalterin. Falls sie sich an diese erste kindliche Begegnung erinnerte, hatte sie das bis jetzt für sich behalten, genau wie er. Er hatte für den Erwerb des Manor alles von seinem Großvater geerbte Geld aufwenden müssen und den Westflügel in eine Privatklinik umbauen lassen, um den Unterhalt des

Anwesens finanzieren zu können. Von Montag bis Mittwoch operierte er seine Kassenpatienten und die Londoner Privatpatienten im St. Angela's, und mittwochabends fuhr er nach Stoke Cheverell zurück. Die Umbauarbeiten des Flügels waren äußerst behutsam ausgeführt worden, mit nur minimalen Veränderungen. Der Westflügel war im achtzehnten Jahrhundert vollständig neu aufgebaut worden und hatte im zwanzigsten noch eine Restaurierung erfahren, alle anderen, noch originalen Teile des Manor waren von den Umbauarbeiten nicht berührt worden. Das Personal für die Klinik zu finden war kein Problem gewesen. Er wusste, wen er wollte, und war darauf eingestellt, übertariflich zu bezahlen, um die Leute zu bekommen. Mühseliger war es, Hauspersonal für das Manor zu finden. Die Monate des Wartens auf die Umbaugenehmigung und die Zeit der Baumaßnahmen stellten kein Problem dar. Er kampierte im Manor, oft ganz allein im Haus, manchmal betreut von einer alten Köchin, die zusammen mit dem Gärtner Mogworthy das letzte Überbleibsel des Personals der Cressetts war. Von heute aus blickte er auf dieses Jahr als eines der zufriedensten und glücklichsten seines Lebens zurück. Unvermindert stolz auf seinen Besitz, war er jeden Tag durch die Stille des Hauses die langen Wege vom Großen Saal in die Bibliothek, vom langen Flur zu seinen Räumen im Ostflügel abgeschritten. Er wusste, dass sein Manor sich nicht mit dem herrlichen großen Saal oder den Gärten von Athelhampton, der atemberaubenden Lage Encombes oder der Noblesse und der geschichtlichen Bedeutung Wolfetons messen konnte. Dorset war reich an großen Häusern. Aber dieses war sein Haus, und es verlangte ihn nicht nach einem anderen.

Die Probleme begannen, nachdem die Klinik eröffnet hatte und die ersten Patienten eintrafen. Er gab eine Stellenanzeige für eine Hausverwalterin auf, aber wie ihm Bekannte in vergleichbarer Lage prophezeit hatten, fand er keine, die qualifiziert genug war. Die alten Dienstboten aus dem Dorf, deren Vorfahren schon für die Cressetts gearbeitet hatten, ließen sich auch durch die hohen Löhne des Neuankömmlings nicht zum Loyalitätsbruch verführen. Er hatte darauf gebaut, dass seine Sekretärin in London nebenbei Zeit für die Rechnungen und Bücher des Manor finden würde. Dem war nicht so. Auch seine Hoffnung, der Gärtner Mogworthy, den eine kostspielige Firma von den schwersten Arbeiten entlastete, würde sich herablassen, mehr Arbeiten im Haus zu übernehmen, zerschlug sich. Dafür hatte die zweite Annonce für eine Hausverwalterin, diesmal anders plaziert und formuliert, Helena zum Vorschein gebracht. Er erinnerte sich, dass sie mehr ein Einstellungsgespräch mit ihm geführt hatte als er mit ihr. Sie war frisch geschieden, unabhängig, hatte eine Wohnung in London, aber sie brauchte eine Beschäftigung, solange sie über eine neue Zukunft für sich nachdachte. Deshalb war es für sie interessant, zumindest vorübergehend ins Manor zurückzukehren.

Das war sechs Jahre her, und sie war immer noch da. Manchmal fragte er sich, wie er zurechtkommen wollte, wenn sie sich eines Tages entschloss, das Haus zu verlassen, was sie zweifelsohne mit derselben Direktheit und Entschlossenheit tun würde, mit der sie gekommen war. Aber für solche Gedanken fehlte ihm die Zeit. Es gab Probleme – zum Teil von ihm selbst verursacht – mit der OP-Schwester Flavia Holland und mit seinem chirurgischen Assistenten Marcus Westhall, und auch wenn er von Natur aus ein Planer war, hatte er nie einen großen Sinn darin finden können, eine Krise herbeizudenken. Helena hatte ihre alte Gouvernante, Letitia Frensham, als Buchhalterin eingestellt. Wahrscheinlich war sie Witwe oder geschieden oder lebte getrennt, er fragte nicht danach. Die Bücher wurden akkurat geführt, das Chaos im Büro hatte sie in Ordnung verwandelt. Mogworthy hörte mit seinen nervtötenden Drohungen auf und wurde beinahe umgänglich. Und auf wundersame Weise waren auf einmal auch Teilzeitkräfte aus dem Dorf verfügbar. Helena machte ihm klar, dass kein vernünftiger Koch eine solche Küche akzeptieren würde, also stellte er klaglos Geld für die Modernisierung zur Verfügung. Kamine wurden beheizt, Blumen und Grünpflanzen für die bewohnten Räume gefunden, auch im Winter. Das Manor erwachte zum Leben.

Als er vor dem geschlossenen Eingangstor hielt und aus dem Mercedes stieg, um es zu öffnen, lag die Zufahrt zum Haus in Dunkelheit vor ihm. Erst als er am Ostflügel vorbeifuhr, um den Wagen abzustellen, gingen die Lichter an, und in der offenen Eingangstür begrüßte ihn der Koch, Dean Bostock. Er trug, wie immer, wenn er bereit war, das Abendessen zu servieren, blaukarierte Hosen und seine kurze weiße Jacke. »Ich soll Ihnen ausrichten, dass Miss Cressett und Mrs. Frensham auswärts essen«, sagte er. »Sie besuchen ein paar Freunde in Weymouth. Ihr Zimmer ist fertig, Sir. Mogworthy hat in der Bibliothek Feuer gemacht. Wir dachten, wenn Sie allein sind, würden Sie es sicher vorziehen, dort zu essen. Soll ich Ihnen einen Drink bringen, Sir?«

Sie gingen durch den Großen Saal. Chandler-Powell zog sein Jackett aus, stieß die Tür zur Bibliothek auf, warf das Jackett und die Abendzeitung auf einen Sessel. »Bitte, Dean. Einen Whisky. Ich trinke ihn jetzt gleich.«

»Und das Abendessen in einer halben Stunde?«

»Ja, wunderbar.«

»Und Sie gehen vor dem Essen nicht mehr hinaus, Sir?«

Aus seinem Ton war leise Befürchtung herauszuhören. Chandler-Powell meinte den Grund zu kennen und sagte: »Na, was habt ihr euch denn Schönes für mich ausgedacht, Sie und Kimberley?«

»Wir dachten an ein Käsesoufflé, Sir, und Bœuf Stroganoff.«

»Aha. Der erste Gang verlangt, dass ich hier sitze und darauf warte, und der zweite ist schnell zubereitet. Nein, Dean, ich gehe nicht mehr nach draußen.«

Das Essen war wie immer ausgezeichnet. Er freute sich immer besonders darauf, wenn am Abend Ruhe im Haus eingekehrt war. An den Operationstagen, wenn er zusammen mit seinen Kollegen und dem Pflegepersonal speiste, nahm er kaum wahr, was auf dem Teller lag. Nach dem Abendessen setzte er sich noch eine halbe Stunde neben den Bibliothekskamin, um zu lesen, dann nahm er sein Jackett und eine Taschenlampe, ging zur Tür des Westflügels, schob den Riegel zurück, drehte den Schlüssel im Schloss und spazierte in der sternenfunkelnden Dunkelheit die Lindenallee entlang zum bleichen Kreis der Cheverell-Steine.

Eine niedrige Mauer, mehr Grenzmarkierung als Barriere, trennte das Grundstück des Manor von dem Steinkreis, und er schwang sich problemlos darüber. Wie immer in der Dunkelheit schien der Kreis aus zwölf Steinen bleicher zu werden, sogar etwas vom Glanz des Mondlichts und der Sterne anzunehmen. Bei Tageslicht waren es ganz normale Steinklötze von unterschiedlicher Größe und Form, nicht viel anders als jeder Felsbrocken, den man in den Bergen fand; die einzige Besonderheit war eine stark gefärbte Flechte, die sich durch die Furchen zog. Ein Hinweisschild an der Hütte neben dem Parkplatz verbot Besuchern, sich auf die Steine zu stellen oder sie zu beschädigen, und wies darauf hin, dass die Flechte sowohl alt als auch interessant war und nicht angefasst werden durfte. Auch der größte Stein, der wie ein böses Omen in der Mitte des Kreises stand, löste in Chandler Powell keine größeren Gefühle aus, als er sich jetzt dem Kreis näherte. Er dachte kurz an die Frau, die 1654 an diesen Stein gefesselt und als Hexe bei lebendigem Leib verbrannt worden war. Und weshalb? Wegen einer zu scharfen Zunge, Wahnvorstellungen, geistiger Extravaganz, aus privater Rachsucht oder dem Bedarf an einem Sündenbock in Zeiten der Seuchen und Missernten oder einem Opfer, das einen ungenannten bösen Gott milde stimmen sollte? Nur kurz erfasste ihn ein vages Mitgefühl, nicht stark genug, um auch nur einen Anflug von Bedrücktheit hervorzurufen. Sie war eine von Millionen gewesen, die im Lauf der Jahrhunderte der Dummheit und Grausamkeit der Menschen zum Opfer gefallen waren. Er bekam in dieser Welt genug Leid zu sehen und verspürte keinerlei Bedürfnis nach mehr.

Er hatte seinen Spaziergang jenseits des Kreises fortsetzen wollen, beschloss aber jetzt, die Übung hier abzubrechen, setzte sich auf den niedrigsten Stein und blickte die Lindenallee entlang auf den Westflügel des Manor, der im Dunkeln lag. Er saß ganz still, lauschte aufmerksam den Geräuschen der Nacht, dem leisen Rauschen im hohen Gras am Rand der Steine, dem fernen Schrei einer Kreatur, die sich ein Jäger zur Beute gemacht hatte, dem Rascheln trockener Blätter, als der Wind kurz auffrischte. Die Sorgen, Unbilden und kleinen Ärgernisse des langen Arbeitstages fielen von ihm ab. Hier saß er an einem vertrauten Ort, so still, dass selbst sein Atmen mehr war als die ungehörte, sanft rhythmische Bestätigung des Lebens.

Die Zeit verging. Als er auf die Uhr sah, stellte er fest, dass er seit einer Dreiviertelstunde hier saß. Er war durchgefroren, und der harte Stein wurde unbequem. Um die verkrampften Beine zu bewegen, kletterte er über die Mauer und ging die Lindenallee zurück. In der Mitte des Patientengeschosses leuchtete plötzlich ein Licht auf, das Fenster öffnete sich, und der Kopf einer Frau erschien. Sie stand reglos da und blickte in die Nacht hinaus. Instinktiv blieb er stehen und schaute zu ihr hinüber, beide so bewegungslos, dass er einen Moment lang glaubte, sie könne ihn sehen und eine Art Kommunikation habe zwischen ihnen begonnen. Ihm fiel ein, wer die Frau war, Rhoda Gradwyn, die zu ihrem Vorbereitungsbesuch ins Manor gekommen war. Bei allen Untersuchungen und peniblen Notizen vor der Operation blieben ihm nur wenige Patienten in Erinnerung. Die Narbe auf ihrer Wange hätte er beschreiben können, aber außer einem Satz war ihm wenig von der Frau in Erinnerung geblieben. Sie war zu ihm gekommen, um sich von einer Entstellung zu befreien, die sie nicht mehr brauchte. Er hatte sie um keine Erklärung gebeten, und sie hatte ihm keine gegeben. In wenig mehr als zwei Wochen würde er sie davon befreit haben, und wie sie ohne die Narbe zurechtkam, sollte nicht seine Sorge sein.

Er drehte sich um und machte sich auf den Rückweg zum Haus, währenddessen schob eine Hand das Fenster ein Stück heran und zog den Vorhang halb zu. Ein paar Minuten später erlosch das Licht im Zimmer, und der Westflügel lag in Dunkelheit.

7

Dean Bostocks Herz tat immer einen kleinen Freuden-
sprung, wenn Mr. Chandler-Powell telefonisch an-
kündigte, dass er früher als erwartet kommen und rechtzeitig zum Abendessen im Manor sein würde. Diese Mahlzeiten kochte Dean am liebsten, besonders wenn der Chef
Zeit und Muße hatte, zu genießen und zu loben. Mr. Chandler-Powell brachte etwas von der Energie und der Erregung
der Hauptstadt mit, ihren Gerüchen, ihren Lichtern, dem
Gefühl, im Zentrum der Dinge zu sein. Wenn er kam, rannte er beinahe durch den Großen Saal in die Bibliothek, streifte wie aus vorübergehender Knechtschaft befreit die Jacke
ab und warf die Londoner Abendzeitung in den Sessel. Allein die Zeitung, die sich Dean später holte, um sie in Ruhe
zu studieren, mahnte ihn daran, wo er eigentlich hingehörte.
Er war in Balham geboren und aufgewachsen. London war
seine Stadt. Kim war auf dem Land geboren und aus Sussex
in die Hauptstadt gekommen, um ihre Ausbildung an der
Kochschule zu beginnen, die er bereits im zweiten Jahr besuchte. Keine zwei Wochen nach ihrer ersten Bekanntschaft
hatte er gewusst, dass er sie liebte. So war es ihm immer vorgekommen – er hatte sich nicht verliebt, er war nicht verliebt, er liebte. Das war fürs Leben, seins und ihres. Und
zum ersten Mal seit der Hochzeit wusste er, dass sie glücklicher war als je zuvor. Wie konnte er sich nach London seh-
nen, wenn Kim so zufrieden mit ihrem Leben in Dorset
war? Neue Menschen und neue Orte machten sie scheu,
aber vor langen kalten Winternächten fürchtete sie sich
nicht. Ihn verängstigte und verwirrte die völlige Dunkelheit

sternloser Nächte, deren Schrecken durch die halbmenschlichen Schreie von Tieren zwischen den räuberischen Zähnen ihrer Jäger noch gesteigert wurde. Diese schöne, scheinbar friedliche Landschaft steckte voller Schmerz. Er vermisste die Lichter, den vom Grau und Violett und den Blautönen des rastlosen Stadtlebens verschrammten Nachthimmel, die wechselnden Muster der Verkehrsampeln, die sich aus Pubs und Läden auf glitzernde regennasse Gehsteige ergießenden Lichter. Leben, Schnelligkeit, Lärm, London.

Er mochte seine Arbeit im Manor, aber sie füllte ihn nicht aus. Sie unterforderte sein Talent. Mr. Chandler-Powell wusste gutes Essen zu schätzen, aber wenn er operierte, nahm er sich sehr wenig Zeit dafür. Dean wusste, dass er sich beschwert hätte, wenn einmal eine Mahlzeit unter dem gewohnten Standard geblieben wäre, aber die hohe Qualität schien er als selbstverständlich zu nehmen, aß hastig und war schnell wieder draußen. Die Westhalls aßen meistens im Cottage, wo Miss Westhall ihren Vater bis zu seinem Tode im März gepflegt hatte, und Miss Cressett zog es vor, in ihrer Wohnung zu speisen. Immerhin war sie die Einzige, die sich Zeit nahm, in die Küche zu kommen und mit Kim und ihm zu reden, Speisenfolgen zu besprechen, ihm für die Erfüllung von Extrawünschen zu danken. Die Patienten waren nervös und in der Regel nicht hungrig, und wenn die externen Pflegekräfte ihr Mittagessen im Manor bekamen, aßen sie eilig, lobten ihn im Hinausgehen und machten sich wieder an die Arbeit. Das alles unterschied sich so sehr von seinem Traum eines eigenen Restaurants, einer eigenen Speisekarte, eigenen Kunden, eines Ambientes, in dem er und Kim aus ihrer Fantasie schöpfen konnten. Manchmal, wenn er nachts schlaflos neben ihr lag, erschreckte er sich selber mit der stillen Hoffnung, es könnte Mr. Chandler-

Powell zu anstrengend und unrentabel werden, in London und in Dorset zu arbeiten, so dass er die Klinik schließen und er und Kim sich nach einem neuen Job würden umsehen müssen. Und vielleicht würden ihm Mr. Chandler-Powell und Miss Cressett sogar dabei helfen, eine neue Basis zu finden. Aber in die Hektik einer Londoner Restaurantküche konnten er und Kim auf keinen Fall zurückkehren. Das war kein Leben für Kim. Er erinnerte sich noch mit Grauen des schrecklichen Tages, an dem sie ihren Job verloren hatten.

Mr. Carlos hatte sie in sein besenkammergroßes Allerheiligstes hinter der Rückwand der Küche gerufen, das er hochtrabend »Büro« nannte, und sein nicht unbeträchtliches Hinterteil in den geschnitzten Schreibtischstuhl gequetscht, den er von seinem Großvater geerbt hatte. Das verhieß selten Gutes. In diesem Sitzmöbel wurde Carlos von genetisch vererbter Autorität durchströmt. Ein Jahr davor hatte er verkündet, er sei wiedergeboren. Eine Regeneration, die dem Personal nicht gut bekommen war, und es herrschte allgemeines Aufatmen, als nach neun Monaten der alte Adam wieder zum Vorschein kam und die Küche keine fluchfreie Zone mehr war. Aber ein Relikt der Wiedergeburt war geblieben: drastischere Ausdrücke als »verdammt« blieben verboten, und von dem machte Carlos jetzt ausgiebigen Gebrauch.

»Es tut mir verdammt leid, Dean, aber Kimberley muss gehen. Ich kann sie mir beim besten Willen nicht leisten, kein Restaurant könnte das. Verdammt langsam ist gar kein Ausdruck. Wenn du sie zur Eile treibst, glotzt sie dich an wie 'n geprügelter Köter und wird nervös und versaut in neun von zehn Fällen das ganze verdammte Gericht. Und sie steckt euch alle an. Nicky und Winston sind nur noch damit beschäftigt, ihr beim Servieren zu helfen. Und du bist auch nur noch zur Hälfte bei deinem eigentlichen Job. Ich führe ein Restaurant und keinen verdammten Kindergarten.«

»Kim ist eine gute Köchin, Mr. Carlos.«

»Sie ist eine verdammt gute Köchin. Sonst wäre sie ja nicht hier. Und das soll sie verdammt noch mal auch bleiben, aber nicht bei mir. Warum lässt du sie nicht einfach zu Hause? Mach ihr ein Kind, dann kannst du immer nach Hause gehen und was Anständiges essen, was du nicht selber kochen musstest, und sie ist auch glücklicher. Das hab ich immer wieder erlebt.«

Woher sollte Carlos auch wissen, dass ihr Zuhause ein Wohnschlafzimmer in Paddington war, dass die Arbeit in seinem Restaurant Teil eines minutiös kalkulierten Plans war, dass sie Woche für Woche Kims Lohn beiseitelegten, zu zweit dafür arbeiteten, sich eines Tages, wenn sie genug Geld gespart hatten, ein eigenes Restaurant zu suchen? Sein Restaurant. Ihr Restaurant. Und erst wenn das Geschäft lief und sie in der Küche nicht mehr gebraucht wurde, konnten sie an das ersehnte Baby denken. Kim war dreiundzwanzig. Sie hatten jede Menge Zeit.

Nachdem er die Botschaft verkündet hatte, lehnte Carlos sich zurück und kehrte den Großzügigen heraus. »Nicht nötig, dass Kimberley bis zum Monatsende arbeitet. Sie darf schon diese Woche aufhören. Da hat sie wenigstens noch einen bezahlten Urlaub. Und du bleibst natürlich. Du hast das Zeug zu einem verdammt guten Chefkoch. Das Talent, die Fantasie. Und du scheust nicht vor harter Arbeit zurück. Du kannst es weit bringen. Aber noch ein Jahr mit Kimberley als Küchenhilfe, und ich kann den verdammten Laden dichtmachen.«

Dean hatte seine Stimme wiedergefunden, ein krächzendes Vibrato mit beschämend flehendem Unterton. »Aber wir haben immer zusammen arbeiten wollen. Kim nimmt keinen Job an, wenn ich nicht dabei bin.«

»Keine verdammte Woche würde sie allein durchhalten. Es tut mir leid, Dean, aber so ist das. Du könntest natürlich eine Stelle für euch beide suchen. Aber nicht in London. Vielleicht in irgendeinem verdammten Provinzkaff. Sie ist 'n hübsches Ding, mit guten Manieren. Ein paar Hörnchen backen, selbstgemachten Kuchen für den Nachmittagstee, hübsch serviert mit Spitzendeckchen, so was in der Art. Damit wäre sie nicht überfordert.«

Sein herablassender Ton war ein Schlag ins Gesicht. Dean fand es scheußlich, so mutterseelenallein dazustehen, verletzt, erniedrigt, er wünschte sich eine Rückenlehne, etwas Handfestes, um sich daran festzuhalten, um all die Wut, Verachtung und Verzweiflung unter Kontrolle zu bringen. Und Carlos hatte ja nicht einmal unrecht. Diese Vorladung ins Büro war nicht unerwartet gekommen. Er hatte sich seit Wochen davor gefürchtet. Er nahm sich noch einmal zusammen und sagte: »Ich würde gerne noch bleiben. Jedenfalls so lange, bis wir etwas gefunden haben.«

»Soll mir recht sein. Ich sage ja, du hast das Zeug zu einem verdammt guten Chefkoch.«

Natürlich würde er bleiben. Wenn der Traum vom Restaurant auch geplatzt war, mussten sie wenigstens nicht verhungern.

Am Ende der Woche hatte Kim aufgehört, und auf den Tag genau zwei Wochen später waren sie auf die Anzeige gestoßen: Für Cheverell Manor wurde ein Ehepaar gesucht – ein Koch und ein Hilfskoch. Das Vorstellungsgespräch hatte letztes Jahr an einem Dienstag Mitte Juni stattgefunden. In dem Brief hatte gestanden, dass sie den Zug von Waterloo nach Wareham nehmen mussten, dort würde man sie am Bahnhof abholen. Im Rückblick kam es Dean vor, als wären sie in einer Art Trance gereist, hätten sich ohne eigenen Willen durch eine grüne Zauberlandschaft in eine ferne und unvorstellbare Zukunft befördern lassen. Immer wieder hatte er Kims Profil vor dem Auf und Ab der Telegrafenkabel und – später – den grünen Hecken und Feldern dahinter betrachtet und nur den einen Wunsch gehabt, dass dieser außergewöhnliche Tag ein gutes Ende finden möge. Seit er ein Kind war, hatte er nicht mehr gebetet, aber jetzt wiederholte er pausenlos dieselbe verzweifelte Litanei: »Bitte, lieber Gott, mach, dass alles gut wird. Bitte mach, dass sie hinterher nicht enttäuscht ist.«

Kurz vor Wareham drehte sie sich noch einmal zu ihm um und sagte: »Hast du die Empfehlungen auch nicht vergessen, Liebling?« Sie hatte ihn jede Stunde danach gefragt.

Auf dem Bahnhofsplatz in Wareham wartete ein Range Rover mit einem stämmigen älteren Mann hinterm Steuer. Ohne auszusteigen winkte er sie zu sich her. »Ihr müsst die Bostocks sein«, sagte er. »Ich bin Tom Mogworthy. Kein Gepäck? Na, wozu auch? Ihr bleibt ja sowieso nicht. Setzt euch hinten rein.«

Kein besonders vielversprechender Empfang, wie Dean fand, aber was spielte das für eine Rolle, wenn die Luft so gut duftete und man durch eine solche Schönheit chauffiert wurde? Es war ein strahlender Sommertag, der Himmel azurblau und wolkenlos. Durch die offenen Fenster des Range Rover wehte ihnen eine kühlende Brise ins Gesicht, die draußen kaum ausreichte, die zarten Zweige der Bäume zu bewegen oder das Gras zum Rascheln zu bringen. Die Bäume standen in vollem Laub, noch frisch vom Frühling, die Äste noch nicht träge unter der staubigen Schwere des August. Es war Kim, die sich nach zehn Minuten schweigsamer Fahrt nach vorn lehnte und sagte: »Arbeiten Sie auf Cheverell Manor, Mr. Mogworthy?«

»Seit fast fünfundvierzig Jahren. Als kleiner Junge hab ich auf dem Besitz angefangen, den Boskettgarten getrimmt. Das mach ich heute noch. Damals war Sir Francis der Besitzer, und nach ihm Sir Nicholas. Ihr arbeitet für Mr. Chandler-Powell, falls die Damen euch nehmen.«

»Spricht er denn nicht selber mit uns?«, fragte Dean.

»Er ist in London. Von Montag bis Mittwoch operiert er dort. Miss Cressett und Schwester Holland werden mit euch sprechen. Mit Hausangelegenheiten gibt Mr. Chandler-Powell sich nicht ab. Überzeugt ihr die Damen, habt ihr den Job. Wenn nicht, geht's wieder ab zum Bahnhof.«

Es war kein verheißungsvoller Anfang, und auf den ersten Blick wirkte sogar die Schönheit des Manor, das in silbriger Stille in der Sommersonne stand, eher einschüchternd als beruhigend. Mogworthy setzte sie vor dem Eingang ab, deutete kurz auf die Türglocke, stieg dann wieder in den Range Rover und fuhr ihn um den Ostflügel des Hauses herum. Entschlossen zog Dean an dem eisernen Glockenzug. In der halben Minute, bis die Tür sich öffnete, hörten sie keinen Laut, dann stand plötzlich eine junge Frau vor ihnen. Sie hatte schulterlanges blondes Haar, das Dean nicht allzu frisch gewaschen vorkam, dick aufgetragenes Lippenrot und trug Jeans unter einer bunten Schürze. Er ordnete sie als Dorfbewohnerin ein, die hier aushalf, ein erster Eindruck, der sich als richtig herausstellen sollte. Sie musterte ihn eine Weile mit stiller Abneigung, dann sagte sie: »Ich bin Maisie. Miss Cressett sagt, ich soll Ihnen den Tee in den Großen Saal bringen.

Wenn er an ihre Ankunft zurückdachte, musste Dean sich immer noch wundern, wie alltäglich ihm die Pracht des Großen Saals inzwischen erschien. Jetzt verstand er, dass die Besitzer solcher Häuser sich an ihre Schönheit gewöhnten, sich wie selbstverständlich durch die Flure und Räumlichkeiten bewegten, ohne die Bilder und Gegenstände, ohne die Pracht, von der sie umgeben waren, auch nur eines Blickes zu würdigen. Er musste lächeln, wenn er sich daran erinnerte, wie man sie auf die Bitte hin, sich die Hände waschen zu dürfen, zu einem Raum am Ende des Flurs geführt hatte, der offenbar als Toilette und Badezimmer diente. Maisie war wieder verschwunden, und Kim als Erste hineingegangen.

Nach drei Minuten kam sie wieder heraus, die Augen weit aufgerissen vor Verwunderung, und sagte flüsternd: »Ist das seltsam. Das Waschbecken ist innen angemalt. Blau, mit Blumen und Blättern. Und das Klo hat eine riesige Brille aus Mahagoni. Es gibt gar keinen richtigen Spülkasten. Man muss an einer Kette ziehen, wie auf dem Klo von meiner Oma. Dafür ist die Tapete sehr schön, und es gibt massenweise Handtücher. Ich wusste gar nicht, welches ich nehmen sollte. Und die Seife ist auch teuer. Mach bitte schnell, Schatz. Ich möchte hier nicht allein rumstehen. Meinst du, das Klo ist genauso alt wie das Haus? Wahrscheinlich schon.«

»Nein«, sagte er, ihr sein überlegenes Wissen vorführend, »als das Haus gebaut wurde, hat es noch gar keine Klos gegeben, jedenfalls keine solchen. Das klingt mir eher viktorianisch. Frühes neunzehntes Jahrhundert, würde ich sagen.« Er sprach mit einer Selbstgewissheit, die er nicht fühlte, entschlossen, sich nicht vom Manor einschüchtern zu lassen. Kim wollte von ihm Sicherheit und Unterstützung. Warum sollte er sie merken lassen, dass er das selber nötig hatte.

Als sie in den Flur zurückkehrten, wartete Maisie an der Tür zum Großen Saal auf sie. »Der Tee steht drinnen bereit«, sagte sie. »In einer Viertelstunde bin ich wieder da und bring Sie ins Büro.«

Im ersten Moment waren sie überwältigt vom Großen Saal und schlichen wie Kinder unter den gewaltigen Deckenbalken umher, verfolgt von den Blicken – so kam es ihnen vor – elisabethanischer Edelmänner in Wams und Kniehose und junger, hochmütig auf ihren Rössern thronender Soldaten. Eingeschüchtert durch so viel Größe und Erhabenheit, achtete Dean erst nach einer Weile auf Einzelheiten. Jetzt erst sah er den großen Teppich an der rechten Wand, und den langen Eichentisch darunter, auf dem eine gewaltige Vase mit Blumen stand.

Der Tee wartete auf einem niedrigen Tischchen vor dem Kamin auf sie. Vor ihren Augen standen ein elegantes Teeservice, ein Teller mit belegten Broten, Hörnchen und Marmelade, Butter und Früchtebrot. Beide waren durstig. Kim schenkte mit zittrigen Händen den Tee ein, während Dean, der bereits im Zug reichlich Sandwiches verdrückt hatte, ein Hörnchen nahm und es sich dick mit Butter und Marmelade bestrich. Nach dem ersten Bissen sagte er: »Die Marmelade ist hausgemacht, die Hörnchen sind leider aus dem Laden.«

»Das Früchtebrot ist auch aus dem Laden«, sagte Kim.

»Trotzdem ganz gut, aber was meinst du, wie lange es hier schon keinen Koch mehr gibt? Ich kann mir nicht vorstellen, dass wir ihnen gekauften Kuchen anbieten würden. Und das Mädchen, das uns aufgemacht hat, ist bestimmt eine Aushilfe. So eine würden die doch nicht einstellen.« Sie flüsterten wie Verschwörer, die einen Umsturz planten.

Maisie war pünktlich. Immer noch ohne ein Lächeln sagte sie eine Spur zu geschwollen: »Wenn Sie mir jetzt bitte

folgen wollen«, führte sie durch die rechteckige Eingangshalle zu einer Tür am anderen Ende, öffnete sie, sagte, »die
Bostocks sind da, Miss Cressett, ich habe ihnen Tee serviert«, und verschwand wieder.

Der Raum war klein, eichengetäfelt und offensichtlich sehr
funktional eingerichtet; der wuchtige Schreibtisch stand im
Kontrast zu der Faltenfüllung an den Wänden und einer
Reihe kleinerer Bilder darüber. Hinter dem Schreibtisch saßen drei Frauen und wiesen ihnen zwei Stühle an, die schon
bereitstanden.

»Mein Name ist Helena Cressett«, sagte die größte von ihnen. »Ich möchte Ihnen Oberschwester Holland und Mrs.
Frensham vorstellen. Hatten Sie eine angenehme Reise?«

»Sehr angenehm, vielen Dank«, antwortete Dean.

»Gut. Wir müssen Ihnen noch Ihre Unterkünfte und die
Küche zeigen, bevor Sie sich entscheiden, aber zuerst würden wir Ihnen gerne etwas über die Arbeit erzählen. Sie un-
terscheidet sich in mancher Hinsicht von den normalen
Aufgaben eines Kochs. Mr. Chandler-Powell arbeitet von
Montag bis Mittwoch in London. Der Wochenbeginn ist
also vergleichsweise leicht für Sie. Sein Assistent, Mr. Marcus Westhall, lebt mit seiner Schwester und seinem Vater in
einem der Cottages, und ich koche in der Regel für mich
selbst in meiner Wohnung hier im Haus, aber hin und wieder lade ich abends ein paar Leute zu mir ein und werde Sie
dann bitten, für mich zu kochen. Die zweite Wochenhälfte
ist dafür umso arbeitsreicher für Sie. Dann sind der Anästhesist und die Pflege- und Hilfskräfte im Haus, sie bleiben entweder über Nacht oder fahren nach der Arbeit wieder heim.
Wenn sie hier sind, bekommen sie ein warmes Mittagessen
und eine Art frühes Abendessen, bevor sie gehen. Schwester
Holland wohnt auch im Haus, und natürlich Mr. Chandler-

Powell und die Patienten. An manchen Tagen verlässt Mr. Chandler-Powell schon um halb sechs Uhr morgens das Haus, um seine Londoner Patienten zu besuchen. Er ist meistens so gegen eins zurück und braucht dann ein gutes Mittagessen, das er sich gerne in seine Wohnung bringen lässt. Weil er manchmal nur für einen halben Tag nach London fahren muss, nimmt er die Mahlzeiten unregelmäßig ein, aber sie sind trotzdem äußerst wichtig. Ich werde die Speisenfolge jedes Mal vorher mit Ihnen absprechen. Schwester Holland ist für die Bedürfnisse der Patienten zuständig, deshalb soll sie Ihnen jetzt kurz erklären, was sie von Ihnen erwartet.«

Schwester Holland sagte: »Die Patienten müssen am Tag vor einer Anästhesie fasten, und am ersten Tag nach der Operation essen sie meist nicht viel, was allerdings von der Art der Operation abhängt. Wenn es ihnen bessergeht, sind sie meist sehr anspruchsvoll und heikel. Manche müssen Diät halten, der Diätetiker und ich werden das überwachen. Die meisten Patienten essen auf ihren Zimmern, und ohne mein Einverständnis darf ihnen nichts serviert werden.« Sie wandte sich an Kimberley. »Meistens bringt jemand von meinem Pflegepersonal das Essen hinauf auf die Patientenzimmer, aber es kann vorkommen, dass Sie ihnen den Tee oder das eine oder andere Getränk bringen müssen. Sie verstehen sicher, dass auch dafür mein Einverständnis erforderlich ist.«

»Selbstverständlich, Oberschwester.«

»Abgesehen von der Verpflegung der Patienten bekommen Sie Ihre Instruktionen von Miss Cressett, und wenn sie nicht im Hause ist, von ihrer Stellvertreterin, Mrs. Frensham. Jetzt hat Mrs. Frensham noch ein paar Fragen an Sie.«

Mrs. Frensham war eine große, ältere, etwas kantige Frau

mit eisgrauem, zu einem Dutt geflochtenem Haar. Aber ihr Blick war freundlich, und Dean fühlte sich bei ihr besser aufgehoben als bei der jüngeren und – wie er fand – ziemlich aufreizenden Schwester Holland, oder bei Mrs. Cressett mit ihrem außergewöhnlich blassen, markanten Gesicht. Manche Leute mochten sie attraktiv finden, aber man konnte nicht behaupten, dass sie eine Schönheit war.

Mrs. Frenshams Fragen waren vor allem an Kim gerichtet und nicht schwer zu beantworten. Was für Kekse sie zum Morgenkaffee servieren wollte, mit was für Zutaten sie sie backen würde. Kim entspannte sich schlagartig und schilderte ihr ein eigenes Rezept für dünne, gewürzte Kekse mit Korinthen. Und die Profiteroles, wie wollte sie die machen? Auch das war eine einfache Frage. Dann zählte sie drei namhafte Weine auf und fragte Dean, welchen er zu Ente à l'Orange, Vichyssoise und Lendenbraten servieren würde; schließlich wollte sie noch wissen, was er an heißen Sommertagen oder den problematischen Tagen nach dem Weihnachtsfest auf den Tisch zu bringen gedachte. Offensichtlich stellten seine Antworten sie zufrieden. Der Test war nicht schwer gewesen, und er konnte förmlich spüren, wie Kims Anspannung sich löste.

Mrs. Frensham zeigte ihnen die Küche, und irgendwann drehte sie sich zu Kim um und fragte sie: »Können Sie sich vorstellen, hier glücklich zu werden, Mrs. Bostock?«

Dean beschloss, Mrs. Frensham in sein Herz zu schließen. Und Kim war hier glücklich geworden. Diese Anstellung war für sie wie eine wundersame Erlösung gewesen. Er erinnerte sich an diese Mischung aus Ehrfurcht und Freude, mit der sie durch die große, funkelnde Küche gegangen war und sich später auch, wie in einem Traum, durch die anderen Räume bewegt hatte, das Wohnzimmer, das Schlafzimmer,

das luxuriöse Badezimmer, das sie für sich allein haben würden, wie sie mit ungläubigem Erstaunen die Möbel berührt hatte, zu jedem Fenster gelaufen war, um einen Blick hinauszuwerfen. Schließlich waren sie noch in den sonnendurchfluteten Garten gegangen, und sie hatte unwillkürlich beide Arme ausgestreckt, um dann wie ein kleines Mädchen seine Hand zu nehmen und ihn mit leuchtenden Augen anzuschauen. »Es ist wunderbar. Ich kann es nicht glauben. Keine Miete, und wir haben unser Auskommen. Wir können beide unseren Lohn sparen.«
Für sie war es ein Neuanfang gewesen, erfüllt von Hoffnung und hellen Bildern – von ihnen beiden, wie sie zusammen arbeiteten, sich unentbehrlich machten, dem Kinderwagen auf dem Rasen, dem Kind, das durch den Garten tollte, von ihren Blicken durch das Küchenfenster begleitet. Und als er ihr in die Augen geschaut hatte, war ihm klargeworden, dass es der Anfang vom Ende eines Traums war.

8

Wie jeden Morgen erwachte Rhoda nicht langsam zu vollem Bewusstsein, sondern war sofort munter, die Sinne hellwach für den neuen Tag. Sie blieb ein paar Minuten lang still liegen, genoss die Wärme und Behaglichkeit des Bettes. Vor dem Schlafengehen hatte sie die Vorhänge nicht ganz zugezogen, ein schmaler blasser Lichtstreifen zeigte ihr an, dass sie länger als erwartet geschlafen hatte, ganz sicher länger als gewöhnlich, und dass draußen ein winterlicher Tag angebrochen war. Sie hatte gut geschlafen, aber jetzt meldete sich das Bedürfnis nach einer heißen Tasse Tee. Sie rief die Nummer auf der Liste neben dem Bett an, und eine männliche Stimme meldete sich. »Guten Morgen, Miss Gradwyn. Hier ist Dean Bostock in der Küche. Können wir Ihnen etwas auf Ihr Zimmer bringen?«

»Tee, bitte. Indischen. Eine große Kanne, Milch, kein Zucker.«

»Möchten Sie gleich das Frühstück bestellen?«

»Ja, wenn Sie es mir bitte in einer halben Stunde bringen. Frisch gepressten Orangensaft, ein pochiertes Ei auf weißem Toast, dann einen Vollkorntoast mit Orangenmarmelade. Ich frühstücke auf meinem Zimmer.«

Das pochierte Ei war ein Test. Wenn es perfekt gekocht war, der Toast mit wenig Butter, weder zu hart noch durchweicht, dann durfte sie bei ihrem längeren Aufenthalt nach der Operation mit gutem Essen rechnen. Sie würde hierher zurückkommen – genau in dieses Zimmer. Sie zog ihren Morgenrock über, ging hinüber zum Fenster und blickte auf eine Landschaft aus waldigen Tälern und Hügeln. In den Tälern

lag Nebel, der die Hügelkuppen zu Inseln in einem silbrig-
bleichen See machte. Es musste eine klare, kalte Nacht gewesen sein. Das Gras auf dem schmalen Rasenstreifen unter
ihrem Fenster war bleich, vom Bodenfrost gehärtet, aber
eine dunstige Sonne war schon dabei, es wieder grün und
weich werden zu lassen. In den obersten Zweigen einer kahlen Eiche saßen ungewöhnlich ruhig und bewegungslos wie
sorgsam plazierte schwarze Vorzeichen drei Krähen. Unten
führte ein Weg unter Linden zu einer niedrigen Mauer, hinter der man einen Kreis aus Steinen erkannte. Erst sah sie
nur die Oberseiten der Steine, aber noch unter ihren Blicken
hob sich der Nebel, und der Kreis wurde vollständig. Auf
diese Entfernung, und weil der Kreis zum Teil im Schatten
der Mauer lag, konnte man nur erkennen, dass es Steine unterschiedlicher Größe waren, grobe, unförmige Klötze, die
ihren Ring um einen größeren Stein in ihrer Mitte schlossen.
Sie mussten prähistorisch sein. Während sie hinunterschaute, hörte sie hinter sich das leise Klappen der Wohnzimmertür. Der Tee war gekommen. Den Blick noch aus dem Fenster gerichtet, erkannte sie am Horizont einen schmalen silbrigen Streifen Licht, und ihr Herz machte einen kleinen
Sprung, als sie begriff, dass es das Meer sein musste.
Weil sie sich noch nicht von dem Anblick trennen wollte,
blieb sie ein paar Sekunden stehen, bevor sie sich umdrehte
und erschrak, als sie einer jungen Frau gegenüberstand, die
lautlos eingetreten war und sie schweigend betrachtete. Es
war eine schmale Gestalt in einem blaukarierten Kleid mit
einer unförmigen braunen Strickjacke darüber, die ihren
Status im Unklaren ließ. Offenbar war sie keine Krankenschwester, aber es fehlte ihr auch an der Sicherheit, dem aus
einer anerkannten und vertrauten Tätigkeit gewachsenen
Selbstbewusstsein eines Hausmädchens. Rhoda vermutete,

dass sie älter war, als sie aussah, aber in dieser Tracht, vor allem der schlecht sitzenden Strickjacke, wirkte sie beinahe kindlich. Sie hatte ein blasses Gesicht und glattes braunes Haar, das sie mit einer gemusterten Spange auf einer Seite festgesteckt hatte. Ihr Mund war klein, die Wölbung der Oberlippe über einer schmaleren Unterlippe so ausgeprägt, dass sie wie eine Schwellung aussah. Ihre blassblauen Augen unter den geraden Brauen standen leicht hervor. Sie blickten aufmerksam, etwas argwöhnisch, beinahe abschätzig in ihrer Unverwandtheit.

Mit einer Stimme, die mehr nach Stadt als nach Land klang, einer gewöhnlichen Stimme mit einem Anflug von Demut, der Rhoda aufgesetzt vorkam, sagte sie: »Ich bringe Ihnen den Morgentee, Madam. Ich heiße Sharon Bateman und arbeite hier als Küchenhilfe. Das Tablett steht draußen. Soll ich es hereinbringen?«

»Gleich. Ist der Tee frisch aufgegossen?«

»Ja, Madam. Ich habe ihn sofort hochgebracht.«

Rhoda hätte sie gerne darauf hingewiesen, dass das Wort Madam unpassend war, aber sie ließ es. »Dann soll er noch ein paar Minuten ziehen«, sagte sie. »Ich habe den Steinkreis da draußen gesehen. Man hat mir davon erzählt, aber ich wusste nicht, dass er so nah am Manor liegt. Ich nehme an, er ist prähistorisch.«

»Ja, Madam. Die Cheverell-Steine. Die sind sogar berühmt. Miss Cressett sagt, sie sind über dreitausend Jahre alt. Sie sagt, Steinkreise sind selten in Dorset.«

»Als ich letzte Nacht den Vorhang aufgezogen hab, war da unten ein Licht zu sehen, es kam aus der Richtung. Es sah aus wie eine Taschenlampe. Vielleicht ist dort jemand spazieren gegangen. Ich nehme an, es kommen viele Besucher, um die Steine zu sehen.«

»Nein, nicht so viele, Madam. Die meisten Leute wissen gar nicht, dass sie hier sind. Und die Dorfbewohner gehen da nicht hin. Das wird Mr. Chandler-Powell gewesen sein. Er spaziert gerne nachts auf dem Grundstück herum. Wir hatten ihn nicht erwartet, aber er ist gestern Abend gekommen. Aus dem Dorf lässt sich keiner bei den Steinen blicken, wenn es dunkel ist. Die fürchten sich alle vor dem Geist von Mary Keyte.«

»Wer ist Mary Keyte?«

»Bei den Steinen spukt es. Die Frau wurde 1654 an dem mittleren Stein festgebunden und verbrannt. Man hatte sie als Hexe verurteilt. Normalerweise hat man nur alte Frauen als Hexen verbrannt, aber sie war erst zwanzig. An dem braunen Fleck kann man immer noch sehen, wo das Feuer war. In der Mitte des Kreises ist nie wieder Gras gewachsen.«

»Na sicher, dafür werden die Menschen schon gesorgt haben in den Jahrhunderten«, sagte Rhoda. »Wahrscheinlich haben sie etwas hingeschüttet, damit es nicht nachwächst. Sie glauben doch wohl nicht an solchen Unsinn.«

»Man soll ihre Schreie bis zur Kirche gehört haben. Als sie zu brennen anfing, hat sie das Dorf verflucht, und fast alle Kinder sind gestorben. Ein paar von den Grabsteinen kann man noch sehen auf dem Kirchhof, aber die Schrift kann man nicht mehr lesen. Mog sagt, an dem Tag, an dem sie verbrannt worden ist, hört man ihre Schreie noch heute.«

»In stürmischen Nächten, vermute ich.«

Rhoda wurde des Gesprächs überdrüssig, aber sie wusste nicht, wie sie es beenden sollte. Das Kind – sie sah aus wie ein Kind und war sicher nicht älter als Mary Keyte damals – schien auf morbide Weise fasziniert von der Verbrennung zu sein. »Die Dorfkinder werden an einer ansteckenden

Krankheit gestorben sein, vielleicht an Tuberkulose oder an einem Fieber«, sagte Rhoda. »Zuerst hat man Mary Keyte die Schuld an ihren Krankheiten gegeben und sie verdammt, und nachdem man sie verbrannt hatte, konnte man ihr die Schuld an ihrem Tod geben.«

»Sie glauben also nicht daran, dass die Geister der Toten zu uns zurückkehren können?«

»Weder als Geister – was immer das heißt – noch in irgendeiner anderen Form.«

»Aber die Toten sind hier! Mary Keyte hat keine Ruhe gefunden. Die Bilder in diesem Haus, die Gesichter – sie haben das Manor nie verlassen. Und mich wollen sie hier nicht haben, das weiß ich.«

Sie klang nicht hysterisch oder übermäßig besorgt. Sie sagte es wie eine Feststellung. »Das ist lächerlich«, erwiderte Rhoda. »Die sind tot. Die können nichts mehr wollen. In dem Haus, in dem ich wohne, hängt ein altes Bild. Ein Gentleman aus der Zeit der Tudor. Manchmal versuche ich mir vorzustellen, was er wohl denken würde, wenn er mir beim Leben und Arbeiten zuschauen könnte. Aber das ist mein Gefühl, nicht seins. Und wenn ich es mir noch so einreden würde, ich könnte nicht mit ihm kommunizieren, er würde kein Wort zu mir sagen. Mary Keyte ist tot. Sie kann nicht zurückkommen.« Nach einer kurzen Pause fügte sie entschieden hinzu: »So, und jetzt will ich meinen Tee trinken.«

Das Tablett wurde hereingetragen, feines Porzellan, die Teekanne im selben Design wie die Tasse, dazu ein passendes Milchkännchen. Sharon sagte: »Ich soll Sie noch wegen dem Mittagessen fragen, Madam, ob Sie es hier oder im Patientensalon serviert haben wollen? Der ist unten am langen Flur. Sie können von einer Speisekarte wählen.«

Sie zog ein Stück Papier aus der Tasche ihrer Strickjacke und reichte es Rhoda. Es gab zwei Wahlmöglichkeiten. »Sagen Sie dem Koch, ich nehme die Consommé, die Jakobsmuscheln auf pürierten Pastinaken und Spinat mit Duchesse-Kartoffeln, und danach das Zitronensorbet. Und dazu hätte ich gerne einen gekühlten Weißwein. Ein Chablis wäre schön. Ich möchte um eins hier oben bei mir essen.«

Sharon ging hinaus. Rhoda trank ihren Tee und dachte über die Gefühlsverwirrung nach, die sie bei dem Mädchen erkannt zu haben meinte. Sie hatte das Mädchen noch nie zuvor gesehen und auch noch nicht von ihr gehört, und ein solches Gesicht vergaß man nicht so leicht. Und doch – wenn sie ihr auch nicht bekannt vorkam – erinnerte sie Rhoda unangenehm an ein Gefühl aus der Vergangenheit, das sie damals nicht intensiv empfunden hatte, das aber immer noch irgendwo tief im Gedächtnis vorhanden war. Und die kurze Begegnung hatte das Gefühl verstärkt, dass dieses Haus mehr bereithielt als die auf Gemälden bewahrten oder in Überlieferungen erhöhten Geheimnisse. Es könnte ganz interessant sein, ein paar kleine Erkundigungen einzuziehen, sich mal wieder der Leidenschaft hinzugeben, Wahrheiten über Menschen herauszufinden, Menschen als Individuen oder in ihren Arbeitsbeziehungen, hinter das zu schauen, was sie freiwillig von sich preisgaben, hinter die sorgsam konstruierten Rüstungen, in denen sie der Welt gegenübertraten. In Zukunft wollte sie diese Neugier zügeln, diese mentale Energie für ein anderes Ziel nutzbar machen. Gut möglich, dass dies ihre letzte Recherche sein würde, wenn man es überhaupt so nennen wollte, auch wenn es gewiss nicht das Ende ihrer Neugier war. Immerhin konnte sie feststellen, dass sie bereits etwas von ihrer Macht verloren hatte, nicht länger zwanghaft war. Und wenn sie erst von der Narbe befreit war, würde sie womöglich ganz verschwinden oder nur noch nützliches Attribut ihrer Arbeit sein. Aber über die Bewohner von Cheverell Manor wollte sie mehr wissen, und wenn es hier tatsächlich Interessantes zu erfahren gab, warum sollte Sharon mit ihrem unverhohlenen Mitteilungsbedürfnis nicht diejenige sein, die es ihr verriet? Sie hatte das Zimmer nur bis nach dem Mittagessen gebucht, und ein halber Tag wäre schon für das Dorf und das Grundstück des Manor zu knapp, schon deshalb, weil sie eine Verabredung mit Schwester Holland hatte, die ihr den OP und den Aufwachraum zeigen wollte. Der Morgennebel versprach einen schönen Tag, wie geschaffen für einen Spaziergang durch den Garten und vielleicht noch weiter. Der Ort, das Haus und die Suite gefielen ihr gut. Sie würde sich erkundigen, ob sie bis morgen Nachmittag bleiben konnte. Und in zwei Wochen würde sie sich operieren lassen, und ihr neues, noch nicht erprobtes Leben konnte beginnen.

9

Die Kapelle des Manor stand etwa sechzig Meter vom Ostflügel entfernt, halb verdeckt von einem Ring gesprenkelter Lorbeerbüsche. Über ihre frühe Geschichte und das Datum ihrer Errichtung war nichts bekannt, aber sie war zweifellos älter als das Manor, ein einziger, schlichter rechteckiger Raum mit einem steinernen Altar unterhalb des Fensters nach Osten. Es gab kein Licht außer Kerzen, von denen ein ganzer Vorrat in einer Pappschachtel links neben der Eingangstür lag, zusammen mit einem Sortiment Leuchter, viele aus Holz, die wie Relikte aus einer alten Küche oder den Schlafkammern der Dienstboten in Viktorianischer Zeit aussahen. Da keine Streichhölzer bereitlagen, musste der zufällige Besucher bei seiner Andacht, falls überhaupt, ohne den Segen ihres Lichts auskommen. Das Kreuz auf dem steinernen Altar war grob geschnitzt, von einem Gutsschreiner vielleicht, entweder im Auftrag seines Herrn oder seinem eigenen Drang zu Frömmigkeit und religiösem Bekenntnis gehorchend. Es dürfte kaum im Auftrag eines der lange schon verstorbenen Cressetts angefertigt worden sein, der mit Sicherheit Silber oder eine kunstvollere Holzschnitzerei bestellt hätte. Abgesehen von dem Kreuz war der Altar leer. Zweifellos hatten die Umwälzungen der Reformation ihn seiner früheren Ausstattung entkleidet, einst überladen mit Pracht, jetzt schlicht und schmucklos.
Das Kreuz stand genau in Marcus Westhalls Blickfeld. Manchmal ließ er den Blick für lange Augenblicke der Stille darauf verweilen, als hoffte er auf eine geheimnisvolle Kraft, eine Entscheidungshilfe, eine Gnade, von der er nur zu gut

wusste, dass er darauf nicht rechnen durfte. Unter diesem Symbol waren Kriege geführt worden, ungeheure Umwälzungen in Staat und Kirche hatten das Gesicht Europas verändert, Männer und Frauen waren gefoltert, verbrannt, ermordet worden. Man hatte es mit seiner Botschaft von Liebe und Vergebung bis in die finstersten Vorhöllen menschlicher Vorstellungskraft getragen. Ihm diente es als Konzentrationshilfe, als Brennpunkt für die vielen Gedanken, die ihm durch den Kopf krochen, flogen, wirbelten wie trockene Blätter im plötzlichen Windstoß.

Er war leise hereingekommen, hatte sich wie immer auf die hinterste Holzbank gesetzt, mit dem Blick auf das Kreuz, aber nicht um zu beten, denn er hätte gar nicht gewusst, wie man ein Gebet begann oder mit wem man in Kommunikation zu treten versuchte. Manchmal fragte er sich, was das wohl für ein Gefühl wäre, diese Geheimtür zu finden, von der man sagte, man müsse sie nur antippen, damit sie sich einem öffne, zu spüren, wie die Bürde der Entscheidungsunfähigkeit von den Schultern abfiel. Aber diese Dimension menschlicher Erfahrung war ihm so verschlossen wie dem Tauben die Musik. Vielleicht hätte Lettie Frensham sie aufstoßen können. Fast jeden Sonntagmorgen sah er Lettie in aller Herrgottsfrühe mit einer Wollmütze auf dem Kopf am Stone Cottage vorbeiradeln, sah ihre kantige Gestalt gegen den sanften Anstieg zur Landstraße antreten, von ungehörten Kirchenglocken zu einer fernen, ungenannten, nie erwähnten Dorfkirche gerufen. In der Kapelle hatte er sie noch nie gesehen. Wenn sie kam, dann zu den Zeiten, wenn er mit George im OP war. Er dachte, dass es ihm ganz recht gewesen wäre, wenn sie diesen Zufluchtsort mit ihm geteilt hätte, von Zeit zu Zeit leise hereingekommen wäre, um sich in gemeinschaftlichem Schweigen neben ihn zu setzen. Er wusste nicht viel über sie, nur dass sie Helena Cressetts Gouvernante gewesen war, und er wusste auch nicht, warum sie nach all den Jahren ins Manor zurückgekehrt war. Aber auf ihre schweigsame und ruhige, vernünftige Art erschien sie ihm wie ein stiller Teich in einem Haus, in dem die turbulenten Unterströmungen, nicht zuletzt die in seiner eigenen unruhigen Seele, so deutlich zu spüren waren.

Von den anderen im Manor ging nur Mog in die Dorfkirche, wo er sogar ein verdientes Mitglied des Kirchenchors war. Marcus vermutete, dass Mog mit seinem immer noch mächtigen Bariton bei der Abendandacht demonstrieren wollte, dass seine Loyalität – wenigstens teilweise – dem Dorf und nicht dem Manor, der alten Führung und nicht der neuen gehörte. Er war dem Eindringling zu Diensten, solange Miss Cressett im Hause etwas zu sagen hatte und die Bezahlung stimmte, aber Mr. Chandler-Powell konnte nur einen schmal rationierten Teil seiner Loyalität kaufen.

Außer dem Altarkreuz war eine bronzene Gedenktafel, in die Wand neben der Tür eingelassen, der einzige Hinweis darauf, dass diese Zelle etwas Besonderes war:

IM GEDENKEN AN CONSTANCE URSULA 1896–1928,
GEMAHLIN VON SIR CHARLES CRESSETT BT,
DIE FRIEDEN AN DIESEM ORT FAND.
MÄCHTIGER NOCH, ZU LANDE, IN DER LUFT
UND AUF DEM WASSER, DER MANN DES GEBETS,
UND TIEF UNTER DEM MEERESSPIEGEL;
UND AUF DEM PLATZ IN DER BUCHT DES GLAUBENS,
WO FINDET, WER SUCHET,
WO DIE TÜREN SICH DEM ÖFFNEN,
DER AN SIE KLOPFT.

Erinnert als Gemahlin, nicht als geliebtes Weib, gestorben mit zweiunddreißig. Eine kurze Ehe also. Er hatte die Verse, die sich so sehr von üblichen frommen Sprüchen unterschieden, inzwischen als Zeilen aus einem Gedicht von Christopher Smart identifiziert, einem Dichter des achtzehnten Jahrhunderts. Über Constance Ursula hatte er keine Nachforschungen angestellt. Wie alle anderen im Haus, traute er sich nicht, mit Helena über ihre Familie zu reden. Aber Bronze schien ihm ein ärgerlicher Misston in diesem Raum. Die Kapelle hätte nur aus Holz und Stein bestehen sollen.

Nirgendwo sonst im Manor fand man einen solchen Frieden, auch nicht in der Bibliothek, wo er manchmal allein saß und wo man immer darauf gefasst sein musste, dass die Tür sich öffnete und es vorbei war mit dem Alleinsein und er die Worte hörte, die er seit seiner Kindheit fürchtete: »Ach, Marcus, hier bist du, wir haben dich überall gesucht.« In der Kapelle hatte ihn noch niemand gesucht. Es war seltsam, dass diese steinerne Zelle ihm diesen Frieden gab, wo doch allein der Altar Mahnung an Konflikte war. In den unsicheren Tagen der Reformation hatte es theologische Streitereien zwischen dem Dorfpriester, der der alten Religion anhing, und dem damaligen Herrn, Sir Francis Cressett, gegeben, der sich zu den neuen Formen des Denkens und der Gottesverehrung hingezogen fühlte. Als er einen Altar für seine Kapelle benötigte, hatte er die Männer seines Hauses nächtens losgeschickt, damit sie ihm den aus der Lady Chapel stahlen, ein Sakrileg, das über Generationen eine Kluft zwischen Kirche und Manor gerissen hatte. Während des Bürgerkriegs war das Manor nach einem lokalen Scharmützel für kurze Zeit von den Truppen des Parlaments besetzt gewesen, und die Toten der Royalisten hatten auf diesem Steinboden gelegen.

Marcus schüttelte Gedanken und Erinnerungen ab und konzentrierte sich auf sein eigenes Dilemma. Er musste entscheiden – und zwar schnell –, ob er im Manor bleiben oder mit einem Team von Chirurgen nach Afrika gehen sollte. Was seine Schwester wollte und was auch er als Lösung für all seine Probleme erkannt zu haben meinte, wusste er, aber wäre diese Desertion nicht mehr als nur eine Flucht aus seiner Stelle? Er hörte wieder diese Mischung aus Ärger und Flehen in der Stimme seines Geliebten. Eric, der im St. Angela's als OP-Helfer arbeitete, hatte von ihm verlangt, an einer Schwulendemo teilzunehmen. Es war kein Streit aus heiterem Himmel gewesen, der Konflikt war nicht zum ersten Mal aufgebrochen. Er erinnerte sich an seine Worte.

»Was soll das für einen Sinn haben? Von einem Hetero würdest du auch nicht verlangen, dass er mit einem Transparent durch die Straßen marschiert, auf dem er seine Veranlagung verkündet. Warum müssen wir das tun? Geht es denn nicht nur darum, dass wir das Recht haben, zu sein, was wir sind? Wir müssen uns weder dafür rechtfertigen noch es an die große Glocke hängen. Wen außer dir geht meine Sexualität etwas an?«

Er wollte nicht an die Verbitterung und den Streit denken, an Erics gebrochene Stimme, sein tränenverschmiertes Kindergesicht.

»Es geht dir doch gar nicht um dein Recht auf Privatheit; du willst Reißaus nehmen. Du schämst dich dessen, was du bist, was ich bin. Und mit deinem Job ist es dasselbe. Du bleibst bei Chandler-Powell. Statt dir hier in London eine Vollzeitstelle zu suchen, vergeudest du dein Talent lieber an eine Handvoll eitler, extravaganter reicher Tussen, denen ihr Aussehen nicht mehr gefällt. Du würdest eine Stelle finden, garantiert würdest du eine Stelle finden.«

»Das ist im Moment gar nicht einfach, und ich habe keinesfalls die Absicht, mein Talent zu vergeuden. Ich gehe nach Afrika.«

»Um vor mir wegzulaufen.«

»Nein, Eric, um vor mir selber wegzulaufen.«

»Aber das schaffst du nicht, niemals, nie!« Erics Tränen, das Zuknallen der Tür waren die letzten Erinnerungen.

Er hatte so konzentriert auf den Altar gestarrt, dass das Kreuz zu einem Schleier verschwommen war. Er schloss die Augen und atmete den feuchten, kalten Geruch des Raums ein, spürte die harte Holzbank in seinem Rücken. Die letzte große Operation im St. Angela's kam ihm in den Sinn, ein Hund hatte einer älteren Kassenpatientin das Gesicht zerbissen. Sie war schon vorher krank gewesen, bei ihrer Prognose war es nur noch darum gegangen, ihr ein Lebensjahr zu erleichtern, wenn es hochkam, aber mit welcher Geduld, mit wie viel Kunstfertigkeit hatte George über viele Stunden das Gesicht wieder so zusammengeflickt, dass es sich dem unbarmherzigen Urteil der Welt stellen konnte. Bei ihm wurde nichts übereilt oder forciert, nichts versäumt. Mit welchem Recht verschwendete George dieses Engagement, diese Meisterschaft auch nur an drei Tagen der Woche auf reiche Frauen, denen ihr Mund, ihre Nase oder ihre Brüste nicht mehr gefielen und die die Welt wissen lassen wollten, dass sie sich seine Arbeit leisten konnten? Was war ihm daran so wichtig, dass er Zeit für etwas erübrigte, das jeder weniger begabte Chirurg ebenso gut erledigen konnte?

Und trotzdem war es ein Verrat an dem Mann, den er verehrte, wenn er ihn jetzt verließ. Und wenn er ihn nicht verließ, war es ein Verrat an sich selbst und an Candace, seiner Schwester, die ihn liebte und die genau wusste, dass er sich befreien musste, und ihn dazu drängte, endlich den Mut

dazu aufzubringen. Ihr selbst hatte es nie an Mut gefehlt. Er
hatte im Stone Cottage übernachtet und während der letzten Phase der Krankheit seines Vaters genug Zeit dort verbracht, um einen Eindruck davon zu bekommen, was sie
während dieser beiden Jahre hatte ertragen müssen. Der Job
war nun beendet, einen anderen hatte sie nicht in Aussicht,
und jetzt ging ihr Bruder nach Afrika. Sie engagierte sich
mit ganzem Herzen dafür, dass er es tat, aber er wusste, wie
einsam er sie zurücklassen würde. Er schickte sich an, die
beiden Menschen zu verlassen, die ihn liebten, Candace und
Eric, und den Mann, den er wie keinen anderen verehrte
und bewunderte, George Chandler-Powell.
Sein Leben war ein Desaster. Ein Teil seines Wesens, Zag-
haftigkeit, Trägheit, Mangel an Selbstbewusstsein, hatte ihn
in dieses Verhaltensmuster gezwungen, sich nicht entscheiden zu können, den Dingen ihren Lauf zu lassen, als hätte er
blindes Vertrauen in eine wohlwollende Vorsehung, die alles
zu seinen Gunsten regelte, wenn man sie nur gewähren ließ.
Wie viel von den drei Jahren hier im Manor waren der Loyalität und Dankbarkeit gegenüber einem Mann auf dem
Zenit seiner Schaffenskraft geschuldet, von dem er viel hatte
lernen können und den er nicht im Stich lassen wollte? Das
alles mochte eine Rolle gespielt haben, aber eigentlich war er
geblieben, weil es einfacher gewesen war, als sich auf den
Weg zu machen. Jetzt sah er den Tatsachen ins Auge. Er
würde ausbrechen, und das nicht nur physisch. In Afrika
konnte er etwas bewirken, gründlicher und dauerhafter, als
es hier im Manor je möglich wäre. Er musste endlich etwas
ändern, und wenn es eine Flucht war, dann war es eine
Flucht zu Menschen, die seine Fähigkeiten dringend benötigten, großäugigen Kindern mit hässlichen, unbehandelten
Hasenscharten, Leprakranken, die Zuwendung finden und

wiederhergestellt werden mussten, den Vernarbten, Entstellten und Ausgestoßenen. Er musste schwerere Luft atmen. Wenn er jetzt nicht mit Chandler-Powell redete, würde er nie mehr den Mut dazu aufbringen.

Er erhob sich mit steifen Beinen und schlurfte wie ein alter Mann zur Tür, blieb einen Moment lang stehen, um dann energischen Schritts auf das Manor zuzugehen wie ein Soldat, der in die Schlacht zieht.

10

Marcus fand George Chandler-Powell im Operationssaal. Sein Chef war allein und damit beschäftigt, eine Lieferung neuer Instrumente durchzuzählen, jedes einzelne eingehend zu begutachten, es in die Hand zu nehmen und zu drehen und zu wenden, bevor er es mit einer Art Ehrfurcht zurück auf das Tablett legte. Eigentlich war das die Arbeit des OP-Assistenten, Joe Maskell, der morgen früh um sieben erwartet wurde, damit er die erste Operation des Tages vorbereitete. Marcus wusste, dass es nicht mangelndes Vertrauen zu Joe war, das ihn die Instrumente selber prüfen ließ – er würde niemanden einstellen, dem er nicht vertraute –, aber hier war er zu Hause mit seinen zwei Passionen, seiner Arbeit und seinem Haus, und jetzt war er der kleine Junge, der sich mit seinem Lieblingsspielzeug beschäftigte.

»Ich würde gerne etwas mit Ihnen besprechen, wenn Sie Zeit haben«, sagte Marcus.

Selbst für seine eigenen Ohren klang seine Stimme unnatürlich, seltsam überdreht. Chandler-Powell schaute nicht hoch. »Das kommt darauf an, was Sie mit etwas meinen. Irgendetwas oder etwas Ernsthaftes.«

»Eher etwas Ernsthaftes.«

»Dann mache ich hier fertig, und wir gehen hinüber ins Büro.«

Für Marcus hatte der Vorschlag etwas Einschüchterndes. Er erinnerte ihn zu sehr an Vorladungen seines Vaters in sein Arbeitszimmer, als er noch ein Junge war. Er wollte jetzt sofort reden, es hinter sich bringen. Aber er wartete, bis die letzte Schublade geschlossen war und George Chandler-Powell vorausging, zur Tür hinaus in den Garten, durch das Hinterhaus, den Flur entlang ins Büro. Lettie Frensham saß vor dem Computer, aber als sie eintraten, murmelte sie eine Entschuldigung und schlich hinaus. Chandler-Powell nahm hinter dem Schreibtisch Platz, bot Marcus einen Stuhl an und wartete. Marcus versuchte sich davon zu überzeugen, dass sein Schweigen keine mühsam kontrollierte Ungeduld war.

Da nicht damit zu rechnen war, dass George das Wort ergreifen würde, sagte Marcus: »Ich bin zu einer Entscheidung wegen Afrika gekommen. Ich wollte Ihnen mitteilen, dass ich beschlossen habe, mich Mr. Greenfields Team anzuschließen. Ich wäre Ihnen dankbar, wenn Sie mich in drei Monaten entlassen könnten.«

»Ich vermute, Sie waren in London und haben mit Mr. Greenfield gesprochen«, antwortete Chandler-Powell. »Sicher hat er Sie auf mögliche Probleme hingewiesen, nicht zuletzt, was Ihre weitere Laufbahn betrifft.«

»Ja, das hat er.«

»Matthew Greenfield ist einer der besten plastischen Chirurgen in Europa, wahrscheinlich der Welt. Und er ist ein hervorragender Lehrer. Seine Qualifikationen sprechen für sich. Er geht nach Afrika, um dort zu lehren und ein erstklassiges Zentrum aufzubauen. Und genau das wollen die Afrikaner, sie wollen lernen, selber mit ihren Problemen zurechtzukommen, sich nicht alle Arbeit von den Weißen abnehmen zu lassen.«

»Ich gehe nicht dorthin, um jemandem die Arbeit abzunehmen, ich will einfach nur helfen. Es gibt so viel zu tun, und Mr. Greenfield glaubt, ich könnte nützlich sein.«

»Sicher glaubt er das, sonst hätte er nicht seine und Ihre Zeit verschwendet. Was meinen Sie, was Sie zu bieten haben? Sie sind Mitglied des Royal College und ein fähiger Chirurg, aber Sie sind kein qualifizierter Lehrer, und mit den richtig komplizierten Fällen kommen Sie allein noch nicht zurecht. Wenn Sie jetzt nach Afrika gehen, und sei's nur für ein Jahr, dann hat das gravierende Auswirkungen auf Ihre Karriere – falls Sie eine solche ernsthaft anstreben. Es war schon nicht besonders hilfreich, dass Sie so lange hiergeblieben sind, und darauf hab ich Sie hingewiesen, als Sie zu uns kamen. Diese neue Approbationsordnung verschärft die Ausbildungsrichtlinien ganz außerordentlich. Aus einstigen Medizinalassistenten sind jetzt Probejahr-Ärzte geworden – wir wissen alle, was für einen Unsinn die Regierung da gemacht hat –, ältere Praktikumsärzte fallen durch den Rost, Krankenhausärzte sind zu Lehrlingen chirurgischer Spezialisten geworden, und Gott weiß, wie lange das jetzt so weitergeht, bis sie sich wieder etwas Neues ausdenken, noch mehr Formblätter, die ausgefüllt werden müssen, noch mehr Bürokratie, noch mehr Stolpersteine für Leute, die einfach nur in ihrem Beruf vorankommen wollen. Aber eins ist sicher, wenn Sie eine Karriere als Chirurg machen wollen, müssen Sie sich an die Ausbildungsrichtlinien halten, und die lassen keine großen Spielräume mehr. Vielleicht könnte man Sie wieder in den Gang der Dinge integrieren, und ich will dabei gerne behilflich sein, aber wenn Sie jetzt nach Afrika absegeln, fährt der Zug ohne Sie ab. Und aus religiösen Motiven werden Sie ja kaum dorthin gehen. Meine Sympathie hätten Sie nicht, wenn es so wäre, aber ich könnte es verstehen – oder, besser, ich könnte es akzeptieren. Es gibt solche Menschen, aber Sie sind mir eigentlich nie besonders fromm vorgekommen.«

»Darauf könnte ich mich nicht herausreden.«

»Und, worauf können Sie sich herausreden? Universelle Wohltätigkeit? Oder postkoloniales schlechtes Gewissen? Soll immer noch sehr beliebt sein.«

»George, dort gibt es für mich sinnvolle Arbeit zu tun. Ich will mich auf gar nichts herausreden, ich bin absolut überzeugt davon, dass Afrika das Richtige für mich ist. Ich kann nicht ewig hierbleiben, Sie haben es selber gesagt.«

»Darum bitte ich Sie auch gar nicht. Ich bitte Sie nur, sich gut zu überlegen, in welche Richtung Ihre Karriere gehen soll. Das heißt, ob Sie eine chirurgische Karriere anstreben. Aber wenn Sie sich bereits entschieden haben, sage ich kein Wort mehr. Ich schlage vor, Sie denken noch mal darüber nach, und für den Augenblick gehe ich davon aus, dass ich in drei Monaten einen Ersatz für Sie brauche.«

»Ich weiß, welche Scherereien ich Ihnen damit mache, und es tut mir leid. Und ich weiß auch, was Sie für mich getan haben. Dafür bin ich dankbar. Dafür werde ich Ihnen immer dankbar sein.«

»Jetzt hören Sie auf, mir etwas von Dankbarkeit vorzufaseln. Das Wort existiert nicht unter Kollegen. Wir gehen jetzt davon aus, dass Sie uns in drei Monaten verlassen. Ich wünsche Ihnen, dass Sie in Afrika finden, wonach Sie dort suchen. Oder laufen Sie vor etwas weg, was es auch sein mag? So, und wenn es sonst nichts mehr gibt, hätte ich mein Büro jetzt gerne für mich.«

Es gab noch etwas, und Marcus sammelte den Mut, es zu vorzubringen. Es waren Worte gefallen, die eine Beziehung zerstört hatten. Das war schlimm genug. »Es geht um eine Patientin«, sagte er. »Rhoda Gradwyn. Sie ist inzwischen hier.«

»Ich weiß. Und in zwei Wochen kommt sie wieder, um sich operieren zu lassen, es sei denn, es gefällt ihr nicht im Manor, und sie entscheidet sich doch noch für ein Bett im St. Angela's«

»Wäre das nicht vielleicht besser?«

»Für Miss Gradwyn oder für mich?«

»Ich frage mich, ob es in Ihrem Sinne sein kann, in diesem Hause investigativem Journalismus Vorschub zu leisten. Wenn eine kommt, folgen womöglich andere nach. Ich kann mir gut vorstellen, was die Gradwyn schreiben wird. *Reiche Frauen geben ein Vermögen aus, weil sie ihr Spiegelbild nicht mehr ertragen. Kostbare chirurgische Kapazitäten sollten nutzbringender verwandt werden.* Sie wird ein Haar in der Suppe finden, das ist ihr Beruf. Die Patienten verlassen sich auf unsere Diskretion und erwarten absolute Vertraulichkeit. Ist das nicht der Sinn dieses Hauses?«

»Nicht der einzige. Und ich werde mich hüten, meine Patienten nach anderen als medizinischen Kriterien auszusuchen. Ganz bestimmt mache ich keinen Versuch, der Publikumspresse einen Maulkorb anzulegen. In Anbetracht der Machenschaften und Hinterlist unserer Regierungen brauchen wir eine Institution, die stark genug ist, von Zeit zu Zeit den Mund aufzureißen. Ich habe mal geglaubt, in einem freien Land zu leben. Jetzt muss ich einsehen, dass das ein Irrtum war. Aber wir haben wenigstens noch eine freie Presse, und ich bin sogar bereit, ein gewisses Maß an Unsitte, Populismus, Sentimentalität, sogar an falschen Darstellungen in Kauf zu nehmen, damit sie frei bleibt. Ich nehme an, Candace hat Sie bearbeitet. Auf Ihrem eigenen Mist ist das sicher nicht gewachsen. Wenn Ihre Schwester persönliche Gründe für ihre Abneigung gegen Miss Gradwyn hat, soll sie ihr eben aus dem Weg gehen. Die Patienten fallen nicht in ihre Zuständigkeit. Sie muss ihr nicht begegnen, jetzt nicht und auch nicht, wenn sie wiederkommt. Ich suche meine Patienten nicht nach dem Geschmack Ihrer Schwester aus. So, und wenn das jetzt alles ist, was Sie mir zu sagen haben – ich denke, wir haben beide genug zu tun. Ich jedenfalls.«

Er stand auf und blieb an der Tür stehen. Ohne ein weiteres Wort ging Marcus an George vorbei, streifte ihn dabei am Ärmel und verließ das Büro. Er fühlte sich wie ein unfähiger, in Unehren entlassener Dienstbote. Das war der Mentor, den er jahrelang bewundert, wenn nicht sogar verehrt hatte. Und jetzt musste er mit Schrecken feststellen, dass seine Gefühle für ihn von Hass nicht mehr weit entfernt waren. Ein Gedanke, beinahe eine Hoffnung, illoyal und schändlich, ergriff Besitz von ihm. Vielleicht müsste der Westflügel, das ganze Unternehmen, die Pforten schließen, wenn es zu einem Unglück kam, einem Feuer, einer Infektion, einem Skandal. Wie wollte Chandler-Powell weitermachen, wenn die zahlungskräftigen Patienten ausblieben? Er versuchte, diesen unvorstellbaren Fantasien den Zugang zu seinem Denken zu verwehren, aber sie ließen sich nicht zurückhalten, zu seinem Entsetzen nicht einmal die schändlichste und schrecklichste von allen – der Tod eines Patienten.

11

Chandler-Powell wartete, bis Marcus' Schritte verhallt waren, bevor er das Manor verließ, um Candace Westhall zu besuchen. Er hatte anderes mit diesem Mittwoch vorgehabt, als sich in Streitereien mit Marcus oder seiner Schwester verwickeln zu lassen, aber jetzt war eine Entscheidung gefallen, und er wollte so schnell wie möglich über Candace Westhalls Pläne Bescheid wissen. Sollte auch sie beschlossen haben, Cheverell Manor zu verlassen, wäre das ärgerlich, aber es wäre verständlich, wenn sie jetzt, nachdem ihr Vater tot war, zum nächsten Studienjahr auf ihren Posten an der Universität zurückkehren wollte. Und selbst wenn sie es nicht vorhatte, war ihre Aufgabe im Manor als Helenas Vertretung, wenn Helena in London war, und als Aushilfskraft im Büro nicht gerade eine berufliche Perspektive. Er mischte sich nicht gerne in die Hausverwaltung des Manor ein, aber wenn Candace ihn verließ, musste er das so schnell wie möglich wissen.

In einer unsteten Wintersonne ging er den Weg zum Stone Cottage hinauf, und beim Näherkommen sah er den dreckverspritzten Sportwagen vor dem Rose Cottage stehen. Westhalls Cousin, Robin Boyton, war also wieder mal da. Ihm fiel ein, dass Helena seinen Besuch mit wenig Vorfreude erwähnt hatte, und die Westhalls würden ähnlich empfinden. Boyton hatte die Angewohnheit, sich kurzfristig im Cottage einzumieten, aber da es frei war, hatte Helena ihm wohl schlecht absagen können.

Er sah immer wieder mit Erstaunen, wie das Stone Cottage sich verändert hatte, seit Candace und ihr Vater vor zweieinhalb Jahren hierhergekommen waren. Sie war eine eifrige Gärtnerin. Chandler-Powell vermutete, dass die Arbeit ihr nicht selten als legitimer Vorwand gedient hatte, von Peregrine Westhalls Bett fernzubleiben. Er hatte den Mann nur zweimal besucht, bevor er gestorben war, aber er wusste – wie vermutlich das ganze Dorf –, dass er ein selbstsüchtiger, schwieriger und undankbarer Pflegling gewesen war. Und jetzt, nachdem er tot war und Marcus aus England fortging, würde Candace, befreit von einer Pflicht, die ihr wie eine Knechtschaft vorgekommen sein musste, ihre eigenen Pläne für die Zukunft haben.

Sie harkte den Rasen hinter dem Haus, gekleidet in ihr altes Tweedjackett, Cordhosen und die für Gartenarbeit reservierten Stiefel, das volle dunkle Haar unter einer Wollmütze versteckt, die sie bis über die Ohren gezogen hatte. Durch die Mütze wurde die große Ähnlichkeit mit ihrem Vater noch stärker betont, die dominierende Nase, die tiefliegenden Augen unter geraden, buschigen Brauen, die langen, schmalen Lippen, ein ausdrucksvolles, markantes Gesicht, das, wenn das Haar versteckt war, etwas Androgynes bekam. Seltsam, dass die Gene der Westhalls so verteilt waren, dass sich in Marcus' Gesicht, nicht in ihrem, die Züge des alten Mannes zu beinahe weiblicher Sanftheit ausgebildet hatten. Als sie ihn sah, lehnte sie die Harke an einen Baumstamm und kam ihm entgegen. »Guten Morgen, George«, sagte sie. »Ich glaube, ich weiß, was Sie zu mir führt. Ich wollte gerade Kaffeepause machen. Kommen Sie doch mit rein.«

Sie ging ihm voraus durch die Seitentür, die sie meistens benutzte, in die alte Speisekammer, die mit ihren nackten Mauern und dem steinernen Boden eher wie ein Schuppen aussah, ein idealer Ort für ausgediente Geräte, dominiert von einer Küchenkommode mit Tellerbord, das mit einem Sammelsurium von Krügen und Tassen, alten Schlüsselbunden und den verschiedensten Tellern und Schüsseln behängt war. Sie gingen weiter in die angrenzende kleine Küche. Sie war sauber und ordentlich, aber Chandler-Powell dachte bei ihrem Anblick, dass es höchste Zeit war, sie zu vergrößern und zu modernisieren, und wunderte sich, dass Candace, die als eine ambitionierte Köchin galt, sich noch nicht beschwert hatte.

Sie schaltete die Kaffeemaschine ein und nahm zwei Becher aus dem Küchenschrank, dann warteten sie schweigend darauf, dass der Kaffee durchgelaufen war. Nachdem sie ein Milchkännchen aus dem Kühlschrank genommen hatte, gingen sie weiter ins Wohnzimmer. Als er ihr an dem quadratischen Tisch gegenübersaß, musste er wieder daran denken, wie wenig für das Cottage getan worden war. Das meiste Mobiliar stammte von ihr, aus eigenen Beständen; manches konnte durchaus Neid erregen, anderes war zu groß für den Raum. Vor drei Wänden standen hölzerne Bücherregale, der Teil von Peregrine Westhalls Bibliothek, den er mit ins Cottage gebracht hatte, als er aus seinem Pflegeheim ausgezogen war. Er hatte die Bibliothek seiner alten Schule vermacht, aber sie hatten nur die für brauchbar erachteten Bücher aussortiert, und jetzt verwandelte der verbliebene Rest die Wände in Honigwaben mit halbleeren Fächern, auf denen die ungewollten Bände gegeneinanderfielen, traurige Symbole der Zurückweisung. Der ganze Raum vermittelte einen Eindruck von Vergänglichkeit und Verlust. Nur die gepolsterte Sitzbank, die im rechten Winkel zum Kamin stand, versprach etwas Behaglichkeit.

Er sagte ohne Einleitung: »Ich habe gerade von Marcus gehört, dass er in drei Monaten nach Afrika geht. Und ich frage mich, welchen Anteil Sie an diesem nicht sehr intelligenten Plan haben.«

»Wollen Sie damit sagen, Sie halten meinen Bruder nicht für fähig, seine eigenen Entscheidungen zu treffen?«

»Sie zu treffen schon. Ob er dann Ernst damit macht, steht auf einem anderen Blatt. Es würde mich sehr wundern, wenn Sie ihn nicht beeinflusst hätten. Sie sind acht Jahre älter. Und da Ihre Mutter während des größten Teils seiner Kindheit schwerkrank war, ist es kein Wunder, dass er auf Sie hört. Haben Sie ihn nicht mehr oder weniger großgezogen?«

»Sie scheinen ja bestens über meine Familie Bescheid zu wissen. Wenn ich Einfluss genommen habe, dann, um ihn zu ermutigen. Es wird Zeit, dass er geht. Ich verstehe, dass es für Sie ein Problem ist, George, und darüber ist er auch unglücklich, das sind wir beide. Aber Sie werden Ersatz finden. Seit einem Jahr wissen Sie von dieser Möglichkeit. Sie müssen doch längst jemanden im Kopf haben.«

Damit hatte sie recht. Es gab einen pensionierten Chirurgen seiner Fachrichtung, sehr kompetent, wenn nicht exzellent, der ihm liebend gerne drei Tage in der Woche assistieren würde. »Das ist meine geringste Sorge«, sagte er. »Was hat Marcus vor? Will er für immer in Afrika bleiben? Das wird nicht zu machen sein. Ein, zwei Jahre dort arbeiten und dann zurückkehren? Wohin? Er muss sehr gründlich darüber nachdenken, was er mit seinem Leben machen will.«

»Das müssen wir alle«, sagte Candace. »Er hat nachgedacht. Und ist überzeugt von dem, was er sich vorgenommen hat. Vaters Testament ist vollstreckt, das Geld ist da. Er muss niemandem zur Last fallen in Afrika. Und er kommt nicht mit leeren Händen. Sie müssten doch eigentlich verstehen, dass man sich nicht gegen etwas wehren kann, das einem der ureigene Instinkt vorschreibt. Haben Sie Ihr Leben nicht auch so gelebt? Treffen wir nicht alle hin und wieder Entscheidungen in der Gewissheit, dass sie absolut richtig sind, dass ein Plan, eine Veränderung absolut notwendig sind? Und selbst wenn man scheitert, das Zurückweichen wäre ein viel größeres Scheitern. Ich glaube, manche Menschen nennen so etwas einen Ruf Gottes.«

»In Marcus' Fall scheint es mir eher ein Vorwand für eine Flucht zu sein.«

»Aber auch dafür gibt es den richtigen Zeitpunkt, für eine Flucht. Marcus muss fort von diesem Ort, von seiner Arbeit, dem Manor, von Ihnen.«

»Von mir?« Es war eine ruhig ausgesprochene Replik, ohne Ärger, als wäre es ein Aspekt, den es abzuwägen galt. Seine Miene verriet nichts.

Sie sagte: »Von Ihrem Erfolg, Ihrer Meisterschaft, Ihrer Reputation, Ihrem Charisma. Er muss selber seinen Mann stehen.«

»Ich wusste nicht, dass ich ihn daran hindere, seinen Mann zu stehen, was immer das heißt.«

»Nein, das wissen Sie nicht. Eben weil Sie es nicht wissen, muss er gehen, und ich muss ihn dabei unterstützen.«

»Sie werden ihn vermissen.«

»Ja, George, ich werde ihn vermissen.«

Darauf bedacht, nicht zu aufdringlich zu klingen, aber weil er es wissen musste, fragte er: »Bleiben Sie noch eine Weile hier bei uns? Ich denke, Helena würde sehr froh darüber sein. Jemand muss sie ersetzen, wenn sie nach London fährt. Aber ich nehme an, Sie werden an die Universität zurückgehen wollen.«

»Nein, George, das kann ich nicht. Sie haben beschlossen, den Fachbereich für Altphilologie zu schließen. Mangel an

Bewerbern. Mir haben sie eine Halbtagsstelle in einem der neuen Fachbereiche angeboten, die sie jetzt einrichten – Komparative Religionswissenschaft oder Britische Studien, was immer das ist. Und weil mir die Lehrkompetenz fehlt, gehe ich nicht an die Uni zurück. Ich würde gerne noch ein halbes Jahr hierbleiben, nachdem Marcus abgereist ist. Neun Monate sollten reichen, um mir über meine Zukunft klarzuwerden. Aber wenn Marcus fort ist, kann ich es nicht mehr rechtfertigen, hier mietfrei zu wohnen. Ich wäre froh, wenn Sie etwas Miete von mir annehmen, bis ich weiß, wie es weitergeht.«

»Das wird nicht nötig sein. Ich möchte hier lieber kein Mietverhältnis installieren, aber wenn Sie noch neun Monate oder so bleiben können, würde es mich freuen, falls Helena einverstanden ist.«

»Ich werde sie natürlich fragen«, sagte sie. »Ich würde gerne ein paar Veränderungen vornehmen. Solange Vater am Leben war, konnte man nichts machen, weil er jede Art von Lärm gehasst hat, besonders den von Handwerkern. Aber die Küche ist bedrückend und zu klein. Wenn Sie nach meinem Auszug Personal oder Besucher im Cottage unterbringen wollen, müssen Sie sowieso etwas tun. Das Vernünftigste wäre, die alte Speisekammer zur Küche umzubauen und das Wohnzimmer zu vergrößern.«

Chandler-Powell stand nicht mehr der Sinn nach einer Diskussion des Zustands der Küche. Er sagte: »Wir werden mit Helena darüber reden. Und Sie sollten mit Lettie die Kosten einer Renovierung des Cottage besprechen. Daran führt kein Weg vorbei. Ich glaube, ein paar Verschönerungsarbeiten sollten wir uns erlauben können.«

Er hatte seinen Kaffee ausgetrunken und erfahren, was er wissen musste, aber bevor er sich erheben und gehen konnte,

116

sagte sie: »Noch etwas, George. Sie haben Rhoda Gradwyn im Haus, und ich habe gehört, sie kommt in zwei Wochen wieder, um sich operieren zu lassen. Es gibt doch noch Ihre Belegbetten im St. Angela's. London wäre für die Frau doch ohnehin geeigneter. Hier langweilt sie sich bloß, und das macht Frauen wie sie besonders gefährlich. Und sie ist gefährlich.«

Er hatte sich also nicht getäuscht. Candace steckte hinter der Paranoia um Rhoda Gradwyn. »Gefährlich?«, fragte er. »In welcher Hinsicht gefährlich? Gefährlich für wen?«

»Wenn ich das wüsste, würde ich mir weniger Sorgen machen. Aber Sie kennen doch sicher ihren Ruf – falls sie etwas anderes als chirurgische Zeitschriften lesen. Die Frau ist Enthüllungsjournalistin, eine von der schlimmsten Sorte. Die schnüffelt nach Klatschgeschichten wie ein Schwein nach Trüffeln. Sie hat es zu ihrem Job gemacht, Dinge über andere Menschen zu erfahren, mit denen sie ihnen weh tun, Ärger machen kann oder Schlimmeres, und mit denen sie das breite englische Publikum in Erregung versetzen kann, wenn sie publik werden. Sie verkauft Geheimnisse gegen Bezahlung.«

»Ist das nicht eine maßlose Übertreibung?«, fragte er. »Und selbst wenn es wahr wäre, wäre das keine Legitimation, sie nicht dort zu behandeln, wo sie es wünscht. Wozu die Aufregung? Sie wird hier nichts finden, um ihren Appetit zu stillen.«

»Sind Sie da so sicher? Die findet etwas.«

»Und unter welchem Vorwand sollte ich sie davon abhalten, wiederzukommen?«

»Sie müssten sie nicht vor den Kopf stoßen. Sagen Sie einfach, es wäre versehentlich zu einer Doppelbuchung gekommen und Sie hätten kein Bett frei.«

Nur mit Mühe konnte er seinen Ärger unterdrücken. Eine solche Einmischung in den Umgang mit seinen Patienten war unerträglich. »Candace, was soll das alles?«, fragte er. »Sie sind sonst so vernünftig. Das klingt ja fast nach Verfolgungswahn.«

Sie ging voraus in die Küche, um die Kaffeebecher zu spülen und die Kaffeemaschine zu leeren. Nach kurzem Schweigen sagte sie: »Das hab ich mich auch schon gefragt. Ich gebe zu, es hört sich abwegig und irrational an. Außerdem steht es mir nicht zu, mich in diese Dinge einzumischen, ich kann mir bloß nicht vorstellen, dass Patienten, die wegen der Diskretion hierherkommen, erfreut darüber sind, sich in Gesellschaft einer berüchtigten Sensationsreporterin wiederzufinden. Aber Sie müssen sich keine Sorgen machen. Ich werde ihr nicht über den Weg laufen, heute nicht und nicht, wenn sie wiederkommt. Und ich habe auch nicht vor, ihr mit dem Küchenmesser zu Leibe zu rücken. Das ist sie, ehrlich gesagt, gar nicht wert.«

Sie brachte ihn zur Tür. Er sagte: »Wie ich sehe, gibt uns Robin Boyton mal wieder die Ehre. Ich glaube, Helena hat erwähnt, dass er kommt. Wissen Sie, weshalb er hier ist?«

»Weil Rhoda Gradwyn hier ist, sagt er. Anscheinend sind sie befreundet, und er denkt, dass sie froh über Gesellschaft ist.«

»Für eine Nacht? Und wenn sie operiert wird, mietet er sich dann auch im Cottage ein? Er wird sie nicht zu sehen bekommen, und heute auch nicht. Sie hat keinen Zweifel daran gelassen, dass sie hier absolut ungestört sein will, und ich werde dafür sorgen, dass sie es auch bleibt.«

Als er die Gartentür hinter sich zuklappte, fragte er sich, was hinter alldem steckte. Es musste einen persönlichen Grund für die Abneigung geben, anders war sie nicht zu erklären. Richtete sie alle Frustration der zwei Jahre, die sie an einen ungeliebten alten Mann gefesselt war, mit der Aussicht, ihren Job zu verlieren, nun auf Rhoda Gradwyn? Und jetzt ging Marcus nach Afrika. Da konnte sie ihn noch so unterstützen in seinem Entschluss, glücklich dürfte sie kaum darüber sein. Als er jetzt mit energischen Schritten auf das Manor zuging, vergaß er Candace Westhall und ihre Sorgen und konzentrierte sich auf seine eigenen. Er würde einen Ersatz für Marcus finden, und falls Flavia ebenfalls gehen wollte, würde sich auch dafür eine Lösung finden. Sie wurde ungeduldiger. Es gab Anzeichen, die nicht einmal er übersehen konnte, so beschäftigt er auch war. Vielleicht wurde es Zeit, die Affäre zu beenden. Die Weihnachtsferien rückten näher, die Arbeit wurde weniger, vielleicht sollte er jetzt den Mut fassen und der Geschichte ein Ende machen.

Zurück im Manor beschloss er, mit Mogworthy zu reden, der wahrscheinlich die unverlässliche Wintersonne nutzte und im Garten arbeitete. Zwiebeln mussten gesetzt werden, und er musste langsam einmal etwas Interesse für Mogs und Helenas Pläne für den Frühling an den Tag legen. Er betrat das Haus durch den Nordeingang, der zur Terrasse und in den Boskettgarten führte. Mogworthy war nirgends zu sehen, dafür steuerten zwei andere Gestalten Seite an Seite auf die Lücke in der hinteren Buchenhecke zu, den Durchgang in den Rosengarten. Die kleinere war Sharon, und in ihrer Begleiterin erkannte er Rhoda Gradwyn. Also zeigte Sharon ihr den Garten, eine Aufgabe, die normalerweise Helena oder Lettie übernahm, wenn ein Gast darum bat. Er stand da und blickte dem seltsamen Paar nach, bis es hinter der Hecke verschwand, anscheinend im vertrauten Zwiegespräch, Sharon zu ihrer Begleiterin aufschauend. Aus irgendeinem Grund beunruhigte ihn dieser Anblick. Marcus' und

Candace' Vorahnungen hatten ihn eher verärgert als beunruhigt, aber jetzt verspürte er zum ersten Mal einen leisen Stich der Furcht, ein Gefühl, dass etwas Unberechenbares und potenziell Gefährliches in seine Welt eingedrungen war. Ein geradezu abergläubischer Gedanke, zu unsinnig, um ihn ernsthaft zu erwägen, und so schob er ihn beiseite. Aber es war schon seltsam, dass Candace, hochintelligent und normalerweise so vernünftig, dieses Schreckensbild von Rhoda Gradwyn an die Wand malte. Wusste sie etwas über die Frau, das er nicht wusste, etwas, das sie ihm verheimlichte? Er beschloss, nicht nach Mogworthy zu suchen, sondern ging gleich zurück ins Manor und zog die Tür fest hinter sich ins Schloss.

12

Helena wusste von Chandler-Powells Besuch im Stone Cottage und wunderte sich nicht, als Candace Westhall zwanzig Minuten nach seiner Rückkehr im Büro erschien.

Ohne Einleitung sagte Candace: »Ich möchte etwas mit Ihnen besprechen. Eigentlich zwei Dinge. Rhoda Gradwyn. Ich habe sie gestern ankommen sehen – zumindest habe ich den BMW vorbeifahren sehen, und ich vermute, dass es ihrer war. Wann reist sie wieder ab?«

»Heute jedenfalls nicht. Sie hat eine zweite Nacht gebucht.«

»Und Sie haben eingewilligt?«

»Ich konnte schlecht nein sagen ohne eine Erklärung, und es gibt keine. Das Zimmer ist frei. Ich habe George angerufen, und er hatte keine Einwände.«

»Warum auch. Ein Tag mehr, an dem Geld reinkommt, und er muss keinen Finger rühren.«

Helena sagte: »Wir beide doch wohl auch nicht.«

Sie sprach ohne Ressentiments. Ihrer Meinung nach handelte Chandler-Powell vernünftig. Aber bei Gelegenheit wollte sie mit ihm über die Gäste reden, die nur für eine Nacht kamen. War es wirklich so wichtig, sich im Vorhinein einen Eindruck von der Einrichtung zu verschaffen? Wenn es nach ihr ging, sollte das Manor nicht zu einer Bed-and-Breakfast-Pension verkommen. Aber vielleicht war es klüger, die Sache nicht anzusprechen. Es hatte ihm immer sehr am Herzen gelegen, dass die Patienten vorher wussten, wo sie sich operieren ließen. Er würde sich jede Einmischung in die

Leitung der Klinik verbitten. Ohne dass sie die Grenzen je abgesteckt hätten, kannte jeder seinen Platz. Er mischte sich grundsätzlich nicht in die Hausverwaltung des Manor ein, sie sich nicht in die Angelegenheiten der Klinik.

»Und dann kommt sie noch mal zur Operation wieder?«, fragte Candace.

»Vermutlich, in gut zwei Wochen.« Es herrschte Schweigen. »Warum echauffieren Sie sich so darüber? Sie ist eine Patientin wie jede andere. Sie hat für eine Woche Rekonvaleszenz im Anschluss an die Operation gebucht, aber ich denke nicht, dass sie so lange bleibt, nicht im Dezember. Sie will sicher in die Stadt zurück. Wie auch immer, ich wüsste nicht, weshalb sie mehr Ärger machen sollte als andere Patienten. Eher weniger.«

»Kommt darauf an, was Sie unter Ärger verstehen. Die Frau ist eine knallharte Enthüllungsjournalistin. Ständig am Schnüffeln nach neuen Storys. Wenn sie Material für einen neuen Artikel sucht, findet sie auch etwas, selbst wenn es nur für einen Hetzartikel über die Eitelkeit und Dummheit einiger unserer Patientinnen reicht. Immerhin garantiert man ihnen hier Diskretion und Sicherheit. Wie wollen Sie Diskretion garantieren, wenn Sie eine Journalistin im Haus haben, und dann noch eine von der Sorte?«

»Außer ihr wohnt nur noch Mrs. Skeffington hier, sie wird also aller Wahrscheinlichkeit nach nur ein Beispiel für Eitelkeit und Dummheit finden, über das sie schreiben könnte.« Sie dachte: *Da steckt doch mehr dahinter. Warum sorgt sie sich so um das Wohlergehen einer Klinik, die ihr Bruder ohnehin verlassen will?* »Es steckt doch etwas Persönliches dahinter, stimmt's?«, sagte sie. »Es klingt jedenfalls so.« Candace wandte sich ab. Helena bedauerte den Impuls, der sie zu dieser Frage veranlasst hatte. Eigentlich waren sie ein gutes Team, respektierten sich gegenseitig, zumindest beruflich. Es war nicht der rechte Augenblick für einen Vorstoß auf ein persönliches Terrain, das – genau wie bei ihr selbst – mit einem Verbotsschild abgesperrt war.

Nach erneutem Schweigen sagte Helena: »Sie sprachen von zwei Dingen.«

»Ich habe George gebeten, noch ein halbes, vielleicht ein ganzes Jahr bleiben zu dürfen. Ich würde Ihnen weiter mit den Büchern und der Büroarbeit zur Hand gehen, wenn Sie denken, dass es Ihnen nützt. Natürlich zahle ich eine ordentliche Miete, sobald Marcus fort ist. Aber wenn es Ihnen nicht recht ist, möchte ich lieber nicht bleiben. Vielleicht sollte ich Ihnen gleich sagen, dass ich nächste Woche drei Tage lang weg bin. Ich fliege nach Toronto, um eine Art Rente für Grace Holmes einzurichten, die Krankenschwester, die mir mit Vater geholfen hat.«

Marcus ging also weg. Da hatte er also endlich eine Entscheidung getroffen. Der Verlust würde George schwer treffen, aber Marcus war nicht unersetzbar. »Wir wüssten gar nicht, wie wir ohne Sie zurechtkommen sollten. Ich wäre sehr froh, wenn Sie bleiben, wenigstens noch eine Weile. Und ich weiß, dass Lettie auch so denkt. Sie machen also Schluss mit der Uni?«

»Die Universität macht Schluss mit mir. Es fehlt an Studenten, um den Fachbereich Altphilologie offenzuhalten. Ich habe das schon lange kommen sehen. Letztes Jahr haben sie den Fachbereich Physik geschlossen, um die Forensischen Wissenschaften zu erweitern, und jetzt schließen sie die Altphilologie und machen die Theologie zur Komparativen Religionswissenschaft. Und sollte sich auch das als zu schwierig erweisen – was bei den spärlichen Neuzugängen gar nicht ausbleiben kann –, dann machen sie aus der Komparativen Religionswissenschaft eben Religions- und Medienforschung oder Forensische Religionswissenschaften. Unsere Regierenden sind Traumtänzer, wenn sie als Ziel formulieren, dass fünfzig Prozent aller jungen Leute zur Universität gehen, und gleichzeitig dafür sorgen, dass vierzig Prozent der Absolventen höherer Schulen ohne Ausbildung bleiben. Aber ich will mich hier nicht über die höhere Bildung auslassen. Ich habe die Nase voll davon.«

Sie hat ihren Job verloren, dachte Helena, *jetzt verliert sie auch noch ihren Bruder; als einzige Perspektive bleibt ihr ein halbes Jahr im Manor, und klare Vorstellungen, wie es weitergehen soll, scheint sie nicht zu haben.* Beim Anblick von Candace' Profil wallte Mitleid in ihr auf. So vorübergehend das Gefühl war, so erstaunlich war es. Sie konnte sich nicht vorstellen, einmal in Candace' Lage zu kommen. Der Grund für die Misere war dieser grauenhafte alte Despot, der sich zwei Jahre Zeit mit dem Sterben gelassen hatte. Warum konnte sich Candace nicht von ihm befreien? Sie hatte ihn gepflegt wie eine viktorianische Krankenschwester, aber es war keine Liebe dabei gewesen. Das hätte sogar ein Blinder erkannt. Helena war dem Cottage nach Möglichkeit ferngeblieben, wie der größte Teil des Personals, aber durch Klatsch, Andeutungen und Aufgeschnapptes war trotzdem bekannt geworden, was dort vor sich ging. Der Alte hatte seine Tochter verachtet, ihr Selbstvertrauen als Frau und Wissenschaftlerin zerstört. Warum hatte sie sich bei ihren Fähigkeiten nicht an einer der renommierten Universitäten um eine Stelle bemüht, statt an einer vom unteren Ende der Rangliste? War ihr von dem alten Tyrannen eingeimpft worden, dass es bei ihr zu nichts Besserem reichte? Und außerdem hatte er mehr Pflege beansprucht, als sie leisten konnte, trotz der Hilfe der Gemeindeschwester. Warum hatte sie ihn nicht in ein Pflegeheim gesteckt? In dem Heim in Bournemouth, wo sein Vater gepflegt worden war, war er nicht glücklich gewesen, aber es hätte andere gegeben, und es fehlte der Familie nicht an Geld. Man erzählte sich, dass der alte Mann von seinem Vater, der nur ein paar Wochen vor ihm gestorben war, an die acht Millionen Pfund vererbt bekommen hatte. Inzwischen war das Testament vollstreckt, Marcus und Candace waren reich.

Fünf Minuten später war Candace wieder fort, und Helena dachte über das Gespräch nach. Etwas hatte sie Candace verschwiegen. Wahrscheinlich war es nicht besonders wichtig, aber es wäre womöglich ein zusätzlicher Quell des Ärgers gewesen. Zumindest hätte es Candace' Laune nicht gebessert, wenn sie erfahren hätte, dass Robin Boyton sich auch für den Tag vor Miss Gradwyns Operation und die Woche ihrer Rekonvaleszenz im Rose Cottage eingemietet hatte.

13

Am Freitag, dem 14. Dezember, die Operation an Rhoda Gradwyns Gesicht war zu seiner Zufriedenheit abgeschlossen, saß George Chandler-Powell gegen acht Uhr abends in seinem privaten Wohnzimmer im Ostflügel. Am Ende eines Operationstags suchte er gerne die Stille des Alleinseins, und auch wenn er heute nur eine einzige Patientin hatte, war die Behandlung ihrer Narbe komplizierter und zeitaufwendiger als erwartet gewesen. Um sieben hatte Kimberley ihm ein leichtes Abendessen gebracht, und kurz vor acht waren alle Spuren der Mahlzeit verschwunden und der kleine Speisetisch zusammengeklappt. Er durfte sich auf zwei ungestörte Stunden freuen. Um kurz vor sieben war er bei seiner Patientin gewesen, und um zehn würde er noch einmal nach ihr sehen. Marcus war gleich nach der Operation nach London gefahren, um dort die Nacht zu verbringen, aber Chandler-Powell wusste Miss Gradwyn in Flavias erfahrenen Händen, war selber in Rufweite und durfte sich seinen privaten Vergnügungen zuwenden. Nicht zuletzt war das eine Karaffe Château Pavie auf dem kleinen Tisch vor dem Kamin. Er erweckte die Scheite mit dem Schürhaken zu mehr Leben, sorgte dafür, dass sie ordentlich aufgereiht lagen, und ließ sich in seinem Lieblingssessel nieder. Dean hatte den Wein in die Karaffe gefüllt, in einer halben Stunde würde er auf Trinktemperatur sein.

Ein paar der besten Gemälde, zusammen mit dem Manor erstanden, hingen im großen Saal und in der Bibliothek, aber seine Lieblingsbilder hatte er hier. Zu ihnen gehörten sechs Aquarelle, die ihm eine dankbare Patientin hinterlassen hatte. Die Erbschaft war völlig unerwartet gekommen, er hatte sich nicht einmal an den Namen der Frau erinnern können. Alle sechs zeigten englische Szenen, offensichtlich hatte sie seine Reserviertheit gegenüber ausländischen Ruinen und fremden Landschaften geteilt, und er war dankbar dafür. Drei Ansichten von Kathedralen: Albert Goodwins Aquarell von Canterbury, ein Peter de Wint von Gloucester und Thomas Girtins Lincoln. An der Wand gegenüber hingen eine Landschaft in Kent von Robert Hill und zwei Seestücke, eines von Copley Fielding und Turners Studie zu seinem Aquarell von der Ankunft des englischen Postschiffs in Calais, die ihm das liebste war.

Einen Augenblick verweilte sein Blick auf dem Regency-Bücherschrank, in dem die Bücher standen, die wieder zu lesen er sich hundertmal vorgenommen hatte, viele von ihnen Kindheitslektüre, aber jetzt war er, wie so oft am Ende eines Arbeitstages, zu müde für die symbiotische innere Befriedigung durch das Lesen und entschied sich für die Musik. Ein besonderes Vergnügen wartete auf ihn, eine Neuaufnahme von Händels *Semele*, dirigiert von Christian Curnyn, mit seinem Lieblingsmezzosopran Hilary Summers, herrlich sinnenfrohe Musik, fröhlich und losgelassen wie Komische Oper. Er legte die erste CD in das Gerät, als es an der Tür klopfte. Seine Verärgerung grenzte an Wut. Nur selten störte man ihn in seinem Privatbereich, und noch seltener klopfte jemand. Bevor er etwas sagen konnte, kam Flavia zur Tür herein, schlug sie fest hinter sich zu und lehnte sich dagegen. Bis auf die Haube trug sie noch Tracht. Unwillkürlich fragte er: »Miss Gradwyn? Ist alles in Ordnung?«

»Natürlich ist alles in Ordnung. Sonst wäre ich nicht hier. Sie hat um Viertel nach sechs Hunger bekommen und ein

Abendessen bestellt – Consommé, Rühreier und geräucherten Lachs, als Nachspeise eine Zitronencreme, falls es dich interessiert. Sie hat das meiste davon gegessen, und offensichtlich mit Appetit. Schwester Frazer sieht nach ihr, bis ich zurück bin, dann hat sie Feierabend und wir fahren zurück nach Wareham. Ich wollte jetzt nicht über Miss Gradwyn mit dir sprechen.«

Schwester Frazer gehörte zu seinem Teilzeitpersonal. »Wenn es nichts Dringendes ist, hat es dann nicht bis morgen Zeit?«, fragte er.

»Nein, George, das hat es nicht. Nicht bis morgen, nicht bis übermorgen und bis überübermorgen schon gar nicht. Nicht bis zu einem Sankt-Nimmerleins-Tag, an dem du mir mal dein Ohr zu leihen geruhst.«

»Nimmt es viel Zeit in Anspruch?«, fragte er.

»Mehr als du üblicherweise für mich erübrigst.«

Er konnte sich denken, was jetzt kam. Gut, es musste früher oder später geklärt werden, wie es mit der Beziehung weitergehen sollte, warum nicht jetzt gleich, wo der Abend schon im Eimer war. Ihre Unmutsäußerungen häuften sich in letzter Zeit, aber hier im Manor hatte sie ihn bis jetzt damit verschont.

»Ich hole meine Jacke«, sagte er. »Machen wir einen Spaziergang unter den Linden.«

»Im Dunkeln? Außerdem kommt ein Sturm auf. Können wir nicht hier reden?«

Aber er war schon seine Jacke holen gegangen. Er kehrte zurück, zog sie über und klopfte die Seitentaschen nach den Schlüsseln ab. »Wir reden draußen«, sagte er. »Ich rechne mit einem ungemütlichen Gespräch, und ungemütliche Gespräche führe ich lieber außerhalb dieses Raums. Du solltest dir einen Mantel holen. Wir treffen uns an der Tür.«

Er musste ihr nicht erklären, an welcher Tür. Nur die im Erdgeschoss des Westflügels führte auf die Terrasse und die Lindenallee. Sie wartete schon auf ihn, im Mantel, einen Wollschal um den Kopf gewickelt. Die Tür war verschlossen, aber nicht verriegelt, und er schloss hinter ihnen wieder ab. Eine Minute lang gingen sie schweigend, und Chandler-Powell hatte nicht die Absicht, das zu ändern. Verärgert über die Störung des Feierabends zeigte er keinerlei Neigung, ihr zu helfen. Flavia hatte um die Unterredung gebeten. Wenn sie etwas zu sagen hatte, war sie an der Reihe.

Erst als sie am Ende der Lindenallee angekommen waren und nach ein paar Sekunden des Zögerns kehrtgemacht hatten, blieb sie stehen und sah ihn an. Er konnte ihr Gesicht nicht genau erkennen, aber sie stand stocksteif da, und diese Härte und Entschlossenheit in ihrer Stimme kannte er bis jetzt noch nicht.

»So können wir nicht weitermachen. Wir müssen eine Entscheidung treffen. Ich bitte dich, mich zu heiraten.«

Da war er also, der Augenblick, vor dem er sich gefürchtet hatte. Aber es hatte seine Entscheidung sein sollen, nicht ihre. Er fragte sich, warum er es nicht hatte kommen sehen, aber dann wurde ihm klar, dass diese Forderung, selbst in dieser brutalen Direktheit, nicht ganz unerwartet kam. Er hatte die Anzeichen geflissentlich übersehen, ihre Launenhaftigkeit, der unausgesprochene Groll, der sich langsam zu einer Art Hass gesteigert hatte. Ruhig sagte er: »Ich fürchte, das ist nicht möglich, Flavia.«

»Natürlich ist es möglich. Du bist geschieden, ich bin allein.«

»Ich will damit sagen, dass es nie eine Option für mich gewesen ist. Es war von Anfang an nicht die Basis unserer Beziehung.«

»Ach, und was war deiner Meinung nach die Basis? Ich rede von der Zeit, als wir uns verliebt haben – vor acht Jahren. Falls du es vergessen hast. Auf welcher Basis ist das passiert?«

»Sexuelle Anziehung, vermute ich. Respekt, Zuneigung. Das war bei mir alles dabei. Ich habe nie gesagt, dass ich dich liebe. Ich habe nie von Ehe gesprochen. Ich war nicht auf der Suche nach der Frau fürs Leben. Eine gescheiterte Ehe ist genug.«

»Nein, du bist immer ehrlich gewesen – ehrlich oder auf der Hut. Nicht einmal Treue wolltest du mir garantieren, richtig? Ein attraktiver Mann, ein exzellenter Chirurg, geschieden, auf dem Markt. Glaubst du, ich weiß nicht, wie oft du dich auf mich verlassen hast – auf meine Skrupellosigkeit, wenn du so willst –, wenn du dich mal wieder einer dieser habgierigen kleinen Goldgräberinnen entledigen musstest, die ihre Klauen nach dir ausgestreckt hatten? Und ich spreche nicht von einer beiläufigen Affäre. Das ist es für mich nie gewesen. Ich spreche von acht Jahren ehrlichen Engagements. Jetzt sag doch mal, ob ich dir jemals in den Sinn komme, wenn wir nicht zusammen sind? Hast du überhaupt noch ein anderes Bild von mir im Kopf als in Tracht und mit Maske im OP, wo ich dir jeden Gedanken von den Augen ablese und genau weiß, was du magst und was nicht, welche Musik du bei der Arbeit hören willst, und immer da bin, wenn du mich brauchst, immer schön diskret am Rand deines Lebens? Nicht viel anders als im Bett, findest du nicht? Aber wenigstens im OP war ich nicht so leicht zu ersetzen.«

Seine Stimme blieb ruhig, aber mit leiser Beschämung spürte er, dass der scheinheilige Unterton für Flavia kaum zu überhören war. »Flavia, es tut mir leid. Sicher war ich oft gedankenlos und verletzend, aber ohne es zu wollen. Ich wusste nicht, dass du das so empfindest.«

»Verschon mich mit deinem Mitleid. Ich verlange nicht einmal Liebe. Ich will Gerechtigkeit. Die Ehe. Den Status einer Ehefrau, die Hoffnung auf Kinder. Ich bin sechsunddreißig. Und ich will nicht bis zur Pensionierung arbeiten müssen. Und danach? Soll ich mir mit meiner Abfindungssumme ein Cottage auf dem Land kaufen und hoffen, dass die Dorfbewohner mich akzeptieren? Oder lieber eine Zweizimmerwohnung in London, in einer Wohnlage, die ich mir leisten kann? Ich habe keine Geschwister. Ich habe Freunde vor den Kopf gestoßen, um mit dir zusammen zu sein, für dich da zu sein, wenn du mal Zeit für mich hattest.«

»Ich habe dich nie gebeten, mir dein Leben zu opfern. Wenn du es unbedingt als Opfer bezeichnen willst.«

Sie sprach einfach weiter, als hätte er nichts gesagt. »In acht Jahren haben wir nicht ein einziges Mal zusammen Urlaub gemacht, weder hier noch im Ausland. Wie oft sind wir zusammen in ein Konzert, ins Kino oder in ein Restaurant gegangen, und wenn, dann in eins, wo keine Gefahr bestand, dass dir Bekannte über den Weg laufen. Ich will diese alltäglichen geselligen Dinge, die andere Menschen auch erleben.«

Er wiederholte, und diesmal etwas aufrichtiger: »Es tut mir leid. Ich war sicher egoistisch und gedankenlos. Vielleicht muss Zeit vergehen, damit du etwas gnädiger auf diese acht Jahre zurückblickst. Und es ist noch längst nicht zu spät. Du bist sehr attraktiv und noch jung. Es ist nur vernünftig, wenn man erkennt, dass ein Lebensabschnitt beendet ist und es Zeit ist, etwas Neues zu machen.«

Jetzt konnte er ihr sogar in der Dunkelheit die Verachtung ansehen. »Das heißt, du willst mich abschaffen?«

»Nein, nicht so. Ein Neuanfang. Sagst du das nicht auch, geht es nicht genau darum?«

»Und du willst mich nicht heiraten? Du wirst deine Meinung nicht ändern?«

»Nein, Flavia, ich werde meine Meinung nicht ändern.«

»Es ist das Manor, richtig?«, sagte sie. »Es ist keine andere Frau, die zwischen uns steht, es ist das Haus. Du hast in diesem Haus nie mit mir geschlafen, nie. Du willst mich hier nicht haben. Nicht für immer. Nicht als deine Frau.«

»Flavia, das ist lächerlich. Ich suche nicht nach der geeigneten Schlossherrin.«

»Wenn du in London leben würdest, in deiner Wohnung am Barbican, müssten wir dieses Gespräch nicht führen. Wir wären glücklich dort. Aber ich gehöre nicht hier in dein Herrenhaus, das sehe ich deinen Augen an. Alles in diesem Haus wehrt sich gegen mich. Und bilde dir nicht ein, dass die Leute hier nicht wissen, dass wir ein Verhältnis haben – Helena, Lettie, die Bostocks, sogar Mog. Wahrscheinlich haben sie schon Wetten laufen, wann du mich rauswirfst. Und wenn es so weit ist, muss ich mich durch ihr Mitleid demütigen lassen. Einmal frage ich dich noch – heiratest du mich?«

»Nein. Es tut mir leid, Flavia, aber die Antwort ist nein. Wir würden nicht glücklich werden, und eine zweite Enttäuschung will ich nicht riskieren. Du musst akzeptieren, dass es zu Ende ist.«

Zu seinem Entsetzen fing sie plötzlich zu weinen an. Sie griff nach seiner Jacke, schmiegte sich an ihn, er hörte ihre keuchenden Schluchzer, spürte den Pulsschlag ihres Körpers, die weiche Wolle ihres Schals an seiner Wange, ihren vertrauten Geruch, ihren Atem. Er fasste sie bei den Schultern und sagte: »Flavia, nicht weinen. Das ist eine Befreiung. Ich gebe dich frei.«

Sie löste sich von ihm, ein hilfloser Versuch, Würde zu bewahren. Das Schluchzen unterdrückend, sagte sie: »Es würde seltsam aussehen, wenn ich plötzlich verschwinde, außerdem wird morgen Mrs. Skeffington operiert, und jemand muss sich um Miss Gradwyn kümmern. Deshalb bleibe ich, bis du in die Weihnachtsferien abgereist bist, aber wenn du zurückkommst, bin ich nicht mehr da. Und einen Wunsch musst du mir noch erfüllen. Ich habe dich nie um etwas gebeten, richtig? Deine Geburtstags- und Weihnachtsgeschenke hast du von deiner Sekretärin aussuchen oder gleich aus dem Laden herschicken lassen, das weiß ich schon lange. Du musst heute Nacht zu mir kommen. Es ist das erste und letzte Mal, das verspreche ich dir. Komm spät, gegen elf. Es darf nicht so zu Ende gehen.«

Jetzt wollte er sie nur noch loswerden. »Ja«, sagte er, »natürlich komme ich.«

Sie murmelte einen Dank, drehte sich um und ging mit schnellen Schritten zum Haus zurück. Hin und wieder geriet sie ins Stolpern, und er musste dem Impuls widerstehen, ihr nachzugehen, zu versuchen, sie mit ein paar letzten Worten zu beschwichtigen. Aber die würde er nicht finden. Er wusste, dass er in Gedanken bereits nach einer neuen OP-Schwester suchte. Er wusste auch, dass er sich zu einer fatalen Zusage hatte verleiten lassen, aber daran war jetzt nichts mehr zu ändern.

Er wartete, bis ihre Gestalt immer undeutlicher wurde und in der Dunkelheit verschwand.

Und er wartete noch eine Weile. Sein Blick wanderte hinauf zum Westflügel, wo zwei schwache Lichter zu sehen waren, eins in Mrs. Skeffingtons Zimmer, das andere nebenan bei Rhoda Gradwyn. Ihre Nachttischlampe brannte also noch, sie hatte sich noch nicht schlafen gelegt. Er dachte an die

Nacht vor gut zwei Wochen zurück, als er auf der Mauer gesessen und ihr Gesicht am Fenster beobachtet hatte. Wieso zog gerade diese Patientin seine Fantasie so sehr in ihren Bann. Vielleicht war es die kryptische und nach wie vor ungeklärte Antwort auf seine Frage, warum sie so lange damit gewartet hatte, sich von ihrer Narbe zu befreien. *Weil ich sie nicht mehr brauche.*

14

Vier Stunden zuvor war Rhoda Gradwyn langsam aus der Narkose erwacht. Als sie die Augen aufschlug, sah sie als Erstes einen kleinen Kreis. Er hing direkt vor ihr in der Luft wie ein schwebender Vollmond. Ihr Verstand, verwirrt, aber gebannt, versuchte sich einen Reim darauf zu machen. Der Mond kann es nicht sein, dachte sie. Zu fest und bewegungslos. Der Kreis wurde schärfer, und sie erkannte eine Wanduhr mit hölzernem Rahmen und einem schmalen inneren Messingring. Obwohl Zeiger und Ziffern deutlicher wurden, ließ die Tageszeit sich nicht ablesen; da es ohnehin egal war, gab sie den Versuch auf. Ihr wurde bewusst, dass sie in einem fremden Zimmer im Bett lag und dass andere um sie herum waren, die sich wie blasse Schatten auf leisen Sohlen bewegten. Dann fiel es ihr wieder ein. Sie wollte sich ihre Narbe entfernen lassen, wahrscheinlich war sie schon für die Operation fertiggemacht worden. Sie fragte sich, wann es so weit sein würde.

Jetzt erst merkte sie, dass mit ihrer linken Gesichtshälfte etwas geschehen war. Sie spürte ein Brennen, ein schmerzendes Gewicht, wie von einem dicken Pflaster. Es reichte über den Rand ihres Munds und zog den linken Augenwinkel herunter. Sie hob versuchsweise die Hand, nicht sicher, ob sie die Kraft zu der Bewegung hatte, und berührte leicht ihr Gesicht. Da war keine linke Wange mehr. Mit den Fingern ertastete sie eine feste Masse, ein bisschen rauh und kreuz und quer mit etwas beklebt, das sich wie Heftpflaster anfühlte. Jemand drückte ihr sanft den Arm nach unten, dann sagte eine beruhigend vertraute Stimme: »Sie sollten die Kompresse noch eine Weile in Ruhe lassen.« Sie begriff, dass sie im Aufwachraum war, und die beiden Gestalten, die langsam Konturen annahmen, Mr. Chandler-Powell und Schwester Holland sein mussten.

Sie hob den Blick und versuchte, trotz der Behinderung durch den Verband Worte zu formen. »Wie ist es gegangen? Sind Sie zufrieden?«

Es klang wie ein Krächzen, aber Mr. Chandler-Powell schien sie verstanden zu haben. Sie hörte seine Stimme, gelassen, ernsthaft, beruhigend. »Sehr zufrieden. Und das werden Sie hoffentlich auch bald sein. Jetzt müssen Sie sich hier noch eine Weile ausruhen, dann bringt die Schwester Sie hinauf in Ihr Zimmer.«

Sie lag bewegungslos, während die Dinge um sie herum Gestalt annahmen. Wie lange die Operation wohl gedauert hatte? Eine, zwei oder drei Stunden? Egal wie lange, sie hatte die Zeit in einer Art Scheintod verloren, dem Tod so ähnlich, wie ihn sich ein Mensch nur vorstellen konnte, eine völlige Aufhebung der Zeit. Sie dachte über den Unterschied zwischen zeitweiligem Tod und Schlaf nach. Wenn man aus einem Schlaf erwachte, sei er noch so tief gewesen, wusste man, dass Zeit vergangen war. Die Gedanken versuchten nach Resten des Traums vor dem Erwachen zu greifen, bevor sie jenseits der Erinnerung versanken. Sie prüfte ihr Gedächtnis, durchlebte noch einmal den letzten Tag. Sie saß im trommelnden Regen in ihrem Auto, dann traf sie im Manor ein, betrat zum ersten Mal den Großen Saal, packte in ihrem Zimmer den Koffer aus, unterhielt sich mit Sharon. Aber das alles war natürlich vor über zwei Wochen passiert, bei ihrem ersten Besuch. Langsam kehrte die jüngste Vergangenheit zurück. Gestern war alles anders gewesen, eine angenehme, unkomplizierte Fahrt, winterliches Sonnenlicht, unterbrochen von plötzlichen kurzen Regenschauern. Und diesmal hatte sie ein paar geduldig erfragte Informationen mit ins Manor gebracht; sie konnte davon Gebrauch machen oder es lassen. In diesem Moment wohliger Schläfrigkeit gedachte sie es zu lassen, wie sie auch ihre eigene Vergangenheit hinter sich ließ. Man konnte sie kein zweites Mal leben, nichts daran ließ sich mehr verändern. Sie hatte ihr Schlimmes angetan, aber bald wäre ihre Macht gebrochen. Sie schloss die Augen, trieb hinüber in den Schlaf, in Gedanken bei der friedlichen Nacht, die vor ihr lag, und dem nächsten Morgen, den sie nicht mehr erleben würde.

15

Sieben Stunden später, wieder in ihrem Zimmer, regte sich Rhoda in schläfrigem Erwachen. Einige Augenblicke lang, in der kurzen Verwirrung, die das plötzliche Erwachen aus tiefem Schlaf bewirkt, lag sie ganz still und reglos. Sie war sich der Behaglichkeit des Bettes, des Gewichts ihres Kopfes auf den erhöhten Kissen, des Geruchs der Luft bewusst – anders als in ihrem Londoner Schlafzimmer –, frisch, aber etwas stechend, eher herbstlich als winterlich, ein Geruch nach Erde und Gras, von einem unruhigen Wind hereingetragen. Es herrschte völlige Dunkelheit. Bevor sie endlich Schwester Hollands Rat befolgt hatte, sich schlafen zu legen, hatte sie darum gebeten, die Vorhänge zurückzuziehen und das Gitterfenster einen Spalt zu öffnen; auch im Winter mochte sie nicht ohne frische Luft schlafen. Vielleicht war das nicht klug gewesen. Gebannt zum Fenster starrend, konnte sie sehen, dass das Zimmer dunkler war als die Nacht draußen; hohe Sternbilder musterten einen sanft leuchtenden Himmel. Der Wind frischte auf, rauschte im Kamin, sie spürte seinen Atem auf der rechten Wange.

Vielleicht sollte sie die ungewohnte Erschöpfung von sich schütteln und aufstehen, um das Fenster zu schließen. Die Anstrengung erschien ihr zu groß. Sie hatte das angebotene Schlafmittel abgelehnt und wunderte sich, ohne jedoch beunruhigt zu sein, über diese Schwere, diesen Wunsch, zu bleiben, wo sie war, warm und behaglich eingehüllt, auf das nächste sanfte Brausen des Windes wartend, den Blick starr auf das schmale Rechteck aus Sternenlicht gerichtet. Sie spürte keine Schmerzen, hob die linke Hand und berührte vorsichtig den gepolsterten Verband und das Klebeband, das ihn festhielt. Sie hatte sich an die Steifheit und das Gewicht des Verbands gewöhnt und meinte beinahe, ihn mit einer gewissen Zärtlichkeit zu berühren, als wäre er ebenso ein Teil von ihr wie die unsichtbare Wunde, die er bedeckte.

Und jetzt, in einer kurzen Windflaute, hörte sie ein so leises Geräusch, dass nur die absolute Stille im Zimmer es hörbar gemacht haben konnte. Es war mehr zu spüren als zu hören, etwas bewegte sich durch das Wohnzimmer nebenan. Zuerst fühlte sie in ihrem schläfrigen Halbbewusstsein keinerlei Furcht, nur eine vage Neugier. Es musste früher Morgen sein. Vielleicht war es schon sieben, und der Tee war gekommen. Und dann war da noch ein anderes Geräusch, ein ganz leises, aber unverkennbares Quietschen. Jemand hatte die Schlafzimmertür geschlossen. Die Neugier wich einer ersten kalten Beklommenheit. Es erklang keine Stimme. Kein Licht wurde angeschaltet. Sie versuchte mit gebrochener, vom Verband gedämpfter Stimme etwas zu rufen. »Wer ist da? Was machen Sie hier? Wer sind Sie?« Sie bekam keine Antwort. Und jetzt wusste sie, dass es kein freundlicher Besuch war, dass jemand im Zimmer war, der Böses im Schilde führte.

Sie lag steif da, als die bleiche Gestalt, in Weiß gehüllt und maskiert, neben ihr Bett trat. Über ihr bewegten sich Hände in ritueller Gestik, die obszöne Parodie einer geistlichen Segnung. Unter größter Anstrengung versuchte sie sich aufzusetzen – das Bettzeug war plötzlich bleischwer – und eine Hand nach dem Klingelzug und dem Schalter der Lampe auszustrecken. Der Klingelzug war verschwunden. Ihre Hand tastete nach dem Lichtschalter, drehte ihn, aber es leuchtete keine Glühbirne auf. Jemand hatte den Klingelzug außer Reichweite festgeklemmt und die Birne aus der Lampe gedreht. Sie stieß keinen Schrei aus. Die langen Jahre disziplinierter Selbstkontrolle, des Unterdrückens aller Anzeichen von Angst, des Verzichts auf befreiende Rufe und Schreie, hatten sie dieser Fähigkeit beraubt. Und sie wusste, dass es ein sinnloser Versuch gewesen wäre, der Verband machte schon das Sprechen fast unmöglich. Sie versuchte, sich aus dem Bett zu erheben, aber sie war unfähig, sich zu bewegen.

Schwach leuchteten die weißen Konturen der Gestalt aus der Dunkelheit, der verhüllte Kopf, das maskierte Gesicht. Eine Hand bewegte sich über die Scheibe des halb geöffneten Fensters – aber es war nicht die Hand eines Menschen. Durch diese knochenlosen Venen war nie Blut geflossen. Die Hand, so blässlich weiß, als wäre sie vom Arm abgetrennt, bewegte sich in ungewisser Absicht langsam durch den Raum. Geräuschlos verriegelte sie das Fenster und zog mit einer in ihrer Kontrolliertheit beinahe zarten, eleganten Geste langsam den Vorhang vor das Fenster. Die Dunkelheit im Raum wurde noch dichter, jetzt war nicht nur das Licht ausgeschlossen, es schien eine Verdichtung der Luft damit einhergegangen zu sein, die das Atmen erschwerte. Sie redete sich ein, dass sie einer aus dem Halbschlaf geborenen Halluzination erlegen war, und einen gesegneten Augenblick lang, in dem aller Schrecken von ihr abfiel, starrte sie auf die Vision, wartete darauf, dass sie sich in der Dunkelheit auflöste. Aber dann erstarb alle Hoffnung.

Die Gestalt stand neben dem Bett, schaute auf sie herunter. Sie erkannte nichts als formlose Konturen, möglich, dass gnadenlose Augen auf sie herabblickten, sie sah nur einen schwarzen Schlitz. Sie hörte Worte, leise gesprochen, die sie nicht verstand. Mühsam hob sie den Kopf aus den Kissen, versuchte krächzend zu protestieren. Sofort war die Zeit ausgesetzt, im Strudel ihrer Panik nahm sie nur noch einen Geruch wahr, den schwachen Geruch nach gestärktem Leinen. Aus der Dunkelheit erschien das Gesicht ihres Vaters. Aber nicht so, wie sie es nach über dreißig Jahren in Erinnerung hatte, es war das Gesicht, das sie in frühester Kindheit nur für kurze Zeit gekannt hatte, jung und glücklich, über ihr Bett gebeugt. Sie hob den Arm, um auf die Kompresse zu zeigen, aber die Hand war zu schwer und fiel zurück. Sie versuchte zu sprechen, sich zu bewegen. »Sieh mal«, wollte sie sagen, »ich bin sie los.« Ihre Glieder fühlten sich an wie in Eisen geschlagen, aber jetzt schaffte sie es, zitternd die rechte Hand zu heben und die Kompresse über der Narbe zu berühren.

Sie wusste, dass es der Tod war, und mit diesem Wissen kam ein unerwarteter Friede, eine Erlösung über sie. Und dann schloss sich die kräftige Hand, hautlos, unmenschlich, um ihre Kehle, drückte ihr den Kopf nach hinten in die Kissen, und die Erscheinung warf ihr ganzes Gewicht auf sie. Sie wollte im Angesicht des Todes die Augen nicht schließen und wehrte sich nicht. Die Dunkelheit des Raums verdichtete sich zu einer letzten Schwärze, in der alles Gefühl erlosch.

16

Um zwölf Minuten nach sieben wurde Kimberley in der Küche unruhig. Von Schwester Holland wusste sie, dass Miss Gradwyn das Tablett mit dem Morgentee für sieben Uhr bestellt hatte. Das war früher als an ihrem ersten Morgen im Manor, aber die Schwester hatte Kim aufgetragen, es um sieben Uhr fertig zu haben, und sie hatte das Tablett um Viertel vor sieben hergerichtet und die Teekanne zum Aufwärmen auf den eisernen Herd gestellt.

Jetzt war es zwölf nach sieben, und immer noch war kein Anruf gekommen. Kim wusste, dass Dean ihre Hilfe beim Frühstück brauchte, gerade heute gab es unerwartete Probleme. Mr. Chandler-Powell hatte darum gebeten, ihm das Frühstück in seiner Wohnung zu servieren, was ungewöhnlich war, und Miss Cressett, die sich normalerweise alles, was sie brauchte, in ihrer eigenen kleinen Küche zubereitete und fast nie warm frühstückte, hatte telefonisch mitgeteilt, sie gedenke um halb acht zusammen mit dem Personal im Speisesaal zu frühstücken, und bei der Gelegenheit außerordentlich präzise Wünsche geäußert, was die Knusprigkeit des Specks und die Frische der Eier betraf – als wäre im Manor jemals ein Ei auf den Tisch gekommen, dass nicht frisch war und von freilaufenden Hühnern stammte, dachte Kim, und das wusste Miss Cressett so gut wie sie. Ein zusätzliches Ärgernis war das Ausbleiben Sharons gewesen, deren Aufgabe es war, den Frühstückstisch zu decken und die Warmhalteplatten anzudrehen, aber wenn sie jetzt hinauflief, um sie aus dem Bett zu werfen, zog Miss Gradwyn womöglich gerade an der Klingelschnur.

Nachdem sie noch einmal die exakte Anordnung von Tasse, Untertasse und Milchkännchen auf dem Tablett überprüft hatte, sagte sie zu Dean, das Gesicht fleckig vor Aufregung: »Vielleicht sollte ich es einfach raufbringen. Die Schwester hat gesagt um sieben. Vielleicht hat sie gemeint, dass Miss Gradwyn es um Punkt sieben erwartet und ich gar nicht auf die Klingel warten soll.«

Immer wenn sie dieses ängstliche Kleinmädchengesicht hatte, meldete sich in Dean ein Gefühlsgemenge aus Liebe und Mitleid, unterlegt mit leisem Ärger. Er ging zum Telefon. »Schwester, hier ist Dean. Miss Gradwyn hat noch nicht nach ihrem Tee geklingelt. Sollen wir noch warten, oder soll Kim ihn jetzt aufgießen und ihr hochbringen?«

Das Gespräch dauerte keine Minute. Dean legte den Hörer auf und sagte: »Du sollst ihn nach oben bringen. Bevor du zu ihr reingehst, sollst du bei der Schwester klopfen. Sie will ihn Miss Gradwyn selber ans Bett bringen.«

»Wahrscheinlich will sie wieder Darjeeling, wie beim letzten Mal, und die Kekse. Die Schwester hat nichts anderes gesagt.«

Dean, der am Herd stand und Eier briet, erwiderte kurz: »Wenn sie die Kekse nicht will, lässt sie sie eben stehen.«

Bald kochte das Wasser, und nach ein paar Minuten war der Tee fertig. Wie immer begleitete Dean sie zum Lift, hielt ihr die Tür auf und drückte auf den Knopf, weil sie mit dem Tablett keine Hand frei hatte. Als sie aus dem Lift trat, kam Schwester Holland gerade aus ihrer Wohnung. Kim erwartete, dass die Oberschwester ihr das Tablett aus der Hand nehmen würde, aber die warf nur einen flüchtigen Blick darauf und öffnete die Tür zu Miss Gradwyns Suite; Kim sollte ihr offenbar folgen. Vielleicht war das gar nicht so verwunderlich, dachte Kim. Es gehörte schließlich nicht zu den

Aufgaben einer Oberschwester, den Patienten den Morgentee ans Bett zu tragen. Und mit einer Taschenlampe in der Hand war das auch gar nicht so einfach.

Im Wohnzimmer war es dunkel. Die Schwester schaltete das Licht ein, sie gingen zusammen zur Schlafzimmertür, und die Schwester öffnete sie leise. Auch im Schlafzimmer war es dunkel, und man hörte keinen Laut, nicht einmal ein leises Atmen. Miss Gradwyn lag anscheinend noch in festem Schlaf. Kim fand die Stille unheimlich, als käme man in ein leeres Zimmer. Normalerweise merkte sie das Gewicht des Tabletts kaum, jetzt schien es ihr mit jeder Sekunde schwerer zu werden. Sie war damit in der offenen Tür stehen geblieben. Wenn Miss Gradwyn weiterschlief, musste sie später frischen Tee kochen. Zu lange gezogen und abgekühlt schmeckte er nicht mehr.

Unbesorgt sagte die Schwester: »Wenn sie noch schläft, lassen wir sie schlafen. Ich will nur nachsehen, ob alles in Ordnung ist.«

Sie trat ans Bett, schwenkte den bleichen Mond ihrer Taschenlampe über die auf dem Rücken liegende Gestalt, schaltete auf hellen Strahl um. Sie knipste die Lampe wieder aus, und die schrille, erregte Stimme, die Kim jetzt hörte, klang nicht mehr nach Schwester Holland. »Zurück«, sagte sie. »Zurück, Kim, nicht reinkommen. Nicht hinschauen! Nicht hinschauen!«

Aber Kim hatte schon hingeschaut, und in diesen verwirrenden Sekunden, bevor die Taschenlampe erlosch, hatte sie das bizarre Antlitz des Todes gesehen: dunkles, über das Kopfkissen ausgebreitetes Haar, die geballten, wie die eines Boxers erhobenen Fäuste, das eine offene Auge, die bleifarbenen Flecken am Hals. Es war nicht Miss Gradwyns Kopf – dieser Kopf gehörte zu niemandem, ein hellroter, abgetrennter Kopf, ein Puppenkopf, der nichts mit etwas Lebendigem zu tun hatte. Sie hörte das Krachen auf den Teppich fallenden Porzellans, stolperte ins Wohnzimmer, beugte sich über einen Sessel und übergab sich heftig. Der Gestank des Erbrochenen stieg ihr in die Nase, und ihr letzter Gedanke, bevor sie in Ohnmacht fiel, galt bereits dem nächsten Schrecken: Was würde Miss Cressett zu dem ruinierten Sessel sagen?

Als sie zu sich kam, lag sie im Ehebett in ihrem Schlafzimmer. Dean war bei ihr, und hinter ihm standen Mr. Chandler-Powell und Schwester Holland. Einen Augenblick lag sie mit geschlossenen Augen da und hörte die Stimme der Schwester und Mr. Chandler-Powells Antwort.
»George, wussten Sie von ihrer Schwangerschaft?«
»Woher, um Himmels willen? Ich bin doch kein Geburtshelfer.«
Sie wussten es also. Jetzt musste sie ihnen die Neuigkeit nicht mehr erzählen. Dem Baby galt ihre ganze Sorge. Sie hörte Deans Stimme. »Du hast geschlafen, nachdem du ohnmächtig warst. Mr. Chandler-Powell hat dich heraufgetragen und dir ein Beruhigungsmittel gegeben. Es ist bald Essenszeit.«
Mr. Chandler-Powell trat vor, und sie fühlte seine kühle Hand an ihrem Puls.
»Wie fühlen Sie sich, Kimberley?«
»Schon viel besser, danke.« Sie setzte sich ziemlich energisch auf und schaute die Schwester an. »Schwester, ist dem Baby was passiert?«
Schwester Holland antwortete: »Keine Angst. Dem Baby ist nichts passiert. Wir bringen Ihnen das Mittagessen hier herauf, wenn es Ihnen lieber ist. Und Dean kann bei Ihnen

145

bleiben. Ich kümmere mich mit Miss Cressett und Miss Frensham um den Speisesaal.«

Kim antwortete: »Nein, mir geht es wieder gut. Wirklich. Es ist besser, wenn ich arbeite. Ich möchte zurück in die Küche. Ich will bei Dean sein.«

»Gut so, mein Mädchen«, sagte Mr. Chandler-Powell. »Wir müssen jetzt alle unsere Arbeit tun, so gut es geht. Aber es gibt keinen Grund zur Eile. Niemand soll sich verrückt machen. Chief Inspector Whetstone ist schon hier gewesen, aber er wartet anscheinend noch auf eine Spezialeinheit von der Metropolitan Police. Bis dahin verlieren Sie bitte kein Wort über das, was letzte Nacht geschehen ist. Haben Sie verstanden, Kim?«

»Ja, Sir, ich habe verstanden. Miss Gradwyn ist ermordet worden, oder?«

»Ich denke, wir werden mehr erfahren, wenn die Leute aus London hier sind. Wenn es Mord war, werden sie herausfinden, wer es getan hat. Versuchen Sie Ihre Angst zu vergessen, Kimberley. Sie sind hier unter Freunden, Sie und Dean, Sie waren hier immer unter Freunden, und wir passen auf Sie auf.«

Kim murmelte einen Dank. Und als sie gegangen waren, glitt sie aus dem Bett und suchte in Deans starken Armen Trost.

Zweites Buch

15. Dezember
London, Dorset

1

Am selben Samstagvormittag waren Commander Adam Dalgliesh und Emma Lavenham um halb elf mit Emmas Vater verabredet. Die Begegnung mit einem zukünftigen Schwiegervater, noch dazu zu dem Zweck, ihn davon in Kenntnis zu setzen, dass man in Kürze seine Tochter zu ehelichen gedachte, war kein Unterfangen, das man auf die leichte Schulter nahm. Dalgliesh, mit vagen Erinnerungen an ähnliche Begebenheiten in der Literatur ausgestattet, hatte sich vorgestellt, er müsste zunächst einmal allein bei Professor Lavenham vorsprechen, aber er ließ sich gerne von Emma dazu überreden, sie mitzunehmen. »Andernfalls, mein Liebling, fragt er dich pausenlos nach meinen Weltanschauungen aus. Schließlich sieht er dich zum ersten Mal, und deinen Namen habe ich nicht oft erwähnt. Nur wenn ich dabei bin, kann ich sicher sein, dass er ihn auch mitbekommen hat. Er neigt ein wenig zu Zerstreutheit, auch wenn ich nicht weiß, wie viel davon echt ist.«

»Treten solche Phasen häufig auf?«

»Nur wenn ich bei ihm bin, aber mit seinem Gehirn ist alles in Ordnung. Es macht ihm Spaß, einen zu ärgern.«

Zerstreutheit und Lust an Schabernack dürften seine geringsten Probleme mit dem künftigen Schwiegervater sein, dachte Dalgliesh. Er hatte die Beobachtung gemacht, dass große Persönlichkeiten im Alter die Angewohnheit entwickelten, die Exzentrik ihrer Jugend und mittleren Jahre zu übertreiben, als wären diese selbstdefinierenden Marotten ein Heilmittel gegen das Nachlassen geistiger und körperlicher Kräfte, die amorphe Einebnung des Selbst in den letzten Lebensjahren. Er wusste nicht genau, was Emma und ihr Vater füreinander empfanden, aber ganz sicher war Liebe im Spiel – zumindest die Erinnerung daran. Er wusste von Emma, dass ihre jüngere Schwester, verspielt, fügsam, hübscher als sie und im Kindesalter von einem zu schnell fahrenden Auto getötet, sein Lieblingskind gewesen war, und sie hatte das ohne einen kritischen oder missgünstigen Unterton erzählt. Missgunst war kein Gefühl, das er mit Emma in Verbindung brachte. Aber so schwierig die Beziehung auch war, sie würde sich ganz sicher wünschen, dass diese erste Begegnung zwischen Vater und Geliebtem ein Erfolg wurde. Und seine Aufgabe war es, dafür zu sorgen, dass daraus keine peinliche Veranstaltung wurde, keine nachhaltige Unstimmigkeit in ihrer Erinnerung.

Alles, was Dalgliesh von Emmas Kindheit wusste, hatte er sich aus den sporadischen Gesprächen zusammengereimt, in denen einer mit tastenden Schritten die Vergangenheit des anderen zu erforschen suchte. Nach seiner Pensionierung hatte Professor Lavenham Oxford verlassen und war nach London gezogen, wo er eine geräumige Wohnung in einem der edwardianischen Mietblocks Marylebones bewohnte, die – und die meisten zu Recht – mit der Bezeichnung »Mansion« geadelt worden waren. Der Wohnblock war nicht weit vom Bahnhof Paddington mit seiner regelmäßigen Zugverbindung nach Oxford entfernt, wo der Professor ein häufiger, zuweilen zu häufiger Gast – wie seine Tochter argwöhnte – am Dozententisch seines alten College war. Ein pensionierter Pedell des Colleges und seine Frau, die zu ihrer verwitweten Tochter nach Camden Town gezogen waren, kamen vormittags, um die nötigen Putzarbeiten zu erledigen, und gegen Abend noch einmal, um dem Professor ein Abendessen zu kochen. Er war bei seiner Heirat schon älter als vierzig gewesen, und obwohl er jetzt schon über siebzig war, konnte er noch gut für sich selber sorgen, zumindest was die wichtigen Dinge betraf. Aber die Sawyers hatten sich die Überzeugung zugelegt – mit seinem stillschweigenden Einverständnis –, für einen angesehenen, aber hilflosen alten Herrn zu sorgen. Zutreffend war nur das erste der Eigenschaftswörter. In den Augen seiner früheren Kollegen, die ihn in Calverton Mansions besuchten, kam Henry Lavenham sehr gut allein zurecht.

Dalgliesh und Emma fuhren zu ihm hinaus und trafen, wie mit dem Professor verabredet, um halb elf vor seinem Wohnblock ein. Er war gerade erst frisch gestrichen worden, die Außenmauern in einem eher unglücklichen Farbton, der nach Dalglieshs Ansicht am korrektesten mit dem Wort Filetsteak bezeichnet war. Der großzügige Fahrstuhl, mit Spiegelwänden und stark nach Möbelpolitur riechend, brachte sie in den dritten Stock.

Die Tür zur Wohnung Nr. 27 öffnete sich so rasch, dass Dalgliesh vermutete, ihr Gastgeber müsse die Ankunft des Taxis vom Fenster aus beobachtet haben. Jetzt stand er einem Mann gegenüber, der fast so groß war wie er, mit einem gutaussehenden kantigen Gesicht unter einem dichten Schopf stahlgrauer, widerspenstiger Haare. Er stützte sich zwar auf einen Gehstock, aber die Schultern waren nur leicht gebeugt, und auch wenn die dunklen Augen, die einzige Ähnlichkeit mit seiner Tochter, ihr Leuchten verloren haben mochten, betrachteten sie Dalgliesh mit einem überraschend durchdringenden Blick. Er trug Slipper, war leger gekleidet und sah trotzdem tadellos aus. »Kommt herein, kommt herein«, sagte er mit einer Ungeduld, als wären sie unentschlossen auf der Schwelle stehen geblieben.

Er führte sie in einen großen Raum mit einem Erkerfenster.

Es handelte sich offensichtlich um eine Bibliothek, und was hätte man in einem Raum, dessen Wände hinter Mosaiken aus Buchrücken versteckt und dessen sämtliche horizontale Flächen mit Zeitschriften und Taschenbüchern vollgestapelt waren, auch anderes tun sollen als lesen? Die Sitzfläche eines Stuhls vor dem Schreibtisch war freigeräumt worden, indem man die Papiere darunter gestapelt hatte, wodurch er für Dalglieshs Blick eine beinahe beunruhigende Einzigartigkeit bekam.

Nachdem Professor Lavenham seinen Stuhl unter dem Schreibtisch hervorgezogen und darauf Platz genommen hatte, wies er Dalgliesh den leergeräumten Stuhl an. Die dunklen Augen unter seinen inzwischen ergrauten Brauen, die irritierend ähnlich geschwungen waren wie die seiner Tochter, blickten Dalgliesh über den Rand einer Halbbrille hinweg an. Emma ging hinüber zum Fenster. Dalgliesh vermutete, dass sie sich auf ein unterhaltsames Spektakel einrichtete. Ihr Vater konnte ihr die Heirat schließlich nicht verbieten. Sie wäre froh über seine Zustimmung, hegte aber keinerlei Absicht, sich in ihrer Entscheidung davon abhängig zu machen. Trotzdem war es richtig, dass sie jetzt hier waren. Dalgliesh hatte sogar das unangenehme Gefühl, er hätte früher kommen müssen. Der Start war nicht verheißungsvoll.

»Commander Dalgliesh, ich hoffe, ich gebe den Dienstgrad korrekt wieder.«

»Ja, Sir, vielen Dank.«

»Ich meinte doch, Emma hätte Sie so genannt. Aber sagen Sie, wie kann ein so vielbeschäftigter Mann einen Besuch zu einer für ihn doch gewiss sehr ungelegenen Tageszeit einrichten? Ich muss Ihnen gestehen, dass ich Sie nicht auf meiner Liste geeigneter junger Männer verzeichnet habe. Aber

Sie sollen natürlich auf der Stelle Ihren Platz dort bekommen, wenn Ihre Antworten zur Zufriedenheit eines liebenden Vaters ausfallen.«

Also waren sie keinem Geringeren als Oscar Wilde für die Dialoge dieser persönlichen Inquisition zu Dank verpflichtet. Dalgliesh war froh darüber; immerhin hätte der Professor aus seinem offenbar lebhaft erinnerten Fundus auch eine Passage aus einer entlegenen Tragödie oder Novelle auswählen können, womöglich auf Latein. So musste er den Mut nicht verlieren. Er erwiderte nichts.

Professor Lavenham fuhr fort. »Mir scheint, es ist üblich zu erfragen, ob Ihr Einkommen ausreicht, meiner Tochter den Lebensstil zu garantieren, an den sie gewöhnt ist. Emma sorgt für sich selbst, seit sie ihren Doktor gemacht hat, einmal abgesehen von ein paar unregelmäßigen, wenn auch zuweilen recht großzügigen Unterstützungen meinerseits, die wahrscheinlich als Kompensation für väterliche Pflichtvergessenheiten gedacht sind. Darf ich also davon ausgehen, dass Sie genug Geld haben, um ihnen beiden ein sorgenfreies Leben zu garantieren?«

»Ich habe mein Gehalt als Commander der Metropolitan Police, außerdem hat meine Tante mir ihr nicht unbeträchtliches Vermögen vererbt.«

»In Grundbesitz oder Wertpapieren?«

»In Wertpapieren.«

»Das ist gut. Bedenkt man die finanziellen Aufwendungen, die sie einem zeit seines Lebens und noch über den Tod hinaus abknöpfen, muss man sagen, dass Grundbesitz heutzutage weder Freude macht noch Rendite abwirft. Er verschafft einem Prestige und hindert einen, es zu pflegen. Mehr lässt sich über Grundbesitz eigentlich nicht sagen. Besitzen Sie ein Haus?«

»Ich habe eine Wohnung in Queenhithe mit Blick auf die Themse und einen Mietvertrag über mehr als hundert Jahre. Ein eigenes Haus besitze ich nicht, nicht einmal auf der unelegganten Seite des Belgrave Square.«

»Dann würde ich vorschlagen, dass Sie sich eins zulegen. Von einem Mädchen mit einfachem, unverdorbenem Gemüt wie Emma kann man kaum verlangen, in einer Wohnung in Queenhithe zu leben, mit Blick auf die Themse, auch nicht bei einem Mietvertrag über mehr als hundert Jahre.«

»Ich liebe diese Wohnung, Papa«, warf Emma ein. Ihre Bemerkung wurde ignoriert.

Offenbar war der Professor zu der Ansicht gelangt, dass die Anstrengung, seine Sticheleien fortzusetzen, nicht im rechten Verhältnis zu dem Vergnügen stand, das sie ihm brachten. Er sagte: »Gut, das klingt zufriedenstellend. Und jetzt verlangt es ja wohl der Brauch, dass ich euch etwas zu trinken anbiete. Ich persönlich mag ja keinen Champagner, und Weißwein bekommt mir nicht, aber auf dem Küchentisch steht eine Flasche Burgunder. Zwanzig vor elf am Vormittag ist vielleicht nicht der ideale Zeitpunkt für ein Besäufnis, deshalb schlage ich vor, ihr nehmt sie mit nach Hause. Ihr werdet kaum vorgehabt haben, länger zu bleiben. Sonst« – fügte er hoffnungsvoll hinzu – »könnte ich euch einen Kaffee anbieten. Mrs. Sawyer hat gesagt, sie hätte alles bereitgestellt.«

Emma entschied: »Wir nehmen gerne den Wein, Papa.«

»Also, dann geht ihn euch holen.«

Sie gingen zusammen in die Küche. Es wäre unhöflich gewesen, die Tür zu schließen, deshalb mussten sie sich verkneifen, in lautes Lachen auszubrechen. Bei dem Wein handelte es sich um eine Flasche Clos de Bèze.

»Ein vorzüglicher Tropfen«, sagte Dalgliesh.

»Weil du ihm gefallen hast. Würde mich interessieren, ob er für den gegenteiligen Fall eine Flasche Plörre im Schreibtisch bereitgestellt hat. Zuzutrauen wäre es ihm.«

Sie kehrten in die Bibliothek zurück, Dalgliesh trug die Flasche. »Vielen Dank, Sir«, sagte er. »Den heben wir für eine ganz besondere Gelegenheit auf, zum Beispiel für Ihren Besuch bei uns, falls Sie es einrichten können.«

»Mal sehen, mal sehen. Ich esse nicht oft auswärts, höchstens mal im College. Wenn das Wetter besser wird, vielleicht. Die Sawyers sehen es nicht gern, wenn ich in kalten Nächten draußen herumlaufe.«

Emma sagte: »Wir hoffen, du kommst zur Hochzeit, Papa. Wir heiraten im Frühling, wahrscheinlich im Mai, in der Kapelle des College. Wenn wir das genaue Datum wissen, gebe ich dir Bescheid.«

»Und ob ich komme, wenn ich mich gut genug fühle. Das sehe ich als meine Pflicht an. Ich weiß aus dem Book of Common Prayer – nicht gerade meine Leib- und Magenlektüre –, dass mir eine nonverbale und nicht exakt definierte Rolle bei der Prozedur bestimmt ist. Das war zumindest bei meinem eigenen Schwiegervater so, bei unserer Hochzeit, die ebenfalls in der College-Kapelle stattfand. Er hat deine gute Mutter durch den Mittelgang getrieben, als hätte er Angst, ich könnte meine Meinung noch ändern, wenn sie mich zu lange warten ließen. Sollte meine Teilnahme erwünscht sein, will ich es besser machen, aber vielleicht verzichtet ihr ja auch auf den Brauch, die Tochter in aller Form einem anderen Mann anzuvertrauen. Commander, ich weiß, dass die Zeit Ihnen unter den Nägeln brennt. Mrs. Sawyer will heute Vormittag noch mal vorbeikommen und mir ein paar Sachen bringen. Sie wird untröstlich sein, Sie verpasst zu haben.«

An der Tür trat Emma vor ihren Vater und küsste ihn auf beide Wangen. Plötzlich nahm er sie in die Arme, und Dalgliesh sah die Knöchel an seiner Hand weiß werden. Der Griff war so fest, dass es aussah, als bräuchte er Halt. In dem Augenblick, als sie sich umarmten, klingelte Dalglieshs Mobiltelefon. Nie zuvor war ihm der tiefe, unverwechselbare Rufton so unpassend vorgekommen.

Emma aus der Umklammerung freigebend, sagte ihr Vater verärgert: »Ich hege einen abgrundtiefen Abscheu gegen Mobiltelefone. Hätten Sie das Ding nicht ausschalten können?«

»Dieses hier nicht, Sir. Wenn Sie mich kurz entschuldigen wollen.«

Er ging auf die Küche zu. »Machen Sie die Tür diesmal zu«, rief der Professor ihm nach. »Wie Sie vielleicht bemerkt haben, funktioniert mein Gehör noch ausgezeichnet.«

Geoffrey Harkness, Stellvertretender Präsident der Metropolitan Police, war darauf geeicht, Informationen in knappen Worten wiederzugeben, die darauf zielten, Fragen und Diskussionen zu unterdrücken. Sechs Monate vor seiner Pensionierung musste er auf erprobte Strategien zurückgreifen, um seine Karriere in ruhigem Fahrwasser, ohne Störungen, öffentliche Bloßstellungen oder Katastrophen auf den letzten Festakt zuzusteuern. Dalgliesh wusste, dass Harkness sich einen Rentnerjob als Sicherheitsberater eines großen internationalen Unternehmens besorgt hatte, der ihm das Dreifache seines jetzigen Gehalts einbrachte. Alles Gute. Er und Dalgliesh respektierten sich – was Harkness betraf, manchmal zähneknirschend –, aber sie waren keine Freunde. Jetzt klang seine Stimme, wie sie oft klang: kurz angebunden, ungeduldig, aber mit kalkulierter Dringlichkeit.

»Ein Fall für das Team, Adam. Die Adresse ist Cheverell Manor in Dorset, circa fünfzehn Kilometer westlich von Poole. Es wird von einem Chirurgen namens George Chandler-Powell als eine Art Mittelding zwischen Klinik und Pflegeheim geführt. Der Mann behandelt reiche Frauen, die eine Schönheitsoperation wünschen. Eine von denen ist jetzt tot, eine gewisse Rhoda Gradwyn, offenbar erdrosselt.«

Dalgliesh stellte die naheliegende Frage. Es war nicht das erste Mal, dass er sie stellte, und sie war nie besonders gut angekommen. »Warum das Team? Kann die örtliche Polizei sich nicht darum kümmern?«

»Sie könnte natürlich, aber wir sind um Ihre Leute gebeten worden. Fragen Sie mich nicht nach dem Grund, Number Ten steckt dahinter, nicht wir. Adam, Sie wissen, wie die Dinge zwischen uns und Downing Street im Moment stehen. Es ist nicht die Zeit, Schwierigkeiten zu machen. Das Team wurde für Angelegenheiten gebildet, die besondere Sensibilität erfordern, und in Number Ten ist man offenbar der Meinung, dass der Fall in diese Kategorie gehört. Raymond Whitestaff, der dortige Polizeichef, den Sie ja wohl kennen, ist halbwegs einverstanden damit und stellt ein Spurensicherungsteam und die Fotografen zur Verfügung, wenn Ihnen das recht ist. Das spart Zeit und Geld. Vielleicht schaffen wir es ohne einen Hubschrauber, aber es eilt natürlich mal wieder.«

»Das kenne ich nicht anders. Was ist mit dem Pathologen? Mir wäre Kynaston der Liebste.«

»Der hat einen anderen Fall, aber Edith Glenister ist frei. Die hatten Sie beim Mord auf Combe Island, falls Sie sich erinnern.«

»Wie sollte ich das vergessen haben? Ich hoffe, die Kollegen vor Ort können uns eine Einsatzzentrale und ein paar Leute zur Verfügung stellen.«

»Es gibt ein leerstehendes Cottage, nicht weit vom Manor. Da hat zuletzt der Dorfpolizist gewohnt. Als er in Pension ging, haben sie keinen Neuen eingestellt, und seitdem steht das Haus leer und soll verkauft werden. Ein Stück weiter unten an der Landstraße ist ein Bed & Breakfast, in dem können Kate Miskin und Benton-Smith es sich gemütlich machen. Am Tatort erwartet euch Chief Inspector Keith Whetstone von der Polizei Dorset. Die Tote bleibt liegen, bis ihr und Doc Glenister unten seid. Kann ich von hier aus noch etwas arrangieren?

»Nein«, sagte Dalgliesh, »Inspector Miskin und Sergeant Benton-Smith gebe ich telefonisch Bescheid. Aber es würde Zeit sparen, wenn jemand meine Sekretärin informiert. Am Montag sind zwei Sitzungen, an denen ich nun nicht teilnehmen kann, die vom Dienstag soll sie bitte ganz absagen. Danach melde ich mich.«

»In Ordnung, ich kümmere mich darum. Viel Glück«, wünschte ihm Harkness noch und legte auf.

Dalgliesh ging zurück in die Bibliothek. »Hoffentlich keine schlechten Nachrichten« sagte Professor Lavenham. »Ihren Eltern geht es gut?«

»Sie sind beide nicht mehr am Leben, Sir. Das war ein dienstlicher Anruf. Ich fürchte, ich muss jetzt sehr schnell aufbrechen.«

»Dann will ich Sie nicht aufhalten.«

Mit beinahe übertriebener Eile wurden sie zur Wohnungstür komplimentiert. Dalgliesh hatte schon befürchtet, der Professor könnte sich zu der Bemerkung hinreißen lassen, dass es ein Unglück sei, ein Elternteil verloren zu haben, aber durchaus als Fahrlässigkeit betrachtet werden müsse, alle beide zu verlieren, doch es gab offenbar ein paar Kommentare, vor denen sogar sein zukünftiger Schwiegervater zurückschreckte.

Sie gingen rasch zum Taxistand. Dalgliesh wusste, dass Emma, was immer sie vorhatte, nicht damit rechnete, dass er sie irgendwo absetzte. Er musste ohne weitere Verzögerung in sein Büro. Er brauchte ihr nicht einmal vorzuspielen, dass er untröstlich war. Emma verstand, dass daran nichts zu ändern war. Als sie nebeneinander hergingen, fragte er sie nach ihren Plänen für die nächsten zwei Tage. Ob sie in London bleiben oder nach Cambridge zurückfahren wollte?

»Wenn es mit unseren Plänen nichts wird, freuen sich Clara und Annie, wenn ich übers Wochenende bleibe. Ich werde sie anrufen.«

Clara war Emmas beste Freundin, und Dalgliesh verstand, was sie an ihr schätzte: Ehrlichkeit, Intelligenz und einen gesunden Dickkopf. Nachdem er Clara besser kennengelernt hatte, kamen sie gut miteinander aus, auch wenn es in der ersten Zeit seiner Verliebtheit in Emma eine komplizierte Beziehung gewesen war. Clara hatte keinen Zweifel daran gelassen, dass sie ihn zu alt fand, zu sehr in Anspruch genommen von seiner Arbeit und seiner Dichtung, um sich ernsthaft um eine Frau kümmern zu können, schon gar um eine wie Emma. Dem letzten Einwand musste Dalgliesh zustimmen, ein Selbstvorwurf, der nicht leichter fiel, wenn er einem von jemand anderem, ausgerechnet von Clara, in den Mund gelegt wurde. Emma sollte wegen ihrer Liebe zu ihm auf nichts verzichten.

Clara und Emma kannten sich seit der Schulzeit, waren später im selben Jahr auf dasselbe College in Cambridge gegangen, und hatten sich, auch wenn ihre Wege sich danach getrennt hatten, nie aus den Augen verloren. Von außen betrachtet war es eine erstaunliche Freundschaft, eigentlich nur mit der Regel zu erklären, dass Gegensätze sich anziehen. Emma, heterosexuell, von einer beunruhigenden, anrührenden Schönheit, die, wie Dalgliesh wusste, eher eine Belastung sein konnte als ungebrochenes Glück, um das einen alle beneideten; Clara, klein, mit einem runden, fröhlichen Gesicht, leuchtenden Augen hinter großen Brillengläsern und dem plumpen Gang eines Pflügers. Dass manche Männer sie attraktiv fanden, war für Dalgliesh eine weitere Facette des Mysteriums sexueller Anziehung. Manchmal fragte er sich, ob Eifersucht oder Kummer Clara ihre anfängliche Reaktion auf ihn diktiert hatte. Beides erschien ihm unwahrscheinlich. Clara war offensichtlich glücklich mit ihrer Partnerin, der zerbrechlichen Annie mit dem zarten Gesicht, die – zumindest vermutete Dalgliesh das – zäher war, als es den Eindruck machte. Annie hatte aus ihrer gemeinsamen Wohnung in Putney ein Domizil gemacht, das niemand – in Jane Austens Worten – ohne eine unerschütterliche Glückserwartung betrat. Nach einem Studienabschluss mit Auszeichnung in Mathematik hatte Clara eine Stelle in der City angetreten und sich zu einem höchst erfolgreichen Fondsmanager entwickelt. Kollegen waren gekommen und gegangen, Clara durfte bleiben. Von Emma wusste er, dass sie ihren Job in drei Jahren aufgeben wollte, wenn sie und Annie genug Geld für ein ganz und gar anderes Leben auf die Seite geschafft haben würden. Bis dahin würde wohl noch ein großer Teil ihres Einkommens für – nach Annies Verständnis – gute Zwecke ausgegeben werden.

Drei Monate war es her, dass Emma und er an der Feier zur amtlichen Eintragung von Claras und Annies Lebenspartnerschaft eingeladen waren, einer stillen, schönen Zeremonie, an der nur Claras Eltern, Annies verwitweter Vater und ein paar enge Freunde teilgenommen hatten. Im Anschluss daran hatte Annie in der Wohnung ein Essen für alle gekocht. Nach dem zweiten Gang trugen Clara und Dalgliesh zusammen die Teller in die Küche, um den Pudding zu holen. Die Entschlossenheit, mit der sie draußen auf ihn einredete, legte ihm die Vermutung nahe, dass sie auf eine solche Gelegenheit gewartet hatte.

»Kommt es dir nicht pervers vor, dass wir den Bund fürs Leben schließen, wenn ihr Heteros in Scharen zum Scheidungsanwalt rennt oder ohne staatlichen Segen zusammenlebt? Wir waren auch ohne ihn glücklich, aber wir mussten endlich dafür sorgen, dass eine die nächste Angehörige der anderen ist. Wenn Annie mal ins Krankenhaus kommt, muss ich für sie da sein können. Und das Vermögen ist ja auch noch da. Wenn ich zuerst sterbe, soll Annie keine Steuern zahlen müssen. Wahrscheinlich wird sie den Löwenanteil mit ihren kranken Hühnern durchbringen, aber das ist dann ihre Sache. Immerhin ist es nicht verschwendet. Annie ist verdammt klug. Die Leute glauben, dass unsere Partnerschaft funktioniert, weil ich die Stärkere bin und Annie mich braucht. Dabei ist genau das Gegenteil richtig, und du gehörst zu den wenigen Menschen, die das gleich erkannt haben. Danke, dass du heute bei uns bist.«

Dalgliesh hatte gewusst, dass diese letzten, etwas barsch klingenden Worte Ausdruck einer großen und – einmal ausgesprochen – in Stein gemeißelten Wertschätzung waren. Er war froh, dass er sich, bei den vielen unbekannten Gesichtern, Problemen, Herausforderungen, die in den nächsten Tagen auf ihn warteten, eine lebendige Vorstellung von Emmas Wochenende machen und sicher sein konnte, dass es ihr gutging.

2

Die Wohnung am Nordufer der Themse, flussabwärts kurz hinter Wapping, war für Detective Inspector Kate Miskin die einzige Manifestation des Erreichten, die, in Stahl, Stein, Glas und Holz verdichtet, zumindest etwas Beständigkeit versprach. Sie hatte mit dem Bewusstsein von der Wohnung Besitz ergriffen, dass sie eigentlich zu teuer war, und die ersten Jahre der Abzahlung des Kredits hatten Opfer gefordert, die sie bereitwillig gebracht hatte. Das Hochgefühl bei ihrem ersten Rundgang durch die von Licht erfüllten Räume, beim Aufwachen und Einschlafen zum wechselnden, aber nie erlahmenden Pulsschlag der Themse, war ihr nicht wieder verlorengegangen. Sie bewohnte die Eckwohnung im obersten Stockwerk mit zwei Balkonen, die weite Ausblicke über den Fluss und das gegenüberliegende Ufer boten. Wenn das Wetter nicht zu scheußlich war, stand sie dort manchmal schweigend und dachte über die wechselnden Stimmungen des Flusses nach, die mystischen Kräfte von T. S. Eliots braunem Gott, die Turbulenzen der hereindrückenden Flut, das blassblau glitzernde Band unter einem heißen Sommerhimmel, die klebrig-schwarze, von Lichtern perforierte Haut nach Einbruch der Dunkelheit. Auf heimkommende Schiffe wartete sie wie auf gute alte Bekannte: die Barkassen der Londoner Hafenbehörde und der Flusspolizei, die Schlepper, die schwerbeladenen Binnenschiffe, im Sommer die Vergnügungsdampfer und Kreuzfahrtschiffe und – am spektakulärsten von allen – die Segelschulschiffe, die mit erhabener Langsamkeit flussaufwärts glitten, unter den aufgestellten Flügeln der Tower Bridge hindurch in den Pool of London, die Seekadetten an der Reling aufgereiht.

Ihre Wohnung hätte keinen größeren Kontrast zu den klaustrophobischen Zimmern im siebten Stock des Fairweather Building bieten können, in denen sie von ihrer Großmutter inmitten des Gestanks umgekippter Mülltonnen und schrill kreischender Stimmen im ständigen Bewusstsein latent drohender Gefahr aufgezogen worden war. Als kleines Mädchen hatte sie sich ängstlich und wachsam durch den Großstadtdschungel bewegt. Ihre Kindheit war definiert durch die Worte ihrer Großmutter zu einer Nachbarin, die sie als Siebenjährige zufällig mitgehört und nie wieder vergessen hatte. »Wenn ihre Mutter schon einen Bankert zur Welt bringen musste, hätte sie wenigstens am Leben bleiben und für das Kind sorgen können, statt es mir aufzuhalsen! Sie hat ja nicht mal gewusst, wer der Vater war, und wenn doch, hat sie's nicht verraten.« Als Jugendliche konnte sie sich dazu durchringen, ihrer Großmutter zu verzeihen. Immerhin musste die arme überarbeitete alte Frau sich ohne jede Hilfe mit der unverhofften und unerwünschten Bürde durchschlagen. Was Kate jedoch geblieben war und bis an ihr Ende bleiben würde, war die Erkenntnis, dass einem ein wichtiger Teil der Persönlichkeit fehlt, wenn man weder seinen Vater noch seine Mutter gekannt hat, und dass es ein Loch in der Seele hinterlässt, das sich nie mehr schließt.

Aber sie hatte ihre Wohnung, eine Arbeit, die sie gerne und gut machte, und bis vor einem halben Jahr hatte sie auch noch Piers Tarrant gehabt. Sie waren der Liebe nah gekommen, auch wenn keiner das Wort je in den Mund genommen hatte, und sie wusste, wie wichtig er für ihr Leben gewesen war. Er war aus der Sonderkommission ausgeschieden, um für das Antiterror-Dezernat der Met zu arbeiten. Obwohl ein Großteil seiner neuen Tätigkeiten der Geheimhaltung unterlag, hatten sie viel über die gemeinsame Vergangenheit als Kollegen reden können. Sie sprachen dieselbe Sprache, er kannte die Doppelbödigkeit der Polizeiarbeit, wie kein Zivilist sie kennen konnte. Als sie noch zusammen im Team waren, hatte sie ihn sexuell anziehend gefunden, aber eine Affäre hätte katastrophale Folgen gehabt. AD tolerierte nichts, was die Effizienz seines Teams bedrohen könnte, und einer von ihnen, wenn nicht beide, wären versetzt worden. Aber es schien ihr, als hätten die Jahre der gemeinsamen Arbeit, die geteilten Gefahren, Enttäuschungen, Erschöpfungen und Erfolge, manchmal auch die Rivalität um ADs Anerkennung, sie so fest zusammengeschmiedet, dass es, als sie dann ein Liebespaar wurden, eine ganz natürliche und glückliche Bestätigung dessen gewesen war, was immer schon existiert hatte.

Aber vor sechs Monaten hatte sie die Affäre beendet und mochte die Entscheidung nicht bedauern. Für sie war es unerträglich, einen Partner zu haben, der nicht treu war. Sie hatte nie auf die Dauerhaftigkeit einer Beziehung gebaut; nichts in ihrer Kindheit und Jugend hatte ihr jemals Hoffnung darauf gemacht. Aber sie hatte als Verrat erlebt, was für ihn nur eine Bagatelle war. Sie hatte ihn aus ihrem Leben hinausgeworfen und seitdem nichts mehr von ihm gehört. Erst im Rückblick war ihr klargeworden, wie naiv sie von Anfang an gewesen war. Sein Ruf war ihr schließlich nicht unbekannt gewesen. Zum Bruch kam es, als sie sich im letzten Moment entschieden hatte, sich kurz bei Sean McBrides Abschiedsparty blicken zu lassen. Es versprach das übliche Besäufnis zu werden, und eigentlich war sie über Abschiedspartys hinaus, aber in ihrer Zeit als Detective Constable hatte sie für eine Weile mit Sean zusammengearbeitet, und er war ein guter Vorgesetzter gewesen, hilfsbereit und ohne das damals allzu verbreitete Vorurteil gegen weibliche Polizeibeamte. Sie wollte nur kurz reinschauen und ihm alles Gute wünschen.

Als sie sich durch die Menge drängte, sah sie Piers inmitten einer lärmenden Gruppe stehen. Die Blonde, die sich um ihn geschlungen hatte, war so spärlich bekleidet, dass die Männer nicht wussten, ob sie ihr Augenmerk zuerst auf die Brüste oder den Unterleib richten sollten. Am Charakter der Beziehung konnten keine Zweifel bestehen, ein Preisbumsen stand ins Haus, und keiner von beiden machte einen Hehl daraus. Er erspähte Kate durch eine Lücke in der dichtgedrängten Menge. Ihre Blicke begegneten sich kurz, aber ehe er Zeit fand, sich zu ihr durchzukämpfen, war sie bereits gegangen.

Früh am nächsten Morgen war er gekommen, und sie hatten sich getrennt. Vieles, was damals gesagt worden war, hatte sie vergessen, aber zusammenhanglose Fetzen hallten ihr noch wie ein Mantra durch den Kopf.

»Hör mal, Kate, das hat keine Bedeutung. Überhaupt keine. Sie bedeutet mir nichts.«

»Ich weiß. Genau das finde ich ja so widerlich.«

»Du verlangst viel von mir, Kate.«

»Ich verlange gar nichts von dir. Wenn du so leben willst, dann tu das. Ich teile dir nur mit, dass ich mit keinem Mann ins Bett gehe, der mit anderen Frauen schläft. Das klingt vielleicht unmodern in einer Welt, in der jeder One-Night-Stand eine Kerbe im Schlagstock ist, aber so bin ich nun mal, und ich will mich nicht ändern, also ist es aus und vorbei mit uns beiden. Wir können froh sein, dass keiner in den anderen verliebt ist. Damit ersparen wir uns die Tränen und die Schuldzuweisungen.«

»Ich könnte sie aufgeben.«

»Und die Nächste, die Übernächste? Du hast mich nicht mal im Ansatz verstanden. Ich biete Sex nicht als Belohnung für Wohlverhalten. Ich will keine Erklärungen, Entschuldigungen, Versprechungen. Es ist aus.«

Und es war aus. Seit sechs Monaten war er vollständig aus ihrem Leben verschwunden. Sie redete sich ein, sich an ein Leben ohne ihn gewöhnt zu haben, aber zuerst war es nicht leicht gewesen. Ihr hatte mehr gefehlt als die gegenseitige Erfüllung des miteinander Schlafens. Das Lachen, die Drinks in ihren Lieblingspubs am Fluss, die unangestrengte Kameradschaft, die Mahlzeiten in seiner Wohnung, die sie zusammen gekocht hatten, das alles gab ihr zum ersten Mal im Leben eine unbeschwerte Zuversicht, wie sie sie nie zuvor im Leben gekannt hatte.

Sie wollte mit ihm über die Zukunft reden. Sonst gab es ja niemanden, dem sie vertraute. Der nächste Fall könnte gut und gerne ihr letzter sein. Es war sicher, dass die Spezialeinheit in ihrer gegenwärtigen Form nicht fortbestehen würde. Bis dahin hatte Commander Dalgliesh alle offiziellen Pläne vereitelt, Einzelgruppen im Personal wegzurationalisieren, ihre Funktionen in einem zeitgenössischen Jargon zu definieren, der mehr verdunkelte als erhellte, das Team in eine orthodoxere bürokratische Struktur zu integrieren. Die Spezialeinheit hatte wegen ihrer unbestrittenen Erfolge überlebt, wegen ihrer relativ geringen Kosten – in den Augen mancher keine zweckmäßige Tugend –, und weil an ihrer Spitze einer der hervorragendsten Kriminalisten des Landes stand. Die Gerüchtemühle der Met mahlte unentwegt und brachte gar nicht selten ein Korn zwischen lauter Spreu hervor. Sämtliche aktuellen Gerüchte waren ihr zu Ohren gekommen: Dalgliesh, der die Politisierung der Met und vieles mehr beklagte, wolle von sich aus den Polizeidienst quittieren; AD hege keinesfalls die Absicht, sich zur Ruhe zu setzen und würde in Kürze eine kommissionsübergreifende Spezialabteilung zur Ausbildung von Detectives übernehmen; die kriminologischen Fachbereiche zweier Universitäten seien an ihn herangetreten; jemand in der City wolle ihn für einen nicht näher definierten Posten verpflichten, der ihm ungefähr das Vierfache der gegenwärtigen Bezüge des Polizeipräsidenten einbringen würde.

Jede dieser Mutmaßungen beantworteten Kate und Benton mit Schweigen. Und sie mussten dazu nicht einmal Selbstdisziplin aufwenden, weil sie wirklich nichts wussten, aber sie waren voller Vertrauen, dass sie es als Erste erfahren würden, sobald AD eine Entscheidung getroffen hatte. Ihr Chef, für den sie arbeitete, seitdem sie bei der Kriminalpolizei war, würde in ein paar Monaten seine Emma heiraten. Nach Jahren der Zusammenarbeit würden er und sie nicht mehr zum selben Team gehören. Man würde sie wie versprochen zum Detective Chief Inspector befördern, vielleicht schon in ein paar Wochen, und sie durfte darauf hoffen, noch weitere Stufen der Leiter zu erklimmen. Es mochte eine einsame Zukunft sein, aber wenn es so war, blieb ihr wenigstens der Beruf, der einzige, für den sie sich je interessiert hatte, dem sie alles verdankte, was sie heute besaß. Und wer hätte besser gewusst als sie, dass es schlimmere Schicksale als Einsamkeit gab.

Der Anruf kam um zehn vor elf. Sie wurde erst um halb zwei im Büro erwartet und wollte die Wohnung gerade verlassen, um die alltäglichen Dinge zu erledigen, die ihr immer Stunden von den halben freien Tagen raubten: ein Einkauf im Supermarkt, eine reparierte Armbanduhr vom Uhrmacher holen, ein paar Kleider in die Reinigung bringen.

Der Anruf erreichte sie auf ihrem Diensthandy, und sie wusste, wessen Stimme erklingen würde. Sie hörte aufmerksam zu. Es handelte sich um einen Mordfall, wie zu erwarten war. Das Opfer, Rhoda Gradwyn, eine Journalistin, war um halb acht am Morgen nach ihrer Operation in einer Privatklinik in Dorset tot, offenbar erdrosselt, in ihrem Bett gefunden worden. Er nannte ihr die Adresse, Cheverell Manor, Stoke Cheverell. Keine Erklärung, warum das Team mit dem Fall beauftragt war, aber da dürfte Number Ten wieder die Finger im Spiel haben. Sie sollten mit dem Auto anreisen, entweder in ihrem oder Bentons, und das Team würde versuchen, gleichzeitig dort einzutreffen.

Sie sagte: »In Ordnung, Sir. Ich rufe Benton gleich an und hole ihn in seiner Wohnung ab. Ich denke, wir fahren mit seinem Wagen. Meiner muss zur Inspektion. Ich habe meinen Spurensicherungskoffer immer zur Hand, und er seinen auch.«

»Gut. Ich muss noch schnell in den Yard, Kate, wir treffen uns in Shepherd's Bush. Ich hoffe, ihr seid dann auch da. Über die Einzelheiten, soweit ich sie kenne, informiere ich euch, wenn wir uns sehen.«

Sie beendete das Gespräch, sagte Benton Bescheid, und keine zwanzig Minuten später trug sie die Tweedhose und die Jacke, die sie immer für Mordfälle in ländlicher Umgebung anzog. Der Koffer mit den anderen Sachen, die sie brauchte, stand immer fertig gepackt bereit. Rasch kontrollierte sie Fenster und Steckdosen, schnappte sich den Spurensicherungskoffer, drehte die Schlüssel in beiden Sicherheitsschlössern und machte sich auf den Weg.

3

Kates Anruf erreichte Sergeant Francis Benton-Smith beim Einkaufen auf dem Bauernmarkt in Notting Hill. Für die nächsten Stunden hatte er einen minutiösen Plan, und er war bester Stimmung, freute sich auf einen wohlverdienten Ruhetag, der mehr energetisches Vergnügen als Ruhe versprach. Er hatte seinen Eltern versprochen, ihnen in ihrem Haus in South Kensington ein Mittagessen zu kochen, den Nachmittag beabsichtigte er mit Beverley im Bett seiner Wohnung in Shepherd's Bush zu verbringen und würde, um dieser perfekten Mischung aus erfüllten Sohnespflichten und Vergnügen das Sahnehäubchen aufzusetzen, abends mit ihr in den neuen Film im Curzon gehen. Darüber hinaus war dieser Tag eine Art private Feier seiner jüngst erfolgten Wiederernennung als Beverleys Freund. Das allgegenwärtige Wort störte ihn ein bisschen, aber er hätte es unpassend gefunden, sich als ihren Liebhaber zu bezeichnen, was nach seinem Dafürhalten einen höheren Grad an Engagement bedeutet hätte.

Beverley war Schauspieler – sie bestand darauf, nicht Schauspielerin genannt zu werden – und bastelte an einer Fernsehkarriere. An ihren Prioritäten hatte sie von Anfang an keine Zweifel gelassen – was ihre Freunde betraf, liebte sie Abwechslung, aber Promiskuität duldete sie so wenig wie ein fundamentalistischer Priester. Ihr Sexualleben bestand aus einer strikt von der Zeit diktierten Abfolge von einander unabhängigen Affären, von denen kaum eine – immerhin war sie so rücksichtsvoll, Benton davon in Kenntnis zu setzen – länger als sechs Monate dauerte. So schlank ihr hübscher, fester kleiner Körper war, aß sie für ihr Leben gern, und er wusste, dass er einen nicht geringen Teil seiner Attraktion den Mahlzeiten verdankte, zu denen er sie entweder in sorgsam ausgewählte Restaurants, die er sich kaum leisten konnte, oder – was ihr lieber war – zu sich nach Hause einlud. Das Mittagessen mit seinen Eltern, zu dem sie ebenfalls eingeladen war, diente auch dem Zweck, ihr klarzumachen, was sie in der Zwischenzeit versäumt hatte.

Er hatte ihre Eltern nur einmal und nur sehr kurz gesehen und war überrascht gewesen, dass dieses wohlbeleibte, konservative, adrett gekleidete und physisch eher unauffällige Ehepaar dieses exotische Kind produziert hatte. Er schaute sie gerne an, dass blasse ovale Gesicht, das dunkle Haar, zu einem Pony geschnitten über leicht schräggestellten Augen, die ihr einen Hauch von orientalischer Schönheit gaben. Da sie aus einer ähnlich privilegierten Familie stammte wie er, konnte sie trotz aller Bemühungen die Rückstände einer guten Allgemeinbildung nicht ganz verwischen. Aber sie hatte die verachteten bürgerlichen Werte und Attribute im Dienst ihrer Kunst über Bord geworfen und war in Sprache und Auftreten zu Abbie geworden, der ungehobelten Tochter des Gastwirts in einer Seifenoper, die in einem Dorf in Suffolk spielte. Während der ersten Etappe ihrer Beziehung hatte sie vor einer aussichtsreichen schauspielerischen Karriere gestanden. Es gab Pläne für eine Affäre mit dem Gemeindeorganisten, inklusive Schwangerschaft, illegaler Abtreibung und allgemeiner Empörung im Dorf. Aber dann hatte es Zuschauerproteste gehagelt, dieses ländliche Idyll sei drauf und dran, Serien wie *EastEnders* Konkurrenz zu machen, und inzwischen kursierten Gerüchte, dass Abbie eine Läuterung erfahren sollte. Man munkelte von ehrenwerter Heirat und tugendhafter Mutterschaft. Eine Katastrophe, klagte Beverley. Ihr Agent streckte bereits die Fühler aus, um Profit aus ihrer gegenwärtigen Beliebtheit zu schlagen, solange sie noch währte. Francis – für seine Kollegen bei der Met nur Benton – zweifelte nicht daran, dass das Mittagessen ein voller Erfolg werden würde. Seine Eltern waren immer begierig, etwas über diese geheimnisvolle Welt zu erfahren, die ihnen verschlossen war, und Beverley würde mit großem Vergnügen lebhaft den Inhalt des neuesten Drehbuchs zum Besten geben, wahrscheinlich mit Originaldialogen.

Seine eigene Erscheinung war, fürchtete er, kaum weniger irreführend als Beverleys. Sein Vater war Engländer, seine Mutter Inderin, und er hatte ihre Schönheit geerbt, nicht aber die tiefe Liebe zu ihrem Land, die sie nie verloren hatte, und die ihr Ehemann mit ihr teilte. Sie war achtzehn, als sie heirateten, und er schon dreißig. An ihrer leidenschaftlichen Liebe füreinander hatte sich bis heute nichts geändert, und der Höhepunkt jedes Jahres war die gemeinsame Indienreise. Als Junge war er noch mitgefahren, aber er hatte sich dort immer fremd und unbehaglich gefühlt, unfähig, an einer Welt teilzuhaben, in deren Kleidung, Essgewohnheiten und Sprache sich sein Vater, der sowohl in England als auch in Indien ein glücklicherer und unbeschwerterer Mensch war, ohne weiteres einfügte. Von früher Kindheit an hatte Francis gefühlt, dass die Liebe seiner Eltern zu grandios war, um Raum für einen Dritten zu lassen, und sei es der einzige Sohn. Er wusste, dass er geliebt wurde, aber in der Gegenwart seines Vaters, eines pensionierten Schuldirektors, war er sich immer wie ein geschätzter, weil vielversprechender Sechstklässler und nicht wie ein Sohn vorgekommen. Ihre gutgemeinte Nichteinmischung war beunruhigend. Als er mit sechzehn die Klagen eines Klassenkameraden über seine

Eltern hörte – die lächerliche Vorschrift, vor Mitternacht zu Hause zu sein, die Warnungen vor Drogen, Alkoholmissbrauch, AIDS, ihr Beharren auf dem Vorrang der Hausaufgaben vor jeder Art von Vergnügung, die pingelige Jammerei über Haartracht, Kleidung und den Zustand seines Zimmers, das schließlich Privatbereich war –, kam ihm zum ersten Mal zu Bewusstsein, dass die Toleranz seiner Eltern nach Desinteresse schmeckte, gar nicht weit entfernt von emotionaler Kälte. So stellte er sich elterliche Verantwortung nicht vor.

Die Reaktion seines Vaters auf seine Berufswahl war ihm ein wenig abgedroschen vorgekommen. »Zwei Dinge solltest du bei der Wahl deines Berufs beachten: Er sollte das Glück und das Wohlergehen anderer befördern und dir selbst Befriedigung geben. Der Polizeidienst erfüllt die erste Bedingung und hoffentlich auch die zweite.« Nur mit Mühe hatte er sich verkneifen können, ihm mit »Danke, Sir« zu antworten. Trotz alledem liebte er seine Eltern und ahnte im Stillen, dass die Entfremdung nicht nur von ihnen ausging und er sie viel zu selten besuchte. Dieses Mittagessen war auch eine Art Wiedergutmachung für Vernachlässigung.

Um fünf vor elf – er war dabei, sich eine Auswahl an biologisch angebautem Gemüse zusammenzustellen – erreichte ihn der Anruf auf seinem Diensthandy. »Wir haben einen Fall«, sagte Kate. »Wie es aussieht ein Mord an der Patientin einer Privatklinik. Es ist ein Manor in Stoke Cheverell, Dorset.«

»Mal was anderes, Ma'am. Aber warum das Team? Warum nicht die Polizei von Dorset?«

Sie klang ungeduldig. Für Plaudereien war keine Zeit. »Weiß der Himmel. Wie immer halten sie sich bedeckt, aber Number Ten scheint dahinterzustecken. Sie erfahren alle Einzelheiten, wenn wir unterwegs sind. Ich schlage vor, wir nehmen Ihren Wagen. Commander Dalgliesh wünscht, dass wir zusammen im Manor eintreffen. Er selbst nimmt den Jaguar. Ich bin so schnell wie möglich bei Ihnen. Meinen Wagen lasse ich in Ihrer Garage stehen. Er stößt dort zu uns. Ich nehme an, Ihr Spurensicherungskoffer steht bereit. Und nehmen Sie Ihren Fotoapparat mit. Vielleicht brauchen wir ihn. Wo sind Sie gerade?«

»In Notting Hill, Ma'am. Mit Glück kann ich in knapp zehn Minuten in meiner Wohnung sein.«

»Gut. Vielleicht sollten Sie ein paar Sandwiches oder so einpacken und etwas zu trinken. AD ist sicher nicht begeistert, wenn wir mit knurrendem Magen dort ankommen.«

Als Kate auflegte, hatte Benton das Gefühl, es bereits geahnt zu haben. Er musste nur zwei Anrufe machen, einen bei seinen Eltern, einen bei Beverley. Seine Mutter nahm ab, und ohne ihn aufzuhalten, drückte sie rasch ihr Bedauern aus und legte auf. Beverley ging nicht an ihr Handy, und das war ihm eigentlich ganz recht. Er hinterließ ihr eine kurze Nachricht, dass aus ihren Plänen nichts wurde und er sich später bei ihr melden würde.

Er brauchte nur ein paar Minuten, um Sandwiches und Getränke zu kaufen. Als er im Dauerlauf vom Markt zur Holland Park Avenue joggte, rollte der 94er Bus gerade auf die Haltestelle zu; mit einem Zwischenspurt schaffte er es gerade noch, bevor die Türen zuklappten. Seine Pläne für den Tag waren vergessen, er war mit den Gedanken bereits bei der schwierigeren Aufgabe, seinen Ruf im Team aufzupolieren. Er bedauerte es, wenn auch nur ein wenig, dass dieses Gefühl, die Vorfreude auf die vor ihm liegenden Tage, die Aufregung und Herausforderung versprachen, von der Leiche einer Unbekannten abhing, die kalt und steif in einem

Herrenhaus in Dorset lag, von Trauer also, von Schmerz und von Angst. Nicht ohne ein paar Gewissensbisse musste er sich eingestehen, dass es eine Enttäuschung wäre, in Dorset anzukommen und feststellen zu müssen, dass es sich um einen ganz gewöhnlichen Mord handelte und der Täter bereits entlarvt und hinter Gittern war. So war es allerdings noch nie gewesen, und es war auch nicht damit zu rechnen. Zu einem ganz gewöhnlichen Mord hätte man nicht die Spezialeinheit gerufen.

Er stand vor der Bustür und wartete ungeduldig, dass sie sich öffnete, dann sprintete er zu seinem Wohnblock. Er schlug auf den Fahrstuhlknopf, konnte es kaum erwarten, dass die Kabine herunterkam. Erst jetzt und ohne das geringste Bedauern bemerkte er, dass er die Tüte mit dem sorgsam ausgewählten Biogemüse im Bus vergessen hatte.

4

Es war halb zwei, sechs Stunden waren seit der Entdeckung der Leiche vergangen, aber für Dean und Kimberley Bostock, die in der Küche darauf warteten, dass man ihnen sagte, was zu tun war, schien der Vormittag kein Ende nehmen zu wollen. Dies war ihre Domäne, der Ort, an dem sie zu Hause waren, sich auskannten, wo sie von niemandem zur Eile getrieben wurden, wo sie und ihre Arbeit hohes Ansehen genossen, und auch wenn nicht viel darüber geredet wurde, wussten sie um ihre Fertigkeiten, und sie waren zusammen, das Wichtigste von allem. Aber jetzt bewegten sie sich wie unorganisierte Hobbyköche in einer unvertrauten und einschüchternden Umgebung zwischen Tisch und Herd hin und her. Wie Roboter hatten sie sich die Träger ihrer Kochschürzen über den Kopf gezogen, die weißen Kochmützen aufgesetzt, ohne dass es viel zu tun gegeben hätte. Um halb zehn hatte Dean auf Miss Cressetts Geheiß Croissants, Marmelade und eine große Kanne Kaffee hinauf in die Bibliothek getragen, aber als er die Teller später abgeräumt hatte, war kaum etwas gegessen worden, nur die Kaffeekanne war leer und der Bedarf an Nachschub wollte kein Ende nehmen. Regelmäßig erschien Schwester Holland in der Küche, um eine frisch gefüllte Thermoskanne hinaufzutragen. Dean kam sich langsam vor wie ein Gefangener in seiner eigenen Küche.
Sie spürten eine unheimliche Stille, die vom Haus Besitz ergriffen hatte. Selbst der Wind hatte sich gelegt, seine müden Böen klangen wie verzweifelte Seufzer. Kim schämte sich ihrer Ohnmacht. Mr. Chandler-Powell war sehr nett gewe-

sen und hatte gesagt, sie müsse erst wieder arbeiten, wenn
sie sich kräftig genug fühlte, aber sie war froh, wieder bei
Dean in der Küche sein zu dürfen, wo sie hingehörte. Mr.
Chandler-Powell war ganz grau im Gesicht gewesen, hatte
älter ausgesehen und irgendwie verändert. Wie ihr Dad
damals nach der Operation, als wäre alle Kraft aus ihm gewichen, und noch etwas Lebenswichtigeres als Kraft, etwas,
das ihn zu ihrem einzigartigen Dad gemacht hatte. So nett
sie alle hier zu ihr gewesen waren, sie hatte den Vorbehalt
gespürt, unter dem das Mitgefühl ihr zuteil geworden war,
als könnte jedes Wort gefährlich werden. Wenn in ihrem
Heimatdorf ein Mord geschehen würde, wäre das alles ganz
anders. Schreie des Schreckens und der Empörung, trösten-
de Arme überall, die ganze Straße wäre zu dem Haus gelaufen, um zu sehen, zu klagen, ein Gewirr von Stimmen, Fragen, Mutmaßungen. Aber hier im Manor lebten andere
Menschen. Mr. Chandler-Powell, Mr. Westhall und seine
Schwester sowie Miss Cressett zeigten ihre Gefühle nicht,
zumindest nicht öffentlich. Auch wenn sie sicher welche
hatten, wie jeder andere Mensch auch. Kim wusste, dass sie
zu schnell weinte, aber irgendwo würden die anderen wohl
auch weinen, nur dass es ihr beinahe ungebührlich vorkam,
sich das vorzustellen. Schwester Hollands Augen waren rot
und verquollen gewesen. Vielleicht hatte sie geweint. Weil
sie eine Patientin verloren hatte? Waren Krankenschwestern
denn nicht daran gewöhnt? Sie hätte gerne gewusst, was da
draußen vor sich ging, außerhalb der Küche, in der sie langsam Platzangst bekam, so geräumig sie auch war.
Dean hatte ihr von Mr. Chandler-Powells Ansprache in der
Bibliothek erzählt. Der Doktor hatte gesagt, dass der Patientenflügel und der Fahrstuhl nicht betreten werden durften,
und sie alle sollten versuchen, ihre Arbeit so normal wie

möglich zu machen. Die Polizei würde jeden einzeln verhören wollen, aber bis dahin, darauf hatte er besonders hingewiesen, sollten sie unter sich möglichst nicht über Miss Gradwyns Tod sprechen. Kim wusste, dass sie über nichts anderes reden würden, wenn nicht in der Gruppe, dann zu zweit: die Westhalls, die ins Stone Cottage zurückgekehrt waren, Miss Cressett und Mrs. Frensham, und ganz gewiss auch Mr. Chandler-Powell und Schwester Holland. Nur Mog würde wohl schweigen – das konnte er, wenn es sich lohnte –, und dass jemand mit Sharon über Miss Gradwyn redete, vermochte sie sich beim besten Willen nicht vorzustellen. Sie und Dean jedenfalls nicht, wenn sie in der Küche auftauchen sollte. Aber mit Dean hatte sie darüber geredet, leise, als könnte das den Worten ihre Brisanz nehmen. Und auch jetzt konnte Kim der Versuchung nicht widerstehen, wieder auf das Thema zurückzukommen.

»Und wenn die Polizei mich jetzt fragen will, was genau passiert ist, als ich Mrs. Skeffington den Tee hinaufgebracht habe, jede Einzelheit, muss ich es ihnen erzählen?«

Dean übte sich in Geduld. Sie konnte es seiner Stimme anhören. »Kim, wir haben das doch schon besprochen. Ja, erzähl es ihnen. Wenn sie eine direkte Frage stellen, müssen wir darauf antworten und die Wahrheit sagen, sonst bekommen wir Ärger. Aber es ist nicht wichtig, was passiert ist. Du hast niemanden gesehen und mit niemandem geredet. Mit Miss Gradwyns Tod kann es nicht das Geringste zu tun haben. Du könntest dich um Kopf und Kragen reden, und das ohne Grund. Also bitte kein Wort, bevor du gefragt wirst.«

»Und mit der Tür bist du dir ganz sicher?«

»Ganz sicher. Aber wenn die Polizei darauf herumreitet, werde ich wohl sagen, dass ich es nicht beschwören kann.«

Kim sagte: »Es ist so still, findest du nicht? Inzwischen

müsste doch jemand gekommen sein. Sollen wir eigentlich ganz allein hier sein?«

»Sie haben gesagt, wir sollen unsere Arbeit machen«, sagte Dean. »Die Küche ist unser Arbeitsplatz. Und da gehörst du hin, hierher zu mir.«

Er kam leise zu ihr herüber und nahm sie in die Arme. Eine Minute lang standen sie bewegungslos da, schweigend, und sie war getröstet. Er ließ sie los und sagte: »Jedenfalls sollten wir langsam mal an das Mittagessen denken. Es ist schon halb zwei. Bis jetzt haben sie alle nur Kekse und Kaffee bekommen. Früher oder später brauchen sie etwas Warmes, und auf den Schmortopf hat bestimmt keiner Appetit.«

Den Rinderschmortopf hatte er schon gestern gekocht, er musste nur noch auf dem Herd warm gemacht werden. Er reichte für die ganze Belegschaft, und auch noch für Mog, wenn er aus dem Garten kam. Aber jetzt würde ihr schon der starke Geruch auf den Magen schlagen.

Dean sagte: »Nein, lieber nichts Schweres. Ich könnte eine Erbsensuppe machen. Wir haben die Brühe aus dem Rinderknochen, und dazu vielleicht Brote, Eier, Käse ...« Er verstummte.

Kim sagte: »Mog hat sicher kein frisches Brot geholt. Mr. Chandler-Powell hat ja gesagt, dass alle im Haus bleiben sollen.«

»Wir könnten Buttermilchbrot backen, das wird immer gern gegessen.«

»Und die Polizisten? Müssen wir die auch verpflegen? Du hast gesagt, für Chief Inspector Whetstone hättest du nur Kaffee gemacht. Aber die neue Mannschaft kommt ja ganz aus London. Die haben eine lange Fahrt hinter sich.«

»Ich weiß es nicht. Da muss ich Mr. Chandler-Powell fragen.«

Und dann fiel es Kim wieder ein. Seltsam, dass sie es vergessen hatte. Sie sagte: »Heute wollten wir ihm vom Baby erzählen, gleich nach Mrs. Skeffingtons Operation. Jetzt wissen sie es schon und sind gar nicht besorgt. Miss Cressett sagt, es gibt im Manor jede Menge Platz für ein Baby.«

Kim meinte, neben etwas Ungeduld auch den Unterton leiser Zufriedenheit aus Deans Stimme herauszuhören. »Wir müssen nicht jetzt entscheiden, ob wir mit dem Baby hierbleiben wollen, wo wir noch nicht einmal wissen, ob es mit der Klinik weitergeht. Wer will denn jetzt noch herkommen? Würdest du in dem Zimmer schlafen wollen?«

Kim sah ihn an, und einen Augenblick lang verhärteten sich seine Züge, als hätte er einen Entschluss gefasst. Als die Tür aufging, drehten sie sich um, und Mr. Chandler-Powell kam herein.

5

Chandler-Powell sah auf seine Uhr, es war zwanzig vor zwei. Vielleicht sollte er jetzt mit den Bostocks reden, die sich in ihrer Küche verschanzt hatten. Er musste sich vergewissern, dass Kimberley sich vollständig erholt hatte, und nachfragen, ob sie sich schon Gedanken über das Essen gemacht hatten. Noch hatte niemand etwas gegessen. Die sechs Stunden seit der Entdeckung der Mordtat erschienen ihm wie eine Ewigkeit, ein Wust nicht registrierter Zeit, aus der kleine, zusammenhanglose Ereignisse mit großer Klarheit hervorstachen. Das Versiegeln des Mordzimmers auf Anweisung von Chief Inspector Whetstone; die Suche nach der breitesten Rolle Tesafilm in den hintersten Winkeln seines Schreibtischs; das Versäumnis, das Ende zu befestigen, so dass der Streifen festklebte und die Rolle unbrauchbar wurde; Helena, die ihm die Rolle aus der Hand nahm und es besser machte; ihr Vorschlag, das Band zu beschriften, damit niemand es austauschen konnte. Er hatte nichts davon mitbekommen, dass aus nächtlicher Finsternis ein grauer Wintermorgen geworden war, von den vereinzelten Böen des abflauenden Sturms, die so laut wie verirrte Gewehrschüsse waren. Trotz der kurzen Aussetzer der Erinnerung, dem Zerfallen der Zeit, war er überzeugt, alles getan zu haben, was von ihm erwartet wurde – er war mit Mrs. Skeffingtons Hysterie fertig geworden, hatte Kimberley Bostock untersucht und Anweisungen für ihre Pflege gegeben und versucht, jeden von ihnen während der endlosen Wartezeit bis zum Eintreffen der örtlichen Polizei so gut es ging zu beruhigen.

Der Duft nach heißem Kaffee wehte durch das Haus, schien stärker zu werden. Wie hatte er ihn jemals als tröstlich empfinden können? Würde er ihn jemals wieder ohne den Stich der Erinnerung an die Katastrophe wahrnehmen können? Vertraute Gesichter waren auf einmal fremd geworden, gemeißelte Gesichter wie die von Patienten, die unerwarteten Schmerz verspürten, Begräbnisgesichter, Gesichter von gekünstelter Feierlichkeit wie bei Trauergästen, die sich für die Exequien eines unbetrauerten, aber im Tode einschüchternde Macht gewinnenden flüchtigen Bekannten die passende Miene zurechtlegten. Flavias verquollenes Gesicht, die geschwollenen Lider und von Tränen getrübten Augen. Dabei hatte er sie gar nicht richtig weinen sehen, und ihre einzigen Worte, an die er sich erinnern konnte, hatten in ihrer Banalität eher ärgerlich geklungen.

»Du hast wunderbare Arbeit geleistet. Sie hat so lange gewartet, und jetzt sieht sie es nicht einmal mehr. Die viele Zeit und Geschicklichkeit, für nichts und wieder nichts.«

Sie hatten beide einen Patienten verloren, der bisher einzige Todesfall in seiner Klinik im Manor. Waren es Tränen der Enttäuschung oder der Schuld? Tränen der Trauer konnten es beim besten Willen nicht sein.

Und jetzt standen ihm die Bostocks bevor. Er musste sich ihrem Bedürfnis nach Beruhigung und Trost stellen, nach Entscheidungen in Angelegenheiten, die unwichtig erschienen, ihnen aber nicht unwichtig waren. Bei seiner Ansprache um Viertel nach acht in der Bibliothek hatte er alles Nötige gesagt. Zumindest in dem Moment hatte er Verantwortung übernommen. Er hatte sich kurz fassen wollen, und er hatte sich kurz gefasst. In einem ruhigen und bestimmten Tonfall. Jetzt wussten sie alle Bescheid über die Tragödie, die auch ihr Leben berührte. Miss Rhoda Gradwyn war heute Morgen um halb acht tot in ihrem Zimmer aufgefunden worden. Einiges deutete darauf hin, dass es kein natürlicher Tod war. Ja, dachte er, so konnte man es auch ausdrücken. Man hatte die Polizei benachrichtigt, der Chief Inspector des örtlichen Reviers hatte sich auf den Weg gemacht. Natürlich würden sie alle die Ermittlungen der Polizei unterstützen. Und bis dahin sollten sie Ruhe bewahren, auf Klatsch und Mutmaßungen verzichten und ihre Arbeit machen. Aber welche Arbeit denn überhaupt? Mrs. Skeffingtons Operation war abgesagt. Der Anästhesist und das OP-Personal waren telefonisch verständigt worden; Flavia und Helena hatten das übernommen. Nach seiner kurzen Ansprache hatte er keine Fragen gestattet und die Bibliothek gleich verlassen. Aber war dieser Abgang – alle Augen waren auf ihn gerichtet – nicht nur eine theatralische Geste gewesen, eine bewusste Vermeidung von Verantwortung? Er erinnerte sich, einen Moment lang vor der Tür stehen geblieben zu sein, wie ein Fremder, der sich im Haus nicht auskannte.

Und jetzt, am Küchentisch mit Dean und Kimberley, sollte er sich Gedanken über Erbsensuppe und Buttermilchbrot machen. Seit der Sekunde seines Eintritts in einen Raum, den er so gut wie nie betrat, kam er sich wie ein Eindringling vor. Welche Versicherungen, welchen Trost erwarteten sie von ihm? Er saß den Gesichtern verängstigter Kinder gegenüber, Kinder, die auf Antworten warteten, die nichts mit Brot oder Suppe zu tun hatten.

Er unterdrückte seinen Ärger über ihr offensichtliches Bedürfnis nach Anweisungen und wollte gerade sagen, »tut einfach, was ihr für das Beste haltet«, als er Helenas Schritte hörte, die leise hinter ihn getreten war. Nun vernahm er ihre Stimme.

»Erbsensuppe ist eine wunderbare Idee, heiß, sättigend und tröstlich. Und mit der Brühe ist sie schnell gemacht. Ich denke, wir sollten die Verpflegung einfach halten. Damit es hier nicht aussieht wie beim Erntedankfest. Serviert das Buttermilchbrot warm und mit viel Butter. Eine Käseplatte wäre eine gute Ergänzung zum kalten Braten, die Leute brauchen Proteine, aber in Maßen. Und alles so schön appetitlich anrichten wie immer. Keiner hat Hunger, aber essen müssen sie alle. Es wäre eine gute Idee, Kimberleys ausgezeichneten Zitronenaufstrich zu servieren, und zum Brot etwas Aprikosenmarmelade. Menschen, die unter Schock stehen, haben oft Heißhunger auf Süßes. Und sorgt bitte für Kaffee, jede Menge Kaffee.«

»Müssen wir den Polizisten auch etwas zu essen machen, Miss Cressett?«, fragte Kimberley.

»Kann ich mir nicht vorstellen. Aber das erfahren wir rechtzeitig. Wie Sie wissen, leitet Chief Inspector Whetstone die Untersuchungen nun doch nicht. Sie schicken ein Spezialistenteam von der Metropolitan Police. Ich vermute, dass sie unterwegs etwas gegessen haben. Ihr beiden seid fantastisch, wie immer. Wahrscheinlich kommt unser aller Leben für eine Weile durcheinander, aber ihr werdet damit fertig, das weiß ich. Wenn ihr Fragen habt, kommt zu mir.«

Erleichtert murmelten die Bostocks ihren Dank. Chandler-Powell und Helena verließen zusammen die Küche. Er versuchte mit wenig Erfolg, etwas Wärme in seine Stimme zu legen, als er sagte: »Danke. Ich hätte die Bostocks gleich Ihnen anvertrauen sollen. Aber was, zum Henker, ist Buttermilchbrot?«

»Das wird aus Vollkornmehl und ohne Hefe gebacken. Sie haben es hier schon oft gegessen. Es schmeckt Ihnen.«

»Wenigstens haben wir für die nächste Mahlzeit gesorgt. Ich

habe das Gefühl, den Vormittag mit Banalitäten verbracht zu haben. Wenn Commander Dalgliesh und seine Leute doch endlich kommen würden, damit die Ermittlungen beginnen. Hier sitzt eine ausgezeichnete Rechtsmedizinerin herum und dreht Däumchen, bis Dalgliesh zu kommen geruht. Warum kann sie nicht ohne ihn anfangen? Und Whetstone hätte auch Besseres zu tun, als sich hier die Beine in den Bauch zu stehen.«

Helena sagte: »Warum eigentlich die Metropolitan Police? Als hätten wir in Dorset keine brauchbaren Polizisten. Weshalb nimmt Whetstone nicht die Ermittlungen auf? Da fragt man sich, ob es vielleicht irgendwelche bedeutenden Geheimnisse um Rhoda Gradwyn gibt, Dinge, von denen wir nichts wissen.«

»Es gibt vieles, was wir über Rhoda Gradwyn nicht wissen.«

Sie gingen durch die Eingangshalle. Von draußen hörte man das Zuschlagen von Autotüren und Stimmen.

Helena sagte: »Sie können gleich zur Vordertür gehen. Hört sich so an, als wäre das Team aus London eingetroffen.«

6

Es war ein idealer Tag für eine Landpartie. An einem solchen Tag hätte Dalgliesh sich normalerweise Zeit genommen, Nebenstraßen erkundet, hin und wieder angehalten, um sich am Anblick der für den Winter entkleideten Bäume zu erfreuen, ihren aufstrebenden Stämmen und Ästen, den schwarzen Filigranen der obersten Zweige vor einem wolkenlosen Himmel. Der Herbst hatte sich hingezogen, aber jetzt fuhr er unter dem blendend weißen Ball einer Wintersonne dahin, deren gefranster Rand in einen klaren Himmel wie an einem Sommertag zackte. Ihr Licht würde bald schwächer werden, aber jetzt lagen Felder, Hügel und Baumgruppen scharf umrandet und schattenlos in ihrer strahlenden Helle.

Dem Londoner Verkehr entronnen, waren sie gut vorangekommen und hatten nach zweieinhalb Stunden Fahrt den Osten Dorsets erreicht. In einer Parkbucht machten sie eine kurze Pause, aßen ihren mitgebrachten Imbiss, und Dalgliesh warf einen Blick auf die Straßenkarte. Eine Viertelstunde später erreichten sie eine Kreuzung mit einem Wegweiser nach Stoke Cheverell, und etwa eine Meile hinter dem Dorf zeigte ein Schild zum Cheverell Manor. Sie kamen an ein schmiedeeisernes Doppeltor, hinter dem sie eine Buchenallee sahen. Ein alter Mann in einem langen Mantel saß auf einer Art Küchenstuhl und las Zeitung. Langsam und mit großer Sorgfalt faltete er sie zusammen, bevor er auf das hohe Tor zukam. Dalgliesh wollte schon aus dem Wagen springen, um ihm zu helfen, aber die Flügel ließen sich leicht öffnen, und er fuhr hindurch, gefolgt von Kate und Benton.

Nachdem der alte Mann das Tor wieder geschlossen hatte, kam er zu dem Auto.

»Miss Cressett mag es nicht, wenn Autos auf der Zufahrt herumstehen«, sagte er. »Sie müssen es um das Haus herum hinter den Ostflügel fahren.«

»Machen wir«, antwortete Dalgliesh, »zu seiner Zeit.«

Die drei holten ihre Spurensicherungskoffer aus den Wagen. Dalgliesh ließ sich auch durch die Dringlichkeit der Situation, das Wissen, dass eine Gruppe von Menschen in unterschiedlichen Stadien der Angst oder Sorge auf ihn warteten, nicht davon abhalten, ein paar Sekunden lang stehen zu bleiben und einen Blick auf das Haus zu werfen. Er wusste, dass es als eines der schönsten Manors aus der Tudor-Zeit galt, und jetzt stand es in seinen vollkommenen Proportionen, einer selbstbewussten Harmonie von Charme und Kraft vor ihm, ein Haus für Gewissheiten, für Geburten und Todesfälle und Übergangsriten erbaut, von Menschen, die wussten, woran sie glaubten und was sie taten. Ein Haus, das fest und dauerhaft auf dem Boden der Geschichte stand. Es gab keinen Rasen, keinen Park, keine Statuen vor dem Manor. Es präsentierte sich ungeschmückt, seine Größe benötigte keinen Zierat. Er sah es in seiner schönsten Pracht. Die grelle Weiße des winterlichen Morgenlichts war weicher geworden, glättete die Stämme der Buchen und tauchte seine Außenmauern in einen silbrigen Glanz; einen Augenblick lang schien es zu zittern, sich verflüchtigen zu wollen wie eine Vision. Das Tageslicht würde bald schwächer werden; es war der Monat der Wintersonnenwende. Bald würde die Dämmerung einsetzen, rasch gefolgt von der Nacht. Er und sein Team mussten in der Schwärze des Winters Licht in eine dunkle Tat bringen. Für jemanden, der das Licht liebte, war das ein Nachteil, psychologisch wie auch praktisch.

Als sie auf das Haus zugingen, öffnete sich die Tür zur großen Veranda, und ein Mann trat zu ihnen heraus. Einen Augenblick lang schien er nicht zu wissen, ob er salutieren musste, dann streckte er die Hand aus und sagte: »Chief Inspector Keith Whetstone. Sie sind schnell gekommen, Sir. Der Chef sagt, Sie brauchen unsere Spurensicherung. Wir haben nur zwei Leute frei, aber die müssten in einer Dreiviertelstunde hier sein. Der Fotograf ist auch unterwegs.«

Man käme gar nicht auf die Idee, dass Whetstone etwas anderes sein könnte als ein Polizist, dachte Dalgliesh, ein Polizist oder ein Soldat. Er war von schwerem Körperbau, aber aufrechter Haltung. Er hatte ein schlichtes, aber angenehmes Gesicht mit roten Backen, festem, wachsamem Blick unter einem Haarschopf von der Farbe alten Strohs, sein Bürstenhaarschnitt war um die großen Ohren herum sauber ausrasiert. Über einer Tweedhose trug er einen Mantel.

Nachdem man sich vorgestellt hatte, sagte er: »Haben Sie eine Ahnung, weshalb die Met übernimmt, Sir?«

»Nicht die leiseste, tut mir leid. Ich vermute, Sie waren erstaunt, als der Stellvertretende Polizeipräsident angerufen hat.«

»Ich weiß, dass der Chief Constable sich etwas gewundert hat, aber uns fehlt es nicht an Arbeit. Von den Festnahmen an der Küste haben Sie sicher gehört. Die Kollegen vom Zoll und die Finanzbehörde rennen uns die Bude ein. Der Yard sagt, dass Sie einen DC bräuchten. Ich überlasse Ihnen Malcolm Warren. Eher einer der Stillen im Lande, aber klug, und er weiß, wann er den Mund halten muss.«

Dalgliesh sagte: »Ruhig, verlässlich und diskret. Das hört sich doch gut an. Wo ist er jetzt?«

»Er steht vor dem Schlafzimmer und bewacht die Leiche. Die Hausbelegschaft, zumindest die sechs wichtigsten Personen, wie ich vermute, hat sich im großen Saal versammelt. Das sind Mr. Chandler-Powell, dem der Laden hier gehört, sein Assistent Mr. Marcus Westhall – den Mister verdankt er der Tatsache, dass er Chirurg ist –, seine Schwester Miss Candace Westhall, Flavia Holland, die Oberschwester, Miss Helena Cressett, eine Art Haushälterin, Sekretärin und Verwalterin in einer Person, soweit ich das überblicken kann, und Mrs. Letitia Frensham, die die Bücher führt.«

»Eine erstaunliche Gedächtnisleistung, Chief Inspector.«

»Gar nicht so erstaunlich, Sir. Auch wenn Mr. Chandler-Powell hier neu ist, wissen die meisten Leute im Dorf, wer sonst noch im Manor wohnt.«

»Ist Dr. Glenister schon eingetroffen?«

»Vor einer Stunde, Sir. Sie hat Tee getrunken und mit Mogworthy – er ist unter anderem der Gärtner hier – einen Rundgang durch den Garten gemacht und ihn bei der Gelegenheit darauf hingewiesen, dass er den Schneeball zu weit zurückgestutzt hat. Sie wartet in der Eingangshalle, wenn sie nicht schon wieder spazierengegangen ist. Die Dame scheint mir ein Faible für Bewegung an der frischen Luft zu haben. Vielleicht genau die richtige Abwechslung zum Formalingeruch.«

»Wann sind Sie gekommen?«, fragte Dalgliesh.

»Zwanzig Minuten nach Chandler-Powells Anruf. Ich war darauf eingerichtet, die Ermittlungen zu leiten, bis der Chief Constable mir mitgeteilt hat, dass der Yard übernimmt.«

»Schon irgendwelche Vermutungen, Inspector?«

Dalglieshs Frage war auch ein Gebot der Höflichkeit. Das hier war nicht sein Revier.

Die Zeit mochte zeigen oder auch nicht, warum das Innenministerium sich eingeschaltet hatte, und dass Whetstone sich offenbar mit der Übernahme durch das Department abgefunden hatte, bedeutete nicht, dass er damit einverstanden war.

»Ich würde sagen, der Täter kommt aus dem Haus, Sir. Wenn ich recht habe, haben Sie es mit einer begrenzten Zahl Verdächtiger zu tun, was meiner Erfahrung nach die Überführung des Täters nicht erleichtert. Jedenfalls nicht, wenn er seinen Grips beisammen hat, und das scheint mir bei den meisten da drinnen der Fall zu sein.«

Sie näherten sich der Veranda. Die Tür öffnete sich, als hätte sie jemand beobachtet und den richtigen Zeitpunkt abgepasst. Es konnte keinen Zweifel an der Identität des Mannes geben, der einen Schritt beiseitetrat, als sie hineingingen. Er hatte eine Grabesmiene und die erschöpfte Blässe eines Mannes, der unter Schock steht, ohne seine Autorität verloren zu haben. Dies war sein Haus, und er hatte nach wie vor alles und sich selbst im Griff. Ohne die Hand auszustrecken oder Dalglieshs Untergebene eines Blickes zu würdigen, sagte er: »Chandler-Powell. Die anderen warten im Großen Saal.«

Sie folgten ihm über die Veranda zu einer Tür auf der rechten Seite der quadratischen Eingangshalle. Erstaunlicherweise war die schwere Eichentür geschlossen, und Chandler-Powell öffnete sie. Dalgliesh fragte sich, ob der Mann ihren ersten Blick auf den Großen Saal vielleicht mit Absicht auf diese Weise inszeniert hatte. Er erlebte einen Augenblick, in dem Architektur, Farben, Formen und Geräusche, die emporstrebende Decke, der riesige Wandteppich auf der rechten Wand, die Vase mit Winterlaub auf einem Eichentisch links von der Tür, die Reihe von Porträts in ihren vergoldeten Rahmen, ein paar auf den ersten Blick deutlich erkannte Gegenstände, andere, die vielleicht aus Kindheitserinnerungen oder der Fantasie auftauchten, zu einem lebendigen Bild zu verschmelzen schienen, das sich ihm augenblicklich ins Gedächtnis brannte.

Die fünf Personen, die zu beiden Seiten des Kamins warteten, die Gesichter ihm zugewandt, standen dort wie zu einem Bild arrangiert, das dem Raum Identität und Menschlichkeit geben sollte. Es folgte eine kurze, seltsam peinliche, weil unangemessen erscheinende Formalität, als Chandler-Powell ihm kurz alle Anwesenden vorstellte. Bei ihm selbst erübrigte sich das. Der andere Mann musste Marcus Westhall sein, die blassgesichtige Frau mit dem ausdrucksstarken Gesicht Helena Cressett, die kleinere dunkle Frau, die einzige, die geweint zu haben schien, Oberschwester Flavia Holland. Eine große ältere Dame, die am Rand der Gruppe stand, schien Chandler-Powell übersehen zu haben. Sie trat leise vor, gab Dalgliesh die Hand und sagte: »Letitia Frensham. Ich kümmere mich um die Geschäftsbücher.«

Chandler-Powell sagte: »Soviel ich weiß, kennen Sie Dr. Glenister.«

Dalgliesh ging hinüber zu ihrem Sessel, und sie gaben sich die Hand. Sie war als Einzige sitzen geblieben, und auf dem kleinen Tisch neben ihr stand der Tee, den man ihr gerade serviert haben musste. Wenn er sich recht erinnerte, trug sie dieselben Kleider wie bei ihrer letzten Begegnung, in ledernen Stiefeln steckende Hosen und ein Tweedjackett, das zu schwer für ihre zarte Gestalt schien. Auf der Sessellehne lag der breitkrempige Hut, den sie stets keck nach vorn geneigt trug. Ohne ihn sah ihr Kopf verletzlich aus wie der eines Kindes, weil viel helle Haut durch das kurzgeschnittene weiße Haar schimmerte. Sie hatte zarte Gesichtszüge und einen so blassen Teint, dass sie mitunter wie eine schwerkranke Frau aussah. Dabei war sie außerordentlich zäh, und ihre dunklen, fast schwarzen Augen waren die einer viel jüngeren Frau. Dalgliesh hätte, allein aus Gewohnheit, seinen langjährigen Kollegen Dr. Kynaston vorgezogen, trotzdem freute er sich, eine Frau zu sehen, die er mochte und respektierte und mit der er bereits zusammengearbeitet hatte. Dr. Glenister war eine der angesehensten Pathologinnen in Europa, Autorin exzellenter Lehrbücher zum Thema und eine hervorragende Sachverständige vor Gericht. Aber ihre Gegenwart war eine unwillkommene Erinnerung an das Interesse der Downing Street. Die renommierte Dr. Glenister rief man immer dann, wenn die Regierung sich einmischte. Mit der Behendigkeit einer jungen Frau schnellte sie aus dem Sessel hoch. »Commander Dalgliesh und ich sind alte Kollegen. Also, können wir anfangen? Mr. Chandler-Powell, ich würde Sie bitten, uns jetzt nach oben zu begleiten, falls Commander Dalgliesh keine Einwände hat.«

»Keine«, sagte Dalgliesh.

Wahrscheinlich war er der einzige Polizeibeamte, dem Dr. Glenister ein Einspruchsrecht bei ihren Entscheidungen einräumte. In diesem Fall wusste er warum. Es gab medizinische Details, zu denen nur Chandler-Powell Auskunft geben konnte, andererseits gäbe es Dinge zwischen ihr und Dalgliesh zu besprechen, die man besser nicht neben der Leiche und in Anwesenheit des Chirurgen erörterte. Chandler-Powell gehörte zum Kreis der Verdächtigen, das wusste Dr. Glenister – und zweifellos wusste es auch Chandler-Powell.

Sie durchquerten die quadratische Eingangshalle und stiegen die Treppe hinauf, Chandler-Powell und Dr. Glenister voran. Ihre Schritte klangen unnatürlich laut auf den läuferlosen Holzstufen, die zu einem Treppenabsatz führten. Zur Rechten stand eine Tür offen, und Dalgliesh warf einen Blick in einen langgestreckten, niedrigen Raum mit einer komplexen Decke. »Die Lange Galerie«, sagte Chandler-Powell. »Sir Walter Raleigh hat dort getanzt, als er im Manor zu Besuch war. Abgesehen vom Mobiliar ist alles noch so wie damals.«

Niemand erwiderte etwas. Eine zweite, kürzere Treppe führte zu einer Tür, die sich auf einen Flur mit Läufer öffnete, an dem rechts und links Zimmer lagen.

Chandler-Powell sagte: »An diesem Flur liegen die Unterkünfte der Patienten, Suiten mit Wohnzimmer, Schlafzimmer und Bad. Die Lange Galerie im Erdgeschoss haben wir als Gemeinschaftssalon eingerichtet. Aber die meisten Patienten halten sich lieber in ihrer Suite auf, manchmal setzen sich welche in die Bibliothek im Erdgeschoss. Schwester Holland bewohnt die erste Suite auf der Westseite, gleich gegenüber dem Fahrstuhl.«

Es war nicht nötig, darauf hinzuweisen, welche Räume Rhoda Gradwyn bewohnt hatte. Auf einem Stuhl vor der Tür saß ein uniformierter Beamter, der auf der Stelle aufsprang und salutierte, als sie näher kamen.

»Sie sind Detective Constable Warren?«, fragte Dalgliesh.

»Jawohl, Sir.«

»Wie lange halten Sie hier schon Wache?«

»Seit ich mit Inspector Whetstone am Tatort eingetroffen bin, Sir. Das war um fünf nach acht. Der Streifen klebte schon an der Tür.«

»Ich habe von Inspector Whetstone den Auftrag bekommen, die Tür zu versiegeln«, erklärte Chandler-Powell.

Dalgliesh zog das Klebeband ab und betrat, gefolgt von Kate und Benton, das Wohnzimmer. Der scharfe Geruch von Erbrochenem stieg ihm in die Nase, ein überraschender Kontrast zur Einrichtung des Raums. Linker Hand war die Tür zum Schlafzimmer. Sie war geschlossen, und Chandler-

Powell stieß sie vorsichtig auf, gegen den Widerstand eines heruntergefallenen Tabletts; Tasse und Untertasse waren zerbrochen, die Teekanne lag ohne Deckel auf der Seite. Es war dunkel im Schlafzimmer, das einzige Licht fiel durch die offene Wohnzimmertür. Ein großer dunkler Teefleck hatte sich auf dem Teppich ausgebreitet.

»Ich habe hier nichts verändert«, sagte Chandler-Powell. »Niemand hat den Raum betreten, nachdem die Oberschwester und ich ihn verlassen haben. Ich nehme an, wir können hier saubermachen, wenn die Tote abgeholt worden ist.«

»Erst müssen alle Spuren gesichert sein«, sagte Dalgliesh. Der Raum war keinesfalls klein, aber mit fünf Personen schien er überfüllt. Er war etwas kleiner als das Wohnzimmer, aber seine elegante Einrichtung hob den dunklen Schrecken dessen, was auf dem Bett lag, besonders deutlich hervor. Mit Kate und Benton im Gefolge traten sie an die Leiche heran. Dalgliesh drehte am Schalter neben der Tür das Licht an und wandte sich der Nachttischlampe zu. Die Birne war herausgedreht, die Schnur mit dem roten Klingelknopf hing in einer Schlaufe hoch über dem Bett. Schweigend standen sie neben der Toten, Chandler-Powell mit etwas Abstand, weil er wohl ahnte, dass er nur geduldet war.

Das Bett stand gegenüber dem geschlossenen Fenster, die Vorhänge waren zugezogen. Rhoda Gradwyn lag auf dem Rücken, die Arme mit ineinander verklammerten Händen merkwürdig über den Kopf gehoben, wie in einer theatralischen Geste der Überraschung, das dunkle Haar wie ein Fächer über das Kissen gebreitet. Die linke Gesichtshälfte bedeckte eine mit Klebestreifen befestigte chirurgische Kompresse; was an nacktem Fleisch zu sehen war, leuchtete in hellem Kirschrot. Das rechte Auge, im Tode getrübt, stand weit offen, das linke, von der Kompresse teilweise verdeckt, war halb geschlossen, so dass man beim Anblick der Toten das bizarre und beunruhigende Gefühl bekam, aus einem noch nicht ganz toten Auge böse angestarrt zu werden. Die Decke verhüllte sie bis zu den Schultern, als hätte der Mörder sie bewusst so hindrapiert, dass sein Werk von den beiden Trägern des weißen Leinennachthemds einen würdigen Rahmen erhielt. Die Todesursache war offenkundig. Sie war von menschlicher Hand erdrosselt worden. Dalgliesh wusste, dass sich der spekulative Blick auf eine Leiche – sein eigener machte da keine Ausnahme – nicht mit dem Blick auf lebendiges Fleisch vergleichen ließ. Selbst der an den Anblick gewaltsamen Todes gewöhnte Professionelle konnte einen Rest Mitleid, Zorn und Entsetzen nicht ganz ausschalten. Die besten Pathologen und Polizeibeamten verloren, wenn sie dort standen, wo er jetzt stand, nie ganz den Respekt vor dem Tod, ein Respekt, der aus Gefühlen der Zusammengehörigkeit geboren ist, so vorübergehend sie sein mögen, dem unausgesprochenen Wissen um das allen gemeinsame Menschsein, das allen gemeinsame Ende. Aber mit dem letzten Atemzug erlosch alles Menschsein, alle Persönlichkeit. Der Körper, bereits dem unerbittlichen Prozess der Verwesung anheim gegeben, war zu einem Exponat degradiert, einem Gegenstand professioneller Aufmerksamkeit, Objekt von Emotionen, die er nicht mehr teilen, die ihn nicht mehr beunruhigen konnten. Jetzt fand körperliche Kommunikation nur noch mit behandschuhten, tastenden Händen, Sonden, Thermometern, Skalpellen statt, zum Einsatz gebracht an einem Körper, der offen dalag wie der Kadaver eines Tieres. Dies war nicht die schrecklichste Leiche, die er seit Jahren gesehen hatte, aber in diesem Moment schienen sich in ihr alles Mitleid, aller Zorn, alle

Machtlosigkeit einer ganzen Berufslaufbahn zu sammeln. *Vielleicht habe ich die Nase voll von Morden*, dachte er.

Sie lag in einem Raum, der, wie das Wohnzimmer, durch das sie gekommen waren, bei allem Komfort zu sorgfältig eingerichtet war, eine organisierte Perfektion ausstrahlte, die er als abweisend und unpersönlich erlebte. Die Gegenstände, die er auf dem Weg durch das Wohnzimmer gesehen hatte, gruppierten sich vor seinem geistigen Auge: das georgianische Schreibpult, die beiden modernen Sessel vor einem mit elektrischer Heizröhre ausgestatteten Kamin, der Bücherschrank aus Mahagoni, die Kommode, alles war akkurat in Szene gesetzt. Und trotzdem hätte er sich in diesen Zimmern nicht wohl fühlen können. Sie erinnerten ihn an ein Hotel im Landhausstil, in dem er einmal – und nur dieses eine Mal – abgestiegen war, und wo man auf subtile Weise versucht hatte, den geneppten Gästen das Gefühl zu geben, ihr Geschmack reiche an den der Hotelbesitzer nicht heran. Nicht der geringste Makel wurde toleriert. Wer mochte diese Räume wohl so eingerichtet haben? Vermutlich Miss Cressett. Vielleicht wollte sie den Gästen deutlich machen, dass dieser Teil des Manor nur für kurze Aufenthalte gedacht war. Sie waren hier, um sich beeindrucken zu lassen, nicht um auch nur vorübergehend Besitz von diesen Räumlichkeiten zu ergreifen. Möglich, dass Rhoda Gradwyn das anders erlebt, sich hier vielleicht sogar wohl gefühlt hatte. Aber für sie waren die Räume auch noch nicht vom giftigen Geruch einer Bluttat verseucht gewesen.

An Chandler-Powell gewandt sagte Dr. Glenister: »Ich nehme an, Sie haben gestern Abend noch nach ihr gesehen.«

»Selbstverständlich.«

»Und heute Morgen haben Sie sie so vorgefunden?«

»Ja. Als ich ihren Hals gesehen habe, habe ich sofort gewusst, dass nichts mehr zu machen war und sie keines natürlichen Todes gestorben ist. Für diese Diagnose benötigt man sicher nicht das Urteil eines forensischen Pathologen. Sie ist erwürgt worden. Was Sie jetzt sehen, habe ich heute Morgen gesehen, als ich an ihr Bett trat.«

»Waren Sie allein?«, fragte Dalgliesh.

»An ihrem Bett war ich allein. Schwester Holland hat sich nebenan im Wohnzimmer um Kimberley Bostock gekümmert, die Küchenhilfe, die ihr den Morgentee heraufgebracht hatte. Nachdem sie die Tote gefunden hatte, hat die Oberschwester den roten Alarmknopf im Wohnzimmer mehrmals gedrückt, deshalb wusste ich, dass es ein Notfall war. Wie Sie sehen, war der Knopf außer Reichweite des Betts aufgehängt. Oberschwester Holland war so klug, ihn nicht anzurühren. Sie hat mir versichert, dass er auf dem Nachttisch lag, wie immer, als sie die Patientin für die Nacht fertig gemacht hat. Ich dachte, die Patientin hätte vielleicht Angstzustände oder sei krank geworden, und als ich die Schwester hier oben antraf, glaubte ich zuerst, sie hätte auch auf den Ruf reagiert. Wir haben beide Türen geschlossen, und ich habe Kimberley hinunter in ihre Wohnung getragen. Dann habe ich ihren Mann gerufen, damit er bei ihr blieb, und unverzüglich das örtliche Polizeirevier verständigt. Von Chief Inspector Whetstone kam der Auftrag, die Zimmer zu versiegeln, später hat er dann die Aufsicht übernommen, bis Sie eintrafen. Ich selber hatte bereits dafür gesorgt, dass der Patientenflur und der Fahrstuhl abgesperrt waren.«

Dr. Glenister stand über die Tote gebeugt, ohne sie zu berühren. Sie richtete sich auf und sagte: »Erwürgt, mit der rechten Hand, die wahrscheinlich in einem glatten Handschuh steckte. Man erkennt die Quetschung von den Fingern einer rechten Hand, aber keine Kratzer von Fingernägeln. Wenn ich sie auf dem Tisch liegen habe, weiß ich mehr.« Sie wandte sich an Chandler-Powell: »Eine Frage, Sir. Hat sie gestern Abend ein Beruhigungsmittel bekommen?«

»Ich habe ihr Temazepam angeboten, aber sie hat gesagt, sie braucht es nicht. Sie war gut aus der Narkose erwacht, hatte ein leichtes Abendessen zu sich genommen und fühlte sich schläfrig. Sie rechnete nicht mit Problemen beim Einschlafen. Als Letzte hat Schwester Holland sie gesehen – außer ihrem Mörder, natürlich –, und da hat sie noch um ein Glas Milch mit einem Schuss Brandy gebeten. Schwester Holland hat gewartet, bis sie ausgetrunken hatte, und das Glas wieder mitgenommen. Natürlich ist es inzwischen abgespült worden.«

Dr. Glenister sagte: »Ich denke, für das Labor wäre es hilfreich, von Ihnen eine Liste aller Beruhigungsmittel zu bekommen, die hier zur Verfügung stehen, und aller anderen Medikamente, zu denen ein Patient Zugang gehabt haben könnte, oder die ihm verabreicht wurden. Vielen Dank, Mr. Chandler-Powell.«

»Ich würde mich gerne unter vier Augen mit Ihnen unterhalten, in zehn Minuten vielleicht?«, sagte Dalgliesh. »Ich möchte mir ein Bild von Ihrem Betrieb hier machen können, Zahl und Aufgaben des Personals, und wie Miss Gradwyn zu Ihnen in Behandlung gekommen ist.«

»Sie finden mich im Büro«, sagte Chandler-Powell. »Es liegt hinter der Veranda, gegenüber vom Großen Saal. Ich suche Ihnen einen Plan vom Manor heraus.«

Sie warteten, bis sie ihn durch das Nebenzimmer gehen und die Tür zum Flur zuklappen hörten. Jetzt nahm Dr. Glenister ein Paar Chirurgenhandschuhe aus ihrer Gladstone-Tasche und tastete erst vorsichtig das Gesicht, dann Hals und

Arme der Toten ab. Die forensische Pathologin war früher eine ausgezeichnete Lehrerin gewesen, und Dalgliesh wusste aus eigener Erfahrung, dass sie nur selten einer Gelegenheit widerstehen konnte, Jüngeren auf den Zahn zu fühlen. Daher sagte sie zu Benton: »Sicher wissen Sie alles über den Rigor Mortis, Sergeant.«

»Nein, Ma'am, nicht alles. Ich weiß, dass er in den Augenlidern beginnt, etwa drei Stunden nach Eintritt des Todes, und sich dann über das Gesicht, den Hals, den Brustkorb, später über den ganzen Oberkörper und die unteren Extremitäten ausbreitet. In der Regel ist nach etwa zwölf Stunden der ganze Körper steif, und nach ungefähr sechsunddreißig Stunden beginnt der Prozess sich langsam wieder umzukehren.«

»Und halten Sie den Rigor Mortis für einen verlässlichen Indikator des Todeszeitpunkts?«

»Nein, Ma'am, nicht absolut verlässlich.«

»Absolut nicht verlässlich. Er kann durch die Raumtemperatur, den Zustand der Muskulatur, die Todesursache und ein paar andere Bedingungen beeinflusst werden, die einen Rigor Mortis simulieren, und dabei etwas ganz anderes sind, wenn der Körper zum Beispiel großer Hitze ausgesetzt ist oder es zu einem Leichenkrampf kommt. Wissen Sie, was das ist, Sergeant?«

»Ja, Ma'am. Der kann im Augenblick des Todes auftreten. Die Muskeln der Hand werden so starr, dass man dem Toten Dinge, die er festgehalten hat, nur schwer entwinden kann.«

»Die Bestimmung des genauen Todeszeitpunkts ist eine der wichtigsten Aufgaben des medizinischen Experten, und eine der schwierigsten. Eine neue Methode ist die Bestimmung der Kaliummenge in der Augenflüssigkeit. Und in diesem

Fall werde ich klüger sein, wenn ich die Rektaltemperatur gemessen und die Obduktion durchgeführt habe. Bis dahin kann ich nur vorläufige Aussagen machen, beruhend auf der Hypostase – ich nehme an, Sie wissen, was das ist.«

»Ja, Ma'am. Die Leichenblässe.«

»Die wir hier wahrscheinlich auf ihrem Höhepunkt erleben. In Anbetracht dieser Tatsache und der Entwicklung des Rigor Mortis, wäre meine vorläufige Vermutung, dass der Tod zwischen elf Uhr und null Uhr dreißig eingetreten sein dürfte, wahrscheinlich näher am früheren Zeitpunkt. Es beruhigt mich, Sergeant, dass Sie keiner von den Polizeibeamten zu werden versprechen, die vom forensischen Pathologen Minuten nach dem ersten Blick auf die Leiche eine exakte Schätzung erwarten.«

Damit war Benton entlassen. Im selben Augenblick klingelte das Telefon am Bett. Das Klingeln war durchdringend und unerwartet, ein beharrliches Schnarren, das ihnen wie eine makabre Störung der Privatsphäre der Toten erschien. Einen Moment lang regte sich niemand, nur Dr. Glenister ging seelenruhig zu ihrer Gladstone-Tasche zurück, als sei sie taub.

Dalgliesh nahm den Hörer auf. Es war Whetstone. »Der Fotograf ist da, und die beiden Leute von der Spurensicherung sind unterwegs, Sir. Wenn Sie einfach an jemanden aus Ihrem Team übergeben, fahre ich jetzt los.

»Danke«, sagte Dalgliesh. »Ich komme selber runter.«

Was es im Schlafzimmer zu sehen gab, hatte er gesehen. Er war ganz froh, dass seine Anwesenheit bei Dr. Glenisters Untersuchung der Leiche nicht erforderlich war. »Der Fotograf ist eingetroffen«, sagte er. »Wenn es Ihnen recht ist, schicke ich ihn rauf.«

»Ich brauche hier höchstens noch zehn Minuten«, sagte Dr.

Glenister. »Also schicken Sie ihn ruhig rauf. Und wenn er fertig ist, rufe ich den Leichenwagen. Die Leute werden auch froh sein, wenn die Tote endlich aus dem Haus ist. Aber ich muss noch mit Ihnen reden, bevor ich losfahre.«

Kate hatte die ganze Zeit geschwiegen. Als sie die Treppe hinuntergingen, sagte Dalgliesh zu Benton: »Kümmern Sie sich um den Fotografen und die Leute von der Spurensicherung, okay? Sie sollen anfangen, sobald die Leiche abtransportiert ist. Die Fingerabdrücke nehmen wir später, aber ich rechne nicht damit, dass wir etwas Brauchbares finden. Wahrscheinlich ist jeder Einzelne vom Personal irgendwann einmal im Zimmer gewesen. Kate, kommen Sie bitte mit mir ins Büro. Chandler-Powell müsste den Namen von Rhoda Gradwyns nächstem Angehörigen kennen, vielleicht auch ihres Anwalts. Jemand muss die Nachricht überbringen, am besten, wir beauftragen das örtliche Polizeirevier, wo immer das ist. Und wir müssen noch viel mehr über dieses Haus wissen, die Grundrisse, das Personal, das Chandler-Powell beschäftigt, wann die Leute hier sind. Der Mörder könnte chirurgische Handschuhe benutzt haben. Allerdings dürfte den meisten Leuten bekannt sein, dass man auf der Innenseite von Latexhandschuhen Fingerabdrücke finden kann, also wird der Täter sie vernichtet haben. Die Spurensicherung soll sich um den Fahrstuhl kümmern. So, Kate, jetzt wollen wir hören, was Mr. Chandler-Powell uns zu erzählen hat.«

7

Chandler-Powell saß am Schreibtisch in seinem Büro. Er hatte zwei Karten vor sich ausgebreitet, eine von der Lage des Hauses in Beziehung zum Dorf, die zweite ein Plan vom Manor. Als sie eintraten, stand er auf und kam um den Schreibtisch herum. Sie beugten sich gemeinsam über die Karten.

Er sagte: »Der Patientenflügel, in dem Sie gerade waren, ist hier auf der Westseite, zusammen mit Schwester Hollands Schlaf- und Wohnzimmer. Zum Mittelteil des Hauses gehören Eingangshalle, Großer Saal, Bibliothek, Speisesaal und eine Wohnung für den Koch und seine Frau, Dean und Kimberley Bostock, neben der Küche mit Blick auf den Kräutergarten. Das Hausmädchen, Sharon Bateman, hat im Stock über den Bostocks ein Wohnschlafzimmer. Meine Räume und Miss Cressetts Wohnung sind im Ostflügel, dazu Mrs. Frenshams Wohnzimmer und Schlafzimmer sowie zwei Gästezimmer, die zurzeit leer stehen. Ich habe Ihnen eine Liste der Beschäftigten gemacht, die nicht im Hause wohnen. Außer den Leuten, die Sie gesehen haben, beschäftige ich noch einen Anästhesisten und zusätzliches Pflegepersonal für den OP. Manche kommen an den Operationstagen frühmorgens mit dem Bus, andere haben einen Wagen. Keiner bleibt über Nacht. Eine der Aushilfsschwestern, Ruth Frazer, hatte zusammen mit Schwester Holland Dienst, bis sie um halb zehn das Haus verließ.

»Der alte Mann, der uns das Tor geöffnet hat, ist der hier fest angestellt?«

»Das ist Tom Mogworthy. Ich habe ihn beim Kauf des Manor geerbt. Er arbeitet hier seit dreißig Jahren als Gärtner. Stammt aus einer alten Familie hier in Dorset und sieht sich als Experte für die Geschichte, Mythologie und Traditionen des Landes, je blutiger desto besser. Mogs Vater ist schon vor seiner Geburt nach London ins East End gezogen, und Mog ist erst mit dreißig in diese Gegend zurückgekehrt, in der er seine Wurzeln sieht. In mancher Hinsicht ist er mehr ein Cockney als ein Mann vom Lande. Soweit ich das beurteilen kann, besitzt er keine mörderischen Anwandlungen, und wenn man kopflose Reiter, Hexenflüche und royalistische Geisterarmeen abrechnet, ist er eine ehrliche und zuverlässige Haut. Marcus Westhall und seine Schwester wohnen im Stone Cottage, das zum Manor gehört.«

»Und Rhoda Gradwyn?«, fragte Dalgliesh. »Wie sind Sie zu dieser Patientin gekommen?«

»Ich habe sie am 21. November in der Harley Street zum ersten Mal gesehen. Sie war nicht wie üblich von ihrem Hausarzt überwiesen worden, aber ich habe mit ihm gesprochen. Sie ist zu mir gekommen, um sich eine tiefe Narbe auf der linken Wange entfernen zu lassen. Danach habe ich sie im St. Angela's Hospital noch einmal gesehen, als sie sich dort ein paar Tests unterzog, und am Donnerstagnachmittag kurz nach ihrer Ankunft im Manor. Am 27. November war sie schon einmal zu einem vorbereitenden Besuch hier und ist zwei Nächte geblieben, aber bei der Gelegenheit sind wir uns hier nicht begegnet. Ich habe sie vor ihrem ersten Besuch in der Harley Street nicht gekannt, und ich weiß nicht, warum sie sich für das Manor entschieden hat. Ich vermutete, sie hat sich nach verschiedenen Plastischen Chirurgen erkundigt und angesichts der Wahl zwischen London und Dorset der Ruhe den Vorzug gegeben. Außer ihrem Ruf als Journalistin und natürlich ihrer medizinischen Geschichte weiß ich nichts über sie. Bei unserem ersten Gespräch ist sie mir sehr ruhig und direkt, sehr klar hinsichtlich ihrer Wünsche vorgekommen. Und etwas fand ich interessant. Als ich sie fragte, warum sie so lange mit dem Entfernen der Narbe gewartet habe, gab sie mir zur Antwort: ›Weil ich sie jetzt nicht mehr brauche.‹«

Es entstand ein Schweigen, dann sagte Dalgliesh: »Ich muss Sie das fragen: Haben Sie irgendeine Vorstellung, wer für Miss Gradwyns Tod verantwortlich sein könnte? Sollten Sie einen Verdacht haben, oder wenn es etwas gibt, was ich wissen sollte, dann müssen Sie es mir bitte jetzt sagen.«

»Sie glauben also, dass wir es mit einem, wie Sie das vermutlich nennen, internen Täter zu tun haben?«

»Ich glaube gar nichts. Aber Rhoda Gradwyn war Ihre Patientin, sie wurde in Ihrem Haus ermordet.«

»Aber nicht von einem Mitglied meines Personals. Ich stelle keine wahnsinnigen Mörder ein.«

»Ich habe große Zweifel, dass es sich um die Tat eines Wahnsinnigen handelt«, erwiderte Dalgliesh. »Und ich vermute auch nicht, dass einer Ihrer Angestellten der Täter ist.« Er fuhr fort: »Wäre Miss Gradwyn körperlich in der Lage gewesen, ihr Zimmer zu verlassen, mit dem Lift ins Erdgeschoss zu fahren und die Tür zum Westflügel aufzuschließen?«

Chandler-Powell antwortete: »Sie wäre absolut dazu in der Lage gewesen, nachdem sie wieder bei Bewusstsein war, aber im Erholungsraum war sie permanent unter Beobachtung, und als sie wieder in ihrem Zimmer war, hat man anfangs jede halbe Stunde nach ihr gesehen, deshalb hätte sie erst nach zehn Uhr Gelegenheit gehabt, nachdem sie für die Nachtruhe bereitgemacht worden war. Zu dem Zeitpunkt wäre sie meiner Auffassung nach körperlich in der Lage gewesen, ihre Suite zu verlassen, aber sie hätte damit rechnen müssen, jemandem zu begegnen. Außerdem hätte sie einen Schlüssel gebraucht. Und wenn sie sich den vom Schlüsselbrett im Büro genommen hätte, wäre der Alarm ausgelöst worden. Der Lageplan des Manor zeigt, wie das Alarmsystem funktioniert. Die Eingangstür, der Große Saal, die Bibliothek, Speisesaal und Büro sind gesichert, im Westflügel verlassen wir uns auf Schloss und Riegel. Abends bin ich für das Einstellen des Alarms zuständig, während meiner Abwesenheit übernimmt Miss Cressett diese Aufgabe. Um elf Uhr schiebe ich den Riegel vor die Tür zum Westflügel, außer ich weiß, dass noch jemand draußen ist. Gestern Nacht habe ich wie üblich um elf abgeriegelt und zugeschlossen.«

»Wurde Miss Gradwyn bei ihrem vorbereitenden Besuch im November ein Schlüssel für den Westflügel ausgehändigt?«

»Sicher. Alle Patienten bekommen einen. Bei der Abreise hatte Miss Gradwyn ihren Schlüssel versehentlich mitgenommen. Das kommt schon mal vor. Sie hat ihn nach zwei Tagen mit einer Entschuldigung zurückgeschickt.«

»Und diesmal?«

»Es war schon dunkel, als sie am Donnerstag angekommen ist, und sie wollte nicht mehr in den Garten. Bei einem normalen Verlauf der Dinge hätte sie heute Morgen einen Schlüssel bekommen.«

»Und Sie halten ein Auge darauf?«

»So gut es geht. Wir haben sechs Patientensuiten und sechs nummerierte Schlüssel plus zwei Ersatzschlüssel. Da kann ich nicht für jeden Schlüssel garantieren. Die Patienten, schon gar die Langzeitpatienten, dürfen kommen und gehen, wann sie wollen. Ich leite keine psychiatrische Klinik. Und sie kommen und gehen durch die Tür im Westflügel. Die Angestellten haben natürlich auch alle Schlüssel für den

Haupteingang und den Westflügel. Wir führen Buch darüber, auch über die Patientenschlüssel. Sie liegen im Schlüsselschrank.«

Die Schlüssel lagen in einem kleinen, in die Wand eingelassenen Mahagonischrank neben dem Kamin. Dalgliesh vergewisserte sich, dass alle sechs nummerierten Schlüssel und die beiden Ersatzschlüssel vorhanden waren.

Chandler-Powell stellte nicht die Frage, was Rhoda Gradwyn so kurz nach ihrer Operation für Gründe gehabt haben sollte, das Haus zu verlassen, er brachte auch keinen der vielen möglichen Einwände gegen eine auf dieser unwahrscheinlichen Hypothese basierenden Theorie vor, und Dalgliesh ging nicht weiter auf die Sache ein. Aber es war wichtig gewesen, diese Frage zu stellen.

Chandler-Powell sagte: »Nach Dr. Glenisters Ausführungen am Tatort und meinen eigenen Beobachtungen werden Sie sicher an den chirurgischen Handschuhen interessiert sein, die wir hier benutzen. Die für Operationen benötigten Handschuhe bewahren wir in der Vorratskammer im Operationssaal auf, der immer verschlossen ist. Aber auch das Pflege- und Hauspersonal benutzt bei Bedarf Latexhandschuhe, und dieser Vorrat liegt im Schrank des Hausmädchens im Erdgeschoss neben der Küche. Die Handschuhe werden in Kartons geliefert, aber darüber wird nicht Buch geführt, weder dort noch im OP. Sie stehen zur Verfügung, werden benutzt und weggeworfen.«

Also wusste jeder im Haus von den Handschuhen im Schrank des Hausmädchens, dachte Kate, *aber kein Außenstehender, wenn man es ihm nicht erzählt hatte.* Noch war nicht erwiesen, dass chirurgische Handschuhe bei dem Mord benutzt worden waren, aber für jeden, der Bescheid wusste, wären sie die erste Wahl gewesen.

Chandler-Powell faltete Lageplan und Grundriss des Manor zusammen. »Ich habe hier Miss Gradwyns Patientenakte«, sagte er. »Könnte sein, dass Sie ein paar Informationen benötigen, die ich Chief Inspector Whetstone bereits gegeben habe, Namen und Adresse ihrer Mutter, die sie als nächste Angehörige angegeben hat, und ihres Anwalts. Außerdem hatten wir heute Nacht eine zweite Patientin im Haus, die eventuell von Nutzen sein könnte, Mrs. Laura Skeffington. Ich hätte heute einen kleineren Eingriff bei ihr vorgenommen, obwohl ich schon dabei bin, die Klinik für eine lange Weihnachtspause zu schließen. Sie lag im Zimmer neben Miss Gradwyn und will in der Nacht Lichter auf dem Gelände gesehen haben. Natürlich möchte sie so schnell wie möglich nach Hause, deshalb wäre es vielleicht sinnvoll, wenn jemand von Ihrem Team sich zuerst einmal mit ihr unterhält. Ihre Schlüssel hat sie bereits abgegeben.«

Dalgliesh widerstand der Versuchung, ihn dafür zu tadeln, dass er mit dieser Information nicht früher herausgerückt war. Er beschränkte sich auf die Frage: »Wo ist Mrs. Skeffington jetzt?«

»In der Bibliothek, mit Mrs. Frensham. Ich hielt es für klüger, sie nicht allein zu lassen. Wie man sich vorstellen kann, fürchtet sie sich und steht unter Schock. Wir konnten sie natürlich nicht in ihrem Zimmer lassen. Und ich habe mir gedacht, dass Sie auf dem Gästestockwerk niemanden gebrauchen können, deshalb habe ich, gleich nachdem ich zu der Toten gerufen worden war, den Flur und den Fahrstuhl absperren lassen. Später habe ich dann noch auf Chief Inspector Whetstones telefonische Anweisung hin das Zimmer versiegelt. Mrs. Frensham hat Mrs. Skeffington beim Packen geholfen, ihre Koffer sind fertig zur Abreise. Ihr kann es nicht schnell genug gehen – und uns eigentlich auch nicht.«

Kate dachte: *Er hat also Sorge getragen, dass der Tatort so früh wie möglich gesichert war, noch bevor er die örtliche Polizei verständigte. Wie aufmerksam von ihm. Oder will er vor allem seine Bereitschaft zur Zusammenarbeit demonstrieren? Wie auch immer, es war vernünftig, den Flur und den Fahrstuhl abzusperren, aber entscheidend war es nicht. Die Leute – Patienten und Personal – müssen beides täglich benutzen. Wenn wir es mit einem internen Täter zu tun haben, kommen wir mit Fingerabdrücken nicht viel weiter.*

Die Gruppe ging hinüber in den Großen Saal. Dalgliesh sagte: »Ich würde gerne alle zusammen sehen, jedenfalls alle, die seit ihrem Eintreffen in irgendeiner Form Kontakt zu Miss Gradwyn hatten und die gestern nach halb fünf im Haus waren, nachdem sie in ihr Zimmer zurückgebracht worden war, einschließlich Mr. Mogworthy. Die Einzelverhöre folgen später in der Alten Wache. Ich will den Tagesablauf Ihrer Leute so wenig wie möglich stören, aber ganz lässt es sich nicht vermeiden.«

Chandler-Powell sagte: »Sie werden einen Raum benötigen, der groß genug ist. Wenn Mrs. Skeffington vernommen und abgereist ist, wäre die Bibliothek frei, wenn Ihnen das recht ist. Wir könnten sie Ihnen und Ihren Mitarbeitern auch für die Einzelverhöre zur Verfügung stellen.«

»Vielen Dank«, sagte Dalgliesh. »Das würde die Sache für beide Seiten vereinfachen. Aber jetzt muss ich erst einmal mit Mrs. Skeffington reden.«

Als sie das Büro verließen, sagte Chandler-Powell: »Ich werde einen privaten Wachdienst beauftragen, dafür zu sorgen, dass wir hier nicht von den Presseleuten oder neugierigen Dorfleuten belästigt werden. Ich vermute, das ist auch in Ihrem Sinn.«

»Solange die Männer draußen vor dem Tor bleiben und die Ermittlungen nicht stören. Und ob das so ist, entscheide allein ich.«

Chandler-Powell erwiderte nichts darauf. Vor der Tür stieß Benton zu ihnen, und sie machten sich auf den Weg zur Bibliothek und Mrs. Skeffington.

8

Beim Gang durch den Großen Saal fühlte Kate sich wieder in dieses intensive Erleben von Licht, Raum und Farbe gezogen, die tanzenden Flammen des Kaminfeuers, der Schein des Kronleuchters, der die Düsterkeit des Winternachmittags verwandelte, die gedämpften und doch klaren Farben des Wandteppichs, die vergoldeten Bilderrahmen, die farbenfrohen Gewänder und über ihren Köpfen die dunklen Balken unter der hohen Decke. Wie alles andere im Manor schien auch der Saal ein Ort zu sein, den man voller Staunen besuchen, an dem man aber nicht leben konnte. An einem solchen Ort, der einem die Verpflichtungen der Vergangenheit, die öffentlich getragene Last der Verantwortung auferlegte, könnte sie nie glücklich werden, und sie dachte mit stiller Zufriedenheit an ihre lichtdurchflutete, spärlich eingerichtete Wohnung über der Themse. Die Tür zur Bibliothek versteckte sich in der Wand rechts neben dem Kamin in der eichenen Faltenfüllung. Kate bezweifelte, dass sie ihr aufgefallen wäre, wenn Chandler-Powell sie nicht aufgestoßen hätte.

Im Gegensatz zum Großen Saal erschien ihr der Raum, den sie jetzt betraten, erstaunlich klein, behaglich und unprätentiös, ein mit Büchern gefülltes Studierzimmer, das seine Ruhe bewahrte, Regale mit ledergebundenen Büchern, die Rücken an Rücken und so hoch aufgereiht standen, als wäre keines von ihnen je herausgenommen worden. Wie immer taxierte sie den Raum mit einem schnellen verstohlenen Blick. Sie hatte nicht vergessen, wie AD einmal einen Detective Sergeant, der neu im Team war, zusammengestaucht hatte. »Wir haben das Recht hier zu sein, aber wir sind nicht willkommen, Simon. Es ist immer noch deren Haus. Glotzen Sie nicht alles so an, als müssten Sie taxieren, was die Sachen auf dem Flohmarkt bringen.« Die Regale, hinter denen sich alle Wände bis auf die mit den drei großen Fenstern versteckten, waren von hellerem Holz als die Täfelung des Saals, die Schnitzereien schlichter und eleganter. Vielleicht war die Bibliothek erst später eingerichtet worden. Auf den obersten Regalbrettern waren Marmorbüsten aufgestellt, durch blinde Augen zu bloßen Ikonen entmenschlicht. AD und Benton wussten sicher, wer die Leute waren, sie wussten sicher auch, aus welcher Zeit welche Schnitzereien stammten und fühlten sich hier zu Hause. Sie verdrängte den Gedanken schnell wieder. Inzwischen wurde sie ganz gut fertig mit diesen leisen Anflügen von intellektuellem Minderwertigkeitsgefühl, die so unnötig wie lästig waren. Noch keiner der Mitarbeiter im Team hatte jemals versucht, sie sich weniger intelligent fühlen zu lassen, als sie war, und eigentlich meinte sie, diese erniedrigende Halbparanoia mit dem Mordfall auf Combe Island endgültig über Bord geworfen zu haben.

Mrs. Skeffington saß in einem hohen Lehnsessel vor dem Kamin. Sie erhob sich nicht, bemühte sich aber, eine etwas elegantere Sitzhaltung einzunehmen, die dünnen Beine parallel zu halten. Ihr Gesicht war ein blasses Oval, die Haut spannte sich straff über hohe Backenknochen, der volle Mund leuchtete unter dick aufgetragenem scharlachrotem Lippenstift.

Wenn diese faltenlose Perfektion das Ergebnis von Chandler-Powells Talent war, dachte Kate, dann hatte er gute Arbeit geleistet. Doch der dunkle, von Altersrunzeln geriffelte und gefältelte Hals und die von veilchenfarbigen Venen durchzogenen Hände gehörten nicht zu einer jungen Frau. Das glänzend schwarze Haar fiel von einem Scheitel über der Stirn in glatten Wellen bis auf die Schultern herab. Ihre Hände waren eifrig damit beschäftigt, es zu zwirbeln und hinter die Ohren zurückzustoßen. Mrs. Frensham, die ihr gegenübergesessen hatte, erhob sich und blieb mit gefalteten Händen stehen, während Chandler-Powell seine Einführung gab. Mit zynischem Vergnügen beobachtete Kate Mrs. Skeffingtons vorhersehbare Reaktion auf Benton, den Blick, den sie wie beiläufig und doch bohrend, aus großen, von Erstaunen, Interesse und Abwägung geweiteten Augen auf ihn richtete. Währenddessen sprach sie mit Chandler-Powell, die Stimme vorwurfsvoll wie die eines quengelnden Kindes.

»Ich dachte schon, Sie kommen gar nicht mehr. Seit Stunden sitze ich hier und warte, dass endlich jemand kommt.«

»Aber man hat Sie doch keine Sekunde lang allein gelassen, oder? Das wäre gegen meine Anordnung.«

»Es war aber so gut wie allein sein. Nur die eine Person. Und als die Oberschwester mal kurz reingeschaut hat, wollte sie nicht darüber reden, was passiert ist, wahrscheinlich weil sie nicht durfte. Und Miss Cressett hat auch nichts gesagt, als sie gekommen ist. Seitdem werde ich hier von Mrs. Frensham angeschwiegen. Ich komme mir vor wie im Leichenschauhaus oder unter Verdacht. Der Rolls steht draußen bereit. Ich hab ihn vorfahren sehen. Robert, unser Chauffeur, muss sicher zurück, und ich kann auch nicht bleiben. Wo ich doch mit der Sache überhaupt nichts zu tun habe. Ich will nach Hause.«

Dann nahm sie sich mit erstaunlicher Plötzlichkeit zusammen, wandte sich an Dalgliesh und streckte ihm die Hand entgegen. »Ich bin froh, dass Sie gekommen sind, Comman-

211

der. Stuart hat es mir versprochen. Du musst dir keine Sorgen machen, hat er gesagt, ich schicke den Besten.«

Es folgte Schweigen. Miss Skeffington wirkte einen Moment lang unsicher und richtete den Blick auf Chandler-Powell. *Also deshalb sind wir hier*, dachte Kate, *deshalb hat Number Ten das Team angefordert.* Ohne den Kopf zu wenden, riskierte sie einen Seitenblick auf Dalgliesh. Niemand verstand es besser, seinen Ärger zu verstecken als ihr Vorgesetzter, aber sie konnte ihn an dem kurzen Erröten der Stirn ablesen, der Kälte seines Blicks, dem jähen Erstarren des Gesichts zu einer Maske, der nahezu unsichtbaren Kontraktion der Muskeln. Vielleicht hatte Emma dieses Gesicht noch nie zu sehen bekommen. Es gab Bereiche in Dalglieshs Leben, an denen sie, Kate, teilhatte, und die der Frau, die er liebte, verschlossen waren und bleiben würden. Emma kannte den Dichter, den Liebhaber, aber nicht den Detective, nicht den Polizeibeamten. Sein Job und ihrer war verbotenes Terrain für jeden, der nicht den Eid geleistet hatte, nicht mit ihrer gefährlichen Autorität ausgestattet war. Sie war seine Waffenschwester, nicht die Frau, der sein Herz gehörte. Niemand, der diesen Beruf nicht selber ausübte, konnte Polizeiarbeit verstehen. Sie hatte sich beigebracht, nicht eifersüchtig zu sein, sich an seinem Triumph mitzufreuen, aber hin und wieder musste sie diesen kleinen, unfreundlichen Trost einfach genießen.

Mrs. Frensham murmelte einen Abschiedsgruß und ging hinaus, und Dalgliesh setzte sich in den Sessel, den sie geräumt hatte. Er sagte: »Ich hoffe, wir müssen Sie nicht zu lange aufhalten, Mrs. Skeffington, aber ich benötige ein paar Informationen von Ihnen. Können Sie uns in allen Einzelheiten beschreiben, was passiert ist, seit Sie gestern Nachmittag hier eingetroffen sind?«

»Sie meinen, vom Augenblick meiner Ankunft an?« Dalgliesh ließ die Frage unbeantwortet. »Das ist lächerlich. Tut mir leid, aber da gibt es nichts zu erzählen. Es ist nichts vorgefallen, jedenfalls nichts Außergewöhnliches, nicht vor letzter Nacht, und ich fürchte, ich habe einen Fehler gemacht. Ich bin wegen einer Operation hier, die für morgen anberaumt war – für heute, wollte ich sagen. Meine Anwesenheit war reiner Zufall. Und ich kann mir nicht vorstellen, dass ich noch einmal wiederkommen werde. Das Ganze war eine grandiose Zeitverschwendung.«

Sie verstummte. Dalgliesh sagte: »Beginnen wir mit der Zeit Ihrer Ankunft. Sind Sie von London hergefahren?«

»Ich bin gefahren worden. Robert hat mich im Rolls hergebracht. Wie gesagt, er wartet draußen, dass er mich nach Hause zurückbringen kann. Auf meinen Anruf hin hat mein Mann ihn gleich wieder losgeschickt.«

»Und wann war das?«

»Gleich nachdem man mich über die tote Patientin in Kenntnis gesetzt hatte. Es dürfte so gegen acht gewesen sein. Draußen herrschte ein schreckliches Hin-und-her-Gelaufe, ein Kommen und Gehen, Schritte und Stimmen, und als ich den Kopf zur Tür rausgestreckt habe, ist Mr. Chandler-Powell hereingekommen und hat mir erzählt, was passiert war.«

»Wussten Sie, dass Rhoda Gradwyn die Patientin nebenan war?«

»Nein, natürlich nicht. Ich wusste nicht einmal, dass das Zimmer bewohnt war. Ich habe sie seit meiner Ankunft nicht zu sehen bekommen, und niemand hat mir von ihrer Anwesenheit erzählt.«

»Sind Sie ihr schon mal begegnet, bevor Sie hierherkamen?«

»Nein, bin ich nicht. Wo hätte ich ihr begegnen sollen? Ist sie nicht Journalistin oder so etwas? Stuart warnt mich immer vor solchen Leuten. Man erzählt ihnen etwas, und sie geben einen immer preis. Ich meine, wir verkehren ja nicht gerade in denselben gesellschaftlichen Kreisen.«

»Aber Sie wussten, dass da im Nebenzimmer jemand war?«

»Ich wusste, dass Kimberley ein Abendessen heraufgebracht hatte. Ich habe den Servierwagen gehört. Ich selber hatte seit meinem leichten Lunch zu Hause nichts mehr zu essen bekommen, natürlich nicht wegen der Narkose am nächsten Tag. Jetzt wäre es aber auch egal gewesen.«

Dalgliesh sagte: »Können wir zur Zeit Ihrer Ankunft zurückkehren? Wann war das?«

»Das muss so gegen fünf Uhr gewesen sein. Mr. Westhall, Schwester Holland und Miss Cressett haben mich in der Halle empfangen, und ich habe mit ihnen Tee getrunken, aber zu essen habe ich nichts bekommen. Es war zu dunkel für einen Spaziergang durch den Garten, deshalb habe ich gesagt, ich würde den Rest des Tages in meiner Suite verbringen. Ich musste ziemlich früh aufstehen, weil der Anästhesist kommen wollte, um mich vor der Operation zu untersuchen. Also bin ich in mein Zimmer gegangen und habe bis ungefähr zehn Uhr ferngesehen, bis es Zeit war, zu Bett zu gehen.«

»Und was ist während der Nacht passiert?«

»Na ja, ich konnte nicht gleich einschlafen, es war wohl schon nach elf, als es mir endlich gelungen ist. Und später bin ich noch mal aufgewacht und musste auf die Toilette.«

»Wann war das?«

»Ich hab auf die Uhr geschaut, weil ich wissen wollte, wie lange ich geschlafen hatte. Es war etwa zwanzig vor zwölf. In dem Moment habe ich den Fahrstuhl gehört. Er ist gegenüber der Wohnung der Oberschwester – klar, Sie haben ihn ja gesehen. Ich konnte gerade noch die Türen zuklappen hören und dann ein leises Schnurren, als er abwärtsgefahren ist. Bevor ich mich wieder hingelegt habe, bin ich ans Fenster gegangen, um die Vorhänge zurückzuziehen. Ich habe das Fenster immer einen Spalt offen, wenn ich schlafe, und ich hatte das Gefühl, etwas frische Luft zu brauchen. Und dann habe ich das Licht bei den Cheverell-Steinen gesehen.«

»Was war das für ein Licht, Mrs. Skeffington?«

»Ein kleines Licht, das sich zwischen den Steinen bewegte. Eine Taschenlampe, vermute ich. Es flackerte auf und war wieder verschwunden. Wahrscheinlich hat der da unten die Lampe ausgeschaltet oder nach unten gehalten. Ich habe das Licht nicht wieder gesehen.« Sie verstummte.

»Und dann?«, fragte Dalgliesh. »Was haben Sie dann getan?«

»Na ja, gefürchtet habe ich mich. Die Hexe ist mir eingefallen, die sie da unten verbrannt haben, und dass es bei dem Steinkreis spuken soll. Ein paar Sterne funkelten, aber sonst war es stockdunkel, und ich hatte das Gefühl, da unten ist jemand. Es muss ja jemand da unten gewesen sein, sonst hätte ich das Licht nicht gesehen. Natürlich glaube ich nicht an Geister, aber unheimlich war das schon. Wirklich schrecklich. Plötzlich brauchte ich Gesellschaft. Ich brauchte jemanden, mit dem ich reden konnte. Und da ist mir die Patientin im Nebenzimmer eingefallen. Aber als ich die Tür zum Korridor öffnete, wurde mir klar, dass es nicht gerade – na ja, nicht sehr klug war. Immerhin war es fast Mitternacht. Sie lag wahrscheinlich in tiefem Schlaf. Womöglich hätte sie sich bei Schwester Holland beschwert, wenn ich sie geweckt hätte. Die Oberschwester kann sehr streng sein, wenn man sich etwas erlaubt, das sie nicht mag.«

»Sie wussten also, dass eine Frau nebenan lag?«, fragte Kate.

So, wie Mrs. Skeffington sie anschaute, hätte sie wohl auch ein widerborstiges Hausmädchen angeschaut. »Die meisten sind doch Frauen, oder? Immerhin ist das hier eine Klinik für Schönheitschirurgie. Aber ich habe nicht an ihre Tür geklopft. Ich habe beschlossen, mir von Kimberley Tee kommen zu lassen und zu lesen oder Radio zu hören, bis ich müde genug war.«

Dalgliesh fragte: »Und als Sie in den Flur hinausgeschaut haben, haben Sie dort irgendetwas gesehen oder gehört?«

»Nein, natürlich nicht. Das hätte ich Ihnen schon erzählt. Der Flur war leer, und es war sehr still. Richtig unheimlich. Nur das abgedunkelte Licht vor dem Fahrstuhl.«

Dalgliesh fragte: »Wann haben Sie die Tür geöffnet und hinausgeschaut? Wissen Sie den genauen Zeitpunkt?«

»Um fünf vor zwölf, vermute ich. Länger als fünf Minuten habe ich sicher nicht am Fenster gestanden. Dann habe ich nach Kimberley geklingelt, und sie hat mir Tee gebracht.«

»Haben Sie ihr von dem Licht erzählt?«

»Ja. Ich habe ihr erzählt, dass draußen bei den Steinen ein Licht geflackert hat und ich mich gefürchtet habe und nicht einschlafen konnte. Deshalb brauchte ich den Tee. Und ich brauchte Gesellschaft. Aber Kimberley ist nicht lang geblieben. Ich nehme an, sie darf nicht mit den Patienten plaudern.«

An der Stelle hakte Chandler-Powell ein. »Sie sind gar nicht auf die Idee gekommen, Schwester Holland zu wecken? Sie wussten doch, dass sie ihr Zimmer auf demselben Flur hat. Damit sie gleich zur Stelle ist, wenn ein Patient sie braucht.«

»Sie hätte mich bestimmt für überspannt gehalten. Außer-

216

dem hab ich mich noch nicht richtig als Patientin gefühlt, weil ich noch gar nicht operiert war. Ich hab ja auch nichts gebraucht, Medikamente oder ein Schlafmittel oder so.«

Es herrschte Schweigen. Mrs. Skeffington schaute erst Dalgliesh, dann Kate an, als wäre die Bedeutung ihrer Aussage ihr eben erst bewusst geworden. »Natürlich kann ich mich getäuscht haben, ich meine, was das Licht betrifft, immerhin war es spät in der Nacht, und vielleicht habe ich mir das auch nur eingebildet.«

Kate sagte: »Als Sie auf den Flur hinausgingen, um an die Tür Ihrer Nachbarin zu klopfen, waren Sie sich da sicher, das Licht gesehen zu haben?«

»Na, muss ich ja wohl, oder? Ich meine, warum hätte ich sonst hinausgehen sollen? Aber das muss ja nicht heißen, dass es auch wirklich da war. Ich war noch nicht lange wach, und als ich auf die Steine hinuntergeschaut und an die arme Frau gedacht habe, die sie dort bei lebendigem Leib verbrannt haben, da könnte mir ja auch ein Geist erschienen sein.«

Kate sagte: »Und vorher, als Sie die Lifttür klappen und den Lift abwärtsfahren hörten, könnte das auch Einbildung gewesen sein?«

»Nein, ich kann mir nicht vorstellen, dass ich mir den Lift auch eingebildet habe. Den muss jemand benutzt haben. Das wäre doch auch gut möglich, oder? Dass jemand von unten zum Patientenflur hinauffahren wollte? Besuch für Rhoda Gradwyn, zum Beispiel.«

Das sich anschließende Schweigen schien Minuten zu dauern. Endlich sagte Dalgliesh: »Haben Sie gestern Abend zu irgendeiner Zeit nebenan etwas gesehen oder gehört, oder draußen vor Ihrem Zimmer, auf dem Flur?«

»Nein, nichts, gar nichts. Ich wusste nur, dass jemand ne-

217

benan war, weil ich gehört habe, wie die Oberschwester in das Zimmer gegangen ist. Hier in der Klinik geht alles sehr diskret zu.«

»Miss Cressett wird es Ihnen aber doch erzählt haben«, sagte Dalgliesh, »als sie Sie in Ihr Zimmer hinaufgebracht hat.«

»Sie hat etwas von einer anderen Patientin auf dem Flur gesagt, aber nicht, wo sie wohnt oder den Namen. Außerdem wüsste ich nicht, was das für eine Rolle spielen soll. Das Licht habe ich mir vielleicht eingebildet. Aber den Fahrstuhl nicht. Vielleicht bin ich davon aufgewacht, wie er nach unten gefahren ist.« Sie sah Dalgliesh an. »Und jetzt will ich nach Hause. Mein Mann hat mir versprochen, dass man mich nicht belästigen wird, dass der beste Mann der Metropolitan Police den Fall übernimmt und Rücksicht auf mich genommen wird. Ich möchte keine Sekunde länger in einem Haus bleiben, in dem ein Mörder frei herumläuft. Genauso gut hätte es mich treffen können. Vielleicht hatte er es ja eigentlich auf mich abgesehen. Mein Mann hat auch Feinde. Wie jeder einflussreiche Mann. Und ich habe hier mutterseelenallein und hilflos in meinem Bett gelegen. Oder wenn er sich in der Zimmertür geirrt und mich ganz aus Versehen ermordet hätte? Die Leute kommen als Patienten hierher, weil sie glauben, sie sind hier sicher. Es ist ja weiß Gott teuer genug. Wie konnte der Kerl überhaupt hier reinkommen? Ich habe Ihnen alles erzählt, was ich weiß, aber ich bin nicht sicher, dass ich vor Gericht einen Eid darauf schwören würde. Ich wüsste auch nicht warum.«

Dalgliesh sagte: »Es könnte aber nötig sein, Mrs. Skeffington. Ich werde höchstwahrscheinlich noch einmal mit Ihnen sprechen wollen, aber das kann ich natürlich auch in London tun, bei Ihnen zu Hause oder im New Scotland Yard.«

So unwillkommen ihr diese Perspektive auch sein mochte, Mrs. Skeffington entschloss sich nach einem Blick auf Dalgliesh und Kate, sie unkommentiert zu lassen. Stattdessen schenkte sie Dalgliesh ein Lächeln und bekam auf einmal eine schmeichlerische Kinderstimme. »Darf ich jetzt bitte gehen? Ich habe wirklich versucht, Ihnen behilflich zu sein. Aber es war mitten in der Nacht, ich war allein, und ich hatte Angst, und jetzt erscheint mir das alles wie ein schrecklicher Traum.«

Noch war Dalgliesh nicht ganz fertig mit seiner Zeugin. »Hat man Ihnen bei Ihrer Ankunft einen Schlüssel für die Westtür gegeben, Mrs. Skeffington?«

»Ja, die Oberschwester hat mir einen gegeben. Ich bekomme jedes Mal zwei Sicherheitsschlüssel. Diesmal trug der Satz die Nummer eins. Als Mrs. Frensham mir beim Packen half, hab ich ihr die Schlüssel zurückgegeben. Robert ist heraufgekommen, um die Taschen ins Auto zu tragen. Den Fahrstuhl durfte er nicht benutzen, da hat er sie die Treppen hinunterschleppen müssen. Mr. Chandler-Powell sollte einen Gepäckträger engagieren. Diesen Mogworthy sollte man lieber gar nicht ins Haus lassen.«

»Wo hatten Sie die Schlüssel während der Nacht verwahrt?«

»Neben meinem Bett, vermute ich. Nein, auf dem Tisch vor dem Fernseher. Jedenfalls habe ich sie Mrs. Frensham gegeben. Wenn sie verlorengegangen sind, ist es nicht meine Schuld.«

»Nein«, sagte Dalgliesh, »sie sind nicht verlorengegangen. Ich danke Ihnen für Ihre Hilfe, Mrs. Skeffington.«

Jetzt, als sie endlich entlassen war, wurde Mrs. Skeffington leutselig und schenkte allen Anwesenden vage Dankesbekundungen und ein falsches Lächeln. Chandler-Powell begleitete sie hinaus zur Limousine. Kate zweifelte nicht daran, dass er die Gelegenheit nützen würde, sie zu beruhigen und versöhnlich zu stimmen, aber nicht einmal er durfte ernsthaft darauf hoffen, dass sie den Mund halten würde. Sie würde ganz sicher nicht wiederkommen und wohl auch sonst niemand. Mochte mancher Patient beim Gedanken an eine Verbrennung im siebzehnten Jahrhundert noch einen nicht unbehaglichen Nervenkitzel ziehen, so würde sich doch niemand freiwillig in eine Klinik begeben, in der eine weitgehend hilflose, frisch operierte Patientin brutal vom Leben zum Tod gebracht worden war. Wenn George Chandler-Powell für den Unterhalt des Manor auf die Einkünfte aus seiner Klinik angewiesen war, sah er harten Zeiten entgegen. Dieser Mord würde mehr als nur ein Opfer fordern.

Sie warteten, bis sie den Rolls-Royce abfahren hörten und Chandler-Powell zurückkam. Dalgliesh sagte: »Wir richten unsere Einsatzzentrale in der Alten Wache ein, und meine Beamten wohnen im Wisteria House. Ich wäre Ihnen dankbar, wenn Sie die Hausangehörigen in einer halben Stunde in der Bibliothek versammeln würden. Inzwischen nehmen die Männer von der Spurensicherung im Westflügel ihre Arbeit auf. Ich wäre Ihnen dankbar, wenn Sie mir die Bibliothek, sagen wir, für die nächste Stunde zur Verfügung stellen würden.«

9

Als Dalgliesh zusammen mit Kate an den Tatort zurückkehrte, war Rhoda Gradwyns Leiche bereits abtransportiert. Die beiden Angestellten des Leichenschauhauses hatten sie mit geübten Bewegungen in den Leichensack gelegt und die Bahre zum Lift gerollt. Benton war unten, um die Abfahrt des Krankenwagens zu beobachten, der anstelle des Leichenwagens der Pathologie geschickt worden war, um die Leiche abzuholen, und auf die Ankunft der Männer von der Spurensicherung zu warten. Der Fotograf, ein großer, behender und schweigsamer Mann, war mit der Arbeit fertig und schon wieder abgefahren. Dalgliesh ging mit Kate noch einmal in das leere Schlafzimmer zurück, bevor er sich der langwierigen Vernehmung der Verdächtigen widmete.

Seit der junge Dalgliesh seinerzeit zum Kriminalbeamten befördert worden war, war es ihm immer so vorgekommen, als herrschte in einem Mordzimmer nach dem Abtransport der Leiche eine veränderte Luft, auch wenn das weniger nachhaltig als die physische Abwesenheit des Opfers zu spüren war. Als ob sie sich leichter atmen ließe, die Stimmen klarer zu verstehen wären, eine gemeinsame Erleichterung darüber herrschte, dass ein Objekt mit einer geheimnisvollen Macht seine bedrohliche oder kontaminierende Kraft verloren hatte.

Ein Überrest dieses Gefühls war ihm geblieben. Das zerwühlte Bett, das Kissen, in dem sich noch ihr Kopf abdrückte, sahen wieder so harmlos und normal aus, als wäre jemand gerade daraus aufgestanden und müsste jeden Moment zurückkommen. Für Dalgliesh bekam der Raum seine dramatische und bedrohliche Symbolik durch das heruntergefallene Tablett mit dem Teegeschirr gleich hinter der Tür. Die Szene sah aus wie von einem Fotografen für das Umschlagfoto eines anspruchsvollen Thrillers arrangiert.

Nichts von Miss Gradwyns persönlichen Sachen war berührt worden, und ihre Aktentasche stand neben der Tür, noch immer gegen den Sekretär im Wohnzimmer gelehnt. Ein großer metallener Rollkoffer stand neben einer Anrichte mit Schubladen. Dalgliesh stellte seinen Spurensicherungskoffer – eine Bezeichnung, die sich gehalten hatte, obwohl es sich dabei längst um eine Art Aktentasche handelte – auf den Klappstuhl für das Gepäck. Er öffnete sie, und er und Kate streiften sich die Latexhandschuhe über.

Miss Gradwyns Handtasche, aus grünem Leder mit silberner Schnalle und wie eine Gladstone-Tasche geformt, war zweifellos ein Designerstück.

In ihr fanden sich ein Schlüsselbund, ein kleines Adressbuch, ein Taschenkalender und eine Brieftasche mit einem Satz Kreditkarten und Geldfächern, die vier Pfund in Münzen und sechzig Pfund in Zehn- und Zwanzigpfundnoten enthielten. Außerdem ein Taschentuch, ihr Scheckbuch in einem Lederetui, ein Kamm, ein Parfümfläschchen und ein silberner Kugelschreiber. In einem dafür vorgesehenen Fach steckte ihr Mobiltelefon.

Kate sagte: »Normalerweise hätte man das auf dem Nachttisch erwartet. Sieht so aus, als wollte sie keine Anrufe bekommen.«

Das Mobiltelefon war klein, eine neues Modell. Es schaltete sich beim Aufklappen ein, und Dalgliesh untersuchte es nach Anrufen und Nachrichten. Die alten Textnachrichten waren gelöscht, aber es war eine neue eingegangen, aufgelistet unter »Robin«, und sie lautete: *Etwas sehr Wichtiges ist*

*passiert. Brauche deinen Rat. Muss dich unbedingt sehen,
bitte, schließ mich nicht aus.*
»Wir brauchen den Absender, um zu sehen, ob es so dringend war, dass er zu ihr ins Manor kommen wollte. Aber das hat Zeit. Ich möchte noch einen kurzen Blick auf die anderen Patientenzimmer werfen, bevor wir mit den Verhören beginnen. Dr. Glenister sagt, der Täter hätte Handschuhe getragen. Er oder sie wird es eilig gehabt haben, sie loszuwerden. Chirurgenhandschuhe könnte man in Stücke schneiden und durch die Toilettenspülung entsorgen. Auf jeden Fall sollten wir gleich danach suchen und nicht erst auf die Spurensicherung warten.«

Sie hatten Glück. Im Badezimmer der Suite am Ende des Flurs fanden sie einen winzigen Fetzen Latex, der unter dem Rand der Toilettenschüssel hängen geblieben war. Dalgliesh löste ihn vorsichtig mit einer Pinzette ab und steckte ihn in einen Beweismittelbeutel, den er versiegelte, bevor er und Kate ihre Initialen auf das Siegel kritzelten.

Dalgliesh sagte: »Wir müssen es den Leuten von der Spurensicherung sagen, wenn sie hier sind. Auf diese Suite müssen sie ein besonderes Augenmerk richten, vor allem auf den Wandschrank; es ist das einzige Schlafzimmer mit begehbarem Wandschrank. Ein weiterer Hinweis darauf, dass wir es mit einem internen Täter zu tun haben. Und jetzt sollte ich langsam mal Miss Gradwyns Mutter anrufen.«

»Chief Inspector Whetstone hat gleich nach seinem Eintreffen am Tatort eine Polizistin zu ihr geschickt. Sie weiß also Bescheid. Soll ich sie anrufen, Sir?«

»Nein danke, Kate. Sie hat ein Recht, es von mir persönlich zu hören. Aber wenn sie bereits informiert ist, besteht keine Eile. Lassen Sie uns mit den Gruppenvernehmungen beginnen. Ich sehe Sie und Benton in der Bibliothek.«

10

Die Hausangehörigen waren versammelt und warteten bereits zusammen mit Kate und Benton, als Dalgliesh und Chandler-Powell die Bibliothek betraten. Benton fand es interessant, wie die Leute sich gruppiert hatten. Marcus Westhall war auf Abstand zu seiner Schwester gegangen, die auf einem Stuhl am Fenster saß, und hatte sich in einen Sessel an Flavia Hollands Seite gesetzt, vielleicht aus professionellem Zugehörigkeitsgefühl. Helena Cressett saß in einem der Ohrensessel neben dem Kamin, aber da ihr eine zu legere Haltung wohl unangemessen erschien, saß sie aufrecht, die Hände locker auf die Lehnen gelegt. Neben ihr stand Mogworthy mit dem Rücken zum Feuer. Er war der Einzige, der nicht saß, ein unzeitiger Zerberus, der in seinem glänzend blauen Anzug mit gestreifter Krawatte wie ein Leichenbestatter aussah. Er wandte sich zu Dalgliesh um, als die beiden ins Zimmer kamen, mit einem Blick, der auf Benton weniger streitbar als bedrohlich wirkte. Dean und Kimberley Bostock, die stocksteif Seite an Seite auf dem einzigen Sofa saßen, zuckten kurz zusammen, als wüssten sie nicht recht, ob sie aufstehen mussten, um sich nach ein paar kurzen Seitenblicken zurück in die Kissen sinken zu lassen, und Kimberley schob verstohlen ihre Hand in die ihres Ehemanns.

Auch Sharon Bateman saß allein, mit ein, zwei Meter Abstand zu Candace Westhall, kerzengerade, die Hände im Schoß gefaltet, die dünnen Beine Seite an Seite, und als Benton kurz ihrem Blick begegnete, meinte er darin mehr Wachsamkeit als Furcht zu erkennen. Sie trug ein Baumwollkleid mit Blumenmuster unter einer Jeansjacke. Das Kleid, das eher zu einem Sommertag als zu einem düsteren Dezembernachmittag passte, war ihr zu groß, und Benton fragte sich, ob der Eindruck eines viktorianischen Waisenkindes, dickköpfig und demonstrativ diszipliniert, vielleicht ein kalkulierter war. Mrs. Frensham hatte sich auf einen Stuhl beim Fenster gesetzt, und von Zeit zu Zeit warf sie einen Blick nach draußen, als müsste sie sich vergewissern, dass es außerhalb dieser von Angst und Anspannung übersäuerten Atmosphäre noch eine frische und beruhigend normale Welt gab. Alle waren blass und wirkten trotz der Wärme der Zentralheizung und dem hell knisternden Kaminfeuer irgendwie durchgefroren.

Mit Interesse beobachtete Benton, dass die ganze Gesellschaft sich die Zeit genommen und sich für den Anlass, zu dem man sinnvollerweise besser Respekt und Trauer als Besorgnis zur Schau trug, in Schale geworfen hatte. Blusen waren frisch gebügelt, dunkle Hosen und Tweedjacken waren anstelle ländlicher Cordjacken und Jeans getreten. Pullover und Strickjacken sahen aus wie eben erst ausgepackt. Helena Cressett trug elegante, engsitzende Pepitahosen, darüber einen Rollkragenpullover aus schwarzem Kaschmir. Ihr Gesicht war so blass, dass selbst ein sanftes Lippenrot wie eine Provokation aussah. Es kostete Benton Anstrengung, sie nicht zu auffällig anzustarren. *Dieses Gesicht ist Plantagenet pur*, dachte er und musste zu seiner Überraschung feststellen, dass er sie schön fand.

Die drei Stühle und der Mahagonischreibtisch aus dem achtzehnten Jahrhundert waren frei und offensichtlich extra für die Polizisten hereingebracht worden. Sie setzten sich, Chandler-Powell suchte sich gegenüber einen Stehplatz, dicht neben Miss Cressett. Alle Blicke richteten sich auf ihn, auch wenn Benton sich darüber im Klaren war, dass sie mit den Gedanken bei dem großen, dunkelhaarigen Mann zu seiner Rechten waren. Er dominierte diesen Raum. Aber sie waren mit Chandler-Powells Einwilligung hier, es war sein Haus, seine Bibliothek, und auf eine unaufdringliche Weise ließ er daran auch keinen Zweifel.

Er sagte mit ruhiger und Respekt einflößender Stimme: »Commander Dalgliesh hat gebeten, ihm diesen Raum zur Verfügung zu stellen, damit er und seine Beamten uns hier gemeinsam befragen können. Ich vermute, Sie alle haben bereits Bekanntschaft mit Mr. Dalgliesh, Detective Inspector Miskin und Detective Sergeant Benton-Smith gemacht. Ich will hier keine Rede halten. Ich möchte lediglich sagen, dass das Ereignis von letzter Nacht uns alle bis ins Innerste erschüttert hat. Es ist jetzt unsere Pflicht, die Polizei bei ihren Ermittlungen nach besten Kräften zu unterstützen. Natürlich dürfen wir nicht darauf hoffen, dass diese Tragödie außerhalb des Manor nicht zur Kenntnis genommen wird. Um die Antworten auf Fragen der Presse und der anderen Medien werden sich die Experten kümmern, und ich möchte Sie jetzt alle bitten, mit niemandem außerhalb dieser Mauern zu sprechen, bis auf weiteres zumindest. Commander Dalgliesh, wenn Sie jetzt bitte das Wort nehmen.«

Benton zog sein Notizbuch heraus. Schon früh in seiner beruflichen Laufbahn hatte er sich eine besondere, wenn nicht exzentrische Methode der Kurzschrift beigebracht, die – selbst wenn sie Mr. Pitmans genialem System das eine oder andere verdankte – höchst individuell war. Sein Vorgesetzter mochte ein hervorragendes Gedächtnis haben, trotzdem war es seine Aufgabe, zu beobachten, zuzuhören und alles Gesehene und Gehörte festzuhalten. Er wusste, warum AD sich zu diesem einführenden Gruppenverhör entschlossen hatte. Es war wichtig, sich ein Gesamtbild zu verschaffen über das, was seit Rhoda Gradwyns Ankunft im Manor am Nachmittag des 13. Dezember passiert war, und das Bild konnte nur vollständiger werden, wenn alle Beteiligten anwesend waren, um zu kommentieren und zu korrigieren.

Die meisten Verdächtigen vermochten mit einiger Überzeugung zu lügen, wenn sie einzeln verhört wurden – manche brachten es dabei zu wahrer Meisterschaft. Benton erinnerte sich an Situationen, in denen weinende, seelisch scheinbar gebrochene Liebhaber oder Angehörige um Hilfe bei der Aufklärung eines Mordfalls flehten, obwohl sie selber am besten wussten, wo die Leiche versteckt lag.

Viel schwieriger war es, in Gesellschaft eine Lüge aufrechtzuerhalten. Selbst wenn ein Verdächtiger seine Miene unter Kontrolle hatte, öffneten einem die Reaktionen seiner Zuhörer manchmal die Augen.

Dalgliesh sagte: »Ich habe Sie hier zusammengerufen, um mit Ihnen ein Bild davon zu erarbeiten, was von Rhoda Gradwyns Ankunft bis zur Entdeckung ihrer Leiche genau passiert ist. Natürlich werde ich mit jedem von Ihnen noch ein Einzelgespräch führen, aber ich hoffe, dass wir in der nächsten halben Stunde gemeinsam ein Stück weiterkommen.«

Es entstand ein Schweigen, das von Helena Cressett gebrochen wurde: »Mr. Mogworthy hat Miss Gradwyn als Erster gesehen, als er ihr das Tor geöffnet hat. Das Empfangskomitee, bestehend aus Oberschwester Holland, Mr. Westhall und mir, erwartete sie im Großen Saal.«

Klare und sachliche Worte, mit ruhiger Stimme vorgetragen. Für Benton war die Botschaft klar. *Wenn wir diese öffentliche Scharade schon über uns ergehen lassen müssen, dann wollen wir sie um Gottes willen rasch hinter uns bringen.*

Mogworthy schaute Dalgliesh an. »Stimmt. Sie war pünktlich, wenigstens einigermaßen. Miss Helena hat gesagt, dass sie nach dem Tee und vor dem Abendessen kommt, also hab ich ab vier nach ihr Ausschau gehalten. Um Viertel vor sieben ist sie dann angefahren gekommen. Ich hab ihr das Tor aufgemacht, und sie hat den Wagen hinters Haus gestellt. Ihr Gepäck wollte sie auch selber tragen – ein einzelner Koffer, und da waren Rollen dran. Eine sehr entschlossene Lady. Ich bin so lange stehengeblieben, bis sie um die Hausecke herum war und die offene Tür sehen konnte, wo Miss Helena auf sie wartete. Dann gab es für mich nichts mehr zu tun, und ich bin nach Hause gegangen.«

»Sie haben das Manor nicht betreten«, fragte Dalgliesh, »vielleicht um ihr den Koffer ins Zimmer hinaufzutragen?«

»Nein, hab ich nicht. Wenn sie ihn vom Parkplatz hinaufrollen kann, dachte ich, dann schafft sie es auch bis auf die Patientenetage. Und wenn nicht, dann würde ihr schon jemand zur Hand gehen. Ich hab sie nur noch durch die Vordertür ins Haus gehen sehen.«

»Haben Sie irgenwann nach Miss Gradwyns Ankunft das Manor noch einmal betreten?«

»Warum hätte ich das tun sollen?«

»Weiß ich nicht«, sagte Dalgliesh. »Ich frage Sie, ob Sie es getan haben.«

»Nein, habe ich nicht. Und weil wir gerade über mich reden, ich bin ein Freund klarer Worte. Trage das Herz auf der Zunge. Ich weiß, was Sie mich fragen wollen, und erspare Ihnen die Mühe. Ich habe gewusst, wo ihr Schlafzimmer ist – auf dem Patientenflur, wo sonst? Und ich habe einen Schlüssel für die Gartentür, aber ich habe sie nicht mehr gesehen, weder tot noch lebendig, nachdem sie durch die Eingangstür ins Haus gegangen ist. Ich habe sie nicht abgemurkst, und ich weiß nicht, wer's getan hat, sonst würde ich es Ihnen sagen. Mit Mord hab ich nix am Hut.«

»Mog, niemand will Sie verdächtigen«, sagte Miss Cressett.

»Sie vielleicht nicht, Miss Helena, aber andere. Ich weiß, wie der Hase läuft. Um das hier mal klar zu sagen.«

»Danke, Mr. Mogworthy«, sagte Dalgliesh. »Sie haben es klar gesagt, und das war gut so. Fällt Ihnen sonst noch irgendetwas ein, was wir wissen sollten, etwas, das Sie gesehen oder gehört haben, nachdem Sie gegangen sind? Haben Sie vielleicht einen Fremden in der Nähe des Manor gesehen, jemanden, der Ihnen verdächtig vorgekommen ist?«

Mog sagte mit fester Stimme: »Jeder Fremde, der im Dunkeln um das Haus schleicht, ist mir verdächtig. Ich habe gestern Abend niemanden gesehen. Aber da war ein Auto auf dem Parkplatz beim Steinkreis. Als ich nach Hause ging noch nicht. Später.«

Benton, dem Mogs verstohlener Anflug eines zufriedenen Grinsens nicht entgangen war, vermutete, dass der Zeitpunkt dieser Mitteilung weniger naiv gewählt war, als es den Anschein hatte. Die Wirkung dieser Neuigkeit fiel jedenfalls zu seiner Zufriedenheit aus. Niemand sagte etwas, aber in der Stille machte Benton das kurze Zischen jäh angehaltener Luft aus. Für jeden hier war das eine Neuigkeit, und zweifellos hatte Mogworthy das einkalkuliert. Benton beobachtete ihre Gesichter, die Blicke, die sie untereinander tauschten. Es war ein Moment der gemeinsamen Erleichterung, schnell wieder verborgen, aber unmissverständlich.

»Erinnern Sie sich an Einzelheiten des Autos?«, fragte Dalgliesh. »Die Marke, die Farbe?«

»Eine Limousine. Dunkel. Schwarz, vielleicht dunkelblau. Die Scheinwerfer waren aus. Jemand saß auf dem Fahrersitz, aber ich weiß nicht, ob noch jemand da war.«

»Haben Sie sich das Kennzeichen notiert?«

»Nein. Warum sollte ich mir Autonummern notieren? Ich bin da ganz zufällig vorbeigeradelt, auf dem Rückweg von Ada Dentons Cottage, mit der ich Fish und Chips gegessen habe, wie jeden Freitag. Wenn ich auf dem Fahrrad sitze, achte ich auf die Straße, und auf sonst nichts. Ich hab nur gesehen, dass das Auto dort stand.«

»Um welche Zeit?«

»Kurz vor Mitternacht. Vielleicht zehn vor zwölf. Ich sehe immer zu, dass ich um Mitternacht zu Hause bin.«

»Das ist ein wichtiger Hinweis, Mog«, schaltete sich Chandler-Powell ein. »Warum haben Sie das nicht gleich erzählt?«

»Warum? Weil Sie selber gesagt haben, wir sollen nicht über Miss Gradwyns Tod reden, bis die Polizei hier ist. Gut, und jetzt ist der Chef von denen hier, und ich erzähle ihm, was ich gesehen habe.«

Bevor jemand etwas erwidern konnte, flog die Tür auf. Alle Blicke schossen in die Richtung. Ein Mann kam hereingestürmt, dicht gefolgt von einem wild gestikulierenden Constable Warren. Seine Erscheinung war so ungewöhnlich wie sein Auftritt dramatisch war. Benton sah ein blasses, schönes, etwas androgynes Männergesicht, leuchtend blaue Augen und blondes Haar, das am Kopf klebte wie die Marmorlocken antiker Gottesbüsten. Er trug einen langen schwarzen Mantel, der fast bis zum Boden reichte, über hellblauen Jeans, und einen Moment lang glaubte Benton, er sei in Pyjama und Morgenmantel gekommen. Wenn sein sensationeller Auftritt geplant war, hätte er sich kaum einen geeigneteren Augenblick aussuchen können, nach inszenierter Theatralik sah er nicht aus. Der Neuankömmling zitterte unter kaum kontrollierten Gefühlen, vielleicht Trauer, sicher auch Angst und Wut. Sein Blick sprang von einem Gesicht zum nächsten, er wirkte verwirrt, und bevor er etwas sagen konnte, ergriff Candace Westhall auf ihrem Stuhl beim Fenster das Wort.

»Unser Cousin, Robin Boyton. Er wohnt im Gästehaus. Robin, das ist Commander Dalgliesh vom New Scotland Yard und seine Kollegen Inspector Miskin und Sergeant Benton-Smith.«

Robin ignorierte sie, richtete all seinen Zorn gegen Marcus. »Du Dreckskerl! Du kalter, hinterhältiger Dreckskerl! Meine Freundin, eine liebe alte Freundin ist tot. Ermordet. Und du hattest nicht mal so viel Anstand, es mir mitzuteilen. Und jetzt sitzt ihr alle hier, wanzt euch bei den Bullen an und kehrt alles schön unter den Teppich. Hauptsache Mr. Chandler-Powells wertvolle Arbeit wird nicht gestört. Und sie liegt da oben tot in ihrem Zimmer. Ihr hättet es mir sagen müssen! Jemand hätte mir das sagen müssen. Ich will sie sehen. Ich will ihr Lebewohl sagen.«

Und jetzt weinte er ganz ungehemmt, ließ den Tränen ihren Lauf. Dalgliesh sagte nichts, aber Benton sah, wie wachsam seine dunklen Augen waren.

Candace Westhall machte kurz den Eindruck, als wollte sie sich erheben, um ihren Cousin zu trösten, blieb aber sitzen. Dafür sprach ihr Bruder. »Ich fürchte, das ist nicht möglich, Robin. Miss Gradwyn ist ins Leichenschauhaus gefahren worden. Aber ich habe versucht, es dir zu sagen. Ich habe um kurz vor neun im Cottage vorbeigeschaut, aber da hast du wohl noch geschlafen. Die Vorhänge waren zugezogen, die Tür war verschlossen. Du hast irgendwann mal erwähnt, dass du Rhoda Gradwyn kennst, aber dass ihr eng befreundet wart, hab ich nicht gewusst.«

Dalgliesh sagte: »Mr. Boyton, im Moment vernehme ich die Personen, die zwischen Miss Gradwyns Ankunft am Don-

231

nerstag und dem Auffinden ihrer Leiche um halb acht heute Morgen hier im Hause waren. Wenn Sie dazugehören, dann bleiben Sie bitte. Wenn nicht, werde ich oder einer meiner Beamten so bald wie möglich Kontakt mit Ihnen aufnehmen.«

Boyton unterdrückte seine Wut. Zwischen Schlucken angehaltener Luft hatte seine Stimme den Ton eines bockigen Kindes.

»Natürlich gehöre ich nicht dazu. Bis gerade eben war ich ja hier nicht drin. Der Polizist an der Tür wollte mich nicht vorbeilassen.«

»Auf meine Anweisung hin«, sagte Dalgliesh.

Chandler-Powell fügte hinzu: »Und davor auf meine. Miss Gradwyn wollte absolut ungestört bleiben. Es tut mir leid, dass wir Ihnen so viel Kummer machen, Mr. Boyton, aber ich fürchte, ich war so mit den Polizeibeamten und der Pathologin beschäftigt, dass ich nicht daran gedacht habe, dass Sie im Cottage zu Gast sind. Haben Sie schon gegessen? Dean und Kimberley könnten Ihnen etwas machen.«

»Natürlich habe ich nicht gegessen. Als hätte ich im Rose Cottage jemals etwas zu essen bekommen. Ich verzichte auf Ihren Fraß. Spielen Sie nicht den guten Onkel.«

Er hatte sich aufgerichtet, den Arm ausgestreckt, und zeigte mit zitterndem Finger auf Chandler-Powell, aber als er zu merken schien, wie lächerlich diese Theatralik in Verbindung mit seiner Aufmachung wirkte, ließ er den Arm fallen, und sein Blick schweifte in stummer Verzweiflung über die versammelten Gesichter.

Dalgliesh sagte: »Mr. Boyton, da Sie ein Freund von Miss Gradwyn waren, haben Sie möglicherweise wichtige Aussagen zu machen, aber nicht jetzt.«

Die leise gesprochenen Worte waren ein Befehl. Boyton ließ

die Schultern hängen und wandte sich zum Gehen. Dann drehte er sich noch einmal um und sprach Chandler-Powell direkt an: »Sie ist hergekommen, um sich die Narbe entfernen zu lassen, um ein neues Leben zu beginnen. Sie hat Ihnen vertraut, und Sie haben sie getötet, Sie dreckiger Mörder!«

Ohne auf eine Reaktion zu warten, lief er hinaus. DC Warren, der die ganze Zeit über mit unergründlicher Miene dagestanden hatte, ging ihm nach und schlug die Tür fest hinter sich zu. Es folgten fünf Sekunden Schweigen, und Benton meinte zu spüren, dass die Stimmung sich verändert hatte. Jemand hatte das Wort ausgesprochen. Das Unglaubliche, das Groteske, das Entsetzliche war endlich zur Kenntnis genommen worden.

»Können wir weitermachen?«, fragte Dalgliesh. »Miss Cressett, Sie haben Miss Gradwyn an der Tür in Empfang genommen, fangen wir damit an?«

Während der folgenden zwanzig Minuten wurden die Schilderungen ohne Störung fortgesetzt, und Benton konnte sich auf seine Hieroglyphen konzentrieren. Helena Cressett hatte die neue Patientin im Manor willkommen geheißen und direkt auf ihr Zimmer gebracht. Da Miss Gradwyn am nächsten Tag eine Vollnarkose bekommen würde, brachte man ihr kein Abendessen, und sie hatte darum gebeten, allein gelassen zu werden. Die Patientin hatte darauf bestanden, ihren Koffer eigenhändig in ihr Schlafzimmer zu rollen, und sie packte ihre Bücher aus, als Miss Cressett sie verließ. Am Freitag hatte sie natürlich erfahren, dass Miss Gradwyn operiert und am frühen Abend aus dem Erholungsraum in ihre Suite im Patientenflügel transportiert worden war. Das war der übliche Ablauf der Dinge. Da sie nichts mit der Pflege der Patienten zu tun hatte, besuchte sie Miss Gradwyn auch nicht in ihrer Suite. Sie aß mit Schwester Holland, Miss Westhall und Mrs. Frensham im Speisesaal zu Abend. Dabei erfuhr sie, dass Marcus Westhall zu einem Abendessen bei einem Kollegen, mit dem zusammen er in Afrika zu arbeiten hoffte, nach London gefahren war und dort auch die Nacht verbringen würde. Sie und Miss Westhall arbeiteten bis kurz vor sieben im Büro, bis Dean in der Bibliothek die Aperitifs servierte. Hinterher spielte sie in ihrer privaten Suite mit Mrs. Frensham noch eine Partie Schach und unterhielt sich mit ihr. Um Mitternacht lag sie im Bett und hörte nichts während der Nacht. Am Samstag war sie bereits geduscht und angezogen, als Mr. Chandler-Powell hereinkam und ihr mitteilte, dass Rhoda Gradwyn tot war.

Mit leiser Stimme bestätigte Mrs. Frensham diese Aussage; sie hatte Miss Cressetts Wohnung um halb zwölf verlassen und war in ihre eigene Wohnung im Ostflügel hinübergegangen, wo sie während der Nacht nichts gesehen und gehört hatte. Sie wusste noch nichts von Miss Gradwyns Tod, als sie gegen Viertel vor acht in den Speisesaal kam und dort niemanden antraf. Später war dann Mr. Chandler-Powell gekommen und hatte ihr die Kunde von Miss Gradwyns Tod gebracht.

Candace Westhall bestätigte, dass sie bis zum Abendessen zusammen mit Miss Cressett im Büro gesessen hatte. Nach dem Abendessen ging sie noch einmal zurück, um Papiere aufzuräumen, und verließ das Manor um kurz nach zehn durch den Vordereingang. Mr. Chandler-Powell war gerade die Treppe heruntergekommen, und sie hatten sich eine gute Nacht gewünscht, bevor sie das Haus verließ. Heute Morgen rief er sie dann aus dem Büro an und teilte ihr mit, dass Miss Gradwyn tot aufgefunden worden war, woraufhin sie und ihr Bruder unverzüglich ins Manor fuhren. Marcus

Westhall war in den Nachtstunden aus London zurückgekehrt. Sie hatte sein Auto ankommen hören, war aber nicht aufgestanden, auch wenn er an ihre Schlafzimmertür geklopft und sie ein paar Worte gewechselt hatten.

Schwester Flavia Holland machte ihre Aussage knapp und ruhig. Früh am Morgen der Operation waren der Anästhesist und das zusätzliche medizinische und technische Personal eingetroffen. Krankenschwester Frazer, die zum Teilzeitpersonal gehörte, holte die Patientin in den OP herunter, wo sie derselbe Anästhesist übernahm, von dem sie im St. Angela's in London schon einmal untersucht worden war. Mr. Chandler-Powell verbrachte einige Zeit mit ihr, um sie zu begrüßen und ihr Mut zuzusprechen. Er dürfte ihr beschrieben haben, was er zu tun beabsichtigte, wie schon bei ihrem ersten Besuch in seinem Sprechzimmer im St. Angela's. Miss Gradwyn war die ganze Zeit über sehr ruhig gewesen und hatte keinerlei Anzeichen von Angst oder besonderer Besorgnis gezeigt. Der Anästhesist und das gesamte zusätzliche Personal waren gleich nach Beendigung der Operation wieder abgefahren. Zurückerwartet wurden sie am nächsten Morgen zu dem Eingriff bei Mrs. Skeffington. Sie war gestern Nachmittag eingetroffen. Nach der Operation war Miss Gradwyn im Erholungszimmer unter ihrer und Mr. Chandler-Powells Aufsicht, bevor man sie um halb fünf auf ihr Zimmer zurückbrachte. Inzwischen war die Patientin schon wieder in der Lage zu gehen und gab an, nur leichte Schmerzen zu spüren. Sie hatte dann bis halb acht geschlafen, danach konnte sie ein leichtes Abendessen zu sich nehmen. Ein Beruhigungsmittel lehnte sie ab, dafür bat sie um ein Glas heiße Milch mit Brandy. Schwester Holland war im letzten Zimmer links und schaute stündlich zu Miss Gradwyn hinein, bis sie selber ins Bett ging, ungefähr gegen

Mitternacht. Beim letzten Check um elf schlief die Patientin. Während der Nacht hatte sie nichts gehört.

Mr. Chandler-Powells Bericht stimmte mit ihrem überein. Er wies darauf hin, dass die Patientin keinerlei Angst gezeigt habe, weder vor der Operation noch vor sonst etwas. Sie hatte ausdrücklich darum gebeten, während der einwöchigen Rekonvaleszenz keine Besucher zu ihr zu lassen, deshalb habe man Robin Boyton den Zutritt verwehrt. Die Operation sei gut verlaufen, aber langwieriger und komplizierter gewesen als erwartet. Trotzdem habe er keinerlei Zweifel an einem exzellenten Ergebnis gehabt. Miss Gradwyn war eine gesunde Frau, hatte die Narkose und die Operation gut überstanden, und was ihre Genesung betraf, sei er ganz unbesorgt gewesen. In der Todesnacht hatte er gegen zehn noch einmal bei ihr hineingeschaut und kam gerade von diesem Besuch, als er Miss Westhall das Haus verlassen sah.

Sharon hatte während der gesamten Prozedur still dagesessen, mit einem Gesichtausdruck, für den Kate nur das Wort Flunsch einfiel, und als man sie fragte, wo sie gestern war und was sie getan hatte, setzte sie zu einem verdrießlichen Rechenschaftsbericht über jede einzelne Verrichtung des Vor- und Nachmittags an. Darum gebeten, sich auf die Zeit nach halb fünf zu beschränken, gab sie an, in der Küche und im Speisesaal beschäftigt gewesen zu sein, Dean und Kimberley Bostock geholfen und um Viertel vor neun mit den beiden zusammen gegessen zu haben, anschließend in ihr Zimmer gegangen zu sein und sich noch eine Weile vor den Fernseher gesetzt zu haben. Sie konnte sich nicht erinnern, was sie gesehen hatte oder wann sie zu Bett gegangen war. Sie sei sehr müde gewesen und habe die Nacht durchgeschlafen wie ein Stein. Vom Tod Miss Gradwyns habe sie erst erfahren, als Schwester Holland heraufgekommen war, um sie zu wecken und zum Küchendienst zu schicken, und das müsse so gegen neun gewesen sein. Miss Gradwyn war nett zu ihr gewesen und hatte sich schon bei ihrem ersten Besuch im November von ihr auf einen Rundgang durch den Garten führen lassen. Auf Kates Frage, worüber sie damals geredet hätten, antwortete sie, über ihre Kindheit, wo sie zur Schule gegangen war und über ihre Arbeit im Altersheim.

Bis zu den Aussagen von Dean und Kimberley Bostock gab es keine Überraschungen. Kimberley sagte, dass sie manchmal von der Oberschwester gebeten wurde, den Patienten das Essen aufs Zimmer zu bringen, aber bei Miss Gradwyn sei sie nicht gewesen, weil die Patientin fasten musste. Weder sie noch ihr Mann hatten sie ankommen sehen, und an diesem Nachmittag hatten sie besonders viel zu tun, weil das Essen für das OP-Personal vorbereitet werden musste; die Leute wurden am nächsten Morgen erwartet und bekamen immer etwas zu essen, bevor sie wieder nach Hause fuhren. Freitagabend kurz vor Mitternacht war sie von Mrs. Skeffington telefonisch geweckt und um eine Kanne Tee gebeten worden. Ihr Mann half ihr, das Tablett nach oben zu bringen. Da er grundsätzlich keine Patientenzimmer betrat, wartete er vor der Tür auf sie. Mrs. Skeffington kam ihr verängstigt vor, sie erzählte etwas von flackernden Lichtern, die sie bei den Steinen gesehen haben wollte, aber Kimberley hielt das für Einbildung. Sie fragte Mrs. Skeffington noch, ob sie Oberschwester Holland rufen sollte, aber Mrs. Skeffington wollte Schwester Holland nicht verärgern, indem sie sie unnötigerweise aufweckte.

An diesem Punkt schaltete Schwester Holland sich ein. »Kimberley, Sie haben die klare Anweisung, mich zu rufen, wenn die Patienten während der Nacht irgendetwas benöti-

gen. Warum haben Sie das nicht getan? Mrs. Skeffington
sollte am nächsten Tag operiert werden.«

Jetzt wurde Benton aufmerksam und hob den Blick von seinem Notizbuch. Er spürte, wie unangenehm dem Mädchen
die Frage war. Kimberley errötete, schaute ihren Ehemann
an, ihre Hände schlossen sich fester ineinander. »Es tut mir
leid, Schwester«, sagte sie, »aber ich hab mir gedacht, Mrs.
Skeffington ist doch erst am nächsten Tag eine richtige Patientin, deshalb wollte ich Sie nicht wecken. Stattdessen
habe ich sie gefragt, ob sie Mr. Chandler-Powell zu sehen
wünscht.«

»Mrs. Skeffington war von der Sekunde ihres Eintreffens an
eine Patientin, Kimberley. Sie hätten mir Bescheid geben
müssen, das wissen Sie sehr gut. Warum haben Sie das unterlassen?«

Dalgliesh sagte: »Hat Mrs. Skeffington erwähnt, dass sie in
der Nacht den Lift gehört hat?«

»Nein, Sir. Sie hat nur von dem Licht gesprochen.«

»Und hat einer von Ihnen beiden etwas Ungewöhnliches
gesehen oder gehört, während Sie auf dem Flur waren?«

Sie schauten sich an, bevor sie beide entschieden den Kopf
schüttelten. Dean sagte: »Wir waren nur wenige Minuten
dort. Alles war ruhig. Auf dem Flur gab es ein gedimmtes
Licht, wie immer.«

»Und der Lift? Haben Sie auf den Lift geachtet?«

»Ja, Sir. Der Lift war im Erdgeschoss. Wir haben ihn benutzt, um den Tee hochzubringen. Wir hätten auch die
Treppe nehmen können, aber der Lift ist schneller.«

»Haben Sie in der Nacht sonst noch etwas bemerkt, das Sie
mir erzählen müssen?«

Jetzt schwiegen beide, schauten sich wieder an. Dean schien
seinen Mut sammeln zu müssen. Er sagte: »Eine Sache, Sir.

238

Als wir wieder im Erdgeschoss waren, ist mir aufgefallen, dass die Tür zum Garten nicht verriegelt war. Auf dem Weg in unsere Wohnung kommen wir an der Tür vorbei, Sir, eine schwere Eichentür rechter Hand, die direkt auf die Lindenallee und zu den Cheverell-Steinen führt.«

»Sind Sie absolut sicher?«, fragte Dalgliesh.

»Ja, Sir, absolut sicher.«

»Haben Sie Ihre Frau auf die nicht verriegelte Tür aufmerksam gemacht?«

»Nein, Sir. Ich hab ihr erst heute Morgen auf dem Weg in die Küche davon erzählt.«

»Ist daraufhin einer von Ihnen noch einmal nachschauen gegangen?«

»Nein, Sir.«

»Und aufgefallen ist es Ihnen erst auf dem Rückweg, nicht als Sie mit Ihrer Frau zusammen das Tablett hinaufgetragen haben?«

»Erst auf dem Rückweg.«

Schwester Holland schaltete sich ein. »Weshalb haben Sie ihr eigentlich mit dem Tablett geholfen, Dean? Das Tablett war doch sicher nicht schwer. Hätte Kimberley das nicht allein geschafft? Macht sie doch sonst auch. Wozu haben wir einen Lift? Und im Westflügel brennt immer ein Licht.«

»Ja, sie hätte es auch allein gekonnt«, erwiderte Dean bockig, »aber ich lasse sie spätnachts nicht gerne allein im Haus herumlaufen.«

»Was befürchten Sie?«

»Ach, darum geht es nicht«, antwortete Dean kläglich. »Mir ist nur nicht wohl dabei.«

Dalgliesh sagte ruhig: »Wussten Sie, dass Mr. Chandler-Powell normalerweise Punkt elf Uhr den Riegel vor die Tür schiebt?«

»Ja, Sir, das wusste ich. Jeder weiß es. Aber es kann auch mal später werden, wenn er noch im Garten spazierengeht. Ich dachte, wenn ich den Riegel vorschiebe, ist er vielleicht noch draußen und kann nicht rein.«

Schwester Holland sagte: »Ein Gartenspaziergang im Dezember? Halten Sie das für wahrscheinlich, Dean?«

Er schaute nicht sie, sondern Dalgliesh an, als er sich rechtfertigte: »Es ist nicht meine Aufgabe, die Tür zu verriegeln, Sir. Außerdem war sie zugeschlossen. Ohne Schlüssel kommt niemand herein.«

Dalgliesh wandte sich an Chandler-Powell. »Und Sie wissen genau, dass Sie die Tür um elf verriegelt haben?«

»Ich habe sie wie jeden Tag um elf verriegelt, und heute Morgen um halb sieben war sie auch verriegelt.«

»Hat irgendjemand von Ihnen aus irgendeinem Grund heute Nacht den Riegel aufgeschoben? Ich nehme an, jeder weiß, wie wichtig das ist. Wir müssen das jetzt klären.«

Niemand meldete sich. Das Schweigen zog sich in die Länge. »Ist sonst noch jemandem aufgefallen, ob die Tür nach elf verriegelt oder nicht verriegelt war?«, fragte Dalgliesh.

Wieder Schweigen, diesmal von gemurmelten Verneinungen unterbrochen. Benton fiel auf, dass keiner den anderen anschaute.

»Dann ist das für den Augenblick alles«, sagte Dalgliesh. »Ich bedanke mich für Ihre Aufmerksamkeit. Ich würde gerne noch mit jedem von Ihnen allein reden, entweder hier oder in der Alten Wache.«

Dalgliesh erhob sich, und nach und nach standen auch die anderen leise auf. Immer noch sprach keiner ein Wort. Als sie die Eingangshalle durchquerten, schloss Chandler-Powell zu ihnen auf. Er sagte zu Dalgliesh: »Ich würde gerne kurz mit Ihnen sprechen, wenn Ihre Zeit es erlaubt.«

Dalgliesh und Kate folgten ihm in sein Büro und ließen die Tür hinter sich ins Schloss fallen. Es kränkte Benton nicht, außen vor bleiben zu müssen, denn er wusste, dass es bei jeder Untersuchung Situationen gab, in denen zwei Beamte jemandem Informationen entlocken konnten, während drei genau das Gegenteil bewirken würden.

Chandler-Powell verlor keine Zeit. Sie hatten sich noch nicht einmal gesetzt, als er sagte: »Da gibt es etwas, das ich Ihnen sagen muss. Ihnen dürfte Kimberleys Beklemmung nicht entgangen sein, als sie gefragt wurde, warum sie Flavia Holland nicht geweckt hat. Ich halte es für wahrscheinlich, dass sie es versucht hat. Die Tür zur Suite war nicht verschlossen, und wenn sie oder Dean sie geöffnet haben, dürften sie Stimmen gehört haben, meine und Flavias. Ich war um Mitternacht mit ihr zusammen. Ich denke, die Bostocks könnten Hemmungen gehabt haben, Ihnen das zu erzählen, vor allem in Gegenwart aller anderen.«

Kate sagte: »Aber hätten Sie es nicht gehört, wenn jemand die Tür geöffnet hätte?«

Er sah sie ruhig an. »Nicht unbedingt. Es war ein erregtes Gespräch.«

Dalgliesh sagte: »Ich werde das mit den Bostocks später klären. Wie lange waren Sie dort zusammen?«

»Nachdem ich die Alarmanlage eingestellt und die Gartentür verriegelt habe, bin ich zu Flavia in ihr Wohnzimmer gegangen. Ich war bis gegen ein Uhr dort. Es gab wichtige Dinge zu besprechen, Berufliches und Privates. Nichts davon hat irgendetwas mit Rhoda Gradwyns Tod zu tun. Während der Zeit hat keiner von uns etwas von dem Unheil gehört oder gesehen.«

»Und den Lift haben Sie auch nicht gehört?«

»Nein, den haben wir nicht gehört. Aber damit ist auch

nicht zu rechnen. Sie haben ja gesehen, wo er ist, bei der Treppe gegenüber der Wohnung der Oberschwester, aber es ist ein moderner Lift, und er funktioniert vergleichsweise geräuschlos. Schwester Holland wird meine Ausführungen natürlich bestätigen, und zweifellos kann jemand, der sich darauf versteht, Informationen aus Schwachen herausholen, Kimberley zu dem Eingeständnis bewegen, dass sie unsere Stimmen gehört hat, besonders wenn sie weiß, dass ich mit Ihnen gesprochen habe. Und rechnen Sie es mir nicht zu hoch an, dass ich Ihnen erzählt habe, was hoffentlich von Ihnen vertraulich behandelt wird. Ich müsste schon sehr naiv sein, um nicht zu wissen, dass Flavia und ich uns mit der Geschichte gegenseitig ein Alibi verschaffen, da Rhoda Gradwyn offenbar um Mitternacht herum gestorben ist. Ich rede lieber offen mit Ihnen. Ich will keinesfalls anders behandelt werden als die anderen. Aber Ärzte pflegen in der Regel nicht ihre Patienten zu ermorden, und wenn ich die Absicht hätte, diesen Ort und meine Reputation zu zerstören, hätte ich das besser vor der Operation getan. Denn ich hasse es, wenn meine Arbeit vergeudet ist.«

Als er Chandler-Powells Gesicht sah, das vor Wut und Abscheu plötzlich ganz verändert wirkte, fiel es Dalgliesh nicht schwer zu glauben, dass zumindest diese letzten Worte die Wahrheit waren.

11

Dalgliesh ging allein in den Garten, um Rhoda Gradwyns Mutter anzurufen. Ihm graute vor diesem Anruf. Es war schon schwierig genug, persönlich zu kondolieren, was eine örtliche Polizistin ihm bereits abgenommen hatte. Kein Polizeibeamter kam dieser Pflicht gerne nach, und wie oft hatte er es schon tun müssen, hatte zögernd an Türen klopfen müssen, die sich immer gleich öffneten, und in verwirrte, flehende, hoffnungsvolle oder verzweifelte Augen geschaut, mit Nachrichten, die Leben veränderten. Sicher hätten manche seiner Kollegen diesen Anruf an Kate delegiert. Es war ihm immer wie eine Taktlosigkeit erschienen, einem trauernden Hinterbliebenen sein Mitgefühl telefonisch zu übermitteln, gleichzeitig hatte er es immer als das Recht der Angehörigen betrachtet, den leitenden Beamten einer Morduntersuchung zu kennen und über den Fortgang der Ermittlungen auf dem Laufenden gehalten zu werden, soweit das Vorgehen das erlaubte.

Es meldete sich eine männliche Stimme. Sie klang verwirrt und besorgt zugleich, als wäre das Telefon ein technisches Gerät, aus dem keine guten Nachrichten zu erwarten waren. Ohne seinen Namen zu nennen, sagte er hörbar erleichtert: »Polizei, sagten Sie? Einen Augenblick bitte. Ich hole meine Frau.«

Dalgliesh stellte sich ein zweites Mal vor und drückte sein Mitgefühl so behutsam wie möglich aus, auch wenn er wusste, dass sie bereits die Nachricht bekommen hatte, die keine Behutsamkeit zu mildern vermochte. Zunächst antwortete ihm ein Schweigen. Dann sagte sie mit tonloser Stimme, als hätte er eine unwillkommene Einladung zum Tee überbracht: »Sehr freundlich von Ihnen, dass Sie anrufen, aber wir wissen schon Bescheid. Eine junge Dame vom hiesigen Polizeirevier hat uns die Nachricht überbracht. Sie war von der Polizei in Dorset angerufen worden. Um zehn ist sie wieder gegangen. Sie war sehr nett. Wir haben zusammen Tee getrunken, aber viel konnte sie mir nicht erzählen. Nur, dass man Rhoda tot aufgefunden hat und dass es kein natürlicher Tod war. Ich kann es immer noch nicht glauben. Ich meine, wer könnte Rhoda Böses wollen? Ich habe sie gefragt, wie das passiert war und ob die Polizei schon weiß, wer das getan hat, aber darauf konnte sie mir keine Antwort geben, weil eine andere Abteilung zuständig ist, und Sie würden sich melden. Sie ist nur gekommen, um die Nachricht zu überbringen. Aber es war trotzdem nett von ihr.«

»Wissen Sie, ob Ihre Tochter irgendwelche Feinde hatte, Mrs. Brown?«, fragte Dalgliesh. »Jemand, der ihr Böses wollte?« Jetzt konnte er einen verärgerten Unterton deutlich heraushören. »Muss ja wohl, oder? Sonst wäre sie wohl kaum ermordet worden. Sie war in einer Privatklinik. Rhoda gab sich nicht mit billigen Sachen zufrieden. Weshalb hat man dort nicht besser auf sie aufgepasst? Die Klinik muss sehr achtlos gewesen sein, eine Patientin einfach umbringen zu lassen. Sie hatte noch so viel vom Leben zu erwarten. Rhoda war sehr erfolgreich. Sie hatte eine Menge Verstand, wie ihr Dad.«

»Hat sie Ihnen erzählt, dass sie sich in der Cheverell-Manor-Klinik ihre Narbe entfernen lassen wollte?«

»Sie hat mir erzählt, dass sie die Narbe entfernen lassen wollte, aber nicht wann und wo. Rhoda war immer sehr für sich. Schon als Kind hatte sie ihre Geheimnisse und wollte niemandem an ihren Gedanken teilhaben lassen. Wir haben uns nicht mehr oft gesehen, nachdem sie von zu Hause weggezogen war, aber zu meiner Hochzeit im Mai ist sie gekommen, und da hat sie mir erzählt, dass sie ihre Narbe loswerden will. Sie hätte natürlich schon vor Jahren etwas machen lassen müssen. Über dreißig Jahre ist sie damit herumgelaufen. Als sie dreizehn war, ist sie mit dem Gesicht in die Küchentür gelaufen.«

»Über ihre Freunde und ihr Privatleben können Sie uns also nicht viel erzählen?«

»Das sage ich ja. Sie war sehr verschwiegen. Ich weiß nichts über ihre Freunde oder ihr Privatleben. Und ich weiß auch nicht, was mit der Beerdigung wird, ob sie in London stattfinden soll oder hier. Ich weiß nicht einmal, ob es Dinge gibt, die ich erledigen muss. Normalerweise muss man Formulare ausfüllen. Das muss man den Leuten doch sagen. Meinen Mann möchte ich damit nicht behelligen. Er regt sich furchtbar auf. Er hat Rhoda gemocht, als sie sich kennenlernten.«

»Es wird natürlich eine Obduktion geben«, sagte Dalgliesh. »Und dann muss man sehen, ob der Gerichtsmediziner die Leiche freigibt. Haben Sie keine Freunde, die Ihnen mit Rat zur Seite stehen können?«

»Doch, ich habe Freunde in der Kirche. Ich werde mit unserem Vikar reden, vielleicht kann er mir helfen. Vielleicht können wir den Trauergottesdienst hier unten machen, aber in London war sie natürlich bekannter. Und sie war auch nicht sehr religiös, gut möglich, dass sie einen Gottesdienst abgelehnt hätte. Ich hoffe bloß, dass ich nicht in diese Klinik kommen muss, wo immer die ist.«

»Sie ist in Dorset, Mrs. Brown. In Stoke Cheverell.«

»Ja, aber ich kann Mr. Brown hier nicht einfach alleine lassen und nach Dorset reisen.«

»Dazu besteht absolut keine Notwendigkeit, es sei denn, Sie wünschen ausdrücklich, bei der Untersuchung der Todesursache dabei zu sein. Warum beraten Sie sich nicht mit Ihrem Rechtsanwalt? Vermutlich wird der Anwalt Ihrer Tochter Kontakt mit Ihnen aufnehmen. Seinen Namen haben wir im Adressbuch in ihrer Handtasche gefunden. Er wird Ihnen sicher behilflich sein. Ich fürchte, ich werde das Eigentum Ihrer Tochter hier und in ihrem Londoner Haus in Augenschein nehmen müssen. Vielleicht muss ich den einen oder anderen Gegenstand für die Untersuchung mitnehmen, aber die Sachen werden sorgsam behandelt und später zurückgegeben. Habe ich Ihr Einverständnis dazu?«

»Nehmen Sie, was Sie wollen. In ihrem Londoner Haus bin ich nie gewesen. Aber jetzt wird sich das wohl nicht länger vermeiden lassen. Vielleicht sind ja Dinge von Wert dabei, und Bücher natürlich. Sie hat immer viele Bücher gehabt. Das viele Lesen. Immer hatte sie die Nase in einem Buch stecken. Und was hat sie jetzt davon. Die Bücher bringen sie auch nicht zurück. Hatte sie die Operation schon hinter sich?«

»Ja, gestern, und soviel ich gehört habe, war sie erfolgreich.«

»Das viele Geld, und alles für die Katz. Arme Rhoda. Viel Glück hat sie nicht gehabt bei ihrem ganzen Erfolg.«

Ihre Stimme hatte sich verändert, Dalgliesh vermutete, dass sie gegen Tränen ankämpfte. »Ich lege jetzt auf«, sagte sie. »Vielen Dank für den Anruf, aber mir wird das jetzt zu viel. Wie entsetzlich das ist, Rhoda ermordet. So etwas liest man vielleicht in der Zeitung oder sieht es im Fernsehen, aber wer rechnet damit, dass es jemandem passiert, den man kennt? Und sie hatte noch so viel vor sich, ohne die Narbe. Das ist doch nicht gerecht.«

Jemandem, den man kennt, nicht jemandem, den man liebt,
dachte Dalgliesh. Er hörte sie weinen, dann war die Verbindung unterbrochen.

Er hielt einen Moment inne, blickte nachdenklich auf sein Handy, bevor er Miss Gradwyns Anwalt anrief. Trauer, ein universelles Gefühl ohne universellen Ausdruck, äußerte sich auf die verschiedenste, manchmal auf bizarre Weise. Er dachte an den Tod seiner Mutter, wie er damals, um angesichts der Verzweiflung seines Vaters Haltung zu bewahren, seine Tränen unterdrückt hatte, sogar noch beim Begräbnis. Aber die Trauer war im Lauf der Jahre immer wieder zurückgekehrt, in kurz erinnerten Szenen, Gesprächsfetzen, Bildern, ihre anscheinend unzerstörbaren Gartenhandschuhe und, noch lebhafter als all der latente Schmerz, der immer wiederkehrte, ihr Anblick aus dem Fenster des langsam anfahrenden Zuges, der ihn zurück ins Internat bringen sollte, ihre sich entfernende Gestalt in dem Jahr für Jahr immer wieder getragenen Mantel, die sich nicht noch einmal umdrehte und ihm nicht nachwinkte, weil er es ihr verboten hatte.

Er schüttelte die Vergangenheit ab und tippte die Nummer in die Tastatur. Ein Anrufbeantworter teilte ihm mit, dass das Büro bis Montag geschlossen war und man in dringenden Fällen den Anwalt vom Dienst anrufen möge, der unter folgender Nummer zu erreichen sei. Unter dieser Nummer meldete sich sofort eine kühle, unpersönliche Stimme, und nachdem Dalgliesh sich vorgestellt und erklärt hatte, dass er dringend Mr. Newton Macklefield sprechen müsse, bekam er dessen Privatnummer mitgeteilt. Dalgliesh musste keine weitere Erklärung liefern, offensichtlich hatte seine Stimme den nötigen Nachdruck vermittelt.

Newton Macklefield hielt sich – nicht verwunderlich an

einem Samstag – mit seiner Familie außerhalb Londons in seinem Landhaus in Sussex auf. Ihr Gespräch war geschäftsmäßig, unterbrochen von Kinderstimmen und bellenden Hunden. Nachdem er seiner Erschütterung und persönlichen Betroffenheit, eher förmlich als von Herzen kommend, Ausdruck verliehen hatte, sagte Macklefield: »Natürlich werde ich die Ermittlungen nach Kräften unterstützen. Sie sagen, morgen wollen Sie zum Sanctuary Court fahren? Einen Schlüssel haben Sie? Sicher, den hat sie natürlich bei sich gehabt. Ich habe keine privaten Schlüssel von ihr in der Kanzlei. Ich könnte in die Stadt kommen und mich um halb elf mit Ihnen treffen, wenn es Ihnen recht ist. Dann kann ich vorher in der Kanzlei vorbeifahren und das Testament mitbringen, auch wenn Sie im Haus wahrscheinlich eine Abschrift finden werden. Ich fürchte, viel mehr kann ich nicht für Sie tun. Sie wissen wahrscheinlich, Commander, dass die Beziehung zwischen einem Anwalt und seinem Klienten sehr eng sein kann, besonders wenn ein Anwalt seit vielen Jahren, vielleicht seit Generationen, für eine Familie tätig ist und als Vertrauter und Freund betrachtet wird. In diesem Fall ist das nicht so. Miss Gradwyns Beziehung zu mir war geprägt von gegenseitigem Respekt und Vertrauen und, was mich betrifft, ganz gewiss von Sympathie. Aber sie war rein beruflicher Natur. Ich habe die Klientin gekannt, nicht die Frau. Übrigens, ich nehme an, Sie haben die nächsten Angehörigen informiert.«

»Ja«, sagte Dalgliesh, »es gibt niemanden außer der Mutter. Sie hat ihre Tochter als sehr verschlossenen Menschen geschildert. Ich habe ihr gesagt, dass ich Zutritt zum Haus ihrer Tochter haben muss, und sie hat nichts einzuwenden, auch nicht, dass ich eventuell Dinge mitnehme, die für die Ermittlungen von Nutzen sein können.«

»Dagegen habe ich auch als Anwalt keine Einwände. Wir sehen uns also gegen halb elf in ihrem Haus. Sondereinsatz! Danke, Commander, dass Sie sich gemeldet haben.«

Dalgliesh unterbrach das Gespräch und dachte darüber nach, dass ein Mord, ein einzigartiges Verbrechen, für das es keine Wiedergutmachung gibt, seine eigenen Zwänge, aber auch Konventionen produziert. Er bezweifelte, dass Macklefield sein Wochenende für ein weniger spektakuläres Verbrechen unterbrochen hätte. Er war als junger Beamter auch, gegen seinen Willen und nur vorübergehend, berührt gewesen von der Anziehungskraft eines Mordes, so abstoßend und widerwärtig er sein mochte. Er hatte beobachtet, wie unbeteiligte Zuschauer – vorausgesetzt, sie waren nicht von Schmerz oder Verdacht belastet – von einem Mordfall wie gebannt von ungläubiger Faszination an den Ort der Tat gezogen worden waren. Noch gaben sich Neugierige und die Medien, die sie bedienten, kein Stelldichein vor den schmiedeeisernen Toren des Manor. Aber sie würden kommen, und er bezweifelte, dass die Leute von Chandler-Powells Wachdienst ihnen mehr als ein paar Unannehmlichkeiten machen konnten.

12

Die Einzelverhöre nahmen den Rest des Nachmittags in Anspruch. Die meisten fanden in der Bibliothek statt. Als Letzte der Hausbewohner war Helena Cressett an der Reihe, eine Aufgabe, die Dalgliesh Kate und Benton anvertraut hatte. Miss Cressett war anzumerken, dass sie damit gerechnet hatte, von ihm vernommen zu werden, aber sie sollte wissen, dass er Leiter eines Teams war und dass seine beiden jüngeren Beamten sich auf ihr Geschäft verstanden. Überraschend lud sie Kate und Benton in ihre privaten Räumlichkeiten im Ostflügel ein. Der Raum, in den sie die Beamten führte, war offensichtlich ihr Wohnzimmer, dessen Eleganz und Pracht man nur schwer mit dem Domizil einer Hausverwalterin in Verbindung brachte. Selbst wenn man den Raum nicht als überfrachtet bezeichnen wollte, vermittelte er einem den Eindruck, die Einrichtungsgegenstände waren hier mehr zur Zufriedenheit der Bewohnerin als nach ästhetischen Gesichtspunkten zusammengestellt. Benton schien es, als hätte Helena Cressett diesen Teil des Manor als ihre private Domäne kolonialisiert. Hier fand sich nichts von dem finsteren Tudor-Mobiliar. Abgesehen vom Sofa, in cremefarbenem Leinen mit roten Paspeln bezogen, das im rechten Winkel zum Kamin aufgestellt war, handelte es sich fast ausschließlich um Möbel aus georgianischer Zeit.

Fast alle Bilder an den getäfelten Wänden waren Familienporträts, und Miss Cressetts Ähnlichkeit mit manchen der Abgebildeten war unverkennbar. Keines erschien Benton besonders meisterlich – vielleicht waren die Besseren separat verkauft worden –, aber jedes von ihnen war von frappierender Eigenständigkeit und mit einigem Geschick, manches mit großem Geschick gemalt. Auf einem schaute ein viktorianischer Bischof in Batistrobe den Maler mit einem Ausdruck klerikalen Hochmuts an, der auch einen Anflug von Unbehagen verriet, als handelte es sich bei dem Buch, auf dem seine Hand ruhte, um den Ursprung der Arten. Neben ihm posierte ein Ritter des siebzehnten Jahrhunderts, die Hand auf dem Schwertknauf, mit schamloser Arroganz, über dem Kaminsims hatte sich eine Familie aus früher Viktorianischer Zeit vor dem Manor versammelt, die gelockte Mutter inmitten ihrer jüngeren Kinder, der älteste Junge im Sattel eines Ponys an der Seite des Vaters. Und überall die markant gewölbten Augenbrauen, die hohen Backenknochen, der kräftige Schwung der Oberlippe.

»Sie leben unter Ihren Vorfahren, Miss Cressett. Die Ähnlichkeit ist frappierend.«

Weder Dalgliesh noch Kate hätte eine solche Bemerkung gemacht; sie war wenig taktvoll, außerdem war es nicht klug, eine Vernehmung mit einer persönlichen Anspielung zu beginnen, und obwohl Kate schweigend darüber hinwegging, spürte Benton ihre Verwunderung.

Blitzschnell rechtfertigte er seine spontane Bemerkung vor sich selber, indem er sich sagte, sie könne sich noch als nützlich erweisen. Sie mussten über die Frau, mit der sie es zu tun hatten, präziser noch, über ihren Status hier im Manor Bescheid wissen – wie weit reichte ihre Macht, wie groß war ihr Einfluss auf Chandler-Powell und die anderen Bewohner? Ihre Reaktion auf eine kleine Taktlosigkeit könnte sehr erhellend sein.

Sie schaute ihm direkt in die Augen und erwiderte kühl: *»Das Erbe der Jahre / Das sich in Linien, Stimme und im Blick / Über des Menschen Lebensfrist erhebt – bin ich; /*

Das Ewige im Menschen / Das sich dem Tod nicht beugen muss. Um das zu kennen, musste man kein Kriminalpolizist sein. Mögen Sie Thomas Hardy, Sergeant?«

»Den Dichter mehr als den Romancier.«

»So wie ich. Mich deprimiert sein Hang, seine Romanfiguren leiden zu lassen, obwohl es mit ein bisschen gesundem Menschenverstand auf beiden Seiten zu vermeiden wäre. Tess ist eine der irritierendsten Figuren des viktorianischen Romans. Aber nehmen Sie doch bitte Platz.«

Jetzt sprach die Gastgeberin, an ihre Pflichten erinnert und trotzdem unfähig oder nicht bereit, ganz auf den herablassenden, widerwilligen Ton zu verzichten. Sie deutete auf das Sofa und ließ sich selber im Lehnsessel gegenüber nieder. Kate und Benton setzten sich.

Ohne Einleitung ergriff Kate das Wort. »Mr. Chandler-Powell hat Sie uns als Verwalterin vorgestellt. Was schließt das alles mit ein?«

»Meine Tätigkeit hier? Das ist schwer zu beschreiben. Ich bin Geschäftsführerin, Hausmeister, Sekretärin, manchmal auch Buchhalterin. Der Begriff Generalmanager würde es wohl am besten abdecken. Aber Mr. Chandler-Powell pflegt mich den Patienten als Verwalterin vorzustellen.«

»Und wie lange machen Sie das schon?«

»Nächsten Monat sind es sechs Jahre.«

»Es kann nicht leicht für Sie gewesen sein«, sagte Kate.

»Nicht leicht in welcher Hinsicht, Inspector?«

Miss Cressett fragte mit distanziertem Interesse, aber ein unterdrückter Ärger war für Benton nicht zu überhören. Eine solche Reaktion hörte er nicht zum ersten Mal – ein Verdächtiger, in der Regel mit einer gewissen Autorität ausgestattet, eher daran gewöhnt, Fragen zu stellen als Auskünfte zu geben, lässt seinen Unwillen nicht am Chef der

Ermittler aus, sondern richtet ihn auf seine Untergebenen. Kate ließ sich nicht einschüchtern.

»In solch ein schönes Haus zurückzukehren, das seit Generationen Ihrer Familie gehörte, und es im Besitz von jemand anderem zu sehen. Mit so etwas wird nicht jeder fertig.«

»Muss ja auch nicht jeder. Ich will es Ihnen erklären. Das Manor war über vierhundert Jahre im Besitz meiner Familie. Aber jede Zeit geht einmal zu Ende. Mr. Chandler-Powell mag das Haus, und ich sehe es lieber in seiner als in der Obhut anderer Leute, die es besichtigt haben und kaufen wollten. Ich habe nicht eine seiner Patientinnen ermordet, damit er die Klinik schließen muss und ich den Familienbesitz billig zurückkaufen kann. Verzeihen Sie meine Direktheit, Inspector, aber war das nicht vielleicht der Hintergrund Ihrer Frage?«

Es war kein kluger Schachzug, eine Behauptung entkräften zu wollen, die noch gar nicht gemacht worden war, dazu noch mit solch brutaler Offenheit, und es war offensichtlich, dass sie ihre Worte bedauerte, sobald sie ihren Mund verlassen hatten. Es gab ihn also, den heimlichen Groll. Aber Benton fragte sich, gegen wen oder was er sich richtete: die Polizei, Chandler-Powells Entweihung des Westflügels oder Rhoda Gradwyn, die auf eine so unerfreuliche und beschämende Weise die Banalität kriminalpolizeilicher Ermittlungsarbeit in die heiligen Hallen ihrer Ahnen geholt hatte?

Kate fragte: »Wie sind Sie an die Stelle gekommen?«

»Ich habe mich beworben. Wie das bei einer Stelle so üblich ist. Ich habe die Anzeige gesehen und mir gedacht, es könnte ganz interessant sein, in das Manor zurückzukehren und zu sehen, was sich hier, abgesehen von der Einrichtung einer Klinik, noch so alles verändert hat. Von Beruf, wenn man das so nennen will, bin ich Kunsthistorikerin, eine Tätigkeit, die sich mit einem Leben hier schwerlich kombinieren ließe. Es war nicht meine Absicht gewesen, so lange zu bleiben, aber die Arbeit ist interessant, und für den Moment habe ich keine Eile, sie aufzugeben. Ich vermute, das ist es, was Sie wissen wollten. Aber ist meine persönliche Lebensplanung wirklich von Belang für Rhoda Gradwyns Tod?«

»Die Antwort darauf, was von Belang ist und was nicht, können wir nicht finden, ohne Fragen zu stellen, die indiskret erscheinen. Und es manchmal auch sind. Wir können nur auf Zusammenarbeit und Verständnis hoffen. Eine Morduntersuchung ist kein Gesellschaftsspiel.«

»Dann wollen wir auch nicht so tun, als wäre es eines, Inspector.«

Ein Erröten huschte wie ein flüchtiger Ausschlag über ihr blasses, markantes Gesicht. Der kurzzeitige Verlust der Kontrolle hatte sie menschlicher und – erstaunlicherweise – attraktiver gemacht. Sie hielt ihre Emotionen unter Kontrolle, aber sie waren da. Sie war keine leidenschaftslose Frau, dachte Benton, sondern eine, die begriffen hatte, dass es klug war, seine Leidenschaften im Zaum zu halten.

»Was hatten Sie für einen Kontakt zu Miss Gradwyn, bei ihrem ersten Besuch und später?«, fragte er.

»Praktisch gar keinen, außer dass ich bei beiden Gelegenheiten Teil des Empfangskomitees war und ihr die Räumlichkeiten gezeigt habe. Wir haben dabei kaum ein Wort gewechselt. Mit den Patienten bekomme ich bei meiner Arbeit nicht viel zu tun. Die Behandlung und Unterbringung liegt in der Verantwortung der beiden Chirurgen und der Oberschwester.«

»Aber Sie rekrutieren und beaufsichtigen das Hauspersonal?«

»Ich sehe mich nach Ersatz um, wenn eine Stelle frei wird.

Ich habe mich an eine leitende Stelle im Haus gewöhnt, ja, und die Leute unterstehen meinem Befehl, auch wenn das Wort viel zu stark ist für die Art Kontrolle, die ich ausübe. Nur wenn sie mit den Patienten zu tun haben, was hin und wieder vorkommt, fällt das in Schwester Hollands Zuständigkeit. Ich fürchte, an manchen Stellen überschneiden sich die Kompetenzen, weil ich auch für das Küchenpersonal zuständig bin und die Oberschwester für die Art der Verpflegung, die die Patienten erhalten, aber das funktioniert ganz gut.«

»Haben Sie Sharon Bateman eingestellt?«

»Ich habe die Anzeige in mehrere Zeitungen gesetzt, und sie hat sich beworben. Sie hatte in einem Altersheim gearbeitet und konnte ausgezeichnete Referenzen vorweisen. Das Einstellungsgespräch habe ich nicht geführt. Ich war zu der Zeit in meiner Wohnung in London, deshalb haben Mrs. Frensham, Miss Westhall und Schwester Holland sie in Augenschein genommen und eingestellt. Ich habe nicht das Gefühl, dass jemand Veranlassung hatte, das zu bereuen.«

»Haben Sie Rhoda Gradwyn gekannt oder schon einmal gesehen, bevor sie hier ins Haus kam?«

»Ich habe sie nie gesehen, aber ich hatte natürlich von ihr gehört. Ich wusste, dass sie eine erfolgreiche und einflussreiche Journalistin war. Ich hatte keinen Grund, ihr gegenüber freundliche Gefühle zu hegen, aber eine persönliche Abneigung, eigentlich nur ein leises Unbehagen, als ich ihren Namen hörte, hat mich keinesfalls dazu veranlasst, mir ihren Tod zu wünschen. Mein Vater war der letzte männliche Cressett, und er hat beim Lloyd-Desaster fast das gesamte Vermögen der Familie verloren. Er war gezwungen, das Manor zu verkaufen, und Mr. Chandler-Powell hat es gekauft. Kurz nach dem Verkauf war in einem Finanzblatt ein kurzer

Artikel von Rhoda Gradwyn erschienen, in dem sie sich kritisch über einige Protagonisten der Lloyd's-Affäre äußerte, unter anderen über meinen Vater. Sie kam zu dem Schluss, dass die Leute ihr Unglück selbst verschuldet hatten. Sie gab auch eine kurze Beschreibung des Manor und seiner Geschichte, aber die hatte sie wohl aus einem Architekturführer abgeschrieben, denn unseres Wissens ist sie persönlich nie hier gewesen. Ein paar Freunde meines Vaters waren der Meinung, dass dieser Artikel ihn umgebracht hat, aber diese Meinung habe ich nie geteilt, und sie war wohl auch nicht ganz ernst gemeint. Es war eine überzogene Reaktion auf einen Kommentar, der unfreundlich, aber im Grunde nicht verleumderisch war. Mein Vater litt seit langem unter Herzproblemen, und ich wusste, dass sein Leben an einem seidenen Faden hing. Vielleicht war der Verkauf des Manor der entscheidende Schlag, doch ich glaube kaum, dass irgendwelche schriftlichen oder mündlichen Äußerungen einer Rhoda Gradwyn ihn sonderlich berührt hätten. Wer war die Frau schon? Eine ehrgeizige Journalistin, die ihr Geld mit dem Unglück anderer Menschen verdiente. Jemand muss sie so gehasst haben, dass er sie erwürgt hat, aber das war keiner von denen, die letzte Nacht hier geschlafen haben. Und wenn Sie mich jetzt bitte entschuldigen wollen, ich möchte gerne allein sein. Morgen dürfen Sie wieder über meine Zeit verfügen, aber für heute reicht mir die Aufregung.«

Sie durften sich dieser Bitte nicht verschließen. Die Vernehmung hatte weniger als eine halbe Stunde gedauert. Als die Tür fest hinter ihnen ins Schloss fiel, dachte Benton nicht ohne ein leises Bedauern, dass die Vorliebe für Thomas Hardys Lyrik gegenüber seinen Romanen wahrscheinlich das Einzige war, was sie beide gemeinsam hatten und jemals haben würden.

13

Es mochte daran liegen, dass die Gruppenvernehmung in der Bibliothek noch so frisch und unangenehm in Erinnerung war, jedenfalls vermieden die Verdächtigen wie in unausgesprochener Übereinkunft jedes offene Gespräch über den Mord, auch wenn Lettie wusste, dass unter vier Augen gesprochen wurde – sie selbst und Helena, die Bostocks in der Küche, die für sie immer wie eine Heimat gewesen und jetzt, so vermutete Lettie, zu einer Art Zufluchtsort geworden war, die Westhalls im Stone Cottage. Nur Flavia und Sharon schienen auf Distanz zu den anderen gegangen zu sein und schwiegen, Flavia mit unbestimmten Arbeiten im OP beschäftigt, Sharon anscheinend zu einem schmollenden, einsilbigen Teenager regrediert. Mog bewegte sich zwischen ihnen, ließ kleine Brocken Klatsch und Mutmaßungen wie Almosen in ausgestreckte Hände fallen. Ganz ohne förmliche Zusammenkunft oder abgesprochene Strategie hatte sich, so schien es Lettie, eine Theorie herausgebildet, die nur die Skeptischeren unter ihnen nicht überzeugte, und die hielten sich zurück.

Allem Anschein nach kam der Mörder von draußen. Rhoda Gradwyn hatte ihn selber ins Manor gelassen, Datum und Tageszeit waren offenbar schon vor ihrer Abreise aus London vereinbart worden. Deshalb hatte sie so eisern darauf bestanden, dass keine Besucher zu ihr gelassen wurden. Immerhin war sie eine berüchtigte Enthüllungsjournalistin gewesen. Sie musste Feinde gehabt haben. Das Auto, das Mog gesehen hatte, war wahrscheinlich das Auto des Mörders gewesen, und Mrs. Skeffington hatte ihn von ihrem Fenster aus die Taschenlampe schwenken sehen. Rätselhaft war die Tatsache, dass die Tür am nächsten Morgen wieder verriegelt war, aber der Mörder könnte den Riegel nach der Tat selber wieder vorgeschoben und sich so lange im Manor versteckt gehalten haben, bis die Tür am nächsten Morgen von Mr. Chandler-Powell wieder entriegelt worden war. Immerhin war vor dem Eintreffen der Polizei nur eine sehr oberflächliche Durchsuchung des Hauses vorgenommen worden. Hatte überhaupt jemand daran gedacht, in den vier leeren Suiten im Westflügel nachzusehen? Außerdem gab es genügend Wandschränke im Manor, die groß genug für einen ausgewachsenen Mann waren. Jeder Eindringling von draußen hätte unentdeckt bleiben können. Er hätte unbemerkt durch die Westtür das Haus verlassen und über die Lindenallee auf die Felder gelangen können, während alle Hausbewohner in der Bibliothek versammelt waren und von Commander Dalgliesh verhört wurden. Wäre die Polizei nicht so eifrig auf die Hausbewohner konzentriert gewesen, könnte der Mörder längst gefasst sein.

Lettie konnte sich nicht entsinnen, wer als Erster Robin Boyton als Hauptverdächtigen ins Spiel brachte, aber der Gedanke, einmal in die Welt gesetzt, verbreitete sich in einer Art Osmose. Immerhin war der Mann nach Stoke Cheverell gekommen, um Rhoda Gradwyn zu besuchen, hatte offenbar verzweifelt verlangt, zu ihr gelassen zu werden, und war abgewiesen worden. Wahrscheinlich war es kein kaltblütig geplanter Mord gewesen. Miss Gradwyn war nach der Operation durchaus in der Lage gewesen zu gehen. Sie hatte ihn ins Haus gelassen, es war zum Streit gekommen, und er war in Wut geraten. Der Besitzer des Autos, das bei den Steinen geparkt hatte, war er allerdings nicht, aber das hatte womöglich gar nichts mit dem Mord zu tun. Die Polizei würde versuchen, den Fahrzeughalter ausfindig zu machen. Niemand sprach aus, was alle dachten: Es wäre besser, wenn sie ihn nicht finden würden. Und selbst wenn es sich herausstellen sollte, dass der Fahrer übermüdet gewesen war und vernünftigerweise für ein kurzes Nickerchen angehalten hatte, konnte das der Theorie eines externen Täters nicht viel anhaben.

Gegen Mittag spürte Lettie, dass die Spekulationen weniger wurden. Es war ein langer traumatischer Tag gewesen. Jetzt sehnte sich jeder nur noch nach etwas Frieden und wollte mit sich allein sein. Chandler-Powell und Flavia teilten Dean mit, dass sie das Essen auf ihren Zimmern serviert haben wollten. Die Westhalls gingen hinüber ins Stone Cottage, und Helena lud Lettie auf ein Kräuteromelett mit Salat zu sich ein, das sie in ihrer kleinen Privatküche zubereiten wollte. Nach dem Essen machten sie zusammen den Abwasch, später saßen sie vor dem Kaminfeuer und lauschten beim gedämpften Licht einer einzigen Lampe einem Konzert auf Radio Three. Keine von beiden erwähnte Rhoda Gradwyns Tod.

Gegen elf war das Feuer erloschen. Ein schwaches blaues Flämmchen leckte am letzten Scheit, der langsam zu Asche zerfiel. Helena stellte das Radio ab, und sie saßen schweigend da. Dann sagte Helena: »Warum hast du das Manor verlassen, als ich dreizehn war? Wegen Vater? Ich war immer der Meinung, du wärst seine Geliebte gewesen.«

Lettie antwortete ruhig. »Du warst immer viel zu gescheit für dein Alter. Wir fingen an, uns zu gern zu haben, abhängig voneinander zu werden. Es war richtig, dass ich gegangen bin. Und du musstest mit anderen Mädchen zusammenkommen, eine richtige Erziehung erhalten.«

»Vermutlich. Die schreckliche Schule. Warst du seine Geliebte? Hattet ihr Sex? Ein schrecklicher Ausdruck, aber alle Alternativen klingen noch geschmackloser.«

»Ein einziges Mal. Und da wusste ich, dass es aufhören musste.«

»Wegen Mama?«

»Wegen uns allen.«

»So etwas wie in *Begegnung* also, nur ohne Bahnhof.«

»So ungefähr.«

»Arme Mama. Jahrelang nur Ärzte und Krankenschwestern. Irgendwann ist einem die Unterfunktion ihrer Lungen gar nicht mehr wie eine Krankheit vorgekommen, sondern wie ein Teil ihrer Persönlichkeit. Und als sie gestorben war, habe ich sie kaum vermisst. Sie war so lange nicht mehr richtig da gewesen. Ich weiß noch, dass sie mich von der Schule nach Hause geschickt haben. Es war zu spät. Ich glaube, ich war froh, nicht rechtzeitig gekommen zu sein. Aber das leere Schlafzimmer, das war schrecklich. Ich hasse das Zimmer noch heute.«

»Eine Gegenfrage: Warum hast du Guy Haverland geheiratet?«

»Weil er ein lustiger, kluger, charmanter und sehr wohlhabender Mann war. Ich war erst achtzehn, aber ich wusste vom ersten Tag an, dass es nicht von Dauer sein würde. Deshalb haben wir auf einem Londoner Standesamt geheiratet, wo das Jawort nicht so nachhallte wie in einer Kirche. Guy konnte keiner schönen Frau widerstehen, und er hätte sich nie geändert. Aber wir hatten drei wunderbare Jahre, und ich habe viel von ihm gelernt. Ich werde die Zeit nie bereuen.«

Lettie stand auf. »Höchste Zeit zum Schlafengehen«, sagte sie. »Vielen Dank für das Essen. Und dir eine gute Nacht, meine Liebe.« Und fort war sie.

260

Helena ging hinüber zum Westfenster und zog den Vorhang
zurück. Der Westflügel lag im Dunkeln, nicht mehr als ein
vom Mond beschienener Umriss. War der gewaltsame Tod
Anlass für diese späten Geständnisse gewesen, fragte sie
sich, für diese Fragen, die viele Jahre nicht gestellt worden
waren? Sie dachte über Lettie und ihre Ehe nach. Sie war
kinderlos geblieben, und ein Grund dafür könnte Trauer gewesen sein. War der Pastor, den sie geheiratet hatte, ein
Mann, für den Sexualität irgendwie etwas Anstößiges war,
hatte er seine Frau und alle Frauen als tugendhafte Madon-
nen gesehen? Und waren die Offenbarungen dieser Nacht
nur ein Ersatz für die eine Frage, die sie beide umtrieb und
die keine von ihnen zu stellen wagte?

14

Bis halb acht hatte Dalgliesh wenig Gelegenheit gehabt, sein provisorisches Heim in Augenschein und Besitz zu nehmen. Die örtliche Polizei war hilfreich und fleißig gewesen, Telefonleitungen waren überprüft, ein Computer installiert und für den Fall, dass Dalgliesh Anschauungsmaterial zeigen wollte, eine große Pinnwand aus Kork aufgehängt worden. An seine Bequemlichkeit hatte man ebenfalls gedacht, und auch wenn das steinerne Cottage den leicht abgestandenen Geruch eines seit Monaten leerstehenden Hauses hatte, loderte auf dem Kamingrill ein Holzfeuer. Oben war das Bett gemacht und ein elektrisches Heizgerät bereitgestellt. Die Dusche, die nicht modern war, lieferte sehr heißes Wasser, als er sie aufdrehte, und mit den Vorräten im Kühlschrank, einschließlich eines Topfes mit offensichtlich hausgemachtem Lammeintopf, war er für die nächsten drei Tage versorgt. Außerdem fand er ein paar Dosen Bier und je zwei Flaschen durchaus trinkbaren Rot- und Weißweins.

Gegen neun war er geduscht, umgezogen, aufgewärmt und hatte den Lammeintopf verzehrt. Eine Nachricht unter dem Topf hatte ihn darüber aufgeklärt, dass er von Mrs. Warren gekocht worden war, eine Entdeckung, die Dalgliesh in seiner Vermutung bestärkte, dass die zeitweise Versetzung ihres Mannes in sein Team ein Glücksfall war. Er öffnete eine Flasche Rotwein und stellte sie mit drei Gläsern auf den niedrigen Tisch vor dem Kamin. Nachdem er die fröhlich gemusterten Vorhänge vor die Nacht gezogen hatte, fühlte er sich, wie manchmal bei einem Fall, behaglich eingerichtet für die einsamen Phasen. Zumindest einen Teil des Tages ganz mit sich allein zu sein, war ihm schon im Kindesalter so lebenswichtig wie Nahrung und Licht gewesen. Die kurze Pause war vorbei, er nahm sein persönliches Notizbuch heraus und begann mit der Durchsicht der Vernehmungen des Tages. Seit er Sergeant bei der Kriminalpolizei war, führte er ein informelles Notizbuch, in dem er markante Worte und Sätze festhielt, die ihm eine Person, eine unkluge Bemerkung, einen Dialogfetzen, einen Blickwechsel schnell wieder ins Bewusstsein brachten. Mit diesem Hilfsmittel verfügte er über ein beinahe vollständiges Gedächtnis. Sobald er seine private Durchsicht beendet hatte, würde er Kate anrufen und sie und Benton zu sich bitten, um mit ihnen die Fortschritte des Tages zu diskutieren und das Programm für morgen festzulegen.

Die Vernehmungen hatten die Faktenlage nicht wesentlich verändert. Obwohl Mr. Chandler-Powell ihre Handlungsweise ausdrücklich gutgeheißen hatte, war Kimberley offensichtlich unglücklich und versuchte sich einzureden, dass sie sich am Ende doch getäuscht haben könnte. In der Bibliothek, allein mit ihm und Kate, hatte sie ständig verstohlene Blicke Richtung Tür geworfen, als hoffte sie, ihr Mann könnte sich dort materialisieren, oder weil sie fürchtete, Mr. Chandler-Powell könnte hereinkommen. Dalgliesh und Kate hatten Geduld mit ihr. Auf die Frage, ob sie in dem Augenblick sicher gewesen sei, die Stimmen von Mr. Chandler-Powell und Schwester Holland gehört zu haben, hatte sie das Gesicht zu einer Pantomime angestrengten Nachdenkens verzerrt.

»Ich war ganz sicher, dass es Mr. Chandler-Powell und die Oberschwester waren, aber das ist doch eigentlich klar, oder? Ich meine, wen sonst hätte ich dort erwarten sollen? Jedenfalls haben sie genauso geklungen, sonst hätte ich ja nicht gedacht, dass sie es waren, oder? Was sie genau gesagt haben, weiß ich nicht mehr, aber es hat sich wie ein Streit angehört. Ich habe die Wohnzimmertür einen Spalt weit aufgemacht, aber ich habe sie nicht gesehen, da hab ich gedacht, dass sie wohl im Schlafzimmer sind. Es kann natürlich auch sein, dass sie im Wohnzimmer waren und ich sie nur nicht gesehen hab. Und die Stimmen waren ganz bestimmt sehr laut, aber vielleicht haben sie sich nur unterhalten. Es war sehr spät ...«

Dann war sie verstummt. Von der Anklage in den Zeugenstand gerufen, wäre Kimberley – wie auch Mrs. Skeffington – ein Festschmaus für jeden Strafverteidiger. Auf die Frage, was als Nächstes passiert sei, gab sie an, zu Dean zurückgegangen zu sein, der vor Mrs. Skeffingtons Wohnzimmertür wartete, und es ihm erzählt zu haben.

»Was haben Sie ihm erzählt?«

»Dass ich meinte, einen Streit zwischen der Oberschwester und Mr. Chandler-Powell gehört zu haben.«

»Und dass Sie deshalb nicht nach der Oberschwester gerufen haben, um ihr zu sagen, dass Sie Mrs. Skeffington Tee gebracht haben.«

»Ich hab es ja schon in der Bibliothek gesagt, Sir. Wir haben beide gedacht, dass die Oberschwester nicht gestört werden wollte und dass es auch nicht so dringend war, weil Mrs. Skeffington ja erst am nächsten Tag operiert werden sollte. Mrs. Skeffington fehlte ja nichts. Sie hatte nicht nach der Oberschwester gefragt, sonst hätte sie ja auch nach ihr klingeln können.«

Kimberleys Aussagen waren später von Dean bestätigt worden. Falls das überhaupt möglich war, sah er noch bekümmerter aus als Kimberley. Er hatte nicht darauf geachtet, ob die Tür zur Lindenallee verriegelt gewesen war, als er mit

Kimberley das Tablett mit dem Tee hinaufgebracht hatte, aber er beteuerte, dass sie nicht verriegelt war, als sie wieder herunterkamen. Es war ihm aufgefallen, als sie an der Tür vorbeigingen. Er wiederholte, dass er die Tür nicht verriegelt hatte, weil möglicherweise Mr. Chandler-Powell einen Nachtspaziergang machte, und außerdem war es nicht seine Aufgabe. Er und Kimberley waren als Erste aufgestanden und hatten um sechs Uhr zusammen in der Küche Tee getrunken. Dann war er nach der Tür schauen gegangen und hatte gesehen, dass sie verriegelt war. Er war nicht überrascht darüber; Mr. Chandler-Powell öffnete den Riegel in den Wintermonaten selten vor neun Uhr. Er hatte Kimberley nicht von der Tür erzählt, um sie nicht nervös zu machen. Aber große Sorgen hatte er sich nicht gemacht, weil es ja noch die beiden Sicherheitsschlösser gab. Dass er nicht später noch einmal hingegangen war, um den Riegel und die beiden Schlösser zu überprüfen, erklärte er damit, dass er nicht für die Sicherheit verantwortlich sei.

Chandler-Powell war noch genauso ruhig wie bei ihrer Ankunft am Mittag. Dalgliesh bewunderte die Gefasstheit, mit der er die Vernichtung der Klinik, wahrscheinlich des größeren Teils seiner privaten Praxis ertrug. Am Ende seiner Vernehmung in seinem Arbeitszimmer, die nichts Neues ergeben hatte, sagte Kate: »Außer Mr. Boyton scheint niemand hier Miss Gradwyn gekannt zu haben, bevor sie ins Manor kam. Aber in mancher Hinsicht ist sie nicht das einzige Opfer. Ihr Tod wird zweifellos Auswirkungen auf die Entwicklung Ihrer Arbeit hier haben. Gibt es irgendjemanden, der ein Interesse daran haben könnte, Ihnen zu schaden?«

»Ich kann nur sagen, dass ich jedem vertraue, der hier arbeitet«, antwortete Chandler-Powell. »Und der Gedanke,

Rhoda Gradwyn könnte ermordet worden sein, um mir zu schaden, scheint mir sehr weit hergeholt zu sein. Das wäre doch grotesk.«

Dalgliesh verkniff sich die Antwort, die ihm auf der Zunge lag: Miss Gradwyns Tod ist grotesk. Chandler-Powell bestätigte, von kurz nach elf bis gegen eins bei Schwester Holland in ihrer Wohnung gewesen zu sein. Keiner von beiden hatte etwas Ungewöhnliches gehört oder gesehen. Er musste medizinische Angelegenheiten mit Schwester Holland besprechen, aber die seien vertraulich und hätten mit Miss Gradwyn nichts zu tun. Schwester Holland bestätigte seine Aussagen, und beide ließen sie keinen Zweifel daran, dass sie im Moment nicht mehr dazu sagen wollten. Das Arztgeheimnis war als Vorwand für sein Schweigen so wohlfeil wie stichhaltig.

Er hatte zusammen mit Kate die Geschwister Westhall im Stone Cottage verhört. Dalgliesh konnte keinerlei Familienähnlichkeit zwischen ihnen entdecken, und die Verschiedenheit der beiden wurde betont durch Marcus Westhalls jugendliche, wenn auch konventionell attraktive Erscheinung, seine Aura der Verletzlichkeit im Gegensatz zu dem kräftigen, stämmigen Körperbau und dem dominanten, von Sorgenfalten durchzogenen Gesicht seiner Schwester. Er hatte wenig gesagt, nur dass er bei einem Abendessen in Chelsea gewesen war, im Hause eines befreundeten Chirurgen, Matthew Greenfield, der ihn für ein Jahr als Mitglied seines Teams mit nach Afrika nehmen wollte. Man hatte ihn eingeladen, die Nacht über dortzubleiben und den nächsten Tag für Weihnachtseinkäufe in London zu nutzen, aber sein Auto hatte Probleme gemacht, und es war ihm klüger erschienen, gleich nach dem frühen Abendessen zurückzufahren, um den Wagen am nächsten Tag in eine Werkstatt bringen zu können. Er sei nur noch nicht dazu gekommen, weil der Mord alle anderen Gedanken aus seinem Kopf verdrängt habe. Es war kaum Verkehr gewesen, aber er hatte sich Zeit gelassen und war erst gegen halb eins wieder zu Hause gewesen. Auf der Straße hatte er niemanden gesehen, und im Manor hatten keine Lichter mehr gebrannt. Auch im Stone Cottage war alles dunkel gewesen, und er vermutete, dass seine Schwester schon schlief, aber als er den Wagen abstellte, ging in ihrem Zimmer das Licht an, und er klopfte an die Tür und wünschte ihr eine gute Nacht, bevor er in sein eigenes Zimmer ging. Seine Schwester war ihm verschlafen, aber sonst völlig normal vorgekommen, und er hatte ihr versprochen, am Morgen beim Frühstück von seinem Londoner Abendessen und den Afrikaplänen zu berichten. Das Alibi war schwer zu erschüttern, solange Robin Boyton bei seiner noch ausstehenden Vernehmung nicht aussagte, das Auto zu einer anderen Zeit ankommen gehört zu haben. Und selbst wenn das Auto inzwischen wieder fehlerlos lief, konnte Westhall immer noch behaupten, beunruhigende Geräusche wahrgenommen und es sicherer gefunden zu haben, nicht in London festzusitzen.

Candace Westhall bestätigte, von Marcus' Auto geweckt worden zu sein und ein paar Worte mit ihrem Bruder gewechselt zu haben, doch zu seiner Ankunftszeit konnte sie keine präzisen Angaben machen, weil sie nicht auf den Wecker geschaut hatte. Danach sei sie sofort wieder eingeschlafen. Auch was sie am Schluss ihrer Vernehmung gesagt hatte, vermochte Dalgliesh problemlos zu rekapitulieren. Er erinnerte sich fast lückenlos an jedes seiner Verhöre, und ein Blick in seine Notizen brachte ihm den Wortlaut ihrer Aussage klar ins Gedächtnis.

»Wahrscheinlich war ich die Einzige im Haus, die ihren

Widerwillen gegen Miss Gradwyn klar zum Ausdruck gebracht hat. Ich habe Mr. Chandler-Powell gegenüber keinen Zweifel daran gelassen, wie wenig erfreut ich darüber war, eine Journalistin ihres Rufs als Patientin im Manor zu sehen. Die Menschen, die hierherkommen, legen nicht nur Wert auf Ruhe, sondern vor allem auf absolute Diskretion. Frauen wie die Gradwyn sind ständig auf der Suche nach Geschichten, vorzugsweise Skandalgeschichten, und ich habe keine Zweifel, dass sie ihr Wissen auf irgendeine Weise genutzt hätte, vielleicht für einen Schmähartikel gegen die Privatmedizin oder die Verschwendung exzellenter chirurgischer Kapazitäten auf rein kosmetische Prozeduren. Bei so einer bleibt kein Wissen ungenutzt. Vielleicht wollte sie sich auch für die Kosten ihrer Behandlung schadlos halten. Und an dem Widerspruch, dass sie selber als Privatpatientin hier war, dürfte die sich kaum gestört haben. Wahrscheinlich bin ich durch meinen Abscheu über so vieles, was in unseren modernen Medien erscheint, beeinflusst und richte ihn jetzt gegen Rhoda Gradwyn. Aber getötet habe ich sie nicht, und ich weiß auch nicht, wer es getan hat. Seien Sie versichert, dass ich mit meiner Abneigung hinterm Berg gehalten hätte, wenn ich vorgehabt hätte, sie zu ermorden. Aber niemand kann verlangen, dass ich um sie traure; das wäre lächerlich. Im Grunde war sie eine Fremde für mich. Und ich nehme es dem Mörder sehr übel, dass er unserer Arbeit diesen großen Schaden zugefügt hat. Durch ihren Tod hat die Gradwyn meine Warnungen nachträglich gerechtfertigt. Der Tag, an dem sie ins Manor kam, war ein schlechter Tag für uns alle.«

Mogworthy, dessen Tonfall und Benehmen sich hart an der Grenze zu dümmlicher Unverschämtheit bewegte, bestätigte, das Auto gesehen zu haben, ohne nähere Angaben zu seinem Aussehen oder eventuellen Insassen machen zu können, doch Mrs. Ada Denton, eine adrette, etwas pummelige und erstaunlich junge Frau bestätigte – von Benton und DC Warren befragt –, dass Mogworthy tatsächlich wie beinahe jeden Freitag mit ihr Schellfisch und Pommes frites gegessen hatte, aber um kurz nach halb elf schon wieder nach Hause zurückgeradelt war. Sie bezeichnete es als eine betrübliche Tatsache, dass eine ehrenwerte Frau nicht mit einem Gentleman ihre abendliche Fisch-und-Chips-Mahlzeit teilen durfte, ohne hinterher von der Polizei belästigt zu werden, aber diese Bemerkung war wohl eher Schützenhilfe für Mogworthy als Ausdruck ehrlicher Entrüstung. Und das Lächeln, das sie Benton beim Abschied schenkte, schloss ihn ohnehin von jeglicher Kritik aus.

Es wurde Zeit, Kate und Benton zu rufen. Er legte noch ein paar Scheite auf das Feuer und nahm das Telefon zur Hand.

15

Gegen halb zehn hatten Kate und Benton im Wisteria House geduscht, sich umgezogen und von Mrs. Shepherd im Esszimmer ein Abendessen serviert bekommen. Beide hatten sich nur zu gerne ihrer Arbeitskleidung entledigt, bevor sie zum Ausklang des Tages mit Dalgliesh zusammentrafen, um mit ihm den Stand der Ermittlungen zu erörtern und das Programm für die nächsten vierundzwanzig Stunden festzulegen. Es war ein vertrautes Ritual, auf das beide sich freuten, auch wenn Kate ihm mit größerer Gelassenheit entgegensah als Benton. Er wusste, dass AD mit seiner Arbeit zufrieden war – sonst wäre er längst nicht mehr Teil des Teams –, aber er wusste auch, dass er seine Meinungen zuweilen mit einem Übermaß an Enthusiasmus statt relativiert nach etwas Überlegung vorbrachte. Andererseits würde das Bemühen, diese Tendenz zur Überreaktion zu kontrollieren, seine Fantasie hemmen, und so sah er der abendlichen Bestandsaufnahme, so aufregend und wichtig sie war, nie ohne eine leise Beklommenheit entgegen.

Seit ihrer Ankunft im Wisteria House hatten Kate und er nur wenig von ihren Gastgebern zu sehen bekommen. Für eine Vorstellung war kaum Zeit gewesen, sie hatten ihre Taschen auf dem Flur stehen lassen und waren zurück ins Manor geeilt. Eine weiße Visitenkarte mit Namen und Adresse von Claude und Caroline Shepherd informierte sie in Form des nachgestellten Kürzels A. a. W. darüber, dass es ein Abendessen auf Wunsch, in jedem Fall aber ein Mittagessen gab. Bentons Fantasie produzierte daraufhin eine faszinierende Folge ähnlich kryptischer Abkürzungen: h. B. a. W. – heiße

Bäder oder harte Betten auf Wunsch, W. a. W. – Wärmflaschen auf Wunsch. Kate brauchte nicht einmal eine Minute, um die bereits von Chief Inspector Whetstone ausgesprochene Warnung taktvoll zu wiederholen, dass über ihre Ankunft absolutes Stillschweigen bewahrt werden sollte. Doch sowohl ihr als auch Benton reichte ein Blick in die intelligenten und geduldigen Gesichter der Shepherds, um zu wissen, dass sie die Erinnerung an ein bereits geleistetes Versprechen weder benötigten noch begrüßen würden. Mr. Shepherd hatte gesagt:»Wir haben nicht das Bedürfnis, indiskret zu sein, Inspector. Die Dorfbewohner sind höflich und nicht unfreundlich, aber auch nicht ohne Misstrauen gegenüber Neuankömmlingen. Da wir erst seit neun Jahren hier leben, sind wir in ihren Augen so gut wie neu in dieser Gegend und bekommen nicht viel von ihnen zu sehen. Wir trinken unser Bier nicht im Cressett Arms und gehen nicht in die Kirche.« Diese letzte Bemerkung machte er im selbstgefälligen Tonfall eines Mannes, der erfolgreich einer gefährlichen Versuchung widerstanden hatte.

Kate fand, dass die Shepherds untypische Bed-and-Breakfast-Wirte waren. Bei ihren sporadischen Erfahrungen mit dieser praktischen Form der Unterkunft hatte sie eine Reihe von Eigenschaften kennengelernt, die vielen Inhabern solcher Etablissements gemeinsam waren. Sie waren in der Regel freundlich, manchmal gesellig, machten gern die Bekanntschaft neuer Menschen, waren stolz auf ihr Haus, stets zur Hand mit nützlichen Informationen über die Gegend und ihre Attraktionen, und – zeitgemäßen Warnungen vor zu viel Cholesterin zum Trotz – zuverlässige Lieferanten eines reichhaltigen Frühstücks nach alter englischer Art. Und ganz sicher waren ihre Gastgeber älter als die große Mehrzahl der Unerschrockenen, die sich die harte Arbeit der Bewirtung einer endlosen Folge von Gästen zumuteten. Sie waren beide hochgewachsen, Mrs. Shepherd etwas größer als ihr Mann, und mochten älter aussehen, als sie waren. Ihre warmen, aber wachen Augen blickten klar, ihr Handschlag war fest, ihren Bewegungen war die Steifheit des Alters nicht anzusehen. Mr. Shepherd, der das dichte weiße Haar über der Nickelbrille zu einem Pony geschnitten hatte, sah aus wie eine freundliche Version von Stanley Spencers Selbstporträt. Seine Frau hatte ihre Haare, die nicht so dicht und inzwischen stahlgrau waren, zu einem langen, schlanken Zopf geflochten, den sie mit zwei Kämmen auf dem Kopf festgesteckt hatte. In ihrem Tonfall ähnelten sie einander auf erstaunliche Weise – ein unbefangener, unverwechselbarer Oberschichtakzent, über den sich diejenigen ärgern, die nicht über ihn verfügen, und der sie, dachte Kate, nachhaltig von jeglicher Aussicht auf einen Job bei der BBC oder auch nur eine Karriere als Politiker ausschloss, wenn ihnen entgegen aller Vernunft der Sinn danach gestanden hätte.

In ihrem Schlafzimmer fand Kate alles, was man für eine behagliche Nachtruhe benötigte, und nichts Überflüssiges. Sie vermutete, dass Bentons Zimmer nebenan genauso aussah. Zwei Einzelbetten nebeneinander, auf denen makellos weiße Tagesdecken lagen, moderne Nachttischlampen, die das Lesen vor dem Einschlafen erleichterten, eine Kommode mit zwei Schubladen und eine Garderobe mit hölzernen Kleiderbügeln. Das Badezimmer hatte keine Badewanne, aber ein erster Versuch an der Armatur zeigte, dass die Dusche funktionierte. Die Seife war nicht parfümiert, aber teuer, und als sie den Hängeschrank öffnete, entdeckte sie dort notwendige Dinge, die ein Gast vielleicht zu Hause vergessen haben könnte: eine Zahnbürste in Zellophan, Zahncreme, Shampoo und Duschgel. Als Frühaufsteherin bedauerte Kate das Fehlen eines Wasserkessels und anderer für die Zubereitung des Morgentees benötigter Utensilien, aber ein knapper Hinweis auf der Kommode klärte sie darüber auf, dass man sich zwischen sechs und neun jederzeit einen Tee auf das Zimmer bringen lassen konnte, auch wenn die Morgenzeitung leider erst gegen halb neun geliefert wurde.

Sie tauschte die Bluse gegen eine frische, zog einen Kaschmirpullover über, nahm ihr Jackett zur Hand und traf Benton im Foyer. Die Dunkelheit draußen war im ersten Moment undurchdringlich und verwirrend. Bentons Taschenlampe, stark wie ein kleiner Suchscheinwerfer, verwandelte die Gehplatten und den Weg in unberechenbare Hindernisse und verzerrte die Konturen von Sträuchern und Bäumen. Als Kates Augen sich an die Nacht gewöhnt hatten, erkannte sie immer mehr Sterne hinter der Melange aus Schwarz und Wolkengrau, in der ein graziöser Halbmond sich mal versteckte und wieder erschien, um die schmale Straße weiß erscheinen und die Dunkelheit geheimnisvoll schillern zu lassen. Sie gingen wortlos, ihre Schuhe klangen wie genagelt auf dem Asphalt, bedrohlich entschlossene Invasoren aus einer fremden Welt, die den Frieden der Nacht störten. Aber die Nacht ist nicht friedlich, dachte Kate. Auch in der Dunkelheit hörte sie das leise Rascheln im Gras, und hin und wieder einen fernen, beinahe menschlichen Schrei. Die unerbittliche Folge des Tötens und Getötetwerdens nahm im Schutz der Dunkelheit ihren Fortlauf. Rhoda Gradwyn war nicht das einzige Lebewesen, das in dieser Freitagnacht gestorben war.

Nach etwa fünfzig Metern kamen sie am Cottage der Westhalls vorbei. In einem Fenster des ersten Stocks und zwei Fenstern des Erdgeschosses brannte Licht. Ein paar Meter weiter links lagen der Parkplatz und der schwarze Schuppen, dahinter bot sich der Blick auf den Cheverell-Steinkreis, die Steine kaum mehr als erahnte Umrisse, bis sich die Wolken vor dem Mond teilten, und man sie stehen sah, körperlos, mondgebleicht, scheinbar schwebend über dem schwarzen, ungastlichen Feld.

Sie waren auf Höhe der Alten Wache angekommen, aus zwei Fenstern im Erdgeschoss fiel Licht. Als sie darauf zugingen, öffnete Dalgliesh die Tür; auf den ersten Blick war er ihnen fremd in weiten Hosen, kariertem Hemd mit offenem Kragen und Pullover. Es duftete nach Kaminfeuer und einem würzigen Aroma.

Dalgliesh hatte drei bequeme Sessel an einen niedrigen Eichentisch vor dem Feuer gezogen, auf dem neben einem Plan des Manor eine geöffnete Flasche Rotwein und drei Gläser standen. Bei dem Anblick ging Kate das Herz auf. Diese Gewohnheit am Ende des Arbeitstages war eine Art Heimkehr. Wenn einmal ihre Beförderung anstand und damit der unvermeidliche Wechsel des Arbeitsplatzes, wären das die Augenblicke, die sie am stärksten vermissen würde. Man unterhielt sich über Mord und Totschlag, manchmal in ihren entsetzlichsten Erscheinungsformen, aber in der Erinnerung blieben diese Sitzungen am Ende eines Arbeitstages als Zusammenkünfte voller Wärme und Geborgenheit zurück, des Gefühls, gebraucht zu werden, das sie aus der Kindheit nicht kannte. Auf einem Schreibtisch vor dem Fenster standen ein Telefon und Dalglieshs Laptop, daneben lag ein dicker Ordner mit Papieren, am Tischbein lehnte eine prall gefüllte Aktentasche. Er hatte sich also noch andere Arbeit mitgebracht.

Er sieht erschöpft aus, als ob es nicht schon genug wäre, dass er seit Wochen zu viel arbeitet, dachte sie, und es kam ein

Gefühl über sie, von dem sie bereits wusste, dass sie ihm nie Ausdruck verleihen könnte.

Sie setzten sich um den Tisch herum. Dalgliesh sah Kate an und fragte: »Sorgen die im Bed & Breakfast auch gut für euch? Habt ihr etwas zu essen bekommen?«

»Sehr gut, danke, Sir. Mrs. Shepherd hat uns bekocht. Hausgemachte Suppe, Fischpastete und – Sergeant, was war das für eine Süßspeise? Sie kennen sich da besser aus.«

»Das nennt man Queen of Puddings, Ma'am.«

»Chief Inpector Whetstone hat mit den Shepherds vereinbart, dass keine anderen Gäste aufgenommen werden, solange wir hier sind. Man sollte sie für ihre Einbußen entschädigen, aber wahrscheinlich ist längst dafür gesorgt. Die örtliche Polizei ist sehr kooperativ. Auch wenn es ihnen sicher nicht leichtfällt«, merkte Dalgliesh an.

»Ich glaube nicht, dass die Shepherds sich wegen anderer Gäste Sorgen machen, Sir«, warf Benton ein. »Mrs. Shepherd sagt, sie haben keine Buchungen und rechnen auch nicht mit welchen. Außerdem gibt es nur diese beiden Gästezimmer. Im Frühling und im Sommer ist hier viel Betrieb, aber meistens mit Stammgästen. Und wählerisch sind sie auch. Wenn Leute kommen, deren Gesichter ihnen nicht gefallen, hängt ganz schnell das Belegt-Schild im Fenster.«

»Und was sind das für Gesichter, die ihnen nicht gefallen?«, fragte Kate.

»Die von den Besitzern dicker Autos oder von Leuten, die sich erst entscheiden wollen, nachdem sie das Zimmer in Augenschein genommen haben. Alleinstehenden Frauen dagegen, oder Leute ohne Auto, die am Ende des Tages nicht wissen wohin, steht die Tür immer offen. Am Wochenende haben sie manchmal ihren Enkel zu Besuch, aber den bringen sie im Gartenhaus unter. Chief Inspector Whetstone weiß Bescheid und hat nichts dagegen. Sie mögen ihren Enkel, nur sein Motorrad nicht.«

»Und woher wissen Sie das alles?«, fragte Kate.

»Mrs. Shepherd hat es mir erzählt, als sie mir das Zimmer gezeigt hat.«

Kate ging nicht weiter auf Bentons erstaunliches Talent ein, Informationen von Leuten zu bekommen, ohne sie danach zu fragen. Offensichtlich war Mrs. Shepherd ebenso empfänglich für die Reize gutaussehender und respektvoller junger Männer wie der überwiegende Teil ihrer Geschlechtsgenossinnen.

Dalgliesh schenkte Wein ein und breitete den Plan des Manor auf dem Tisch aus. »Wir sollten uns den Grundriss des Hauses mal genauer ansehen«, sagte er. »Wie ihr seht, ist er H-förmig, und das H verläuft in Nord-Süd-Richtung und besteht aus einem West- und einem Ostflügel. Eingangshalle, Großer Saal, Speisesaal und Bibliothek bilden den Hauptteil des Hauses, dazu noch die Küche. Die Bostocks bewohnen zwei Zimmer über der Küche, daneben hat Sharon Bateman ihr Zimmer. Der Westflügel nach hinten hinaus dient der Unterbringung der Patienten. Das Erdgeschoss umfasst die Behandlungssuite, zu der ein Operationssaal, der angrenzende Narkoseraum und die Aufwachräume gehören. Der Lift, groß genug für einen Rollstuhl und auch für eine Trage, führt bis in den zweiten Stock, wo sich Schwester Hollands Wohnzimmer, Schlafzimmer und Bad befinden, daneben die Patientensuiten, von denen die erste von Mrs. Skeffington und die nächste von Rhoda Gradwyn bewohnt wurden, außerdem die leerstehende Suite am Ende des Flurs, alle mit Wohnzimmern und Badezimmern. Die Schlafzimmerfenster blicken hinaus auf die Lindenallee und die Cheverell-Steine, die Westfenster auf den Boskettgarten.

Mr. Chandler-Powell wohnt im ersten Stock des Ostflügels, Miss Cressett und Mrs. Frensham sind im Erdgeschoss untergebracht. Die Zimmer unter dem Dach sind Ersatzschlafzimmer, in denen medizinische und pflegerische Hilfskräfte untergebracht werden, wenn sie über Nacht bleiben müssen.«

Nach einer Pause schaute er Kate an, und sie ergriff das Wort. »Wir stehen vor dem Problem, dass wir hier im Manor eine Gruppe von sieben Personen haben, von denen jeder Miss Gradwyn ermordet haben könnte. Jeder von ihnen hat gewusst, dass sie schlief, dass die Nachbarwohnungen unbewohnt waren und als Versteck zur Verfügung standen, wo die chirurgischen Handschuhe aufbewahrt wurden; außerdem hatte jeder einen Schlüssel für die Tür zum Westflügel oder hätte sich einen besorgen können. Auch wenn die Westhalls nicht im Haus wohnen, wussten sie, wo Miss Gradwyns Zimmer war, und sie haben Schlüssel zum Haupteingang und zu der Tür zur Lindenallee. Falls Marcus Westhall tatsächlich nicht vor halb eins ins Stone Cottage zurückgekehrt sein sollte, dürfte er aus dem Schneider sein, aber er hat dafür keinen zuverlässigen Zeugen. Außerdem ist seine Erklärung für die frühzeitige Rückkehr mehr als seltsam. Wenn man fürchtet, dass das Auto nicht zuverlässig funktioniert, lässt man es doch lieber in London durchsehen, statt zu riskieren, mitten in der Nacht auf der Autobahn liegenzubleiben. Und dann haben wir noch diesen Robin Boyton. Ich glaube nicht, dass er wusste, wo Miss Gradwyn untergebracht war, und einen Hausschlüssel haben sie ihm sicher nicht gegeben, aber er ist der einzige persönliche Bekannte der Ermordeten, und er hat ausgesagt, sich wegen ihr im Rose Cottage eingemietet zu haben. Mr. Chandler-Powell behauptet steif und fest, um Punkt elf den

Riegel vor die Tür zur Lindenallee geschoben zu haben. Wenn der Mörder von draußen kam und sich im Manor nicht auskannte, muss ihn jemand aus dem Haus hereingelassen, ihn mit Handschuhen versorgt und ihm mitgeteilt haben, wo er sein Opfer findet, und dieselbe Person könnte ihn auch wieder hinausgelassen und die Tür hinter ihm verriegelt haben. Die größere Wahrscheinlichkeit spricht für einen Mörder aus dem Haus, womit das Motiv in den Vordergrund rückt.«

»Normalerweise ist es nicht klug, sich zu früh zu stark auf das Motiv zu fokussieren«, sagte Dalgliesh. »Menschen töten aus den unterschiedlichsten Gründen, die mancher Mörder selber nicht kennt. Wir müssen auch die Tatsache in Betracht ziehen, dass Miss Gradwyn nicht das einzige Opfer seiner Tat ist. Vielleicht richtete sie sich auch gegen Chandler-Powell. Wollte der Mörder die Klinik zerstören, oder hatte er gar ein doppeltes Motiv – Rhoda Gradwyn loswerden und Chandler-Powell ruinieren? Es fällt schwer, sich eine wirksamere Abschreckung vorzustellen als die brutale und scheinbar sinnlose Ermordung eines Patienten. Chandler-Powell nennt das Motiv grotesk, aber wir müssen es im Hinterkopf behalten.«

»Mrs. Skeffington zum Beispiel wird nicht wiederkommen, Sir«, sagte Benton. »Es mag vielleicht unklug sein, sich zu früh zu stark auf das Motiv zu fokussieren, aber ich kann mir nicht vorstellen, dass Chandler-Powell oder Schwester Holland einen ihrer Patienten umbringen. Mr. Chandler-Powell hat offenbar erstklassige Arbeit bei der Beseitigung der Narbe geleistet. Das ist sein Beruf. Würde ein vernünftiger Mann das Werk seiner Hände zerstören? Genauso wenig kann ich mir die Bostocks als Mörder vorstellen. Er und seine Frau haben hier doch den bequemsten Posten der Welt.

Würde Dean Bostock so einen Job wegwerfen? Also blieben noch Candace Westhall, Mogworthy, Miss Cressett, Mrs. Frensham, Sharon Bateman und Robin Boyton. Und soweit wir das wissen, hat keiner von denen ein Motiv für den Mord an der Gradwyn.«

Benton verstummte und sah sich um, aus Verlegenheit, wie Kate vermutete, weil er einen Weg eingeschlagen hatte, auf dem ihm Dalgliesh womöglich noch nicht folgen wollte. Ohne Kommentar sagte Dalgliesh: »Also, fassen wir zusammen, was wir bis jetzt wissen. Die Motive lassen wir erst mal beiseite. Benton, fangen Sie an?«

Kate wusste, dass der Chef immer das jüngste Mitglied des Teams aufforderte, die Diskussion zu beginnen. Bentons Schweigsamkeit auf dem Weg hierher ließ vermuten, dass er schon eine Weile darüber nachgedacht hatte, wie er beginnen sollte. Dalgliesh hatte nicht anklingen lassen, ob er von Benton eine Rekapitulation der bekannten Fakten, einen Kommentar oder beides erwartete, aber das war auch egal, denn wenn er es nicht tat, würde sie es tun, und sie vermutete, dass es genau dieser, nicht selten quicklebendige Austausch war, den Dalgliesh wollte. Benton trank einen Schluck von seinem Wein. Auf dem Weg zur Alten Wache hatte er sich zurechtgelegt, was er sagen wollte. Jetzt versuchte er, sich kurzzufassen. Er gab einen Überblick über Rhoda Gradwyns Beziehung zu Chandler-Powell und seiner Klinik im Cheverell Manor, von der Verabredung in dessen Sprechzimmer in der Londoner Harley Street am 21. November bis zum Tag ihres Todes. Man hatte ihr die Wahl zwischen einem Privatbett im St. Angela's Hospital in London und dem Cheverell Manor gelassen. Sie hatte sich für das Manor entschieden, zumindest vorläufig, und war am 27. November zu einem vorbereitenden Besuch hier erschienen; vom Hauspersonal war Sharon am längsten mit ihr zusammen gewesen, als sie ihr den Garten zeigte. Das war überraschend, denn eigentlich waren für den Kontakt mit den Patienten die älteren Mitglieder des Personals oder die beiden Chirurgen und Schwester Holland zuständig.

»Am Donnerstag, dem 13. Dezember, ist sie direkt in ihre Suite hinaufgegangen, nachdem sie von Mr. Chandler-Powell, Schwester Holland und Mrs. Frensham in Empfang genommen worden war. Alle sagen, sie war absolut ruhig, offensichtlich völlig unbesorgt und nicht sehr kommunikativ. Eine externe Pflegerin, Schwester Frazer, brachte sie am nächsten Morgen in den OP hinunter, wo sie vom Anästhesisten untersucht wurde, und anschließend wurde sie operiert. Mr. Chandler-Powell sprach von einer komplizierten, aber erfolgreichen Operation. Bis halb fünf ließ man sie im Aufwachraum liegen, danach wurde sie zurück in ihre Suite im Patientenflügel gebracht. Sie nahm ein leichtes Abendessen zu sich, wurde mehrmals von Schwester Holland besucht, und als Mr. Chandler-Powell und Schwester Holland um zehn noch einmal bei ihr reinschauten, war Miss Gradwyn für die Nachtruhe bereit. Ein Schlafmittel lehnte sie ab. Schwester Holland gibt an, gegen elf ein letztes Mal bei Miss Gradwyn gewesen zu sein, und da habe sie geschlafen. Zwischen elf und halb eins ist sie nach Dr. Glenisters Einschätzung durch manuelles Abdrücken der Atemluft ermordet worden.«

Dalgliesh und Kate hörten schweigend zu. Benton befürchtete, dass er zu viel Zeit auf das Offensichtliche verwendete. Ein Blick auf Kate zeigte ihm keine Reaktion, und er fuhr fort: »Wir haben ein paar wichtige Einzelheiten dieser Nacht erfahren. Die einzige andere Patientin im Haus, Mrs. Skeffington, ist einmal aufgewacht und auf die Toilette gegangen. Möglicherweise wurde sie vom Lift geweckt, den sie nach ihren Angaben um zwanzig vor zwölf hörte. Und weiter gibt sie an, vom Schlafzimmerfenster aus ein Licht bei den Cheverell-Steinen gesehen zu haben. Das muss kurz vor Mitternacht gewesen sein. Weil sie sich fürchtete, rief sie die Hilfsköchin Kimberley Bostock an und bat um eine Kanne Tee. Sie brauchte wohl Gesellschaft, wie kurz auch immer, und wollte Schwester Holland nicht wecken, die nebenan schlief.«

»Hat sie das nicht auch gesagt, als Kimberley und Dean ihr den Tee brachten?«, fragte Kate.

»Jedenfalls war Mrs. Bostock ihr lieber als Schwester Holland«, fuhr Benton fort. »Das erscheint mir ganz plausibel, Sir. Mrs. Bostock war sich nicht sicher, ob Mrs. Skeffington Tee bekommen durfte, weil sie doch am nächsten Morgen operiert werden sollte. Ihr war klar, dass sie erst Schwester Hollands Zustimmung einholen musste. Also ließ sie Dean vor Mrs. Skeffingtons Suite stehen, klopfte bei der Oberschwester an die Tür und spähte hinein.«

Kate fuhr fort: »Sie sagt, sie hätte einen Streit gehört. Chandler-Powell nennt es ein Gespräch. Was immer es war, offensichtlich ist Chandler-Powell der Meinung, mit diesem Eingeständnis ein Alibi für sich selbst und Schwester Holland zu liefern. Natürlich hängt das vom tatsächlichen Todeszeitpunkt ab. Er behauptet, nicht auf die Minute genau zu wissen, wann er zu Schwester Holland in die Wohnung gegangen ist, und auch sie bleibt erstaunlich unpräzise. Indem sie die Zeit im Ungewissen lassen, vermeiden sie einerseits den Eindruck, ein Alibi für die exakte Tatzeit zu haben, was immer verdächtig ist, sie sind aber auch nicht ganz ohne Alibi. Theoretisch wäre es möglich, dass einer von beiden Rhoda Gradwyn bereits getötet hatte, als sie zusammen waren.«

»Vielleicht können wir den Tatzeitpunkt noch etwas präziser eingrenzen«, sagte Benton. »Mrs. Skeffington will gehört haben, wie der Lift nach unten fuhr, als sie aufwachte und bevor sie nach dem Tee klingelte. Angeblich war das um zwanzig vor zwölf. Der Lift befindet sich gegenüber von Schwester Hollands Wohnung am Ende des Flurs, ein moderner Lift, relativ leise. Wir haben das überprüft; man hört ihn sehr gut, wenn sonst alles still ist.«

»Aber das war es nicht«, sagte Kate. »Offenbar herrschte letzte Nacht starker Wind. Und wenn sie den Lift gehört hat, warum hat Schwester Holland ihn dann nicht gehört? Es sei denn, sie und Chandler-Powell waren im Schlafzimmer und zu beschäftigt mit Streiten, um ihn zu hören. Oder mit Sex, was einen Streit nicht unbedingt ausschließen würde. Auf jeden Fall dürfen wir nicht darauf hoffen, dass Kimberley Bostock fest zu ihrer Aussage steht.«

Benton fuhr ohne Kommentar fort. »Wenn sie im Wohnzimmer gewesen wären, hätte einer von beiden Mrs. Bostocks Klopfen hören oder zumindest sehen müssen, wie sich die Tür einen Spaltbreit öffnete. Außer den Bostocks, die den Tee heraufgebracht haben, will in dieser Nacht niemand mit dem Lift gefahren sein. Wenn Mrs. Skeffingtons Angaben richtig sind, erscheint es plausibel, die Todeszeit auf ungefähr halb zwölf festzulegen.«

Benton warf einen Seitenblick auf Dalgliesh, während Kate weitermachte. »Es ist schade, dass sie nicht präziser angeben kann, wann sie den Lift gehört und wann sie das Licht gesehen hat. Wenn zwischen beiden Ereignissen kein längerer Zeitraum lag – zum Beispiel länger als es dauert, vom Lift zu den Steinen zu gehen –, dann haben wir es mit zwei Personen zu tun. Der Mörder kann nicht gleichzeitig aus dem Lift kommen und bei dem Steinkreis eine Taschenlampe schwenken. Zwei Personen, vielleicht mit ganz verschiedenen Absichten. Wenn es eine gemeinsame Sache war, wären die Westhalls die naheliegenden Verdächtigen. Ein anderer wichtiger Anhaltspunkt ist Dean Bostocks Aussage, die Tür zur Lindenallee sei unverriegelt gewesen. Die Tür hat zwei Sicherheitsschlösser, aber Chandler-Powell behauptet steif und fest, dass er jeden Abend um elf Uhr den Riegel vorschiebt, es sei denn, es ist noch jemand draußen. Er ist sich ganz sicher, die Tür wie üblich verriegelt zu haben, und sie war auch am nächsten Morgen verriegelt. Nachdem er um halb sieben aufgestanden war, hat er als Erstes die Alarmanlage ausgeschaltet und die Tür zur Lindenallee überprüft.« Benton unterbrach sie: »Dean Bostock hat schon früh um sechs nach dem Riegel gesehen. Vielleicht finden wir Fingerabdrücke auf dem Riegel?«

»Das dürfte aussichtslos sein«, sagte Kate. »Chandler-Powell hat die Tür entriegelt, als er und Marcus Westhall hinausgegangen sind, um das Grundstück und den Steinkreis abzusuchen. Und vergesst nicht den Fetzen vom Handschuh. Unser Mörder hatte nicht die Absicht, Fingerabdrücke zu hinterlassen.«

Dalgliesh sagte: »Wenn wir annehmen, dass weder Chandler-Powell noch Bostock die Unwahrheit sagen – und dass Bostock lügt, glaube ich nicht –, dann hat jemand im Haus die Tür nach elf Uhr entriegelt, entweder um das Manor zu verlassen oder um jemanden hereinzulassen. Oder beides. Damit wären wir bei Mogworthys Behauptung, kurz vor Mitternacht bei den Steinen ein geparktes Auto gesehen zu haben. Der Mörder von Miss Gradwyn war entweder schon im Haus – ein Mitglied des Personals oder jemand, der sich Zutritt verschafft hat –, oder er kam von draußen. Und selbst wenn diese Person zwei Sicherheitsschlüssel besaß, hätte er oder sie nicht ins Haus gekonnt, solange die Tür von innen verriegelt war. Aber wir können nicht länger er oder sie sagen. Unser Mörder braucht jetzt einen Namen.«

Jeder Mörder bekam vom Team einen Namen, weil Dalgliesh eine Abneigung gegen die üblichen Benennungen hatte, und meistens dachte sich Benton einen aus. Diesmal sagte er: »Wir machen ihn doch sonst fast immer männlich, Sir, warum nicht mal eine Frau zur Abwechslung? Oder einen androgynen Namen, der zu beiden Geschlechtern passt? Der Mörder kam nachts. Wie wär's mit Noctis – durch die oder aus der Nacht?«

»Warum nicht?«, sagte Dalgliesh. »Nennen wir ihn Noctis, aber zunächst sollte er ein Mann bleiben.«

»Was das Motiv angeht, sind wir noch keinen Schritt weiter«, sagte Kate. »Candace Westhall wollte Chandler-Powell davon überzeugen, Rhoda Gradwyn nicht im Manor zu behandeln, so viel wissen wir. Warum hätte sie das tun sollen, wenn sie einen Mord plante? Es sei denn, es war ein doppelter Bluff. Aber wir könnten es ja auch mit einer Tat im Affekt zu tun haben, und Noctis hegte noch keine Mordabsichten, als er das Zimmer betrat?«

Dalgliesh sagte: »Dagegen sprechen die Handschuhe und die Tatsache, dass sie anschließend vernichtet wurden.«

Benton sagte: »Aber wenn es eine geplante Tat war, warum zu einem Zeitpunkt, als nur eine andere Patientin im Haus war und die Abwesenheit des gesamten externen Personals den Kreis der Verdächtigen erheblich einschränkte?«

Kate war ungeduldig. »Weil es der einzig mögliche Zeitpunkt war. Sie hatte nicht vor, noch einmal wiederzukommen. Sie wurde getötet, weil sie hier im Manor und relativ hilflos war. Es ist nur die Frage, ob der Mörder sich das als glücklichen Umstand zunutze gemacht oder vorher aktiv dafür gesorgt hat, dass Rhoda Gradwyn nicht nur diesen Chirurgen, sondern auch das Manor statt eines Londoner Betts wählte, das doch auf den ersten Blick viel günstiger für sie gewesen wäre. London war ihre Stadt. Sie lebte in London. Warum hier? Und das führt uns zu der Frage, warum ihr sogenannter Freund Robin Boyton sich zur selben Zeit hier einquartiert hat. Wir haben ihn noch nicht vernommen, aber er wird uns schon ein paar Fragen beantworten müssen. Was war das eigentlich für eine Beziehung? Und dann seine dringliche SMS auf Gradwyns Handy. Offensichtlich war er ganz versessen auf diesen Besuch bei ihr. Er wirkte ehrlich bestürzt über ihren Tod, aber wie viel daran war Schauspielkunst? Er ist ein Cousin der Westhalls, und ganz offensichtlich steigt er häufig im Besucherhaus ab. Er könnte sich die Schlüssel bei einem früheren Besuch verschafft und kopiert haben. Oder er hat sie von Rhoda Gradwyn bekommen. Vielleicht hat sie die Schlüssel bei ihrem ersten Besuch absichtlich mitgenommen, um sich Kopien machen zu lassen. Und woher wollen wir wissen, dass er sich nicht schon früher Zugang zum Manor verschafft und sich in einer der unbewohnten Suiten am Ende des Patientenflurs versteckt gehalten hat? Noctis muss dort gewesen sein, das beweist uns der Fetzen Latex, den wir gefunden haben. Er könnte vor als auch nach dem Mord dort gewesen sein. Kein Mensch hätte dort nach ihm gesucht.«

»Wer sie auch getötet hat«, sagte Benton, »ich bezweifle, dass irgendjemand sie sehr vermissen wird, weder hier noch anderswo. Sie scheint eine Reihe von Trümmerfeldern in ihrem Leben hinterlassen zu haben. Der Archetyp der Sensationsreporterin – die exklusive Story besorgen, das Honorar einstreichen, nach mir die Sintflut.«

Dalgliesh sagte:»Unser Job ist es, ihren Mörder zu finden,

nicht moralische Urteile über sie abzugeben. Auf diesem Weg kommen wir nicht weiter, Sergeant.«

»Aber fällen wir nicht ständig moralische Urteile, Sir?«, fragte Benton, »auch wenn wir sie nicht aussprechen? Ist es nicht von Vorteil, so viel wie möglich über das Opfer zu wissen, Gutes wie Böses? Menschen sterben aufgrund dessen, was sie sind und wer sie sind. Ist das nicht Teil des Beweismaterials? Ich empfinde anders über den Tod eines Kindes, eines jungen Menschen, eines unschuldigen Opfers.«

»Eines unschuldigen Opfers?«, erwiderte Dalgliesh. »Sie glauben also, beurteilen zu können, welches Opfer den Tod verdient hat und welches nicht? Ich vermute, Sie haben noch an keiner Untersuchung eines Kindermordes teilgenommen.«

»Nein, Sir.« *Warum fragen Sie das, wenn Sie das sowieso schon wissen?*

»Wenn das einmal der Fall sein sollte, dann werden Sie bei der Gelegenheit so viel Schmerz begegnen, dass sich Ihnen ganz andere Fragen aufdrängen, ethische und theologische, aber eine müssen Sie in jedem Fall beantworten: Wer ist der Täter? Moralische Empörung ist normal. Ohne sie wären wir keine Menschen. Aber ein Polizist, der vor der Leiche eines Kindes, eines jungen Menschen, eines Unschuldigen steht, läuft Gefahr, sich die Festnahme zur persönlichen Mission zu machen. Das beeinträchtigt das Urteilsvermögen. Jedes Mordopfer verdient dasselbe ungeteilte Engagement.«

Das weiß ich, Sir, wollte Benton sagen, *und das will ich Ihnen ja auch geben.* Aber die Worte wären ihm unecht vorgekommen, die Reaktion eines schuldbewussten Schuljungen auf Kritik. Also schwieg er.

Kate brach das Schweigen. »Und wenn wir noch so viel

nachforschen, was erfahren wir am Ende wirklich? Das Opfer, die Verdächtigen, der Mörder? Ich frage mich, warum Rhoda Gradwyn hierhergekommen ist.«

»Um sich von ihrer Narbe zu befreien«, sagte Benton.

»Eine Narbe, die sie seit vierunddreißig Jahren mit sich herumtrug«, sagte Dalgliesh. »Warum gerade jetzt? Warum in diesem Haus? Warum hat sie die Narbe so lange gebraucht, warum wollte sie sich jetzt auf einmal davon befreien? Wenn wir das wüssten, dann wüssten wir eine Menge mehr über diese Frau. Und mit einem haben Sie recht, Benton, sie ist aufgrund dessen gestorben, was sie war und wer sie war.«

Benton, nicht Sergeant – warum jetzt das? *Ich wünschte, ich wüsste eine Menge mehr über Sie,* dachte er. Aber auch so etwas machte die Faszination dieses Berufs aus. Er arbeitete für einen Vorgesetzten, der ihm ein Rätsel war, und wohl immer bleiben würde.

»War Schwester Hollands Benehmen heute Morgen nicht auch etwas seltsam?«, fragte Kate. »Als Kim sie angerufen hat, um ihr zu sagen, dass Miss Gradwyn noch nicht nach ihrem Tee verlangt hat, hätte sie doch eigentlich selber nachsehen müssen, ob mit der Patientin alles in Ordnung ist, statt Kim den Auftrag zu geben, den Tee nach oben zu bringen? Ich frage mich, ob sie nicht dafür sorgen wollte, dass eine Zeugin dabei ist, wenn sie die Leiche findet. Vielleicht wusste sie schon, dass Miss Gradwyn tot war.«

»Chandler-Powell sagt, dass er Schwester Hollands Wohnung um eins verlassen hat«, sagte Benton. »Wäre es da nicht normal gewesen, wenn sie noch einmal nach der Patientin gesehen hätte? Vielleicht hat sie es getan und wusste, dass Miss Gradwyn tot war, als sie Kimberley bat, den Tee nach oben zu bringen. Es ist immer ratsam, einen Zeugen dabeizuhaben, wenn man eine Leiche findet. Aber das heißt nicht, dass sie die Mörderin ist. Wie ich bereits gesagt habe, kann ich mir nicht vorstellen, dass Chandler-Powell oder Schwester Holland einer Patientin das Leben aus dem Leib pressen, schon gar nicht einer, die frisch von ihnen operiert wurde.« Kate schien eine Replik auf der Zunge zu liegen, aber sie sagte nichts. Es war spät, und Dalgliesh wusste, wie müde sie alle waren. Es wurde Zeit, das Programm für den nächsten Tag festzulegen. Er und Kate würden nach London fahren, um zu sehen, ob sich in Rhoda Gradwyns Haus in der City Hinweise fanden. Benton und DC Warren würden im Manor die Stellung halten. Dalgliesh hatte auf eine Vernehmung Robin Boytons verzichtet, weil er hoffte, der Mann würde sich morgen wieder beruhigt haben und zur Zusammenarbeit bereit sein. In der Reihenfolge ihrer Bedeutung waren es Bentons und DC Warrens Aufgaben für den Tag, Boyton zu verhören, wenn möglich den Wagen ausfindig machen, der in der Nähe der Cheverell-Steine gesehen worden war, mit den Beamten der Spurensicherung Verbindung aufzunehmen, die bis Mittag mit ihrer Arbeit fertig sein müssten, für die Polizeipräsenz im Manor zu sorgen und dafür, dass Mr. Chandler-Powells Sicherheitsleute sich vom Tatort fernhielten. Dr. Glenisters Obduktionsbericht wurde für den Mittag erwartet, und Benton sollte Dalgliesh sofort anrufen, wenn er ihn in Händen hielt. Und neben diesen Aufgaben sollte er natürlich nach eigenem Ermessen entscheiden, ob er einen der Verdächtigen noch einmal befragen wollte.

Es war kurz vor Mitternacht, als Benton die drei Weingläser zum Spülbecken in der Küche trug und er und Kate sich auf den Weg durch die nach dem Regen süß duftende Dunkelheit zurück zum Wisteria House machten.

Drittes Buch

16. – 18. Dezember
London, Dorset, Midlands, Dorset

1

Dalgliesh und Kate fuhren noch vor sechs Uhr morgens aus Stoke Cheverell ab. Ihr zeitiger Aufbruch lag nicht allein darin begründet, dass Dalgliesh es hasste, im morgendlichen Verkehrsgewühl stecken zu bleiben, er benötigte auch die dadurch gewonnene Zeit in London. Er musste Unterlagen, an denen er gearbeitet hatte, im Yard abgeben, ein vertraulicher Berichtsentwurf, den er kommentieren sollte, musste abgeholt werden, und er musste seiner Sekretärin eine Notiz auf dem Schreibtisch hinterlassen. Nachdem er alles erledigt hatte, fuhren er und Kate schweigend durch die beinahe leeren Straßen.

Dalgliesh empfand die frühen Sonntagmorgenstunden in der City als besonders reizvoll. Das ging vielen Menschen so. Fünf Wochentage lang pulsiert die Luft, und die Stadt ist so energiegeladen, dass man glauben könnte, ihr großer Reichtum würde in einem unterirdischen Maschinenraum unter Schweiß und Anstrengung physisch erarbeitet. Freitagnachmittag hören die Räder langsam auf, sich zu drehen, und man sieht die Arbeiter aus der City zu Tausenden über die Themsebrücken zu ihren Bahnhöfen schwärmen. Dieser Massenexodus ist jedoch weniger eine Angelegenheit des Willens als vielmehr der Unterwerfung unter einen jahrhundertealten Zwang. Weit entfernt davon, sich noch einmal schlafen zu legen, harrt die City am frühen Sonntagmorgen still und gespannt auf den Besuch einer Geisterarmee, von den Glocken herbeigerufen, um alte Götter in ihren sorgsam bewahrten Schreinen zu verehren und durch stille, erinnerte Straßen zu gehen. Selbst der Fluss scheint langsamer zu fließen.

Wenige hundert Meter von der Absolution Alley entfernt fanden sie einen Parkplatz. Dalgliesh warf rasch noch einen Blick auf den Stadtplan und nahm seinen Spurensicherungskoffer aus dem Auto, bevor sie sich in östlicher Richtung aufmachten. Den engen, gepflasterten Eingang unter einem Steinbogen, der für so eine schmale Öffnung über die Maßen verziert war, hätte man leicht übersehen können. Die zwei Wandlampen, die den kleinen befestigten Vorplatz erleuchteten, erzeugten allenfalls Dickenssche Düsternis. In der Mitte des Vorplatzes stützte ein Sockel eine altersschwache Statue, die ursprünglich vielleicht eine religiöse Bedeutung gehabt haben mochte, mittlerweile jedoch zu einem formlosen Steingebilde verwittert war. Das Haus mit der Nummer acht lag auf der östlichen Seite. Die Tür war in einem so dunklen Grün gestrichen, dass sie beinahe schwarz wirkte. Ein eiserner Türklopfer in Gestalt einer Eule war daran befestigt. Neben Hausnummer acht befand sich ein Laden, in dem es alte Drucke zu kaufen gab; der hölzerne Verkaufsständer vor der Tür war leer. Ein zweites Gebäude beherbergte offenbar eine exklusive Stellenvermittlung, doch welche Zielgruppe hier angeworben werden sollte, war nicht erkennbar. An anderen Türen befanden sich kleine polierte Schildchen mit unbekannten Namen. Es herrschte völlige Stille.

Die Tür war mit zwei Sicherheitsschlössern ausgerüstet, aber sie fanden problemlos die richtigen Schlüssel an Miss Gradwyns Bund, und die Tür ließ sich leicht öffnen. Dalgliesh tastete nach dem Lichtschalter. Sie betraten einen eichengetäfelten kleinen Vorraum. Auf der verschnörkelten Stuckdecke stand die Jahreszahl 1684. Ein Pfostenfenster an der hinteren Seite gab den Blick auf eine gefliste Terrasse frei, auf der außer dem kahlen Baum in dem gigantischen

Terrakottatopf, der dort stand, kaum noch etwas Platz hatte. Auf der rechten Seite befand sich eine Reihe Kleiderhaken, darunter ein Schuhregal, auf der linken ein rechteckiger Eichentisch. Darauf lagen vier Umschläge, die offensichtlich Rechnungen oder Kataloge enthielten. Dalgliesh vermutete, dass sie gekommen waren, bevor Miss Gradwyn am Donnerstag zum Manor aufgebrochen war, und sie keine Veranlassung gesehen hatte, die Umschläge vor ihrer Rückkehr zu öffnen. Das einzige Bild im Raum war ein kleines Ölgemälde über dem Steinkamin. Es zeigte das lange, empfindsame Gesicht eines Mannes aus dem siebzehnten Jahrhundert. Auf den ersten Blick hielt Dalgliesh es für eine Kopie des bekannten Porträts von John Donne. Er schaltete die Lichtleiste an, die das Porträt beleuchtete, und betrachtete es einen Moment lang schweigend. Dadurch, dass es als einziges Bild in einem Raum hing, das ein Durchgangszimmer war, nahm es eine ikonische Kraft an, empfing den Besucher wie ein Hausdiener. Als er das Licht wieder abschaltete, fragte sich Dalgliesh, ob Rhoda Gradwyn das wohl auch so gesehen hatte.

Eine Holztreppe führte in den ersten Stock. Vorne befand sich die Küche, dahinter ein kleines Esszimmer. Die Küche war außergewöhnlich gut eingerichtet und ausgestattet, das Refugium einer Frau, die etwas vom Kochen verstand, auch wenn weder die Küche noch das Esszimmer darauf schließen ließen, dass sich hier kürzlich jemand aufgehalten hatte. Sie stiegen die zweite Treppe hinauf. Dort war ein Gästezimmer mit zwei Einzelbetten, deren identische Tagesdecken straff festgesteckt waren. Dazu gehörten eine Dusche und eine Toilette, mit Blick auf den Vorplatz. Wieder deutete nichts in beiden Räumen darauf hin, dass sie benutzt worden wären. Das Zimmer darüber war diesem sehr ähnlich.

Offenbar war es Miss Gradwyns Schlafzimmer, denn dort stand nur ein einziges Bett. Auf einem Nachttisch waren eine moderne Anglepoise-Lampe, eine Reiseuhr, die in der Stille unnatürlich laut tickte, sowie drei Bücher: Claire Tomalins Pepys-Biographie, ein Gedichtband von Charles Causley sowie eine Anthologie mit modernen Kurzgeschichten. Das Badezimmerregal enthielt sehr wenige Töpfe und Cremes. Aus weiblicher Neugierde heraus hatte Kate die Hand danach ausgestreckt, zog sie aber gleich wieder zurück. Wenn Dalgliesh und sie die persönliche Welt eines Opfers betraten, waren sie sich stets dessen bewusst, dass ihre Anwesenheit zwar notwendig war, aber dennoch immer ein Eindringen in eine Privatsphäre darstellte. Kate, das wusste er, hatte schon immer unterschieden zwischen der Pflicht, bestimmte Gegenstände zu untersuchen und mitzunehmen, und ihrem natürlichen Interesse an einem Leben, das keine menschliche Macht mehr zu verletzen oder zu beschämen vermochte. Sie sagte lediglich: »Es sieht nicht so aus, als hätte sie versucht, die Narbe kosmetisch zu verbergen.«

Schließlich erreichten sie das oberste Stockwerk und betraten einen Raum, der über die ganze Länge des Gebäudes reichte. Die Fenster gingen sowohl nach Osten wie nach Westen und boten einen Panoramablick über die City. Erst in diesem Zimmer bekam Dalgliesh das Gefühl, in eine geistige Beziehung zu seiner Bewohnerin zu treten. In diesem Zimmer hatte sie gelebt, gearbeitet, geruht, vor dem Fernseher gesessen, Musik gehört und nichts und niemanden außerhalb dieser vier Wände gebraucht. Eine davon war beinahe vollständig von einem elegant gestalteten Bücherregal mit verstellbaren Fächern eingenommen. Genau wie er selbst hatte auch sie Wert darauf gelegt, dass die Regalhöhe auf die Bücher abgestimmt war. Links von dem Regal stand ihr Mahagonischreibtisch, der wohl aus der Zeit Eduards VII. stammte. Er war eher praktisch als dekorativ zu nennen, mit Schubladen links und rechts. Die Schubladen auf der rechten Seite waren abgeschlossen. Darüber befand sich ein Regalbrett mit Ordnern. Auf der anderen Seite des Raums stand ein bequemes Sofa mit Kissen, gegenüber dem Fernseher ein Sessel mit Fußbank und rechts von dem schwarzen viktorianischen Kaminrost ein Lehnstuhl. Die Stereoanlage war modern, aber unaufdringlich. Links vom Fenster war ein kleiner Kühlschrank, auf dem sich ein Tablett mit einem elektrischen Perkolator, einer Kaffeemühle und einem einzelnen Becher befand. Da es lediglich ein Stockwerk darunter im Badezimmer einen Wasserhahn gab, konnte sie sich Kaffee zubereiten, ohne die drei Treppen in die Küche hinuntergehen zu müssen. In diesem Haus lebte es sich nicht einfach, aber auch er hätte sich hier wohl fühlen können. Dalgliesh und Kate gingen in dem Zimmer herum, ohne zu sprechen. Er entdeckte, dass das Fenster nach Osten auf einen kleinen schmiedeeisernen Balkon führte, mit einer Eisentreppe hinauf auf das Dach. Er öffnete das Fenster, durch das die morgendliche Kühle eindrang, und stieg nach oben. Kate folgte ihm nicht.

Seine eigene Wohnung, die hoch oben über der Themse in Queenhithe lag, war von hier aus zu Fuß zu erreichen, und er wandte den Blick zum Fluss hin. Selbst wenn er Zeit oder etwas dort zu erledigen gehabt hätte, er wusste, Emma würde er dort nicht antreffen. Sie besaß zwar einen Schlüssel, aber auch wenn sie in London war, betrat sie die Wohnung nur, wenn er zu Hause war. Ihm war klar, dass der Grund dafür in Emmas unausgesprochener Distanzierung von seiner Arbeit lag, auf die sie sorgfältig achtete, in ihrem Wunsch,

295

der beinahe zu einer Obsession wurde, nicht in seine Privatsphäre einzudringen, eine Privatsphäre, die sie respektierte, weil sie sie verstand und ebenfalls brauchte. Ein Lebenspartner war keine Anschaffung oder Trophäe, die man besitzen musste. Es gab immer einen Teil der Persönlichkeit, der unberührt blieb. Als sie frisch verliebt waren, schlief Emma nachts in seinen Armen ein. Wenn er sich dann in den frühen Morgenstunden rührte und den Arm nach ihr ausstreckte, wusste er, dass sie nicht mehr da sein würde. Die erste Tasse Tee des Tages brachte er ihr dann ins Gästezimmer. Das kam jedoch mittlerweile nicht mehr so häufig vor. Zuerst hatte ihm diese Trennung Sorgen bereitet. Da er Hemmungen verspürte, sie darauf anzusprechen, zum Teil auch, weil er sich vor der Antwort fürchtete, hatte er seine eigenen Schlussfolgerungen gezogen. Er sprach nicht offen über seinen Berufsalltag, wollte es vielleicht auch nicht, und so musste sie ihren Geliebten vom Detective trennen. Sie konnten über Emmas Arbeit in Cambridge reden, und das taten sie auch häufig; manchmal gab es sogar engagierte Diskussionen, weil sie die Leidenschaft für Literatur teilten. Sein Beruf bot keine gemeinsame Grundlage. Emma war weder ein Dummkopf noch übersensibel, und ihr war die Wichtigkeit seiner Arbeit bewusst, doch Dalgliesh hatte erkannt, dass sein Beruf trotzdem zwischen ihnen lag wie unerforschtes, gefährlich vermintes Buschland.

Er hatte weniger als eine Minute auf dem Dach zugebracht. Von diesem hochgelegenen, abgeschiedenen Ort aus hatte Rhoda Gradwyn sicherlich beobachtet, wie die Morgendämmerung die Spitzen und Türme der Stadt berührte und sie mit Licht bemalte. Er kletterte wieder hinunter und ging zu Kate.

»Am besten, wir fangen mit den Ordnern an«, sagte er.

Sie setzten sich nebeneinander an den Schreibtisch. Alle Ordner waren sorgfältig beschriftet. Derjenige mit der Aufschrift »Sanctuary Court« enthielt ihr Exemplar des komplizierten Pachtvertrags – bei dem die restliche Laufzeit noch siebenundsechzig Jahre betrug, wie er sah –, die Korrespondenz mit ihrem Anwalt, Einzelheiten und Angebote bezüglich Renovierung und Unterhalt. Ihre Agentin und ihr Anwalt hatten beide mit Namen beschriftete Ordner. In einem anderen, der mit »Finanzen« betitelt war, befanden sich ihre Bankauszüge und regelmäßige Berichte über ihre Investitionen von ihren Privatbanken.

Dalgliesh sah sie durch und stellte überrascht fest, wie gut Rhoda Gradwyn finanziell gestellt war. Ihr Vermögen belief sich auf beinahe zwei Millionen Pfund, und der Wertpapierbestand war klar zwischen Aktienkapital und Staatspapieren aufgeteilt.

»Eigentlich würde man annehmen, dass sie solche Auszüge in einer von den abgeschlossenen Schubladen aufbewahrt«, sagte Kate. »Sie scheint sich keine Sorgen darüber gemacht zu haben, dass ein Eindringling herausfinden könnte, wie hoch ihr Vermögen war. Wahrscheinlich hat sie das Haus für sicher gehalten. Vielleicht war es ihr aber auch gar nicht so wichtig. Sie hat nicht gelebt wie eine reiche Frau.«

»Hoffentlich erfahren wir, wer von dieser Großzügigkeit profitieren wird, wenn Newton Macklefield mit dem Testament kommt.«

Sie wandten ihre Aufmerksamkeit den Kopien ihrer sämtlichen Zeitungs- und Zeitschriftenartikel zu. Auf jedem Ordner stand, welche Jahre darin enthalten waren. Die Artikel darin waren chronologisch geordnet, manche steckten in Plastikmappen. Jeder nahm sich einen Ordner und machte sich an die Arbeit.

»Achten Sie auf alles, was irgendwie mit Cheverell Manor oder einem seiner Bewohner zu tun hat, so indirekt es auch sein mag«, sagte Dalgliesh.

Fast eine Stunde lang arbeiteten sie schweigend, dann schob Kate einen Stapel Zeitungsausschnitte über den Schreibtisch. »Das hier ist interessant, Sir. Es ist ein langer Artikel aus dem *Paternoster Review*. Er erschien in der Frühjahrsausgabe 2002 und handelt von Plagiaten. Er scheint ziemliches Aufsehen erregt zu haben. Es sind einige Zeitungsausschnitte beigeheftet, darunter sind auch ein Artikel über eine gerichtliche Untersuchung und ein weiterer über eine Beerdigung, samt Foto.« Sie schob ihn hinüber. »Eine der Personen am Grab hat starke Ähnlichkeit mit Miss Westhall.«

Dalgliesh nahm eine Lupe aus dem Spurensicherungskoffer und betrachtete das Bild genauer. Die Frau trug keinen Hut und stand ein wenig abseits von den übrigen Trauergästen. Lediglich ihr Kopf war zu sehen, und das Gesicht war teilweise verdeckt, aber nachdem Dalgliesh einen prüfenden Blick darauf geworfen hatte, konnte er sie mit wenig Mühe identifizieren. Er reichte Kate die Lupe und sagte: »Ja, das ist Candace Westhall.«

Dann konzentrierte er sich auf den Artikel. Er war ein schneller Leser, und es war nicht schwer, das Wesentliche zu erfassen. Der Artikel war intelligent, gut geschrieben und sorgfältig recherchiert. Er las ihn mit echtem Interesse und wachsendem Respekt. Objektiv und fair, wie er fand, wurden darin Plagiatsfälle aufgeführt; einige davon lagen lange zurück, andere waren neueren Datums, manche waren weithin bekannt, viele waren ihm neu.

Rhoda Gradwyn hatte sich dafür interessiert, wie Sätze manchmal unbewusst abgeschrieben werden und wie es zu den gelegentlichen, merkwürdigen Zufällen in der Literatur kommt, wenn eine starke Idee gleichzeitig in zwei Köpfen auftaucht, als wäre einfach die Zeit dafür gekommen. Sie untersuchte, auf welche subtile Art und Weise die bedeutendsten Schriftsteller Einfluss auf nachfolgende Generationen ausgeübt hatten, ähnlich wie Bach und Beethoven in der Musik und die größten Maler der Welt auf ihre Epigonen. Doch bei dem zentralen Fall aus der Gegenwart, den der Artikel behandelte, ging es ganz eindeutig um einen eklatanten Diebstahl geistigen Eigentums, auf den Rhoda Gradwyn zufällig gestoßen war, wie sie angab.

Es war ein faszinierender Fall, denn allem Anschein nach handelte es sich um eine talentierte junge Schriftstellerin von bemerkenswerter Originalität, die es nicht nötig gehabt hätte, sich anderweitig zu bedienen. Annabel Skelton, die noch an der Universität studierte, hatte für ihren Debütroman viel Lob erhalten. Er war sogar in die engere Auswahl für einen bedeutenden britischen Literaturpreis gekommen. Einige Wendungen und Absätze mit Dialogen sowie eindrückliche Beschreibungen waren Wort für Wort aus einem 1927 erschienenen Buch einer längst vergessenen Autorin abgeschrieben, von der Dalgliesh noch nie gehört hatte. In diesem Fall gab es jedoch nichts zu beschönigen, nicht zuletzt, weil Rhoda Gradwyn für ihren Artikel so sorgfältig recherchiert hatte. Er war zu einer Zeit erschienen, als den Boulevardblättern gerade die Sensationen ausgegangen waren, und die Presse hatte den Skandal aufgeblasen. Lautstark wurde gefordert, Annabel Skeltons Roman nicht mehr für den Literaturpreis zu nominieren. Das Ganze endete schließlich in einer Tragödie: Drei Tage nach Erscheinen des Artikels beging das Mädchen Selbstmord. Wenn Candace Westhall dem toten Mädchen nahegestanden hatte – als Geliebte, Freundin, Dozentin, womöglich als Fan –, dann wäre das in manchen Augen durchaus ein ausreichendes Motiv für einen Mord.

In diesem Moment klingelte das Telefon. Es war Benton. Dalgliesh schaltete sein Handy auf Lautsprecher, um Kate mithören zu lassen. Benton konnte seine Aufregung kaum verbergen: »Wir haben das Auto ausfindig gemacht, Sir. Es ist ein Ford Focus mit dem Kennzeichen W 341 UDG.«

»Das ging ja schnell, Sergeant. Gratulation.«

»Die habe ich nicht verdient, Sir. Es war reines Glück. Der Enkel der Shepherds kam am Freitag spätabends an, um das Wochenende bei ihnen zu verbringen. Gestern war er den ganzen Tag zu Besuch bei einer Freundin, wir haben ihn erst heute Morgen gesehen. Er ist ein paar Meilen mit seinem Motorrad hinter dem Auto hergefahren, bis es beim Steinkreis gehalten hat. Das war am Freitag gegen elf Uhr fünfunddreißig. Nur der Fahrer saß im Auto, und er hat die Scheinwerfer ausgeschaltet, als er den Wagen parkte. Ich habe den Enkel gefragt, warum ihm das Kennzeichen aufgefallen ist, und er hat gesagt, die 341 sei eine sogenannte ›brilliant number‹.«

»Ich bin froh, dass die Zahl sein Interesse geweckt hat. Aber was bedeutet bitte ›brilliant number‹? Was ist an dieser Zahl so brillant, dass sie ihn derartig fasziniert hat?«

»Das ist offenbar ein mathematischer Begriff, Sir: 341 ist deshalb eine ›brilliant number‹, weil sie zwei Primfaktoren hat, 11 und 31. Wenn man die multipliziert, erhält man 341. Produkte zweier Primfaktoren mit gleich vielen Stellen werden als ›brilliant numbers‹ bezeichnet und in der Kryptographie verwendet. Offenbar ist 341 auch die Summe der Quadrate der Teiler von 16, aber ich glaube, die beiden Primfaktoren haben ihn mehr beeindruckt. Mit UDG hatte er kein Problem. Er merkt sich das mit dem Begriff ›Unter-

Durchschnittliches Gedächtnis‹ – was bei ihm wohl kaum zutrifft, Sir.«

»Mit dieser Rechnerei kann ich nichts anfangen«, meinte Dalgliesh, »aber wir müssen hoffen, dass er recht hat. Es lässt sich doch sicherlich jemand finden, der das bestätigt.«

»Ich denke, diese Mühe erübrigt sich, Sir. Er hat gerade sein Mathematikstudium in Oxford mit Bestnote abgeschlossen. Offenbar kann er hinter keinem Fahrzeug herfahren, ohne Zahlenspiele mit dem Nummernschild anzustellen.«

»Auf wen ist das Auto zugelassen?«

»Das ist eine kleine Überraschung. Es ist ein Geistlicher. Reverend Michael Curtis. Wohnhaft in Droughton Cross. St. John's Church Vicarage, 2 Balaclava Gardens. Das ist ein Vorort von Droughton.«

Die Industriestadt in den Midlands konnte über die Autobahn in wenig mehr als zwei Stunden erreicht werden.

»Danke, Sergeant«, sagte Dalgliesh. »Wir fahren nach Droughton Cross, sobald wir hier fertig sind. Vielleicht hat der Fahrer des Wagens nichts mit dem Mord zu tun, aber wir müssen herausfinden, weshalb er sein Auto beim Steinkreis abgestellt und was ihm eventuell aufgefallen ist. Gibt es sonst noch etwas, Sergeant?«

»Die Spurensicherung hat noch etwas entdeckt, Sir, bevor sie wieder abgefahren sind. Eher eine Kuriosität als etwas von Bedeutung, einen Stapel von acht alten Postkarten, alle aus dem Ausland, alle aus dem Jahr 1993 und so durchgeschnitten, dass bei jeder die Adresse auf der rechten Seite fehlt. Es ist daher nicht ersichtlich, wer der Empfänger war, aber sie lesen sich, als wären sie an ein Kind geschrieben. Sie waren fest in Alufolie gewickelt und steckten in einer Plastiktüte. Das Päckchen war neben einem der Cheverell-Steine vergraben. Der Kollege von der Spurensicherung war sehr aufmerksam und hat bemerkt, dass an der Grasdecke manipuliert worden war, allerdings schon vor längerer Zeit. Schwer zu sagen, was die Postkarten mit Miss Gradwyns Tod zu tun haben könnten. Wir wissen, dass jemand in der Nacht mit einer Lampe bei dem Steinkreis war, aber wenn er oder sie die Postkarten gesucht hat, dann vergeblich.«

»Haben Sie sich schon erkundigt, wem sie gehören könnten?«

»Ja, Sir. Die Leute tippen auf Sharon Bateman, deshalb habe ich sie in die Alte Wache bestellt. Sie hat bestätigt, dass es ihre sind. Ihr Vater hätte sie ihr geschickt, nachdem sie von zu Hause weggegangen sei. Sharon ist ein seltsames Mädchen, Sir. Als ich die Karten vor ihr ausgebreitet habe, wurde sie so bleich, dass DC Warren und ich befürchteten, sie könnte ohnmächtig werden. Ich habe ihr einen Stuhl angeboten, aber mittlerweile glaube ich, dass es Wut war, Sir. Ich konnte ihr ansehen, dass sie sich die Dinger am liebsten geschnappt hätte, aber sie hat sich zurückgehalten. Danach war sie völlig ruhig. Diese Postkarten sind das Kostbarste, was sie besitzt, hat sie gesagt, und als sie ins Manor kam, hat sie die Karten bei dem Stein vergraben, weil das ein besonderer Ort ist, wo sie sicher sind. Ich war einen Moment lang etwas beunruhigt, Sir, deshalb habe ich ihr gesagt, dass ich Ihnen die Karten zeigen muss, dass wir aber gut auf sie aufpassen und ich keinen Grund sehe, weshalb sie sie nicht zurückbekommen sollte. Ich weiß nicht, ob das klug war, Sir. Vielleicht hätte ich lieber auf Ihre Rückkehr warten sollen, damit Inspector Miskin mit ihr reden kann.«

»Vielleicht«, meinte Dalgliesh, »aber ich würde mir keine Sorgen machen, wenn Sie den Eindruck haben, dass es ihr jetzt bessergeht. Achten Sie gut auf sie. Wir besprechen das heute Abend. Ist Dr. Glenisters Autopsiebericht schon da?«

»Noch nicht, Sir. Sie hat telefonisch angekündigt, dass wir ihn bis zum Abend haben sollten, es sei denn, sie braucht einen toxikologischen Bericht.«

»Er wird wohl nichts Überraschendes bringen. Ist das alles, Sergeant?«

»Ja, Sir. Ich glaube, sonst gibt es nichts zu berichten. In einer halben Stunde treffe ich mich mit Robin Boyton.«

»Gut. Versuchen Sie herauszufinden, ob er sich etwas von Miss Gradwyns Testament verspricht. Sie haben viel zu tun heute. Gute Arbeit. Hier gibt es eine interessante Entwicklung, aber darüber sprechen wir später. Ich melde mich aus Droughton Cross.«

Das Gespräch war beendet. »Armes Mädchen«, meinte Kate. »Wenn sie die Wahrheit sagt, kann ich verstehen, dass ihr die Postkarten wichtig sind. Aber weshalb hat sie die Adresse abgeschnitten und die Karten versteckt? Was hätten andere Menschen für ein Interesse daran haben sollen? Und wenn sie Freitagnacht zum Steinkreis gegangen ist, um nach ihnen zu sehen oder sie zu holen, warum hat sie das getan und warum mitten in der Nacht? Aber Benton sagt, das Päckchen war unversehrt. Es sieht so aus, als hätten die Karten nichts mit dem Mord zu tun, Sir.«

Die Ereignisse folgten rasch aufeinander. Bevor Dalgliesh antworten konnte, klingelte es. »Das wird Mr. Macklefield sein«, sagte Kate und ging hinunter, um ihm zu öffnen.

Man hörte Schritte auf der Holztreppe, aber keine Stimmen. Newton Macklefield trat ein, zeigte keinerlei Interesse an dem Zimmer und streckte Dalgliesh ohne zu lächeln die Hand entgegen. »Ich hoffe, ich komme nicht allzu sehr vor der Zeit. Sonntagmorgens herrscht kaum Verkehr.«

Er war jünger, als die Stimme am Telefon geklungen hatte, höchstens Anfang vierzig, dachte Dalgliesh, und er sah im konventionellen Sinne gut aus – groß und blond mit glatter Haut. Er strahlte das Selbstbewusstsein eines in gesicherten Verhältnissen lebenden, erfolgreichen Großstädters aus, ein Eindruck, der im Kontrast zu seiner Aufmachung stand, Cordhose, kariertes, offenes Hemd und ein abgetragenes Tweedjackett, Sachen, die zu einem Wochenende auf dem Land passen mochten, hier aber etwas Manieriertes hatten. Seine Gesichtszüge waren regelmäßig, der Mund wohlgeformt und fest, die Augen wachsam, ein Gesicht, dachte Dalgliesh bei sich, dessen Mimik nur angemessene Gefühle preisgab. In diesem Moment waren Bedauern und Bestürzung die angemessenen Gefühle, er offenbarte sie ernst, aber nicht expressiv und, wie Dalgliesh fand, nicht ohne einen leisen Anflug von Missfallen. Eine angesehene Kanzlei in der City ist nicht darauf gefasst, einen Mandanten auf so anrüchige Weise zu verlieren.

Den Stuhl, den Kate unter dem Schreibtisch hervorgezogen hatte, lehnte er ab, benutzte ihn aber als Ablage für seine Aktentasche. Er öffnete sie und sagte: »Ich habe eine Kopie des Testamentes dabei. Ich bezweifle, dass es etwas enthält, was Ihnen bei den Ermittlungen behilflich sein könnte, aber Sie sollten es natürlich haben.«

»Ich gehe davon aus, dass sich meine Kollegin vorgestellt hat«, sagte Dalgliesh. »Detective Inspector Kate Miskin.«

»Ja. Wir haben uns an der Tür bekannt gemacht.«

Er reichte Kate so kurz die Hand, dass sich ihre Finger kaum berührten. Keiner setzte sich.

»Das Ableben von Miss Gradwyn wird alle Teilhaber der Kanzlei betrüben und entsetzen«, sagte Macklefield. »Wie ich bei unserem Telefonat vorhin schon gesagt habe, kannte ich sie als Mandantin, nicht als Freundin, aber sie wurde äußerst respektiert, und man wird sie sehr vermissen. Ihre

Bank und meine Kanzlei sind gemeinsam Testamentsvollstrecker, daher werden wir uns auch um die Beerdigungsformalitäten kümmern.«

»Das wird ihre Mutter, die mittlerweile Mrs. Brown heißt, als große Erleichterung empfinden«, meinte Dalgliesh. »Ich habe bereits mit ihr gesprochen. Sie möchte offenbar so wenig wie möglich mit den Folgen des Ablebens ihrer Tochter zu tun haben, und das betrifft auch die gerichtliche Untersuchung. Es scheint keine enge Beziehung gewesen zu sein, und vielleicht gibt es Familienangelegenheiten, die sie nicht offenlegen oder an die sie nicht denken möchte.«

Macklefield antwortete: »Immerhin hatte ihre Tochter ein gewisses Talent, die Geheimnisse anderer Menschen aufzudecken. Ihnen dürfte eine zurückhaltende Familie doch gelegener kommen als eine nach Publicity gierende Mutter, die sich tränenreich an der Tragödie weidet und ständig den Stand der Ermittlungen erfahren will. Wahrscheinlich werde ich mehr Probleme mit ihr haben als Sie. Was auch immer sie für ein Verhältnis zu ihrer Tochter hatte, sie erbt das Geld. Die Höhe des Betrags wird sie wahrscheinlich überraschen. Ich nehme an, Sie haben einen Blick in die Bankauszüge und das Wertpapierdepot geworfen.«

»Und das alles bekommt die Mutter?«, erkundigte sich Dalgliesh.

»Alles, bis auf zwanzigtausend Pfund. Die bekommt Robin Boyton, über dessen Beziehung zu der Verstorbenen ich so gut wie nichts weiß. Ich erinnere mich, wie Miss Gradwyn kam, um das Testament mit mir zu besprechen. Sie hatte bemerkenswert wenig Interesse an der späteren Verfügung über ihr Geld. Die meisten Menschen vermachen einen Teil einer Wohltätigkeitsorganisation, ihrer früheren Alma Mater oder Schule. Nichts dergleichen. Es machte fast den Eindruck, als sollte ihr Privatleben nach ihrem Tod anonym bleiben. Am Montag rufe ich Mrs. Brown an und mache einen Termin mit ihr aus. Wir helfen ihr natürlich, soweit es in unserer Macht steht. Sie halten ja sicherlich Kontakt zu uns, aber ich glaube nicht, dass ich Ihnen noch viel sagen kann. Sind Sie mit Ihren Ermittlungen schon vorangekommen?«

»Nicht weiter, als man nach einem Tag erwarten kann«, antwortete Dalgliesh. »Am Dienstag erfahre ich den Termin der gerichtlichen Untersuchung. In diesem Stadium wird sie sehr wahrscheinlich verschoben.«

»Vielleicht schicken wir jemanden. Es ist nur eine Formalität, aber man sollte dabei sein, wenn die Sache Wellen schlägt, was sich kaum vermeiden lassen wird, wenn die Nachricht erst bekannt ist.«

Dalgliesh nahm das Testament entgegen und bedankte sich. Macklefield wollte gleich wieder aufbrechen, das war offensichtlich. Er klappte seine Aktentasche zu. »Ich würde mich jetzt verabschieden, wenn Sie erlauben, außer Sie brauchen noch etwas. Ich habe meiner Frau versprochen, zum Mittagessen wieder zurück zu sein. Mein Sohn hat übers Wochenende ein paar Schulfreunde mitgebracht. Ein Haus voller Eton-Schüler und vier Hunde sind eine schwer zu zügelnde Mischung.«

Er gab Dalgliesh die Hand, und Kate brachte ihn nach unten. Als sie zurückkehrte, sagte sie: »Einen Sohn auf der Gesamtschule in Fulham hätte er wahrscheinlich nicht erwähnt«, doch sie bereute ihren Kommentar sofort. Dalgliesh hatte auf Macklefields Anspielung mit einem etwas gequälten Lächeln reagiert, ohne sich jedoch darüber aufzuregen, einen unschöneren Aspekt von Macklefields Persönlichkeit durchscheinen zu sehen. Benton wäre amüsiert gewesen, hätte sich aber ebenso wenig aufgeregt.

Dalgliesh nahm den Schlüsselbund. »Und jetzt machen wir uns an die Schubladen. Zuerst brauche ich aber einen Kaffee. Vielleicht hätten wir Macklefield einen anbieten sollen, aber ich wollte den Besuch nicht unbedingt in die Länge ziehen. Mrs. Brown hat uns erlaubt, mitzunehmen, was wir wollen, wenn wir hier im Haus sind, da gönnt sie uns sicher etwas Milch und Kaffee. Falls überhaupt Milch im Kühlschrank ist.«

Das war nicht der Fall. »Ist auch kein Wunder, Sir«, meinte Kate. »Der Kühlschrank ist leer. Selbst in ungeöffnetem Zustand wäre eine Packung Milch bei Miss Gradwyns Rückkehr abgelaufen gewesen.«

Sie trug den Kaffeebereiter einen Stock tiefer und füllte ihn mit Wasser. Dann kam sie mit einem Zahnputzbecher zurück, den sie ausgespült hatte, um ihn als zweiten Becher zu verwenden. Ganz wohl war ihr nicht dabei, der kleine Übergriff, den man kaum als Verletzung von Miss Gradwyns Privatsphäre bezeichnen konnte. Trotzdem erschien er ihr wie eine Dreistigkeit. Rhoda Gradwyn war in Sachen Kaffee sehr eigen gewesen, und auf dem Tablett neben der Kaffeemühle stand eine Dose mit Bohnen. Kate schaltete die Mühle ein, wider alle Vernunft immer noch mit schlechtem Gewissen, weil sie von der Toten nahmen. Der Höllenlärm wollte kein Ende nehmen. Als der Kaffee schließlich durchgelaufen war, schenkte sie die zwei Becher voll und brachte sie zum Schreibtisch.

Während er darauf wartete, dass der Kaffee abkühlte, sagte Dalgliesh: »Falls es noch etwas Interessantes gibt, dann finden wir es wahrscheinlich hier«, und schloss die Schublade auf.

Außer einer beigefarbenen, mit Papieren vollgestopften Sammelmappe lag nichts darin. Der Kaffee war für den Augenblick vergessen. Sie schoben die Becher zur Seite, und Kate zog sich einen Stuhl neben Dalgliesh heran. Bei den Papieren handelte es sich beinahe ausschließlich um Kopien von Zeitungsausschnitten, obenauf ein Artikel aus einer seriösen Sonntagszeitung vom Februar 1995. Die nüchterne Überschrift lautete: *Ermordet, weil sie zu hübsch war.* Darunter sah man das Bild eines jungen Mädchens, das die halbe Seite einnahm. Es sah aus wie ein Schulfoto. Die ordentlich gekämmten, blonden Haare waren mit einer Schleife auf eine Seite gebunden, die weiße Baumwollbluse, die makellos sauber aussah, stand am Kragen offen, darüber trug sie ein dunkelblaues, ärmelloses Kleid. Es war in der Tat ein hübsches Kind gewesen. Selbst in dieser einfachen Pose und ohne kunstvolle Beleuchtung vermittelte das nüchterne Bild etwas von dem freimütigen Zutrauen, der Offenheit gegenüber dem Leben und der Verletzlichkeit der Kindheit. Während Kate das Bild betrachtete, schien es zu Staub zu zerfallen, sich in einen sinnleeren Schleier zu verwandeln, bevor es wieder Gestalt annahm.

In dem Artikel unter dem Bild hatte man auf übertriebene Drastik und Empörung verzichtet und sich darauf beschränkt, die Geschichte für sich sprechen zu lassen. *Vor dem Crown Court bekannte sich die zwölf Jahre und acht Monate alte Shirley Beale heute für schuldig, ihre neunjährige Schwester Lucy ermordet zu haben. Sie erdrosselte Lucy mit ihrer Schulkrawatte, bevor sie auf das ihr verhasste Gesicht einschlug, bis es nicht mehr wiederzuerkennen war. Bei ihrer Festnahme und in der Zeit danach erklärte sie lediglich, sie habe es getan, weil Lucy zu hübsch war. Beale wird zunächst in einer geschlossenen Verwahranstalt für Kinder untergebracht, bis sie mit siebzehn Jahren in eine Jugendvollzugsanstalt verbracht werden kann. Silford Green, eine ruhige Londoner Vorstadt, ist zu einem Ort des Schreckens geworden. Lesen Sie den vollständigen Bericht auf Seite fünf. Auf Seite 12 schreibt Sophie Langton:* »*Weshalb töten Kinder?*«

Dalgliesh legte den Artikel zur Seite. Darunter befand sich eine Fotografie, an ein unbeschriftetes Blatt Papier geheftet. Die gleiche Uniform, die gleiche weiße Bluse, nur diesmal mit Schulkrawatte, das Gesicht zur Kamera gewandt mit einem Blick, an den sich Kate von ihren eigenen Schulfotos erinnerte, gereizt, ein bisschen unsicher, Teil eines kleinen, jedes Jahr wiederkehrenden Übergangsritus, widerwillig, aber schicksalsergeben. Es war ein seltsam erwachsenes Gesicht, und es war eines, das sie kannten.

Dalgliesh nahm wieder seine Lupe zur Hand, um das Bild eingehend zu betrachten, bevor er sie an Kate weiterreichte. Die markanten Gesichtszüge, die leicht hervortretenden Augen, der schmale, klar umrissene Mund mit der geschwungenen Oberlippe, ein wenig bemerkenswertes Gesicht, das nunmehr unmöglich noch als unschuldig oder kindlich betrachtet werden konnte. Die Augen blickten so ausdruckslos in die Kamera wie die Punkte, aus denen das Bild zusammengesetzt war. Bei der erwachsenen Frau schien die Unterlippe voller geworden zu sein, verriet jedoch noch denselben bockigen Trotz. Als Kate das Bild betrachtete, überlagerte sie es im Geiste mit einem ganz anderen: einem blutigen, zerschmetterten Kindergesicht, blutverkrusteten blonden Haaren. Es war damals kein Fall für die Metropolitan Police gewesen, und wegen des Geständnisses war es nicht zu einer Gerichtsverhandlung gekommen, doch der Mord weckte alte Erinnerungen in ihr und wohl auch in Dalgliesh.

»Sharon Bateman«, sagte Dalgliesh. »Wie ist Rhoda Gradwyn bloß an dieses Material gekommen? Seltsam, dass sie das herausgeben durften. Offenbar ist die Sperre aufgehoben worden.«

Das war nicht das Einzige, was Rhoda in ihren Besitz gebracht hatte. Sie hatte anscheinend gleich bei ihrem ersten Besuch auf dem Manor mit ihrer Recherche begonnen, und sie hatte gründlich gearbeitet. Auf den ersten Zeitungsausschnitt folgten weitere. Ehemalige Nachbarn hatten wortreich ihr Entsetzen über die Tat ausgedrückt und Informationen über die Familie preisgegeben. Es gab Bilder von dem kleinen Reihenhaus, das die Kinder mit ihrer Mutter und ihrer Großmutter bewohnt hatten. Zur Zeit des Mordes waren die Eltern geschieden, der Vater hatte zwei Jahre zuvor die Familie verlassen. Nachbarn, die immer noch in der Straße wohnten, berichteten, die Ehe sei ziemlich turbulent gewesen, aber mit den Kindern habe es nie Probleme gegeben, nie sei Besuch von der Polizei oder dem Sozialamt gekommen. Lucy war zweifellos die Hübschere gewesen, daran gab es keinen Zweifel, aber die Mädchen schienen gut miteinander ausgekommen zu sein. Shirley war ruhig, ein bisschen mürrisch, nicht gerade ein freundliches Kind. Ihre Erinnerungen, sichtlich beeinflusst von dem Entsetzen über die Geschehnisse, legten nahe, das Kind sei schon immer eigen gewesen. Sie berichteten von Streitigkeiten, Geschrei und gelegentlichen Schlägen, aber man schien sich immer um die Kinder gekümmert zu haben. Dafür war die Großmutter zuständig gewesen. Nachdem der Vater gegangen war, gab es eine ganze Reihe von Untermietern – ein paar waren offenbar Freunde der Mutter, was allerdings nur taktvoll angedeutet wurde – und ein paar Studenten, die eine günstige Unterkunft suchen. Keiner von ihnen blieb lange.

Rhoda Gradwyn war es irgendwie gelungen, an den Obduktionsbericht zu kommen. Der Tod war durch Strangulation herbeigeführt worden, und die Gesichtsverletzungen, bei denen die Augen zerstört und die Nase gebrochen worden waren, waren nach Eintreten des Todes zugefügt worden. Rhoda Gradwyn hatte auch einen der Polizeibeamten aufgespürt und befragt, die mit dem Fall damals befasst waren. In der Angelegenheit war nichts ungeklärt geblieben. Die Tat war an einem Samstagnachmittag gegen fünfzehn Uhr dreißig begangen worden, während die neunundsechzigjährige Großmutter ein paar Straßen weiter Bingo spielen war. Es war nicht ungewöhnlich, dass die Kinder alleine zu Hause waren. Die Großmutter hatte den Mord entdeckt, nachdem sie um sechs Uhr nach Hause zurückgekehrt war. Lucys Leiche lag auf dem Boden in der Küche, dem Raum, den die Familie hauptsächlich bewohnte. Shirley schlief oben in ihrem Bett. Sie hatte keinen Versuch unternommen, sich das Blut ihrer Schwester von Händen und Armen zu waschen. Ihre Fingerabdrücke befanden sich auf dem Tatwerkzeug, einem alten Bügeleisen, das als Türstopper gedient hatte. Sie gab zu, ihre Schwester getötet zu haben. Dabei wirkte sie innerlich nicht aufgewühlter, als hätte sie eingestanden, sie kurz allein gelassen zu haben.

Kate und Dalgliesh saßen einen Moment lang schweigend da. Kate wusste, dass ihre Gedankengänge parallel liefen. Diese Entdeckung stellte eine Komplikation dar, die sowohl ihre Sicht auf Shirley als Verdächtige – wie sollte es auch anders sein? – als auch den Fortgang der Ermittlungen beeinflussen würde. Kate wusste, dass ihnen nun verfahrenstechnische Stolperfallen drohten. Beide Opfer waren erwürgt worden; diese Tatsache konnte sich als irrelevant erweisen, eine Tatsache war es nichtsdestotrotz. Sharon Bateman – und diesen Namen würden sie weiterhin verwenden – wäre nicht zurück in die Gesellschaft entlassen worden, wenn die Behörden sie weiterhin als Bedrohung einstufen würden. Außerdem hatte sie das Recht, als eine Verdächtige betrachtet zu werden, die nicht mit größerer Wahrscheinlichkeit schuldig war als alle anderen. Und wer wusste noch davon? Hatte man es Chandler-Powell gesagt? Hatte sich Sharon jemandem auf dem Manor anvertraut, und wenn ja, dann wem? Hatte Rhoda Gradwyn von Anfang an Verdacht geschöpft, was Sharons Identität betraf, und war dies der Grund für ihren verlängerten Aufenthalt gewesen? Hatte sie damit gedroht, sie bloßzustellen, und wenn ja, hatte Sharon oder vielleicht jemand anderer, der die Wahrheit kannte, Schritte unternommen, um sie aufzuhalten? Und falls sie jemand anderen festnehmen sollten, würde nicht allein die Tatsache, dass sich eine verurteilte Mörderin im Manor befand, die Generalstaatsanwaltschaft bei der Entscheidung beeinflussen, ob die Anklage vor Gericht standhalten würde? Dies alles ging ihr durch den Kopf, aber sie behielt es für sich. Bei Dalgliesh achtete sie immer sehr darauf, nichts zu sagen, was offensichtlich war.

»In diesem Jahr wurden die Zuständigkeitsbereiche im Innenministerium getrennt«, sagte Dalgliesh nun, »aber ich glaube, ich habe die Änderungen mehr oder weniger gut in Erinnerung. Seit Mai ist das neue Justizministerium verantwortlich für Bewährungshilfe und Resozialisierung. Für Sharons Beaufsichtigung wird sicherlich jemand zuständig sein. Ich muss überprüfen, ob das alles so stimmt, aber soweit ich weiß, muss ein Straftäter mindestens vier Jahre ohne Zwischenfall in der Gesellschaft leben, bevor die Überwachung aufgehoben wird. Aber das Register wird nicht gelöscht, und ein zu lebenslänglich Verurteilter kann jederzeit zurückgerufen werden.«

»Aber Sharon ist doch sicherlich gesetzlich dazu verpflichtet, ihre Bewährungshelferin darüber zu informieren, dass sie in einen Mordfall verwickelt ist, auch wenn sie unschuldig ist?«, fragte Kate.

»Das hätte sie sicherlich tun müssen, aber sollte sie das unterlassen haben, wird das zuständige Amt morgen davon erfahren, wenn die Nachricht bekannt wird. Sharon hätte sie auch über ihre neue Arbeitsstelle informieren müssen. Ob sie mit ihrer Bewährungshelferin in Kontakt war oder nicht, es ist in jedem Fall meine Aufgabe, das Justizministerium zu informieren. Die Bewährungshilfe, nicht die Polizei, muss mit dieser Information umgehen und nach einem Need-to-know-Prinzip entscheiden.

»Wir sagen und tun also nichts, bis Sharons Aufsichtsperson übernimmt? Aber eigentlich müssen wir sie noch einmal verhören. Diese Sache ändert doch ihren Status bei den Ermittlungen.«

»Es ist auf jeden Fall wichtig, dass die Bewährungshelferin anwesend ist, wenn wir Sharon verhören, und ich hätte gerne, dass dies morgen stattfindet, wenn möglich. Der Sonntag ist nicht der beste Tag, um das zu bewerkstelligen, aber ich kann wahrscheinlich über den diensthabenden Beamten im Justizministerium Kontakt zur Bewährungshilfe aufnehmen. Ich rufe Benton an. Sharon muss unbedingt observiert werden, aber mit absoluter Diskretion. Könnten Sie die Ordner hier weiter durchgehen, während ich das vorbereite? Ich telefoniere vom Esszimmer unten aus. Es könnte eine Weile dauern.«

Als sie allein war, widmete sich Kate wieder den Ordnern. Sie wusste, das Dalgliesh gegangen war, damit sie ungestört arbeiten konnte. Es wäre in der Tat schwierig gewesen, die verbleibenden Akten gewissenhaft durchzusehen, ohne darauf zu achten, was er sagte.

Eine halbe Stunde später hörte sie Dalglieshs Schritte auf

der Treppe. Als er eintrat, sagte er: »Das ging nun doch schneller als befürchtet. Ich musste die üblichen Hürden bewältigen, aber am Ende habe ich die zuständige Bewährungshelferin bekommen. Eine Mrs. Madeleine Rayner. Sie wohnt zum Glück in London, und ich habe sie erwischt, als sie gerade zu einem Mittagessen mit der Familie aufbrechen wollte. Sie kommt morgen mit einem frühen Zug nach Wareham. Benton wird sie dort abholen und direkt in die Alte Wache bringen. Ihr Besuch sollte möglichst unbemerkt bleiben. Sie scheint überzeugt zu sein, dass Sharon keine besondere Aufsicht braucht und keine Gefahr darstellt, aber je eher sie das Manor verlässt, desto besser.«

»Möchten Sie vielleicht jetzt gleich nach Dorset zurückkehren, Sir?«, fragte Kate.

»Nein. Wegen Sharon kann man nichts ausrichten, bevor Mrs. Rayner morgen kommt. Wir fahren nach Droughton und klären die Sache mit dem Auto. Wir nehmen die Kopie des Testaments, die Akte über Sharon und den Artikel über die Plagiate mit, das sollte reichen, denke ich, außer Sie haben noch etwas Relevantes gefunden.«

»Nichts, was uns neu wäre, Sir. Da ist ein Artikel über die gewaltigen Verluste der sogenannten Lloyd's Names, der Privatinvestoren bei Lloyd's, Anfang der neunziger Jahre. Miss Cressett hat uns erzählt, dass Sir Nicholas zu ihnen gehörte und gezwungen war, Cheverell Manor zu verkaufen. Die besten Gemälde wurden offenbar einzeln verkauft. Hier ist ein Bild vom Manor und eines von Sir Nicholas. Der Artikel geht nicht sonderlich sanft mit den Investoren um, aber ich sehe darin kein Motiv für einen Mord. Wir wissen, dass Helena Cressett nicht gerade begeistert davon war, Miss Gradwyn unter ihrem Dach wohnen zu haben. Soll ich diesen Artikel zu den anderen Unterlagen nehmen?«

»Ja, ich finde, wir sollten alle ihre Texte haben, die in Zusammenhang mit Cheverell Manor stehen. Aber ich stimme Ihnen zu. Der Artikel über die Names würde allenfalls für einen kühlen Empfang von Miss Gradwyn ein glaubwürdiges Motiv darstellen, aber für nichts sonst. Ich habe den Briefwechsel mit ihrer Agentin durchgesehen. Offenbar dachte sie daran, als Journalistin etwas kürzer zu treten und eine Biographie zu schreiben. Es könnte ganz hilfreich sein, mit der Agentin zu sprechen, aber das kann warten. Packen Sie jedenfalls alle einschlägigen Briefe dazu, Kate, und für Macklefield müssen wir eine Aufstellung der Sachen machen, die wir mitgenommen haben. Aber das können wir ebenfalls später erledigen.«

Er nahm eine große Tüte aus seinem Koffer und sammelte die Papiere zusammen, während Kate in der Küche den Kaffee- und den Zahnputzbecher abspülte und rasch überprüfte, ob alles, was sie benutzt hatte, wieder an Ort und Stelle war. Als sie wieder zu Dalgliesh zurückkehrte, spürte sie, dass ihm das Haus gefallen hatte und er versucht gewesen war, noch einmal auf das Dach zu steigen. Auch er könnte in dieser unbeschwerten Abgeschiedenheit zufrieden leben und arbeiten. Doch sie verspürte Erleichterung, als sie wieder auf der Absolution Alley stand und schweigend zusah, wie er die Tür zuzog und zweimal abschloss.

2

Benton hielt es für unwahrscheinlich, dass Robin Boyton ein Frühaufsteher war. So war es bereits nach zehn, als er und DC Warren sich zu Fuß zum Rose Cottage aufmachten. Das Cottage war ebenso wie das Nachbar-Cottage, das die Westhalls bewohnten, aus Stein erbaut und hatte ein Schieferdach. Links davon gab es eine Garage mit einem Stellplatz für ein Auto, davor befand sich ein kleiner Garten, der hauptsächlich aus niedrigen Sträuchern bestand, durchzogen von einem schmalen Pfad mit Mosaikpflaster. Die Veranda war von kräftigen, ineinander verschlungenen Zweigen überwuchert, ein paar verschrumpelte, bräunliche Knospen und eine rosafarbene Rose in voller Blüte erklärten den Namen des Cottage. DC Warren drückte die glänzend polierte Klingel rechts von der Tür, es verging allerdings eine ganze Minute, bis Benton Schritte vernahm, dann wurden Riegel zurückgeschoben und die Schlossfalle klickte. Die Tür öffnete sich weit, und Robin Boyton stand vor ihnen. Er schien absichtlich den Eingang zu blockieren. Nach einem Moment des unbeholfenen Schweigens trat er auf die Seite und sagte: »Kommen Sie herein. Ich bin gerade in der Küche.«

Sie betraten einen kleinen, rechteckigen Eingangsraum, dessen einziges Möbel eine Eichenbank war, die neben einer Holztreppe stand. Die Tür nach links war offen. Die Sessel, das Sofa, der polierte runde Tisch und, soweit zu erkennen war, eine Reihe Aquarelle an der gegenüberliegenden Wand ließen darauf schließen, dass es sich um das Wohnzimmer handelte. Sie folgten Boyton durch die offene Tür rechter

Hand. Der Raum ging über die ganze Länge des Cottage und war lichtdurchflutet. An dem Ende, an das der Garten anschloss, befand sich die Küche mit einem doppelten Spülbecken, einem grünen Herd, einer Arbeitsfläche in der Mitte und einem Essbereich mit einem rechteckigen Eichentisch und sechs Stühlen. An der Wand gegenüber der Tür stand eine große Anrichte mit Fächern, die Krüge, Becher und Teller enthielten, während unter dem vorderen Fenster ein Sofatisch und vier Sessel plaziert waren, die allesamt alt waren und nicht zueinander passten.

Benton ergriff die Initiative und stellte DC Warren und sich selbst vor, dann ging er auf den Tisch zu. »Wollen wir uns hierhin setzen?«, fragte er und nahm mit dem Rücken zum Garten Platz. »Vielleicht möchten Sie gegenüber sitzen, Mr. Boyton«, forderte er ihn auf, so dass Boyton keine andere Wahl blieb, als den gegenüberliegenden Sessel zu nehmen, und ihm das Licht durch die Fenster direkt aufs Gesicht fiel.

Er wirkte immer noch stark mitgenommen, ob es nun Trauer, Angst oder vielleicht eine Mischung aus beidem war, und er sah aus, als hätte er nicht geschlafen. Seine Haut war aschfahl, Schweiß perlte ihm auf der Stirn, die blauen Augen waren dunkel verhangen. Aber er hatte sich kürzlich rasiert, und Benton nahm unterschiedliche Gerüche wahr – Seife, Aftershave und, wenn Boyton sprach, auch eine Spur Alkohol im Atem. In der kurzen Zeit seit seiner Ankunft war es ihm gelungen, eine ziemliche Unordnung zu schaffen. Das Abtropfgestell war voller Teller mit verkrusteten Essensresten und verschmierten Gläsern, und in der Spüle stapelten sich mehrere Töpfe. Sein langer schwarzer Mantel hing über einer Stuhllehne, schmutzige Turnschuhe standen neben der Terrassentür, und die aufgeschlagenen Zeitungen auf dem Sofatisch vervollständigten das Bild des allgemeinen Durcheinanders. Es war ein Raum, der vorübergehend bewohnt wurde, jedoch ohne Freude.

Als Benton Boyton ansah, dachte er bei sich, dass ihm dieses Gesicht in Erinnerung bleiben würde; die dicken blonden Locken, die natürlich über die Stirn fielen, die auffallenden Augen, die kräftigen, perfekt geschwungenen Lippen. Doch seine Schönheit war nicht immun gegen Müdigkeit, Krankheit oder Angst. Schon jetzt gab es Anzeichen für einen einsetzenden Verfall, nachlassende Vitalität, die Tränensäcke unter den Augen, die schlaffen Muskeln um den Mund. Aber er sprach klar und deutlich; vielleicht hatte er sich innerlich auf diese Tortur vorbereitet.

Er zeigte auf den Herd und fragte: »Kaffee? Tee? Ich habe noch nicht gefrühstückt. Ich kann mich gar nicht erinnern, wann ich zuletzt etwas gegessen habe, aber ich darf ja die Zeit der Polizei nicht verschwenden. Oder würde eine Tasse Kaffee unter Bestechung fallen?«

»Soll das heißen, Sie sind nicht vernehmungsfähig?«, fragte Benton.

»Ich bin so vernehmungsfähig, wie es unter diesen Umständen zu erwarten ist. Sie stecken so einen Mord wohl locker weg, Sergeant – es war doch Sergeant, oder?«

»Detective Sergeant Benton-Smith und Detective Constable Warren.«

»Wir übrigen Menschen verarbeiten einen Mord nicht so leicht, besonders wenn man mit dem Opfer befreundet war, aber Sie tun natürlich nur Ihre Arbeit, damit kann man ja heutzutage so ziemlich alles entschuldigen. Ich nehme an, Sie wollen Angaben zu meiner Person – meinen vollen Namen und meine Adresse, falls die Westhalls Ihnen nicht schon bereits alles angegeben haben. Ich hatte eine Wohnung, aber ich musste sie aufgeben – ein paar kleinere Probleme mit der Miete –, daher wohne ich derzeit bei meinem Geschäftspartner in Maida Vale.«

Er gab die Adresse an und sah zu, wie Constable Warrens enorme Hand sie bedächtig im Notizbuch aufschrieb.

Benton fragte: »Was machen Sie beruflich, Mr. Boyton?«

»Schreiben Sie Schauspieler. Ich bin Mitglied im Schauspielerverband, und wenn sich die Gelegenheit bietet, trete ich hin und wieder auf. Man könnte mich außerdem als Privatunternehmer bezeichnen. Ich habe Ideen. Manche funktionieren, manche nicht. Wenn ich nicht auftrete und keine tollen Ideen habe, helfen mir meine Freunde aus. Und wenn das nicht klappt, zähle ich auf eine wohltätige Regierung und die Leistung für Arbeitsuchende, wie es lächerlicherweise heißt.«

Benton fragte: »Was tun Sie hier?«

»Was meinen Sie mit der Frage? Ich habe das Cottage gemietet. Ich bezahle dafür. Ich mache Urlaub. Das tue ich hier.«

»Aber weshalb um diese Zeit? Der Dezember gilt wohl kaum als der günstigste Monat für einen Urlaub.«

Die blauen Augen fixierten Benton. »Ich könnte Sie auch fragen, was Sie hier tun. Ich sehe eher aus, als wäre ich hier zu Hause als Sie, Sergeant. Sie hören sich zwar durchaus englisch an, doch Ihr Gesicht wirkt sehr – wie soll ich sagen – indisch. Immerhin muss es Ihnen geholfen haben, Arbeit zu finden. Das kann nicht einfach sein, bei dem Beruf, den Sie gewählt haben – nicht einfach für Ihre Kollegen, meine ich. Ein respektloses oder unhöfliches Wort über Ihre Hautfarbe, und sie wären sofort gefeuert oder würden vor eines dieser Gleichstellungsgerichte gezerrt. Sie gehören ja wohl kaum zu den Kantinenhockern, wie? Keiner von den Jungs. Es kann nicht so einfach sein, damit zurechtzukommen.«

Malcolm Warren blickte auf und schüttelte beinahe unmerklich den Kopf, als könne er es nicht fassen, dass Menschen, die im Glashaus sitzen, immer wieder dazu neigen, mit Steinen zu werfen. Dann widmete er sich wieder seinem Notizbuch und bewegte seine Hand weiter langsam über die Seite. Benton sagte ruhig: »Würden Sie bitte meine Frage beantworten? Ich will es anders ausdrücken. Warum sind Sie gerade zum jetzigen Zeitpunkt hier?«

»Weil Miss Gradwyn mich gebeten hat zu kommen. Sie wollte hier eine Operation vornehmen lassen, die ihr Leben verändern würde, und sie wollte einen Freund dabeihaben, der ihr während der einwöchigen Genesungszeit Gesellschaft leistet. Ich komme relativ regelmäßig in dieses Cottage, wie Ihnen mein Cousin und meine Cousine zweifelsohne bereits erzählt haben. Rhoda ist wahrscheinlich deshalb hierhergekommen, weil Marcus, der Assistenzarzt, mein Cousin ist und ich ihr das Manor empfohlen habe. Jedenfalls hat sie gesagt, sie braucht mich, und ich bin gekommen. Beantwortet das Ihre Frage?«

»Nicht ganz, Mr. Boyton. Wenn Miss Gradwyn so darauf aus war, Sie bei sich zu haben, weshalb hat sie Mr. Chandler-Powell dann klipp und klar gesagt, dass sie auf keinen Fall Besuch empfangen möchte? Das behauptet er zumindest. Bezichtigen Sie ihn der Lüge?«

»Drehen Sie mir nicht das Wort im Mund herum, Sergeant. Vielleicht hat sie ja ihre Meinung geändert, auch wenn ich das nicht für wahrscheinlich halte. Vielleicht wollte sie mich erst sehen, wenn der Verband abgenommen und die Narbe verheilt war, oder aber Big George hielt es medizinisch nicht für ratsam, dass sie Besuch bekam, und sprach ein Verbot aus. Woher soll ich denn wissen, was passiert ist? Ich weiß nur, dass sie mich gebeten hat zu kommen und dass ich bis zu ihrer Abreise hierbleiben sollte.«

»Aber Sie haben ihr doch eine SMS geschickt. Wir haben sie auf ihrem Handy gefunden. *Etwas sehr Wichtiges ist passiert. Brauche deinen Rat. Muss dich unbedingt sehen, bitte, schließ mich nicht aus.* Was war das denn so Wichtiges?« Die Antwort ließ auf sich warten. Boyton bedeckte das Gesicht mit den Händen. Benton dachte bei sich, diese Geste könnte den Versuch darstellen, eine Gefühlswallung zu verbergen, aber es war gleichzeitig auch eine praktische Methode, seine Gedanken zu ordnen. Benton wartete kurz ab und sagte dann: »Haben Sie sich denn irgendwann nach Ihrer Ankunft mit ihr getroffen, um diese wichtige Angelegenheit zu besprechen?«

Ohne die Hände vom Gesicht zu nehmen, sagte Boyton: »Wie denn? Sie wissen doch, dass das nicht ging. Sie wollten mich weder vor noch nach der Operation ins Manor lassen. Und am Samstagmorgen war sie schon tot.«

»Ich muss Sie noch einmal fragen, Mr. Boyton. Was gab es Wichtiges mit ihr zu besprechen?«

Nun sah Boyton ihm ins Gesicht, und er klang gefasst. »So wichtig war es nicht. Es sollte sich nur so anhören. Es ging um Geld. Mein Partner und ich brauchen noch ein weiteres Haus für unser Unternehmen, und gerade ist ein passendes auf dem Markt. Für Rhoda wäre das eine wirklich gute Investition gewesen, und ich hatte gehofft, sie würde einspringen. Ein neues Leben vor sich, ein Leben ohne Narbe – es hätte sie interessieren können.«

»Ihr Partner kann das sicher bestätigen?«

»Das mit dem Haus? Ja, das kann er, aber ich wüsste nicht, warum Sie ihn danach fragen sollten. Ich habe ihm nicht erzählt, dass ich mich an Rhoda wenden wollte. Und eigentlich geht Sie das alles gar nichts an.«

Benton entgegnete: »Wir untersuchen einen Mordfall, Mr.

Boyton. Da geht uns alles etwas an, und wenn Ihnen etwas an Miss Gradwyn lag und Sie möchten, dass der Mörder gefasst wird, dann helfen Sie uns am besten dadurch, dass Sie unsere Fragen vollständig und wahrheitsgemäß beantworten. Sie werden jetzt zweifellos so schnell wie möglich nach London und zu Ihrem Unternehmen zurückkehren wollen?«

»Nein, ich habe eine Woche gebucht, und ich bleibe eine Woche. Das habe ich von vornherein gesagt, und ich schulde es Rhoda. Ich möchte herausfinden, was hier vor sich geht.«

Die Antwort überraschte Benton. Wenn sie es nicht ausdrücklich genießen, mit gewaltsamen Todesfällen zu tun zu haben, wollen die meisten Verdächtigen möglichst schnell möglichst großen Abstand zwischen sich und dem Verbrechen schaffen. Es diente zwar der Sache, Boyton hier im Cottage wohnen zu haben, aber Benton hatte damit gerechnet, sein Verdächtiger würde lauthals protestieren und darauf bestehen, ihn hier nicht länger festzuhalten, weil er dringend zurück nach London müsse.

Er fragte: »Wie lange haben Sie Rhoda Gradwyn gekannt und wie haben Sie sich kennengelernt?«

»Wir haben uns vor ungefähr sechs Jahren kennengelernt, nach einer nicht sehr erfolgreichen freien Theaterproduktion von *Warten auf Godot*. Ich war gerade mit der Schauspielschule fertig. Wir sind uns auf der Premierenfeier begegnet. Eine grauenhafte Veranstaltung, aber mir hat sie Glück gebracht. Wir sind ins Gespräch gekommen. Ich habe sie gefragt, ob sie in der darauffolgenden Woche mit mir essen gehen möchte, und zu meiner Überraschung hat sie zugesagt. Danach haben wir uns gelegentlich getroffen, nicht häufig, aber immer voller Vorfreude, zumindest was mich betraf. Ich habe Ihnen schon gesagt, sie war eine Freundin, eine liebe Freundin, und sie gehörte zu denjenigen, die mir geholfen haben, wenn ich einmal keine Rolle bekam und keine lukrativen Ideen hatte. Nicht oft und nicht viel. Sie hat die Rechnung bezahlt, wenn wir uns zum Essen getroffen haben. Ich kann Ihnen das nicht begreiflich machen, und ich wüsste auch nicht, weshalb ich es versuchen sollte. Es geht Sie nichts an. Ich habe sie geliebt. Ich war nicht in sie verliebt, ich habe sie geliebt. Ich brauchte die Treffen mit ihr. Mir gefiel die Vorstellung, dass sie Teil meines Lebens war. Ich glaube nicht, dass sie mich geliebt hat, aber sie hat sich meistens mit mir getroffen, wenn ich sie darum gebeten habe. Ich konnte mit ihr reden. Das war kein Mutter-Sohn-Verhältnis, es ging auch nicht um Sex, es war einfach nur Liebe. Und jetzt hat eins von diesen Ungeheuern im Manor sie umgebracht. Ich gehe hier nicht weg, bevor ich weiß, wer es war. Überhaupt, ich beantworte jetzt keine weiteren Fragen über sie. Was wir empfunden haben, haben wir empfunden. Das hat nichts damit zu tun, warum oder wie sie gestorben ist. Wenn ich es erklären könnte, würden Sie es nicht verstehen. Sie würden nur lachen.« Er fing an zu weinen, ohne einen Versuch zu unternehmen, dem Strom der Tränen Einhalt zu gebieten.

»Über die Liebe lacht man nicht«, sagte Benton und dachte: *O Gott, das klingt* wie eine ganz üble *Schnulze. Über die Liebe lacht man nicht! Ü-ü-ber die Liebe lacht man nicht!* Fast konnte er die fröhliche, banale Melodie hören, die sich in seinem Kopf verselbstständigte. Beim Eurovision Song Contest könnte sie gar nicht schlecht abschneiden. Als er wieder in Boytons verzerrtes Gesicht blickte, dachte er: *Was er empfindet, scheint echt zu sein, aber was genau ist es?* Etwas sanfter fragte er: »Können Sie uns sagen, was Sie von dem Augenblick Ihrer Ankunft in Stoke Cheverell an getan haben? Wann war das genau?«

Boyton fasste sich wieder, und zwar schneller, als Benton erwartet hatte. Mit einem Blick auf Boytons Miene fragte er sich, ob dieser schnelle Wechsel dem Schauspieler zuzuschreiben war, der seine Gefühlsspanne vorführte. »Am Donnerstagabend gegen zweiundzwanzig Uhr. Ich bin aus London gekommen.«

»Miss Gradwyn hat Sie also nicht gebeten, sie zu fahren?«

»Nein, das hat sie nicht, und ich habe das auch nicht erwartet. Sie fährt gerne Auto, das ist ihr lieber als gefahren zu werden. Außerdem musste sie wegen der Untersuchungen schon früh hier sein, und ich konnte erst abends weg. Ich habe mir etwas zum Frühstücken für den Freitag mitgenommen, alles andere wollte ich im Dorf einkaufen. Ich habe mich telefonisch im Manor gemeldet und mich nach Rhodas Befinden erkundigt. Da hat sie schon geschlafen. Als ich nach den Besuchszeiten fragte, teilte Schwester Holland mir mit, sie habe sich jeglichen Besuch ausdrücklich verbeten, und ich habe nicht weiter darauf bestanden. Ich habe daran gedacht, bei meinem Cousin und meiner Cousine vorbeizugehen – sie wohnen nebenan im Stone Cottage und bei ihnen brannte noch Licht –, aber ich konnte mir nicht vorstellen, dass sie sich sonderlich über meinen Besuch freuen würden, schon gar nicht nach zehn Uhr abends. Ich habe mich noch eine Stunde vor den Fernseher gesetzt und bin dann ins Bett gegangen. Ich fürchte, am Freitag habe ich ausgeschlafen, Sie müssen mich also erst gar nicht fragen, was vor elf passiert ist, als ich wieder im Manor angerufen habe und man mir sagte, die Operation sei gut verlaufen und Rhoda würde sich gut erholen. Sie wiederholten noch einmal, dass sie keinen Besuch wollte. Gegen zwei hab ich im

Dorfpub zu Mittag gegessen, dann bin ich etwas in der Gegend herumgefahren und habe eingekauft. Danach kam ich hierher zurück und bin den ganzen Abend hiergeblieben. Als ich am Samstag die Polizeiautos kommen sah und von dem Mord erfuhr, habe ich versucht, ins Manor zu gelangen. Ich habe es schließlich geschafft, mich an eurem Wachhund vor der Tür vorbeizudrücken und bin in die gemütliche Runde geplatzt, die Ihr Chef arrangiert hatte. Aber das wissen Sie ja.«

Benton fragte: »Sind Sie vor Samstagnachmittag zu irgendeinem Zeitpunkt im Manor gewesen?«

»Nein. Ich dachte, ich hätte das klar und deutlich gesagt.«

»Was haben Sie zwischen Freitag, sechzehn Uhr dreißig, und Samstagnachmittag, als Sie von dem Mord erfuhren, gemacht? Insbesondere geht es mir darum, ob Sie in der Nacht zum Samstag das Haus irgendwann verlassen haben. Das ist sehr wichtig. Sie haben vielleicht etwas oder jemanden gesehen.«

»Ich habe Ihnen doch gesagt, dass ich nicht mehr ausgegangen bin, deshalb habe ich auch nichts und niemanden gesehen. Ich war um elf im Bett.«

»Keine Autos? Niemanden, der spätnachts oder am frühen Samstagmorgen angekommen ist?«

»Wo angekommen? Das hab ich doch bereits gesagt. Ich war um elf im Bett. Ich hatte einen sitzen, wenn Sie es schon genau wissen müssen. Wenn ein Panzer durch die Eingangstür gedonnert wäre, hätte ich es vielleicht gehört, aber ich weiß nicht, ob ich aus dem Bett gekommen wäre.«

»Bliebe noch der Freitagnachmittag, nachdem Sie im Cressett Arms zu Mittag gegessen hatten. Haben Sie nicht bei einem Haus in der Nähe der großen Kreuzung vorbeigeschaut, ich meine das mit dem langgestreckten Vorgarten, ein wenig zurückgesetzt von der Straße? Rosemary Cottage.«

»Doch, aber da war niemand zu Hause. Das Cottage steht leer, und am Tor hängt ein Schild, dass es zu verkaufen ist. Ich dachte, die Besitzer wüssten vielleicht die Adresse einer früheren Bewohnerin, die ich kannte. Es ging um eine nebensächliche private Angelegenheit. Ich wollte ihr eine Weihnachtskarte schicken – weiter nichts. Es hat nichts mit dem Mord zu tun. Mog ist auf dem Fahrrad vorbeigekommen, um seine Freundin zu besuchen, nehme ich an, nachsehen, was bei ihr gerade zu holen ist. Sicher hat er Ihnen gesteckt, dass er mich dort gesehen hat. Manche Leute in diesem Kuhdorf können einfach ihr verdammtes Maul nicht halten. Ich versichere Ihnen, es hatte nichts mit Rhoda zu tun.«

»Das behaupten wir auch gar nicht, Mr. Boyton. Unsere Frage lautete, was Sie nach Ihrer Ankunft gemacht haben. Weshalb haben Sie das weggelassen?«

»Weil ich nicht dran gedacht habe. Es war nicht wichtig. Gut, ich war also im Dorfpub zum Mittagessen. Ich habe niemanden gesehen, und es ist nichts passiert. Ich kann mich nicht an jeden Furz erinnern. Ich bin erschüttert, durcheinander. Wenn Sie mir weiter so zusetzen, muss ich einen Anwalt kommen lassen.«

»Das steht Ihnen natürlich frei, wenn Sie es für nötig halten. Und wenn Sie ernsthaft der Meinung sind, wir setzen Sie unter Druck, werden Sie zweifellos eine formelle Beschwerde einreichen. Es könnte sein, dass wir Sie noch einmal verhören möchten, entweder bevor Sie abreisen oder in London. Und bis dahin sollten Sie sich vielleicht überlegen, ob Sie noch etwas vergessen haben, so unwichtig es auch sein mag.«

Sie erhoben sich zum Gehen. In diesem Moment fiel Benton ein, dass er nicht nach Miss Gradwyns Testament gefragt hatte. Eine solche Anweisung von AD vergessen zu haben, wäre ein schwerer Fauxpas. Er ärgerte sich über sich selbst und stellte die Frage, beinahe ohne nachzudenken.

»Sie geben an, ein guter Freund von Miss Gradwyn gewesen zu sein. Hat sie Ihnen je anvertraut, was in ihrem Testament steht, oder angedeutet, Sie könnten darin begünstigt werden? Vielleicht bei Ihrer letzten Begegnung. Wann war das?«

»Am 21. November, im Ivy. Sie hat ihr Testament nie erwähnt. Weshalb auch? Testamente betreffen den Tod. Sie hat nicht an den Tod gedacht. Weshalb auch. Es war keine lebensgefährliche Operation. Warum hätten wir über ihr Testament sprechen sollen? Wollen Sie damit sagen, Sie haben es gesehen?«

Unter seiner Empörung verbarg sich unverkennbar verschämte Neugier und ein Funken Hoffnung.

Benton sagte leichthin: »Nein, wir haben es nicht gesehen. Es war nur so ein Gedanke.«

Boyton begleitete sie nicht zur Tür. Sie ließen ihn am Tisch sitzen, den Kopf in die Hände gestützt. Nachdem sie das Gartentor hinter sich zugezogen hatten, machten Benton und Warren sich auf den Rückweg zur Alten Wache.

»Und, was halten Sie von ihm?«, fragte Benton.

»Nicht viel, Sergeant. Nicht sonderlich aufgeweckt, wie? Und dazu noch gehässig. Aber als Mörder kann ich ihn mir nicht vorstellen. Weshalb hätte er Miss Gradwyn hierher folgen sollen, wenn er ihr an den Kragen wollte? In London hätte er mehr Gelegenheiten dazu gehabt. Ich sehe auch nicht, wie er es ohne Komplizen hätte schaffen sollen.«

»Vielleicht war es Rhoda Gradwyn selber«, meinte Benton.

»Vielleicht hat sie ihn reingelassen, zu einem vertraulichen Gespräch, wie sie glaubte. Aber am Tag ihrer Operation? Das kann ich mir kaum vorstellen. Er hat Angst, so viel steht fest, aber er ist auch aufgeregt. Und warum will er bleiben? Was die wichtige Angelegenheit betrifft, die er mit Rhoda Gradwyn besprechen wollte, da hat er meiner Meinung nach gelogen. Ich stimme zu, dass man sich ihn nur schwer als Mörder vorstellen kann, doch das gilt für alle anderen auch. Und ich glaube, er lügt, was das Testament angeht.«

Schweigend gingen sie weiter. Benton fragte sich, ob er wohl zu viel preisgegeben hatte. Für DC Warren war es sicher nicht leicht, einerseits zum Team zu gehören und doch Mitglied einer anderen Polizeibehörde zu sein. Nur die Angehörigen der Spezialeinheit nahmen an den abendlichen Besprechungen teil, aber vermutlich war DC Warren eher erleichtert als gekränkt darüber, ausgeschlossen zu sein. Er hatte Benton erzählt, wenn er nicht ausdrücklich gebraucht werde, würde er um sieben Uhr zurück nach Wareham fahren, zu seiner Frau und seinen vier Kindern. Insgesamt bewies er durchaus Fähigkeiten. Benton mochte ihn und fühlte sich wohl, wenn dieses Muskelpaket von beinahe einem Meter neunzig neben ihm herging. Benton hatte ein starkes Interesse daran, dass Warrens Familienleben nicht zu sehr gestört wurde. Warrens Frau stammte aus Cornwall, und er hatte an diesem Morgen eine Spezialität von dort zur Arbeit mitgebracht: sechs ganz besonders saftige und schmackhafte Fleischpasteten.

3

Dalgliesh redete wenig auf der Fahrt nach Norden. Das war nichts Ungewöhnliches, und Kate empfand seine Schweigsamkeit auch nicht als unangenehm; mit Dalgliesh in einvernehmlichem Schweigen Auto zu fahren, war ein seltenes Vergnügen, das sie persönlich sehr schätzte. Als sie sich dem Stadtrand von Droughton Cross näherten, konzentrierte sie sich darauf, rechtzeitig vor dem Abbiegen präzise Anweisungen zu geben. Im Geiste ging sie schon die Vernehmung durch, die ihnen bevorstand. Dalgliesh hatte Reverend Curtis nicht vorab von ihrer Ankunft in Kenntnis gesetzt. Das war wohl auch nicht nötig, denn Priester konnte man für gewöhnlich an Sonntagen, wenn nicht in ihrem Pfarrhaus oder in der Kirche, so doch irgendwo in ihrem Pfarrbezirk antreffen. Ein Überraschungsbesuch hatte außerdem Vorteile.

Die Adresse, die sie suchten, lautete 2 Balaclava Gardens, das war die fünfte Querstraße vom Marland Way, einer breiten Straße, die ins Stadtzentrum führte. Hier herrschte keine Sonntagsruhe. Autos, Lieferwagen und eine Reihe von Bussen drängten sich dicht auf der vom Regen glänzenden Straße. Das dumpfe Dröhnen bildete einen permanenten, disharmonischen Diskant zu dem ständigen Gedudel von »Rudolph the Red Nosed Reindeer«, das sich gelegentlich mit den ersten Strophen der bekannteren Weihnachtslieder abwechselte. Das »Winterfest« wurde im Stadtzentrum mit den offiziellen städtischen Dekorationen zweifellos angemessen begangen, aber auf dieser weniger privilegierten Fernstraße erinnerten die unkoordinierten Eigeninitiativen

der örtlichen Geschäftsleute und Cafébesitzer, die durchweichten Lampions und die verblichenen Wimpel, die
schwingenden Lichterketten, die abwechselnd rot, grün und
gelb blinkten, und die vereinzelten kärglich geschmückten
Weihnachtsbäume weniger an einen festlichen Anlass als an
ein verzweifeltes Aufbäumen gegen die Trostlosigkeit. Die
Gesichter der Kunden verschwammen hinter den regennas-
sen Seitenfenstern zur flüchtigen Unwirklichkeit ätherischer
Erscheinungen.
Was sie durch die Schlieren auf den Scheiben sahen – der
Regen hatte während der ganzen Fahrt nicht nachgelassen –,
hätte jede beliebige Durchgangsstraße in einem wenig wohl-
habenden Außenbezirk einer Stadt sein können. Sie war weniger gesichtslos als vielmehr eine amorphe Mischung aus
Alt und Neu, aus Vernachlässigtem und Renoviertem. Ket-
ten von kleinen Läden wurden unterbrochen von Hochhäusern, und eine kurze Reihe guterhaltener, offensichtlich aus
dem achtzehnten Jahrhundert stammender Häuser bildete
einen unerwarteten und unpassenden Kontrast zu den Café-
Imbissen, den Wettstuben und den grellen Ladenschildern.
Leute liefen mit eingezogenem Kopf scheinbar ziellos im
strömenden Regen umher oder suchten unter Ladenmarki-
sen Schutz und betrachteten den Verkehr. Nur die Mütter,
die ihre mit Plastikhauben bedeckten Kinderwagen schoben, legten eine beharrliche, zielstrebige Energie an den
Tag.
Kate kämpfte gegen die Mischung aus Schuldgefühlen und
Depressionen an, die sie immer beim Anblick von Hochhäusern überkam. In einem solchen schmutzigen, rechteckigen Kasten, Monument des Ehrgeizes lokaler Behörden wie
menschlicher Verzweiflung, war sie zur Welt gekommen
und aufgewachsen. Von Kindheit an hatte sie nur den Drang

verspürt, zu flüchten, sich zu befreien von dem durchdringenden Uringestank in den Treppenhäusern, dem ständig defekten Aufzug, den Graffiti, dem Vandalismus, dem Geschrei. Und sie war geflüchtet. Sie sagte sich, dass das Leben in einem Hochhaus heutzutage wahrscheinlich besser war, selbst in einem Stadtzentrum. Aber sie konnte nicht daran vorbeifahren, ohne das Gefühl zu haben, dass mit ihrer persönlichen Befreiung etwas, das unveräußerlich Teil ihrer selbst war, weniger zurückgewiesen als vielmehr verraten worden war.

Die St. John's Church konnte man nicht verfehlen. Sie stand links an der Straße, ein gewaltiger viktorianischer Bau mit einem dominanten Kirchturm an der Kreuzung Balaclava Gardens. Kate fragte sich, wie die örtliche Kirchengemeinde wohl mit dieser verwitternden architektonischen Verirrung zurechtkam. Offenbar nicht ohne Probleme. Vor dem Eingang zeigte eine hohe Anschlagtafel eine Art gemaltes Thermometer, das verkündete, es müssten noch dreihundertfünfzigtausend Pfund aufgebracht werden, darunter standen die Worte: *Helfen Sie mit, unseren Turm zu retten.* Ein Pfeil, der auf einhundertdreiundzwanzigtausend zeigte, sah aus, als stünde er schon eine ganze Weile auf diesem Niveau. Dalgliesh hielt vor der Kirche und ging rasch hinüber, um auf das Schwarze Brett zu schauen. Als er wieder auf seinen Sitz rutschte, sagte er: »Stille Messe um sieben, Hochamt um halb elf, Abendandacht und Vesper um sechs, Beichte montags, mittwochs und samstags von fünf bis sieben. Mit etwas Glück treffen wir ihn zu Hause an.«

Kate war froh, diese Befragung nicht mit Benton durchführen zu müssen. Durch ihre jahrelange Erfahrung mit Vernehmungen der unterschiedlichsten Verdächtigen hatte sie die anerkannten Techniken gelernt und auch deren Modifikationen, die aufgrund der Vielfalt von Persönlichkeiten nötig waren. Sie wusste, wann Milde und Einfühlungsvermögen gefragt waren und wann das als Schwäche ausgelegt wurde. Sie hatte gelernt, nie die Stimme zu erheben oder einem Blick auszuweichen. Doch die Vernehmung dieses Verdächtigen, so er sich denn als solcher herausstellte, würde ihr nicht leichtfallen.

Es war schwierig genug, sich einen Geistlichen als Mörder vorzustellen, aber wenn es nun einen peinlichen, wenn auch weniger schrecklichen Grund dafür gab, dass er spätnachts an einer so abgelegenen, einsamen Stelle haltgemacht hatte? Wie sollte sie ihn eigentlich genau anreden? War er Vikar, Pfarrer, Pastor, Priester? Sie hatte alle Bezeichnungen in verschiedenen Situationen schon gehört, aber die Feinheiten, insbesondere die orthodoxen Überlieferungen der nationalen Religion waren ihr fremd. Die Morgenversammlung in ihrer innerstädtischen Gesamtschule hatte sich gezielt an viele Glaubensrichtungen gewandt, mit gelegentlichen Referenzen an das Christentum. Das wenige, was sie über die Landeskirche wusste, hatte sie über die Architektur und Literatur und von den Bildern in den größeren Galerien gelernt. Sicher, sie war intelligent und interessierte sich für das Leben und die Menschen, aber ihr Beruf, den sie liebte, hatte große Teile ihrer intellektuellen Neugier befriedigt. Ihr persönliches Credo, Ehrlichkeit, Mut und das Bekenntnis zur Wahrheit in zwischenmenschlichen Beziehungen hatte keine mystische Grundlage und benötigte diese auch nicht. Ihre Großmutter, die sie widerwillig großgezogen hatte, hatte ihr nur einen einzigen Rat gegeben, der die Religion betraf. Kate hatte ihn schon im Alter von acht Jahren wenig hilfreich gefunden.

Sie hatte gefragt: »Oma, glaubst du an Gott?«

332

»Das ist aber eine verrückte Frage. In deinem Alter, da macht man sich doch keine Gedanken über Gott. Was Gott betrifft, musst du dich nur an eines halten. Wenn du im Sterben liegst, ruf einen Priester. Er sorgt dafür, dass alles gut wird.«

»Aber wenn ich nicht weiß, dass ich sterbe?«

»Das wissen aber die meisten. Da ist noch Zeit genug, sich Gedanken über Gott zu machen.«

Nun, in diesem Augenblick musste sie sich jedenfalls keine Gedanken machen. AD war Sohn eines Priesters und hatte bereits Erfahrung mit der Vernehmung von Pfarrern. Wer sollte besser mit Reverend Michael Curtis umgehen können als er?

Sie bogen in Balaclava Gardens ein. Sollten hier jemals Gärten gewesen sein, so waren jetzt nur noch ein paar Bäume davon übrig. Viele der original viktorianischen Reihenhäuser standen noch, aber Nummer zwei sowie vier, fünf weitere Häuser dahinter waren eckige moderne Gebäude aus rotem Ziegelstein. Nummer zwei war das größte, mit einer Garage auf der linken Seite und einer kleinen Wiese vor dem Haus mit einem Beet in der Mitte. Die Garagentür war offen, und im Inneren stand ein dunkelblauer Ford Focus mit dem Nummernschild W 341 UDG.

Kate klingelte. Bevor geöffnet wurde, waren eine Frauenstimme und das hohe Geschrei eines Kindes zu vernehmen. Nach einer gewissen Verzögerung wurde der Schlüssel im Schloss gedreht, und die Tür ging auf. Eine junge Frau stand da, sie war hübsch, ein sehr heller Typ. Sie trug Hosen mit einem Hänger darüber und hatte ein Kind rechts auf der Hüfte sitzen, während zwei Kleinkinder, offensichtlich Zwillinge, sie von beiden Seiten an der Hose zogen. Es waren Miniaturausgaben ihrer Mutter, beide hatten das gleiche runde Gesicht, blonde Haare mit Pony und große Augen, mit denen sie die Neuankömmlinge unverwandt anstarrten, um sich ein Urteil zu bilden.

Dalgliesh zeigte seinen Ausweis. »Mrs. Curtis? Ich bin Commander Dalgliesh von der Metropolitan Police, und das ist Detective Inspector Miskin. Wir würden gerne mit Ihrem Mann sprechen.«

Sie schaute überrascht. »Die Metropolitan Police? Das ist aber mal was Neues. Die örtliche Polizei kommt hier gelegentlich vorbei. Manche von den Jugendlichen aus den Hochhäusern machen ab und an Schwierigkeiten. Das sind gute Leute – die örtliche Polizei, meine ich. Aber kommen Sie doch herein. Es tut mir leid, dass ich Sie warten ließ, aber wir haben diese doppelten Sicherheitsschlösser. Es ist furchtbar, ich weiß, aber Michael ist letztes Jahr zweimal angegriffen worden. Deshalb mussten wir das Schild abnehmen, auf dem steht, dass hier das Pfarrhaus ist.« Völlig unbekümmert rief sie: »Michael, Schatz! Jemand von der Metropolitan Police ist hier.«

Reverend Michael Curtis trug ein Priestergewand, und um den Hals hatte er etwas, das aussah wie ein alter Collegeschal. Kate war froh, als Mrs. Curtis die Tür hinter ihnen schloss. Sie fand das Haus kalt. Curtis kam zu ihnen und reichte ihnen geistesabwesend die Hand. Er war älter als seine Frau, vielleicht aber gar nicht so viel älter, wie es den Anschein hatte, mit seiner dünnen, ein wenig gebückten Gestalt im Kontrast zu ihrer drallen, anmutigen Erscheinung. Seine braunen Haare mit der mönchischen Ponyfrisur wurden bereits grau, aber die freundlichen Augen blickten wachsam und gescheit, und sein Händedruck verriet Selbstvertrauen. Nachdem er seiner Frau und seinen Kindern einen liebevollen, aber ratlosen Blick zugeworfen hatte, deutete er auf eine Tür hinter sich.

»Vielleicht im Arbeitszimmer?«

Der Raum war größer, als Kate erwartet hatte, und die Terrassentür führte auf einen kleinen Garten. Offenbar hatte niemand den Versuch unternommen, die Beete zu pflegen oder den Rasen zu mähen. Das kleine Gärtchen war ganz den Kindern überlassen worden, und es gab ein Klettergerüst, einen Sandkasten und eine Schaukel. Auf dem Gras lagen diverse Spielzeuge verstreut. Im Arbeitszimmer roch es nach Büchern und ganz schwach nach Räucherstäbchen, wie Kate fand. Es gab einen vollen Schreibtisch, einen mit Büchern und Zeitschriften beladenen Tisch an der Wand und einen modernen Gaskamin, der im Moment nur auf kleinster Stufe brannte. Rechts vom Schreibtisch war ein Kruzifix mit einem Hocker, um sich davor hinzuknien. Vor dem Kamin standen zwei ziemlich abgenutzte Sessel.

Mr. Curtis sagte: »In diesen beiden Sesseln dürften Sie es einigermaßen bequem finden.«

Er selbst nahm an seinem Schreibtisch Platz und schob den Drehstuhl so, dass er ihnen gegenübersaß, die Hände auf den Knien. Er wirkte ein wenig ratlos, jedoch völlig unbekümmert.

»Wir würden Ihnen gerne eine Frage über Ihr Auto stellen«, begann Dalgliesh.

»Meinen alten Ford? Der wurde bestimmt nicht gestohlen und für ein Verbrechen genutzt. Für sein Alter ist er ganz zuverlässig, aber er fährt nicht sonderlich schnell. Niemand, der Böses im Sinn hatte, wird ihn gestohlen haben, das kann ich mir nicht vorstellen. Sie haben wahrscheinlich gesehen, dass er in der Garage steht. Es ist alles in Ordnung damit.«

Dalgliesh sagte: »Er wurde am Freitag spätnachts gesehen«, sagte Dalgliesh. »Er parkte in der Nähe des Tatorts eines schweren Verbrechens. Wer auch immer ihn gefahren hat, er

335

oder sie könnte vielleicht etwas gesehen haben, das uns bei unseren Ermittlungen hilft. Vielleicht ein anderes Auto, das dort geparkt hat, oder jemanden, der sich verdächtig benommen hat. Waren Sie Freitagabend in Dorset, Herr Pfarrer?«

»In Dorset? Nein, am Freitag war ich von fünf Uhr an hier im Pfarrgemeinderat. Zufällig bin ich an diesem Abend gar nicht selber mit dem Auto gefahren. Ich hatte es einem Freund geliehen. Sein eigenes war zur Hauptuntersuchung in der Werkstatt, und offenbar musste noch etwas repariert werden. Weil er eine dringende Verabredung einhalten musste, hab ich ihm meins geliehen. Im Notfall hatte ich ja noch das Fahrrad meiner Frau. Er gibt Ihnen sicher gerne Auskunft.«

»Wann hat er das Auto zurückgebracht?«

»Das muss sehr früh gestern Morgen gewesen sein, bevor wir aufgestanden sind. Als ich um sieben zur Morgenandacht das Haus verlassen habe, war es jedenfalls wieder da. Er hatte ein Dankeschön hinter den Scheibenwischer geklemmt und vollgetankt. Das hat mich nicht überrascht, er ist immer sehr korrekt. Dorset, sagen Sie? Eine lange Fahrt. Wenn er etwas Verdächtiges bemerkt oder Zeuge eines Verbrechens geworden wäre, hätte er sicher angerufen und es mir erzählt. Aber seit seiner Rückkehr haben wir noch gar nicht miteinander gesprochen.«

»Jeder, der in der Nähe des Tatorts war, könnte nützliche Informationen haben, ohne etwas von deren Bedeutung zu ahnen«, sagte Dalgliesh. »Zu dem Zeitpunkt hat es vielleicht gar nicht ungewöhnlich oder verdächtig gewirkt. Würden Sie uns seinen Namen und seine Adresse geben? Wenn er in der Nähe wohnt, würde es uns Zeit ersparen, wenn wir gleich mit ihm reden könnten.«

336

»Er ist der Leiter der örtlichen Gesamtschule von Droughton Cross, Stephen Collinsby. Vielleicht erwischen Sie ihn in der Schule. Normalerweise ist er sonntagnachmittags dort, um in Ruhe die nächste Woche vorzubereiten. Ich schreibe Ihnen die Adresse auf. Es liegt ganz in der Nähe. Sie können auch zu Fuß hingehen, wenn Sie Ihr Auto hierlassen möchten. In unserer Straße dürfte es sicher sein.« Er drehte den Stuhl wieder herum, zog die linke Schublade auf, suchte eine Weile, bis er ein leeres Blatt Papier fand und zu schreiben begann. Er faltete es säuberlich zusammen und reichte es Dalgliesh.

»Collinsby ist unser Lokalheld. Derzeit wird er sogar zu einer Art Nationalheld. Vielleicht haben Sie in der Zeitung etwas darüber gelesen oder die Fernsehsendung über Schule und Erziehung gesehen, in der er auftrat? Er ist ein hervorragender Mann. Er hat die Gesamtschule von Droughton Cross völlig umgekrempelt. Und zwar nach Grundsätzen, denen wahrscheinlich die meisten Menschen zustimmen würden, die jedoch viel zu selten in die Tat umgesetzt werden. Er glaubt, dass in jedem Kind ein bestimmtes Talent schlummert, eine handwerkliche Fähigkeit oder eine intellektuelle Begabung, die sein ganzes Leben bereichern kann, und dass es die Aufgabe der Schule ist, dieses Talent zu entdecken und zu fördern. Dabei braucht er natürlich Hilfe, und er hat die gesamte Gemeinschaft mit eingebunden, insbesondere die Eltern. Ich bin selber im Schulbeirat und tue, was ich kann. Alle vierzehn Tage gebe ich zwei Mädchen und zwei Jungen hier Lateinunterricht, zusammen mit der Frau des Organisten, die mich korrigiert, wenn ich Lücken habe. Latein steht nicht auf dem Lehrplan. Die Kinder kommen, weil sie die Sprache lernen wollen, und es ist eine große Freude, sie zu unterrichten. Einer der Kirchenvorsteher leitet gemeinsam mit seiner Frau den Schachclub. In diesem Club gibt es Jungen, die ein großes Talent für dieses Spiel haben und begeistert dabei sind, Jungen, von denen niemand gedacht hätte, dass sie je etwas erreichen würden. Und jemand, der Schulmeister wird und die Chance bekommt, für den Bezirk anzutreten, muss sich nicht mehr mit dem Messer in der Tasche Respekt verschaffen. Vergeben Sie mir, dass ich so drauflosrede, aber seit ich Stephen kenne und selbst in der Schule engagiert bin, interessiere ich mich sehr für Bildung und Erziehung. Und es macht einem wirklich Mut, wenn entgegen aller Wahrscheinlichkeit einmal etwas Gutes entsteht. Wenn Sie Zeit haben, mit Stephen über die Schule zu sprechen, werden Sie von seinen Ideen fasziniert sein.«

Sie erhoben sich gleichzeitig. »Herrje«, meinte er da, »wie gedankenlos von mir. Möchten Sie nicht vielleicht noch eine Tasse Tee oder einen Kaffee?« Er schaute sich um, als erwartete er, dass sich die Getränke irgendwo materialisierten. »Meine Frau könnte doch ...« Er ging zur Tür wollte schon nach ihr rufen.

Dalgliesh lehnte ab. »Danke, Herr Pfarrer, aber wir müssen aufbrechen. Wir nehmen besser das Auto. Es könnte sein, dass wir eilig wieder los müssen. Ich danke Ihnen für Ihre freundliche Hilfe.«

Als sie angeschnallt im Auto saßen, faltete Dalgliesh den Zettel auf und reichte ihn Kate. Pfarrer Curtis hatte feinsäuberlich einen kleinen Stadtplan gezeichnet, Pfeile wiesen den Weg zur Schule.

Kate ahnte, weshalb Dalgliesh lieber mit dem Auto fuhr. Was auch immer das vor ihnen liegende Verhör ergab, es war in jedem Fall klüger, nicht zurückzukehren und Fragen von Pfarrer Curtis zu riskieren.

Sie wusste instinktiv, in welcher Stimmung Dalgliesh war. Nach einem kurzen Moment des Schweigens fragte sie, in dem Wissen, er würde verstehen: »Glauben Sie, es wird schlimm, Sir?« Sie meinte schlimm für Stephen Collinsby, nicht für sie beide.

»Ja, Kate, das könnte sein.«

4

Mittlerweile waren sie inmitten des Lärms und dichten Verkehrs auf dem Marland Way unterwegs. Es war nicht einfach zu fahren, und Kate schwieg, außer wenn sie Dalgliesh Anweisungen geben musste, wo es langging, bis sie an der zweiten Ampel rechts in eine ruhigere Straße abgebogen waren.

»Meinen Sie, Pfarrer Curtis hat uns telefonisch angekündigt, Sir?«

»Ja, er ist ein intelligenter Mann. Nachdem wir gegangen waren, hat er sicherlich ein paar Puzzleteile zusammengefügt. Dass die Met involviert ist, dann unser Dienstgrad – weshalb kommen ein Commander und ein Detective Inspector, wenn das nur eine Routinebefragung ist? –, die frühzeitige Rückgabe seines Autos und das Schweigen seines Freundes.«

»Aber offensichtlich weiß er noch nichts von dem Mord.«

»Das ändert sich, sobald er morgen die Zeitung aufschlägt oder Nachrichten hört. Ich bezweifle zwar, dass er Collinsby dann als Verdächtigen betrachten wird, aber er weiß, dass sein Freund in Schwierigkeiten stecken könnte. Deshalb war es ihm auch so wichtig, uns noch umfassend über die Schulreform zu informieren. Eine beeindruckende Referenz.«

Kate zögerte, bevor sie die nächste Frage stellte. Sie wusste, dass Dalgliesh sie respektierte, sie glaubte sogar, dass er sie mochte. Mit den Jahren hatte sie gelernt, ihre Gefühle zu beherrschen, und auch wenn der Kern einer, wie sie immer gewusst hatte, aussichtslosen Liebe geblieben war und immer bleiben würde, gab ihr das noch lange keinen Anspruch auf sein Denken. Es gab Fragen, die besser nicht gestellt werden sollten, aber gehörte diese dazu?

Nach einer kurzen Pause, in der sie die Wegbeschreibung studierte, sagte sie:»Sie wussten, dass er seinen Freund warnen würde, aber Sie haben ihm nicht gesagt, er soll es nicht tun.«

»Er wird schwer genug mit seinem Gewissen gerungen haben, da muss ich es ihm nicht noch schwerer machen. Unser Mann läuft uns schon nicht weg.«

Sie mussten noch einmal abbiegen. Pfarrer Curtis' Beschreibung »ganz in der Nähe« war ziemlich optimistisch gewesen. Oder waren es die vielen Querstraßen, die Schweigsamkeit ihres Mitfahrers oder die gespannte Erwartung des bevorstehenden Verhörs, das Kate die Fahrt so lang erscheinen ließ?

Dann eine Plakatwand. Jemand hatte mit schwarzer Farbe darauf gemalt: *Der Teufel steckt im Internet.* Darunter stand in markanteren Buchstaben: *Es gibt keinen Teufel und keinen Gott.* Dann hieß es, diesmal in rot: *Gott lebt. Buch Hiob.* Und als letzte Aufforderung: *Leckt mich am Arsch.*

»Kein ungewöhnliches Ende für eine theologische Diskussion«, meinte Dalgliesh, »auch wenn es selten so derb ausgedrückt wird. Ich glaube, hier ist die Schule.«

Ein hohes Gitter umschloss einen viktorianischen, gemusterten Ziegelbau mit Steinfassade, der sich hinter einem großen asphaltierten Schulhof befand. Zu ihrer Überraschung war das Tor zum Pausenhof nicht verschlossen. Eine kleinere und kunstvollere Version des Hauptgebäudes, offensichtlich vom selben Architekten erbaut, war über einen neuer aussehenden Korridor damit verbunden. Hier war ein Versuch unternommen worden, die Größe durch Ornamentik zu kompensieren. Fensterreihen und vier verzierte Steinstufen führten zu einer einschüchternden Tür, die sich auf ihr Klingeln so schnell öffnete, dass Kate den Verdacht hatte, der Schulleiter habe bereits auf sie gewartet. Er war ein Mann um die vierzig, beinahe so groß wie Dalgliesh, und er trug eine Brille, eine alte, weite Hose und einen Pullover mit Lederflicken an den Ellbogen.

»Wenn Sie einen Augenblick Geduld hätten, würde ich gerne noch das Tor zum Schulhof zuschließen«, sagte er. »Es gibt keine Klingel, daher hatte ich gehofft, Sie würden einfach hereinkommen.« Gleich darauf war er wieder bei ihnen. Dalgliesh zeigte ihm seinen Ausweis und stellte Kate vor. Collinsby sagte nur: »Ich hatte Sie erwartet. Gehen wir in mein Arbeitszimmer.«

Als sie ihm durch die spärlich möblierte Eingangshalle und den Korridor mit dem Terrazzoboden folgte, fühlte sich Kate in die Zeit versetzt, in der sie selbst noch zur Gesamtschule gegangen war; sie nahm den schwachen Geruch von Papier, Menschen, Farbe und Putzmitteln wahr. Nach Kreide roch es nicht. Benutzten Lehrer heutzutage überhaupt noch Kreide? Die Tafeln waren größtenteils Computern gewichen, sogar schon in der Grundschule. Doch als sie durch mehrere offene Türen blickte, sah sie gar keine Klassenzimmer. Vielleicht war das Haus des Schulleiters hauptsächlich seiner Arbeit gewidmet und bestand aus Seminarräumen oder Räumen für die Verwaltung. Ganz offensichtlich wohnte er nicht hier.

Er machte ihnen Platz und ließ sie in einen Raum am Ende des Gangs eintreten. Es war eine Mischung aus Konferenzzimmer, Arbeitszimmer und Wohnzimmer. Vor dem Fenster stand ein rechteckiger Tisch mit sechs Stühlen, an der Wand linker Hand befanden sich Bücherregale, die beinahe bis zur Decke reichten, und rechts war der Schreibtisch des Schulleiters, mit seinem Stuhl dahinter und zweien davor. An einer Wand hingen Bilder aus der Schule: der Schachclub, lächelnde Gesichter mit dem Schachbrett davor, der Mannschaftsführer hält den kleinen silbernen Pokal; die Fußball- und Schwimmteams, das Orchester, die Schauspieler der Weihnachtsaufführung und eine Szene aus *Macbeth*, wie es schien – *Macbeth* war das ideale Stück für Schulaufführungen: kurz, schön blutrünstig und nicht allzu schwer zu lernen. Eine offen stehende Tür gewährte einen Blick auf einen kleinen Raum, der anscheinend als Küche diente. Es roch nach Kaffee.

Collinsby rückte zwei Stühle vom Tisch ab und sagte: »Ich vermute, es handelt sich um einen offiziellen Besuch. Wollen wir uns hierher setzen?«

Er nahm am Kopf des Tisches Platz, Dalgliesh zu seiner Rechten, Kate links von ihm. Nun konnte sie ihn zwar flüchtig, aber dennoch genauer betrachten. Was sie sah, war ein gutes Gesicht, empfindsam und mit energischem Kinn, ein Gesicht wie in einem Werbespot, der Vertrauen in die Beteuerungen des Schauspielers erwecken sollte, wenn er die Überlegenheit der Bank gegenüber der Konkurrenz anpries oder die Zuschauer überzeugen wollte, dass das unbezahlbare Auto den Neid der Nachbarn wecken könnte. Er wirkte jünger, als Kate erwartet hatte, vielleicht weil er so legere Wochenendkleidung trug. Wenn er nicht so müde aussähe, könnte er beinahe so etwas wie die Unbekümmertheit der Jugend ausstrahlen, dachte sie bei sich. Die grauen Augen, die kurz ihrem Blick begegneten und sich dann Dalgliesh zuwandten, waren matt vor Erschöpfung. Doch seine Stimme klang überraschend jugendlich.

»Wir ermitteln im ungeklärten Todesfall einer Frau in einem

Haus in Stoke Cheverell in Dorset«, begann Dalgliesh. »Ein Ford Focus mit der Nummer W 341 UDG wurde dort gesehen, als er zwischen elf Uhr fünfunddreißig und elf Uhr vierzig in der Nacht, in der sie starb, in der Nähe des Hauses abgestellt war. Das war am vergangenen Freitag, dem 14. Dezember. Wir haben erfahren, dass Sie sich das Auto an diesem Tag ausgeliehen haben. Sind Sie es gefahren und waren Sie dort?«

»Ja. Ich war dort.«

»Unter welchen Umständen, Mr. Collinsby?«

Nun wachte Collinsby auf. An Dalgliesh gewandt sagte er: »Ich möchte eine Erklärung abgeben. Im Moment noch keine offizielle Aussage, auch wenn mir klar ist, dass eine solche unvermeidlich ist. Ich möchte Ihnen erklären, weshalb ich dort war, und zwar jetzt gleich, so wie mir alle Ereignisse in Erinnerung sind, und ohne mir zu überlegen, wie sich das anhören oder was für Auswirkungen es haben könnte. Sie werden natürlich Fragen haben, und ich werde mich auch bemühen, sie zu beantworten, aber es wäre hilfreich, wenn ich Ihnen die Wahrheit zunächst ohne Unterbrechung erzählen könnte. Fast hätte ich gesagt, ich will Ihnen in meinen Worten erzählen, was passiert ist, aber welche anderen hätte ich zur Verfügung?«

»Vielleicht wäre das der beste Einstieg in Ihre Geschichte«, sagte Dalgliesh.

»Ich versuche mich kurzzufassen. Die Geschichte ist kompliziert geworden, aber im Prinzip ist sie ganz einfach. Ich werde nicht ins Detail gehen, was mein Leben als junger Mensch angeht, meine Eltern, meine Erziehung. Ich will nur sagen, dass ich von Kindheit an Lehrer werden wollte. Ich bekam ein Stipendium für das Gymnasium und später ein größeres County-Stipendium für Oxford, wo ich Geschichte studierte. Nach dem Examen errang ich einen Platz an der London University für eine Lehrerausbildung, die mit einem Pädagogikdiplom abgeschlossen wurde. Das dauerte ein Jahr. Nachdem ich mit der Ausbildung fertig war, wollte ich mir ein Jahr Pause gönnen, bevor ich mich für eine Stelle bewarb. Ich hatte das Gefühl, zu lange akademische Luft geatmet zu haben und wollte reisen, etwas von der Welt sehen, Menschen mit ganz anderen Erfahrungen kennenlernen, bevor ich begann zu unterrichten. Es tut mir leid, ich habe mir selbst vorgegriffen. Wir müssen wieder zu der Zeit zurück, als ich den Studienplatz an der London University bekam.

Meine Eltern waren immer schon arm – wir hatten keine Existenzängste, aber wir mussten jeden Penny umdrehen –, und alles Geld, was ich brauchte, musste ich mir entweder von meinem Stipendium aufsparen oder es mir in den Ferien erarbeiten. Als ich nach London ging, konnte ich mir daher nur eine billige Unterkunft leisten. Im Stadtzentrum war es natürlich zu teuer, und ich musste weiter außerhalb suchen. Ein Freund, der im Jahr zuvor einen Studienplatz bekommen hatte, wohnte in Gidea Park, einer Vorstadt in Essex, und er schlug mir vor, es dort zu probieren. Als ich ihn besuchte, sah ich eine Anzeige vor einem Tabakladen. Jemand hatte ein Zimmer zu vermieten, geeignet für einen Studenten, in Silford Green, das lag nur zwei Stationen weiter an der East London Line. Ich rief bei der angegebenen Nummer an und fuhr zu dem Haus. Es war eine Doppelhaushälfte, bewohnt von Stanley Beale, einem Hafenarbeiter, seiner Frau und ihren beiden Töchtern: Shirley, elf Jahre, und ihrer jüngeren Schwester Lucy, die acht war. Die Großmutter mütterlicherseits wohnte ebenfalls in dem Haus. Eigentlich war dort gar kein Platz für einen Untermieter. Die Großmutter teilte sich das größte Zimmer mit den beiden Mädchen, Mr. und Mrs. Beale bewohnten das zweite Schlafzimmer, das sich ebenfalls auf der Rückseite des Hauses befand. Aber es war billig, lag nahe am Bahnhof, die Fahrt dauerte nicht lange und war unkompliziert, und ich brauchte dringend etwas. Die erste Woche bestätigte meine schlimmsten Befürchtungen. Der Ehemann und die Frau brüllten einander nur an, und die Großmutter, eine missmutige alte Frau, ärgerte sich offenbar darüber, dass sie als Kindermädchen benutzt wurde. Immer wenn wir uns begegneten, klagte sie über ihre Pension, den Gemeinderat, die häufige Abwesenheit ihrer Tochter, die unverschämte Forderung ihres Schwiegersohns, dass sie für Kost und Logis etwas beisteuern sollte. Da ich an den meisten Tagen in London war und abends häufig noch lange in der Universitätsbibliothek arbeitete, ging ich den schlimmsten Auseinandersetzungen in der Familie aus dem Weg. Innerhalb einer Woche nach meiner Ankunft zog Beale schließlich aus, nach einem Streit, der die Wände erzittern ließ. Ich hätte das auch tun können, doch was mich dort hielt, war die jüngere Tochter Lucy.«

Er hielt inne. Das Schweigen zog sich in die Länge, ohne dass es jemand unterbrach. Er hob den Kopf, um Dalgliesh anzusehen, und Kate konnte die Qual, die sich in seiner Miene spiegelte, kaum ertragen.

»Wie soll ich sie Ihnen beschreiben?«, fuhr er schließlich fort. »Wie kann ich Ihnen das begreiflich machen? Sie war ein faszinierendes Kind. Sie war hübsch, aber das war es nicht allein. Sie besaß Anmut, Liebenswürdigkeit, eine feine Intelligenz. Ich richtete es so ein, dass ich früher nach Hause kam, um in meinem Zimmer zu lernen, so dass Lucy noch zu mir kommen konnte, bevor sie zu Bett ging. Sie klopfte bei mir an die Tür, kam herein, setzte sich leise hin und las, während ich arbeitete. Ich nahm Bücher mit nach Hause, und wenn ich das Schreiben unterbrach, um mir einen Kaffee und ihr eine warme Milch zu machen, unterhielten wir uns. Ich versuchte ihre Fragen zu beantworten. Wir sprachen über das Buch, das sie gerade las. Ich sehe sie heute noch vor mir. Ihre Kleider sahen aus, als hätte ihre Mutter sie auf dem Trödel gekauft, im Winter lange Sommerkleider unter einer unförmigen Jacke, kurze Socken und Sandalen. Wenn sie fror, so sagte sie es nie. Manchmal fragte ich ihre Mutter am Wochenende, ob ich sie mit nach London nehmen dürfte, um in ein Museum oder eine Galerie zu gehen. Das stellte nie ein Problem dar; sie war froh, wenn Lucy beschäftigt war, besonders wenn sie ihre Männer mit nach Hause brachte. Ich wusste natürlich, was da vor sich ging, aber das lag nicht in meiner Verantwortung. Ich wäre nicht geblieben, wenn Lucy nicht gewesen wäre. Ich habe das Kind geliebt.«

Wieder schwieg er, dann fuhr er fort: »Ich weiß, was Sie nun fragen werden. War das eine sexuelle Beziehung? Ich kann nur sagen, allein der Gedanke daran wäre Gotteslästerung für mich gewesen. Ich habe sie nie auf diese Weise berührt. Aber es war Liebe. Und ist Liebe nicht immer bis zu einem gewissen Grad körperlich? Nicht sexuell, aber körperlich? Freude an der Schönheit und Anmut des Menschen, der geliebt wird? Sehen Sie, ich bin Schulleiter. Ich kenne all die Fragen, die mir gestellt werden. ›Waren irgendwelche Ihrer Handlungen unangemessen?‹ Wie soll man das beantworten, in einer Zeit, in der es als unangemessen betrachtet wird, wenn man einem weinenden Kind den Arm um die Schulter legt? Nein, unangemessen war es nie, aber wer glaubt mir das schon?«

Nun schwieg er länger. Dalgliesh fragte: »Lebte damals Shirley Beale, oder Sharon Bateman, wie sie heute heißt, in dem Haus?«

»Ja. Sie war die ältere Schwester, ein schwieriges, missmutiges, unkommunikatives Kind. Es war kaum zu glauben, dass die beiden Schwestern waren. Sie hatte die verstörende Angewohnheit, Leute anzustarren, ohne etwas zu sagen, sie schaute nur, es war ein vorwurfsvoller Blick, eher erwachsen als kindlich. Ich glaube, ich hätte begreifen müssen, dass sie unglücklich war – ich muss es sogar begriffen haben –, aber ich hatte nicht das Gefühl, etwas ausrichten zu können. Als ich einmal vorhatte, Lucy nach London mitzunehmen, um ihr Westminster Abbey zu zeigen, fragte ich sie, ob Shirley vielleicht auch Lust habe, mitzukommen. Lucy meinte: ›Ja, frag sie doch‹, und das tat ich auch. Ich kann mich nicht erinnern, welche Antwort ich genau bekommen habe; sie sagte etwas in dem Sinne, dass sie nicht in das langweilige London in die langweilige Kirche mit so jemand Langweiligem wie mir fahren wollte. Aber ich weiß noch, wie froh ich war, dass ich mich überwunden hatte, sie zu fragen, und dass sie abgelehnt hatte. Danach musste ich mir nicht mehr die Mühe machen. Ich hätte wohl merken müssen, was sie empfand – sie fühlte sich vernachlässigt, zurückgestoßen –, aber ich war zweiundzwanzig und besaß nicht die Einfühlsamkeit, ihren Schmerz zu erkennen und damit umzugehen.«

Nun mischte sich Kate ein. »Lag es denn überhaupt in Ihrer Verantwortung, damit umzugehen? Sie waren doch nicht ihr Vater. Wenn etwas falsch lief, musste doch die Familie selbst mit den Problemen zurechtkommen.«

Beinahe erleichtert wandte er sich ihr zu. »Genau das rede ich mir bis heute ein. Aber ich weiß nicht, ob ich es mir glaube. Das Haus war weder für mich noch für einen von ihnen ein angenehmes Heim. Wenn Lucy nicht gewesen wäre, hätte ich mir woanders etwas gesucht. Wegen ihr blieb ich bis zum Ende meiner Ausbildung dort wohnen. Nachdem ich die Lehrerprüfung bestanden hatte, beschloss ich, meine geplante Reise anzutreten. Bis auf eine Schulfahrt nach Paris war ich noch nie im Ausland gewesen, und ich nahm mir zunächst die üblichen Ziele vor: Rom, Madrid, Wien, Siena, Verona, dann ging es weiter nach Indien und Sri Lanka. Zu Anfang habe ich Lucy noch Postkarten geschrieben, manchmal sogar zweimal die Woche.«

»Wahrscheinlich hat Lucy Ihre Karten nie bekommen«, klärte ihn Dalgliesh auf. »Wir vermuten, dass Shirley sie abgefangen hat. Jemand hat sie auseinandergeschnitten und neben einem der Cheverell-Steine vergraben, wo sie jetzt gefunden wurden.«

Er erklärte nicht, was es mit dem Steinkreis auf sich hatte. Aber musste er das überhaupt?, fragte sich Kate.

»Irgendwann habe ich dann damit aufgehört. Ich vermutete, dass Lucy mich entweder vergessen oder genug mit der Schule zu tun hatte; mein Einfluss war über einen gewissen Zeitraum wichtig für sie gewesen, aber nicht auf Dauer. Und das Schreckliche ist: Ich war irgendwie erleichtert. Ich musste mich um meine berufliche Laufbahn kümmern, und Lucy wäre womöglich gleichermaßen eine Verpflichtung wie eine Freude gewesen. Und ich suchte nach erwachsener Liebe – tun wir das nicht alle in unserer Jugend? Von dem Mord erfuhr ich in Sri Lanka. Zunächst wurde mir körperlich schlecht, so schockiert und entsetzt war ich. Ich trauerte natürlich um das Kind, das ich geliebt hatte. Doch wenn ich später an das Jahr mit Lucy zurückdachte, kam es mir immer vor wie ein Traum, und mein Schmerz verselbständigte sich zu einer allgemeinen Trauer um alle vernachlässigten und ermordeten Kinder und den Tod der Unschuld. Vielleicht, weil ich mittlerweile selbst ein Kind hatte. Ich schrieb weder der Mutter noch der Großmutter eine Beileidsbekundung. Ich erwähnte nie irgendjemandem gegenüber, dass ich die Familie gekannt hatte. Ich fühle mich nicht im Mindesten verantwortlich für ihren Tod. Ich war es ja auch nicht. Ich empfand ein wenig Scham und Bedauern, dass ich mich nicht bemüht hatte, weiter in Kontakt zu bleiben, aber das ging vorbei. Selbst nachdem ich nach Hause zurückgekehrt war, setzte sich die Polizei nicht mit mir in Verbindung, um mich zu befragen. Weshalb auch? Shirley hatte gestanden, und die Beweislage war mehr als eindeutig. Die einzige Erklärung, die sie äußerte, war, dass sie Lucy umgebracht habe, weil ihre Schwester zu hübsch gewesen sei.«

Sie ließen das auf sich wirken. Dann fragte Dalgliesh: »Wann hat Shirley Beale Kontakt zu Ihnen aufgenommen?«

»Ich erhielt am 30. November einen Brief von ihr. Offenbar hatte sie eine Fernsehsendung über höhere Schulbildung gesehen, in der ich aufgetreten war. Sie erkannte mich und schrieb sich den Namen der Schule auf, an der ich arbeitete – und immer noch arbeite. In dem Brief stand nur, dass sie sich an mich erinnerte, mich immer noch liebte und mich sehen müsste. Sie schrieb, sie arbeite auf Cheverell Manor und wie ich dort hinkäme. Sie wollte sich dort mit mir treffen. Ich war fassungslos, hatte keine Ahnung, weshalb sie schrieb, sie liebe mich immer noch. Sie hatte mich nie geliebt oder auch nur das kleinste Anzeichen von Zuneigung für mich gezeigt, und das galt umgekehrt genauso. Ich handelte feige und unklug. Ich verbrannte den Brief und versuchte zu vergessen, dass ich ihn je gesehen hatte. Das war natürlich völlig sinnlos. Zehn Tage später kam der nächste Brief. Diesmal war es eine Drohung. Sie müsse mich sehen und wenn ich mich weigern sollte, hätte sie jemanden, der der Welt berichten würde, wie ich sie zurückgestoßen habe. Ich weiß immer noch nicht, was die beste Reaktion darauf gewesen wäre. Wahrscheinlich hätte ich es meiner Frau sagen, die Polizei informieren sollen. Aber hätte ich sie von dem wahren Charakter meiner Beziehung zu Lucy oder Shirley überzeugen können? Deshalb beschloss ich, mich erst einmal mit ihr zu treffen, um ihr diese Hirngespinste auszureden. Sie wollte mich um Mitternacht auf dem Parkplatz am Straßenrand in der Nähe der Cheverell-Steine treffen. Sie hat mir sogar einen sorgfältig gezeichneten Lageplan geschickt. Am Schluss hieß es: ›Es ist wunderbar, dich gefunden zu haben. Wir dürfen einander nie mehr loslassen.‹«

Dalgliesh fragte: »Haben Sie den Brief noch?«

»Nein. Das war meine nächste Dummheit. Ich habe ihn mitgenommen und ihn am Parkplatz bei den Steinen mit dem Zigarettenanzünder verbrannt. Wahrscheinlich wollte ich die Augen vor der Wahrheit verschließen, seit ich ihren ersten Brief bekommen hatte.«

»Haben Sie sich dann mit ihr getroffen?«

»Ja, und zwar bei dem Steinkreis, wie sie geplant hatte. Ich habe sie nicht einmal berührt, um ihr die Hand zu geben, und sie schien das auch nicht zu erwarten. Ich fühlte mich abgestoßen. Ich schlug ihr vor, zurück zum Auto zu gehen, dort sei es gemütlicher. Wir saßen nebeneinander. Sie behauptete, mich schon geliebt zu haben, als ich in Lucy vernarrt war – dieses Wort hat sie gebraucht. Sie habe Lucy aus Eifersucht getötet, aber nun habe sie ihre Strafe abgesessen. Das bedeute, sie sei frei, mich zu lieben. Sie wolle mich heiraten und Kinder von mir bekommen. Sie äußerte das alles sehr ruhig, beinahe emotionslos, aber ihre Entschlossenheit war durchzuhören. Sie schaute unverwandt nach vorne, ich glaube, sie sah mich gar nicht an, während sie sprach. So sanft wie möglich erklärte ich ihr, dass ich verheiratet bin, ein Kind habe und nie etwas zwischen uns sein kann. Ich hätte ihr doch nicht einmal meine Freundschaft anbieten können. Mein einziger Wunsch war es, sie nie mehr wiederzusehen. Es war eine völlig absurde, entsetzliche Situation. Als ich ihr von meiner Frau erzählte, sagte sie, das sei kein Hinderungsgrund. Ich könne mich scheiden lassen, wir würden ein gemeinsames Kind haben, und sie würde sich um meinen Sohn kümmern.«

Er hatte mit gesenktem Blick erzählt, die Hände auf dem Tisch ineinander verklammert. Als er nun den Kopf hob, sahen Dalgliesh und Kate das Entsetzen und die Verzweiflung in seinen Augen.

»Sie wollte sich um mein Kind kümmern! Allein der Gedanke, sie in der Nähe meiner Familie zu haben, war unerträglich. Wahrscheinlich hat auch hier mein Einfühlungsvermögen versagt. Ich hätte ihre Not spüren müssen, aber ich war einfach nur entsetzt und wollte weg von ihr, Zeit gewinnen. Also habe ich ihr etwas vorgelogen. Ich habe ihr versprochen, mit meiner Frau zu reden, und ihr gleichzeitig klargemacht, dass sie sich nichts erhoffen darf. Wenigstens daran habe ich keinen Zweifel gelassen. Daraufhin hat sie sich von mir verabschiedet, wieder ohne mich zu berühren, und ist gegangen. Ich habe sie hinter einem schwachen Lichtstrahl in der Dunkelheit verschwinden sehen.«

»Haben Sie zu irgendeinem Zeitpunkt das Manor betreten?«, fragte Dalgliesh.

»Nein.«

»Hat sie Sie darum gebeten?«

»Nein.«

352

»Haben Sie, während Ihr Auto dort stand, jemand anderen gesehen oder gehört?«

»Niemanden. Ich bin sofort losgefahren, nachdem Shirley aus dem Auto gestiegen war. Ich habe niemanden gesehen.«

»In dieser Nacht wurde eine der Patientinnen dort ermordet. Hat Shirley Beale irgendetwas gesagt, das Sie zu der Vermutung veranlassen könnte, sie könne dafür verantwortlich sein?«

»Nichts.«

»Die Patientin hieß Rhoda Gradwyn. Hat Shirley Beale Ihnen gegenüber diesen Namen erwähnt, hat sie über sie gesprochen oder Ihnen irgendetwas über das Manor erzählt?«

»Nichts, außer dass sie dort arbeitete.«

»Und haben Sie bei dieser Gelegenheit zum ersten Mal von dem Manor gehört?«

»Ja, das war das erste Mal. In den Nachrichten kam bestimmt nichts, und sicher auch nicht in den Sonntagszeitungen. Das wäre mir nicht entgangen.«

»Bisher nicht, aber wahrscheinlich morgen früh. Haben Sie mit Ihrer Frau über Shirley Beale gesprochen?«

»Noch nicht, nein. Ich glaube, ich wollte das alles nicht wahrhaben und habe mich der trügerischen Hoffnung hingegeben, dass ich vielleicht nicht mehr von Shirley hören würde, sie davon überzeugt hätte, dass es für uns keine gemeinsame Zukunft gab. Die ganze Geschichte war fantastisch, unwirklich, ein Alptraum. Sie wissen, ich habe mir Michael Curtis' Auto für die Fahrt geborgt. Falls Shirley mir wieder schreiben sollte, wollte ich mich ihm anvertrauen. Ich hatte das verzweifelte Bedürfnis, es jemandem zu erzählen, und ich wusste, er würde klug und umsichtig reagieren und mir zumindest raten, was ich tun sollte. Erst dann wollte ich mit meiner Frau sprechen. Mir war natürlich klar, dass meine Karriere im Eimer ist, wenn Shirley die Vergangenheit ans Licht bringt.«

Jetzt schaltete Kate sich wieder ein: »Aber doch sicherlich nicht, wenn die Wahrheit akzeptiert würde. Sie haben sich freundlich und liebevoll gegenüber einem offensichtlich einsamen und bedürftigen Kind verhalten. Damals waren Sie außerdem erst zweiundzwanzig. Wie hätten Sie voraussehen sollen, dass Ihre Freundschaft Lucy das Leben kosten würde. Sie sind nicht verantwortlich für diesen Mord. Dafür ist einzig und allein Shirley Beale verantwortlich. Natürlich war sie genauso einsam und bedürftig, aber für ihr Leid waren nicht Sie verantwortlich.«

»Natürlich war ich verantwortlich. Indirekt und ohne es zu wollen. Wenn Lucy mich nicht getroffen hätte, wäre sie heute noch am Leben.«

Kate sprach mit eindringlicher Stimme. »Woher wollen Sie das wissen? Vielleicht hätte sich ein anderer Anlass zur Eifersucht gefunden. Als Heranwachsende hätte sicher Lucy Freundschaften mit Jungen geschlossen, sich Zuneigung und Liebe besorgt. Niemand kann wissen, was passiert wäre. Wir können unmöglich die moralische Verantwortung für die langfristigen Auswirkungen jeder unserer Handlungen auf uns nehmen.«

Sie hielt inne und blickte mit hochrotem Gesicht zu Dalgliesh hinüber. Er wusste, was sie dachte. Sie hatte aus Mitleid und aus Empörung heraus gesprochen, aber es war unprofessionell gewesen, diese Gefühle preiszugeben. Kein Verdächtiger in einem Mordfall sollte den Eindruck bekommen, dass die ermittelnden Beamten auf seiner Seite sind.

Dalgliesh wandte sich direkt an Collinsby. »Ich hätte gerne, dass Sie eine Aussage zu Protokoll geben und darin die Fakten darlegen, wie Sie sie eben beschrieben haben. Wir werden ziemlich sicher noch einmal mit Ihnen sprechen müssen, wenn wir Sharon Bateman verhört haben. Bislang hat sie uns nichts erzählt, noch nicht einmal von ihrer wahren Identität. Und wenn sie seit ihrer Haftentlassung weniger als vier Jahre in der Gemeinde gelebt hat, dann steht sie noch unter Beaufsichtigung. Bitte schreiben Sie Ihre Privatadresse auf die Aussage, wir müssen wissen, wie wir Sie zu Hause erreichen können.« Aus seiner Aktentasche holte er ein offizielles Formular und reichte es ihm.

»Ich fülle es lieber am Schreibtisch aus, das Licht dort ist besser.« Collinsby setzte sich dorthin und wandte ihnen den Rücken zu. Dann drehte er sich wieder um. »Es tut mir leid, ich habe Ihnen weder Kaffee noch Tee angeboten. Wenn Inspector Miskin so freundlich wäre, alles Nötige ist nebenan. Es könnte eine Weile dauern.«

»Ich kümmere mich darum«, sagte Dalgliesh und ging in den Nebenraum. Die Tür ließ er offen. Man hörte Porzellan klirren, einen Wasserkessel volllaufen. Kate wartete ein paar Minuten, dann ging sie hinüber zu ihm und suchte in einem kleinen Kühlschrank nach der Milch. Dalgliesh trug das Tablett mit drei Tassen und Untertassen herein und stellte eine davon mit der Zuckerdose und dem Milchkännchen neben Collinsby, der weiterschrieb und dann, ohne hinzusehen, eine Hand ausstreckte und die Tasse zu sich hinzog. Er nahm weder Milch noch Zucker, und so nahm Kate beides mit zum Tisch, wo sie und Dalgliesh schweigend saßen. Sie war ziemlich müde, widerstand jedoch der Versuchung, sich zurückzulehnen.

Dreißig Minuten später wandte sich Collinsby um und reichte Dalgliesh die ausgefüllten Blätter. »Es ist fertig. Ich habe mich bemüht, bei den Tatsachen zu bleiben. Ich habe nicht versucht, mich zu rechtfertigen, es gibt ohnehin keine

Rechtfertigung. Müssen Sie zusehen, wie ich unterschreibe?«

Dalgliesh trat zu ihm an den Tisch, und das Dokument wurde unterschrieben. Er und Kate nahmen ihre Jacken zur Hand. Collinsby verabschiedete sich förmlich von ihnen, als wären sie Eltern, die gekommen waren, um über den schulischen Fortschritt ihrer Kinder zu sprechen. »Es war freundlich von Ihnen, dass Sie in die Schule gekommen sind. Ich bringe Sie zur Tür. Wenn Sie noch einmal mit mir sprechen müssen, melden Sie sich einfach.«

Er schloss die Eingangstür auf und begleitete sie zum Tor. Das Letzte, was sie von ihm sahen, war sein bleiches, angespanntes Gesicht hinter dem Gitter. Er blickte ihnen nach wie ein Häftling. Dann schloss er das Tor, wandte sich um, ging mit festen Schritten auf die Schultür zu und trat ein, ohne sich noch einmal umzudrehen.

Im Auto knipste Dalgliesh die Leselampe an und nahm die Karte. »Die beste Strecke führt wohl über die M1 Richtung Süden, dann die M25 und die M3. Sie sind sicher hungrig. Wir müssen beide etwas essen, und hier sieht es nicht sonderlich vielversprechend aus.«

Kate wollte weg von der Schule, von der Stadt, von der Erinnerung an die letzte Stunde. »Wollen wir nicht irgendwo anhalten, wenn wir auf der Autobahn sind? Nicht, um dort zu essen, aber wir könnten uns ein Sandwich holen«, schlug sie vor.

Es hatte mittlerweile aufgehört zu regnen, nur noch wenige schwere Tropfen, dickflüssig wie Öl, klatschten auf die Motorhaube. Als sie auf der Autobahn waren, sagte Kate: »Es tut mir leid, was ich zu Mr. Collinsby gesagt habe. Ich weiß, es ist unprofessionell, für einen Verdächtigen Verständnis zu zeigen.« Sie wollte weitersprechen, aber ihr versagte die

356

Stimme, und sie konnte nur wiederholen: »Es tut mir leid, Sir.«

Dalgliesh sah gar nicht zu ihr hinüber. »Sie haben aus Mitgefühl heraus gesprochen«, sagte er. »Zu großes Mitgefühl kann den Ermittlungen in einem Mordfall gefährlich werden, aber längst nicht so gefährlich wie gar kein Mitgefühl. Es ist kein Schaden entstanden.«

Trotzdem flossen die Tränen, und er ließ sie weinen und hielt den Blick auf die Straße gerichtet. Die Autobahn erstreckte sich als grelles Spiel der Lichter vor ihnen, die Prozession der Abblendlichter zur Rechten, das rollende Kaleidoskop des Verkehrs Richtung Süden, die schwarzen Hecken und Bäume, immer wieder von den gewaltigen Konturen der Lastzüge verdeckt, das Getöse einer Welt unbekannter Reisender, alle demselben übermächtigen Zwang verhaftet. Als er das Schild einer Rastanlage sah, setzte Dalgliesh den Blinker und nahm die Ausfahrt. Am Rand des Parkplatzes fand er einen freien Platz und schaltete den Motor aus.

Sie betraten ein Gebäude, das in Licht und Farben erstrahlte. Jedes Café, jeder Laden war mit Weihnachtsdekorationen geschmückt, und in einer Ecke sang ein kleiner Amateurchor so gut wie unbeachtet Weihnachtslieder und sammelte für einen guten Zweck. Sie suchten den Weg zu den Toiletten, holten sich Sandwiches und zwei große Plastikbecher Kaffee und trugen sie zurück zum Auto. Während sie aßen, rief Dalgliesh Benton an, um ihn ins Bild zu setzen, und nach zwanzig Minuten waren sie wieder unterwegs.

Nach einem Blick auf Kates Gesicht, dem man ansah, wie stoisch sie ihre Müdigkeit zu verbergen suchte, sagte er: »Es war ein langer Tag, und er ist noch nicht zu Ende. Stellen Sie doch den Sitz zurück und schlafen ein bisschen.«

»Es geht schon, Sir.«

»Wir müssen nicht beide wach bleiben. Auf dem Rücksitz liegt eine Decke, wenn Sie hinkommen. Ich wecke Sie dann rechtzeitig.«

Er versuchte sich wach zu halten, indem er die Heizung herunterschaltete. Wenn sie schlief, würde sie die Decke brauchen. Sie schob den Sitz nach hinten und machte es sich bequem, die Decke bis zum Hals, das Gesicht ihm zugewandt. Sie war fast auf der Stelle eingeschlafen und schlief so leise, dass er kaum ihr sanftes Atmen hörte. Nur gelegentlich gab sie ein kleines, zufriedenes Ächzen von sich wie ein schlafendes Kind und kuschelte sich tiefer in die Decke. Als er einen kurzen Blick auf ihr Gesicht warf, aus dem durch den Segen der kleinen Ähnlichkeit des Lebens mit dem Tode alle Besorgnis gewichen war, dachte er bei sich, welch ein gutes Gesicht es doch war – es war nicht schön, sicherlich nicht hübsch im konventionellen Sinne, aber ein gutes Gesicht, ehrlich, offen, angenehm anzusehen, ein Gesicht, das Bestand haben würde. Jahrelang hatte sie ihr hellbraunes Haar in einem dicken Zopf getragen, wenn sie an einem Fall gearbeitet hatte; nun hatte sie es sich schneiden lassen, und es legte sich sanft um ihre Wangen. Was sie von ihm brauchte, war mehr, als er geben konnte, das wusste er, aber was er gab, wurde von ihr geschätzt – Freundschaft, Vertrauen, Respekt und Zuneigung. Doch sie verdiente viel mehr. Vor einem halben Jahr hatte er noch gedacht, sie hätte es gefunden. Nun war er sich nicht mehr so sicher.

Er wusste, dass die Sonderkommission bald aufgelöst oder in ein anderes Dezernat eingegliedert werden würde. Wie seine Zukunft aussah, würde er selbst entscheiden. Kate würde ihre überfällige Beförderung zum Detective Chief Inspector erhalten. Aber wie ging es dann für sie weiter? Er hatte in letzter Zeit gespürt, dass sie es satt hatte, allein zu reisen. Bei der nächsten Tankstelle fuhr er hinaus und stellte den Motor ab. Sie rührte sich nicht. Er deckte ihren schlafenden Körper fest mit der Decke zu und machte es sich für eine kurze Pause bequem. Zehn Minuten später reihte er sich wieder in den fließenden Verkehr ein, und sie rollten in südwestlicher Richtung durch die Nacht.

5

Trotz der Anstrengungen und des traumatischen Erlebnisses am vergangenen Tag wachte Kate zeitig und ausgeschlafen auf. Nach ihrer späten Rückkehr aus Droughton war die Besprechung intensiv, aber zügig vonstatten gegangen; ein reiner Austausch von Informationen ohne ausführliche Diskussion der Implikationen. Der Bericht zur Autopsie an Rhoda Gradwyns Leiche war am Nachmittag eingetroffen. Dr. Glenisters Berichte waren immer sehr ausführlich, aber diesmal gab es keine Überraschungen. Miss Gradwyn war eine gesunde Frau gewesen, hätte auf eine erfüllte Zukunft hoffen dürfen. Doch sie hatte zwei fatale Entscheidungen getroffen: sich die Narbe entfernen und die Operation auf Cheverell Manor durchführen lassen. Diese hatten letztlich zu den nüchternen, endgültigen sechs Worten geführt: *Tod durch Ersticken als Folge manueller Strangulation.* Als Kate zusammen mit Dalgliesh und Benton den Bericht durchgelesen hatte, war wieder die wohlbekannte Wut angesichts ihrer Machtlosigkeit gegen die mutwillige Zerstörung eines Menschenlebens über sie gekommen.

Jetzt zog sie sich rasch an und stellte fest, dass sie Hunger auf das aus Speck und Eiern, Würstchen und Tomaten bestehende Frühstück hatte, das Mrs. Shepherd Benton und ihr servierte. Dalgliesh hatte entschieden, dass nicht er oder Benton, sondern Kate Mrs. Rayner in Wareham abholen sollte. Die Bewährungshelferin hatte noch spät am Abend angerufen und mitgeteilt, dass sie den Zug um fünf nach acht von Waterloo nehmen würde. Wenn alles gutging, sollte sie um zehn Uhr dreißig in Wareham sein.

Der Zug war pünktlich, und Kate hatte keine Schwierigkeiten, Mrs. Rayner in der kleinen Schar der ausgestiegenen Passagiere auszumachen.

Mrs. Rayner sah Kate fest in die Augen und schüttelte ihr mit einer kurzen Bewegung die Hand, als würde durch diesen formellen Hautkontakt ein zuvor ausgehandelter Vertrag besiegelt. Sie war kleiner als Kate, stämmig, und ihr markantes, hellhäutiges Gesicht bezog seine Kraft aus einem festen Mund und dem energischen Kinn. Ihre dunkelbraunen Haare mit den grauen Strähnen waren von einem guten und – das sah Kate – teuren Friseur geschnitten worden. Sie trug nicht das übliche Symbol der Bürokratie, eine Aktentasche, bei sich, sondern eine große Stofftasche mit einer Kordel und Riemen über der Schulter. Alles an ihr zeugte von ruhig und selbstsicher ausgeübter Autorität. Sie erinnerte Kate an eine ihrer Lehrerinnen, Mrs. Butler, die die gefürchtete Vierte in eine Gruppe vergleichsweise zivilisiert handelnder Wesen umgewandelt hatte, indem sie ihnen die Überzeugung vermittelte, dass in ihrer Gegenwart gar nichts anderes möglich war.

Kate erkundigte sich höflich nach dem Verlauf der Reise.

»Ich hatte einen Fensterplatz und weder Kinder noch besessene Mobiltelefonierer im Abteil«, antwortete Mrs. Rayner. »Das Schinkensandwich aus dem Speisewagen war frisch, und ich habe die Aussicht genossen. Genau so stelle ich mir eine angenehme Reise vor.«

Während der Fahrt sprachen sie nicht über Shirley, die jetzt Sharon hieß, allerdings erkundigte sich Mrs. Rayner nach dem Manor und den Leuten, die dort arbeiteten, sicherlich, um sich selbst ins Bild zu setzen. Kate ging davon aus, dass sie erst auf das Wesentliche kommen wollte, wenn Dalgliesh dabei war; es hatte keinen Sinn, alles doppelt zu erzählen, außerdem hätten dabei leicht Missverständnisse entstehen können.

In der Alten Wache lehnte Mrs. Rayner nach der Begrüßung durch Dalgliesh den angebotenen Kaffee ab und bat um Tee, den Kate gleich zubereitete. Auch Benton war gekommen, und die vier setzten sich um den niedrigen Tisch vor dem Kamin. Dalgliesh hatte Rhoda Gradwyns Akte vor sich und erklärte kurz, wie das Team von Sharons wahrer Identität erfahren hatte. Er reichte Mrs. Rayner den Ordner, die das Bild von Lucys zerschlagenem Gesicht kommentarlos betrachtete. Nach ein paar Minuten aufmerksamen Studiums klappte sie die Akte zu und gab sie Dalgliesh zurück.

»Es wäre interessant herauszufinden, wie Rhoda Gradwyn an Teile dieses Materials gekommen ist«, sagte sie, »aber da sie tot ist, hat es wohl wenig Sinn, eine Untersuchung anzustrengen. Zumindest wäre das nicht meine Aufgabe. Auf jeden Fall ist über Sharon nichts veröffentlicht worden, und solange sie minderjährig war, war es ohnehin gesetzlich verboten.«

»Hat sie Ihnen ihre neue Arbeitsstelle und die Adressenänderung mitgeteilt?«, fragte Dalgliesh.

»Nein. Das hätte sie natürlich tun müssen, und ich wiederum hätte mich früher mit dem Altenheim in Verbindung setzen müssen. Wir hatten unseren letzten Termin vor zehn Monaten, als sie noch dort arbeitete. Sie musste ihren Umzug damals schon beschlossen haben. Wahrscheinlich wird sie sagen, dass sie es nicht nötig fand, es mir zu sagen. Und ich kann nur die übliche Entschuldigung vorbringen: Arbeitsüberlastung und die Reorganisation nach der Neuaufteilung der Zuständigkeiten im Innenministerium. Kurz gesagt: Sharon ist durchs Raster gefallen.«

Durchs Raster gefallen, dachte Dalgliesh, *das wäre ein per-*

362

fekter Titel für einen modernen Roman. »Sie hatten keine besonderen Befürchtungen wegen ihr?«, fragte er.

»Nicht in dem Sinne, dass ich sie als Gefahr für die Allgemeinheit gesehen hätte. Und wenn der Bewährungsausschuss anderer Meinung gewesen wäre, hätte man sie nicht freigelassen. Im Moorfield House gab es keine Schwierigkeiten mit ihr, und seit ihrer Entlassung von dort gab es ebenfalls keine. Wenn mir etwas Sorge bereitet hat – und immer noch bereitet –, dann ist es die Suche nach einer befriedigenden und geeigneten Arbeitsstelle für sie. Ich will ihr helfen, ihr Leben selbst in die Hand zu nehmen. Sie hat sich immer geweigert, irgendeine Art von Ausbildung zu machen. Die Stelle im Altenheim war keine langfristige Lösung. Sie sollte mit Menschen in ihrem Alter zusammen sein. Aber ich bin nicht hier, um mit Ihnen über Sharons Zukunft zu sprechen. Mir ist klar, dass sie ein Problem für Ihre Ermittlungen darstellt. Wo sie auch hingeht, wir werden sicherstellen, dass sie zur Verfügung steht, wenn Sie sie befragen möchten. Hat sie sich bislang kooperativ gezeigt?«

»Es hat keine Probleme mit ihr gegeben«, antwortete Dalgliesh. »Wir haben derzeit keinen Hauptverdächtigen.«

»Nun, hier kann sie jedenfalls nicht bleiben. Ich werde dafür sorgen, dass sie in einem Heim unterkommt, bis wir etwas Dauerhaftes für sie gefunden haben. Ich hoffe, ich kann sie in etwa drei Tagen abholen lassen. Ich halte Sie natürlich auf dem Laufenden.«

»Hat sie jemals Bedauern darüber ausgedrückt, was sie getan hat?«, fragte Kate.

»Nein, und das war auch das Problem. Sie wiederholt immer nur, dass es ihr damals nicht leidgetan hat und sie nicht einsieht, warum es ihr heute leidtun sollte, nur weil man sie erwischt hat.«

»Darin liegt zumindest eine gewisse Ehrlichkeit«, sagte Dalgliesh. »Wollen wir nun mit ihr sprechen? Kate, bitte suchen Sie sie und bringen sie hierher.«

Es dauerte eine Weile, bis Kate mit Sharon zurückkehrte, und als sich nach einer Viertelstunde die Tür öffnete, war der Grund für die Wartezeit offensichtlich. Sharon hatte sich noch zurechtgemacht, ihre Arbeitskleidung durch Rock und Pullover ersetzt, die Haare auf Glanz gebürstet und die Lippen geschminkt. Außerdem trug sie dicke vergoldete Ohrringe. Kampflustig, jedoch mit einer gewissen Skepsis trat sie ein und nahm Dalgliesh gegenüber Platz. Mrs. Rayner setzte sich neben sie. Kate nahm dies als Zeichen dafür, wo ihre berufliche Aufgabe und ihre Loyalität lagen. Kate nahm neben Dalgliesh Platz, und Benton setzte sich mit aufgeschlagenem Notizbuch in die Nähe der Tür.

Als sie den Raum betreten hatte, war Sharon keinerlei Überraschung angesichts der Anwesenheit von Mrs. Rayner anzumerken gewesen. Nun richtete sie den Blick auf sie und sagte ohne jegliche Feindseligkeit: »Ich hab mir schon gedacht, dass Sie früher oder später hier aufkreuzen.«

»Ich wäre schon früher gekommen, Sharon, wenn Sie mir über Ihre neue Arbeitsstelle und von Miss Gradwyns Tod berichtet hätten – wie es natürlich Ihre Pflicht gewesen wäre.«

»Das hatte ich vor, aber null Chance bei den ganzen Bullen hier im Haus, man war ja voll unter Beobachtung. Wenn die mich am Telefon gesehen hätten, hätten sie mich ausgequetscht. Aber sie ist ja erst Freitagnacht umgebracht worden.«

»Jedenfalls bin ich jetzt hier, und wir müssen ein paar Dinge unter vier Augen besprechen. Aber vorher will Commander Dalgliesh Ihnen ein paar Fragen stellen, und Sie müssen mir versprechen, dass Sie wahrheitsgemäß und vollständig darauf antworten. Das ist wichtig, Sharon.«

»Miss Bateman«, begann Dalgliesh, »Sie haben das Recht, einen Anwalt zu rufen, wenn Sie es für notwendig halten.«

Sie starrte ihn an. »Wieso sollte ich einen Anwalt brauchen? Ich hab doch nichts getan. Außerdem ist Mrs. Rayner hier. Sie wird schon dafür sorgen, dass es hier mit rechten Dingen zugeht. Außerdem habe ich Ihnen am Samstag in der Bibliothek schon alles gesagt, was ich weiß.«

Dalgliesh sagte: »Nicht alles. Sie haben nicht gesagt, dass Sie Freitagnacht das Manor verlassen haben. Sie sind ausgegangen, um sich um Mitternacht mit jemandem zu treffen, und wir wissen auch, wer das war. Wir haben mit Mr. Collinsby gesprochen.«

Nun gab es eine Veränderung. Sharon sprang auf, setzte sich dann aber wieder hin, klammerte sich an der Tischkante fest. Sie lief rot an, die täuschend sanften Augen weiteten sich, und Kate hatte den Eindruck, all ihre Wut würde sich darin sammeln.

»Das können Sie Stephen nicht anhängen! Er hat diese Frau nicht umgebracht. Er würde nie im Leben jemanden umbringen. Er ist ein guter und freundlicher Mensch – und ich liebe ihn! Wir werden heiraten.«

Mit sanfter Stimme sagte Mrs. Rayner: »Das ist nicht möglich, Sharon, und das wissen Sie auch. Mr. Collinsby ist bereits verheiratet und hat ein Kind. Ich glaube, als Sie ihn baten, in Ihr Leben zurückzukommen, haben Sie eine Fantasie ausgelebt, einen Traum. Jetzt müssen wir der Wirklichkeit ins Gesicht sehen.«

Sharon sah Dalgliesh an, der fragte: »Wie haben Sie herausgefunden, wo sich Mr. Collinsby aufhielt?«

»Na, ich hab ihn doch im Fernsehen gesehen. Ich habe nach

dem Essen noch in meinem Zimmer geschaut. Ich hab den Kasten eingeschaltet, und da war er. Und da hab ich mir die Sendung angeschaut, stinklangweiliges Zeug über Schulen und Unterricht, aber ich habe Stephen gesehen und seine Stimme gehört. Er war noch wie früher, bloß älter. In der Sendung haben sie erzählt, was er an seiner Schule alles verändert hat, und da hab ich mir den Namen aufgeschrieben und ihm einen Brief geschickt. Auf den ersten hat er nicht geantwortet, also habe ich ihm noch einen geschickt und geschrieben, dass er sich mal lieber mit mir treffen soll. Weil es wichtig ist.«

»Haben Sie ihm gedroht? Entweder er trifft sich mit Ihnen oder Sie erzählen jemandem, dass er bei Ihrer Familie gewohnt und Sie und Ihre Schwester gekannt hat? Hat er einer von Ihnen beiden etwas zuleide getan?«, fragte Dalgliesh.

»Lucy hat er nichts getan. Er ist keiner von diesen Pädophilen, wenn Sie das meinen. Er hat sie geliebt. Sie haben immer gemeinsam in seinem Zimmer gelesen oder sind Süßigkeiten kaufen gegangen. Sie war gern mit ihm zusammen, aber geliebt hat sie ihn nicht. Sie mochte bloß gerne was Süßes. Und sie ist nur hoch zu ihm ins Zimmer gegangen, weil das besser war, als mit mir und Oma in der Küche zu sitzen. Oma hat ständig an uns rumgemeckert. Lucy hat geklagt, dass Stephen so langweilig ist, aber mir war er wichtig. Ich habe ihn geliebt. Schon immer. Ich hätte nie gedacht, dass ich ihn noch einmal sehe, aber jetzt ist er in mein Leben zurückgekommen. Ich will mit ihm zusammen sein. Ich weiß, dass ich ihn glücklich machen kann.«

Kate fragte sich, ob Dalgliesh oder Mrs. Rayner auf den Mord an Lucy zu sprechen kommen würden. Keiner von beiden tat es. Stattdessen fragte Dalgliesh: »Sie haben also mit Mr. Collinsby vereinbart, dass Sie beide sich am Parkplatz beim Steinkreis treffen. Ich möchte, dass Sie mir genau erzählen, was dort passiert ist und worüber Sie geredet haben.«

»Eben haben Sie gesagt, dass Sie schon mit ihm gesprochen haben. Er muss Ihnen doch erzählt haben, was passiert ist. Ich verstehe nicht, weshalb wir das alles noch mal durchkauen müssen. Gar nichts ist passiert. Er hat mir erzählt, dass er verheiratet ist, aber er will mit seiner Frau sprechen und sie um die Scheidung bitten. Und dann bin ich zurück ins Haus, und er ist weggefahren.«

Dalgliesh fragte: »Und das war alles?«

»Na ja, wir konnten schließlich nicht die ganze Nacht im Auto sitzen, oder? Ich habe einfach ein bisschen neben ihm gesessen, aber wir haben uns nicht geküsst oder so. Man muss sich nicht küssen, wenn man sich wirklich liebt. Ich wusste, dass er die Wahrheit sagt. Ich wusste, dass er mich liebt. Also bin ich irgendwann ausgestiegen und zurück ins Haus gegangen.«

»Hat er Sie begleitet?«

»Nein. Wieso auch? Den Weg kenn ich doch. Und überhaupt, er wollte weg, das hab ich gemerkt.«

»Hat er irgendwann Rhoda Gradwyn erwähnt?«

»Natürlich nicht. Wieso hätte er das tun sollen? Er kannte sie doch gar nicht.«

»Haben Sie ihm Schlüssel für das Manor gegeben?«

Nun war sie plötzlich wieder wütend. »Nein, nein, nein! Er hat mich nie um irgendwelche Schlüssel gebeten. Was sollte er damit? Er ist nicht einmal in die Nähe des Hauses gegangen. Sie versuchen ihm einen Mord anzuhängen, weil Sie alle anderen schützen – Mr. Chandler-Powell, Schwester Holland, Miss Cressett – sie alle. Sie versuchen es Stephen und mir anzuhängen.«

Ruhig sagte Dalgliesh: »Wir sind nicht hier, um irgendjemandem etwas in die Schuhe zu schieben. Unsere Aufgabe ist es, den Schuldigen zu finden. Kein Unschuldiger hat etwas zu befürchten. Aber Mr. Collinsby könnte durchaus in Schwierigkeiten geraten, wenn die Geschichte mit Ihnen herauskommt. Ich glaube, Sie verstehen, wie ich das meine. Wir leben in keiner freundlichen Welt, und die Leute könnten die Freundschaft zwischen ihm und Ihrer Schwester sehr leicht falsch interpretieren.«

»Na, sie ist aber doch tot, oder? Was können sie denn noch beweisen?«

Mrs. Rayner brach ihr Schweigen. »Sie können nichts beweisen, Sharon, aber Klatsch und Gerüchte fragen nicht lange nach der Wahrheit. Ich glaube, wenn Mr. Dalgliesh mit seiner Vernehmung fertig ist, unterhalten wir uns einmal über Ihre Zukunft nach diesem schrecklichen Erlebnis. Sharon, Sie haben sich bisher sehr gut gemacht, aber ich glaube, es ist an der Zeit für einen Ortswechsel.« Sie wandte sich an Dalgliesh: »Könnte ich hier einen Raum benutzen, wenn Sie fertig sind?«

»Natürlich. Gleich gegenüber.«

»Mir soll's recht sein«, sagte Sharon. »Von der Polizei hab ich die Nase voll. Von ihrer Fragerei und ihren blöden Gesichtern. Und von diesem ganzen Laden hier. Wieso kann ich nicht jetzt gleich von hier weg? Sie könnten mich doch mitnehmen.«

Mrs. Rayner hatte sich bereits erhoben. »Ich glaube, sofort wird das nicht möglich sein, Sharon, aber wir tun unser Bestes.« Sie wandte sich an Dalgliesh. »Vielen Dank, dass ich den Raum benutzen darf. Sharon und ich werden ihn wahrscheinlich nicht lange benötigen.«

So war es, doch die etwa fünfundvierzig Minuten, die vergingen, bevor sie wieder auftauchten, kamen Kate dennoch lang vor. Sharon war nicht mehr aufsässig und verabschiedete sich von Mrs. Rayner. Widerspruchslos kehrte sie mit Benton ins Manor zurück. Als die Tore von der Wache aufgeschlossen wurden, sagte Benton: »Mrs. Rayner scheint ja sehr nett zu sein.«

»Ach, sie ist in Ordnung. Ich hätte mich ja früher bei ihr gemeldet, wenn ihr mich nicht beobachtet hättet wie die Katz eine Maus. Sie sucht jetzt was für mich, ich bin also bald weg hier. Lassen Sie Stephen aber in der Zwischenzeit lieber in Ruhe. Hätte ich ihn doch bloß nie an diesen verfluchten Ort geholt.«

Im Vernehmungszimmer zog sich Mrs. Rayner die Jacke an und nahm ihre Tasche. »Es ist wirklich zu dumm, dass das hier passiert ist«, sagte sie. »Sharon hat sich in der Geriatrie gut gemacht, aber es war verständlich, dass sie mit jüngeren Leuten arbeiten wollte. Doch die alten Leute haben sie gemocht. Ich kann mir gut vorstellen, dass sie sie ein bisschen verwöhnt haben. Jedenfalls ist es Zeit, dass sie eine anständige Ausbildung macht und etwas findet, das ihr eine Zukunft eröffnet. Ich denke, dass ich ihr relativ kurzfristig einen Platz für ein paar Wochen besorgen kann, wo sie gut aufgehoben ist, bis wir dann den nächsten Schritt tun können. Außerdem braucht sie vielleicht psychiatrische Hilfe. Vor der Geschichte mit Stephen Collinsby scheint sie die Augen zu verschließen. Aber wenn Sie mich fragen, ob sie Rhoda Gradwyn getötet hat – was Sie natürlich nicht tun –, dann würde ich antworten, dass ich es für extrem unwahrscheinlich halte. Für unmöglich, würde ich am liebsten sagen, aber das Wort soll man ja besser vermeiden.«

»Die Tatsache, dass sie hier ist, bei ihrer Vorgeschichte, kompliziert die Sache«, gab Dalgliesh zu bedenken.

»Durchaus verständlich. Solange Sie kein Geständnis bekommen, wird es nur schwer zu rechtfertigen sein, jemand anderen zu verhaften. Aber wie bei den meisten Mördern war ihre Tat ein Einzelfall.«

»Sie hat in ihrem kurzen Leben schon verdammt viel Schaden angerichtet«, sagte Kate. »Ein Kind wurde erschlagen, Karriere und Zukunft eines anständigen Menschen sind in großer Gefahr. Es fällt nicht leicht, sie anzusehen, ohne dass einem automatisch dieses zertrümmerte Gesicht in den Sinn kommt.«

»Kinder können eine enorme Wut entwickeln«, erklärte Mrs. Rayner. »Wenn ein außer Kontrolle geratenes vierjähriges Kind eine Waffe hätte und die Kraft, sie zu benutzen, wären viele Familien nicht mehr vollzählig.«

»Lucy muss ein bezauberndes kleines Mädchen gewesen sein«, sagte Dalgliesh.

»Für andere vielleicht. Nicht für Sharon.«

Innerhalb weniger Minuten war sie bereit zur Abfahrt, und Kate brachte sie nach Wareham zum Bahnhof. Während der Fahrt redeten sie über Dorset und die schöne Landschaft, durch die sie fuhren. Weder Mrs. Rayner noch Kate brachten die Sprache noch einmal auf Sharon. Kate hielt es für ein Gebot der Höflichkeit, mit Mrs. Rayner auf die Ankunft des Zuges zu warten. Erst als sie sich dem Bahnsteig näherten, äußerte sich ihre Begleiterin.

Sie sagte: »Machen Sie sich keine Gedanken wegen Stephen Collinsby. Man wird sich um Sharon kümmern und ihr die Hilfe geben, die sie braucht. Sie wird ihm keinen Schaden zufügen.«

6

Candace Westhall betrat das Empfangszimmer der Alten Wache in Jacke und Schal und mit Gartenhandschuhen an den Händen. Sie setzte sich, zog die unförmigen und mit Erde verkrusteten Handschuhe aus und warf sie wie eine allegorische Herausforderung zwischen sich und Dalgliesh auf den Tisch. Eine etwas plumpe, aber unmissverständliche Geste. Wieder einmal holte man sie von einer wichtigen Arbeit weg, um ihr unwichtige Fragen zu stellen. Ihre Feindseligkeit war offenkundig. Dalgliesh wusste, dass die meisten seiner Verdächtigen genauso empfanden, auch wenn sie es weniger offen zeigten. Davon ging er jedenfalls aus, und bis zu einem gewissen Grad verstand er es auch. Zunächst wurden er und sein Team immer voller Erleichterung empfangen. Dann wurde gehandelt, der Fall wurde aufgeklärt, das ganze Entsetzen, das für die meisten Beteiligten eine Peinlichkeit darstellte, legte sich, die Unschuldigen kamen zu ihrem Recht, der Schuldige – zumeist ein Fremder, dessen Schicksal niemandem nahe ging – wurde festgenommen, und die Behörden kümmerten sich um ihn. Gesetz, Vernunft und Ordnung traten an die Stelle der vergiftenden Anarchie, die durch den Mord entstanden war. Aber noch hatte es keine Verhaftung gegeben, und in nächster Zeit stand auch keine zu erwarten. Sie befanden sich erst ganz am Anfang, aber für die kleine Gesellschaft im Manor war kein Ende der Polizeipräsenz und der Vernehmungen abzusehen. Dalgliesh hatte Verständnis für ihren wachsenden Unmut, denn er selbst hatte das auch einmal erlebt, als er die Leiche einer ermordeten jungen Frau an einem Strand in Suffolk gefunden hatte. Das Verbrechen war nicht in seinem Zuständigkeitsbereich passiert, daher hatte ein anderer Ermittlungsbeamter übernommen. Es stand zwar außer Frage, dass er ernsthaft als Verdächtiger betrachtet wurde, aber das Verhör ging ins kleinste Detail, die Fragen wiederholten sich, und er empfand das als unnötig aufdringlich. Ein Verhör war ein unangenehmer Eingriff in die Psyche.

»Im Jahr 2002 hat Rhoda Gradwyn einen Artikel über Plagiate für den *Paternoster Review* geschrieben«, begann er. »In diesem Artikel attackierte sie die junge Schriftstellerin Annabel Skelton, die sich daraufhin das Leben nahm. In welcher Beziehung standen Sie zu Annabel Skelton?«

Sie sah ihm in die Augen. Ihr Blick war kalt, und Dalgliesh erkannte Abneigung und Verachtung darin. Ein kurzes Schweigen folgte, in dem ihre Feindseligkeit knisterte wie Strom. Ohne den Blick von ihm zu nehmen, sagte sie: »Annabel Skelton war eine liebe Freundin. Ich würde sogar sagen, ich habe sie geliebt, nur würden Sie dann eine Beziehung falsch interpretieren, die ich Ihnen wohl kaum begreiflich machen kann. Heute scheint jede Freundschaft in Begriffen der Sexualität definiert zu werden. Sie hat bei mir studiert, aber ihr Talent lag im Schreiben, nicht in der klassischen Philologie. Ich habe sie ermutigt, ihren ersten Roman fertigzustellen und ihn an einen Verlag zu schicken.«

»Wussten Sie damals, dass Teile davon aus einem älteren Werk abgeschrieben waren?«

»Möchten Sie wissen, ob sie es mir erzählt hat, Commander?«

»Nein, Miss Westhall, ich frage Sie, ob Sie es wussten.«

»Nein, erst nach der Lektüre von Rhoda Gradwyns Artikel.«

Kate mischte sich ein. »Das hat Sie sicherlich überrascht und beunruhigt.«

»Ja, Inspector, beides.«

Dalgliesh fragte: »Haben Sie daraufhin irgendetwas unternommen – haben Sie sich mit Rhoda Gradwyn getroffen, haben Sie ihr oder dem *Paternoster Review* einen Protestbrief geschickt?«

»Ich habe mit Rhoda Gradwyn gesprochen. Auf ihre Bitte hin haben wir uns kurz im Büro ihrer Agentin getroffen. Das war ein Fehler. Sie hatte natürlich überhaupt kein Einsehen. Ich möchte die Einzelheiten dieser Begegnung lieber nicht darlegen. Damals wusste ich nicht, dass Annabel bereits tot war. Sie erhängte sich drei Tage nachdem der *Paternoster Review* erschienen war.«

»Sie hatten also keine Gelegenheit, mit ihr zu sprechen, nach einer Erklärung zu fragen? Es tut mir leid, wenn das schmerzhaft für Sie ist.«

»Allzu leid wird es Ihnen auch wieder nicht tun, Commander. Wir wollen doch ehrlich zueinander sein. Genau wie Rhoda Gradwyn tun Sie nur Ihre widerwärtige Arbeit. Ich habe versucht, mit Annabel Kontakt aufzunehmen, aber sie wollte mich nicht sehen, ihre Tür war verschlossen, das Telefon tot. Ich hatte mit Rhoda Gradwyn Zeit verschwendet, während es mir gleichzeitig hätte gelingen können, mit ihr zu sprechen. Am Tag nach ihrem Tod bekam ich eine Postkarte. Nur drei kurze Sätze standen darauf, ohne Unterschrift. *Es tut mir leid. Bitte vergib mir. Ich hab dich lieb.*« Nach einer kurzen Pause fuhr sie fort: »Der abgeschriebene Text war der unwichtigste Teil eines Romans, der außergewöhnlich vielversprechend war. Aber ich glaube, Annabel hat begriffen, dass sie nie wieder einen Roman schreiben würde, und das bedeutete den Tod für sie. Und dazu kam noch diese Schmach. Auch das war mehr, als sie ertragen konnte.«

»Haben Sie Rhoda Gradwyn dafür verantwortlich gemacht?«

»Sie war dafür verantwortlich. Sie hat meine Freundin ermordet. Da ich annehme, dass es nicht ihre Absicht war, besteht wohl keine Aussicht auf Sühne durch das Gesetz. Aber ich habe mich nicht nach fünf Jahren dafür gerächt. Der Hass stirbt nicht, aber er verliert etwas von seiner Kraft. Es ist wie eine Blutinfektion, die nie ganz verschwindet und jederzeit unerwartet wieder aufflammen kann, aber das Fieber wird im Lauf der Jahre immer schwächer, die Schmerzen geringer. Mir blieben nur Bedauern und eine anhaltende Traurigkeit. Ich habe Rhoda Gradwyn nicht getötet, aber es tut mir keine Sekunde leid, dass sie tot ist. Beantwortet das die Frage, die Sie mir stellen wollten, Commander?«

»Miss Westhall, Sie sagen, Sie haben Rhoda Gradwyn nicht getötet. Wissen Sie, wer es getan hat?«

»Nein, ich weiß es nicht. Und ich halte es für unwahrscheinlich, dass ich es Ihnen sagen würde, wenn ich es wüsste, Commander.«

Sie erhob sich vom Tisch, um zu gehen. Weder Dalgliesh noch Kate machten Anstalten, sie aufzuhalten.

7

In den drei Tagen, die auf den Mord an Rhoda Gradwyn folgten, wunderte sich Lettie, wie kurz nur dem Tod eine Einmischung ins Leben gewährt wird. Wie sie auch zu Tode gekommen sein mögen, die Toten werden in angemessener Kürze der Zeit an den ihnen bestimmten Ort verbracht, auf eine Bahre in der Leichenhalle eines Krankenhauses, in den Einbalsamierungsraum des Bestatters, auf den Tisch des Pathologen. Der Arzt kommt vielleicht nicht immer, wenn er gerufen wird; der Bestatter kommt immer. Mahlzeiten, so karg oder unkonventionell sie sein mögen, werden zubereitet und gegessen, die Post kommt, Telefone klingeln, Rechnungen müssen bezahlt, Formulare ausgefüllt werden. Diejenigen, die trauern, so wie sie damals getrauert hatte, bewegen sich wie Automaten in einer Schattenwelt, in der nichts echt oder vertraut ist, und es scheint, dass es auch so bleiben wird. Doch selbst die Trauernden sprechen, versuchen zu schlafen, führen geschmackloses Essen zum Mund, spielen mechanisch die ihnen zugewiesene Rolle in einem Drama, in dem alle anderen Mitspieler mit ihren Rollen vertraut zu sein scheinen.

Im Manor gab niemand vor, um Rhoda Gradwyn zu trauern. Ihr Tod war ein Schock, den die dadurch hervorgerufene Angst und das Geheimnis, das ihn umgab, noch verstärkte, aber im Manor lief alles routinemäßig weiter. Dean kochte weiter seine ausgezeichneten Mahlzeiten, auch wenn eine gewisse Einfachheit bei den Speisen darauf schließen ließ, dass er dem Tode vielleicht doch unbewusst Tribut zollte. Kim brachte sie weiter auf den Tisch, obwohl es von grober

Gefühllosigkeit zeugte, wenn man Appetit entwickelte und mit sichtlicher Freude aß. Auch Tischgespräche waren fehl am Platz. Nur das Kommen und Gehen der Polizei, die Autos des Wachdienstes und der Wohnwagen vor dem Haupteingang, in dem sie aßen und schliefen, erinnerten unablässig daran, dass nichts normal war. Als Sharon von Inspector Miskin zum Verhör in die Alte Wache geführt worden war, hatte das allgemeines Interesse und bei manchem auch verschämte Hoffnung geweckt. Sie war zurückgekehrt, um kurz bekanntzugeben, dass sie auf Veranlassung von Commander Dalgliesh das Manor verlassen und in drei Tagen von einer Freundin abgeholt werde. Sie habe nicht vor, bis dahin noch zu arbeiten. Was sie betraf, so betrachte sie ihre Tätigkeit hier als beendet, und sie wüssten ja, wohin sie sich selbige schieben konnten. Sie sei müde und genervt und könne es kaum erwarten, endlich von diesem scheißverdammten Manor wegzukommen. Und nun wolle sie auf ihr Zimmer. Von Sharon hatte man noch nie ein obszönes Wort gehört, daher war dieser Auftritt ebenso schockierend, als wäre er von Lettie gekommen.

Commander Dalgliesh hatte mit George Chandler-Powell eine halbe Stunde unter vier Augen gesprochen, und nachdem er gegangen war, hatte George alle in die Bibliothek gebeten. Sie hatten sich schweigend versammelt, und alle ahnten, dass eine bedeutsame Mitteilung auf sie wartete. Sharon war nicht verhaftet worden, so viel stand zweifelsfrei fest. Aber vielleicht hatte es neue Entwicklungen gegeben, und selbst unwillkommene Neuigkeiten waren besser als diese andauernde Ungewissheit. Sie alle, so viel vertrauten sie einander manchmal an, befanden sich in einer Warteschleife. Selbst die einfachsten Entscheidungen – was sie morgens anziehen sollten, welche Anweisungen sie Dean und Kimberley geben sollten – erforderten Willensanstrengung. Chandler-Powell ließ sie nicht warten, aber er machte auf Lettie einen ungewöhnlich angespannten Eindruck. Als er die Bibliothek betrat, schien er unentschlossen zu sein, ob er stehen bleiben oder sich setzen sollte, aber nach einem kurzen Zögern stellte er sich neben den Kamin. Ihm musste klar sein, dass auch er, wie alle anderen im Hause, zu den Verdächtigen zählte, aber als nun alle Blicke erwartungsvoll auf ihm ruhten, wirkte er eher wie ein Stellvertreter von Commander Dalgliesh, eine Rolle, die er nicht wollte und in der er sich auch nicht wohl fühlte.

»Es tut mir leid, dass Sie Ihre jeweilige Tätigkeit unterbrechen mussten«, begann er, »aber Commander Dalgliesh hat mich gebeten, mit Ihnen zu sprechen. Es erschien mir vernünftig, Sie alle zu versammeln, damit Sie hören, was er zu sagen hatte. Wie Sie wissen, wird Sharon uns in ein paar Tagen verlassen. In ihrer Vergangenheit gab es einen Vorfall, aufgrund dessen eine Bewährungshelferin für ihre weitere Entwicklung und ihr Wohlergehen zuständig ist. Es wurde für das Beste gehalten, dass Sharon das Manor verlässt. Man hat mich wissen lassen, dass Sharon mit den Vorkehrungen, die für sie getroffen wurden, einverstanden ist. Mehr hat man mir nicht gesagt, und mehr zu erfahren hat niemand ein Recht. Ich muss Sie bitten, nicht miteinander über Sharon zu reden und sie auch nicht auf ihre Vergangenheit oder ihre Zukunft anzusprechen, denn das ist beides nicht unsere Angelegenheit.«

»Bedeutet das, dass Sharon nicht länger als Verdächtige gilt, wenn dem überhaupt so war?«, fragte Marcus.

»Vermutlich.«

Flavias Gesicht war gerötet, ihre Stimme klang unsicher.

»Könnten wir Näheres darüber erfahren, was sie für einen

Status hier hat? Sie hat uns mitgeteilt, dass sie nicht vorhat, hier noch Arbeiten zu verrichten. Da das Manor offensichtlich als Tatort gilt, nehme ich an, dass wir kein Reinigungspersonal aus dem Dorf holen dürfen. Da im Moment keine Patienten im Haus sind, hält die Arbeit sich in Grenzen, aber irgendjemand muss sie machen.«

»Kim und ich können helfen«, schlug Dean vor. »Aber was ist mit dem Essen? Normalerweise isst sie mit uns in der Küche. Angenommen, sie bleibt oben – soll Kim ihr das Essen auf dem Tablett hochtragen und es ihr servieren?« Sein Tonfall machte deutlich, dass er das für inakzeptabel hielt.

Helena warf Chandler-Powell einen kurzen Blick zu. Es war offensichtlich, dass seine Geduld äußerst strapaziert war. »Natürlich nicht«, sagte sie. »Sharon sind die Essenszeiten bekannt. Wenn sie Hunger hat, wird sie sich schon blicken lassen. Es geht ja nur um einen oder zwei Tage. Wenn es irgendwelche Probleme gibt, geben Sie mir bitte Bescheid, ich rede dann mit Commander Dalgliesh. Ansonsten fahren wir möglichst fort wie gewöhnlich.«

Zum ersten Mal ergriff Candace das Wort. »Ich habe ja zu denjenigen gehört, die das Einstellungsgespräch geführt haben, daher sollte ich wohl etwas Verantwortung für Sharon mit übernehmen. Es wäre vielleicht hilfreich, wenn sie zu Marcus und mir ins Stone Cottage ziehen würde, falls Commander Dalgliesh nichts dagegen hat. Platz haben wir. Und sie kann mir mit Vaters Büchern helfen. Es ist nicht gut für sie, wenn sie nichts zu tun hat. Außerdem ist es an der Zeit, dass jemand sie von ihrer Besessenheit mit Mary Keyte abbringt. Letzten Sommer hat sie immer Blumen gepflückt und auf den Stein in der Mitte gelegt. Das ist morbide und tut ihr nicht gut. Ich gehe gleich zu ihr hinauf und sehe nach, ob sie sich beruhigt hat.«

»Bitte tun Sie das«, sagte Chandler-Powell. »Als Lehrerin haben Sie sicherlich mehr Erfahrung als wir Übrigen, wenn es darum geht, mit der aufsässigen Jugend umzugehen. Commander Dalgliesh hat mir versichert, dass Sharon nicht überwacht werden muss. Falls dem doch so sein sollte, dann ist es Sache der Polizei oder der Bewährungshilfe, dafür zu sorgen, nicht unsere. Ich habe meine Reise nach Amerika abgesagt. Am Donnerstag muss ich wieder in London sein, und ich brauche Marcus dabei. Es tut mir leid, wenn sich das anhört, als würde ich Sie im Stich lassen, aber ich muss mich dringend um die Kassenpatienten kümmern, die ich diese Woche hätte operieren sollen. Ich musste natürlich sämtliche Operationen absagen. Der Wachdienst ist aber weiterhin hier, und ich sorge dafür, dass zwei der Männer hier im Haus schlafen.«

»Und die Polizei?«, fragte Marcus. »Hat Dalgliesh gesagt, wann sie wieder abzureisen gedenken?«

»Nein, und ich war nicht so kühn zu fragen. Sie sind erst seit drei Tagen hier, und solange sie keine Verhaftung vornehmen, werden wir die Anwesenheit der Polizei wohl noch eine Weile hinnehmen müssen.«

»Wir werden sie hinnehmen müssen, Sie nicht. Sie fahren ja nach London. Was sagt denn die Polizei dazu, dass Sie abreisen?«, fragte Flavia.

Chandler-Powell musterte sie kalt. »Mit welchem Recht sollte Commander Dalgliesh mich hier festhalten?«

Dann verschwand er. Bei der kleinen Gruppe blieb der Eindruck zurück, dass sie sich irgendwie alle unvernünftig verhalten hatten. Sie schwiegen betreten und schauten einander nur an. Candace brach das Schweigen. »Ich nehme mir jetzt besser mal Sharon vor. Helena, vielleicht reden Sie noch einmal unter vier Augen mit George. Ich weiß, ich wohne im

Cottage, und es betrifft mich nicht so wie die anderen, aber auch ich arbeite hier im Haus, und mir wäre es lieber, wenn die Leute vom Wachdienst außerhalb des Manor übernachten würden. Es ist schon schlimm genug, den Wohnwagen vor dem Tor parken und sie herumlaufen zu sehen, da muss man sie nicht noch im Haus haben.«

Dann verließ auch sie den Raum. Mog hatte in einem der stattlichsten Sessel gesessen und Chandler-Powell teilnahmslos zugehört, ohne ein Wort zu sagen. Nun stemmte er sich hoch und verließ den Raum. Der Rest der Gruppe wartete auf die Rückkehr von Candace, aber da Chandler-Powells Verbot, über Sharon zu sprechen, Gespräche unmöglich machte, zerstreuten sie sich nach einer halben Stunde, und Helena zog die Tür der Bibliothek fest hinter ihnen zu.

8

Die drei Tage in der Woche, an denen im Manor keine Patienten operiert wurden, weil George Chandler-Powell sich in London aufhielt, gaben Candace und Lettie Gelegenheit, an der Buchhaltung zu arbeiten, sich um etwaige finanzielle Differenzen mit den Aushilfen zu kümmern und die Rechnungen für das zusätzliche Essen für die Krankenschwestern, Techniker und den Anästhesisten zu begleichen, die nicht im Hause wohnten. Im Manor herrschte zu Wochenbeginn eine völlig andere Stimmung als in der zweiten Wochenhälfte, und den beiden Frauen war dieser Wechsel sehr willkommen. Trotz der oberflächlichen Ruhe an Operationstagen schien die bloße Anwesenheit von George Chandler-Powell und seinem Team die ganze Atmosphäre zu durchdringen. Aber am Tag bevor er nach London aufbrach, herrschte fast völlige Ruhe. Der hochangesehene und überarbeitete Chirurg Chandler-Powell wurde zum Landjunker Chandler-Powell, der sich mit häuslicher Routine zufriedengab, die er nie kritisierte oder zu beeinflussen versuchte, ein Mann, der das Alleinsein atmete wie frische Luft.

Aber an diesem Dienstagmorgen, dem vierten Tag nach dem Mord, befand er sich immer noch auf dem Manor, seine Termine in London waren verschoben worden, und er selbst war offenbar hin- und hergerissen zwischen seiner Verpflichtung gegenüber den Patienten im St. Angela's und der Notwendigkeit, den verbliebenen Angestellten im Manor zur Seite zu stehen. Aber am Donnerstag wollten er und Marcus abreisen. Sie würden zwar am Sonntagvormittag schon wieder zurück sein, doch die Reaktionen auch auf diese kurze Abwesenheit waren gemischt. Die Leute schliefen schon hinter abgeschlossenen Türen, obwohl Candace und Helena Mr. Chandler-Powell erfolgreich davon abgebracht hatten, nächtliche Patrouillen durch die Polizei oder den Wachdienst einzuführen. Die meisten Bewohner hatten sich eingeredet, ein Eindringling, wahrscheinlich der Besitzer des abgestellten Wagens, müsse Miss Gradwyn umgebracht haben, und hielten es für wenig wahrscheinlich, dass er sich ein weiteres Opfer suchen würde. Aber die Schlüssel zur Westtür musste er ja noch haben – ein beängstigender Gedanke. Mr. Chandler-Powell war kein Garant für Sicherheit, aber er war Eigentümer des Manor, ihr Mittelsmann zur Polizei, eine beruhigende Autorität vor Ort. Andererseits ärgerte er sich offensichtlich über die Zeitverschwendung und wollte dringend wieder an die Arbeit. Und ohne seine ruhelosen Schritte und die manchmal übellaunigen Bemerkungen würde es im Manor friedlicher zugehen. Die Polizei äußerte sich immer noch nicht zum Fortschritt der Ermittlungen, so es überhaupt welchen gab.

Die Nachricht von Miss Gradwyns Tod war natürlich in den Medien gemeldet worden, aber zur allgemeinen Erleichterung war die Berichterstattung erstaunlich knapp und vage ausgefallen, außerdem erregten gerade ein politischer Skandal und die besonders erbittert geführte Scheidungsschlacht eines Popstars größeres Aufsehen.

Lettie fragte sich, ob womöglich Einfluss auf die Medien ausgeübt worden war. Doch die Zurückhaltung würde nicht von Dauer sein, spätestens nach der ersten Verhaftung würde der Damm brechen und das Schmutzwasser über sie hinwegspülen.

Jetzt waren keine Teilzeitkräfte mehr im Haus, der Patien-

tenflügel war geschlossen, meistens war der Anrufbeantworter eingeschaltet und die Anwesenheit der Polizei erinnerte täglich an die Verstorbene, die sie im Geiste immer
noch im Schweigen des Todes hinter der versiegelten Tür
liegen sahen. Daher empfand es Lettie als Trost, dass stets
Arbeit zu erledigen war, und sie vermutete, dass es Candace
genauso ging. Am Donnerstagmorgen saßen beide kurz
nach neun an ihrem Schreibtisch. Lettie sortierte einen Stapel Lebensmittel- und Metzgerrechnungen, Candace saß am
Computer. Das Telefon stand vor ihr auf dem Tisch und
klingelte.

Candace sagte: »Nicht rangehen.«

Es war zu spät. Lettie hatte bereits abgenommen. Sie reichte
ihr den Hörer. »Es ist ein Mann. Ich habe seinen Namen
nicht verstanden, aber er klingt aufgeregt. Er will Sie sprechen.«

Candace nahm das Telefon und lauschte, dann sagte sie:
»Wir haben hier im Büro zu tun und ehrlich gesagt keine
Zeit, Robin Boyton hinterherzujagen. Ich weiß, dass er
unser Cousin ist, aber das macht uns nicht zu seinen Auf-
passern. Seit wann versuchen Sie denn schon, ihn zu erreichen …? Na gut, wir schicken jemanden ins Gästehaus,
und wenn er dort ist, richten wir ihm aus, dass er Sie anrufen
soll … Ja, ich rufe zurück, wenn wir kein Glück haben. Wie
ist Ihre Nummer?«

Sie griff nach einem Blatt Papier, schrieb die Nummer auf,
legte den Hörer zurück und wandte sich an Lettie. »Das war
Robins Geschäftspartner, Jeremy Coxon. Offenbar hat ihn
einer seiner Lehrer sitzenlassen, und er drängt darauf, dass
Robin zurückkommt. Er hat gestern Abend schon versucht
anzurufen, aber Robin ist nicht rangegangen, deshalb hat er
eine Nachricht hinterlassen. Er hat es auch heute Morgen

schon mehrfach versucht. Robins Handy klingelt, aber er meldet sich nicht.«

»Vielleicht ist Robin ja hierhergekommen, um sich eine Auszeit von all den Anrufen und dem ganzen Betrieb zu gönnen«, meinte Lettie. »Aber warum schaltet er das Handy dann nicht einfach aus? Ich finde, jemand sollte nachsehen.«

»Als ich heute Morgen das Stone Cottage verlassen habe, stand das Auto dort, und die Vorhänge waren zugezogen«, sagte Candace. »Vielleicht schläft er ja noch, und das Handy liegt irgendwo, wo er es nicht hört. Dean könnte rasch hinüberlaufen, wenn er gerade nicht beschäftigt ist. Er ist sicher schneller als Mog.«

Lettie stand auf. »Ich gehe. Etwas frische Luft wird mir guttun.«

»Nehmen Sie besser den Zweitschlüssel mit. Wenn er einen Rausch ausschläft, hört er die Klingel vielleicht nicht. Es ist lästig, dass er überhaupt noch da ist. Dalgliesh kann ihn nicht ohne Grund hier festhalten, und man sollte doch meinen, er müsste froh sein, bald nach London zurückzukommen, und wenn es nur um den Spaß geht, den Klatsch zu verbreiten.«

Lettie ordnete die Unterlagen, an denen sie arbeitete. »Sie mögen ihn nicht, oder? Mir kommt er harmlos vor, aber sogar Helena seufzt, wenn sie seine Reservierung aufnimmt.«

»Er ist ein Mitläufer, der sich ständig beschwert. Wahrscheinlich sogar zu Recht. Als seine Mutter schwanger wurde, hat sie einen offensichtlichen Mitgiftjäger geheiratet, sehr zum Verdruss des alten Großvaters Theodore. Er hat sie verstoßen, ich vermute eher wegen ihrer Dummheit und Naivität als wegen der Schwangerschaft. Robin taucht ganz gerne ab und zu auf, um uns an die in seinen Augen unge-

384

rechte Diskriminierung zu erinnern, und ehrlich gesagt langweilt uns seine Hartnäckigkeit. Gelegentlich greifen wir ihm ein bisschen unter die Arme. Er nimmt das Geld, aber ich glaube, er findet das erniedrigend. Eigentlich ist es für beide Seiten erniedrigend.«

Eine solche Offenheit in Familienangelegenheiten überraschte Lettie. Es war so untypisch für die zugeknöpfte Candace, die sie kannte – oder gekannt zu haben glaubte, wie sie nun bei sich dachte.

Sie nahm die Jacke von der Stuhllehne. Beim Gehen sagte sie: »Wäre es nicht weniger lästig, wenn Sie ihm einen angemessenen Betrag aus dem Vermögen Ihres Vaters auszahlen und seinem Opportunismus ein Ende machen? Natürlich nur, wenn Sie seinen Anspruch für berechtigt halten.«

»Daran hab ich auch schon gedacht. Das Schwierige bei Robin ist, dass er den Hals nicht voll kriegen würde. Ich bezweifle, dass wir uns darauf einigen könnten, worin ein angemessener Betrag besteht.«

Lettie ging und zog die Tür hinter sich zu. Candace wandte sich wieder dem Computer zu, um sich die Bilanz für den November vorzunehmen. Der Westflügel schrieb wieder schwarze Zahlen, wenn auch kleine. Die bezahlten Honorare deckten die Instandhaltung des Hauses und des Gartens sowie die chirurgischen und medizinischen Kosten, doch die Einnahmen schwankten bei steigenden Kosten. Nächsten Monat würde es auf jeden Fall katastrophal aussehen. Chandler-Powell hatte nichts gesagt, aber sein sorgenvolles, von verzweifelter Entschlossenheit geprägtes Gesicht hatte Bände gesprochen. Wie viele Patienten würden wohl gerne in einem Zimmer im Westflügel wohnen, wenn sie Bilder vom Tod und – schlimmer noch – vom Tod einer Patientin im Kopf hatten? Die Klinik war schon immer alles andere als ein Goldesel gewesen, aber jetzt war sie zu einer finanziellen Belastung geworden. Candace gab ihr keinen Monat mehr.

Eine Viertelstunde später kehrte Lettie zurück. »Er ist nicht da. Keine Spur von ihm, weder im Cottage noch im Garten. Sein Handy lag auf dem Küchentisch, zwischen den Resten eines Mittag- oder Abendessens – ein Teller mit eingetrockneter Tomatensauce, ein paar Spaghetti und eine Plastikpackung mit zwei Eclairs. Das Handy hat geklingelt, während ich die Tür aufgeschlossen habe. Es war wieder Jeremy Coxon. Ich habe ihm gesagt, wir wären auf der Suche. Das Bett sah aus, als wäre es nicht benutzt worden, und das Auto steht noch vor dem Haus, wie Sie gesagt haben, also ist er offensichtlich nicht weggefahren. Weit kann er nicht sein. Er scheint mir nicht der Typ für lange Spaziergänge zu sein.«

»Nein, sicher nicht. Am besten starten wir eine großangelegte Suche, aber Gott weiß, wo wir anfangen sollen. Er könnte überall stecken, vielleicht schläft er ja auch in einem fremden Bett, und in diesem Fall wird ihm die Suche nicht sehr recht sein. Vielleicht warten wir noch eine Stunde.«

»Wäre das ratsam? Es sieht so aus, als wäre er schon eine ganze Weile verschwunden«, gab Lettie zu bedenken.

Candace dachte nach. »Er ist erwachsen und hat das Recht auszugehen, wohin und mit wem er will. Aber seltsam ist es doch. Jeremy Coxon wirkte gleichzeitig besorgt und verärgert. Vielleicht sollten wir zumindest sichergehen, dass er nicht hier im Manor oder irgendwo auf dem Grundstück ist. Möglicherweise ist er krank oder hatte einen Unfall, auch wenn mir das nicht sehr wahrscheinlich vorkommt. Und ich sehe auch besser mal im Stone Cottage nach. Ich schließe die Seitentür nicht immer gewissenhaft ab, möglich, dass er sich reingeschlichen und dort rumgeschnüffelt hat, nachdem ich weg war. Und Sie haben recht. Wenn er weder in einem der Cottages noch hier ist, sollten wir die Polizei informieren. Wenn ernsthaft nach ihm gesucht werden muss, dann wird das wohl die örtliche Polizei übernehmen. Sehen Sie doch, ob sie Sergeant Benton-Smith oder DC Warren finden. Ich nehme Sharon mit. Sie scheint ja die meiste Zeit gar nichts zu tun.«

Lettie, die noch dastand, dachte einen Augenblick nach. »Ich glaube nicht, dass wir Sharon mit einbeziehen sollten. Seit Commander Dalgliesh gestern nach ihr geschickt hat, war sie in einer merkwürdigen Stimmung, manchmal trotzig und zurückgezogen, dann wieder selbstzufrieden, beinahe triumphierend. Aber falls Robin wirklich vermisst wird, sollten wir sie besser außen vor lassen. Wenn Sie die Suche ausweiten wollen, komme ich mit. Ehrlich gesagt weiß ich nicht, wo wir noch suchen sollen, wenn er nicht hier und in keinem der Cottages ist. Wir überlassen es besser der Polizei.«

Candace nahm ihre Jacke von dem Haken an der Tür. »Sie haben wahrscheinlich recht, was Sharon betrifft. Sie wollte auch nicht von ihrem Zimmer im Manor zu uns ins Stone Cottage umziehen, und ehrlich gesagt war ich froh darüber. Das gehörte nicht zu meinen besten Ideen. Aber sie war einverstanden, mir ein paar Stunden pro Tag mit den Büchern von Vater zu helfen, wahrscheinlich will sie einen Vorwand, um der Küche zu entfliehen. Sie ist nie gut mit den Bostocks klargekommen. Aber der Umgang mit den Büchern scheint ihr Spaß zu machen. Ich habe ihr ein paar geliehen, die sie interessiert haben.«

Wieder war Lettie überrascht. Sharon Bücher auszuleihen, war eine freundliche Geste, die sie von Candace nicht erwartet hatte. Candace hatte das Mädchen bislang eher

387

widerwillig toleriert als ihm wohlwollendes Interesse entge-
gengebracht. Vielleicht flammte ihre pädagogische Berufung
wieder auf. Zudem verspürte jeder Bücherliebhaber sicher
den natürlichen Impuls, einem jungen Menschen ein Buch
zu leihen, der sich dafür interessiert. Sie hätte es genauso
gemacht. Als sie neben Candace herging, hatte sie plötzlich
Mitleid. Sie kamen bei ihrer gemeinsamen Arbeit gut miteinander aus, genau wie mit Helena, aber sie waren sich nie
nähergekommen und waren eher Kolleginnen als Freundinnen. Doch im Manor leistete sie nützliche Arbeit. Die drei
Tage, die Candace vor ein paar Wochen bei ihrem Besuch in
Toronto verbracht hatte, hatten das bewiesen. Vielleicht
wirkten Candace und Marcus deshalb emotional und physisch so fern vom Leben im Manor, weil sie im Stone Cottage wohnten. Sie konnte sich nur vorstellen, wie die letzten
beiden Jahre für eine intelligente Frau gewesen sein mussten, deren Stelle erst in Gefahr und jetzt – munkelte man –
ganz gestrichen worden war, die Tage und Nächte damit
verbracht hatte, sich um einen herrschsüchtigen und miss-
mutigen alten Mann zu kümmern, und die mit ihrem Bruder
zusammenlebte, der unbedingt fortwollte. Das dürfte jetzt
keine Schwierigkeit mehr darstellen. Nach dem Mord an
Miss Gradwyn würde die Klinik kaum mehr weitergeführt
werden können. Nur Patienten mit einer krankhaft morbi-
den Faszination für Tod und Verderben würden nun noch
im Manor buchen.

Es war ein trüber, verhangener Vormittag. In der Nacht hatte es heftig geregnet, und nun stieg aus der regendurchtränk-
ten Erde ein übler, beißender Dunst von moderndem Laub
und nassem Gras auf. Der Herbst war in diesem Jahr früh
gekommen, doch sein mildes Leuchten war bereits in den

öden, beinahe geruchlosen Atem des schwindenden Jahres übergegangen. Sie liefen durch den feuchten Nebel, der sich kalt auf Letties Gesicht legte und das erste kalte, ungute Gefühl hervorrief. Zuvor war sie unbekümmert ins Rose Cottage gegangen. Sie hatte eigentlich damit gerechnet, dass Robin Boyton zurückgekehrt war, zumindest hatte sie gehofft, einen Hinweis darauf zu finden, wohin er aufgebrochen war. Als sie nun zwischen den vom Winter vernarbten Rosenbüschen zur Eingangstür gingen, hatte sie das Gefühl, sie würde unaufhaltsam in etwas hineingezogen, das sie nichts anging, mit dem sie nichts zu tun haben wollte und das nichts Gutes verhieß. Die Eingangstür war unverschlossen, genau wie Lettie sie zuvor vorgefunden hatte, aber als sie die Küche betrat, kam es ihr so vor, als rieche es nun ranziger als nur nach unabgewaschenem Geschirr.

Candace ging zum Tisch und betrachtete mit abfälliger Miene die Überreste des Essens. »Das sieht allerdings eher nach dem Mittag- oder Abendessen von gestern aus als nach einem Frühstück, aber bei Robin weiß man ja nie. Sie haben gesagt, Sie hätten oben nachgesehen?«

»Ja. Das Bett war nicht richtig gemacht, die Bettdecke war nur darübergeschlagen, aber es sah nicht so aus, als hätte er letzte Nacht hier geschlafen.«

»Am besten, wir durchsuchen das ganze Cottage, dann den Garten und das Nebenhaus«, schlug Candace vor. »In der Zwischenzeit mache ich hier mal sauber. Es stinkt.«

Sie nahm den schmutzigen Teller und ging zum Spülbecken. Lettie rief scharf im Befehlston: »Nicht, Candace, nein!«, so dass Candace wie angewurzelt stehen blieb. »Es tut mir leid«, entschuldigte sich Lettie gleich, »ich wollte Sie nicht anschreien, aber sollten wir nicht besser alles so lassen, wie es war? Falls Robin einen Unfall hatte, falls ihm etwas zugestoßen ist, dann spielt die Uhrzeit vielleicht eine wichtige Rolle.«

Candace kehrte zum Tisch zurück und stellte den Teller wieder hin. »Sie haben sicherlich recht, aber das hier sagt uns nur, dass er vor seinem Aufbruch etwas gegessen hat, wahrscheinlich war es das Mittag- oder Abendessen.«

Sie gingen nach oben. Es gab nur zwei Schlafzimmer, beide von angemessener Größe, und jedes hatte Bad und Dusche. Das etwas kleinere auf der Rückseite wurde offenbar nicht benutzt. Das Bett, auf dem eine Patchworkdecke lag, war frisch bezogen.

Candace öffnete die Tür des Einbauschranks, machte sie wieder zu und meinte entschuldigend: »Weiß der Teufel, warum ich dachte, er könnte hier drin sein, aber wenn wir schon suchen, dann wenigstens gründlich.«

Sie gingen in das vordere Schlafzimmer. Es war einfach und bequem eingerichtet, sah nun aber aus, als hätte jemand darin gewütet. Ein Frotteebademantel lag neben einem zerknitterten T-Shirt und einem Terry-Pratchett-Taschenbuch auf dem Bett. Zwei Paar Schuhe waren in die Ecke geworfen worden, und auf dem gepolsterten Hocker häuften sich Wollpullover und Hosen. Zumindest war Boyton auf schlimmstes Dezemberwetter eingestellt. Die Schranktür stand offen und gab den Blick auf drei Hemden, eine Wildlederjacke und einen dunklen Anzug frei. Lettie fragte sich, ob er den Anzug für den Fall mitgebracht hatte, dass ihm erlaubt worden wäre, Rhoda Gradwyn zu besuchen?

»Das sieht zwar sehr nach einem Kampf oder einer überstürzten Abreise aus«, meinte Candace, »aber nach dem Zustand der Küche zu urteilen, können wir getrost davon ausgehen, dass Robin extrem unordentlich war, und das ist mir nichts Neues. Jedenfalls ist er nicht hier im Cottage.«

»Nein, hier ist er nicht.« Lettie wandte sich zur Tür. Und doch war er irgendwie anwesend, dachte sie. Während der halben Minute, in der sie mit Candace das Badezimmer begutachtet hatte, war ihre düstere Vorahnung zu einer irritierenden Mischung aus Angst und Mitleid geworden. Robin Boyton war nicht hier, aber auf paradoxe Weise schien er präsenter zu sein als noch vor drei Tagen bei seinem Auftritt in der Bibliothek. Er war hier in diesem Durcheinander jugendlicher Kleidung, in den Schuhen, von denen ein Paar ganz abgetreten war, in dem achtlos hingeworfenen Buch, dem zerknitterten T-Shirt.

Sie gingen weiter in den Garten, Candace voran. Lettie war zwar für gewöhnlich ebenso energiegeladen wie ihre Begleiterin, aber nun hatte sie das Gefühl, sie würde wie eine schwere Last hinterhergezogen. Sie durchsuchten die Gärten beider Cottages mitsamt den zugehörigen Holzschuppen. Der Schuppen des Rose Cottage enthielt ein Sammelsurium aus schmutzigen Gartengeräten, Werkzeugen, von denen einige verrostet waren, zerbrochenen Blumentöpfen und Baststreifen. Alles lag wild durcheinander auf einem Regal, während die Tür wegen eines alten Rasenmähers und eines Netzes mit Anschürholz nicht ganz aufging. Candace schloss kommentarlos die Tür. Dagegen war der Schuppen des Stone Cottage vorbildlich aufgeräumt. Alles war einer Logik folgend geordnet. Spaten, Mistgabeln und Schläuche, deren Metallteile glänzten, waren an der Wand arrangiert, und am Rasenmäher klebte nichts mehr, was von seiner Funktion zeugen könnte. Es gab einen bequemen Korbsessel mit kariertem Kissen, der offenbar gerne benutzt wurde. Der Kontrast zwischen den beiden Schuppen spiegelte sich in den Gärten wider. Mog war verantwortlich für den Garten im Rose Cottage, aber sein Hauptinteresse galt dem

Garten des Manor, insbesondere dem Boskettgarten, auf den er über alle Maßen stolz war und den er mit Sorgfalt, ja Besessenheit trimmte. Im Rose Cottage machte er wenig mehr als nötig war, um nicht gerügt zu werden. Der Garten des Stone Cottage zeugte von Sachkenntnis und regelmäßiger Zuwendung. Welkes Laub war zusammengeharkt und in den hölzernen Kompostbehälter gegeben worden, die Sträucher waren beschnitten, die Erde umgegraben und empfindliche Pflanzen vor dem Frost geschützt worden. Als sie an den Rohrsessel mit dem zugehörigen Kissen dachte, empfand Lettie unwillkürlich Mitleid und Wut. Diese hermetische Hütte, in der die Luft selbst im Winter warm war, wurde also nicht nur als Gartenschuppen genutzt, sondern diente gleichzeitig als Rückzugsort. Hier konnte Candace gelegentlich auf eine halbe Stunde des Friedens und der Ruhe abseits von dem aseptischen Geruch des Krankenzimmers hoffen, konnte in den kurzen Momenten der Freiheit in den Garten entfliehen, wenn sie keine Zeit für ihre andere Leidenschaft fand, nämlich in einer ihrer Lieblingsbuchten oder an einem Strand schwimmen zu gehen.

Kommentarlos schloss Candace die Tür vor dem Geruch von warmem Holz und Erde, und sie machten sich auf den Weg zum Stone Cottage. Der Tag war trist und düster, obwohl noch nicht einmal Mittag war, und Candace schaltete das Licht an. Lettie war seit Professor Westhalls Tod mehrfach im Cottage gewesen, aber stets in einer Angelegenheit, die das Manor betraf, und niemals gerne. Sie war nicht abergläubisch. Ihr Glaube war unkonventionell und undogmatisch und bot keinen Platz für körperlose Seelen, die Räume besuchten, in denen sie noch etwas zu erledigen oder ihren letzten Atemzug getan hatten. Aber sie war sensibel für die Atmosphäre, und das Stone Cottage rief immer noch ein

Unbehagen in ihr hervor, eine düstere Stimmung, als hätte das akkumulierte Unglück die Luft vergiftet.

Sie befanden sich in dem steingefliesten Raum, der als die alte Speisekammer bezeichnet wurde. Ein schmaler Wintergarten führte hinaus in den Garten, aber das Zimmer war so gut wie unbenutzt und schien einzig und allein als Aufbewahrungsort für unbenutzte Möbel zu dienen. Es gab einen kleinen Holztisch mit zwei Stühlen, eine klapprig aussehende Gefriertruhe und eine alte Anrichte mit einem Sammelsurium von Bechern und Krügen. Durch eine kleine Küche gingen sie ins Wohnzimmer, in dem auch gegessen wurde. Der Kamin war leer, und eine Uhr auf dem ansonsten leeren Sims verwandelte mit ihrem unerbittlichen Ticken die Gegenwart in die Vergangenheit. Der Raum hatte nichts Gemütliches, bis auf eine Holzbank mit Kissen rechts vom Kamin. An einer Wand reichten die Bücherregale bis zur Decke, aber die meisten Fächer waren leer, und die noch verbliebenen Bücher lehnten unordentlich aneinander. An der gegenüberliegenden Wand stapelten sich gut zehn Bücherkartons. Nicht verblichene Rechtecke auf der Tapete zeigten, wo einmal Bilder gehangen hatten. Das ganze Cottage war zwar sehr sauber, aber Lettie kam es beinahe absichtlich freudlos und uneinladend vor, als hätten Candace und Marcus nach dem Tode ihres Vaters betonen wollen, dass ihnen das Stone Cottage niemals ein Heim sein konnte.

Mit Lettie im Gefolge ging Candace oben mit festen Schritten durch die drei Schlafzimmer, warf einen kurzen Blick in Schränke und Kommoden und schlug die Türen zu, als wäre die Suche eine lästige Routinearbeit. Es roch leicht, aber doch stechend nach Mottenkugeln, nach ländlicher alter Tweedbekleidung, und aus Candace' Schrank blitzte Lettie das Scharlachrot eines akademischen Talars entgegen. Das vordere Zimmer hatte ihr Vater bewohnt. Bis auf das schmale Bett rechts vom Fenster war hier bereits alles ausgeräumt worden. Es war abgezogen, nur ein einziges Laken war straff und makellos über die Matratze gespannt, die universelle häusliche Referenz vor der Endgültigkeit des Todes. Keine von beiden sagte etwas. Die Suche war beinahe zu Ende. Sie gingen nach unten, und ihre Schritte hallten unnatürlich laut auf den Stufen, die nicht mit einem Teppich belegt waren.

Im Wohnzimmer gab es keine Schränke, und so gingen sie wieder in die alte Speisekammer. Candace wurde plötzlich bewusst, was Lettie schon die ganze Zeit empfunden hatte. »Was tun wir hier bloß? Das ist ja beinahe, als würden wir nach einem Kind oder einem verirrten Tier suchen. Wenn sie Befürchtungen haben, soll doch die Polizei weitersuchen.«

»Aber wir sind schon fast fertig, und wir waren zumindest gründlich«, sagte Lettie. »Er ist weder in einem der Cottages noch in einem der Schuppen.«

Candace war in den Vorratsraum gegangen. Ihre Stimme klang gedämpft. »Es wird Zeit, dass ich hier ausräume. Als Vater krank war, habe ich wie eine Besessene Marmelade gekocht. Gott weiß, warum. Er mochte selbstgemachte Marmelade, aber so sehr nun auch wieder nicht. Ich hatte ganz vergessen, dass die Gläser immer noch hier stehen. Am besten lasse ich sie von Dean abholen. Er wird schon eine Verwendung dafür finden, wenn er sich herablässt, sie zu nehmen. Meine Marmelade entspricht kaum seinen Maßstäben.«

Sie kam wieder heraus. Lettie wandte sich um, um ihr zur Tür zu folgen, blieb stehen und öffnete den Deckel der Gefriertruhe. Sie tat das ganz spontan und ohne nachzudenken.

Die Zeit blieb stehen. Ein paar Sekunden, die sich im Rückblick zu Minuten ausdehnten, starrte sie auf das, was dort unten lag.

Mit einem leisen Scheppern fiel ihr der Deckel aus der Hand, und sie sank über der Gefriertruhe zusammen und zitterte unkontrollierbar. Ihr Herz hämmerte, und etwas war mit ihrer Stimme passiert. Sie schnappte nach Luft und versuchte, Wörter zu bilden, aber sie brachte keinen Ton hervor. Schließlich fand sie unter größter Anstrengung eine Stimme, aber sie klang nicht wie ihre, nicht einmal wie eine bekannte Stimme. »Candace«, krächzte sie, »sehen Sie nicht her! Bleiben Sie dort!«

Doch Candace schob sie zur Seite und drückte den Deckel gegen Letties Gewicht nach oben.

Er lag zusammengerollt auf dem Rücken, beide Beine ragten steif nach oben. Er musste mit den Füßen gegen den Deckel der Gefriertruhe gedrückt haben. Die beiden Hände, zart und weiß wie die eines Kindes, waren wie Klauen zusammengekrallt. In seiner Verzweiflung hatte er gegen den Deckel geschlagen, die Fingerknöchel waren blau, Spuren getrockneten Bluts klebten an den Fingern. Sein Gesicht war eine Fratze des Schreckens, die blauen Augen waren weit aufgerissen und leblos wie die einer Puppe, die Lippen waren zurückgezogen. Er musste sich in einem letzten Krampf auf die Zunge gebissen haben, denn zwei Blutrinnsale waren ihm auf dem Kinn getrocknet. Er trug Jeans und ein blaubeige kariertes, oben offenes Hemd. Der Geruch, so widerwärtig wie vertraut, stieg auf wie ein Gas.

Lettie fand irgendwie die Kraft, sich zu einem Küchenstuhl zu schleppen, und brach dort zusammen. Als sie nun saß, kehrte ihre Kraft zurück, der Herzschlag verlangsamte sich und wurde regelmäßiger. Sie hörte den Deckel zuklappen, leise, beinahe sanft, als fürchtete Candace, den Toten zu wecken. Sie schaute zu ihr hinüber. Candace stand reglos an die Gefriertruhe gelehnt. Dann begann sie plötzlich zu würgen, rannte zur Spüle und übergab sich heftig, wobei sie sich seitlich am Becken abstützte. Sie würgte noch eine Weile, als schon längst nichts mehr hochkam, laute, keuchende Schreie, die ihr die Kehle zerreißen mussten. Lettie sah nur zu. Sie hätte gerne geholfen, wusste aber, dass Candace nicht berührt werden wollte. Dann drehte Candace den Wasserhahn voll auf und spritzte sich das Gesicht ab, als würde die Haut in Flammen stehen. Wasser lief ihr über die Jacke, und nasse Haarsträhnen klebten ihr an der Wange. Ohne ein Wort streckte sie die Hand nach einem Geschirrtuch aus, das an einem Nagel neben der Spüle ging, wrang es unter dem noch laufenden Wasserhahn aus und wusch sich das Gesicht. Lettie fand endlich die Kraft, aufzustehen. Sie legte Candace einen Arm um die Taille und führte sie zu dem zweiten Stuhl.

»Tut mir leid«, sagte Candace, »es war der Gestank. Diesen Geruch konnte ich noch nie ertragen.«

Das Entsetzen über diesen einsamen Tod brannte noch in ihrem Hirn. Lettie empfand plötzlich starkes Mitleid und wollte ihn verteidigen. »Das ist nicht der Geruch des Todes, Candace. Er konnte nichts dafür. Es ist ihm passiert, vielleicht vor Angst. So etwas gibt es.«

Ohne es laut auszusprechen, dachte sie bei sich: *Das muss doch bedeuten, dass er noch gelebt hat, als er in die Gefriertruhe kam. Oder nicht? Die Rechtsmedizinerin wird das wissen.*

Nun, da ihre körperliche Kraft wieder zurückgekehrt war, konnte sie außergewöhnlich klar denken. »Wir müssen die Polizei anrufen. Commander Dalgliesh hat uns doch eine

Nummer gegeben. Wissen Sie die noch?« Candace schüttelte den Kopf. »Ich auch nicht. Ich dachte nicht, dass wir sie jemals brauchen würden. Er und dieser andere Polizist sind ja immer hier rumgelaufen. Ich gehe ihn holen.«

Doch Candace, die den Kopf zurückgelehnt hatte und deren Gesicht so weiß leuchtete, als wäre sie bar jeden Gefühls, bar von allem, was sie einzigartig machte, nichts als eine Maske aus Fleisch und Knochen, sagte: »Nein! Gehen Sie nicht. Ich fühle mich besser, aber lassen Sie mich jetzt nicht allein. Mein Handy steckt in meiner Tasche. Rufen Sie im Manor an. Versuchen Sie es erst im Büro und dann bei George. Er soll Dalgliesh anrufen. Aber er soll nicht selber kommen. Keiner von ihnen soll kommen. Ich könnte es jetzt nicht ertragen, wenn sich ein Menschenauflauf bildet, mit all den Fragen, der Neugier, dem Mitleid. Das kommt noch früh genug.«

Lettie rief im Büro an. Als niemand abnahm, versuchte sie es mit Georges Nummer. Während sie lauschte und auf Antwort wartete, sagte sie: »Er wird selber wissen, dass er nicht herkommen darf. Das Cottage wird zum Tatort erklärt.«

Candace fragte mit schriller Stimme: »Wieso Tatort?«

Es meldete sich immer noch niemand an Georges Telefon. »Vielleicht ist es Selbstmord«, sagte Lettie. »Ist Selbstmord denn kein Verbrechen?«

»Finden Sie etwa, dass es nach Selbstmord aussieht? Finden Sie das?«

Entsetzt fragte sich Lettie: *Worüber streiten wir hier eigentlich?* Aber sie sagte ruhig: »Sie haben recht. Wir wissen nichts. Aber Commander Dalgliesh kann sicher keinen Auflauf gebrauchen. Wir bleiben hier und warten.«

Endlich hörte sie Georges Stimme. »Ich rufe vom Stone Cottage aus an«, sagte Lettie. »Candace ist hier bei mir. Wir haben Robin Boytons Leiche in der alten Gefriertruhe gefunden. Könnten Sie Commander Dalgliesh so schnell wie möglich rüberschicken? Am besten, Sie sagen zu niemandem etwas, bevor er nicht hier ist. Und bleiben Sie im Manor. Lassen Sie niemanden herkommen.«

Georges Stimme klang schrill: »Boytons Leiche? Sind Sie sicher, dass er tot ist?«

»Ganz sicher. Ich kann das jetzt nicht erklären, George. Holen Sie Dalgliesh. Nein, uns fehlt nichts. Wir stehen unter Schock, aber uns fehlt nichts.«

»Ich rufe Dalgliesh an.« Er beendete das Gespräch.

Keine von beiden sagte etwas. In der Stille vernahm Lettie nur ihre eigenen tiefen Atemzüge. Sie saßen schweigend auf den beiden Küchenstühlen. Zeit verging, unermesslich viel Zeit. Dann sahen sie Gesichter vor den Fenstern. Die Polizei war da. Lettie hätte gedacht, sie würden einfach hereinkommen, aber es klopfte an der Tür. Sie warf einen kurzen Blick auf das starre Gesicht von Candace, dann stand sie auf, um zu öffnen. Commander Dalgliesh trat ein, gefolgt von Inspector Miskin und Sergeant Benton-Smith. Zu ihrer Überraschung ging Dalgliesh gar nicht sofort zu der Gefriertruhe, sondern kümmerte sich um die beiden Frauen. Er nahm zwei Becher von der Anrichte, ließ sie am Wasserhahn volllaufen und brachte sie ihnen. Candace ließ ihren Becher auf dem Tisch stehen, aber Lettie stellte fest, dass sie großen Durst hatte und trank gierig. Ihr entging nicht, dass Commander Dalgliesh sie beide genau beobachtete.

»Ich muss Ihnen jetzt ein paar Fragen stellen«, sagte er. »Sie haben beide einen fürchterlichen Schock erlitten. Fühlen Sie sich imstande zu sprechen?«

Candace blickte ihm fest in die Augen und antwortete: »Ja, vielen Dank, absolut.«

Lettie murmelte zustimmend.

»Dann gehen wir doch besser nach nebenan. Ich komme sofort nach.«

Inspector Miskin folgte ihnen in das Wohnzimmer. Lettie dachte: *Er lässt uns also nicht allein, bis er unsere Geschichte gehört hat.* Gleich darauf fragte sie sich, ob sie nun besonders scharfsinnig war oder nur überzogen misstrauisch. Hätten Candace und sie sich auf eine gemeinsame Version für ihre Geschichte einigen wollen, wäre vor dem Eintreffen der Polizei Zeit genug gewesen.

Sie setzten sich auf die Eichenbank, und Inspector Miskin zog zwei Stühle vom Tisch heran. Ohne sich zu setzen fragte sie: »Kann ich Ihnen etwas bringen? Tee, Kaffee — wenn mir Miss Westhall sagen würde, wo ich die Sachen dafür finde.«

Candace antwortet ziemlich schroff: »Nein, danke. Ich will nur raus hier.«

»Commander Dalgliesh ist gleich da.«

So war es. Kaum hatte sie den Satz beendet, kam er herein und setzte sich auf einen der Stühle direkt gegenüber von ihnen. Inspector Miskin nahm den anderen. Dalglieshs Gesicht, das nicht weit von den ihren entfernt war, war ebenso bleich wie das von Candace, aber es ließ sich unmöglich erraten, was sich hinter der wie geschnitzt wirkenden, rätselhaften Maske verbarg. Als er schließlich sprach, klang seine Stimme sanft, beinahe mitleidig, aber Lettie zweifelte nicht daran, dass die Ideen, die er beständig in seinem Kopf entwickelte, wenig mit Mitgefühl zu tun hatten. »Wie kam es, dass Sie beide an diesem Vormittag im Stone Cottage waren?«, fragte er.

Candace war diejenige, die ihm antwortete. »Wir haben Robin gesucht. Sein Geschäftspartner hat gegen neun Uhr vierzig im Büro angerufen, um uns mitzuteilen, dass er seit gestern Morgen vergeblich versuche, Robin zu erreichen, und dass er sich Sorgen mache. Mrs. Frensham hat als Erste hier nachgesehen und die Überreste einer Mahlzeit auf dem Küchentisch vorgefunden, festgestellt, dass sein Auto in der Zufahrt parkte und dass sein Bett unbenutzt war. Deshalb sind wir noch einmal hergekommen, um gründlicher zu suchen.«

»Wusste eine von Ihnen oder hatten Sie den Verdacht, dass Sie Robin Boyton in der Gefriertruhe finden würden?«

Er rechtfertigte diese Frage nicht, die beinahe brutal deutlich gestellt war.

Lettie hoffte, Candace würde sich beherrschen. Sie beschränkte sich auf ein leises »Nein« und hatte den Eindruck, dass Dalgliesh ihr glaubte, nachdem sie ihm in die Augen gesehen hatte.

Candace schwieg einen Augenblick, während Dalgliesh wartete. »Offensichtlich nicht, sonst hätten wir doch gleich in der Gefriertruhe nachgesehen. Wir haben nach einem lebenden Menschen gesucht, nicht nach einer Leiche. Ich persönlich dachte, Robin würde schon bald wieder auftauchen, aber es war wirklich seltsam, dass er so lange weg war, da er für gewöhnlich keine langen Spaziergänge unternahm. Wir haben wohl einfach einen Hinweis darauf gesucht, wo er sein könnte.«

»Wer von Ihnen beiden hat die Gefriertruhe geöffnet?«

»Ich«, sagte Lettie. »Die alte Speisekammer, der Raum nebenan, war der letzte Raum, den wir durchsucht haben. Candace war in den Vorratsraum gegangen, und ich habe spontan den Deckel der Gefriertruhe angehoben, fast ohne nachzudenken. Im Rose Cottage, hier und in den Gartenschuppen haben wir in allen Schränken nachgesehen, und irgendwie kam es mir ganz normal vor, auch die Truhe zu öffnen.«

Dalgliesh sagt nichts. *Wird er jetzt darauf hinweisen, dass eine Suche, die Schränke und eine Gefriertruhe beinhaltet, kaum die nach einem lebendigen Menschen sein kann?*, dachte sie. Aber sie hatte ihre Erklärung abgegeben. Sie war sich nicht einmal sicher, ob sie in ihren eigenen Ohren überzeugend klang, aber es war die Wahrheit, und der hatte sie nichts hinzuzufügen. Candace versuchte, es näher zu erklären.

»Ich wäre mir nie in den Sinn gekommen, dass Robin tot sein könnte, und keine von uns hat diese Möglichkeit erwähnt. Ich habe die Initiative ergriffen, und nachdem wir einmal angefangen hatten, in Schränke zu schauen und eine gründliche Suche durchzuführen, da kam es uns ganz normal vor, so weiterzumachen, genau wie Lettie gesagt hat. Im Hinterkopf hatte ich vielleicht einen möglichen Unfall, aber dieses Wort fiel nie zwischen uns.«

Dalgliesh und Inspector Miskin erhoben sich. »Vielen Dank Ihnen beiden«, sagte Dalgliesh. »Sie müssen jetzt gehen. Für den Moment werde ich Ihnen keine Umstände mehr machen.« Er wandte sich an Candace. »Leider müssen wir das Stone Cottage vorübergehend schließen, wahrscheinlich für ein paar Tage.«

»Als Tatort?«, fragte Candace.

»Als Ort eines ungeklärten Todesfalls. Ich weiß von Mr. Chandler-Powell, dass es für Sie und Ihren Bruder Zimmer im Manor gibt. Ich bedaure diese Unannehmlichkeiten, aber Sie haben sicherlich Verständnis dafür. Wir erwarten auch eine Ärztin von der Rechtsmedizin und die Spurensicherung, aber wir achten darauf, dass kein Schaden angerichtet wird.«

»Von mir aus können Sie das ganze Haus auseinandernehmen«, sagte Candace. »Ich habe hier nichts mehr verloren.«
Er fuhr fort, als hätte er das nicht gehört. »Inspector Miskin kommt mit Ihnen mit, damit Sie zusammenpacken können, was Sie im Manor brauchen.«
Sie standen also unter Bewachung, dachte sich Lettie. Was befürchtete er? Dass sie davonliefen? Doch dann sagte sie sich, dass sie ungerecht war. Er hatte sich ihnen gegenüber überaus freundlich und höflich verhalten. Aber was hätte es ihm auch gebracht, kurz angebunden zu sein?
Candace stand auf. »Ich suche mir zusammen, was ich brauche. Mein Bruder kann seine Sachen selber packen, natürlich unter Aufsicht. Ich habe nicht die Absicht, in seinem Zimmer herumzustöbern.«
»Ich sage Ihnen Bescheid, wann er seine Sachen holen kann«, erwiderte Dalgliesh ruhig. »Inspector Miskin hilft Ihnen jetzt.«
Angeführt von Candace stiegen sie zu dritt die Treppe hinauf. Lettie war froh, endlich von der alten Speisekammer wegzukommen. In ihrem Schlafzimmer zog Candace einen Koffer aus dem Schrank, aber Inspector Miskin war diejenige, die ihn auf das Bett hob. Candace holte Kleidung aus ihren Schubladen und dem Schrank, legte sie rasch zusammen und packte sie gekonnt ein: warme Pullover, Hosen, Shirts, Unterwäsche, Nachtwäsche und Schuhe. Sie verschwand im Badezimmer und kehrte mit ihrem Kulturbeutel zurück. Ohne einen Blick zurückzuwerfen waren sie bereit zum Aufbruch.
Commander Dalgliesh und Sergeant Benton-Smith waren in der alten Speisekammer und warteten offensichtlich darauf, dass sie gingen. Der Deckel der Gefriertruhe war geschlossen. Candace überreichte ihnen die Hausschlüssel. Sergeant

Benton-Smith stellte ihr eine Quittung dafür aus, dann wurde die Haustür hinter ihnen geschlossen. Lettie meinte zu hören, wie ein Schlüssel im Schloss gedreht wurde.

Schweigend atmeten sie die reinigende, süßlich feuchte Morgenluft in tiefen Zügen ein und machten sich mit Inspector Miskin in ihrer Mitte langsam auf den Rückweg zum Manor.

9

Als sie sich der Eingangstür des Manor näherten, blieb Inspector Miskin zurück und wandte sich taktvoll ab, als wollte sie den Eindruck vermeiden, die beiden Frauen würden von einer Polizeieskorte begleitet. Candace erhielt dadurch Gelegenheit, Lettie rasch etwas zuzuflüstern, als diese die Tür öffnete: »Keine Diskussionen darüber, was passiert ist. Nur die reinen Fakten.«

Lettie war versucht zu entgegnen, dass sie keineswegs die Absicht habe, mehr als das zu sagen, aber sie hatte nur Zeit zu murmeln: »Natürlich.«

Candace entzog sich jeglicher Diskussion, indem sie verlangte, ihr Zimmer zu sehen. Helena war sofort da, und die beiden verschwanden im Ostflügel. Dort würde es bald unangenehm eng werden, denn auch Flavia schlief bereits dort, seit der Patiententrakt abgesperrt war. Nachdem Marcus telefonisch Dalglieshs Einverständnis eingeholt hatte, ging er ins Stone Cottage, um sich die Kleider und Bücher zu holen, die er brauchte, und dann zu seiner Schwester in den Ostflügel zu ziehen. Alle waren eifrig besorgt. Niemand stellte unangenehme Fragen. Doch während sich der Vormittag hinzog, schien die Luft vor unausgesprochenen Fragen zu brummen, die sich hauptsächlich darum drehten, weshalb Lettie den Deckel der Gefriertruhe angehoben hatte. Da diese Frage letztlich irgendwann gestellt würde, hatte Lettie zunehmend das Gefühl, sie sollte ihr Schweigen brechen, trotz der Vereinbarung zwischen ihr und Candace.

Es wurde schon bald ein Uhr, aber es gab noch nichts Neues von Commander Dalgliesh und seinem Team. Nur vier Mitglieder des Haushalts setzten sich zum Mittagessen in das Speisezimmer, Mr. Chandler-Powell, Helena, Flavia und Lettie. Candace hatte darum gebeten, dass ihr und Marcus das Essen auf einem Tablett ins Zimmer gebracht wurde. An Operationstagen aß Chandler-Powell mit seinem Team später zu Mittag, wenn er überhaupt eine richtige Mahlzeit zu sich nahm, aber an Tagen wie diesem speiste er mit den anderen im Esszimmer. Eigentlich fand Lettie es nicht richtig, dass nicht alle gemeinsam aßen, aber sie wusste, Dean würde es als Koch erniedrigend empfinden, mit den Leuten essen zu müssen, für die er kochte. Er und Kim aßen später mit Sharon in ihrer eigenen Wohnung.

Es gab ein einfaches Menü, Minestrone als Vorspeise, Schweinefleisch-Enten-Terrine, Ofenkartoffeln und einen Wintersalat als Hauptgang. Als Flavia, die sich gerade vom Salat nahm, die Frage in den Raum stellte, ob jemand wisse, wann mit dem Erscheinen der Polizei zu rechnen sei, antwortete Lettie mit einer, wie sie fand, unnatürlichen Unbekümmertheit.

»Das haben sie nicht gesagt, als wir im Stone Cottage waren. Ich schätze, sie sind fleißig dabei, die Gefriertruhe zu untersuchen. Womöglich nehmen sie sie mit. Ich kann mir nicht erklären, warum ich den Deckel aufgeklappt habe. Das ist beim Hinausgehen passiert, eine impulsive Geste, vielleicht aus reiner Neugier.«

»Es ist nur gut, dass Sie das gemacht haben«, sagte Flavia. »Er hätte noch tagelang dort liegen können, während die Polizei die Gegend absucht. Schließlich hätten sie die Gefriertruhe nur geöffnet, wenn sie einen Verdacht gehabt hätten! Sonst wäre niemand auf die Idee gekommen.«

Mr. Chandler-Powell runzelte die Stirn, sagte aber nichts. Alle schwiegen, bis Sharon hereinkam, um die Suppenteller

405

abzutragen. Das ungewohnte Nichtstun hatte sie letztlich doch gelangweilt, und sie hatte sich herabgelassen, eine begrenzte Anzahl von Aufgaben im Haushalt zu übernehmen. An der Tür drehte sie sich um und sagte mit für sie unüblicher Munterkeit: »Vielleicht treibt sich ja ein Serienmörder hier im Dorf herum und pickt sich einen nach dem anderen von uns heraus. Ich hab mal ein Buch von Agatha Christie gelesen, da geht es genau darum. Sie saßen alle auf so einer Insel fest, und einer von ihnen war der Serienmörder. Am Ende blieb nur einer übrig.«

Flavia wies sie zurecht. »Das ist doch Unsinn, Sharon. Hat der Tod von Miss Gradwyn etwa ausgesehen wie das Werk eines Serienmörders? Die töten nach einem Muster. Und weshalb sollte ein Massenmörder eine Leiche in eine Gefriertruhe stecken? Aber vielleicht ist Ihr Serienmörder ja von Gefriertruhen besessen und gerade jetzt auf der Suche nach einer neuen, wo er sein nächstes Opfer unterbringen kann.«

Sharon machte den Mund auf, um etwas zu entgegnen, doch Chandler-Powell warf ihr einen strengen Blick zu, und so überlegte sie es sich anders und stieß mit dem Fuß die Tür hinter sich zu. Niemand sagte etwas. Lettie spürte, dass Sharons Kommentar ziemlich unbedacht gewirkt hatte, der von Flavia war jedoch auch nicht viel besser gewesen. Mord war ein Verbrechen, das wirkte wie eine Seuche, es veränderte Beziehungen auf subtile Weise, die, wenn nicht eng, so doch zumindest unkompliziert und unbelastet gewesen waren, wie die zu Candace und nun auch die zu Flavia. Es war keine Frage des ausdrücklichen Misstrauens, eher breitete sich eine Atmosphäre des Unbehagens aus, das zunehmende Bewusstsein, dass man andere Menschen nicht kennen konnte, nicht wissen konnte, was in ihren Köpfen vorging. Aber

Lettie machte sich um Flavia Sorgen. Da sie ihr Wohnzimmer im Westflügel nicht betreten durfte, war sie dazu übergegangen, allein durch den Garten zu spazieren oder über die Lindenallee bis zum Steinkreis zu laufen. Wenn sie zurückkehrte, waren ihre Augen so rot und geschwollen, wie es kein scharfer Wind oder plötzlicher Regen verursachen konnte. Vielleicht war es gar nicht so außergewöhnlich, dachte Lettie, dass Miss Gradwyns Tod Flavia mehr zugesetzt zu haben schien als anderen. Mr. Chandler-Powell und sie hatten eine Patientin verloren. Beruflich war das für sie beide eine Katastrophe. Dann waren da noch die Gerüchte über die Beziehung zu George. Im Manor waren sie immer Chirurg und Oberschwester, und manchmal benahmen sie sich beinahe übertrieben korrekt. Wenn sie im Manor zusammen geschlafen hätten, wäre das nicht unentdeckt geblieben. Aber Lettie fragte sich, ob Flavias wechselnde Stimmungen, die Reizbarkeit, die sie neuerdings an den Tag legte, die einsamen Spaziergänge nicht doch noch eine andere Ursache hatten als den Tod einer Patientin.

Im Laufe des Tages wurde es für Lettie offensichtlich, dass dieser neue Todesfall eher heimliches Interesse hervorrief als Angst oder Nervosität. Robin Boyton kannte kaum jemand außer seinen Verwandten, und diejenigen, die ihn kannten, mochten ihn nicht sonderlich. Immerhin hatte er so viel Anstand besessen, außerhalb des Manor zu sterben. Auch wenn es niemand mit dieser Gefühllosigkeit ausgesprochen hätte, die etwa hundert Meter, die zwischen dem Haus und dem Stone Cottage lagen, schufen neben der räumlichen auch eine psychologische Distanz zu einer Leiche, die man sich zwar vorstellte, die die Mehrheit aber nicht gesehen hatte. Sie fühlten sich mehr wie Zuschauer als Beteiligte an einem Drama, abseits von der Handlung. Langsam fühlten sie sich über die Maßen ausgeschlossen von Dalgliesh und seinem Team, die immer Informationen wollten, aber so wenig zurückgaben. Mog, der wegen seiner Aufgaben im Garten und auf dem ganzen Grundstück einen Vorwand hatte, sich am Tor herumzutreiben, hatte sie häppchenweise mit Informationen gefüttert. Er berichtete von der Rückkehr der Spurensicherung, der Ankunft des Fotografen und Dr. Glenisters, und schließlich vom Abtransport des unförmigen Leichensacks auf einer Trage über den Pfad vom Cottage zu dem unheilverkündenden Leichenwagen. Mit diesen Neuigkeiten versorgt, wappnete sich die Gesellschaft im Manor für die Rückkehr von Dalgliesh und seinem Team.

10

Dalgliesh, der im Stone Cottage beschäftigt war, überließ Kate und Benton die ersten Vernehmungen. Sie kamen um fünfzehn Uhr dreißig ins Manor, um die Ermittlungen aufzunehmen. Mr. Chandler-Powell stellte ihnen wieder die Bibliothek zur Verfügung, wo sie den Großteil der Verhöre durchführen wollten. Die Ergebnisse der ersten Stunden waren enttäuschend. Von Dr. Glenister konnte man eine exakte Angabe der Todeszeit erst nach der Obduktion erwarten, doch in Anbetracht der Genauigkeit ihrer vorläufigen Schätzungen konnten sie auf Grundlage der Annahme arbeiten, dass Boyton am vorigen Tag zwischen zwei und sechs Uhr gestorben war. Die Tatsache, dass er keine Zeit gehabt hatte, nach einer Mahlzeit, die eindeutig eher ein Mittagessen als ein Frühstück gewesen war, die Teller abzuspülen, war weniger hilfreich, als es zunächst schien, denn in der Spüle befanden sich ungespültes Geschirr und zwei Töpfe, die aussahen, als stammten sie noch vom Abend zuvor.

Kate beschloss, jeden Einzelnen zu fragen, wo er sich am Vortag zwischen ein Uhr mittags und dem Abendessen, das um acht Uhr serviert wurde, aufgehalten hatte. Fast alle konnten für einen Teil dieses Zeitraums ein Alibi vorweisen, jedoch niemand für alle sieben Stunden. Am Nachmittag durfte fast jeder seinen eigenen Interessen oder Neigungen nachgehen, und die meisten hatten eine gewisse Zeit allein verbracht, entweder im Manor oder im Garten. Marcus Westhall war nach Bournemouth gefahren, um Weihnachtseinkäufe zu erledigen. Er war kurz nach dem Mittagessen aufgebrochen und erst um halb acht wiedergekommen. Kate spürte, dass die übrigen Mitglieder des Haushalts es etwas merkwürdig fanden, dass Marcus Westhall immer dann das Glück hatte, abwesend zu sein, wenn es galt, eine Leiche zu erklären. Seine Schwester hatte vormittags mit Lettie im Büro gearbeitet und war nach dem Mittagessen ins Stone Cottage zurückgekehrt, um sich um den Garten zu kümmern. Sie hatte Laub zusammengeharkt, es auf den Kompost gebracht und die abgestorbenen Zweige der Sträucher abgeschnitten, bis es dämmerte. Dann war sie ins Cottage zurückgekehrt, um Tee zu machen. Sie war durch den Wintergarten ins Haus gegangen, wo sie die Tür offen gelassen hatte. Boytons Auto hatte draußen geparkt, aber von ihm hatte sie den ganzen Nachmittag weder etwas gehört noch gesehen.

George Chandler-Powell, Flavia und Helena hatten sich im Manor aufgehalten, entweder in ihrer jeweiligen Wohnung oder im Büro. Ein hieb- und stichfestes Alibi konnten sie jedoch nur für die Zeit beibringen, in der sie mit den anderen zu Mittag gegessen, nachmittags in der Bibliothek Tee getrunken oder um acht Uhr das Abendessen eingenommen hatten. Kate merkte, dass sie verärgert waren, weil sie so genaue Zeitangaben machen mussten, genau wie alle anderen auch. Immerhin war es für sie alle ein ganz gewöhnlicher Tag gewesen. Mog sagte aus, er habe den Großteil des gestrigen Nachmittags im Rosengarten verbracht und Tulpenzwiebeln in große Amphoren im Ziergarten gepflanzt. Niemand erinnerte sich, ihn gesehen zu haben, aber er konnte einen Eimer mit ein paar Zwiebeln vorzeigen, die noch gepflanzt werden mussten, und die zerrissenen Beutel, in denen die anderen Zwiebeln gesteckt hatten. Weder Kate noch Benton verspürten Lust, zu seinem Amüsement beizutragen und in den Amphoren nach den angeblich gesetzten Zwiebeln zu wühlen. Bei Bedarf konnte das selbstverständlich nachgeholt werden.

Sharon war überredet worden, einen Teil des Nachmittags in der großen Halle, der Eingangshalle und der Bibliothek Möbel abzustauben und zu polieren und den Fußboden zu saugen. Der Lärm des Staubsaugers hatte andere im Manor natürlich gelegentlich gestört, aber niemand konnte präzise angeben, wann er zu hören gewesen war und wann nicht. Benton wies darauf hin, dass man einen Staubsauger laufen lassen kann, ohne ihn auch wirklich zu benutzen; Kate fiel es schwer, diese Bemerkung ernst zu nehmen. Sharon hatte außerdem Dean und Kimberley in der Küche geholfen. Sie sagte bereitwillig aus, aber sie ließ sich unverschämt viel Zeit damit, die Fragen zu beantworten. Sie starrte Kate mit neugierigem Interesse und einer Spur Mitleid an, was Kate mehr verstörte als die offene Feindseligkeit, mit der sie gerechnet hatte.

Am späten Nachmittag hatten sie jedenfalls das Gefühl, bisher nur wenig erreicht zu haben. Es war jedem einzelnen Bewohner des Manor, auch Marcus auf dem Weg nach Bournemouth, möglich gewesen, einen Abstecher zum Stone Cottage zu machen, aber wer außer den Westhalls hätte Robin ins Cottage locken, ihn töten und unbemerkt am Wachdienst vorbei ins Manor gelangen können? Als Hauptverdächtige musste eindeutig Candace Westhall gelten, die sicherlich die Kraft besaß, Boyton in die Gefriertruhe zu befördern, aber es war verfrüht, sich auf einen Hauptverdächtigen festzulegen, solange sie noch keinen hinreichenden Beweis dafür hatten, dass es wirklich Mord war.

Es war schon fast fünf Uhr, als sie schließlich die Bostocks befragten. Die Vernehmung fand in der Küche statt, wo

Kate und Benton in bequemen Sesseln vor dem Fenster versanken, während sich die Bostocks zwei Stühle vom Tisch heranzogen. Bevor sie sich setzten, hatten sie Tee für alle vier gekocht und den Sofatisch festlich eingedeckt. Ihren Besuchern boten sie an, von Kims Gebäck zu versuchen, frisch aus dem Ofen und noch warm. Ein unwiderstehlich würziger Duft drang aus der offenen Ofentür. Die Kekse, beinahe noch zu heiß zum Anfassen, waren hauchzart und knusprig und schmeckten köstlich. Kim lächelte wie ein glückliches Kind, während sie aßen, und forderte sie auf, sich nur nicht zurückzuhalten – es sei genügend da. Dean schenkte den Tee ein; die Atmosphäre wurde heimelig, beinahe gemütlich. Draußen drückte die regengeschwängerte Luft gegen das Fenster wie Nebel, und durch die hereinbrechende Dunkelheit war bis auf die geometrischen Formen des Boskettgartens nichts mehr zu erkennen, während die hohe Buchenhecke in der Ferne verschwamm. Im Inneren war nur Licht, Farbe und Wärme, dazu erfüllte der behagliche Duft von Tee und Gebäck den Raum.

Die Bostocks konnten einander gegenseitig ein Alibi liefern. Sie hatten fast jede der zurückliegenden vierundzwanzig Stunden gemeinsam verbracht. Meistens waren sie in der Küche gewesen, oder sie hatten Mogs vorübergehende Abwesenheit genutzt und waren zusammen in den Küchengarten gegangen, wo sie Gemüse für das Abendessen aussuchten. Mog nahm ihnen jede Lücke übel, die in seinen sorgsam gepflanzten Reihen entstand. Nach ihrer Rückkehr hatte Kim die Hauptmahlzeiten serviert und danach den Tisch abgeräumt, aber meistens war noch jemand mit im Raum gewesen, Miss Cressett oder Mrs. Frensham.

Beide Bostocks wirkten schockiert, aber weniger besorgt oder verängstigt, als Kate und Benton erwartet hatten. Kate nahm an, ein Grund dafür sei auch, dass Boyton nur ein gelegentlicher Gast war, für den sie nicht verantwortlich waren und dessen seltenes Erscheinen, das weit davon entfernt war, zur Geselligkeit der Runde beizutragen, insbesondere von Dean als potenzielle Ursache von Unannehmlichkeiten und noch mehr Arbeit betrachtet wurde. Boyton hatte Eindruck gemacht – wie sollte es auch anders sein bei einem jungen Mann mit seinem Aussehen –, aber Kimberley, die glücklich in ihren Mann verliebt war, war unempfänglich für klassische Schönheit, und Dean, der hingebungsvolle Gatte, war hauptsächlich damit beschäftigt, seine Küche vor unerwünschten Eindringlingen zu schützen. Keiner von beiden wirkte sonderlich verängstigt, denn offenbar hatten sie sich eingeredet, dass Boytons Tod ein Unfall gewesen war.

In der Gewissheit, selbst nichts mit der Sache zu tun zu haben, interessiert, ein wenig aufgeregt und ohne Trauer, plauderten sie vor sich hin, und Kate unterbrach das Gespräch nicht. Den Bostocks hatte man ebenso wie dem Rest des Haushalts nur mitgeteilt, dass und wo Boytons Leiche gefunden worden war. Was gab es im Moment noch zu sagen? Es hätte auch keinen Sinn gehabt, jemanden in Unkenntnis zu lassen. Mit Glück war es vielleicht möglich, diesen neuen Todesfall vor der Presse geheim zu halten und für eine gewisse Zeit – solange Mog den Mund hielt – auch vor den Leuten im Dorf, aber es war weder machbar noch notwendig, ihn Teilen der Belegschaft des Manor zu verheimlichen.

Der Durchbruch kam kurz vor sechs Uhr. Kim erhob sich, nachdem sie einen Moment vor sich hin geträumt hatte, und sagte: »Der arme Mann. Er muss in die Gefriertruhe geklettert sein, und dann ist der Deckel zugefallen. Aber warum macht er nur so etwas? Vielleicht hat er ein albernes Spiel gespielt, so eine Art Mutprobe, wie Kinder es tun. Meine Mutter hatte zu Hause einen großen Korb, beinahe so groß wie eine Truhe, in dem wir Kinder uns immer versteckt haben. Aber warum hat er den Deckel nicht einfach wieder hochgedrückt?«

Dean räumte bereits den Tisch ab. »Das konnte er doch nicht, wenn der Verschluss zugeschnappt ist. Aber er war doch kein Kind. So etwas Dummes. Keine schöne Art zu sterben, durch Ersticken. Vielleicht hat er ja auch einen Herzanfall gehabt.« Als er Kims erschrockenes Gesicht sah, fügte er mit fester Stimme hinzu: »Das ist es wohl auch gewesen, ein Herzanfall. Er ist aus Neugier in die Gefriertruhe geklettert und in Panik geraten, als er den Deckel nicht mehr aufgekriegt hat, und dann ist er gestorben. Schnell und schmerzlos. Er hat bestimmt nichts gespürt.«

»Schon möglich«, sagte Kate. »Nach der Autopsie wissen wir mehr. Hat er sich Ihnen gegenüber einmal über sein Herz geäußert, hat er gesagt, er müsse vorsichtig sein oder so etwas?«

Dean sah Kim an, die den Kopf schüttelte. »Uns gegenüber nicht. Na ja, wieso hätte er das auch tun sollen? Er war nicht oft hier, und wenn, dann haben wir ihn kaum zu Gesicht bekommen. Die Westhalls könnten darüber Bescheid wissen. Immerhin war er ihr Cousin, und er hat ja behauptet, dass er hier war, um sich mit ihnen zu treffen. Mrs. Frensham knöpft ihm zwar Miete ab, aber Mog glaubt nicht, dass es der volle Betrag ist. Er ist der Meinung, Mr. Boyton wollte bloß billig Urlaub machen.«

»Ich kann mir nicht vorstellen, dass Miss Candace etwas über seinen Gesundheitszustand weiß«, sagte Kim. »Mr. Marcus vielleicht, der ist ja Arzt, aber ich glaube nicht, dass sie ein enges Verhältnis hatten. Ich habe gehört, wie Miss Candace zu Mrs. Frensham gesagt hat, dass Robin Boyton sich nicht einmal die Mühe macht, ihnen seine Besuche im Cottage anzukündigen, und wenn Sie mich fragen, dann waren sie nicht sonderlich begeistert darüber. Mog sagt, da gab es irgendeinen Familienstreit, aber worum es ging, weiß er auch nicht.«

»Diesmal hat Mr. Boyton natürlich gesagt, er sei hier, um Miss Gradwyn zu besuchen«, meinte Kate.

»Aber er hat sie doch gar nicht besucht, oder? Weder diesmal noch vor ein paar Wochen, als sie auch schon hier war. Dafür haben Mr. Chandler-Powell und Schwester Holland gesorgt. Ich glaube nicht, dass sie befreundet waren, Mr. Boyton und Miss Gradwyn. Wahrscheinlich wollte er sich nur wichtig machen. Aber das mit der Gefriertruhe ist schon merkwürdig. Sie steht nicht einmal bei ihm im Cottage, aber sie scheint ihn irgendwie fasziniert zu haben. Weißt du noch, Dean, die ganzen Fragen, die er gestellt hat, als er zuletzt hier war, um sich Butter auszuborgen? Er hat sie nie zurückgegeben.«

Kate verbarg ihr Interesse und wich Bentons Blick geflissentlich aus. »Wann war das?«

Dean warf seiner Frau einen Blick zu. »An dem Abend, an dem Miss Gradwyn hier ankam. Donnerstag, der siebenundzwanzigste, oder? Von den Gästen wird erwartet, dass sie sich selbst versorgen. Sie gehen entweder hier einkaufen oder essen auswärts. Ich lasse immer Milch im Kühlschrank und Tee, Kaffee und Zucker, aber mehr nicht, außer sie bestellen vorab Vorräte, dann geht Mog für sie einkaufen. Mr. Boyton rief an, um zu sagen, dass er vergessen habe, Butter mitzunehmen, und ob er ein Päckchen haben könne. Er wollte herkommen und es sich abholen, aber ich war nicht darauf aus, dass er hier in der Küche herumschnüffelt, deshalb habe ich gesagt, dass ich es ihm rüberbringe. Es war halb sieben, und das Cottage sah aus, als wäre er gerade angekommen. Seine Sachen standen alle auf dem Küchenboden. Er wollte wissen, ob Miss Gradwyn schon da ist und wann er sie besuchen kann, aber ich habe geantwortet, dass ich gar nichts dazu sagen kann, was die Patienten betrifft, und dass er lieber die Oberschwester oder Mr. Chandler-Powell fragen soll. Und dann hat er wie nebenbei angefangen, nach der Gefriertruhe zu fragen – wie lange sie schon da drüben steht, ob sie noch funktioniert, ob Miss Westhall sie benutzt. Ich habe ihm erklärt, dass sie alt und wertlos ist und kein Mensch sie mehr benutzt. Und ich habe ihm erzählt, dass Miss Westhall Mog gebeten hat, sie zu entsorgen, aber der hat sich geweigert und gesagt, das wäre nicht seine Aufgabe. Die Gemeinde muss sie abholen, hat er gesagt, und Miss Cressett oder Miss Westhall sollen dort anrufen. Ich glaube nicht, dass eine von beiden das gemacht hat. Dann hat er aufgehört zu fragen. Er hat mir ein Bier angeboten, aber ich wollte nicht mit ihm trinken – ich hab sowieso nicht die Zeit dafür –, also bin ich zurück ins Manor gegangen.«

»Aber die Gefriertruhe stand doch nebenan im Stone Cottage«, gab Kate zu bedenken. »Woher wusste er davon? Es muss doch schon dunkel gewesen sein, als er ankam.«

»Ich schätze, er hat sie bei einem früheren Besuch gesehen. Irgendwann muss er im Stone Cottage gewesen sein, zumindest nachdem der alte Mann gestorben war. Er hat immer sehr betont, dass er der Cousin von den Westhalls ist. Oder er hat dort herumgeschnüffelt, als Miss Westhall nicht da war. Hier macht sich kaum einer die Mühe, die Tür abzuschließen.«

»Außerdem gibt es eine Tür von der alten Speisekammer durch den Wintergarten nach draußen in den Garten«, fügte Kim hinzu. »Die könnte doch offen gewesen sein. Oder er hat die Gefriertruhe durch das Fenster gesehen. Trotzdem seltsam, dass er sich so dafür interessiert hat. Es ist doch bloß eine alte Gefriertruhe. Sie funktioniert nicht mal mehr. Im August ist sie kaputtgegangen. Weißt du noch, Dean? Du wolltest die Hirschkeule damals über den Feiertag darin aufbewahren und hast festgestellt, dass sie nicht funktioniert.«

Wenigstens hatten sie etwas erreicht. Benton warf Kate einen kurzen Blick zu. Ihre Miene war ausdruckslos, aber er wusste, sie beide dachten parallel. »Wann wurde die Gefriertruhe zuletzt als solche benutzt?«, fragte sie.

»Das weiß ich nicht«, antwortete Dean. »Niemand hat mir Bescheid gesagt, dass sie nicht mehr geht. Wir hatten sie ja nie im Einsatz, außer an Feiertagen und wenn Mr. Chandler-Powell Gäste hatte, denn dann konnten wir sie gut brauchen. Der Gefrierschrank hier ist normalerweise völlig ausreichend.«

Kate und Benton erhoben sich zum Gehen. »Haben Sie jemandem von Mr. Boytons Interesse an der Gefriertruhe erzählt?«, fragte Kate. Die Bostocks blickten einander an, dann schüttelten sie eifrig den Kopf. »Bitte behalten Sie das unbedingt für sich. Sprechen Sie mit niemandem im Manor über die Truhe.«

Mit großen Augen fragte Kimberley: »Ist das denn wichtig?«

»Wahrscheinlich nicht, aber wir können jetzt noch nicht wissen, was wichtig ist oder wichtig sein könnte. Deshalb hätte ich gerne, dass Sie darüber schweigen.«

»Das tun wir«, sagte Kim. »Ich schwöre es! Mr. Chandler-

Powell hat es sowieso nicht gerne, wenn wir klatschen, und das tun wir auch nie.«

Kaum waren Kate und Benton aufgestanden und hatten Dean und Kimberley für Tee und Kekse gedankt, als Kates Handy klingelte. Sie lauschte, bestätigte den Anruf und sprach erst, als sie draußen waren: »Das war AD. Wir sollen sofort in die Alte Wache kommen. Candace Westhall möchte eine Aussage machen. Sie ist in fünfzehn Minuten dort. Es sieht so aus, als würden wir endlich ein Stück weiterkommen.«

11

Sie erreichten die Alte Wache, kurz bevor Candace durch die Tore des Manor hinaustrat. Vom Fenster aus beobachtete Kate, wie die kräftige Gestalt am Straßenrand stehen blieb. Sie schaute in beide Richtungen, bevor sie selbstsicheren Schrittes und schwungvoll die Straße überquerte. Dalgliesh nahm sie an der Tür in Empfang und führte sie zu einem Stuhl am Tisch. Er und Kate nahmen gegenüber Platz. Benton stellte den vierten Stuhl rechts neben die Tür und setzte sich, das Notizbuch in der Hand. In ihren Tweedsachen und den Budapestern hatte Candace das selbstgewisse Auftreten einer Landpfarrersfrau, die ein abtrünniges Gemeindemitglied besucht. Aber von seinem Platz aus machte er doch ein Anzeichen von Nervosität aus: Ihre Hände, die sie im Schoß gefaltet hatte, verkrampften sich kurz. Was auch immer Candace ihnen mitteilen wollte, sie hatte sich reichlich Zeit damit gelassen, aber er zweifelte nicht daran, dass sie ganz genau vorbereitet hatte, was sie sagen wollte und wie sie es formulieren würde. Ohne auf Dalglieshs Aufforderung zu warten, begann sie mit ihrer Geschichte.

»Ich habe eine Erklärung für das, was vorgefallen sein könnte, eine Erklärung, die ich für möglich, ja sogar für wahrscheinlich halte. Es wirft kein sonderlich gutes Licht auf mich, aber ich finde, Sie sollten darüber Bescheid wissen, selbst wenn Sie es letztlich als Hirngespinst abtun. Es könnte sein, dass Robin einen albernen Streich ausprobiert hat, der dann mit einer Katastrophe endete. Ich muss das erklären, aber dabei werden Familienangelegenheiten ans Licht kommen, die nichts mit dem Mord an Rhoda Gradwyn zu tun haben können. Ich verlasse mich darauf, dass meine Mitteilungen vertraulich behandelt werden, sobald Sie zu der Überzeugung gelangt sind, dass sie nicht in direktem Zusammenhang mit dem Mordfall stehen.«

Dalgliesh antwortete ganz sachlich; es war eher eine Feststellung als eine Warnung, aber sie war direkt. »Was relevant ist und wie weit Familiengeheimnisse bewahrt werden können, entscheide allein ich. Im Voraus kann ich Ihnen keinerlei Zusicherungen machen.«

»Wir müssen also ganz der Polizei vertrauen, wie in anderen Dingen auch. Verzeihen Sie, aber das ist nicht so leicht in einem Zeitalter, in dem Neuigkeiten bares Geld wert sind.«

»Meine Mitarbeiter verkaufen keine Informationen an Zeitungen«, erwiderte Dalgliesh ruhig. »Miss Westhall, finden Sie nicht auch, dass wir Zeit verschwenden? Es ist Ihre Pflicht, mir Informationen mitzuteilen, die uns bei den Ermittlungen weiterhelfen könnten. Wir möchten niemandem unnötigen Kummer bereiten und haben genügend Probleme damit, relevante Informationen zu verarbeiten, ohne Zeit auf Angelegenheiten zu verschwenden, die irrelevant sind. Wenn Sie wissen, wie Robin Boytons Leiche in die Gefriertruhe kam, oder sonstige Informationen haben, mit deren Hilfe diese Frage beantwortet werden kann, dann sollten wir jetzt besser fortfahren.«

Sollte sie dieser Rüffel getroffen haben, so ließ sie es sich nicht anmerken. »Einiges davon wissen Sie vielleicht schon, wenn Robin Ihnen von seinem Verhältnis zur Familie erzählt hat.«

Nachdem Dalgliesh nicht antwortete, fuhr sie fort: »Wie er gerne verkündet, ist er Marcus' und mein Cousin. Seine Mutter Sophie war die einzige Schwester unseres Vaters. Über mindestens zwei Generationen haben die männlichen

Westhalls ihre Töchter geringgeschätzt und verachtet. Die Geburt eines Sohnes gab Anlass zum Feiern, die Geburt einer Tochter galt als Unglück. Auch heute findet man diese Haltung mitunter noch, aber bei meinem Vater und meinem Großvater wurde das beinahe zu einer Familienobsession. Ich will nicht sagen, dass wir vernachlässigt oder körperlich misshandelt wurden. Das kam nicht vor. Aber ich habe keinen Zweifel daran, dass Robins Mutter seelisch misshandelt wurde und deshalb unter Minderwertigkeitsgefühlen und mangelndem Selbstbewusstsein litt. Sie war weder klug noch hübsch, sie hatte kein sehr einnehmendes Wesen, und es war keine Überraschung, dass sie von Kindheit an ein Problem darstellte. Sie verließ ihr Elternhaus so früh es ging, und es verschaffte ihr einige Genugtuung, ihren Eltern zu missfallen, indem sie ein ausgelassenes Leben in der hektischen Welt am Rande der Popmusikszene führte. Mit nur einundzwanzig Jahren heiratete sie Keith Boyton. Eine schlechtere Wahl hätte sie kaum treffen können. Ich bin ihm nur einmal begegnet, aber ich fand ihn abstoßend. Sie war schwanger, als sie heirateten, aber das war kaum eine Entschuldigung, und ich habe nie verstanden, warum sie die Schwangerschaft nicht abbrechen ließ. Weil die Mutterschaft so ein ganz neues Gefühl war, vermute ich. Keith war oberflächlich betrachtet durchaus reizvoll, aber ich habe in meinem Leben keinen Menschen kennengelernt, der offensichtlicher aufs Geld aus war als er. Er war Grafiker, zumindest behauptete er das, und gelegentlich hatte er sogar Aufträge. Dazwischen verdiente er ein bisschen Geld mit Gelegenheitsarbeiten, einmal hat er, glaube ich, per Telefon Doppelverglasungen verkauft. Jedenfalls war nichts von Dauer. Meine Tante, die als Sekretärin arbeitete, war der Hauptverdiener. Aus irgendeinem Grund hielt die Ehe, vor allem wohl deshalb,

weil er auf sie angewiesen war. Laut Robin starb sie jedenfalls an Krebs, als er sieben war, und Keith hat sich eine andere Frau gesucht und ist nach Australien ausgewandert.
Seitdem hat niemand wieder etwas von ihm gehört.«

»Wann hat Robin regelmäßigen Kontakt zu Ihnen aufgenommen?«, fragte Dalgliesh.

»Als Marcus hier bei Chandler-Powell zu arbeiten anfing
und wir Vater im Stone Cottage untergebracht haben. Er hat
sich dann öfter für ein paar Tage Urlaub im Gästehaus einquartiert, wohl in der Hoffnung, eine Art verwandtschaftli-
ches Gefühl in mir oder Marcus zu wecken. Doch offen gesagt, das gab es nicht. Ich hatte trotzdem ein schlechtes Gewissen, ein bisschen zumindest. Das habe ich immer noch.
Ab und zu habe ich ihm mit kleineren Beträgen ausgehol-
fen, zweihundertfünfzig hier, fünfhundert da, wenn er mich
gefragt hat und recht verzweifelt tat. Bis ich zu der Überzeugung kam, dass es nicht klug ist. Wieso sollte ich mich
auf eine Verpflichtung einlassen, die ich eigentlich nicht akzeptierte. Vor einem Monat verfiel er schließlich auf eine
unglaubliche Idee. Mein Vater starb nur fünfunddreißig
Tage nach meinem Großvater. Wenn es weniger als achtundzwanzig Tage gewesen wären, hätte es ein Problem mit dem
Testament gegeben. Es gibt da eine Klausel, die besagt, dass
ein Begünstigter den Erblasser um achtundzwanzig Tage
überleben muss, um das Erbe antreten zu können. Wenn
mein Vater nicht vom Testament meines Großvaters profi-
tiert hätte, dann hätte es nichts an uns zu vererben gegeben.
Robin hat sich eine Kopie von Großvaters Testament besorgt und kam auf die absurde Idee, unser Vater wäre vor
dem achtundzwanzigsten Tag gestorben und Marcus und
ich oder einer von uns hätte seine Leiche in der Gefriertruhe
im Stone Cottage versteckt. Nach ein paar Wochen hätten

wir ihn wieder aufgetaut und den alten Dr. Stenhouse geholt, damit er den Totenschein ausstellt. Die Gefriertruhe hat letzten Sommer den Geist aufgegeben, aber damals funktionierte sie noch, auch wenn sie selten benutzt wurde.«

»Wann hat er Sie zum ersten Mal mit diesem Verdacht konfrontiert?«, fragte Dalgliesh.

»Während der drei Tage, in denen Rhoda Gradwyn zu ihrem ersten Besuch hier war. Er war an dem Vormittag nach ihrer Ankunft eingetroffen. Ich glaube, er wollte sie besuchen, aber sie wollte unter keinen Umständen Besuch haben, und soweit ich weiß, wurde ihm nie Zutritt zum Manor gewährt. Vielleicht steckte sie hinter der Idee. Und ich habe keinen Zweifel daran, dass die beiden einer Meinung waren. Weshalb hätte Rhoda Gradwyn sich sonst für das Manor entscheiden sollen und warum war es so wichtig für Robin, hier bei ihr zu sein? Der ganze Plan könnte irgendein Unfug von ihr gewesen sein, den sie kaum ernst genommen haben kann, aber für ihn war das alles todernst.«

»Wie hat er Sie darauf angesprochen?«

»Er hat mir ein altes Taschenbuch gegeben. *Der Tote von Exmoor* von Cyril Hare. Es ist ein Krimi, in dem die Todeszeit gefälscht wird. Er hat ihn mir gleich nach seiner Ankunft vorbeigebracht und gesagt, das würde mich sicher interessieren. Ich habe das Buch vor vielen Jahren mal gelesen, und soviel ich weiß, ist es vergriffen. Ich habe ihm gesagt, ich hätte keine Lust, es noch einmal zu lesen, und habe es ihm zurückgegeben. Aber jetzt wusste ich, was er vorhatte.«

»Aber das war doch eine aberwitzige Idee, vielleicht für einen raffinierten Krimi geeignet, aber nicht auf die Situation hier übertragbar. Hat er allen Ernstes geglaubt, es könnte so passiert sein?«, fragte Dalgliesh.

»Und ob. Es gab sogar eine ganze Anzahl von Tatsachen, die

seinem Hirngespinst Glaubwürdigkeit zu verleihen schienen. So absurd, wie sie klingt, war die Idee gar nicht. Wir hätten die Täuschung wahrscheinlich nicht lange aufrechterhalten können, aber ein paar Tage oder eine Woche, vielleicht sogar zwei, wäre das absolut möglich gewesen. Mein Vater war ein extrem schwieriger Patient, der es hasste, krank zu sein, der Mitleid verabscheute und der keinen Besuch haben wollte. Ich habe ihn mit der Hilfe einer pensionierten Krankenschwester gepflegt, die mittlerweile in Kanada lebt, sowie einer älteren Hausangestellten, die vor etwa einem Jahr gestorben ist. Am Tag, an dem Robin abgereist ist, rief mich Dr. Stenhouse an, der praktische Arzt, bei dem mein Vater in Behandlung war. Robin hatte ihn unter einem fadenscheinigen Vorwand aufgesucht und wollte herausfinden, wie lange mein Vater tot gewesen war, bevor der Arzt gerufen wurde. Dr. Stenhouse war noch nie ein geduldiger Mensch gewesen. Im Ruhestand konnte er Idioten noch weniger ertragen als während seiner Berufstätigkeit, und ich kann mir gut vorstellen, wie er auf Robins Unverschämtheit reagiert hat. Jedenfalls hat er Robin zu verstehen gegeben, dass er weder über lebende noch über tote Patienten Auskunft erteilt. Ich bin mir sicher, Robin verließ ihn in der Überzeugung, der alte Doktor sei entweder übertölpelt worden oder Komplize gewesen, wenn er nicht schon bei der Ausstellung des Totenscheins senil war. Wahrscheinlich glaubte er, wir hätten die beiden Helferinnen bestochen, Grace Holmes, die ältere Krankenschwester, die nach Kanada ausgewandert ist, und Elizabeth Barnes, die mittlerweile verstorbene Hausangestellte.

Aber es gab es noch etwas, was er nicht wusste. Am Abend vor seinem Tod hat mein Vater nach dem Gemeindepfarrer schicken lassen, Reverend Clement Matheson – er ist immer noch der Dorfpfarrer hier. Der ist natürlich sofort gekommen, seine ältere Schwester Marjorie, die Ecclesia militans in Person, die für ihn den Haushalt führt, hat ihn im Auto hergebracht. Beide werden den Abend nicht so schnell vergessen haben. Reverend Clement war darauf vorbereitet, die Sterbesakramente zu erteilen und eine reuige Seele zu trösten. Stattdessen fand mein Vater die Kraft, ein letztes Mal gegen Religionen im Allgemeinen und das Christentum im Besonderen zu wettern. Auch Reverend Clements Art und Weise, seiner Kirche vorzustehen, blieb davon nicht verschont. Diese Information konnte Robin nicht an der Bar des Cressett Arms aufschnappen. Reverend Clement oder Marjorie dürften kaum ein Wort darüber verloren haben, außer mir oder Marcus gegenüber. Es muss ein unangenehmes und erniedrigendes Erlebnis gewesen sein. Glücklicherweise sind beide noch am Leben. Aber ich habe eine zweite Zeugin. Vor zehn Tagen habe ich Grace Holmes einen kurzen Besuch in Toronto abgestattet. Sie gehörte zu den wenigen Menschen, die mein Vater um sich duldete, aber in seinem Testament hat er sie nicht bedacht, und nachdem es nun rechtskräftig ist, wollte ich ihr einen gewissen Betrag zukommen lassen, als Ausgleich für dieses letzte, fürchterliche Jahr. Sie hat mir schriftlich bestätigt, dass sie am Todestag meines Vaters bei ihm war. Ich habe den Brief an meinen Anwalt weitergeleitet.«

»Weshalb sind Sie mit dieser Information nicht sofort zu Robin Boyton gegangen, um ihm die Flausen auszutreiben?«, fragte Kate ruhig.

»Das hätte ich wohl tun sollen. Aber es hat mir Spaß gemacht, zu schweigen und zu beobachten, wie er sich immer weiter hineinsteigerte. Wenn ich mein Verhalten im Nachhinein mit der Ehrlichkeit beurteile, die einem zur Verfügung steht, wenn man sich rechtfertigen muss, dann war es wohl Befriedigung darüber, dass er etwas von seinem wahren Wesen offenbart hatte. Ich hatte immer ein schlechtes Gewissen, weil seine Mutter so missachtet worden war. Jetzt sah ich keine Notwendigkeit mehr, ihm etwas auszuzahlen. Durch diesen einen Erpressungsversuch hatte er mich von jeder zukünftigen Verpflichtung befreit. Stattdessen freute ich mich auf meinen Triumph, so mickrig er sein mochte, und auf seine Enttäuschung.«

»Hat er denn jemals Geld gefordert?«, fragte Dalgliesh.

»Nein, so weit ist er nicht gegangen. Dann hätte ich ihn wegen versuchter Erpressung bei der Polizei anzeigen können, auch wenn ich nicht glaube, dass ich diesen Weg gewählt hätte. Aber er hat ziemlich deutlich gemacht, wie er sich das vorstellte. Er wirkte zufrieden, als ich ihm sagte, ich würde das mit meinem Bruder besprechen und mich melden. Ein Eingeständnis habe ich natürlich nicht gemacht.«

»Weiß Ihr Bruder davon?«, fragte Kate.

»Nein. Der hatte in letzter Zeit nichts anderes im Kopf, als seine Arbeit hier so schnell wie möglich zu beenden und in Afrika anzufangen, da wollte ich ihn nicht noch mit etwas belasten, was eigentlich ein Unsinn war. Natürlich hätte er nichts für meinen Plan übrig gehabt, den richtigen Augenblick für die größtmögliche Demütigung von Robin abzuwarten. Er ist edlerer Gesinnung als ich. Ich glaube, Robin feilte noch an einer endgültigen Anschuldigung; wahrscheinlich sollte ich ihm einen bestimmten Betrag für sein Schweigen bezahlen. Das wird auch der Grund sein, weshalb er nach Rhoda Gradwyns Tod noch geblieben ist. Ich gehe davon aus, dass Sie keine Handhabe hatten, ihn hier festzuhalten, solange er nicht Beschuldigter war. Die meisten Leute wären doch froh, so schnell wie möglich von einem Tatort wegzukommen. Seit ihrem Tod hat er sich ständig beim Rose Cottage und im Dorf herumgetrieben. Er war offensichtlich beunruhigt, und ich glaube sogar, dass er Angst hatte. Aber er musste die Sache zu Ende führen. Ich weiß nicht, wieso er in die Gefriertruhe geklettert ist. Vielleicht wollte er feststellen, ob die Leiche meines Vaters überhaupt hineingepasst hätte. Immerhin war er deutlich größer als Robin, auch wenn er durch seine Krankheit sehr abgemagert war. Vielleicht wollte mich Robin auch dorthin bestellen, um dann langsam die Gefriertruhe zu öffnen und mir einen solchen Schrecken einzujagen, dass ich gestand. Das wäre eine Inszenierung nach seinem Geschmack gewesen.«

»Sie sagen, er hatte Angst. Könnte es sein, dass er sich vor Ihnen fürchtete?«, fragte Kate. »Vielleicht ist er auf die Idee gekommen, Sie hätten Miss Gradwyn getötet, weil sie an seinem Plan beteiligt war, und dass er jetzt selber in Gefahr schwebte.«

Candace Westhall wandte sich Kate zu. Abneigung und Verachtung traten jetzt unverhohlen zu Tage. »Nicht einmal ein verquaster Geist wie Robin Boyton könnte ernsthaft annehmen, ich würde einen Mord als rationale Lösung eines Problems in Betracht ziehen. Auch wenn ihm alles zuzutrauen war. Wenn das alles war, würde ich jetzt gerne ins Manor zurückkehren.«

»Zwei Fragen noch. Haben Sie Robin Boyton tot oder lebendig in die Gefriertruhe gesteckt?«, sagte Dalgliesh.

»Habe ich nicht.«

»Haben Sie Robin Boyton getötet?«

»Nein.«

Sie zögerte, und einen Augenblick hatte Dalgliesh den Eindruck, sie wolle etwas hinzufügen. Aber sie erhob sich ohne ein weiteres Wort und ging, ohne sich umzudrehen.

12

Um acht Uhr abends war Dalgliesh geduscht und umgezogen und dachte darüber nach, was er essen wollte, als er das Auto hörte. Es kam fast lautlos die Zufahrt heraufgefahren. Er wurde erst aufmerksam, als Scheinwerfer in den Fenstern hinter den zugezogenen Vorhängen aufleuchteten. Als er daraufhin die Haustür öffnete, sah er einen Jaguar auf dem Seitenstreifen gegenüber halten. Die Scheinwerfer gingen aus.

Ein paar Augenblicke später überquerte Emma die Straße und kam auf ihn zu. Sie trug einen dicken Pullover und eine Lammfelljacke, keine Mütze. Als sie ohne ein Wort zu sagen eintrat, schlang er instinktiv die Arme um sie, aber ihr Körper reagierte nicht. Sie schien sich seiner Anwesenheit kaum bewusst zu sein, und die Wange, die die seine ganz kurz streifte, war eiskalt. Er bekam schreckliche Angst. Etwas Entsetzliches musste passiert sein, ein Unfall, vielleicht ein Todesfall. Sonst wäre sie nicht ohne Vorankündigung aufgetaucht. Wenn er an einem Fall arbeitete, rief Emma ihn nicht einmal an, und das hatte nicht er sich ausbedungen, es war ihr eigener Wunsch. Sie hatte sich noch nie in eine Ermittlung eingemischt. Wenn sie hier persönlich erschien, konnte das nur ein Unglück bedeuten.

Er nahm ihr die Jacke ab und führte sie zu einem Sessel vor dem Kamin. Er wartete ab. Während sie zunächst nur schweigend dasaß, ging er in die Küche und schaltete die Wärmeplatte unter der Kaffeekanne an. Der Kaffee war noch warm, und er hatte ihn schnell in einen Becher gegossen, Milch dazugegeben und ihn ihr gebracht. Sie zog die Handschuhe aus und wärmte sich die Finger an dem Becher.

»Entschuldige, dass ich dich nicht vorgewarnt habe«, sagte sie. »Ich musste herkommen. Ich musste dich sehen.«

»Was ist denn los, mein Liebling?«

»Annie. Sie ist überfallen und vergewaltigt worden. Gestern Abend. Auf dem Heimweg von der Arbeit, sie hatte zwei Immigranten Englischunterricht gegeben. Sie liegt in der Klinik und wird wahrscheinlich wieder gesund. Damit meinen sie wohl, dass sie es überlebt. Ich weiß nicht, wie sie je wieder ganz gesund werden soll. Sie hat viel Blut verloren, ein Stich hat einen Lungenflügel durchbohrt. Die Klinge hat ihr Herz nur knapp verfehlt. Jemand im Krankenhaus hat gesagt, sie hätte Glück gehabt. Glück! Ein seltsames Wort in diesem Zusammenhang.«

Beinahe hätte er gefragt, wie es Clara ging, aber er begriff rechtzeitig, wie unsensibel das wäre. Nun sah Emma ihm zum ersten Mal direkt ins Gesicht. Schmerz, Wut und Trauer lagen in ihren Augen.

»Ich konnte Clara nicht helfen. Ich war völlig nutzlos für sie. Ich habe sie in die Arme genommen, aber meine Arme wollte sie nicht. Es gab nur eines, was sie von mir wollte – ich soll dich überreden, den Fall zu übernehmen. Deshalb bin ich hier. Zu dir hat sie Vertrauen. Mit dir kann sie reden. Und sie weiß, dass du der Beste bist.«

Natürlich war das der Grund, weshalb sie gekommen war. Sie war nicht hier, damit er ihr Trost spendete, weil sie jetzt in seiner Nähe sein musste oder damit er ihren Schmerz teilte. Sie wollte etwas von ihm, und er konnte es ihr nicht geben. Er setzte sich ihr gegenüber und sagte sanft: »Emma, das ist unmöglich.«

Sie stellte ihren Kaffeebecher auf den Herd. Ihre Hände

zitterten. Er wollte danach greifen, sie schützend in die seinen nehmen, aber er hatte Angst, sie würde sie zurückziehen. Das hätte er nicht ertragen.

»Mit dieser Antwort habe ich gerechnet. Ich habe versucht, Clara zu erklären, dass es vielleicht nicht den Vorschriften entspricht, aber das versteht sie nicht. Ich weiß nicht einmal, ob ich es verstehe. Sie weiß, dass euer Opfer hier, die tote Frau, wichtiger ist als Annie. Darum geht es doch bei deiner Sonderkommission, oder? Ihr müsst Verbrechen aufklären, bei denen wichtige Leute beteiligt sind. Aber ihr ist Annie wichtig. Für sie und Annie ist eine Vergewaltigung schlimmer als der Tod. Wenn du ermitteln würdest, wäre sie sicher, dass der Täter gefunden wird.«

»Emma«, entgegnete er, »die Einheit hat nicht in erster Linie mit der Wichtigkeit des Opfers zu tun. Für die Polizei ist ein Mord ein Mord, jeder Fall ist ganz spezifisch. Eine Ermittlung wird nie endgültig als erfolglos zu den Akten gelegt, sondern der Fall gilt allenfalls als vorübergehend ungelöst. Es gibt kein Mordopfer, das als unwichtig eingestuft wird. Kein Verdächtiger, so mächtig er auch sein mag, kann sich Immunität bei einer Ermittlung erkaufen. Aber es gibt Fälle, die man am besten mit einem kleinen, ausgesuchten Team angeht, Fälle, bei denen es im Interesse der Gerechtigkeit liegt, ein schnelles Ergebnis zu bekommen.«

»Im Augenblick glaubt Clara an keine Gerechtigkeit. Sie denkt, dass du den Fall übernehmen könntest, wenn du es wolltest und darauf bestehen würdest, Vorschriften hin oder her.«

Es kam ihm falsch vor, dass sie so weit auseinandersaßen. Er sehnte sich danach, sie in die Arme zu nehmen, doch das wäre ein zu simpler Trost gewesen – beinahe eine Beleidigung für ihren Schmerz. Und was, wenn sie sich ihm entwand, wenn sie unwillig zurückschreckte und ihm zeigte, dass er sie gar nicht trösten konnte, sondern ihr Leid nur verstärkte? Was verband sie in diesem Moment mit ihm? Tod, Vergewaltigung, Verletzung, Verderben? Um seine Arbeit war ein Zaun gezogen, ein unsichtbares Schild verkündete: Eintritt verboten! Dieses Problem ließ sich nicht mit Küssen und geflüsterten Beruhigungen lösen. Bitter dachte er, dass er sich stets dessen gerühmt hatte, dass sie immer miteinander sprechen konnten. Aber das galt nicht jetzt, und es galt auch nicht für alles.

»Wer leitet denn die Ermittlung? Hast du mit jemandem Kontakt?«, fragte er.

»Es ist Detective Inspector A. L. Howard. Irgendwo habe ich seine Visitenkarte. Er hat natürlich schon mit Clara gesprochen und war bei Annie im Krankenhaus. Er wollte, dass eine weibliche Beamtin Annie ein paar Fragen stellte, bevor sie die Narkose bekam, wahrscheinlich für den Fall, dass sie stirbt. Sie war zu schwach, um mehr als nur ein paar Worte von sich zu geben, aber es waren offenbar wichtige Hinweise.«

»Andy Howard ist ein guter Detective mit einem hervorragenden Team. Einen Fall wie diesen kann man nur durch gewissenhafte Polizeiarbeit lösen, und dazu gehört viel aufwendige, mühsame Routine. Aber sie werden es schaffen.«

»Clara fand ihn nicht sonderlich sympathisch. Wahrscheinlich nur, weil er nicht du ist. Und die Polizeibeamtin – Clara hätte ihr beinahe eine Ohrfeige verpasst. Sie wollte wissen, ob Annie mit einem Mann geschlafen hat, bevor sie vergewaltigt wurde.«

»Genau diese Frage musste sie ihr stellen, Emma. Es könnte bedeuten, dass sie DNA haben, und das wäre ein gewaltiger Vorteil. Aber ich kann nicht einfach die Ermittlung eines anderen Beamten übernehmen – ganz abgesehen davon, dass ich gerade selbst mitten in einer Morduntersuchung stecke –, und selbst wenn ich es könnte, würde das nicht zur schnelleren Aufklärung des Vergewaltigungsfalls beitragen. In diesem Stadium könnte es sogar hinderlich sein. Es tut mir leid, dass ich nicht mitkommen kann, um es Clara zu erklären.«

Traurig meinte sie: »Ach, ich denke, sie wird es irgendwann verstehen. Im Augenblick wünscht sie sich einfach nur jemanden, dem sie vertraut, und keinen Fremden. Eigentlich wusste ich vorher, wie deine Antwort ausfallen wird, und hätte es ihr selber erklären sollen. Es tut mir leid, dass ich gekommen bin. Es war die falsche Entscheidung.«

Sie war aufgestanden. Er erhob sich ebenfalls und ging auf sie zu. »Ich habe gegen keine Entscheidung etwas einzuwenden, die dich zu mir führt.«

Und nun lag sie in seinen Armen. Sie schluchzte so heftig, dass ihr ganzer Körper bebte. Mit tränennassem Gesicht drückte sie sich an ihn.

Er hielt sie schweigend umarmt, bis sie sich beruhigt hatte. »Musst du denn unbedingt heute noch zurück, mein Schatz? Es ist eine lange Fahrt. Ich kann doch in dem Sessel da schlafen.«

Ihm fiel ein, dass er das schon einmal getan hatte, im St. Anselm's College, nachdem sie sich kennengelernt hatten. Emma hatte eigentlich nebenan gewohnt, aber nach dem Mord hatte er sich einen Sessel in seinem Wohnzimmer zurechtgemacht, damit sie beruhigt in seinem Bett schlafen konnte. Ob sie sich wohl auch gerade daran erinnerte?

»Ich fahre vorsichtig«, sagte sie. »Schließlich heiraten wir in fünf Monaten. Da will ich mich nicht vorher zu Tode fahren.«

»Wem gehört der Jaguar?«

»Giles. Er ist für eine Woche in London, auf einer Konferenz, und hat mich angerufen. Er will auch heiraten, wahrscheinlich hat er sich deshalb bei mir gemeldet. Als ich ihm von Annie erzählt habe und dass ich zu dir fahren will, hat er mir sein Auto geliehen. Clara braucht ihres, um Annie zu besuchen, und meines steht in Cambridge.«

Dalgliesh packte eine plötzliche Eifersucht, die ebenso heftig wie unwillkommen war. Emma hatte mit Giles Schluss gemacht, bevor sie beide sich kennengelernt hatten. Giles hatte ihr einen Heiratsantrag gemacht, sie hatte abgelehnt. Mehr wusste er nicht. Er hatte sich nie durch etwas aus ihrer Vergangenheit bedroht gefühlt und sie sich nicht durch seine. Weshalb also diese plötzliche primitive Reaktion auf eine doch nur fürsorglich und großzügig zu nennende Geste? Fürsorglich und großzügig – beides wollte er Giles nicht zugestehen. Der Kerl hatte mittlerweile seine Professur an irgendeiner Universität im Norden, wo er gut aufgehoben war. Warum zum Teufel konnte er nicht dort bleiben? Womöglich wies Emma gleich noch darauf hin, dass es ihr kein Problem bereitete, hinter dem Steuer eines Jaguar zu sitzen, dachte er bitter; immerhin war es nicht das erste Mal. Sie fuhr auch seinen.

Er riss sich zusammen. »Ich habe noch Suppe und etwas Schinken, ich mache uns belegte Brote. Setz dich doch schon an den Kamin.«

Auch jetzt noch, mit der Unglücksmiene und den müden, geschwollenen Augen, war sie schön. Er nahm es sich übel, dass ihm dieser egoistische, sexuell anregende Gedanke so schnell in den Kopf gekommen war. Emma war hier, weil sie Trost brauchte, aber den Trost, den sie wollte, konnte er ihr nicht geben. Hatte dieser Anfall von Wut und Frustration seine eigentliche Ursache nicht in der primitiven Anmaßung der Männer: Die Welt ist ein gefährlicher und grausamer Ort, aber jetzt, wo meine Liebe dir gehört, kann ich dich beschützen? War seine Verschwiegenheit hinsichtlich seiner Arbeit weniger eine Antwort auf Emmas eigenen Wunsch, sich nicht einzumischen, als vielmehr sein Bestreben, sie vor den schlimmsten Realitäten einer gewalttätigen Welt abzuschirmen? Doch selbst in ihrem akademischen, vermeintlich so abgeschiedenen Umfeld gab es Grausamkeiten. Der heilige Friede des Trinity Great Court war auch nur eine Illusion.

Er dachte bei sich: *Blutig und unter Schmerzen werden wir in die Welt gestoßen, und nur wenige von uns sterben den würdigen Tod, den alle sich erhoffen und für den manche beten. Ob wir uns das Leben nun als eine Zeit des Glücks vorstellen, unterbrochen nur durch unvermeidliche Nöte und Enttäuschungen, oder als das sprichwörtliche Tal der Tränen, in dem die Freude ein seltener Gast ist – der Schmerz wird kommen, außer für die wenigen, deren abgestumpftes Empfindungsvermögen sie unempfänglich für Freude und Trauer macht.*

Sie aßen beinahe schweigend. Der Schinken war zart, und Dalgliesh hatte ihn großzügig auf das Brot gehäuft. Die Suppe löffelte er beinahe automatisch, nur am Rande registrierte er, dass sie gut war. Emma gelang es, etwas zu essen. Nach zwanzig Minuten war sie bereit zum Aufbruch.

Er half ihr in ihre Jacke. »Rufst du mich an, wenn du in Putney bist? Ich möchte dir nicht lästig fallen, aber ich will sicher sein, dass du gut zu Hause angekommen bist. Und ich rede mit DI Howard.«

»Ich rufe dich an.«

Geradezu förmlich küsste er sie auf die Wange, begleitete sie zum Auto und blickte ihr nach, bis sie auf der schmalen Straße verschwunden war.

Er kehrte ins Haus zurück, stellte sich vor den Kamin schaute ins Feuer hinab. Hätte er darauf bestehen müssen, dass sie über Nacht blieb? Auf etwas bestehen, dieser Ausdruck würde niemals zwischen ihnen fallen. Und wo hätte sie schlafen sollen? Es gab natürlich sein Schlafzimmer, aber hätte sie bei ihm schlafen wollen? Immerhin schufen die gewisse Reserviertheit und die komplizierten Gefühle, wenn er einen Fall bearbeitete, eine bestimmte Distanz zwischen ihnen. Hätte sie morgen früh oder gar noch heute Abend Kate und Benton begegnen wollen? Andererseits sorgte er sich aber auch um ihre Sicherheit. Sie war eine gute Autofahrerin und würde eine Pause einlegen, wenn die Müdigkeit kam, aber die Vorstellung, dass sie auf einem Rastplatz parkte, selbst wenn sie das Auto vorsorglich von innen verriegelte, beruhigte ihn nicht.

Er riss sich zusammen. Es gab noch einiges zu erledigen, bevor er Kate und Benton zu sich rief. Zunächst musste er sich mit Detective Inspector Andy Howard in Verbindung setzen und sich den letzten Bericht durchgeben lassen. Howard war ein erfahrener und vernünftiger Beamter. Er würde in dem Anruf weder eine unwillkommene Ablenkung noch – was schlimmer wäre – den Versuch einer Beeinflussung sehen. Dann musste er Clara anrufen oder ihr schreiben, mit ein paar Sätzen für Annie. Aber ein Telefonat war beinahe so unpassend wie ein Fax oder eine E-Mail. Es gab Dinge, die durch einen handgeschriebenen Brief übermittelt werden mussten, mit Worten, die Zeit und gründliche Überlegung erforderten, bleibende Sätze, die womöglich ein wenig Trost spenden konnten. Doch Clara wollte nur eines von ihm, und genau das konnte er ihr nicht geben.

Jetzt anzurufen und ihr die schlechte Nachricht überbringen, wäre für sie beide unerträglich. Mit dem Brief wartete er besser bis morgen, dann würde auch Emma wieder bei Clara sein.

Es dauerte einige Zeit, bis er DI Andy Howard erreicht hatte. »Annie Townsend geht es verhältnismäßig gut, aber das arme Mädchen hat einen langen Weg vor sich. Dr. Lavenham hat mir im Krankenhaus schon gesagt, Sie interessieren sich für den Fall. Ich wollte mich schon mit Ihnen in Verbindung setzen.«

»Mit mir zu sprechen hatte keine Priorität«, sagte Dalgliesh.

»Ich möchte Sie auch jetzt nicht lange aufhalten, ich wollte nur wissen, ob es mittlerweile etwas Aktuelleres gibt als das, was Emma mir berichten konnte.«

»Ja, es gibt gute Neuigkeiten, wenn man in diesem Zusammenhang von gut sprechen kann. Wir haben seine DNA. Mit etwas Glück finden wir ihn in der Datenbank. Ich kann mir kaum vorstellen, dass er nicht erfasst ist. Es war ein gewalttätiger Übergriff, aber die Vergewaltigung wurde nicht zu Ende gebracht. Wahrscheinlich war er zu betrunken. Sie hat sich mutig gewehrt, außergewöhnlich für eine so zarte Frau. Ich rufe Sie an, sobald es etwas zu berichten gibt. Und wir bleiben natürlich in engem Kontakt mit Miss Beckwith. Wahrscheinlich stammt der Täter von hier. Er hat sich ausgekannt, wusste, wo er sie hinschleppen muss. Wir sind schon dabei, die Anwohner zu befragen. Je eher, desto besser, DNA hin oder her. Läuft bei Ihnen alles soweit zufriedenstellend, Sir?«

»Nicht besonders. Im Moment zeichnet sich nichts ab.« Den neuen Todesfall erwähnte er nicht.

»Nun, wir befinden uns ja noch am Anfang, Sir«, sagte Howard.

Dalgliesh stimmte ihm zu und legte auf, nachdem er Howard gedankt hatte.

Er brachte die Teller und Becher in die Küche, spülte und trocknete sie ab, dann rief er Kate an. »Haben Sie schon gegessen?«

»Ja, Sir, wir sind gerade fertig.«

»Dann kommen Sie jetzt bitte herüber.«

13

Als Kate und Benton ankamen, standen die drei Gläser auf dem Tisch bereit, und der Wein war entkorkt, doch für Dalgliesh war es eine weniger erfolgreiche, zum Teil sogar bittere Besprechung. Er erzählte nichts von Emmas Besuch, aber seine Mitarbeiter hatten es vielleicht trotzdem mitbekommen. Sicher hatten sie den Jaguar am Wisteria House vorbeifahren hören. Kein Auto, das nachts zum Manor fuhr, wäre ihrer Aufmerksamkeit entgangen, aber keiner erwähnte es.

Die Diskussion war wahrscheinlich deshalb so unbefriedigend, weil sie nach Boytons Tod Gefahr liefen, Theorien zu entwickeln, bevor die Fakten feststanden. Über den Mord an Miss Gradwyn gab es wenig Neues zu sagen. Der Obduktionsbericht war gekommen. Wie erwartet hatte Dr. Glenister abschließend festgestellt, dass Rhoda Gradwyn von einem Rechtshänder erwürgt worden war, der glatte Handschuhe getragen hatte. Diese letzte Information war kaum mehr nötig gewesen, in Anbetracht der Tatsache, dass man einen Fetzen davon in der Toilette einer leerstehenden Suite gefunden hatte. Dr. Glenister bestätigte auch ihre letzte Schätzung der Todeszeit. Miss Gradwyn war zwischen dreiundzwanzig Uhr und null Uhr dreißig ermordet worden.

Kate hatte sich diskret mit Reverend Matheson und seiner Schwester unterhalten. Beide hatten sich über die Fragen zum einzigen Besuch des Geistlichen bei Professor Westhall gewundert, aber sie konnten bestätigen, dass sie wirklich im Stone Cottage gewesen waren und dass der Pfarrer den

Patienten gesehen hatte. Benton hatte Dr. Stenhouse angerufen. Boyton hatte ihn tatsächlich zum Todeszeitpunkt befragt, eine Dreistigkeit, auf die er keine Antwort gegeben hatte. Das Datum auf dem Totenschein war korrekt, genau wie seine Diagnose. Er war nicht neugierig, weshalb ihm die Fragen so lange Zeit danach gestellt wurden. Benton vermutete, dass Candace Westhall sich mit ihm in Verbindung gesetzt hatte.

Die Mitarbeiter des Wachdienstes waren kollegial, aber nicht hilfreich gewesen. Ihr Vorgesetzter hatte darauf hingewiesen, dass sie ihr Augenmerk vor allem auf Fremde richteten, insbesondere auf Journalisten, die am Manor ankamen, nicht auf Einzelpersonen, die sich dort rechtmäßig aufhielten. Nur einer der vier Männer war zur besagten Zeit im Wohnwagen vor dem Tor gewesen, und er konnte sich nicht erinnern, dass ein Mitglied des Haushalts das Manor verlassen hätte. Die drei anderen Wachleute hatten sich darauf konzentriert, an der Mauer zu patrouillieren, die das Manor von den Cheverell-Steinen trennte, und auf dem dazugehörigen Feld, falls jemand von dort aus Zugang suchte. Dalgliesh machte keinen Versuch, sie auszuquetschen. Schließlich waren sie Chandler-Powell verantwortlich, der sie bezahlte, nicht ihm.

Den größten Teil des Abends überließ Dalgliesh Kate und Benton die Führung des Gesprächs.

»Miss Westhall behauptet, niemandem von Boytons Verdacht erzählt zu haben, sie hätten den Todeszeitpunkt ihres Vaters gefälscht«, sagte Benton. »Damit war auch nicht zu rechnen. Aber vielleicht hat sich Boyton jemandem anvertraut, entweder im Manor oder in London. Jemand, der davon wusste, hätte ihn umbringen können, um Miss Westhall danach selbst zu erpressen.«

Kate klang skeptisch. »Ich kann mir nicht vorstellen, dass ein Außenstehender Boyton ermordet hat, ob Londoner oder nicht. Zumindest nicht auf diese Art und Weise. Denken wir doch mal praktisch. Er hätte sich mit seinem Opfer im Stone Cottage verabreden müssen, wenn er sicher sein konnte, dass die Westhalls nicht da waren und die Tür nicht abgeschlossen war. Und mit welcher Begründung hätte er Boyton in das Nachbarcottage locken sollen? Wieso hätte er ihn ausgerechnet dort umbringen sollen? In London wäre das viel einfacher und sicherer gewesen. Vor denselben Problemen hätte jeder andere Bewohner des Manor auch gestanden. Überhaupt hat es keinen Sinn, irgendwelche Theorien aufzustellen, solange wir den Autopsiebericht noch nicht haben. Wie es aussieht, kommt eher noch ein Unfall in Betracht als Mord, besonders wenn man bedenkt, was die Bostocks über Boytons Interesse an der Gefriertruhe ausgesagt haben, was wiederum Miss Westhalls Erklärung glaubwürdig macht – vorausgesetzt natürlich, die Bostocks sagen die Wahrheit.«

Benton unterbrach sie: »Aber Sie waren doch dabei, Ma'am. Ich bin sicher, dass sie die Wahrheit sagen. Insbesondere Kim traue ich nicht zu, sich so eine Geschichte auszudenken und so überzeugend zu erzählen. Ich war jedenfalls voll und ganz überzeugt.«

»Ich zu dem Zeitpunkt auch, aber wir müssen offen bleiben. Und falls es sich um Mord und nicht um einen Unfall handelt, dann müssen wir eine Verbindung zu Rhoda Gradwyns Tod herstellen. Zwei Mörder im selben Haus, das ist äußerst unwahrscheinlich.«

»Hat es aber auch schon gegeben, Ma'am«, entgegnete Benton ruhig.

»Wenn wir allein die Tatsachen betrachten und das Motiv

vorübergehend ignorieren«, fuhr Kate fort, »dann sind die Hauptverdächtigen Miss Westhall und Mrs. Frensham. Was haben sie in den beiden Cottages gesucht, als sie die Schränke und dann die Gefriertruhe geöffnet haben? Man könnte fast meinen, sie wussten, dass Boyton tot war. Und warum mussten sie zu zweit suchen?«

»Was sie auch vorhatten, sie haben die Leiche nicht bewegt. Alles deutet darauf hin, dass er dort starb, wo er gefunden wurde«, sagte Dalgliesh. »Ich finde es aber nicht so merkwürdig wie Sie, Kate, wie die beiden vorgegangen sind. Unter Stress handeln die meisten Menschen irrational, und die beiden Frauen standen seit Samstag unter Stress. Vielleicht haben sie im Unterbewusstsein einen zweiten Todesfall befürchtet. Andererseits könnte es natürlich auch sein, dass eine von ihnen sichergehen musste, dass die Gefriertruhe geöffnet wurde. Das würde weniger auffallen, wenn die Suche bis dahin ebenso gründlich durchgeführt wurde.«

»Mord hin oder her«, sagte Benton, »die Fingerabdrücke helfen uns nicht sonderlich weiter. Alle beide haben die Gefriertruhe geöffnet. Dafür könnte eine der Frauen gesorgt haben. Aber müsste es denn überhaupt Fingerabdrücke geben? Noctis hätte doch sicher Handschuhe getragen.«

Kate wurde ungeduldig. »Nicht wenn er Boyton bei lebendigem Leib in die Gefriertruhe befördert hat. Hätten Sie das an Boytons Stelle nicht ein bisschen merkwürdig gefunden? Und ist es nicht verfrüht, das Wort Noctis zu benutzen? Wir wissen doch gar nicht, ob es überhaupt Mord war.«

Die drei wurden langsam müde. Das Feuer brannte herunter, und Dalgliesh beschloss, dass es an der Zeit war, die Diskussion zu beenden. Er hatte das Gefühl, dieser Tag würde niemals zu Ende gehen.

»Wir sollten heute relativ zeitig zu Bett gehen. Morgen gibt es viel zu tun. Ich bleibe hier, aber ich möchte, dass Sie, Kate, zusammen mit Benton Boytons Partner vernehmen. Laut Boytons Aussage hat er in Maida Vale gewohnt, daher müssten seine Papiere und all seine Habseligkeiten dort sein. Wir kommen zu keiner Lösung, bevor wir nicht wissen, was für ein Mensch er war und aus welchem Grund er hier war. Konnten Sie schon einen Termin machen?«

»Er kann uns um elf Uhr empfangen, Sir«, antwortete Kate. »Ich habe ihm nicht gesagt, wer von uns kommt. Er meinte nur, je eher, desto besser.«

»Gut. Also um elf Uhr in Maida Vale. Und wir sprechen uns noch, bevor Sie losfahren.«

Endlich wurde die Tür hinter ihnen abgeschlossen. Dalgliesh stellte das Gitter vor das verglühende Feuer, blieb noch einen Moment stehen und betrachtete das letzte Flackern, bevor er müde die Treppe zu seinem Bett hinaufstieg.

Viertes Buch

19. – 21. Dezember
London, Dorset

1

Jeremy Coxons Haus in Maida Vale gehörte zu einer Zeile hübscher edwardianischer Einfamilienhäuser, deren Gärten zum Kanal hinunterführten. Es war ein nettes Puppenhaus, auf Erwachsenengröße herangewachsen. Der Vorgarten machte trotz der winterlichen Kargheit den Eindruck einer sorgfältigen Bepflanzung und weckte Vorfreude auf den Frühling. Er wurde von einem gepflasterten Weg geteilt, der zu einer glänzend lackierten Haustür führte. Auf den ersten Blick konnte Benton das Haus nicht mit dem, was er von Robin Boyton wusste oder von dessen Freund erwartete, in Zusammenhang bringen. Der Fassade war eine gewisse feminine Eleganz eigen, und er erinnerte sich, gelesen zu haben, dass die feinen Herren der Viktorianischen und Edwardianischen Zeit hier in dieser Gegend Häuser für ihre Mätressen angemietet hatten. Ihm fiel Holman Hunts Gemälde *Das erwachende Gewissen* ein: ein vollgestelltes Wohnzimmer, eine junge Frau mit leuchtenden Augen rutscht vom Schoß eines lässig am Klavier sitzenden Liebhabers, dessen eine Hand auf den Tasten liegt, während die andere nach ihr greift. In den letzten Jahren hatte Benton bei sich eine unvermutete Vorliebe für viktorianische Genremalerei entdeckt, aber diese hektische und für seinen Geschmack wenig überzeugende Darstellung von Reue gehörte nicht zu seinen Lieblingsbildern.

Als sie das Gartentor öffneten, ging die Haustür auf, und ein junges Paar wurde sanft, aber energisch nach draußen befördert. Ein älterer Mann folgte ihnen, adrett wie eine Gliederpuppe, mit einem fülligen weißen Haarschopf und so braungebrannt, wie es keine Wintersonne zuwege gebracht hätte. Er trug einen Anzug mit Weste, dessen auffallende Streifen seine magere Gestalt noch schmaler wirken ließen. Er schien die Neuankömmlinge gar nicht zu bemerken, doch seine hohe Stimme war deutlich zu vernehmen.

»Nicht klingeln. Schließlich soll das ein Restaurant sein und kein Privathaus. Strengen Sie Ihre Fantasie an. Und, Wayne, mein Lieber, stellen Sie es diesmal richtig an. Sie geben am Empfang Ihren Namen und die Reservierung an, dann nimmt Ihnen jemand die Garderobe ab, und Sie folgen demjenigen, der Sie begrüßt, an den Tisch. Die Dame hat den Vortritt. Dass Sie mir nicht wieder vor allen an den Tisch stürmen und den Stuhl für Ihre Begleiterin hervorziehen, als fürchteten Sie, jemand könnte ihn wegschnappen. Lassen Sie den Mann seine Arbeit tun. Er sorgt schon dafür, dass die Dame bequem sitzt. Also, auf ein Neues. Und versuchen Sie doch, selbstsicher aufzutreten, mein lieber Junge. Immerhin zahlen Sie die Rechnung. Ihre Aufgabe ist es, dafür zu sorgen, dass Ihr Gast eine Mahlzeit einnimmt, die zumindest den Anschein erweckt, ihr Geld wert zu sein, und einen netten Abend verbringt. Daraus wird nichts, wenn Sie nicht wissen, was zu tun ist. Nun gut, vielleicht gehen Sie jetzt hinein, und wir üben noch einmal den Umgang mit Messern und Gabeln.«

Das Paar verschwand im Haus. Erst jetzt ließ er sich herab, von Kate und Benton Notiz zu nehmen. Sie gingen zu ihm, und Kate klappte ihre Brieftasche auf. »Detective Inspector Miskin und Detective Sergeant Benton-Smith. Wir würden gerne Mr. Jeremy Coxon sprechen.«

»Verzeihen Sie, dass ich Sie warten ließ. Sie kamen leider etwas ungelegen. Es wird noch lange dauern, bis man diese beiden guten Gewissens ins Claridge's schicken kann. Ja,

Jeremy hat erwähnt, dass er die Polizei erwartet. Kommen Sie doch herein. Er ist oben im Büro.«

Sie traten ein. Linker Hand sah Benton durch eine offene Tür einen kleinen Tisch für zwei Personen, der mit vier Gläsern an jedem Platz und einer Unmenge von Gabeln und Messern gedeckt war. Das Paar hatte bereits Platz genommen, und die beiden schauten einander niedergeschlagen an.

»Ich heiße übrigens Alvin Brent. Wenn Sie sich einen Augenblick gedulden, sehe ich oben nach, ob Jeremy fertig ist. Sie gehen doch hoffentlich rücksichtsvoll mit ihm um. Er ist schrecklich mitgenommen. Er hat einen sehr lieben Freund verloren. Aber was erzähle ich Ihnen das, deshalb sind Sie ja hier.«

Er wollte gerade die Treppe hinaufgehen, als oben am Treppenabsatz eine hohe Gestalt erschien. Er war groß und sehr schlank, die glänzend schwarzen Haare waren aus einem traurigen blassen Gesicht zurückgekämmt. Seine teure Kleidung vermittelte eine gepflegte Lässigkeit, die ihn zusammen mit seiner theatralischen Haltung wie ein Dressman erscheinen ließ, der für die Kamera posierte. Die enge schwarze Hose saß tadellos. Benton kannte die Marke des nicht zugeknöpften braunen Sakkos und wünschte, es sich leisten zu können. Das gestärkte Hemd stand am Kragen offen, obwohl er eine Krawatte trug. Die anfänglichen Sorgenfurchen glätteten sich, und er wirkte erleichtert.

Er kam herunter, um sie zu begrüßen. »Ich bin heilfroh, dass Sie da sind. Verzeihen Sie den Empfang. Ich war außer mir. Man hat mir nichts erzählt, gar nichts, nur dass Robin tot aufgefunden wurde. Er hatte mir am Telefon erzählt, dass Rhoda Gradwyn tot ist. Und jetzt Robin. Sie wären nicht hier, wenn es ein natürlicher Tod gewesen wäre. Ich muss es wissen – war es Selbstmord? Hat er eine Nachricht hinterlassen?«

Sie folgten ihm die Treppe hinauf. Oben trat er zur Seite und wies sie in einen Raum zur Linken, der vollgestellt war mit Dingen und offensichtlich gleichzeitig als Wohn- und Arbeitszimmer genutzt wurde. Auf einer großen, auf Böcken ruhenden Tischplatte standen ein Computer, ein Faxgerät und ein Stapel mit Ablagekörben. Drei kleinere Mahagonitische waren beladen mit Porzellananhängern, Prospekten und Nachschlagewerken, und auf einem befand sich gefährlich nah am Rand ein Drucker. An einer Wand stand ein großes Sofa, auf das man sich nicht setzen konnte, weil lauter Ordner darauf lagen. Doch trotz des Durcheinanders war das Bemühen um ein Mindestmaß an Ordnung erkennbar. Hinter dem Schreibtisch standen nur ein Stuhl und ein kleiner Sessel. Jeremy Coxon sah sich um, als würde er erwarten, dass ein dritter aus dem Nichts auftauchte, dann ging er durch den Flur und kam mit einem Korbstuhl zurück, den er vor den Schreibtisch stellte. Sie setzten sich.

»Es wurde kein Brief gefunden«, sagte Kate. »Würde es Sie überraschen, wenn es Selbstmord wäre?«

»Auf jeden Fall! Robin hatte mit einigem zu kämpfen, aber diesen Ausweg würde er nicht wählen. Er liebte das Leben, und er hatte Freunde, Leute, die ihm im Notfall immer aushalfen. Sicherlich gab es Momente der Niedergeschlagenheit, aber das geht uns doch allen so, oder? Bei Robin haben sie jedenfalls nie lange gedauert. Ich habe nach einem Abschiedsbrief gefragt, weil jede andere Möglichkeit noch weniger vorstellbar wäre. Er hatte keine Feinde.«

»Und er war auch aktuell nicht in besonderen Schwierigkeiten? Wissen Sie von irgendetwas, das ihn zu einer Verzweiflungstat getrieben haben könnte?«, fragte Benton.

»Nein. Rhodas Tod hatte ihm sehr zu schaffen gemacht, aber das Wort Verzweiflung würde ich im Zusammenhang mit Robin nicht verwenden. Er war arm, aber immer optimistisch, hatte stets die Hoffnung, dass sich etwas ergibt, und meistens war es auch so. Außerdem lief es hier recht gut für uns. Die Finanzierung war natürlich ein Problem. Das ist ganz normal, wenn man ein Unternehmen gründet. Doch bei ihm war irgendetwas im Busch, er erwartete Geld, viel Geld. Er wollte nicht sagen, woher, aber er war ganz aufgeregt. So glücklich hatte ich ihn seit Jahren nicht gesehen. Völlig anders als noch vor drei Wochen nach seiner Rückkehr aus Stoke Cheverell. Damals wirkte er sehr deprimiert. Nein, Selbstmord können Sie ausschließen. Aber wie gesagt, mir hat man nichts gesagt, nur dass Robin tot ist und ich mit dem Besuch der Polizei rechnen muss. Wenn er ein Testament verfasst hat, wird er mich als Vollstrecker benannt haben. Er hat mich immer als seinen nächsten Angehörigen angegeben. Ich wüsste nicht, wer sich sonst um seine Sachen hier kümmern sollte, oder um die Beerdigung. Warum also diese Geheimnistuerei? Wollen Sie mir nicht endlich die Wahrheit sagen und mir erzählen, wie er gestorben ist?«

»Das können wir noch nicht mit Sicherheit sagen, Mr. Coxon«, meinte Kate. »Vielleicht wissen wir mehr, wenn wir die Autopsieergebnisse bekommen. Sie dürften heute noch eintreffen.«

»Wo wurde er denn gefunden?«

»Seine Leiche steckte in einer Gefriertruhe in dem Cottage neben demjenigen, das er bewohnte«, sagte Kate.

»In einer Gefriertruhe? Sie meinen so einen rechteckigen Kasten, in dem man Tiefkühlgut über längere Zeit aufbewahrt?«

»Ja. Die Gefriertruhe wurde nicht mehr genutzt.«

»War der Deckel auf?«

»Der Deckel war geschlossen. Wie Ihr Freund dort hineingekommen ist, wissen wir noch nicht. Es kann auch ein Unfall gewesen sein.«

Coxon sah sie völlig entgeistert an, ein Ausdruck, der sich
vor ihren Augen in nacktes Entsetzen verwandelte. Nach
einem Moment sagte er: »Lassen Sie uns das klarstellen. Sie
wollen mir sagen, Robins Leiche wurde in einer geschlossenen Gefriertruhe gefunden?«

Kate wiederholte geduldig: »Ja, Mr. Coxon, aber wir wissen
noch nicht, wie er hineingekommen ist oder was die Todesursache war.«

Mit großen Augen blickte er von Kate zu Benton, als wollte
er herausfinden, welchem von beiden man trauen konnte,
wenn überhaupt. Schließlich sagte er mit eindringlicher
Stimme, wobei er einen Anflug von Hysterie nicht verbergen konnte: »Dann will ich Ihnen jetzt etwas erzählen. Das
war kein Unfall. Robin litt unter starker Klaustrophobie. Er
setzte sich in kein Flugzeug und fuhr nicht mit der U-Bahn.
In einem Restaurant konnte er nicht essen, wenn er nicht in
der Nähe der Tür saß. Er hat dagegen angekämpft, aber
ohne Erfolg. Nichts und niemand hätte ihn dazu gebracht,
in eine Gefriertruhe zu klettern.«

»Auch nicht, wenn der Deckel weit offen stand?«, fragte
Benton.

»Er hätte nie darauf vertraut, dass er nicht zufallen und ihn
in der Truhe einschließen würde. Sie ermitteln wegen Mordes.«

Kate hätte entgegnen können, dass Boyton auch durch einen
Unfall oder an einer natürlichen Todesursache gestorben
sein könnte und jemand aus unbekannten Gründen die Leiche in die Truhe gelegt hatte, aber sie hatte nicht die Absicht,

mit Coxon Theorien auszutauschen. Stattdessen fragte sie:
»War es in seinem Freundeskreis bekannt, dass er unter
Klaustrophobie litt?«

Coxon war mittlerweile ruhiger geworden. Sein Blick wech-
selte immer noch zwischen Kate und Benton hin und her, als
wollte er ganz sicher sein, dass sie ihm glaubten. »Vielleicht
hat es jemand gewusst oder vermutet, aber in meinem Bei-
sein hat er es nie erwähnt. Er hat sich eher dafür geschämt,
besonders dafür, dass er nicht fliegen konnte. Deshalb haben
wir nie Urlaub im Ausland gemacht, außer wir sind mit dem
Zug gefahren. Ich konnte ihn nicht einmal dann in ein Flugzeug stecken, wenn ich ihn an der Bar abgefüllt hatte. Das
war höllisch lästig. Wenn er es jemandem erzählt hat, dann
Rhoda, und Rhoda ist tot. Sehen Sie, ich kann es Ihnen nicht
beweisen. Aber eines müssen Sie mir glauben. Robin wäre
niemals in eine Gefriertruhe gestiegen, solange er bei Sinnen
war.«

»War seinem Cousin oder seiner Cousine oder sonst jemandem auf Cheverell Manor bekannt, dass er unter Klaustrophobie litt?«, fragte Benton.

»Woher zum Teufel soll ich das wissen? Ich habe nie einen
von ihnen kennengelernt, und ich war auch nie dort. Das
müssen Sie die Herrschaften schon selbst fragen.«

Er war dabei, die Beherrschung zu verlieren, und schien den
Tränen nahe zu sein. Murmelnd entschuldigte er sich: »Verzeihung, Verzeihung.« Eine Weile stand er schweigend da
und atmete tief und gleichmäßig durch, als wäre es eine
Übung, um die Fassung wiederzuerlangen. Schließlich sagte
er: »Robin ist in letzter Zeit häufiger ins Manor gefahren. Es
könnte gut sein, dass sie darauf zu sprechen gekommen sind,
wenn sie sich über Urlaubsreisen unterhalten haben oder
über den Irrsinn in der Londoner U-Bahn in der Stoßzeit.«

»Wann haben Sie von Rhoda Gradwyns Tod erfahren?«, fragte Kate.

»Am Samstagnachmittag. Robin rief gegen fünf an.«

»Wie hat er geklungen, als er es Ihnen erzählte?«

»Was glauben Sie wohl, Inspector? Er hat ja nicht angerufen, um sich nach meinem Wohlbefinden zu erkundigen. Ach, Entschuldigung. Das war nicht so gemeint, ich will Ihnen ja helfen. Aber ich habe das alles noch nicht verarbeitet. Wie er sich angehört hat? Zu Anfang hat er fast zusammenhanglos dahergeredet. Ich habe ein paar Minuten gebraucht, um ihn zu beruhigen. Danach war er – na ja, Sie dürfen sich ein Adjektiv aussuchen – schockiert, entsetzt, überrascht, verängstigt. Am ehesten schockiert und verängstigt. Eine ganz natürliche Reaktion. Er hatte gerade erfahren, dass eine sehr gute Freundin ermordet worden war.«

»Hat er das Wort ›ermordet‹ gebraucht?«

»Ja. Eine naheliegende Vermutung, würde ich sagen, nachdem die Polizei dort war und ihm angekündigt wurde, dass man ihn vernehmen würde. Und dann noch nicht einmal die örtliche Polizei, sondern Scotland Yard. Man musste ihm nicht eigens mitteilen, dass es sich nicht um einen natürlichen Tod handelte.«

»Hat er etwas darüber gesagt, wie Miss Gradwyn gestorben ist?«

»Er wusste es nicht. Er war ziemlich aufgebracht, dass sich niemand aus dem Manor die Mühe gemacht hatte, zu ihm zu kommen und es ihm mitzuteilen. Er hat erst herausgefunden, dass etwas passiert war, als die Polizeiautos kamen. Ich weiß immer noch nicht, wie sie gestorben ist, und ich nehme nicht an, dass Sie es mir gleich erzählen werden.«

»Mr. Coxon«, sagte Kate, »von Ihnen würden wir gerne alles wissen, was Sie uns über die Beziehung zwischen Robin und Rhoda Gradwyn und natürlich Ihnen erzählen können. Wir haben hier zwei ungeklärte Todesfälle, die in Zusammenhang stehen könnten. Seit wann kannten Sie Robin?«

»Seit etwa sieben Jahren. Wir haben uns auf einer Premierenfeier nach einer Produktion der Schauspielschule kennengelernt. Die Rolle, die er gespielt hat, war nicht sonderlich bedeutend. Ich war mit einem Freund dort, der Fechtlehrer ist, und Robin ist mir aufgefallen. So ist das mit ihm, er sticht einem einfach ins Auge. Damals haben wir uns noch nicht miteinander unterhalten, aber die Feier ging ziemlich lange, und mein Freund, der noch eine Verabredung hatte, war schon gegangen, als die letzte Flasche geleert wurde. Es war ein scheußlicher Abend, es hat in Strömen geregnet, und ich sah Robin auf den Bus warten. Er hatte keinen Regenschutz. Ich winkte einem Taxi und fragte ihn, ob ich ihn irgendwo absetzen könne. So begann unsere Bekanntschaft.«

»Und Sie wurden Freunde?«, fragte Benton.

»Wir wurden Freunde und später Geschäftspartner. Nichts Formelles, aber wir haben zusammengearbeitet. Er hatte die Ideen und ich die praktische Erfahrung und zumindest die Hoffnung, Geld beschaffen zu können. Sie denken sicher gerade darüber nach, wie Sie mir möglichst taktvoll die Frage stellen können, die ich Ihnen nun beantworte: Wir waren Freunde. Keine Liebhaber, keine Verschwörer, keine Kumpel, keine Saufkumpane, sondern Freunde. Ich habe ihn gern gehabt, und ich glaube, man kann sagen, dass wir uns gegenseitig nützlich waren. Ich habe ihm erzählt, ich hätte gerade über eine Million von einer unverheirateten Tante geerbt, die kürzlich verstorben sei. Die Tante gab es wirklich, aber die Arme hatte keinen Penny hinterlassen. Ich hatte Glück im Lotto gehabt. Ich weiß nicht, warum ich

Ihnen das überhaupt erzähle, aber spätestens wenn Sie sich fragen, ob ich ein finanzielles Interesse am Tod von Robin haben könnte, werden Sie es sowieso herausfinden. Nein, hatte ich nicht. Ich bezweifle, dass er etwas anderes als Schulden hinterlässt, und den Ramsch – hauptsächlich Kleidung –, den er hier deponiert hat.«

»Haben Sie ihm je von dem Lottogewinn erzählt?«

»Nein. Es ist unklug, den Leuten von einem großen Gewinn zu erzählen. Viele vertreten den Standpunkt, man habe nichts für sein Glück getan und sei deshalb verpflichtet, es mit denen zu teilen, die genauso wenig dafür getan haben. Robin hat mir die Geschichte mit der reichen Tante abgenommen. Ich habe über eine Million in dieses Haus investiert, und es war seine Idee, Benimmkurse für Neureiche oder Emporkömmlinge zu geben, die sich nicht jedes Mal blamieren wollen, wenn sie ihren Chef einladen oder ein Mädchen in ein anständiges Restaurant ausführen.«

»Ich dachte, den Superreichen wäre das alles egal. Stellen die nicht ihre eigenen Regeln auf?«, fragte Benton.

»Wir rechnen nicht damit, dass wir Milliardäre anlocken, aber den meisten Leuten ist es nicht egal, glauben Sie mir. Unsere Gesellschaft ist nach oben durchlässig. Niemand hat es gern, wenn er sich in der Öffentlichkeit unsicher bewegt. Und unser Geschäft läuft gut. Wir haben bereits achtundzwanzig Kunden, die fünfhundertfünfzig Pfund für einen vierwöchigen Kurs zahlen. Stundenweise natürlich. Das ist günstig. Es ist das Einzige von Robins Projekten, das je Aussicht hatte, sich zu rechnen. Vor ein paar Wochen ist er aus seiner Wohnung geflogen, deshalb hat er hier ein Zimmer auf der Rückseite bezogen. Er ist … er war nicht gerade ein rücksichtsvoller Mitbewohner, aber im Prinzip war uns beiden damit gedient. Er hatte ein Auge auf das Haus, und er war hier, wenn er einen Kurs geben musste. Es klingt vielleicht unwahrscheinlich, aber er war ein guter Lehrer und kannte sich aus. Die Kunden mochten ihn. Das Problem mit Robin ist … war seine Unzuverlässigkeit und Sprunghaftigkeit. Im einen Moment war er euphorisch, im nächsten jagte er schon wieder einem neuen bescheuerten Projekt nach. Er konnte einen wahnsinnig machen, aber loswerden wollte ich ihn nie. Ich kam überhaupt nicht auf die Idee. Wenn Sie mir erklären können, wie die Chemie zwischen so unterschiedlichen Menschen funktioniert, dann würde ich mir gerne Ihre Theorie anhören.«

»Und was ist mit seiner Beziehung zu Rhoda Gradwyn?«

»Na ja, das ist schon schwieriger. Er hat nicht viel von ihr erzählt, aber er war offenbar gern mit ihr befreundet. Es hat ihm in seinen Augen Renommee verschafft, und darauf kommt es schließlich an.«

»Hat Sex eine Rolle gespielt?«, fragte Kate.

»Kaum. Ich schätze, die Lady ist mit dickeren Fischen als Robin schwimmen gegangen. Ich kann mir nicht vorstellen, dass sie für ihn schwärmte. Das kam bei ihm überhaupt selten vor. Vielleicht war er zu schön, fast ein bisschen asexuell. Als würde man mit einer Statue ins Bett gehen. Sex war ihm nicht wichtig, aber sie war es. Ich glaube, sie hat eine Autorität für ihn dargestellt, ihm Stabilität verliehen. Einmal hat er gesagt, mit ihr könne er reden und sie würde ihm die Wahrheit sagen, zumindest was als solche durchgeht. Ich habe mich immer gefragt, ob sie ihn an jemanden erinnert hat, eine Lehrerin vielleicht. Und er hat im Alter von sieben Jahren seine Mutter verloren. Manche Kinder überwinden das nie. Vielleicht hat er einen Ersatz gesucht. Psychogeschwätz, ich weiß, aber womöglich ist ja etwas dran.«

Benton dachte bei sich, dass er das Adjektiv mütterlich nicht auf Rhoda Gradwyn angewandt hatte, aber was wusste er schon über sie? Machte das nicht auch den Reiz seiner Arbeit aus, die Fremdheit anderer Menschen? Er fragte: »Hat Robin Ihnen erzählt, dass sich Miss Gradwyn eine Narbe entfernen lassen wollte und wo die Operation durchgeführt werden sollte?«

»Nein, und das wundert mich auch nicht. Ich meine, es wundert mich nicht, dass er es mir nicht erzählt hat. Sie hat ihn wahrscheinlich gebeten, es für sich zu behalten. Robin konnte Geheimnisse bewahren, wenn er sie für wert befand. Er hat nur erzählt, dass er ein paar Tage im Gästehaus in Stoke Cheverell verbringen will. Dass Rhoda dort sein würde, hat er nie erwähnt.«

»In was für einer Stimmung war er?«, fragte Kate. »Wirkte er aufgeregt, oder hatten Sie den Eindruck, es handelte sich nur um einen Routinebesuch?«

»Wie gesagt, er war deprimiert, als er nach dem ersten Besuch zurückkehrte, aber Donnerstagabend ist er in Hochstimmung aufgebrochen. Ich habe ihn selten glücklicher gesehen. Er hat angekündigt, dass er gute Neuigkeiten für mich haben würde, wenn er zurückkehrte, aber ich habe das nicht ernst genommen. Robins gute Neuigkeiten erwiesen sich meist als schlechte Neuigkeiten oder gar keine.«

»Haben Sie nach seinem ersten Anruf noch einmal mit ihm gesprochen, während er in Stoke Cheverell war?«

»Ja. Er hat mich angerufen, nachdem Sie ihn vernommen hatten. Er meinte, Sie wären ziemlich grob mit ihm umgegangen, ohne die geringste Rücksicht auf einen Mann, der um eine Freundin trauert.«

»Es tut mir leid, dass er das so aufgefasst hat«, sagte Kate. »Er hat keine offizielle Beschwerde über seine Behandlung eingereicht.«

»Hätten Sie das an seiner Stelle getan? Nur Idioten oder große Tiere stellen sich gegen die Polizei. Außerdem sind Sie ja nicht mit dem Schlagstock auf ihn losgegangen. Er hat mich jedenfalls noch einmal angerufen, nachdem Sie ihn im Cottage vernommen hatten, und ich habe ihm geraten, nach London zu kommen, um sich hier von der Polizei in die Mangel nehmen zu lassen. Ich wollte meinen Anwalt dazuholen, wenn nötig. Er hat das nicht gleich abgelehnt. Wir haben viel zu tun hier, und ich brauchte ihn. Aber er war entschlossen, noch die Woche zu bleiben, die er gebucht hatte. Er hat gesagt, er will sie im Tod nicht allein lassen. Ein bisschen viel Pathos, aber so war Robin nun einmal. Mittlerweile wusste er natürlich besser Bescheid. Er hat erzählt, dass man sie am Samstagmorgen um halb acht gefunden hat und dass es den Anschein hätte, als wäre jemand aus dem Haus der Täter. Danach habe ich ihn mehrmals auf dem Handy zu erreichen versucht, aber er hat sich nicht gemeldet. Ich habe Nachrichten hinterlassen und um Rückruf gebeten, aber vergeblich.«

»Als er Sie zum ersten Mal anrief, klang er verängstigt, sagten Sie. Hat es Sie nicht gewundert, dass er noch bleiben wollte, obwohl dort ein Mörder frei herumlief?«, sagte Benton.

»Allerdings. Ich habe nachgefragt, und er hat nur gemeint, dass er noch etwas zu erledigen hat.«

Sie schwiegen. Kate stellte ihre Frage bewusst beiläufig. »Etwas zu erledigen? Haben Sie eine Ahnung, was er damit gemeint haben könnte?«

»Nein, und ich habe ihn auch nicht gefragt. Wie gesagt, Robin hatte einen Hang zum Theatralischen. Er hat einen Krimi gelesen, Sie finden ihn wahrscheinlich in seinem Zimmer. Sein Zimmer wollen Sie doch sicher sehen, oder?«

»Ja«, sagte Kate, »sobald wir mit unserem Gespräch hier fertig sind. Da wäre noch etwas. Wo waren Sie zwischen sechzehn Uhr dreißig am Freitagnachmittag und sieben Uhr dreißig am nächsten Morgen?«

Coxon antwortete unbekümmert: »Ich dachte mir schon, dass das noch kommt. Ich hatte hier von fünfzehn Uhr dreißig bis neunzehn Uhr dreißig Unterricht, drei Paare mit Pausen dazwischen. Dann habe ich mir Spaghetti Bolognese gekocht, bis zehn vor dem Fernseher gesessen, und danach bin ich ins Pub gegangen. Die Regierung gestattet uns ja freundlicherweise, bis spät in die Nacht zu trinken, und genau das habe ich getan. Der Wirt stand hinter der Theke. Er kann bestätigen, dass ich bis etwa Viertel nach eins dort war. Ich wage zu behaupten, dass ich ein ähnlich stichfestes Alibi für den Zeitpunkt von Robins Tod vorweisen kann, wenn Sie mir freundlicherweise sagen, wann er starb.«

»Das wissen wir noch nicht genau, Mr. Coxon, aber es war am Montag, wahrscheinlich zwischen eins und acht Uhr abends.«

»Es ist grotesk, ein Alibi für Robins Todeszeitpunkt vorweisen zu müssen, aber sicherlich ist es Ihre Pflicht, mich danach zu fragen. Glücklicherweise bereitet es mir keine Probleme. Ich habe hier um halb eins mit einer unserer Stundenkräfte zu Mittag gegessen, Alvin Brent, Sie haben ihn unten am Eingang gesprochen. Um drei Uhr hatte ich eine nachmittägliche Sitzung mit zwei neuen Kunden. Ich kann Ihnen Namen und Adressen geben, und Alvin wird das Mittagessen bestätigen.«

»Um wie viel Uhr war der Nachmittagsunterricht zu Ende?«, fragte Kate.

»Na ja, normalerweise bekommen sie eine Stunde, aber ich hatte keine unmittelbaren Termine danach, deshalb haben wir ein bisschen überzogen. Sie sind gegen halb fünf gegangen. Dann habe ich bis sechs Uhr hier im Büro gearbeitet und bin anschließend ins Pub – ins Leaping Hare, ein neues Lokal in der Napier Road. Ich habe mich mit einem Freund getroffen – Name und Adresse kann ich Ihnen geben. Bis dreiundzwanzig Uhr war ich mit ihm dort. Dann bin ich zu Fuß nach Hause gegangen. Ich muss die Adressen und Telefonnummern nachschlagen, aber das tue ich gerne, wenn Sie einen Augenblick Geduld haben.«

Sie warteten, während er zum Schreibtisch ging. Nachdem er ein paar Minuten in seinem Adressbuch geblättert hatte, holte er ein Blatt Papier aus der Schreibtischschublade, schrieb die benötigten Informationen auf und reichte es ihnen. »Wenn Sie das überprüfen, wäre ich Ihnen sehr dankbar, wenn Sie deutlich machen, dass ich nicht verdächtigt werde. Es ist schon schlimm genug, mit dem Verlust von Robin klarzukommen – ich habe das noch gar nicht richtig begriffen, vielleicht weil ich es immer noch nicht glauben kann, aber das kommt noch, da können Sie sicher sein –, da muss es nicht auch noch sein, dass ich als sein Mörder angesehen werde.«

»Wenn Ihre Angaben sich als richtig erweisen, besteht in dieser Hinsicht keine Gefahr, Sir«, sagte Benton.

Und so war es. Wenn die Fakten stimmten, dann war Jeremy lediglich in den anderthalb Stunden zwischen dem Ende des Unterrichts und seiner Ankunft im Pub allein, und in der Zeit hätte er unmöglich nach Stoke Cheverell fahren können.

»Wir würden uns jetzt gern Mr. Boytons Zimmer ansehen«, sagte Kate. »Ich gehe davon aus, dass es nach seinem Tod nicht abgeschlossen wurde?«

»Das wäre gar nicht gegangen«, antwortete Coxon. »Es hat kein Schloss. Aber ich bin auch nicht auf die Idee gekommen, dass man es hätte abschließen müssen. In dem Fall hätten Sie mich sicher angerufen. Wie bereits mehrmals erwähnt, hat man mir bis zu Ihrer Ankunft heute überhaupt nichts mitgeteilt.«

»Wahrscheinlich ist es auch nicht wichtig«, sagte Kate. »Aber ich gehe davon aus, dass seit seinem Tod niemand in diesem Zimmer war?«

»Niemand. Nicht einmal ich. Das Zimmer hat mich schon depressiv gemacht, als er noch am Leben war. Jetzt mag ich es gar nicht mehr betreten.«

Das Zimmer befand sich am hinteren Ende des Flurs. Es war groß und angenehm geschnitten, und seine zwei Fenster öffneten sich auf die Wiese mit dem Blumenbeet in der Mitte und dem Kanal dahinter.

Ohne das Zimmer zu betreten, sagte Coxon: »Bitte entschuldigen Sie die Unordnung. Robin ist erst vor zwei Wochen eingezogen. Alles, was er besitzt, wurde hier abgeladen, bis auf das Zeug, das er der Wohlfahrt gespendet hat oder im Pub verkaufen wollte, und da dürfte er kaum auf großes Interesse gestoßen sein.«

Das Zimmer war in der Tat wenig einladend. Auf einem Sofa links von der Tür türmte sich schmutzige Wäsche. Die Türen eines Mahagonischranks standen offen. Er hing voll mit Hemden, Jacken und Hosen auf Drahtbügeln. Es stand ein halbes Dutzend großer Kartons mit dem Namen einer Umzugsfirma herum, auf denen drei prall gefüllte Plastiktüten lagen. In der Ecke rechts von der Tür waren Bücher gestapelt, daneben war ein Pappkarton mit Zeitschriften abgestellt. Zwischen den Fenstern standen auf einem Schreibtisch mit Schubladen und einem Aktenschrank auf jeder Seite ein Laptop und eine verstellbare Leselampe. Es roch unangenehm nach ungewaschener Kleidung.

460

»Der Laptop ist neu, den habe ich gekauft«, sagte Coxon. »Robin sollte mir bei der Korrespondenz helfen, aber das hat er nicht auf die Reihe bekommen. Wahrscheinlich ist der Laptop das Einzige im Raum, das von Wert ist. Robin war schon immer fürchterlich unordentlich. Wir hatten eine kleine Auseinandersetzung, kurz bevor er nach Dorset gefahren ist. Ich habe mich beschwert, dass er seine Sachen vor dem Umzug nicht wenigstens gewaschen hat. Jetzt komme ich mir natürlich richtig niederträchtig vor. Und das wird bis in alle Ewigkeit so bleiben, so irrational es sein mag. Jedenfalls befindet sich – soweit ich das sagen kann – sein gesamtes Hab und Gut in diesem Raum, und was mich betrifft, so dürfen Sie gerne alles durchsuchen. Verwandte, die etwas dagegen haben könnten, gibt es nicht. Er hat mal einen Vater erwähnt, aber meines Wissens hatten sie keinen Kontakt mehr, seit er ein kleiner Junge war. Sie werden feststellen, dass die beiden Schubladen in dem Schreibtisch abgeschlossen sind, aber ich habe keinen Schlüssel dafür.«

»Warum machen Sie sich Vorwürfe?«, fragte Benton. »Das Zimmer ist eine Räuberhöhle. Er hätte zumindest in den Waschsalon gehen können, bevor er hier eingezogen ist. Sie haben nur die Wahrheit gesagt.«

»Aber ein bisschen Unordnung ist doch keine Todsünde! Was machte das schon aus? Es war das ganze Trara nicht wert. Ich wusste doch, wie er war. Einem Freund kann man durchaus einmal etwas nachsehen.«

»Aber man kann nicht ständig aufpassen, was man sagt, weil ein Freund sterben könnte, bevor man alles wieder ins Lot gebracht hat.«

Kate fand, dass es nun reichte. Benton schien noch nicht fertig zu sein. Wenn sie jetzt nicht eingriff, würde er eine moralphilosophische Diskussion über Freundschaft und

Wahrheit vom Zaun brechen. »Wir haben seine Schlüssel«, sagte sie. »Wahrscheinlich ist der für die Schubladen auch dabei. Wenn es viele Unterlagen sind, brauchen wir vielleicht eine Tüte, um sie mitzunehmen. Sie bekommen eine Quittung dafür.«

»Sie können alles mitnehmen, Inspector. Stopfen Sie es in einen Polizeiwagen. Mieten Sie einen Container. Verbrennen Sie es. Es deprimiert mich unglaublich. Rufen Sie mich, wenn Sie fertig sind.«

Ihm versagte die Stimme, und wieder schien er den Tränen nahe zu sein. Ohne ein weiteres Wort verschwand er. Benton ging zum Fenster hinüber und öffnete es weit. Frische Luft strömte herein. »Ist es Ihnen zu kalt so, Ma'am?«, fragte Benton.

»Nein, Benton, lassen Sie es nur offen. Wie kann jemand bloß so leben? Es sieht so aus, als hätte er nicht die kleinste Anstrengung unternommen, den Raum bewohnbar zu machen. Hoffen wir, dass der Schreibtischschlüssel dabei ist.«

Es war nicht schwierig, den Schlüssel zu identifizieren, den sie brauchten. Es war der allerkleinste an dem Bund, und er ließ sich leicht in das Schloss an beiden Schubladen stecken. Sie versuchten es erst mit der linken Seite, aber Kate musste fest ziehen, weil sich hinten Papiere verkeilt hatten. Als sie die Schublade mit sanfter Gewalt geöffnet hatten, quollen ihnen alte Rechnungen, Postkarten, ein abgelaufener Kalender, ein paar unbenutzte Weihnachtskarten und diverse Briefe entgegen und fielen auf den Boden. Benton öffnete die Tür darunter, und auch darin stauten sich vollgestopfte Ordner, alte Theaterprogramme, Manuskripte und Agenturfotos sowie ein Kulturbeutel, in dem sich alte Bühnenschminke verbarg.

»Wir machen uns jetzt nicht die Mühe, dieses Durcheinander sofort durchzusehen«, sagte Kate. »Schauen wir doch mal, ob die andere Schublade etwas Erfreulicheres enthält.« Die zweite Schublade ließ sich leicht aufziehen. Sie enthielt eine braune Papiermappe und ein Buch, ein altes Taschenbuch, *Der Tote von Exmoor* von Cyril Hare. In der Mappe lag nur ein einzelnes Blatt Papier, das auf beiden Seiten beschriftet war.

Es war die Kopie eines Testaments, überschrieben mit *Letzter Wille und Testament von Peregrine Richard Westhall.* Auf der letzten Seite stand: *Bestätigt am heutigen Tage, dem siebenten Juli zweitausendfünf, durch meine Unterschrift.* Bei dem Testament lag eine Quittung über fünf Pfund, ausgestellt vom Testamentsbüro in Holborn. Das ganze Dokument war handgeschrieben, in aufrechter, schwarzer Schrift, an manchen Stellen kräftig, im letzten Abschnitt jedoch etwas zittrig. Der erste Absatz benannte seinen Sohn Marcus St. John Westhall, seine Tochter Candace Dorothea Westhall und seine Anwälte Kershaw & Price-Nesbitt als Testamentsvollstrecker. Im zweiten Abschnitt hatte er niedergelegt, dass er im engsten Familienkreis eingeäschert werden wollte, es sollten keine religiösen Zeremonien durchgeführt werden und auch später keinen Gedächtnisgottesdienst geben.

Im dritten Abschnitt – die Schrift an dieser Stelle war größer – stand: *Ich vermache meine sämtlichen Bücher dem Winchester College. Die Bücher, die das College nicht behalten möchte, können in Absprache mit meinem Sohn Marcus St. John Westhall verkauft oder anderweitig verwendet werden. Alles andere, was ich an Geld und beweglichen Gütern besitze, vermache ich zu gleichen Teilen meinen beiden Kindern, Marcus St. John Westhall und Candace Dorothea Westhall.*

Das Testament trug seine Unterschrift, bezeugt hatten es Elizabeth Barnes, Hausangestellte, wohnhaft im Stone Cottage, Stoke Cheverell, und Grace Holmes, Krankenschwester, wohnhaft im Rosemary Cottage, Stoke Cheverell.

»Auf den ersten Blick betrachtet nichts, was für Robin Boyton von Interesse sein könnte«, meinte Kate, »aber immerhin hat er sich die Mühe gemacht, diese Kopie zu beschaffen. Das Buch werden wir wohl oder übel lesen müssen. Sind Sie ein schneller Leser, Benton?«

»Ich bin ziemlich schnell, Ma'am. Das Buch ist auch nicht sehr dick.«

»Dann fangen Sie am besten im Auto damit an, und ich fahre. Wir lassen uns von Coxon eine Tüte geben und bringen alles in die Alte Wache. In dem anderen Schrank ist wahrscheinlich nichts Wichtiges, aber wir sollten trotzdem einen Blick drauf werfen.«

»Selbst wenn wir herausfinden, dass er mehr als nur einen Freund hatte, der Grund zur Klage hatte, kann ich mir irgendwie nicht vorstellen, dass ein Feind bis nach Stoke Cheverell fährt, um ihn umzubringen, sich Zugang zum Cottage der Westhalls verschafft und die Leiche in die Gefriertruhe steckt«, sagte Benton. »Aber von der Kopie des Testaments hat er sich zweifellos mehr versprochen als die Bestätigung, dass der alte Mann ihm nichts hinterlassen hatte. Aber warum wurde es handschriftlich verfasst? Grace Holmes wohnt anscheinend nicht mehr im Rosemary Cottage. Es steht zum Verkauf. Warum hat Boyton versucht, sie zu erreichen? Und was ist mit Elizabeth Barnes? Sie arbeitet derzeit nicht für die Westhalls. Aber das Datum des Testaments ist interessant, nicht wahr?«

Kate sagte langsam: »Nicht nur das Datum. Machen wir, dass wir hier wegkommen. Je schneller AD das in Händen hält, desto besser. Vorher müssen wir noch bei Miss Gradwyns Agentin vorbei. Aber das dauert bestimmt nicht lange. Wie hieß die Dame noch mal, Benton, und wo wohnt sie?«

»Eliza Melbury, Ma'am. Wir haben einen Termin um drei Uhr fünfzehn. Die Agentur liegt in Camden.«

»Mist! Das ist ein Umweg. Ich frage noch mal bei AD an, ob es sonst wirklich nichts mehr in London zu erledigen gibt. Normalerweise ist immer irgendwas im Yard abzuholen. Dann suchen wir uns schnell etwas zum Mittagessen und machen uns auf den Weg, um zu hören, ob Eliza Melbury uns etwas Interessantes mitzuteilen hat. Zumindest war dieser Vormittag nicht verschwendet.«

2

Da sie ins Londoner Verkehrschaos geraten waren, entpuppte sich die Fahrt zu Eliza Melburys Agentur in Camden als mühsam und langwierig. Benton hoffte, dass der Gehalt ihrer Aussage Zeit und Mühe rechtfertigen würde. Das Büro lag über einem Obst- und Gemüseladen, dessen Geruch sie begleitete, als sie die schmale Treppe zum ersten Stock hinaufstiegen und die Agentur betraten. In einem Raum, offenbar das Hauptbüro, saßen drei junge Frauen vor ihren Computern, während ein älterer Mann damit beschäftigt war, auf einem Regal, das die gesamte Länge der Wand einnahm, Bücher umzuräumen, die allesamt in bunten Schutzumschlägen steckten. Drei Augenpaare blickten auf. Als Kate ihren Dienstausweis vorzeigte, stand eine der jungen Frauen auf, klopfte an die Tür auf der Vorderseite des Gebäudes und rief fröhlich: »Eliza, die Polizisten sind da. Sie hatten sie ja erwartet.«

Eliza Melbury beendete gerade ein Telefonat. Sie legte das Telefon zur Seite und wies lächelnd auf zwei Stühle gegenüber dem Schreibtisch. Sie war eine große, gutaussehende Frau mit Pausbäckchen, ihr dunkel gekräuselter Haarschopf reichte bis zu den Schultern. Sie trug einen bunten, mit Perlen verzierten Kaftan.

»Sie sind natürlich gekommen, um über Rhoda Gradwyn zu sprechen«, sagte sie. »Mir wurde lediglich mitgeteilt, dass Sie einen ungeklärten Todesfall, wie es hieß, untersuchen, und ich gehe davon aus, dass Sie damit Mord meinen. Falls dem so sein sollte, ist das zwar entsetzlich, aber ich weiß nicht recht, ob ich Ihnen weiterhelfen kann. Rhoda kam vor zwanzig Jahren zu mir, als ich mich von Dawkins-Bower getrennt und meine eigene Agentur gegründet habe, und von da an war sie immer bei mir.«

»Wie gut haben Sie sie gekannt?«, fragte Kate.

»Als Autorin sehr gut, würde ich sagen. Das heißt, ich konnte ihren Stil zweifelsfrei erkennen, ich wusste, wie sie mit ihren Verlagen umgehen wollte, und ich konnte im Voraus sagen, wie sie auf bestimmte Angebote reagieren würde. Ich habe sie respektiert und gemocht, und war froh, sie unter Vertrag haben zu dürfen. Zweimal im Jahr haben wir zusammen zu Mittag gegessen, meistens um über literarische Fragen zu sprechen. Darüber hinaus kann ich nicht behaupten, sie gekannt zu haben.«

»Sie wurde uns als sehr zurückgezogener Mensch beschrieben«, sagte Kate.

»O ja, das war sie. Wenn ich so über sie nachdenke – und das habe ich natürlich getan, seit ich das erfahren habe –, habe ich den Eindruck, als wäre sie wie jemand gewesen, den ein Geheimnis belastete, das sie nicht preisgeben durfte und sie daran hinderte, mit anderen Menschen vertraut zu werden. Nach zwanzig Jahren kannte ich sie kaum besser als damals, als sie ganz neu zu mir kam.«

Benton, der Interesse an der Einrichtung des Büros zeigte, insbesondere an den Schriftstellerporträts an der Wand, fragte: »Ist das nicht ungewöhnlich für das Verhältnis zwischen Agent und Autor? Ich habe immer geglaubt, dass diese Beziehung besonders eng sein muss, um erfolgreich zu sein.«

»Nicht unbedingt. Man muss sich mögen und einander vertrauen, und man sollte sich über die wichtigen Dinge einig sein. Die Menschen sind unterschiedlich. Manche meiner Autoren sind zu engen Freunden geworden. Andere brauchen einen hohen Grad an persönlicher Betreuung. Es kommt vor, dass man als mütterliche Vertraute gebraucht wird, als Finanzberaterin, Eheberaterin, als Lektorin, Nachlassverwalterin, gelegentlich sogar als Tagesmutter. Rhoda brauchte keine dieser Dienstleistungen.«

»Und Ihres Wissens hatte sie auch keine Feinde?«, fragte Kate.

»Sie war investigative Journalistin. Da bleibt es nicht aus, dass man Leuten schadet. Aber ich habe nie von ihr gehört, dass sie sich jemals physisch bedroht gefühlt hätte. Soweit ich weiß, hat nie jemand gedroht, ihr etwas anzutun. Ein-, zweimal wurden ihr gerichtliche Schritte angekündigt, aber ich habe ihr damals geraten, nicht zu reagieren, und wie erwartet wurden die Drohungen nicht wahr gemacht. Rhoda hätte niemals etwas geschrieben, das nachweislich falsch oder verleumderisch gewesen wäre.«

»Auch nicht der Artikel im *Paternoster Review*, in dem sie Annabel Skelton des Plagiats beschuldigte?«

»Manche Leute haben diesen Artikel als Waffe benutzt, um den modernen Journalismus im Allgemeinen zu geißeln, aber für die meisten war es ein ernsthafter Text über ein interessantes Thema. Rhoda und ich hatten Besuch von einer Frau, die sich beschweren wollte, einer gewissen Candace Westhall, aber sie hat letztlich nichts unternommen. Das konnte sie auch gar nicht. Die Abschnitte, die sie störten, waren moderat formuliert und die Tatsachen unumstößlich. Das ist etwa fünf Jahre her.«

»Wussten Sie, dass Miss Gradwyn beschlossen hatte, sich die Narbe entfernen zu lassen?«, fragte Benton.

»Nein, das hat sie mir nicht gesagt. Wir haben nie über die Narbe gesprochen.«

»Und ihre Pläne für die Zukunft? Wollte sie eine andere Laufbahn einschlagen?«

»Darüber kann ich leider nichts sagen. Es war jedenfalls nichts beschlossen. Sie war wohl noch dabei, ihre Pläne zu konkretisieren. Als sie noch am Leben war, hätte sie nicht gewollt, dass ich mit irgendjemandem außer ihr selbst darüber spreche, und Sie werden Verständnis haben, dass ich das auch nach ihrem Tod so halte. Ich kann Ihnen nur versichern, dass ihre Zukunftspläne sicher nicht mit ihrem Tod zusammenhängen.«

Es gab nichts weiter zu sagen, und Ms. Melbury ließ bereits durchblicken, dass sie noch zu tun hatte.

Beim Hinausgehen fragte Kate: »Weshalb die Frage nach ihren Zukunftsplänen?«

»Mir ist die Idee gekommen, dass sie vielleicht eine Biographie schreiben wollte. Wenn es um eine noch lebende Person ging, hatte die vielleicht ein Motiv, das Projekt zu stoppen, bevor Rhoda Gradwyn überhaupt damit angefangen hat.«

»Möglich. Aber solange Sie nicht behaupten wollen, dass diese hypothetische Person herausgefunden hat, was nicht einmal Ms. Melbury wusste – nämlich dass sich Miss Gradwyn im Manor aufhielt –, und dass sie das Opfer oder jemand anderen überredet hat, sie hineinzulassen, helfen uns Miss Gradwyns Zukunftspläne nicht weiter.«

Beim Anschnallen sagte Benton: »Mir war sie sympathisch.«

»Dann wissen Sie ja, an wen Sie sich wenden müssen, wenn Sie Ihren ersten Roman schreiben, was Sie eingedenk Ihrer breitgefächerten Interessen zweifellos bald tun werden.«

Benton lachte. »Das war ein anstrengender Tag, Ma'am. Aber wenigstens kehren wir nicht mit leeren Händen zurück.«

3

Die Rückfahrt nach Dorset war ein Alptraum. Sie brauchten über eine Stunde von Camden auf den M3, und dann steckten sie mitten in der Kolonne der Autos fest, die am Ende des Arbeitstages Stoßstange an Stoßstange aus London hinauskrochen. Nach Ausfahrt 5 kam die langsame Prozession ganz zum Stillstand, weil ein Bus liegengeblieben war und eine Fahrbahn blockierte. Sie standen fast eine volle Stunde, bis die Straße wieder frei war. Da Kate danach nicht auch noch anhalten wollte, um etwas zu essen, kamen sie müde und hungrig erst um neun Uhr im Wisteria House an. Kate rief in der Alten Wache an, und Dalgliesh bat sie zu kommen, sobald sie gegessen hatten. Sie schlangen die Mahlzeit, auf die sie sich immer mehr gefreut hatten, hastig hinunter, und Mrs. Shepherds Steak-and-Kidney-Pudding war durch die lange Wartezeit auch nicht besser geworden.

Es war halb elf, als sie sich mit Dalgliesh zusammensetzten, um ihm von ihrem Tag Bericht zu erstatten.

»Von der Agentin haben wir also nur erfahren, was wir ohnehin schon wussten, nämlich dass Rhoda Gradwyn sehr zurückgezogen gelebt hat. Offenbar respektiert Eliza Melbury sie im Tode genauso wie zu Lebzeiten. Dann wollen wir mal hören, was Sie von Jeremy Coxon mitgebracht haben. Fangen wir doch mit dem Unwichtigsten an, diesem Kriminalroman. Haben Sie ihn schon gelesen, Benton?«, fragte Dalgliesh.

»Ich habe ihn im Auto rasch überflogen, Sir. Er endet mit einer juristischen Komplikation, die ich nicht ganz begriffen habe. Für einen Anwalt wäre das kein Problem, der Roman wurde ja auch von einem Richter geschrieben. Im Grunde geht es in der Geschichte darum, dass ein Todeszeitpunkt gefälscht werden soll. Durchaus denkbar, dass Boyton durch den Krimi auf diese Idee kam.«

»Das wäre also ein weiteres Indiz dafür, dass Boyton wirklich nach Stoke Cheverell kam, um den Westhalls Geld abzuknöpfen, und laut Candace Westhall hat Rhoda Gradwyn ihm diesen Floh ins Ohr gesetzt, als sie ihm von dem Buch erzählt hat. Aber lassen Sie uns auf eine wichtigere Information zu sprechen kommen, die Veränderung in Boytons Gemütslage, von der Coxon berichtet hat. Er sagt, Boyton sei von seinem ersten Besuch am 27. November sehr niedergeschlagen zurückgekehrt. Weshalb war er niedergeschlagen, wenn Candace Westhall ihm Zahlungen in Aussicht gestellt hatte? Weil sein Verdacht mit der tiefgefrorenen Leiche sich als Unsinn erwiesen hatte? Sollen wir wirklich glauben, dass Candace Westhall ihn nur zappeln lassen wollte, um seine Bloßstellung noch dramatischer zu inszenieren? Würde eine vernünftige Frau so etwas tun? Coxon sagt, am letzten Donnerstag, vor Rhoda Gradwyns OP-Termin, sei Boyton in völlig veränderter Stimmung hierher aufgebrochen. Angeblich war er aufgeregt und optimistisch und hat von der Aussicht auf Geld gesprochen. Er schickt Miss Gradwyn eine SMS und fleht sie an, ihn zu empfangen, betont, wie dringlich die Sache ist. Was ist zwischen seinem ersten und seinem zweiten Besuch passiert, das die ganze Situation so völlig geändert hat? Er war im Testamentsbüro von Holborn und hat sich eine Kopie des Testaments von Peregrine Westhall besorgt. Warum, und warum zu diesem Zeitpunkt? Dass er nicht bedacht worden war, hat er doch gewusst. Wäre es möglich, dass Candace ihm finanzielle Hilfe angeboten hat, nachdem sie seine Anschuldigung, die Leiche tiefgefroren zu haben, widerlegt hatte? Oder hat sie durch irgendetwas den Verdacht in ihm geschürt, sie wolle sämtlichen Diskussionen um das Testament ihres Vaters ein für alle Mal ein Ende machen?«

»Sie denken an Urkundenfälschung, Sir?«, fragte Kate.

»Das wäre immerhin eine Möglichkeit. Wir sollten uns das Testament mal ansehen.«

Dalgliesh legte es auf den Tisch, und sie betrachteten es schweigend. »Das ganze Testament ist handschriftlich verfasst, das Datum ist ausgeschrieben, der siebente Juli zweitausendfünf. Das war der Tag der Bombenattentate in London. Wenn jemand das Datum gefälscht hat, dann war es keine kluge Wahl. Die meisten Menschen wissen, was sie am 7. Juli gemacht haben, genau wie sich jeder noch erinnert, wo er am 11. September war. Nehmen wir also an, dass sowohl das Datum als auch der Text des Testaments tatsächlich von Peregrine Westhall geschrieben wurden. Die Schrift ist so markant, dass eine Fälschung über eine derart lange Strecke so gut wie sicher auffallen würde. Aber was ist mit den drei Unterschriften? Ich habe heute mit einem Mitarbeiter der Anwaltskanzlei telefoniert, die Peregrine Westhall vertrat, und ihn ein paar Dinge zum Testament gefragt. Eine der Unterzeichneten, Elizabeth Barnes, eine ältere Hausangestellte, die lange im Manor gearbeitet hatte, ist verstorben. Die andere ist Grace Holmes, die im Dorf ein Einsiedlerleben geführt hat und mittlerweile zu einer Nichte nach Toronto gezogen ist.«

»Boyton kommt letzten Donnerstag an und versucht, Grace Holmes' Adresse in Toronto herauszufinden, indem er am Rosemary Cottage vorbeischaut«, sagte Benton. »Und nach seinem ersten Besuch wusste Candace Westhall, dass er, so lächerlich sein erster Verdacht gewesen sein mochte, sich nun auf das Testament konzentriert. Mog hat uns von Boytons Besuch im Rosemary Cottage erzählt. Hat es das alte Klatschmaul auch Candace verraten? Sie fliegt angeblich nach Toronto, um Miss Holmes einen Anteil der Hinterlassenschaft von Professor Westhall zu überbringen, nichts, was man nicht leicht per Post, Telefon oder E-Mail hätte erledigen können. Und warum hat sie bis jetzt gewartet, um sie für ihre Dienste zu belohnen? Warum war es so wichtig, Grace Holmes persönlich zu treffen?«

»Wenn wir eine Urkundenfälschung in Betracht ziehen«, sagte Kate, »dann wäre das durchaus ein starkes Motiv. Kleinere Fehler in einem Testament können bereinigt werden, glaube ich. Und ein Vermächtnis kann geändert werden, wenn sich alle Testamentsvollstrecker einig sind, nicht wahr? Aber Urkundenfälschung ist eine strafbare Handlung. Candace Westhall konnte es nicht riskieren, die Reputation ihres Bruders sowie sein Erbe zu gefährden. Doch wenn Grace Holmes für ihr Schweigen Geld von Candace Westhall angenommen hat, dann bezweifle ich, dass man jetzt noch die Wahrheit aus ihr herausbekommt. Weshalb sollte sie reden? Vielleicht hat der Professor ständig Testamente geschrieben und dann wieder seine Meinung geändert. Sie muss nur sagen, sie hätte mehrfach handgeschriebene Testamente bezeugt und könne sich an kein Bestimmtes erinnern. Sie hat bei der Pflege des alten Professors geholfen. Diese Jahre können für die Westhalls nicht einfach gewesen sein. Wahrscheinlich hält sie es moralisch für rechtens, wenn die Geschwister das Geld erben.« Sie sah Dalgliesh an. »Wissen wir, was das vorangegangene Testament festgelegt hat, Sir?«

»Danach habe ich die Anwälte gefragt. Die gesamte Erbmasse war in zwei Teile aufgeteilt. Robin Boyton sollte die eine Hälfte bekommen, in Anerkennung der Tatsache, dass

473

seine Eltern und er von der Familie ungerecht behandelt wurden; die andere Hälfte sollten Marcus und Candace zu gleichen Teilen erhalten.«

»Und das wusste er, Sir?«

»Daran zweifle ich sehr. Ich hoffe, am Freitag erfahre ich mehr. Ich habe einen Termin bei Philip Kershaw, dem Anwalt, der mit diesem Testament und dem letzten betraut war. Er ist krank und lebt in einem Altenpflegeheim außerhalb von Bournemouth, aber er hat einem Treffen zugestimmt.«

»Das wäre ein handfestes Motiv, Sir«, sagte Kate. »Denken Sie daran, sie festzunehmen?«

»Nein, Kate. Morgen werde ich ein formelles Verhör durchführen, das auch mitgeschnitten wird. Trotzdem, einfach wird das nicht. Es wäre unklug, wenn nicht gar kontraproduktiv, diese neuen Verdachtsmomente preiszugeben, ohne dass wir noch weitere zwingende Beweise hätten. Wir haben lediglich Coxons Aussage, dass Boyton nach seinem ersten Besuch niedergeschlagen war und vor dem nächsten in Hochstimmung. Und seine SMS an Rhoda Gradwyn könnte alles Mögliche bedeuten. Er war offenbar ein recht impulsiver junger Mann. Das haben wir ja selbst erlebt.«

»Es sieht so aus, als würde sich etwas abzeichnen, Sir«, meinte Benton.

»Aber ohne einen einzigen handfesten Beweis, weder für die mögliche Urkundenfälschung noch für die Ermordung von Rhoda Gradwyn und Robin Boyton. Und um die Sache noch komplizierter zu machen, haben wir auch noch eine verurteilte Mörderin im Manor. Heute Abend kommen wir jedenfalls nicht mehr weiter. Wir sind alle müde, deshalb würde ich vorschlagen, wir beenden den Tag.«

Es war kurz vor Mitternacht, aber Dalgliesh legte noch einmal Feuerholz nach. Es hätte keinen Sinn, ins Bett zu gehen, solange sein Geist noch so aktiv war. Candace Westhall hatte sowohl die Gelegenheit als auch die Mittel, beide Morde zu begehen. Sie war die einzige Person, die Boyton getrost in die alte Speisekammer locken konnte, weil sie sicher sein konnte, dass sie allein waren. Sie besaß die nötige Kraft, ihn in die Gefriertruhe zu befördern, und sie hatte nachträglich für eine Erklärung gesorgt, dass sich ihre Fingerabdrücke auf dem Deckel befanden. Außerdem hatte sie sichergestellt, dass jemand bei ihr war, als die Leiche gefunden wurde, und bis zur Ankunft der Polizei auch bei ihr blieb. Aber das alles waren nur Indizien, und sie war intelligent genug, das zu wissen. Momentan konnte er nicht mehr tun, als ein formelles Verhör durchzuführen.

Da kam ihm eine Idee, und er handelte sofort, bevor ihn etwaige Zweifel daran hindern konnten. Jeremy Coxon trank offenbar gern noch bis spätabends in seinem Pub. Vielleicht war sein Handy noch eingeschaltet. Wenn nicht, wollte Dalgliesh es am nächsten Morgen wieder versuchen.

Er erreichte Jeremy Coxon im Pub. Die Lautstärke im Hintergrund machte eine sinnvolle Unterhaltung unmöglich. Als Coxon begriff, dass Dalgliesh am Apparat war, sagte er: »Warten Sie einen Moment, ich gehe nach draußen. Ich kann Sie hier nicht gut verstehen.« Einen Augenblick später fragte er: »Gibt es Neuigkeiten?«

»Im Moment keine«, antwortete Dalgliesh. »Wir melden uns bei Ihnen, sobald es neue Entwicklungen gibt. Es tut mir leid, dass ich so spät noch anrufe. Es geht um etwas anderes, aber es ist wichtig. Wissen Sie noch, was Sie am 7. Juli gemacht haben?«

Coxon schien zu überlegen, dann fragte er: »Sie meinen an dem Tag der Bombenattentate in London?«

»Ja, am 7. Juli 2005.«

Wieder folgte eine Pause, und Dalgliesh vermutete, dass Coxon den Gedanken verwarf, ihn zu fragen, was der 7. 7. mit Robins Tod zu tun hatte. Stattdessen sagte er: »Das weiß doch jeder! Das ist wie der 11. September oder der Tag der ersten Mondlandung. So etwas merkt man sich.«

»Damals waren Sie doch schon mit Robin Boyton befreundet. Erinnern Sie sich, was er am 7. 7. gemacht hat?«

»Ich weiß noch, was er mir erzählt hat. Er war in London, in der Stadtmitte. Er ist kurz vor elf Uhr nachts in der Wohnung in Hampstead aufgetaucht, in der ich damals gewohnt habe. Bis in die frühen Morgenstunden hat er mich mit einem Vortrag über sein knappes Entrinnen und dem langen Weg nach Hampstead gelangweilt. Er war in der Tottenham Court Road, in der Nähe der Bombe, die in dem Bus explodiert ist. So eine alte Schachtel hatte sich an ihn geklammert. Sie stand wohl ziemlich unter Schock, und er hat eine Weile gebraucht, sie zu beruhigen. Sie hat ihm erzählt, dass sie in Stoke Cheverell lebte und am Tag zuvor nach London gekommen war, um eine Freundin zu besuchen und ein wenig einkaufen zu gehen. Sie hatte vor, am nächsten Tag zurückzufahren. Robin hatte Angst, sie nicht mehr loszuwerden, aber er hat es geschafft, vor Heal's ein Taxi zu bekommen. Er hat ihr zwanzig Pfund für das Taxi in die Hand gedrückt, und sie ist einigermaßen beruhigt abgefahren. Das war typisch Robin. Besser, sich von zwanzig Pfund trennen, als den Rest des Tages die Alte am Hals zu haben, hat er gesagt.«

»Hat er Ihnen den Namen genannt?«

»Nein. Ich weiß weder den Namen der Frau noch die Adresse ihrer Freundin – und die Nummer des Taxis übrigens auch nicht. Es war keine große Sache, aber so war es.«

»Und an mehr erinnern Sie sich nicht, Mr. Coxon?«

»Mehr hat er mir nicht erzählt. Da fällt mir noch etwas ein. Ich glaube, er hat erwähnt, dass sie eine Hausangestellte im Ruhestand war und seinem Cousin und seiner Cousine geholfen hat, einen alten Verwandten zu pflegen, den sie am Hals hatten. Tut mir leid, dass ich Ihnen nicht hilfreicher sein kann.«

Dalgliesh dankte ihm und klappte sein Handy zu. Wenn es stimmte, was Coxon ihm erzählt hatte, und wenn die Hausangestellte Elizabeth Barnes war, dann konnte sie unmöglich am 7. Juli 2005 das Testament unterzeichnet haben. Aber war es wirklich Elizabeth Barnes gewesen? Es hätte jede Frau aus dem Dorf sein können, die im Stone Cottage aushalf. Mit Robin Boytons Hilfe hätten sie sie aufspüren können. Aber Boyton war tot.

Es war bereits nach drei Uhr. Dalgliesh war immer noch wach und ruhelos. Coxons Erinnerung an den 7. Juli war nur ein Bericht aus zweiter Hand, und nachdem jetzt sowohl Boyton als auch Elizabeth Barnes tot waren, was hatten sie da noch für Chancen, die Freundin ausfindig zu machen, bei der sie gewohnt hatte, oder das Taxi, mit dem sie dorthin gefahren war? Seine ganze Theorie über die Urkundenfälschung basierte auf Indizien. Und er lehnte es ab, eine Verhaftung vorzunehmen, auf die dann keine Mordanklage folgte. Wenn der Fall baden ging, blieb an dem Beschuldigten immer ein Hauch des Verdachts haften, und der ermittelnde Beamte geriet leicht in den Ruf, unklug und vorschnell zu handeln. Sollte dies einer jener zutiefst unbefriedigenden Fälle werden – und davon gab es nicht wenige –, in denen die Identität eines Mörders bekannt war, die Beweise jedoch für eine Verhaftung nicht ausreichten?

Schließlich akzeptierte er die Tatsache, dass er keine Aussicht auf Schlaf hatte. Er stieg wieder aus dem Bett, zog sich eine Hose und einen dicken Pullover an und schlang sich einen Schal um den Hals. Vielleicht würde ihn ein flotter Spaziergang müde genug machen, dass es sich lohnte, wieder ins Bett zu gehen.

Um Mitternacht hatte es kurz, aber heftig geregnet. Die Luft roch süß und frisch, aber es war nicht sehr kalt. Der Himmel war mit Sternen gesprenkelt, und als er losging, hörte er nichts als seine eigenen Schritte. Doch dann spürte er Wind aufkommen, wie eine dunkle Vorahnung. Die Nacht wurde lebendig. Der Wind fuhr durch die kahlen Hecken und ließ die hohen Äste der Bäume ächzen, nur um nach dem kurzen Tumult so schnell wieder einzuschlafen, wie er aufgekommen war. Als Dalgliesh auf das Manor zuging, sah er in der Ferne Flammen lodern. Wer machte denn um drei Uhr morgens ein Lagerfeuer? Im Steinkreis brannte etwas. Er nahm sein Handy aus der Tasche und rief Kate und Benton herbei, während er mit klopfendem Herzen auf das Feuer zurannte.

4

Sie wollte es nicht riskieren, den Wecker auf zwei Uhr dreißig zu stellen. Selbst wenn sie ihn sofort ausschaltete, könnte jemand aus dem Schlaf gerissen werden. Aber wozu brauchte sie einen Wecker? Seit Jahren gelang es ihr, allein kraft ihres Willens aufzuwachen. Genauso konnte sie derartig überzeugend vortäuschen zu schlafen, dass sie ganz flach atmete und selbst kaum wusste, ob sie wach war oder schlief. Zwei Uhr dreißig war eine gute Zeit. Um Mitternacht war die Hexenstunde, die mächtige Stunde der Mysterien und geheimen Zeremonien. Doch die Welt schlief nicht mehr um Mitternacht. Wenn Mr. Chandler-Powell keine Ruhe fand, konnte es durchaus sein, dass er um zwölf Uhr noch in die Nacht hinausging. Aber um halb drei würde er nicht mehr unterwegs sein, und auch die ersten Frühaufsteher wären noch nicht wach. Mary Keyte war am 20. Dezember um drei Uhr nachmittags verbrannt worden, aber am Nachmittag konnte sie ihr Sühneritual nicht vollziehen, das endgültige Verschmelzen mit Mary Keyte, das deren gepeinigte Stimme für immer verstummen lassen und ihr Frieden schenken würde. Drei Uhr morgens musste genügen. Mary Keyte würde das verstehen. Es kam einfach darauf an, ihr noch ein letztes Mal Anerkennung zu zollen, diese schrecklichen tödlichen Minuten nachzustellen, so wirklichkeitsgetreu, wie sie es nur wagte. Der 20. Dezember war nicht nur der richtige Tag, sondern wahrscheinlich auch ihre letzte Chance. Es könnte gut sein, dass Mrs. Rayner sie morgen schon abholte. Sie wollte weg von hier, hatte es satt, ständig herumkommandiert zu werden, als wäre sie die unwichtigste Person im ganzen Manor, wo sie doch eigentlich die größte Macht hatte, wenn die anderen es nur wüssten. Aber bald würde es mit der Unterwürfigkeit ein Ende haben. Sie würde reich sein, und andere würden dafür bezahlt werden, sich um sie zu kümmern. Doch zuerst stand noch dieser endgültige Abschied aus, das letzte Mal, dass sie mit Mary Keyte sprach.

Es war gut, dass sie alles schon so lange im Voraus geplant hatte. Nach Robin Boytons Tod hatte die Polizei die beiden Cottages versiegelt. Auch nach Einbruch der Dunkelheit wäre es riskant, dorthin zu gehen. Das Manor zu verlassen, ohne dass die Leute vom Wachdienst es bemerkten, war zu keiner Zeit möglich. Aber sie hatte bereits damals gehandelt, als Miss Cressett ihr mitgeteilt hatte, dass ein Gast ins Rose Cottage einziehen würde, am selben Tag, an dem Miss Gradwyn zu ihrer Operation anreiste. Es gehörte zu ihren Aufgaben, vor der Ankunft eines Gastes zu saugen und die Böden zu putzen, Staub zu wischen, die Möbel zu polieren und das Bett zu machen. Alles hatte sich gefügt. Alles war so bestimmt. Sie hatte sogar einen Rollkorb für die saubere Wäsche und zum Transport der schmutzigen Bettwäsche und Handtücher zum Waschen, der Seife für Dusche und Waschbecken sowie der Plastiktüte mit ihren Putzutensilien. In dem Korb konnte sie zwei Säckchen Anschürholz aus dem Schuppen des Rose Cottage holen, eine alte Wäscheleine, die jemand dort abgelegt hatte, und zwei Kanister Petroleum, die sie in die alten Zeitungen wickelte, mit denen sie sonst die frisch gewischten Böden auslegte. Petroleum roch stark, selbst wenn man es vorsichtig transportierte. Wo im Manor sollte sie es aufbewahren? Sie beschloss, die zwei Kanister in Plastiktüten zu stecken und sie nach Einbruch der Dunkelheit unter dem Laub und dem Gras im Graben an der Hecke zu verstecken. Der Graben war so tief, dass man die Kanister nicht sah, und in der Plastiktüte würden sie trocken bleiben. Das Anschürholz und die Leine konnte sie in ihrem großen Koffer unter dem Bett einschließen. Dort würde es niemand finden. In ihrem Zimmer musste sie selber Ordnung halten und das Bett machen, mit der Wahrung der Privatsphäre nahm man es im Manor sehr genau.

Als ihre Uhr zwanzig vor drei anzeigte, war sie bereit zum Aufbruch. Sie zog sich ihre dunkelste Jacke an, in deren Tasche sie zuvor schon eine große Schachtel Streichhölzer verstaut hatte, und band sich einen Schal um den Kopf. Vorsichtig schob sie die Tür auf und wartete einen Augenblick. Sie wagte es kaum zu atmen. Im Haus war alles still. Da kein Risiko bestand, dass jemand vom Wachdienst nachts patrouillierte, musste sie keine wachsamen Augen oder gespitzten Ohren fürchten. Nur die Bostocks schliefen im Mittelteil des Manor, und an deren Tür musste sie nicht vorbei. Vorsichtig einen Schritt vor den anderen setzend, schlich sie mit den zwei Säckchen Anschürholz in der Hand und der aufgerollten Wäscheleine über der Schulter den Gang entlang, über die Seitentreppe ins Erdgeschoss und hinüber zur westlichen Tür. Wie zuvor musste sie sich auf die Zehenspitzen stellen, um den Riegel zurückzuschieben. Sie ließ sich Zeit, achtete darauf, dass in der Stille kein Geräusch zu hören war. Dann drehte sie vorsichtig den Schlüssel, trat in die Nacht hinaus und zog die Tür hinter sich zu.

Es war eine kalte Nacht, die Sterne standen hoch am Himmel, ein Schimmern lag in der Luft, und ein paar zarte Wolken zogen über die helle Mondsichel. Wind kam auf, nicht gleichmäßig, sondern in kurzen asthmatischen Stößen. Wie ein Geist lief sie durch die Lindenallee, huschte von einem Baumstamm zum nächsten, um sich zu verbergen. Eigentlich befürchtete sie gar nicht, gesehen zu werden. Der westliche Flügel lag in völliger Dunkelheit, und sonst gab es keine Fenster, von denen man die Lindenallee einsehen konnte. Als sie die Steinmauer erreichte und die vom Mondlicht gebleichten Steine vollständig zu sehen waren, fuhr ein Windstoß durch die dunklen Hecken, unter dem die kahlen Zweige knarzten und die langen Gräser hinter dem Steinkreis sich flüsternd wiegten. Die Launen des Windes beunruhigten sie. Das Feuer würde zwar besser brennen, aber es war gefährlich, dass der Wind so unberechenbar war. Immerhin sollte das eine Gedenkzeremonie werden, keine zweite Opferung. Sie musste aufpassen, dass das Feuer ihr nicht zu nahe kam. Um die Windrichtung zu bestimmen, streckte sie einen befeuchteten Finger in die Höhe, dann schlich sie ganz langsam zwischen den Steinen hindurch, als hätte sie Angst, dahinter könnte ihr jemand auflauern, und legte die Säckchen mit dem Holz neben den Mittelstein. Danach ging sie zum Graben.

Es dauerte ein paar Minuten, bis sie die Plastiktüten mit dem Petroleum gefunden hatte; sie dachte, sie hätte sie näher an die Steine gelegt, und der schnelle Wechsel zwischen Mondlicht und Wolkenschatten erschwerte die Orientierung. Sie kroch am Graben entlang, tief in der Hocke, ertastete aber nur Unkraut, Gras und den kalten Schlamm. Schließlich fand sie, was sie gesucht hatte, und trug die Kanister hinüber zum Holz. Sie hätte ein Messer mitnehmen sollen. Das erste Netz war fester, als sie gedacht hatte, und sie musste eine Weile daran zerren, bis es aufriss und das Holz herausfiel.

Die kleinen Holzscheite legte sie nun zu einem Kreis innerhalb der Steine aus. Zu weit außen durfte er nicht sein, sonst würde es kein vollständiger Kreis werden, aber auch nicht zu weit innen, sonst könnte das Feuer sie erwischen. Sie ging methodisch vor, bis sie schließlich den Ring zu ihrer Zufriedenheit vollendet hatte. Dann schraubte sie vorsichtig den Deckel des ersten Kanisters ab, bückte sich und benetzte nach und nach jedes Stöckchen. Sie stellte fest, dass sie zu verschwenderisch mit dem Petroleum umgegangen war, daher war sie mit dem zweiten Kanister sparsamer. Sie wollte endlich das Feuer anzünden. Das Anschürholz war bereits so gut durchtränkt, dass sie nur die Hälfte des Petroleums brauchte.

Mit der Wäscheleine band sie sich am Mittelstein fest. Das war schwieriger als erwartet, aber schließlich kam sie darauf, dass es am besten ging, wenn sie die Leine in einer doppelten Schlinge um den Stein legte, dann hineintrat, die Leine an sich hochzog und festzurrte. Es war gut, dass der Mittelstein, ihr Altar, höher, aber glatter und schmaler war als die anderen Steine. Sie schnürte sich die Leine vor dem Bauch zusammen, die langen Enden hingen lose herunter. Schließlich nahm sie die Streichhölzer aus der Tasche, stellte sich einen Moment starr hin und schloss die Augen. Ein Windstoß kam auf, legte sich wieder. Dann sprach sie zu Mary Keyte: »Das ist für dich. Zu deinem Gedenken. Ich weiß, dass du unschuldig warst. Sie holen mich weg von dir. Ich komme dich heute zum letzten Mal besuchen. Sprich zu mir.« Aber in dieser Nacht antwortete ihr niemand.

Sie riss das Streichholz an und warf es auf den Holzkreis, aber der Wind blies die Flamme aus, sobald sie entzündet war. Mit zitternden Händen versuchte sie es immer wieder. Sie stand kurz davor, in Tränen auszubrechen. Es funktionierte nicht. Sie würde näher an den Kreis herangehen, zurück zum Opferstein laufen und sich noch einmal festbinden müssen. Aber angenommen, das Feuer brannte auch dann nicht? Als sie zur Allee hinüberblickte, wurden die

483

Stämme der Linden immer dicker und wuchsen zusammen; die obersten Äste verflochten sich ineinander und zerteilten den Mond. Der Weg verengte sich zu einer Höhle, und der Westflügel, der als Schatten in der Ferne erkennbar gewesen war, verschwand in der tiefer werdenden Finsternis.

Und jetzt hörte sie die Dorfbewohner kommen. Sie drängten sich durch die schmaler gewordene Lindenallee, ihre fernen Stimmen erhoben sich zu lauten Rufen, die ihr in den Ohren hämmerten. *Verbrennt die Hexe! Verbrennt die Hexe! Sie hat unser Vieh getötet. Sie hat unsere Kinder vergiftet. Sie hat Lucy Beale ermordet. Verbrennt sie! Verbrennt sie!* Sie hatten die Mauer erreicht. Aber sie kletterten nicht darüber. Sie drängten sich dagegen, es wurden immer mehr, offene Münder wie eine Reihe von Totenköpfen, die ihr ihren Hass entgegenbrüllten.

Urplötzlich verstummten die Schreie. Eine Gestalt löste sich aus der Menge, stieg über die Mauer und kam auf sie zugelaufen. Eine bekannte Stimme sagte freundlich und ein wenig vorwurfsvoll: »Wie kommst du nur auf die Idee, ich würde dich das alleine machen lassen? Ich wusste doch, du lässt sie nicht im Stich. Aber so wie du das machst, funktioniert es nicht. Ich helfe dir. Lass mich dein Scharfrichter sein.«

So hatte sie das nicht geplant. Diese Zeremonie hatte sie selbst durchführen wollen, und zwar ganz allein. Aber es konnte nicht schaden, einen Zeugen zu haben, und das hier war immerhin ein besonderer Zeuge, jemand, der sie verstand, jemand, dem sie vertrauen konnte. Sie wusste jetzt um das Geheimnis eines anderen Menschen, das verlieh ihr Macht und würde sie reich machen. Vielleicht war es richtig, dass sie zusammen waren. Der Scharfrichter suchte einen schmalen Kienspan heraus, brachte ihn herbei, schützte ihn vor dem Wind und zündete ihn an, hielt ihn hoch, ging damit zum Kreis und warf ihn auf das Holz. Sofort loderten Flammen auf, und das Feuer lief wie ein lebendes Wesen herum, brutzelte, knisterte und schlug Funken. Die Nacht wurde lebendig, und die Stimmen auf der anderen Seite der Mauer schwollen an zu einem Crescendo. Sie erlebte einen Augenblick des absoluten Triumphs, als würde die Vergangenheit endgültig verbrannt, ihre und auch die von Mary Keyte.

Der Scharfrichter kam näher. Warum, fragte sie sich, waren seine Hände so hellrosa, so durchscheinend? Warum die Operationshandschuhe? Und schon packten diese Hände die losen Enden der Wäscheleine und schlangen sie ihr mit einer schnellen Bewegung um den Hals. Die Schlinge wurde fester gezurrt. Dann spritzte ihr etwas Kaltes ins Gesicht. Irgendetwas wurde über sie geworfen. Es roch immer stärker nach Petroleum, der Rauch erstickte sie. Der heiße Atem des Scharfrichters wehte ihr ins Gesicht, und die Augen, die ihr entgegenstarrten, sahen aus wie geäderte Murmeln. Die Iriden schienen zu wachsen, bis kein Gesicht mehr da war, nur noch dunkle Teiche, in denen sich nichts als ihre eigene Verzweiflung spiegelte.

Sie wollte schreien, aber sie bekam keine Luft, fand keine Stimme. Sie zerrte an den Knoten, mit denen sie gefesselt war, doch ihre Hände waren kraftlos.

Kaum noch bei Bewusstsein, ließ sie sich in die Fessel fallen und wartete auf den Tod: Mary Keytes Tod. Aber dann hörte sie etwas, es klang wie ein lautes Schluchzen, gefolgt von einem Schrei. Es konnte nicht ihre Stimme sein; sie hatte keine. Plötzlich flog der Petroleumkanister Richtung Hecke und zog einen Feuerbogen hinter sich her. Die Hecke ging in Flammen auf.

Jetzt war sie allein. Halb ohnmächtig zerrte sie an der Leine um ihren Hals, aber sie hatte nicht mehr die Kraft, um die Arme zu heben. Die Menschenmenge war verschwunden. Das Feuer brannte herunter. Sie sackte zusammen, ihre Beine gaben nach, und dann wusste sie nichts mehr.

Doch da hörte sie Stimmen, grelle Taschenlampen blendeten sie. Jemand kam über die Steinmauer, rannte auf sie zu, sprang über das herunterbrennende Feuer. Jemand nahm sie in die Arme, es waren Männerarme, und sie vernahm seine Stimme.

»Es ist alles gut. Sie sind in Sicherheit. Hören Sie mich, Sharon? Sie sind in Sicherheit.«

5

Noch bevor sie beim Steinkreis angelangt waren, hatten sie das Auto wegfahren hören. Es hätte keinen Sinn gehabt, sofort überstürzt hinterherzufahren. Sharon hatte oberste Priorität. Dalgliesh wies Kate an: »Kümmern Sie sich hier um alles, ja? Nehmen Sie Sharons Aussage auf, sobald Chandler-Powell sie für vernehmungsfähig erklärt. Benton und ich fahren Miss Westhall nach.«

Die vier Wachleute, vom Feuer alarmiert, widmeten sich der lodernden Hecke. Sie war feucht vom letzten Regen, und rasch waren nur noch verkohlte Zweige und beißender Rauch zu sehen. Tiefhängende Wolken zogen vorbei am Mond, und die Nacht wurde schaurig-schön. Die Steine glänzten in dem silbernen, unwirklichen Licht wie gespenstische Grabmäler, und die Gestalten, von denen Dalgliesh wusste, dass es Helena, Lettie und die Bostocks waren, wurden zu Schemen, die in der Dunkelheit verschwanden. Chandler-Powell, der in seinem Morgenmantel beinahe priesterlich wirkte, trug Sharon über die Mauer und verschwand mit Flavia an seiner Seite ebenfalls in der Lindenallee. Dalgliesh spürte, dass noch jemand da war. Marcus Westhalls Gesicht, plötzlich vom Mond beschienen, wirkte jetzt wie ein körperloses, schwebendes Bild, das Gesicht eines Toten.

Dalgliesh ging auf ihn zu. »Wo kann sie hingefahren sein? Sagen Sie es uns. Niemand hat etwas davon, wenn sich die Suche verzögert.«

Marcus klang heiser. »Sie ist sicher ans Meer gefahren. Sie liebt das Meer. Es gibt eine Stelle, wo sie gerne schwimmen geht. Kimmeridge Bay.«

Benton hatte sich rasch eine Hose angezogen und kämpfte sich in einen dicken Pullover, während er auf das Feuer zulief. Dalgliesh rief ihm zu: »Haben Sie Candace Westhalls Autokennzeichen noch im Kopf?«

»Ja, Sir.«

»Dann rufen Sie das örtliche Verkehrsdezernat an. Die sollen gleich mit der Fahndung beginnen. Richten Sie aus, dass sie es in Kimmeridge versuchen sollen. Wir nehmen den Jaguar.«

»In Ordnung, Sir.« Benton war bereits losgerannt.

Marcus hatte seine Stimme wiedergefunden. Unbeholfen wie ein alter Mann stolperte er hinter Dalgliesh her und krächzte heiser: »Ich komme mit. Warten Sie auf mich! Warten Sie doch!«

»Das hat keinen Sinn. Wir finden sie sowieso.«

»Ich muss mit. Ich muss dabei sein, wenn Sie sie finden.«

Dalgliesh verschwendete keine Zeit mit Diskussionen. Marcus Westhall hatte das Recht mitzufahren, und er konnte ihnen sogar nützlich sein, indem er ihnen den richtigen Strandabschnitt zeigte. »Dann holen Sie sich eine warme Jacke. Und beeilen Sie sich«, sagte er.

Sein Auto war das schnellste, aber darauf kam es jetzt nicht an, auf der kurvenreichen Landstraße konnte man sowieso nicht Vollgas geben. Womöglich erreichten sie das Meer nicht rechtzeitig, bevor sie in den Tod ging, falls sie vorhatte, ins Wasser zu gehen. Es ließ sich unmöglich sagen, ob ihr Bruder die Wahrheit erzählte, aber in Anbetracht seiner gequälten Miene hielt Dalgliesh es für wahrscheinlich. Benton brauchte nur wenige Minuten, um den Jaguar von der Alten Wache zu holen. Er wartete bereits, als Dalgliesh und Westhall die Straße erreichten. Wortlos öffnete er die hintere Tür, um Westhall einsteigen zu lassen, und folgte ihm auf die

Rückbank. Dieser Fahrgast war zu unberechenbar, um ihn hinten im Auto allein zu lassen.

Benton nahm die Taschenlampe heraus und gab die Richtung an. Der Petroleumgestank von Dalglieshs Kleidung und Händen breitete sich im Auto aus. Er ließ das Fenster herunter und atmete tief die kalte, süße Nachtluft ein. Die schmalen Landstraßen zogen sich vor ihnen über die Hügel. Zu beiden Seiten erstreckte sich Dorset, die Täler und Erhebungen, die kleinen Dörfer, die steinernen Cottages. Mitten in der Nacht herrschte kaum Verkehr. Alle Häuser waren dunkel.

Und dann spürte er die Veränderung in der Luft, es roch anders, frischer, es war mehr ein Gefühl als ein Geruch, und doch unverwechselbar: der Salzgeruch des Meeres. Die Straße wurde schmaler, als sie durch das stille Dorf hinunter zum Hafen von Kimmeridge Bay fuhren. Vor ihnen unter dem Sternenhimmel glänzte das Meer im Mondlicht. Immer wenn Dalgliesh in die Nähe des Meeres kam, fühlte er sich davon angezogen wie das Tier vom Wasserloch. Seit der Mensch zum ersten Mal aufrecht an einem Ufer stand, rührte seine uralte Klage, unermüdlich, blind, gleichgültig, durch all die Jahrhunderte hindurch an eine Unzahl von Gefühlen und erinnerte nicht zuletzt, so wie in diesem Moment, an die Vergänglichkeit des menschlichen Lebens. Sie liefen in östlicher Richtung auf den Strand zu, unter dem schwarz aufragenden Schieferfelsen, der sich dunkel wie Kohle erhob und an dessen Fuß Büschel von Gras und Sträuchern wuchsen. Die schwarzen Schieferplatten fielen zum Meer hin ab und bildeten einen Pfad aus wasserüberspülten Felsen. Die Wellen begruben sie unter sich und zogen sich zischend wieder zurück. Im Mondlicht glänzten sie wie poliertes Ebenholz.

Mit Hilfe ihrer Taschenlampen stapften sie voran, leuchteten den Strand und den Damm aus schwarzem Schiefer ab. Marcus Westhall, der während der Fahrt ganz still gewesen war, schien zu neuem Leben erwacht zu sein. Er arbeitete sich unermüdlich weiter durch die Kiesel am Rand des Wassers. Nachdem sie eine Felsspitze umrundet hatten, standen sie vor dem nächsten schmalen Strand und noch mehr schwarzen, zerklüfteten Felsen. Sie fanden nichts.

Nun konnten sie nicht mehr weiter. Am Ende des Strandstücks reichten die Felsen bis ins Wasser und blockierten ihnen den Weg.

»Sie ist nicht hier«, sagte Dalgliesh. »Versuchen wir es an dem anderen Strand.«

Westhall erhob die Stimme gegen das rhythmische Rollen des Meeres. Heiser rief er: »Dort geht sie nicht schwimmen. Sie würde hierherkommen. Sie ist irgendwo da draußen.«

»Dann suchen wir bei Tageslicht weiter. Wir sollten hier einen Schlusspunkt setzen«, sagte Dalgliesh ruhig.

Aber Westhall kletterte weiter über die Felsen, bis er gefährlich balancierend die Kante erreichte, an der sich die Wellen brachen. Dort blieb er stehen. Seine Silhouette hob sich vom Horizont ab. Dalgliesh und Benton warfen sich rasch einen Blick zu und sprangen vorsichtig über die von den Wellen überspülten Felsen zu Westhall hin. Westhall wandte sich nicht um. Unter dem marmorierten Himmel, an dem die niedrig hängenden Wolken das helle Licht der Sterne und des Mondes verdunkelten, erschien Dalgliesh das Meer wie ein gewaltiger Bottich schmutzigen Badewassers, dessen wogende Seifenlauge schäumend in die Felsspalten hineintrieb. Die Flut drückte herein. Westhalls Hose war schon ganz nass, und als Dalgliesh bei ihm angelangt war, brach sich an den Beinen der starr dastehenden Gestalt plötzlich eine Welle und spülte sie beide beinahe vom Felsen. Dalgliesh packte ihn am Arm und stützte ihn. Leise sagte er: »Kommen Sie. Sie ist nicht hier. Sie können nichts tun.«

Widerspruchslos ließ sich Westhall über die rutschigen Schieferfelsen helfen und sanft ins Auto befördern.

Auf halbem Weg zum Manor knisterte das Funkgerät. Es war DC Warren. »Wir haben das Auto gefunden, Sir. Sie ist nur bis Baggot's Wood gefahren, nicht einmal einen Kilometer vom Manor entfernt. Wir durchsuchen den Wald.«

»War das Auto offen?«

»Nein, Sir, es war abgeschlossen. Und im Inneren ist nichts zu sehen.«

»In Ordnung. Machen Sie weiter, ich bin bald da.«

Auf diese Suche freute er sich nicht. Da Candace das Auto abgestellt und nicht die Abgase ins Auto geleitet hatte, um sich zu vergiften, bestand die Möglichkeit, dass sie sich erhängen wollte. Das Erhängen hatte ihn schon immer mit Grauen erfüllt, nicht nur, weil es lange die britische Hinrichtungsmethode gewesen war. Man konnte dabei noch so schonend vorgehen, das Aufhängen eines menschlichen Wesens hatte etwas zutiefst Inhumanes und Erniedrigendes. Er zweifelte kaum noch daran, dass Candace Westhall sich das Leben genommen hatte, aber um Himmels willen, bitte nicht auf diese Art.

Ohne den Kopf zu wenden, sagte er zu Westhall: »Die Polizisten haben das Auto Ihrer Schwester gefunden. Sie ist nicht dort. Ich bringe Sie jetzt zurück ins Manor. Sie müssen sich etwas Trockenes anziehen. Und dann müssen Sie warten. Alles andere wäre sinnlos.«

Er erhielt keine Antwort, aber als sich die Tore für sie öffneten und sie vor dem Eingang hielten, ließ sich Westhall widerstandslos von Benton hineinführen, wo ihn Lettie

Frensham in Empfang nahm. Wie ein gehorsames Kind folgte er ihr in die Bibliothek. Vor dem prasselnden Feuer wurde ein Stapel Decken gewärmt, und auf dem Tisch neben einem Sessel standen Weinbrand und Whisky bereit.

»Ich glaube, Deans Suppe würde Ihnen guttun. Er hat sie schon fertig. Aber jetzt ziehen Sie erst einmal Jacke und Hose aus und wickeln sich in die Decken. Ich hole Ihnen Ihre Hausschuhe und den Morgenmantel.«

Matt sagte er: »Die Sachen sind irgendwo im Schlafzimmer.«

»Ich gehe sie suchen.«

Fügsam wie ein Kind tat er, was sie ihm sagte. Die Hose dampfte vor den lodernden Flammen wie ein Haufen Lumpen. Er ließ sich in den Sessel sinken. Er fühlte sich, als wäre er gerade aus einer Narkose aufgewacht und würde überrascht feststellen, dass er sich bewegen konnte; er fand sich damit ab, am Leben zu sein, wünschte sich aber zurück in die Bewusstlosigkeit, denn dann würde er die Schmerzen nicht spüren. Doch er musste einige Minuten in dem Sessel eingeschlafen sein. Als er die Augen aufschlug, sah er Lettie neben sich. Sie half ihm in den Bademantel und in die Hausschuhe. Eine Suppentasse tauchte vor ihm auf, die Brühe war heiß und kräftig, und er stellte fest, dass er sie trinken konnte, obwohl er nur den Sherry darin schmeckte.

Nach einer Weile, während der sie schweigend neben ihm saß, sagte er: »Ich muss Ihnen etwas sagen. Ich werde es Dalgliesh erzählen müssen, aber ich muss es jetzt sofort loswerden. Ich muss es Ihnen sagen.«

Er sah ihr ins Gesicht und bemerkte die Anspannung in ihren Augen, die Angst vor dem, was sie gleich hören würde.

»Ich weiß nichts über die Morde an Rhoda Gradwyn oder Robin. Darum geht es nicht. Aber ich habe die Polizei ange-

logen. Ich habe nicht bei den Greenfields übernachtet, weil
ich Probleme mit dem Auto hatte. Ich habe Eric besucht,
einen Freund. Er wohnt in der Nähe des St. Angela's Hospital, dort arbeitet er auch. Ich wollte ihm beibringen, dass ich
nach Afrika gehe. Mir war klar, dass er nicht begeistert sein
würde, aber ich musste versuchen, es ihm begreiflich zu machen.«

Leise fragte sie: »Und, hatte er Verständnis dafür?«

»Nein, nicht so richtig. Ich habe es vermasselt, so wie alles
andere auch.«

Lettie nahm seine Hand. »Ich würde die Polizei damit nicht
behelligen, außer es muss sein oder sie fragen danach. Im
Moment dürfte es nicht wichtig für sie sein.«

»Für mich schon.«

Sie schwiegen, dann sagte er: »Bitte gehen Sie jetzt. Ich komme klar. Das verspreche ich Ihnen. Ich muss allein sein.
Sagen Sie mir nur Bescheid, wenn sie sie finden.«

Bei Lettie konnte er sich sicher sein, dass sie seinen Wunsch,
in Frieden gelassen zu werden, verstehen und nicht diskutieren würde.

»Ich drehe das Licht herunter«, sagte sie und legte ein Kissen auf einen Hocker. »Lehnen Sie sich zurück und legen Sie
die Füße hoch. In einer Stunde bin ich wieder da. Versuchen
Sie zu schlafen.«

Dann war sie verschwunden. Er hatte jedoch nicht die Absicht zu schlafen. Er musste gegen den Schlaf ankämpfen. Es
gab nur einen Ort, wo er sein musste, wenn er nicht verrückt werden wollte. Er musste nachdenken. Er musste
versuchen zu verstehen. Er musste akzeptieren, was sein
Verstand ihm sagte. Er musste an den Ort, wo er höheren
Frieden und tiefere Weisheit finden würde als hier zwischen
den toten Büchern und den leeren Augen der Büsten.

493

Rasch ging er hinaus, zog die Tür hinter sich zu, lief durch die Große Halle, die nicht erleuchtet war, auf die Rückseite des Hauses, an der Küche vorbei und durch die Seitentür in den Garten. Er nahm weder die Stärke des Windes noch die Kälte wahr. Vorbei an den alten Stallungen lief er durch den formalen Garten zur Steinkapelle.

Als er in dem dämmernden Licht näher kam, schimmerte etwas Dunkles auf den Steinen vor der Tür. Etwas war vergossen worden, etwas, das dort nicht hingehörte. Irritiert kniete er sich hin und berührte mit zitternden Fingern die klebrige Flüssigkeit. Dann konnte er es riechen. Als er die Hände hob, waren sie voller Blut. Auf Knien kroch er voran, zwang sich aufzustehen, schaffte es, den Riegel anzuheben. Doch die Tür war verschlossen. In diesem Moment begriff er. Er hämmerte dagegen, schluchzte, rief ihren Namen, bis er keine Kraft mehr hatte und langsam niedersank, die roten Handflächen gegen das unnachgiebige Holz gedrückt.

Er kniete immer noch in ihrem Blut, als ihn zwanzig Minuten später der Suchtrupp fand.

6

Kate und Benton waren beide schon über vierzehn Stunden im Dienst. Nachdem die Leiche schließlich abtransportiert war, verordnete Dalgliesh ihnen zwei Stunden Ruhe. Sie sollten zeitig zu Abend essen und dann um acht Uhr zu ihm in die Alte Wache stoßen. Keiner brachte die zwei Stunden mit Schlaf zu. Durch das offene Fenster in seinem Zimmer konnte Benton beobachten, wie es draußen dunkler wurde. Er lag starr im Bett, als wären sämtliche Nerven und Muskeln angespannt, so dass er jederzeit aufspringen könnte. Es schien schon eine Ewigkeit her zu sein, dass sie nach Dalglieshs Anruf das Feuer entdeckt und Sharons Schreie gehört hatten. Während des langen Wartens auf die Pathologin, den Fotografen, den Leichenwagen, stellten sich Erinnerungen ein, die so lebendig waren, dass er das Gefühl hatte, sie würden ihm in den Kopf projiziert wie Dias auf eine Leinwand: die Fürsorglichkeit, mit der Chandler-Powell und Schwester Holland Sharon über die Steinmauer trugen und sie auf dem Weg durch die Lindenallee stützten; Marcus, wie er allein auf der schwarzen Schieferplatte stand und über das graue, pulsierende Meer blickte; der Fotograf, der sich vorsichtig um die Leiche herum bewegte, um nicht in das Blut zu treten; das Knacken der Fingergelenke, die Dr. Glenister eines nach dem anderen brechen musste, um das Tonband aus Candace' Griff zu lösen. Benton lag einfach nur da, ohne sich seiner Müdigkeit bewusst zu sein, aber die Prellung an Oberarm und Schulter, die er sich beim letzten Rammstoß gegen die Tür der Kapelle zugezogen hatte, schmerzte noch.

Er und Dalgliesh hatten gemeinsam versucht, die Eichentür mit der Schulter aufzudrücken, aber das Schloss wollte nicht nachgeben. Schließlich hatte Dalgliesh gesagt: »Wir stehen uns nur gegenseitig im Weg. Nehmen Sie Anlauf, Benton.«

Mit Bedacht hatte er einen etwa fünfzehn Meter langen Anlauf gewählt, bei dem er nicht durch das Blut laufen musste. Beim ersten Versuch hatte die Tür gewackelt. Beim dritten Versuch war sie aufgesprungen und gegen die Leiche geprallt. Benton hatte Dalgliesh und Kate den Vortritt gelassen.

Candace lag zusammengerollt da wie ein schlafendes Kind, das Messer neben ihrer rechten Hand. Am Handgelenk war nur ein einziger Schnitt, aber er ging tief und klaffte wie ein offener Mund. Mit der linken Hand hielt sie eine Kassette umklammert.

Das Bild verschwand, als sein Wecker schrillte und Kate laut an die Tür klopfte. Benton schoss hoch. Innerhalb weniger Minuten saßen sie beide fertig angezogen unten, wo Mrs. Shepherd ihnen brutzelnde Schweinswürstchen, weiße Bohnen in Tomatensauce und Kartoffelbrei servierte und sich dann in der Küche zu schaffen machte. Solche Gerichte brachte sie sonst nicht auf den Tisch, aber sie schien zu spüren, dass die beiden jetzt deftige Hausmannskost brauchten, Futter für die Seele. Überrascht stellten sie fest, wie hungrig sie waren. Sie aßen gierig, fast ohne zu sprechen, und machten sich dann gemeinsam auf den Weg zur Alten Wache.

Als sie zum Manor kamen, stellte Benton fest, dass der Wohnwagen und die Autos des Wachdienstes nicht mehr vor dem Tor parkten. Die Fenster waren erleuchtet wie zu einem Fest. Niemand hätte dieses Wort benutzt, aber Benton wusste, dass allen eine große Last von der Seele genommen worden war. Endlich mussten sie keine Angst mehr haben, niemanden mehr verdächtigen, nicht mehr fürchten, die Wahrheit würde niemals ans Licht kommen. Besser wäre es gewesen, sie hätten jemanden festnehmen können, doch eine Verhaftung hätte auch die Ungewissheit verlängert, ein Prozess wäre angestrengt worden, sie hätten öffentlich in den Zeugenstand gemusst, die ganze Publicity hätte ihnen geschadet. Ein Geständnis mit anschließendem Selbstmord war die logische und – davon würden sie sich überzeugen können – für Candace gnädigste Lösung. Laut aussprechen würde das keiner, aber Benton hatte es ihnen angesehen, als er mit Marcus ins Manor zurückgekehrt war. Nun würden sie morgens aufwachen können, ohne sich davor fürchten zu müssen, was dieser Tag wohl bringen würde, sie konnten schlafen, ohne die Tür abzuschließen, mussten nicht mehr genau aufpassen, was sie sagten. Morgen oder übermorgen wäre auch die Polizei wieder verschwunden. Dalgliesh und sein Team würden zur gerichtlichen Untersuchung noch einmal nach Dorset zurückkehren müssen, aber im Manor konnte das Team nun nichts mehr ausrichten. Vermissen würde man sie nicht.

Drei Kopien waren von dem Selbstmordband angefertigt und beglaubigt worden. Das Original lag bei der Polizei von Dorset, um bei der gerichtlichen Untersuchung als Beweis vorgelegt zu werden. Nun würden sie es sich gemeinsam als Team anhören.

Kate konnte Dalgliesh ansehen, dass er nicht geschlafen hatte. Frisches Brennholz lag auf dem Rost, das Feuer brannte hell, und wie gewöhnlich roch es nach Kamin und frisch gebrühtem Kaffee, aber Wein gab es nicht. Sie setzten sich an den Tisch. Er schob die Kassette in das Gerät und schaltete es ein.

Natürlich hatten sie damit gerechnet, Candace' Stimme zu hören, aber sie klang so deutlich und klar, dass Kate einen Augenblick glaubte, sie wäre mit ihnen im Raum.

»Ich richte meine Worte an Commander Adam Dalgliesh, in dem Wissen, dass dieses Band an den Untersuchungsrichter und jeden anderen weitergeleitet wird, der ein legitimes Interesse an der Wahrheit hat. Was ich nun sage, ist die reine Wahrheit. Sie wird für niemanden eine Überraschung darstellen. Ich habe seit mehr als vierundzwanzig Stunden gewusst, dass Sie mich festnehmen würden. Mein Plan, Sharon am Hexenstein zu verbrennen, war mein letzter, verzweifelter Versuch, mich einem Prozess und einer lebenslänglichen Freiheitsstrafe zu entziehen und damit auch alle Konsequenzen für die Menschen, an denen mir etwas liegt, zu vermeiden. Wäre Sharon verbrannt, hätte das ausgesehen wie der Selbstmord einer neurotischen, besessenen Mörderin, ein Selbstmord, den ich nicht mehr rechtzeitig verhindern konnte. Und wie hätten Sie mich mit Aussicht auf eine Verurteilung wegen Mordes an Rhoda Gradwyn anklagen wollen, solange Sharon, mit ihrer Vorgeschichte, unter den Verdächtigen war?

O ja, ich wusste davon. Ich war bei Sharons Vorstellungsgespräch im Manor dabei. Auch Flavia Holland war dabei. Sie hat rasch gemerkt, dass Sharon für die Arbeit mit Patienten völlig ungeeignet war. Aber sie hat es mir überlassen, ob ich sie beim Hauspersonal unterbringen wollte. Damals haben wir dringend jemanden gebraucht. Deshalb mussten wir sie einstellen. Und sie hatte natürlich meine Neugier geweckt. Eine fünfundzwanzigjährige Frau ohne Ehemann, ohne Liebhaber, ohne Familie, anscheinend ohne jede Vergangenheit, die sich mit dem untersten Rang in der Hackordnung des Hauses zufriedengibt? Dafür musste es eine Erklärung geben. Diese Mischung aus dem Wunsch zu gefallen und stiller Zurückgezogenheit, das Gefühl, dass sie in einer Einrichtung zu Hause war, dass sie daran gewöhnt war, beobachtet zu werden, irgendwie unter Aufsicht stand. Es gab nur eine Straftat, auf die das alles passte. Am Ende erfuhr ich es, weil sie es mir erzählte.

Sie musste noch aus einem anderen Grund sterben. Sie hat mich das Manor verlassen sehen, nachdem ich Rhoda Gradwyn getötet hatte. Damit kannte sie, die selbst immer ein Geheimnis bewahren musste, nun das Geheimnis eines anderen Menschen. Ich spürte ihren Triumph, die Genugtuung, die sie empfand. Sie hat mir erzählt, was sie am Steinkreis vorhatte: ihr letzter Tribut an Mary Keyte, eine Zeremonie zu ihrem Gedenken, ein Abschied. Aus welchem Grund hätte sie es auch vor mir geheim halten sollen? Wir waren beide Mörderinnen, durch dieses schreckliche, elementare Verbrechen miteinander verbunden. Doch nachdem ich ihr die Leine um den Hals gelegt und sie mit Petroleum überschüttet hatte, brachte ich es nicht über mich, das Streichholz anzuzünden. In diesem Augenblick wurde mir klar, was aus mir geworden ist.

Über den Tod von Rhoda Gradwyn gibt es wenig zu sagen. Die einfache Erklärung lautet, dass ich sie umgebracht habe, um den Tod von Annabel Skelton, einer lieben Freundin, zu rächen, aber einfache Erklärungen sagen nie die ganze Wahrheit. Ob ich in der Nacht damals in der Absicht, sie zu töten, in ihr Zimmer gegangen bin? Immerhin hatte ich alles in meiner Macht Stehende getan, um Chandler-Powell zu überreden, sie nicht im Manor aufzunehmen. Nach der Tat dachte ich, nein, ich hatte ihr nur einen Schrecken einjagen, ihr die Wahrheit über sich ins Gesicht sagen wollen, sie sollte wissen, dass sie ein junges Leben und ein großes Talent zerstört hatte. Falls Annabel wirklich vier Seiten Dialog und Schilderungen abgeschrieben haben sollte, so war doch der Rest des Romans wunderbar geschrieben und stammte allein von ihr. Als ich die Hand von ihrem Hals nahm und wusste, es würde nie mehr eine Verbindung zwischen uns geben, da fühlte ich mich befreit, es war eine Erleichterung, die gleichermaßen körperlich wie mental war. Es kam mir vor, als hätte ich durch diese eine Tat die ganze Schuld, Frustration und Trauer der vergangenen Jahre weggewaschen. In einem einzigen, beglückenden Augenblick war alles verschwunden. Einen Rest dieser Befreiung spüre ich immer noch.

Mittlerweile glaube ich, dass ich ihr Schlafzimmer in der Absicht zu töten betreten habe. Weshalb hätte ich sonst die Operationshandschuhe anziehen sollen, die ich später im Badezimmer einer unbewohnten Suite zerschnitten habe? In dieser Suite hatte ich mich versteckt, nachdem ich das Manor wie jeden Tag durch den Vordereingang verlassen und es später mit meinem Schlüssel durch die Hintertür wieder betreten habe, bevor Chandler-Powell es für die Nacht verriegelte. Mit dem Aufzug bin ich in die Patientenetage hinaufgefahren. Ich musste nicht befürchten, entdeckt zu werden. Wer würde schon auf die Idee kommen, ein leerstehendes Zimmer nach einem Eindringling zu durchsuchen? Nach der Tat habe ich wieder den Aufzug benutzt. Ich hatte eigentlich damit gerechnet, dass ich die Tür aufschließen musste, aber sie war gar nicht abgeschlossen. Sharon war vor mir hinausgegangen.

Was ich nach Robin Boytons Tod gesagt habe, entsprach im Wesentlichen der Wahrheit. Er hatte sich in das Hirngespinst verrannt, wir hätten die Todeszeit meines Vaters gefälscht, indem wir seine Leiche tiefgefroren haben. Ich glaube kaum, dass er selbst auf diese Idee gekommen war. Die stammte von Rhoda Gradwyn, und sie wollten das gemeinsam durchziehen. Deshalb hat sie nach mehr als dreißig Jahren beschlossen, sich die Narbe entfernen und die Operation hier durchführen zu lassen. Aus diesem Grund war Robin bei ihrem ersten Besuch hier und dann später noch einmal, zur Operation. Die Idee war natürlich lächerlich, aber ein paar Umstände ließen sie glaubwürdig erscheinen. Deshalb bin ich nach Toronto geflogen, um Grace Holmes zu besuchen, die bei meinem Vater war, als er starb. Ich hatte auch noch einen zweiten Grund für den Besuch: Ich wollte ihr eine Geldsumme überreichen statt der Pension, die sie meiner Meinung nach verdient hatte. Meinem Bruder habe ich nicht erzählt, was Rhoda Gradwyn und Robin planten. Ich hatte genügend Beweise, um die beiden wegen Erpressung anzuzeigen, falls sie das vorhatten. Aber ich habe weiter mitgespielt, Robin sollte sich noch tiefer in die Sache verstricken, bevor ich mich rächen und meinen Triumph auskosten wollte.

Ich habe mich in der alten Speisekammer mit ihm verabredet. Der Deckel der Gefriertruhe war geschlossen. Ich habe ihn gefragt, was er sich genau vorstellte. Er machte ein moralisches Anrecht auf ein Drittel des Erbes geltend. Wenn wir ihm das ausbezahlten, würde er keine weiteren Ansprüche stellen. Ich habe ihn darauf hingewiesen, dass er gar nicht enthüllen dürfte, dass ich den Todeszeitpunkt gefälscht hätte, ohne selbst der Erpressung beschuldigt zu werden. Er stimmte mir zu, dass wir uns gegenseitig in der Hand hatten. Ich bot ihm ein Viertel des Erbes und fünftausend Pfund sofort an. Das Geld hätte ich in der Gefriertruhe versteckt. Ich brauchte seine Fingerabdrücke auf dem Deckel und wusste, dass er zu gierig war, der Versuchung zu widerstehen. Vielleicht hatte er Zweifel, aber nachsehen musste er trotzdem. Wir sind zur Gefriertruhe gegangen, und als er den Deckel anhob, habe ich ihn plötzlich an den Beinen gepackt und ihn hineingeworfen. Als Schwimmerin habe ich kräftige Schultern und Arme, außerdem war er nicht schwer. Ich habe den Deckel zugeschlagen, und der Riegel ist eingerastet. Ich war völlig erschöpft und außer Atem, aber das konnte nicht an der körperlichen Anstrengung liegen. Es war so einfach gewesen, als würde man ein Kind umschubsen. Aus der Truhe kamen Geräusche, Rufe, Klopfen, gedämpftes Flehen. Ein paar Minuten bin ich an die Gefriertruhe gelehnt stehen geblieben und hab ihm beim Schreien zugehört. Dann bin ich nach nebenan gegangen und habe Tee gekocht. Die Rufe wurden immer schwächer. Als sie ganz verstummt waren, bin ich zurück in die Speisekammer gegangen, um ihn herauszulassen. Er war tot. Ich hatte ihm nur einen Schrecken einjagen wollen, aber wenn ich ganz ehrlich bin – falls das überhaupt möglich ist –, war ich froh darüber, dass er tot war.

Es tut mir um keines meiner Opfer leid. Rhoda Gradwyn hat ein echtes Talent zerstört und wehrlosen Menschen Leid und Kummer gebracht. Robin Boyton war ein Quälgeist, ein unbedeutender, leidlich unterhaltsamer Niemand. Ich bezweifle, dass jemand um einen von den beiden trauert oder sie vermisst.

Mehr habe ich nicht zu sagen. Ich möchte nur noch klarstellen, dass ich stets völlig allein gehandelt habe. Ich habe niemandem davon erzählt, niemanden um Rat gefragt, niemanden um Hilfe gebeten, niemanden in die Taten oder in die Lügen danach verwickelt. Ich sterbe ohne Reue und ohne Furcht. Diese Kassette hinterlasse ich so, dass sie ganz sicher gefunden wird. Sharon wird ihre Geschichte erzählen. Sie haben die Wahrheit bereits vermutet. Ich hoffe, für Sharon läuft alles gut. Für mich selbst habe ich weder Hoffnung noch Furcht.«

Dalgliesh schaltete den Kassettenrecorder aus. Alle drei lehnten sich zurück. Kate atmete tief, wie nach einer großen Anstrengung. Ohne etwas zu sagen, brachte Dalgliesh die Cafetière an den Tisch. Benton nahm sie, schenkte drei Tassen voll und schob den anderen Milch und Zucker hin.

»Wenn wir in Betracht ziehen, was mir Jeremy Coxon gestern Abend erzählt hat, wie viel wollen wir von diesem Geständnis glauben?«, fragte Dalgliesh.

Kate dachte einen Augenblick nach, dann antwortete sie: »Dass sie Miss Gradwyn getötet hat, können wir mit Sicherheit sagen. Eine einzige Tatsache beweist das. Wir haben niemandem im Manor erzählt, dass wir einen Rest der zerschnittenen Latexhandschuhe in der Toilette gefunden haben. Und Totschlag war es gewiss nicht. Man geht nicht mit Handschuhen zu einem Opfer, wenn man ihm nur einen Schrecken einjagen möchte. Dann ist da auch noch der Angriff auf Sharon. Der war nicht vorgetäuscht. Sie wollte sie töten.«

»Glauben Sie?«, fragte Dalgliesh. »Ich bin mir nicht so sicher. Sie hat sowohl Rhoda Gradwyn als auch Robin Boyton umgebracht, und sie hat uns ihr Motiv genannt. Die Frage ist, ob das auch der Untersuchungsrichter und die Jury glauben, falls er eine einsetzt.«

Benton mischte sich ein. »Spielt das Motiv denn noch eine Rolle, Sir? Doch nur, wenn der Fall vor Gericht kommt. Die Geschworenen wollen ein Motiv, genau wie wir. Aber Sie haben doch immer gesagt, dass nur greifbare Beweise und harte Fakten einen Fall lösen. Das Motiv bleibt immer ein Rätsel. Wir können alle keine Gedanken lesen. Candace

Westhall hat uns ihr Motiv genannt. Vielleicht erscheint es uns unangemessen, aber bei welchem Mordmotiv wäre das anders? Ich wüsste nicht, wie wir widerlegen sollten, was sie sagt.«

»Das will ich ja gar nicht, Benton, zumindest nicht offiziell. Sie hat quasi ein Geständnis auf dem Totenbett gemacht, und es ist glaubhaft und mit Beweisen untermauert. Mir fällt es nur schwer, es auch zu glauben. Dieser Fall war nicht gerade ein Ruhmesblatt für uns. Er ist abgeschlossen, beziehungsweise wird er es nach der gerichtlichen Untersuchung sein. Aber was die Schilderung von Boytons Tod betrifft, bleiben Ungereimtheiten. Nehmen wir uns doch diesen Teil der Kassette noch einmal vor.«

Benton musste ihm beipflichten. »Warum hat sie das alles noch einmal erzählt? Ihre Aussage über Boytons Verdächtigungen und ihren Entschluss, ihn hinzuhalten, hatten wir doch längst.«

»Es macht fast den Eindruck, als hätte sie das unbedingt noch mal auf Band sprechen wollen«, sagte Kate. »Und sie verbringt mehr Zeit mit der Schilderung von Boytons Tod als mit dem Mord an Rhoda Gradwyn. Will sie damit von etwas ablenken, was weit mehr Schaden anrichten könnte als Boytons lächerlicher Verdacht mit der Gefriertruhe?«

»Ich glaube schon«, sagte Dalgliesh. »Sie wollte auf jeden Fall vermeiden, dass irgendjemand Urkundenfälschung vermutete. Deshalb war es ihr so wichtig, dass das Band gefunden wurde. Hätte sie es im Auto liegen lassen oder auf einem Kleiderhaufen am Strand, hätte sie riskiert, dass es verlorenging. Also hält sie es im Tode umklammert.«

Benton sah Dalgliesh an. »Wollen Sie dieses Band anzweifeln, Sir?«

»Was hätte das für einen Sinn, Benton? Wir können Zweifel

haben, können eigene Theorien über das Motiv entwickeln, die durchaus vernünftig sein können, aber das ist alles nur hypothetisch, und nichts davon kann belegt werden. Tote kann man nicht verhören oder anklagen. Vielleicht ist dieses Bedürfnis nach der Wahrheit auch anmaßend.«

»Es erfordert Mut, mit einer Lüge auf den Lippen aus dem Leben zu gehen, aber vielleicht kommt hier nur meine religiöse Erziehung zum Tragen. Das passiert mir in den unpassendsten Momenten.«

»Morgen habe ich den Termin mit Philip Kershaw«, sagte Dalgliesh. »Mit der Selbstmordkassette ist die Ermittlung offiziell abgeschlossen. Spätestens morgen Nachmittag sollten Sie heimfahren können.«

Was er nicht hinzufügte: *Vielleicht ist die Ermittlung morgen Nachmittag auch für mich abgeschlossen.* Gut möglich, dass es seine letzte war. Er hätte sich einen anderen Ausgang gewünscht, aber zumindest blieb die Hoffnung, dass noch so viel von der Wahrheit zutage kam, wie jemand, der nicht Candace Westhall war, erhoffen konnte.

7

Am Freitag um die Mittagszeit hatten sich Benton und Kate von allen verabschiedet. George Chandler-Powell hatte seine Beschäftigten in der Bibliothek versammelt. Beim allgemeinen Händeschütteln wurden zum Abschied mehr oder weniger aufrichtig gute Wünsche ausgesprochen. Ohne Groll zu empfinden, war Kate klar, dass die Luft im Manor nach ihrem Aufbruch wie frisch gereinigt sein würde. Vielleicht hatte Mr. Chandler-Powell diesen Gruppenabschied arrangiert, um ein notwendiges Gebot der Höflichkeit mit so wenig Aufwand wie möglich zu erledigen. Im Wisteria House fiel der Abschied herzlicher aus. Die Shepherds behandelten sie wie gern gesehene Stammgäste. Bei jeder Ermittlung gab es Orte oder Menschen, die in guter Erinnerung blieben, und für Kate gehörten die Shepherds und das Wisteria House dazu.

Sie wusste, dass Dalgliesh am Vormittag noch mit dem Untersuchungsrichter über den Fall sprechen und sich vom Chief Constable verabschieden musste. Bei ihm würde er sich für die Hilfe und Kooperationsbereitschaft seiner Leute, insbesondere DC Warrens, bedanken. Danach würde er zu seinem Gespräch mit Philip Kershaw aufbrechen. Von Mr. Chandler-Powell und der kleinen Gruppe im Manor hatte er sich bereits offiziell verabschiedet, aber er würde noch einmal in die Alte Wache zurückkehren, um sein Gepäck abzuholen.

Kate bat Benton, dort zu halten und im Auto zu warten, damit sie rasch überprüfen konnte, ob die Polizei von Dorset die ganze Ausrüstung wieder abgeholt hatte. In der

Küche musste sie nicht nachsehen, die war mit Sicherheit sauber und aufgeräumt. Das Bett oben war abgezogen, die Bettwäsche ordentlich zusammengelegt. In all den Jahren, in denen sie und Dalgliesh nun zusammenarbeiteten, hatte sie immer eine leichte Wehmut verspürt, wenn ein Fall abgeschlossen war und sie den Ort, wo sie sich am Ende eines Tages zusammengesetzt und diskutiert hatten, endgültig zurückließen, wobei die Dauer ihres Aufenthaltes nicht von Bedeutung war.

Dalglieshs Tasche stand bereits fertig gepackt unten. Sein Spurensicherungskoffer würde bei ihm im Auto sein. Das Einzige, was noch fehlte, war der Computer. Spontan tippte sie ihr Passwort ein. Eine einzige E-Mail erschien auf dem Bildschirm.

Liebe Kate,
eine Mail ist kein besonders geeignetes Medium, um etwas Wichtiges zu übermitteln. Aber ich will sicher sein, dass Dich meine Worte erreichen, und wenn Du sie zurückweist, ist das weniger dauerhaft als ein Brief. Ich habe während der letzten sechs Monate wie ein Mönch gelebt, um mir etwas zu beweisen, und ich weiß, dass Du recht hattest. Das Leben ist zu kostbar und zu kurz, um Zeit auf Menschen zu verschwenden, die uns nichts bedeuten, und viel zu kostbar, um in Sachen Liebe aufzugeben. Du sollst zwei Dinge wissen, die ich Dir bei Deinem Abschied nicht gesagt habe, weil es sich damals wie eine Ausrede angehört hätte. Vielleicht ist es das auch, aber Du sollst es trotzdem wissen. Das Mädchen, mit dem Du mich gesehen hast, war das erste und das letzte, seit wir ein Paar waren. Ich habe Dich nie angelogen, das weißt Du.

*Die Betten in einem Kloster sind sehr hart und einsam,
und das Essen ist ungenießbar.*

Voller Liebe, Piers

Sie blieb einen Moment schweigend sitzen, länger als sie
dachte, denn plötzlich ertönte Bentons Hupe. Aber sie
musste nicht länger als eine Sekunde überlegen. Lächelnd
tippte sie ihre Antwort ein.

*Deine Nachricht ist angekommen, und ich habe sie ver-
standen. Der Fall hier ist abgeschlossen, wenn auch
nicht ganz glücklich, und ich bin um sieben wieder in
Wapping. Sag Deinem Abt Lebewohl und komm nach
Hause!*

Kate

8

Die Huntingdon Lodge, auf einem hohen Küstenfelsen knapp fünf Kilometer westlich von Bournemouth gelegen, erreichte man über eine kurze gebogene Einfahrt zwischen Zedern und Rhododendren hindurch auf eine mit eindrucksvollen Säulen gerahmte Tür zu. Ein moderner Anbau und ein großer Parkplatz auf der linken Seite störten die ansonsten ansprechenden Proportionen. Man hatte sich bemüht, Besucher möglichst nicht durch Schilder mit Aufschriften wie »Ruhestand«, »Senioren«, »Pflege« oder »Heim« zu erschrecken. Eine auf Hochglanz polierte Bronzetafel, die diskret an der Wand neben den Eisentoren angebracht war, trug lediglich den Namen des Hauses. Auf sein Klingeln öffnete sofort ein Diener in kurzer weißer Jacke. Er führte Dalgliesh an eine Empfangstheke am Ende der Halle. Dort überprüfte eine grauhaarige, makellos frisierte Frau, die ein Twinset und eine Perlenkette trug, seinen Namen auf der Liste der angemeldeten Besucher und erklärte ihm lächelnd, dass Mr. Kershaw ihn im Zimmer »Meerblick« erwarte, dem vorderen Raum im ersten Stock. Ob Mr. Dalgliesh lieber die Treppe oder den Aufzug nehmen wolle? Charles werde ihn nach oben begleiten.

Dalgliesh entschied sich für die Treppe und folgte dem jungen Mann, der ihm die Tür aufgehalten hatte, die breiten Mahagonistufen hinauf. Im Treppenhaus und im Korridor darüber hingen Aquarelle, Drucke und ein paar Lithographien an der Wand, und auf kleinen Tischen standen Blumenvasen und sorgsam arrangierte Porzellanfiguren, die meisten davon süßlich und kitschig. Die Huntingdon Lodge

509

hatte bei all ihrem Glanz und ihrer Sauberkeit etwas Unpersönliches, Dalgliesh empfand sie sogar als deprimierend. Jede Einrichtung, die Menschen voneinander isolierte, so notwendig und wohlmeinend es auch sein mochte, erweckte in ihm ein Unbehagen, das bis in seine Zeit auf der Privatschule zurückreichte.

Sein Begleiter musste nicht an der Tür vom »Meerblick« anklopfen, denn sie stand bereits offen, und Philip Kershaw, auf eine Krücke gestützt, erwartete ihn. Charles zog sich diskret zurück. Kershaw schüttelte Dalgliesh die Hand und trat zur Seite. »Kommen Sie doch herein. Sie sind natürlich hier, um über den Tod von Candace Westhall zu sprechen. Ich habe das Geständnis nicht gesehen, aber Marcus hat in unserer Kanzlei in Poole angerufen. Mein Bruder hat mir daraufhin Bescheid gegeben. Es war aufmerksam von Ihnen, sich vorab anzukündigen. Nähert man sich dem Tode, verliert man zusehends die Lust an Überraschungen. Üblicherweise sitze ich in diesem Sessel vor dem Kamin. Wenn Sie sich einen zweiten Sessel heranziehen möchten, können wir gemütlich miteinander reden.«

Sie nahmen Platz, und Dalgliesh legte seine Aktentasche auf den Tisch zwischen ihnen. Er hatte den Eindruck, Kershaw wäre durch seine Krankheit vorzeitig gealtert. Die schütteren Haare waren sorgfältig über einen Schädel gekämmt, dessen viele Narben von Stürzen herrühren mochten. Gelbliche Haut spannte sich zwischen den kantigen Knochen eines Gesichts, das früher vielleicht einmal ansehnlich, jetzt aber voller Flecken und kreuz und quer von Linien durchzogen war wie von Hieroglyphen des Alters. In der gepflegten Kleidung wirkte er wie ein später Bräutigam, auch wenn der blütenweiße Kragen, aus dem ein schrumpeliger Hals herausragte, mindestens eine Nummer zu groß war. Er wirkte verletzlich und bedauernswert, aber sein Händedruck war fest, wenn auch kalt, und er sprach zwar leise, doch es schien ihm keine große Anstrengung zu bereiten, Sätze zu bilden.

Weder die Größe des Raums noch die völlig unterschiedlichen Möbelstücke konnten von der Tatsache ablenken, dass dies ein Krankenzimmer war. Rechts von den Fenstern stand ein einzelnes Bett, und ein Wandschirm verdeckte nur zum Teil den Blick auf den Sauerstoffbehälter und den Medizinschrank. Neben dem Bett befand sich eine Tür, die wahrscheinlich zum Badezimmer führte, wie Dalgliesh vermutete. Nur ein Fenster war oben gekippt, aber der Raum war völlig geruchlos, es roch nicht einmal leicht nach Krankenzimmer. Dalgliesh empfand diese Sterilität als unangenehmer, als es der Geruch von Desinfektionsmitteln gewesen wäre. Im Kamin brannte kein Feuer, an sich nichts Überraschendes im Krankenzimmer eines Patienten, der nicht sicher auf den Beinen war. Trotzdem war es warm im Zimmer, unangenehm warm. Die Zentralheizung musste voll aufgedreht sein. Aber ein leerer Kaminrost wirkt freudlos, und auf dem Kaminsims stand nur eine einzige Porzellanfigur, eine Frau mit Reifrock, Haube und einer völlig deplaziert wirkenden Gärtnerhacke in der Hand. Kershaw dürfte sie kaum selber dort hingestellt haben. Andererseits konnte man einen Hausarrest oder dergleichen auch in schlimmeren Räumlichkeiten verbringen. Das einzige Möbelstück, von dem Dalgliesh vermutete, dass Kershaw es mitgebracht hatte, war ein langes Bücherbord aus Eichenholz, in dem die Bücher so eng standen, dass es aussah, als wären sie zusammengeklebt.

Dalgliesh blickte zum Fenster hin und sagte: »Die Aussicht hier ist wirklich eindrucksvoll.«

»O ja. Ich werde häufig daran erinnert, dass ich mich glücklich schätzen kann, dieses Zimmer bekommen zu haben und
es mir leisten zu können. Im Gegensatz zu einigen anderen
Pflegeheimen lassen sie sich hier gütigerweise dazu herab,
einen bis zum Tode zu pflegen, wenn nötig. Vielleicht möchten Sie die Aussicht etwas genauer betrachten.«
Das war ein ungewöhnlicher Vorschlag, aber Dalgliesh folgte Kershaws angestrengten Schritten zu dem Erkerfenster
mit den zwei kleineren Seitenfenstern, die einen Panoramablick auf den Ärmelkanal boten. Es war ein grauer Vormittag, und wenn die Sonne einmal durchschien, dann nur kurz.
Der Horizont war eine undeutliche Linie zwischen dem
Meer und dem Himmel. Unter den Fenstern befand sich
eine Steinterrasse mit drei regelmäßig angeordneten Holz-
bänken. Darunter fiel der Hang etwa zwanzig Meter zum
Meer hin ab. Er war dicht mit einem Gewirr von Bäumen
und Sträuchern bewachsen, aus dem die dicken, glänzenden
Blätter der immergrünen Pflanzen hervorstachen. Nur dort,
wo der Bewuchs dünner war, konnte Dalgliesh einen Blick
auf die Spaziergänger an der Promenade erhaschen, die wie
Schatten auf leisen Sohlen vorbeiliefen.
»Ich kann die Aussicht nur im Stehen genießen«, sagte
Kershaw, »und das fällt mir mittlerweile ziemlich schwer.
Ich bin zu vertraut mit dem Wechsel der Jahreszeiten, dem
Himmel, der See, den Bäumen, mit manchen der Sträucher.
Menschliches Leben findet da unten statt, außer Reichweite.
Da ich nicht den Wunsch habe, mich mit diesen fast unsicht-
baren Gestalten zu beschäftigen, weshalb fühle ich mich
dann der Gesellschaft beraubt, um die ich mich nicht bemü-
he und die mir auch sehr missfallen würde? Die anderen
Gäste – hier auf der Huntingdon Lodge bezeichnen wir uns
nicht als Patienten – haben längst alle Themen verbraucht,

an denen sie Interesse haben: das Essen, das Wetter, die Angestellten, das gestrige Fernsehprogramm und die Marotten der anderen. Es ist nicht richtig, zu leben, bis man das Licht des Morgens nicht mit Erleichterung und keinesfalls mit Freude begrüßt, sondern voller Enttäuschung und einem Bedauern, das an Verzweiflung grenzt. Ich habe dieses Stadium noch nicht ganz erreicht, aber es nähert sich. Genau wie die ultimative Dunkelheit natürlich. Ich erwähne den Tod nicht, weil ich unserem Gespräch eine morbide Note verleihen, oder, Gott bewahre, Mitleid erregen will. Aber es ist gut zu wissen, wo wir stehen, bevor wir uns unterhalten. Sie und ich, Mr. Dalgliesh, werden die Dinge unterschiedlich betrachten, das ist unvermeidlich. Aber Sie sind nicht hier, um mit mir über die Aussicht zu sprechen. Vielleicht sollten wir nun zur Sache kommen.«

Dalgliesh öffnete seine Aktentasche und legte Robin Boytons Kopie von Peregrine Westhalls Testament auf den Tisch. »Es ist sehr freundlich von Ihnen, mich zu empfangen. Bitte sagen Sie es, wenn ich Sie ermüde.«

»Ich halte es für äußerst unwahrscheinlich, Commander, dass Sie mich so sehr ermüden oder langweilen, dass ich es nicht mehr ertragen könnte.«

Er hatte Dalglieshs Rang zum ersten Mal erwähnt. Dalgliesh begann: »Soweit ich informiert bin, haben Sie die Familie Westhall vertreten, was das Testament des Großvaters als auch des Vaters anging.«

»Nicht ich, sondern unsere Familienkanzlei. Seit ich hier vor elf Monaten aufgenommen wurde, werden die Routineangelegenheiten von meinem jüngeren Bruder in der Kanzlei in Poole erledigt. Aber er hält mich auf dem Laufenden.«

»Sie waren demnach nicht anwesend, als dieses Testament geschrieben oder unterzeichnet wurde.«

»Das war kein Mitarbeiter unserer Kanzlei. Uns wurde auch keine Kopie zugeschickt, nachdem das Testament verfasst worden war. Sowohl wir als auch die Familie erfuhren erst drei Tage nach Peregrine Westhalls Tod von seiner Existenz. Candace fand es in einer verschlossenen Schublade im Schlafzimmer, wo der alte Mann vertrauliche Unterlagen aufbewahrte. Man hat Ihnen vielleicht erzählt, dass Peregrine Westhall in der Zeit, als er in demselben Pflegeheim untergebracht war wie sein verstorbener Vater, ganz gerne Testamente verfasst hat. Meistens handelte es sich dabei um eigenhändig niedergelegte Verfügungen, die er von den Pflegerinnen bezeugen ließ. Er schien beim Vernichten der Testamente genauso viel Freude gehabt zu haben wie beim Schreiben. Wahrscheinlich wollte er seiner Familie demonstrieren, dass es in seiner Macht stand, seine Meinung jederzeit zu ändern.«

»Er hatte das Testament also nicht versteckt?«

»Offenbar nicht. Candace sagte, es lag in einem versiegelten Umschlag in einer Schublade im Schlafzimmerschrank, deren Schlüssel er unter seinem Kissen aufbewahrte.«

»War ihr Vater zu dem Zeitpunkt, als es unterschrieben wurde, noch in der Lage, ohne fremde Hilfe aufzustehen und es in die Schublade zu legen?«, fragte Dalgliesh.

»Offenbar, außer eines der Dienstmädchen oder ein Besucher hat es auf seine Bitte hin dort hineingelegt. Kein Mitglied der Familie oder des Haushalts gibt an, etwas davon gewusst zu haben. Wir haben natürlich keine Ahnung, wann es wirklich in die Schublade gelegt wurde. Vielleicht kurz nachdem es aufgesetzt worden war. Da war Peregrine Westhall sicherlich noch in der Lage, sich ohne Hilfe zu bewegen.«

»An wen war der Umschlag adressiert?«

»Der Umschlag war nicht dabei. Candace sagte, sie hätte ihn weggeworfen.«

»Aber Sie haben eine Kopie des Testaments bekommen?«

»Ja, über meinen Bruder. Er wusste, dass mich alles interessieren würde, was meine alten Klienten betrifft. Vielleicht wollte er mir das Gefühl geben, ich wäre noch beteiligt. Unser Gespräch nimmt langsam die Form eines Kreuzverhörs an, Commander. Bitte denken Sie nicht, ich hätte etwas dagegen. Es ist bloß eine Weile her, seit ich meinen Verstand gebrauchen musste.«

»Als Sie das Testament gesehen haben, haben Sie nicht an seiner Echtheit gezweifelt?«

»Ganz und gar nicht. Das tue ich auch jetzt nicht. Weshalb auch? Sicherlich wissen Sie, dass ein handschriftlich verfasstes Testament so gültig ist wie jedes andere auch, solange es unterzeichnet, datiert und bezeugt ist. Niemand, der Peregrine Westhalls Handschrift kennt, könnte daran zweifeln, dass er dieses Testament eigenhändig verfasst hat. Die Verfügungen entsprechen genau denen, die er in einem älteren Testament gemacht hat, nicht in dem unmittelbar vorhergehenden, sondern in einem, das im Jahr 1995 in meiner Kanzlei mit Maschine geschrieben wurde. Ich habe es ihm vorbeigebracht, in das Haus, in dem er damals wohnte, und zwei meiner Mitarbeiter, die eigens deshalb mitgekommen waren, fungierten als Zeugen. Die Regelungen waren in hohem Maße vernünftig. Mit Ausnahme der Bibliothek, die seine Universität bekommen sollte, falls sie das wünschte, wurde alles, was er besaß, zu gleichen Teilen seinem Sohn Marcus und seiner Tochter Candace hinterlassen. Ausnahmsweise hatte er sich einmal in Gerechtigkeit gegenüber dem verachteten Geschlecht geübt. Ich hatte einigen Einfluss auf ihn, während ich noch

praktiziert habe. Und davon habe ich auch Gebrauch gemacht.«

»Gab es noch ein anderes Testament vor diesem hier, das
nun vollstreckt wurde?«

»Ja, es wurde in dem Monat verfasst, bevor Peregrine Westhall das Pflegeheim verließ und zu Candace und Marcus ins
Stone Cottage zog. Sie können es sich ansehen. Auch das
war eigenhändig verfasst. Sie können die Handschriften vergleichen. Wenn Sie so freundlich wären, den Sekretär aufzuschließen und den Deckel anzuheben … Sie finden eine
schwarze Dokumentenkassette darin. Es ist die einzige, die
ich mitgenommen habe. Vielleicht brauchte ich sie als eine
Art Talisman, als Versicherung, dass ich eines Tages wieder
arbeiten könnte.«

Seine langen, gekrümmten Finger verschwanden in der In-
nentasche seines Jacketts und zogen einen Schlüsselring hervor. Dalgliesh stellte die Dokumentenkassette vor ihm auf
den Tisch. Der kleinere Schlüssel an dem Ring passte.

»Wie Sie gleich sehen werden, widerruft er hier das vorangegangene Testament und vererbt die Hälfte seines Vermögens
seinem Neffen Robin Boyton, die andere Hälfte soll zu gleichen Teilen an Marcus und Candace gehen«, erklärte der
Anwalt. »Wenn Sie die Handschrift beider Testamente vergleichen, kommen Sie sicherlich zu dem Schluss, dass es sich
um denselben Verfasser handelt.«

Wie bei dem späteren Testament war auch hier die schwarze
Schrift markant und überraschend kräftig für einen alten
Mann. Es waren langgezogene Buchstaben mit schweren
Abstrichen und dünnen Aufwärtslinien. »Kann ich davon
ausgehen, dass weder Sie noch ein Mitarbeiter Ihrer Kanzlei
Robin Boyton über seinen zu erwartenden Reichtum infor-
miert haben?«, fragte Dalgliesh.

»Das wäre wahrlich unprofessionell gewesen. Soweit ich weiß, hatte er weder Kenntnis davon, noch hatte er sich danach erkundigt.«

»Und selbst wenn er es gewusst hätte«, meinte Dalgliesh, »er hätte das spätere Testament nicht mehr anfechten können, nachdem es bereits vollstreckt war.«

»Und Sie sicherlich auch nicht, Commander.« Nach einer kurzen Pause fuhr er fort. »Ich habe Ihnen auf Ihre Fragen geantwortet, nun muss ich Ihnen eine stellen. Sind Sie absolut überzeugt davon, dass Candace Westhall sowohl Robin Boyton als auch Rhoda Gradwyn ermordet hat und dass sie versucht hat, Sharon Bateman zu ermorden?«

»Ein Ja zum ersten Teil Ihrer Frage«, sagte Dalgliesh. »Ich glaube dem Geständnis nicht in allen Punkten, aber in einer Hinsicht ist es wahr. Sie hat Miss Gradwyn umgebracht, und sie war verantwortlich für den Tod von Robin Boyton. Sie hat gestanden, den Mord an Sharon Bateman geplant zu haben. Damals musste sie bereits vorgehabt haben, Selbstmord zu begehen. Nachdem sie einmal Verdacht geschöpft hatte, dass ich die Wahrheit über das letzte Testament kennen könnte, durfte sie kein Kreuzverhör vor Gericht riskieren.«

»Die Wahrheit über das letzte Testament. Ich habe mir schon gedacht, dass wir darauf zu sprechen kommen würden. Aber kennen Sie denn die Wahrheit? Und selbst wenn, würde sie auch vor Gericht standhalten? Angenommen, Candace wäre noch am Leben und man könnte sie der Fälschung der Unterschriften ihres Vaters und der beiden Zeuginnen überführen, so gäbe es doch beträchtliche juristische Komplikationen wegen des Testaments, weil Boyton tot ist. Welch ein Jammer, dass ich nicht einige davon mit meinen Kollegen durchdiskutieren kann!«

Zum ersten Mal, seit Dalgliesh den Raum betreten hatte, wirkte er beinahe lebhaft. »Und was hätten Sie unter Eid ausgesagt?«, fragte ihn Dalgliesh.

»Über das Testament? Dass ich es als gültig betrachtete und keine Zweifel hinsichtlich der Unterschriften hätte, weder des Erblassers noch der Zeugen. Vergleichen Sie doch die Handschrift der beiden Testamente. Kann es einen Zweifel daran geben, dass sie vom selben Menschen stammen? Es gibt nichts, was Sie tun könnten, Commander, und das müssen Sie auch nicht. Dieses Testament hätte allenfalls Robin Boyton anfechten können, und Boyton ist tot. Weder Sie noch die Metropolitan Police haben einen *locus standi* in dieser Angelegenheit. Sie haben Ihr Geständnis. Sie haben Ihre Mörderin. Der Fall ist abgeschlossen. Das Geld wurde den beiden Menschen vermacht, die den größten Anspruch darauf hatten.«

»In Anbetracht des Geständnisses gebe ich zu, dass nichts mehr getan werden kann«, gab Dalgliesh zu. »Aber ich mag keine unerledigten Angelegenheiten. Ich musste wissen, ob ich recht hatte, und ich wollte es, wenn möglich, verstehen. Sie haben mir sehr geholfen. Nun kenne ich die Wahrheit, soweit man sie kennen kann, und ich glaube zu verstehen, weshalb sie es getan hat. Oder ist es zu anmaßend, das behaupten zu wollen?«

»Die Wahrheit zu kennen und zu verstehen? Ja, Commander, bei allem Respekt, ich glaube schon. Es ist anmaßend und vielleicht sogar dreist. Wir picken im Leben verblichener Berühmtheiten herum wie gackernde Hühner, die sich auf jedes Körnchen Klatsch und Skandal stürzen. Und nun möchte ich Ihnen eine Frage stellen. Würden Sie das Gesetz brechen, wenn Sie damit ein Unrecht wiedergutmachen oder einem Menschen nützen könnten, den Sie lieben?«

Dalgliesh antwortete: »Ich mache Ausflüchte, aber die Frage ist hypothetisch. Es hängt immer davon ab, wie wichtig und sinnvoll das Gesetz ist, das ich breche, und ob das Gute, das ich diesem hypothetischen geliebten Menschen tue, oder gar der Nutzen für das öffentliche Wohl meiner Meinung nach größer wäre als der Schaden, der durch den Gesetzesbruch entsteht. Bei bestimmten Straftaten – Mord und Vergewaltigung zum Beispiel – kann das niemals der Fall sein. Diese Frage lässt sich nicht abstrakt betrachten. Ich bin Polizist, kein Moraltheologe oder Ethiker.«

»Das sind Sie sehr wohl, Commander. Mit dem Tode dessen, was Sydney Smith als rationale Religion bezeichnet hat, und angesichts der verwirrenden und unsicheren Botschaften der Verfechter dessen, was bleibt, muss jeder zivilisierte Mensch ein Ethiker sein. Wir müssen uns selbst unser Seelenheil gewissenhaft erarbeiten, auf der Basis dessen, was wir glauben. Und jetzt antworten Sie mir, gibt es irgendwelche Umstände, in denen Sie das Gesetz brechen würden, um einem anderen Menschen zu nützen?«

»In welcher Weise zu nützen?«

»In jeder Weise, in der man jemandem nützen kann. Um eine Not zu lindern. Jemanden zu schützen. Um ein Unrecht wiedergutzumachen.«

»Wenn Sie es so allgemein formulieren, muss meine Antwort wohl ja lauten«, sagte Dalgliesh. »Ich könnte mir zum Beispiel vorstellen, einer Frau, die ich liebe, zu einem barmherzigen Tod zu verhelfen, wäre sie auf Shakespeares Folter dieser zähen Welt gespannt und jeder Atemzug eine Qual. Ich hoffe, es wird nie so weit kommen. Aber da Sie diese Frage nun stellen, ja, ich kann mir vorstellen, zum Wohle eines Menschen, den ich liebe, das Gesetz zu brechen. Wenn es darum geht, ein Unrecht wiedergutzumachen, bin ich mir nicht so sicher. Das setzt voraus, ich besäße die Weisheit zu entscheiden, was richtig und was falsch ist, und die Demut, darüber nachzudenken, ob meine Handlung die Sache besser oder schlechter machen würde. Und jetzt möchte ich Ihnen gerne eine Frage stellen. Verzeihen Sie, wenn Sie etwas unverschämt klingt. Könnte dieser geliebte Mensch in Ihrem Fall Candace Westhall sein?«

Kershaw erhob sich mühselig, griff nach seiner Krücke und ging hinüber zum Fenster. Eine Weile blieb er dort stehen und blickte hinaus, als wäre dort draußen eine Welt, in der ihm niemand eine solche Frage stellen oder zumindest keine Antwort darauf verlangen würde. Dalgliesh wartete. Dann wandte sich Kershaw wieder ihm zu und ging unsicheren Schrittes zurück zum Sessel, wie jemand, der gerade laufen lernt.

»Ich werde Ihnen nun etwas sagen, das ich noch nie einem anderen Menschen erzählt habe, und ich werde es auch nie mehr tun«, sagte er. »Ich glaube, dass mein Geheimnis bei Ihnen sicher ist. Vielleicht kommt am Ende des Lebens eine Zeit, wenn ein Geheimnis zu einer Last wird, die man gern auf die Schultern eines anderen abladen möchte, als würde allein die Tatsache, dass jemand es kennt und mit einem zusammen bewahrt, sein Gewicht mindern. Wahrscheinlich ist es das, was religiöse Menschen in den Beichtstuhl treibt. Was muss das für ein reinigender Ritus sein! Mir steht diese Möglichkeit nicht offen, und ich möchte die Gottlosigkeit eines ganzen Lebens am Ende nicht auch noch gegen einen unehrlichen Trost eintauschen. Deshalb erzähle ich es Ihnen. Ich werde Ihnen keine Last aufbürden und keine Unannehmlichkeiten bereiten, und ich wende mich an Adam Dalgliesh, den Dichter, nicht an Adam Dalgliesh, den Polizisten.«

»Im Moment ist das ein und derselbe«, warf Dalgliesh ein.
»Vielleicht in Ihrer Vorstellung, Commander, aber nicht in meiner. Und es gibt noch einen weiteren Beweggrund, mich zu offenbaren, der keineswegs edel zu nennen ist, aber gibt es das überhaupt? Sie glauben gar nicht, welche Freude es ist, mit einem zivilisierten Menschen über etwas anderes als meinen Gesundheitszustand zu sprechen. Das Erste und auch das Letzte, was ich hier vom Personal und den Besuchern zu hören bekomme, ist die Frage nach meinem Befinden. Man definiert mich nur noch über Krankheit und Sterblichkeit. Ihnen fällt es wahrscheinlich schwer, höflich zu bleiben, wenn die Leute Sie nach Ihren Gedichten ausfragen.«

»Aber ich bemühe mich, denn sie meinen es ja nett, aber ich mag es nicht, und es ist auch nicht einfach.«

»Dann lasse ich Sie damit in Ruhe, wenn Sie mich mit dem Zustand meiner Leber in Ruhe lassen.«

Er lachte, ein hohes, hartes Keuchen, das eher wie ein Schmerzensschrei klang. Dalgliesh wartete wortlos. Kershaw schien all seine Kraft aufbringen zu müssen, um für seine dürre, knochige Gestalt eine etwas bequemere Position im Sessel zu finden.

»Im Grunde ist es eine ganz gewöhnliche Geschichte, die überall passieren kann«, sagte er, »und die für niemanden außer für die Betroffenen von besonderem Interesse ist. Vor fünfundzwanzig Jahren bekam Candace ein Kind von mir. Ich war damals achtunddreißig, sie war achtzehn. Kurz zuvor war ich Sozius in der Kanzlei geworden und vertrat Peregrine Westhall. Es waren keine sonderlich schwierigen oder ungewöhnlichen Angelegenheiten, aber ich war doch häufig genug zu Besuch, um mitzubekommen, was in diesem großen Steinhaus in den Cotswolds vor sich ging, wo die Familie lebte. Die schöne zerbrechliche Ehefrau, die sich mit ihrer Krankheit gegen ihren Mann wehrte, die schweigsame, verängstigte Tochter, der in sich gekehrte junge Sohn. Ich glaube, ich betrachtete mich damals als jemand, der sich für andere Menschen interessierte, der sensibel für ihre Gefühle war. Vielleicht war ich das auch. Wenn ich sage, dass Candace verängstigt war, möchte ich damit nicht andeuten, dass ihr Vater sie missbraucht oder geschlagen hätte. Er hatte nur eine einzige Waffe, die tödlichste von allen – seine Zunge. Ich bezweifle, dass er sie je berührt hat, und wenn, dann ganz gewiss nicht zärtlich. Er mochte einfach keine Frauen. Vom Moment ihrer Geburt an war Candace eine Enttäuschung für ihn. Ich möchte Ihnen jetzt nicht den Eindruck vermitteln, dass er vom Wesen her ein grausamer Despot war. Ich kannte ihn als angesehenen Akademiker und hatte keine Angst vor ihm. Ich konnte mit ihm reden, Candace konnte das nie. Er hätte sie nur respektiert, wenn sie ihm Paroli geboten hätte. Er hasste Unterwürfigkeit. Und es hätte nicht geschadet, wenn sie hübsch gewesen wäre. Ist das nicht immer so bei Töchtern?«

»Es ist schwierig, jemandem Paroli zu bieten, wenn man sich von frühester Kindheit an vor ihm fürchtet«, meinte Dalgliesh.

Ohne auf den Kommentar einzugehen, fuhr Kershaw fort.

»Unsere Beziehung – und ich spreche ausdrücklich nicht von einer Liebesaffäre – begann, als ich in Oxford bei Blackwell's Bücher kaufen wollte und Candace dort gesehen habe. Sie wohnte da seit dem Michaelmas Term. Sie schien ganz versessen aufs Plaudern, was mich wunderte, und ich lud sie auf einen Kaffee ein. Ohne ihren Vater schien sie aufzuleben. Sie redete, und ich hörte zu. Wir verabredeten uns wieder, und es wurde zu einer Art Gewohnheit für mich, nach Oxford zu fahren, wenn sie dort war, und mit ihr irgendwo auf dem Land zum Mittagessen zu gehen. Wir waren beide begeisterte Wanderer, und ich freute mich auf die herbstlichen Treffen und die Fahrten in die Cotswolds. Wir haben nur ein einziges Mal miteinander geschlafen, an einem ungewöhnlich warmen Nachmittag. Wir lagen im Wald unter einem sonnenbeschienenen Blätterdach, und es war wohl eine Kombination aus der Schönheit und Abgeschiedenheit unseres Plätzchens unter den Bäumen und der Wärme und Behaglichkeit nach einem guten Essen, die uns zu einem ersten Kuss verführt haben, und alles andere ist wie von selbst passiert. Ich glaube, danach war uns beiden klar, dass es ein Fehler gewesen war. Und wir kannten uns beide selbst gut genug, um zu wissen, wie es dazu gekommen war. Sie hatte nach einer anstrengenden Woche im College Trost gebraucht, und die Fähigkeit, Trost zu spenden, ist höchst verführerisch – und ich meine nicht nur körperlich. Candace fühlte sich sexuell unzulänglich, als Außenseiterin unter ihren Kommilitoninnen, und ob bewusst oder nicht, sie hat auch nach einer Gelegenheit gesucht, ihre Jungfräulichkeit loszuwerden. Ich war älter, freundlich, mochte sie, ich war verfügbar, der ideale Partner für eine erste sexuelle Erfahrung, die sie gleichermaßen wollte und fürchtete. Bei mir konnte sie sich sicher fühlen.

Von der Schwangerschaft hat sie mir erst erzählt, als es für eine Abtreibung zu spät war. Wir wussten beide, dass ihre Familie es nicht erfahren durfte, vor allem ihr Vater nicht. Sie befürchtete, dass er sie dann nur noch mehr verachten würde, nicht weil sie mit einem Mann geschlafen hatte, das wäre ihm egal gewesen, sondern weil sie sich den Falschen ausgesucht hatte und auch noch so dumm gewesen war, schwanger zu werden. Sie konnte mir haarklein schildern, was er sagen würde, und ich war abgestoßen und entsetzt. Ich ging auf meine besten Jahre zu und war Junggeselle. Ich hatte nicht die geringste Absicht, Verantwortung für ein Kind zu übernehmen. Heute, wo es zu spät ist, um noch etwas wiedergutzumachen, begreife ich erst, dass wir unsere Tochter behandelt haben wie ein bösartiges Geschwür, das herausgeschnitten werden musste, von dem man sich irgendwie befreien musste, um es vergessen zu können. Wenn wir den Begriff Sünde verwenden wollen – ich habe gehört, Sie sind der Sohn eines Priesters, und man sollte den Einfluss der Familie nicht unterschätzen –, dann war das unsere Sünde. Candace hat die Schwangerschaft geheim gehalten, und als sie sich nicht mehr geheim halten ließ, ist sie ins Ausland gefahren. Nach ihrer Rückkehr brachte sie das Baby in ein Heim in London. Es bereitete mir keine Schwierigkeiten, private Pflegeeltern zu finden, die das Kind später adoptiert haben. Ich war Anwalt; ich hatte die nötigen Verbindungen und das Geld. Außerdem wurde damals noch nicht alles so kontrolliert.

Candace war während der ganzen Zeit völlig ungerührt. Wenn sie ihr Kind geliebt hat, so ist es ihr gelungen, das zu verbergen. Nach der Adoption haben wir uns nicht mehr getroffen. Eine echte Beziehung, auf die wir hätten aufbauen können, gab es zwischen uns nicht, und mit losen Verabredungen hätten wir nur Peinlichkeiten, Scham, die Erinnerungen an Unannehmlichkeiten und Lügen und Risiken für unsere Karrieren heraufbeschworen. Die Zeit, die sie durch die Schwangerschaft verloren hat, hat sie später in Oxford wieder aufgeholt. Ich glaube, sie hat Altphilologie studiert, um die Liebe ihres Vaters zu gewinnen. Soweit ich weiß, ist ihr das nicht gelungen. Annabel – selbst den Namen haben die Pflegeeltern ausgesucht – hat sie nicht mehr wiedergesehen, bis sie achtzehn war, aber ich glaube, danach sind sie in Kontakt geblieben, wenn auch nur indirekt. Sie hat nie jemandem erzählt, dass es ihr Kind war. Anscheinend hat sie herausgefunden, an welcher Universität Annabel einen Studienplatz bekam, und sich dort um eine Stelle beworben, obwohl es nicht die erste Wahl für eine promovierte Altphilologin war.«

»Haben Sie Candace je wiedergesehen?«, fragte Dalgliesh.

»Nur ein einziges Mal, zum ersten Mal nach fünfundzwanzig Jahren. Und gleichzeitig zum letzten Mal. Am Freitag, den 7. Dezember, kam sie von ihrem Besuch bei Grace Holmes, der alten Krankenschwester, aus Kanada zurück. Mrs. Holmes ist als einzige Zeugin von Peregrines Testament noch am Leben. Candace ist hingefahren, um ihr einen bestimmten Geldbetrag zu überbringen – ich glaube, sie sagte etwas von zehntausend Pfund –, als Dank für ihre Hilfe bei der Pflege von Peregrine Westhall. Die andere Zeugin, Elizabeth Barnes, gehörte zum Haushalt der Westhalls und war im Ruhestand. Sie hatte eine kleine Pension bekommen, die natürlich mit ihrem Tod endete. Candace war der Meinung, Grace Holmes hätte eine Belohnung verdient. Sie wollte auch unbedingt, dass die Krankenschwester das Datum des Todes ihres Vaters bestätigte. Sie hat mir von Robin Boytons lächerlicher Anschuldigung erzählt, sie hätten den Toten in einer Gefriertruhe konserviert, bis achtundzwanzig Tage nach dem Tod des Großvaters verstrichen waren. Hier ist der Brief, den Grace Holmes geschrieben und den sie ihr gegeben hat. Sie wollte, dass ich eine Kopie davon erhalte, vielleicht als Absicherung. Im Notfall hätte ich ihn an die Leitung der Kanzlei weitergeben sollen.«

Er hob die Kopie des Testaments an, zog ein Blatt Papier darunter hervor und reichte es Dalgliesh. Der Brief trug das

Datum vom 5. Dezember 2007. Er war handgeschrieben, in großen, sorgfältig gemalten Lettern.

Sehr geehrte Damen und Herren,
Miss Candace Westhall hat mich gebeten, Ihnen eine Bestätigung des Sterbedatums ihres Vaters Dr. Peregrine Westhall zu schicken.
Er verstarb am 5. März 2007.
An den zwei vorangegangen Tagen hatte sich sein Zustand deutlich verschlechtert. Dr. Stenhouse kam am 3. März zu einem Hausbesuch, verschrieb ihm aber keine neuen Medikamente. Professor Westhall ließ den örtlichen Pfarrer rufen, Reverend Matheson, der unverzüglich kam. Seine Schwester brachte ihn im Auto her. Ich war zu der Zeit im Haus, aber nicht im Krankenzimmer. Ich hörte den Professor schimpfen, konnte aber nicht verstehen, was Mr. Matheson sagte. Sie blieben nicht sehr lange, und der Reverend machte einen bekümmerten Eindruck, als er das Haus verließ. Zwei Tage danach verstarb Dr. Westhall, und bei seinem Ableben war ich mit seinem Sohn und Miss Westhall im Haus. Ich habe den Toten aufgebahrt.
Außerdem habe ich mit meiner Unterschrift seinen Letzten Willen bezeugt, den er selbst eigenhändig und handschriftlich verfasst hatte.
Das muss irgendwann im Sommer 2005 gewesen sein, an das genaue Datum erinnere ich mich nicht mehr. Es war das letzte Testament, das von mir bezeugt wurde, allerdings hatte Professor Westhall in den vorangegangenen Wochen noch andere verfasst, die Elizabeth Barnes und ich bezeugt haben, die er aber meines Wissens zerrissen hat.

Alles, was ich geschrieben habe, entspricht der Wahr-
heit.
Mit freundlichen Grüßen

Grace Holmes

»Sie wurde lediglich gebeten, das Todesdatum zu bestätigen«, sagte Dalgliesh, »wozu also der Absatz, der sich auf
das Testament bezieht?«

»Da Boyton Zweifel am Sterbedatum seines Onkels ange-
meldet hat, hielt sie es vielleicht für wichtig, alles zu erwähnen, was mit Peregrines Tod zu tun hatte und vielleicht später in Frage gestellt werden konnte.«

»Aber das Testament wurde doch nie in Frage gestellt! Und
weshalb hielt Candace Westhall es für nötig, nach Toronto
zu fliegen und Grace Holmes persönlich zu besuchen? Die
Zahlungsabwicklung erforderte keinen persönlichen Besuch, und die Information über das Sterbedatum hätte auch
telefonisch übermittelt werden können. Weshalb brauchte
sie die überhaupt? Sie wusste, dass Reverend Matheson
ihren Vater zwei Tage vor seinem Tod noch besucht hatte.
Die Aussage von Matheson und seiner Schwester hätten
vollauf genügt.«

»Wollen Sie andeuten, die zehntausend Pfund wären eine
Bezahlung für diesen Brief gewesen?«

»Für den letzten Abschnitt des Briefs«, sagte Dalgliesh. »Ich
halte es für möglich, dass Candace Westhall jedes Risiko
ausschließen wollte, dass die einzige noch lebende Zeugin
des Testaments ihres Vaters etwas verraten könnte. Grace
Holmes hatte Peregrine Westhall mit gepflegt, und sie wusste, was seine Tochter dabei erdulden musste. Ich glaube, sie
hätte es gerne gesehen, wenn Candace und Marcus endlich
Gerechtigkeit widerfahren wäre. Und die zehntausend

Pfund nahm sie natürlich gerne. Was musste sie schon dafür tun? Sie sollte lediglich sagen, dass sie ein handgeschriebenes Testament bezeugt hatte und sich nicht an das Datum erinnern konnte. Glauben Sie auch nur einen Moment, dass man sie jemals überreden kann, ihre Geschichte zu ändern und mehr als das zu sagen? Außerdem war sie nicht Zeugin des vorangegangenen Testaments. Von der Ungerechtigkeit gegenüber Robin Boyton konnte sie gar nichts wissen. Wahrscheinlich ist sie längst selbst davon überzeugt, dass sie die Wahrheit sagte.«

Fast eine Minute lang saßen sie schweigend da, bis Dalgliesh sagte: »Wenn ich Sie nun fragen würde, ob Candace Westhall bei dem letzten Besuch bei Ihnen die Wahrheit über das Testament ihres Vaters zum Thema gemacht hat, würden Sie mir dann antworten?«

»Nein, und ich kann mir nicht vorstellen, dass Sie es von mir erwarten würden. Also werden Sie mir diese Frage gar nicht stellen. Aber etwas kann ich Ihnen sagen, Commander. Sie war keine Frau, die mich mit mehr belastet hätte, als ich wissen musste. Sie wollte, dass ich Grace Holmes' Brief bekam, aber das war der unwichtigste Teil des Besuchs. Sie erzählte mir, dass unsere Tochter gestorben war und auf welche Weise. Wir hatten beide so vieles auf dem Herzen, Dinge, die wir uns sagen wollten. Ich würde mir jetzt gerne einreden, dass viel von der Verbitterung der letzten fünfundzwanzig Jahre verschwunden war, als sie wieder ging, aber das wäre eine romantische Selbsttäuschung. Wir hatten einander zu sehr verletzt. Vielleicht ist sie etwas weniger unglücklich gestorben, weil sie wusste, dass sie mir vertrauen konnte. Mehr gab es nicht zwischen uns, mehr hat es nie gegeben, keine Liebe, aber Vertrauen.«

Doch Dalgliesh hatte noch eine letzte Frage: »Als ich Sie

anrief und Sie einem Treffen mit mir zugestimmt haben, haben Sie anschließend Candace Westhall davon erzählt?« Kershaw sah ihm direkt in die Augen und sagte schnell: »Ich habe sie angerufen und es ihr gesagt. Wenn Sie mich nun entschuldigen würden, ich muss mich ausruhen. Ich bin froh, dass Sie gekommen sind, aber wir werden uns nicht wiedersehen. Seien Sie so freundlich, die Klingel neben dem Bett zu drücken, Charles wird Sie dann hinunterbegleiten.« Er streckte die Hand aus. Sein Griff war noch fest, aber das Feuer in seinen Augen war erloschen. Etwas war abgeschaltet worden. Charles erwartete Dalgliesh an der offenen Tür. Er wandte sich noch einmal um, um einen letzten Blick auf Kershaw zu werfen. Er saß still in seinem Sessel und starrte in den leeren Kamin.

Dalgliesh hatte sich kaum angeschnallt, als sein Handy klingelte. Es war Detective Inspector Andy Howard. In seiner Stimme lag Genugtuung, verhalten, aber unüberhörbar.

»Wir haben ihn, Sir. Ein Bursche aus der Gegend, wie wir vermutet hatten. Er ist schon viermal wegen früherer sexueller Übergriffe verhört worden, aber man konnte ihm nie etwas nachweisen. Das Justizministerium wird froh sein, dass es nicht schon wieder ein illegaler Einwanderer war oder jemand, der auf Kaution freigelassen wurde. Und wir haben natürlich seinen genetischen Fingerabdruck. Ein bisschen Kopfschmerzen bereitet es mir, wie wir die DNA speichern sollen, wenn es nicht zur Anklage kommt, aber das ist nicht der erste Fall, bei dem es nützlich war.«

»Ich gratuliere, Inspector. Besteht die Chance, dass er sich schuldig bekennt? Es wäre gut, Annie die Mühsal einer Verhandlung zu ersparen.«

»Auf jeden Fall, Sir. Die DNA ist nicht unser einziger Beweis, aber er ist absolut schlagend. Es wird noch eine Weile dauern, bis das Mädchen wieder so weit hergestellt ist, dass es in den Zeugenstand treten kann.«

Leichteren Herzens klappte Dalgliesh nun sein Mobiltelefon zu. Und jetzt musste er einen Ort finden, wo er sich eine Weile allein und in Frieden hinsetzen konnte.

9

Von Bournemouth aus fuhr er Richtung Westen über die Küstenstraße und suchte sich einen Platz, wo er das Auto abstellen und über das Meer zum Hafen von Poole hinüberblicken konnte. In der letzten Woche war er mit all seinen Gedanken und all seiner Energie nur mit dem Tod von Rhoda Gradwyn und Robin Boyton beschäftigt gewesen, aber nun musste es um seine Zukunft gehen. Man hatte ihm einiges zur Auswahl angeboten, zumeist interessante und anspruchsvolle Aufgaben, aber noch hatte er nur wenig darüber nachgedacht. Bis jetzt stand nur eine Veränderung fest: die Hochzeit mit Emma, daran gab es nichts zu rütteln; mit ihr würde er glücklich sein.

Endlich kannte er auch die Wahrheit über die beiden Todesfälle. Vielleicht hatte Philip Kershaw recht gehabt: Es hatte etwas Anmaßendes, immer die Wahrheit, die rätselhaften Pfade eines anderen Denkens kennen zu wollen. Er war sich sicher, dass Candace Westhall nie die Absicht gehabt hatte, Sharon zu ermorden. Gewiss hatte sie das Mädchen in seiner Fantasterei bestärkt, vielleicht in der Zeit, wenn sie allein waren und Sharon ihr bei den Büchern half. Aber ganz sicher hatte Candace die Absicht und den Plan gehabt, die Welt davon zu überzeugen, dass sie Rhoda Gradwyn und Boyton getötet hatte, und zwar allein. Nach ihrem Geständnis war es keine Frage mehr, wie das Urteil des Untersuchungsrichters ausfallen würde. Der Fall würde zu den Akten gelegt werden, seine Arbeit war getan. Mehr konnte – und wollte – er jetzt nicht mehr tun.

Auch von dieser Ermittlung würden Erinnerungen zurückbleiben, Menschen, die sich ohne sein Zutun heimlich, still und leise in seinem Kopf einnisten würden, aber auf Jahre hinaus durch einen Ort, ein fremdes Gesicht, eine Stimme zum Leben erweckt werden konnten. Er hatte nicht den Wunsch, regelmäßig die Vergangenheit neu zu durchleben, aber diese kurzen Besuche machten ihn neugierig, warum sich ihm bestimmte Menschen eingeprägt hatten und was aus ihnen geworden sein mochte. Selten waren das die Hauptpersonen einer Ermittlung. Er glaubte zu wissen, welche Menschen aus der letzten Woche ihm im Gedächtnis haften bleiben würden. Pfarrer Curtis und seine blonde Kinderschar, Stephen Collinsby und Lettie Frensham. Wie viele Leben hatten das seine in den letzten Jahren kurz berührt, häufig in Verbindung mit Schrecken und Tragödien, mit Grauen und Schmerzen? Ohne es zu wissen, hatten sie ihn zu einigen seiner besten Gedichte inspiriert. Doch welche Inspirationen würde er in der Bürokratie finden, in einem Amt?

Doch es wurde Zeit, in die Alte Wache zurückzukehren, seine Sachen zu holen und sich auf den Weg zu machen. Im Manor hatte er sich bereits von allen verabschiedet, und er war auch im Wisteria House vorbeigefahren, um den Shepherds für ihre Gastfreundschaft gegenüber seinem Team zu danken. Jetzt gab es nur einen Menschen, nach dem er sich sehnte.

Als er im Cottage ankam, öffnete er die Tür. Das Feuer brannte wieder, aber es war dunkel bis auf eine Lampe auf einem Tisch neben dem Sessel am Kamin. Emma stand auf und kam auf ihn zu, ihr Gesicht und ihre dunklen Haare glänzten im Schein des Feuers.

»Hast du es schon gehört?«, fragte sie. »Inspector Howard hat eine Verhaftung vorgenommen. Wir müssen nicht mehr befürchten, dass er irgendwo dort draußen lauert und es vielleicht wieder tut. Und Annie geht es bald schon besser.«

»Andy Howard hat mich angerufen«, sagte Dalgliesh. »Das sind wunderbare Nachrichten, Liebling, besonders was Annie betrifft.«

Sie ging auf seine ausgestreckten Arme zu und sagte: »Benton und Kate haben mich in Wareham abgeholt, bevor sie nach London aufgebrochen sind. Ich dachte, du hättest auf der Heimfahrt vielleicht gerne Gesellschaft.«

Fünftes Buch

Frühling
Dorset, Cambridge

1

Am offiziellen ersten Frühlingstag saßen George Chandler-Powell und Helena Cressett nebeneinander am Schreibtisch im Büro. Drei Stunden lang hatten sie eine Abfolge von Zahlen, Tabellen und Bauplänen studiert und diskutiert, und nun streckten beide – wie in stiller Übereinkunft – die Hand aus, um den Computer auszuschalten. Chandler-Powell lehnte sich zurück. »Finanziell ist es also machbar. Es hängt natürlich davon ab, dass ich gut haushalte und mehr Privatpatienten im St. Angela's aufnehme. Der Gewinn, den das Restaurant abwirft, wird kaum für den Unterhalt des Gartens reichen, zumindest in der ersten Zeit.«

Helena legte die Pläne zusammen. »Was den Gewinn aus dem St. Angela's betrifft, waren wir zurückhaltend«, meinte sie. »Schon bei der jetzigen Anzahl von Behandlungen sind Sie während der letzten drei Jahre auf zwei Drittel unserer Schätzung gekommen. Gut, der Umbau der Stallungen ist teurer, als Sie geplant hatten, aber der Architekt hat gute Arbeit geleistet. Wenn sich Ihre Fernost-Aktien gut entwickeln, könnten Sie die Kosten aus dem Portfolio abdecken, ansonsten müssten Sie einen Kredit aufnehmen.«

»Müssen wir am Tor ein Schild anbringen, damit die Leute wissen, dass hier ein Restaurant ist?«

»Nicht unbedingt. Aber wenigstens die Öffnungszeiten müssen wir irgendwo vermerken. Sie dürfen nicht zu heikel sein, George. Entweder führen wir ein kommerzielles Unternehmen oder nicht.«

»Dean und Kimberley Bostock scheinen sich ja darüber zu

freuen«, sagte Chandler-Powell, »aber sie können auch nicht alles schaffen.«

»Deshalb haben wir Teilzeitkräfte und einen zusätzlichen Koch eingeplant, wenn das Restaurant erst einmal etabliert ist«, antwortete Helena. »Und wenn keine Patienten mehr da sind – die im Manor immer sehr anspruchsvoll waren –, müssen sie nur noch für Sie kochen, wenn Sie hier sind, für die Angestellten, die hier wohnen, und für mich. Dean ist euphorisch. Wir haben hier einiges vor, immerhin soll es ein erstklassiges Restaurant werden, keine Imbissstube. Es soll Gäste aus dem ganzen County und von weiter her anlocken. Dean ist ein ausgezeichneter Koch. Sie werden ihn nicht halten können, wenn er hier nicht zeigen darf, was er kann. Ich habe Dean noch nie so zufrieden und ruhig erlebt wie jetzt. Kimberley ist glücklich über ihre Schwangerschaft, und Dean hilft mir, ein Restaurant zu planen, das er als sein eigenes betrachten kann. Und das Kind wird kein Problem sein. In das Manor gehört ein Kind.«

Chandler-Powell stand auf und reckte die Arme über den Kopf. »Lassen Sie uns einen Spaziergang zum Steinkreis machen. Der Tag ist zu schön, um ihn am Schreibtisch zu verbringen.«

Schweigend zogen sie sich ihre Jacken an und verließen das Haus durch die Westtür. Der Operationssaal war bereits leer geräumt worden, und auch die letzten medizinischen Gerätschaften hatte man entfernt. »Sie müssen sich Gedanken machen, was Sie mit dem Westflügel anfangen wollen«, sagte Helena.

»Wir lassen die Suiten so, wie sie sind. Wenn wir zusätzliche Kräfte benötigen, können wir die Zimmer gut brauchen. Aber Sie sind froh, dass es die Klinik nicht mehr gibt, nicht wahr? Ihnen war sie immer ein Dorn im Auge.«

538

»Hat man mir das so deutlich angemerkt? Es tut mir leid, aber sie war einfach ein Fremdkörper. Sie hat nie hierher gehört.«

»Und in hundert Jahren wird sie vergessen sein.«

»Wohl kaum, sie ist längst Teil der Geschichte des Manor. Und Ihre letzte Privatpatientin wird schon gar nicht in Vergessenheit geraten.«

»Candace hatte mich vor ihr gewarnt«, sagte er. »Sie wollte sie nie hier haben. Wenn ich sie in London operiert hätte, wäre sie nicht gestorben, und unser aller Leben würde anders aussehen.«

»Anders, aber nicht unbedingt besser«, warf sie ein. »Was halten Sie von Candace' Geständnis?«

»Vom ersten Teil, dass sie Rhoda getötet hat, bin ich überzeugt.«

»Mord oder Totschlag?«

»Ich glaube, sie hat die Beherrschung verloren, aber sie wurde nicht bedroht oder provoziert. Eine Jury würde sie sicherlich des Mordes schuldig sprechen.«

»Wenn der Fall je vor Gericht gekommen wäre«, sagte sie. »Commander Dalgliesh hatte nicht einmal genügend Beweise für eine Verhaftung.«

»Ich glaube, er stand kurz davor.«

»Dann wäre er ein Risiko eingegangen. Was hatte er denn für Beweise? Spuren am Tatort gab es nicht. Jeder von uns hätte es gewesen sein können. Ohne den Angriff auf Sharon und Candace' Geständnis wäre der Fall nie gelöst worden.«

»Wenn er überhaupt gelöst ist.«

»Halten Sie es für möglich, dass sie gelogen hat, um jemand anderen zu schützen?«, fragte Helena.

»Nein, das wäre absurd, und für wen sollte sie das tun außer für ihren Bruder? Nein, sie hat Rhoda Gradwyn ermordet, und ich glaube, sie hatte auch vor, Robin Boyton zu töten. Das hat sie zugegeben.«

»Aber warum? Warum hat er so eine Gefahr für sie dargestellt? Was hat er denn gewusst oder erraten? War sie überhaupt wirklich in Gefahr, bevor sie Sharon angegriffen hat? Wenn sie des Mordes an Rhoda Gradwyn und Boyton angeklagt worden wäre, hätte jeder kompetente Anwalt eine Jury davon überzeugen können, dass es begründete Zweifel gibt. Es war der Angriff auf Sharon, der ihre Schuld bewiesen hat. Warum hat sie das getan? Weil Sharon in der Nacht an jenem Freitag gesehen hat, wie sie das Manor verlassen hat? Das hätte sie doch einfach abstreiten können! Wer würde denn Sharon glauben, wenn Candace alles leugnete? Und der Angriff auf Sharon. Wie konnte sie nur hoffen, ungestraft davonzukommen?«

»Ich glaube, Candace hatte einfach genug«, meinte Chandler-Powell. »Sie wollte Schluss machen.«

»Schluss machen womit? Mit den dauernden Verdächtigungen und der Ungewissheit, der Angst, jemand könnte ihren Bruder beschuldigen? Oder um uns zu entlasten? Das kommt mir unwahrscheinlich vor.«

»Schluss mit sich. Ich glaube, für sie war ihre Welt nicht mehr lebenswert.«

»Das finden wir doch alle manchmal«, sagte Helena.

»Aber das geht vorbei, es ist nicht wahr, und wir wissen, dass es nicht wahr ist. Ich müsste schon unerträgliche Schmerzen haben oder den Verstand, meine Unabhängigkeit, meine Arbeit, diesen Ort hier verloren haben, bevor ich so empfinden würde.«

»Ich glaube, dass sie den Verstand verloren hat. Sie muss gewusst haben, dass sie verrückt war. Gehen wir zum Steinkreis. Sie ist tot, und ich empfinde nur noch Mitleid für sie.«

Schroff sagte er: »Mitleid? Ich empfinde kein Mitleid. Sie hat meine Patientin getötet. Bei der Narbe habe ich gute Arbeit geleistet.«

Sie sah ihn kurz an und wandte sich ab, aber in diesem flüchtigen Blick hatte er eine Mischung aus Überraschung und amüsiertem Verständnis erkannt.

»Die letzte Privatpatientin hier im Manor«, meinte sie. »Und auf ihre Privatsphäre hat sie wirklich Wert gelegt. Was wussten wir denn über sie? Was wussten Sie?«

»Nur, dass sie sich eine Narbe entfernen lassen wollte, weil sie sie nicht mehr brauchte.«

Seite an Seite spazierten sie die Lindenallee hinauf. Die Knospen waren aufgebrochen, die Bäume trugen noch das erste zarte Grün des Frühlings.

»Die Pläne für das Restaurant – das alles steht und fällt natürlich damit, ob Sie bereit sind, hierzubleiben oder nicht«, sagte Chandler-Powell.

»Sie werden jemanden brauchen, der sich um alles kümmert – die Verwaltung, das Management, die Haushaltsführung, das Sekretariat. Im Grunde wird sich an der Arbeit nicht viel ändern. Ich könnte auf jeden Fall bleiben, bis Sie jemanden gefunden haben, der geeignet ist.«

Schweigend gingen sie weiter. Ohne stehen zu bleiben fügte er hinzu: »Ich dachte an etwas Dauerhafteres, wahrscheinlich auch Anspruchsvolleres. Sie könnten auch behaupten, etwas weniger Reizvolles, zumindest für Sie. Für mich ist es zu wichtig, um eine Enttäuschung zu riskieren. Deshalb habe ich noch nichts gesagt. Helena, ich möchte dich bitten, mich zu heiraten. Ich glaube, wir könnten zusammen glücklich werden.«

»Es war zumindest ehrlich, das Wort Liebe nicht zu gebrauchen.«

541

»Ich glaube, das liegt daran, dass ich nie richtig verstanden habe, was dieses Wort bedeutet. Als ich Selina geheiratet habe, dachte ich, ich würde sie lieben. Es war eine Art Wahnsinn damals. Dich mag ich. Ich respektiere und bewundere dich. Wir arbeiten jetzt seit sechs Jahren zusammen. Ich würde gern mit dir schlafen, aber welcher halbwegs normale Mann würde das nicht? Ich langweile und ärgere mich nie, wenn wir zusammen sind, wir teilen die Leidenschaft für dieses Haus, und wenn ich hierher zurückkehre und du nicht da bist, dann verspüre ich ein Unwohlsein, das schwer zu erklären ist. Es ist das Gefühl, dass etwas fehlt, dass etwas unvollständig ist.«

»Im Haus?«

»Nein, in mir.«

Wieder schwiegen sie. Dann fragte er: »Kann man das Liebe nennen? Reicht das? Für mich schon, aber für dich? Möchtest du Zeit, um darüber nachzudenken?«

Nun wandte sie sich ihm zu. »Um Zeit zu bitten wäre reines Theater. Es reicht.«

Er berührte sie nicht. Er fühlte sich wie neu belebt, hatte aber gleichzeitig weiche Knie. Er durfte nicht unbeholfen wirken. Womöglich verachtete sie ihn, wenn er jetzt das Nächstliegende tat, das, was er am liebsten getan hätte, sie in die Arme nehmen. Sie standen einander gegenüber. Leise sagte er: »Danke.«

Mittlerweile waren sie beim Steinkreis angelangt. »Als ich klein war, sind wir immer um den Kreis herumgelaufen und haben jeden Stein mit der Fußspitze angetippt. Das sollte Glück bringen«, erzählte sie.

»Dann sollten wir das jetzt vielleicht auch tun.«

Gemeinsam liefen sie um den Steinkreis herum, und er versetzte jedem Stein einen leichten Stups mit dem Fuß.

Als sie zur Lindenallee zurückkehrten, sagte er: »Was ist mit Lettie? Möchtest du, dass sie bleibt?«

»Wenn sie es will. Ehrlich gesagt wäre es in der ersten Zeit etwas schwierig, ohne sie zurechtzukommen. Aber sie wird nicht im Manor wohnen wollen, wenn wir erst verheiratet sind, das wäre auch für uns nicht praktisch. Wir könnten ihr das Stone Cottage anbieten, sobald es leer geräumt und neu eingerichtet ist. Sie würde dabei natürlich gerne mitwirken. Und es würde ihr gefallen, im Garten Hand anzulegen.«

»Wir könnten ihr das Cottage anbieten«, sagte Chandler-Powell. »Es ihr überschreiben, meine ich. Bei dem Ruf, den es hat, wäre es nicht leicht zu verkaufen. Sie hätte eine Sicherheit für ihr Alter. Sonst will es doch keiner haben. Aber würde Lettie es überhaupt wollen? Irgendwie haftet ihm der Geruch von Mord, Unglück und Tod an.«

»Lettie hat ein ziemlich dickes Fell, was solche Dinge angeht. Ich glaube schon, dass es ihr im Stone Cottage gefallen würde, aber sie will es sicher nicht geschenkt haben. Wenn, dann wird sie es dir abkaufen wollen.«

»Könnte sie sich das leisten?«

»Ich glaube schon. Sie hat immer schon gespart. Und es ist günstig zu haben. Du sagst ja selber, mit seiner Geschichte ist das Stone Cottage kaum zu verkaufen. Ich frage sie einfach mal. Wenn sie ins Cottage zieht, braucht sie eine Gehaltserhöhung.«

»Könnten wir uns das leisten?«

Helena lächelte. »Du vergisst, dass ich Geld habe. Wir haben uns schließlich darauf geeinigt, dass das Restaurant meine Investition sein wird. Guy war vielleicht ein untreuer Mistkerl, aber kein Charakterschwein.«

Dieses Problem war also gelöst. Chandler-Powell konnte sich vorstellen, dass in seinem Eheleben vieles nach diesem

Muster ablaufen würde. Ein Problem wird erkannt, eine vernünftige Lösung wird vorgeschlagen, er selbst muss nichts weiter unternehmen.

Leichthin sagte er: »Da wir zumindest am Anfang nicht ohne sie können, klingt das alles sehr vernünftig.«

»Ich bin diejenige, die nicht ohne sie kann. Ist dir das nicht aufgefallen? Sie ist mein moralischer Kompass.«

Sie liefen weiter. Chandler-Powell wurde immer klarer, dass ab jetzt ein großer Teil seines Lebens für ihn geplant werden würde. Doch der Gedanke bereitete ihm nicht etwa Unbehagen, im Gegenteil. Er würde hart arbeiten müssen, um sowohl die Wohnung in London als auch das Manor halten zu können, er hatte allerdings immer schon hart gearbeitet. Sein Leben bestand aus Arbeit. Er war sich nicht ganz sicher, was das Restaurant betraf, aber es wurde Zeit, dass etwas unternommen wurde, um die Stallungen wieder mit einer Funktion auszustatten, und die Restaurantbesucher müssten das Manor gar nicht betreten. Außerdem war es wichtig, Dean und Kimberley zu behalten. Helena wusste, was sie tat.

»Hast du etwas von Sharon gehört, wo sie ist, was für eine Stelle sie ihr besorgt haben?«, fragte sie.

»Gar nichts. Sie kam aus dem Nirgendwo, und dorthin ist sie auch wieder verschwunden. Glücklicherweise bin ich nicht für sie verantwortlich.«

»Und Marcus?«

»Gestern ist ein Brief von ihm gekommen. Er scheint sich in Afrika ganz gut einzuleben. Wahrscheinlich ist das im Moment der beste Ort für ihn. Hier könnte er nicht über den Selbstmord von Candace hinwegkommen. Wenn sie uns voneinander trennen wollte, dann ist ihr das gründlich gelungen.«

Doch er sprach ohne Groll, beinahe ohne Interesse. Nach der Ermittlung hatten sie Candace' Selbstmord nur selten erwähnt, und wenn, dann immer voller Unbehagen. Warum, fragte sie sich, hatte er nur diesen Moment gewählt, diesen gemeinsamen Spaziergang, um die schmerzvolle Vergangenheit wieder aufzugreifen? Wollte er damit auf seine Weise zu einem förmlichen Abschluss kommen, wollte er damit ausdrücken, dass es nun Zeit war, mit dem Gerede und den Spekulationen aufzuhören?

»Und Flavia? Denkst du an sie genauso wenig wie an Sharon?«

»Nein, wir haben Kontakt. Sie wird heiraten.«

»So bald schon?«

»Sie hat jemanden über das Internet kennengelernt. Sie schreibt, es sei ein Anwalt, seit zwei Jahren verwitwet mit einer dreijährigen Tochter. Um die vierzig, einsam, und er sucht eine Frau, die Kinder liebt. Sie ist sehr glücklich, sagt sie. Jetzt hat sie endlich, was sie immer wollte. Es zeugt von großer Klugheit, wenn jemand weiß, was er im Leben will, und alle Energie darauf verwendet, es zu bekommen.«

Sie hatten mittlerweile die Allee verlassen und traten durch die Westtür wieder ins Haus. Als er ihr einen kurzen Blick zuwarf, sah er, wie sie in sich hineinlächelte.

»Ja, das war sehr klug von ihr«, sagte sie. »Nach diesem Grundsatz habe ich auch immer gehandelt.«

2

Helena hatte Lettie die Neuigkeit in der Bibliothek überbracht. »Du bist doch nicht etwa dagegen?«, fragte sie.

»Ich habe nicht das Recht, dagegen zu sein, nur das Recht, mich um dich zu sorgen. Du liebst ihn nicht.«

»Vielleicht noch nicht jetzt, noch nicht tief, aber das kommt noch. Jede Ehe ist ein Prozess, man verliebt sich oder man liebt sich nicht mehr. Keine Sorge, wir werden im Bett und außerhalb davon gut zueinander passen. Diese Ehe wird von Dauer sein.«

»Und die Fahne der Cressetts weht wieder über dem Manor, und irgendwann wird ein Kind von dir hier leben.«

»Liebe Lettie, wie gut du mich verstehst.«

Nun war Lettie wieder allein und dachte über das Angebot nach, das Helena ihr gemacht hatte, bevor sie sich verabschiedet hatten. Sie schlenderte durch den Garten, ohne etwas wahrzunehmen. Dann spazierte sie wie so oft die Lindenallee entlang zum Steinkreis. Sie warf einen Blick zurück zu den Fenstern des Westflügels und dachte an die Privatpatientin, deren Ermordung das Leben all derer verändert hatte, die damit in Berührung gekommen waren, ob schuldig oder unschuldig. Aber war das nicht immer so, wenn Gewalt im Spiel war? Was die Narbe auch immer für Rhoda Gradwyn bedeutet haben mochte – eine Sühne, ihr persönliches *noli me tangere*, trotziger Widerstand, eine Mahnung –, aus irgendeinem Grund, den niemand im Manor kannte oder jemals kennen würde, hatte sie beschlossen, sich davon zu befreien und den Lauf ihres Lebens zu ändern.

Ihr hatte man diese Hoffnung genommen; das Leben anderer hingegen war unwiderruflich verändert worden.

Rhoda Gradwyn war natürlich noch jung gewesen, jünger als sie, Lettie, die mit ihren sechzig Jahren wusste, dass sie älter aussah. Aber warum sollten nicht noch zwanzig relativ aktive Jahre vor ihr liegen? Sollte sie sich jetzt schon in der Sicherheit und Behaglichkeit des Manor einrichten? Sie malte sich aus, wie dieses Leben aussehen würde. Ein Cottage, das sie ihr Eigen nennen konnte, eingerichtet nach ihrem Geschmack, ein Garten, den sie gestalten und genießen durfte, ein sinnvoller, wenig anstrengender Beruf mit Menschen, die sie respektierte, ihre Bücher und ihre Musik, die Bibliothek im Manor, die ihr zur Verfügung stand, täglich die englische Luft in einem der hübschesten Countys atmen zu können, vielleicht die Freude, ein Kind von Helena aufwachsen zu sehen. Und was war mit der ferneren Zukunft? Vielleicht noch zwanzig Jahre eines nützlichen und relativ unabhängigen Lebens, bevor sie zu einer Belastung wurde, in ihren Augen, vielleicht auch in Helenas. Aber es würden gute Jahre sein.

Sie hatte sich längst daran gewöhnt, die weite Welt jenseits des Manor als fremd und potenziell feindlich zu betrachten: ein England, das sie nicht mehr wiedererkannte, die Erde ein sterbender Planet, auf der sich sechs Milliarden Menschen beständig bewegten wie eine schwarze Wolke menschlicher Heuschrecken, überall eindrangen, alles auffraßen, alles zerstörten, die Luft an ehemals entlegenen, schönen Plätzen mit ihrem ekelhaften Brodem verpesteten. Aber es war trotzdem noch ihre Welt, die Welt, in die sie geboren worden war. Sie war Teil dieser Zerstörung, genau wie sie Teil ihrer Pracht und Freude war. Wie viel davon hatte sie eigentlich mitbekommen in all den Jahren, in denen sie hinter den neugotischen Mauern der renommierten Mädchenschule unterrichtet hatte? Mit wie vielen Menschen hatte sie zu tun gehabt, die anders waren als sie selbst, die nicht aus ihrer eigenen Schicht kamen, die nicht die gleichen Werte und Vorurteile hatten, die nicht dieselbe Sprache sprachen wie sie?

Aber es war noch nicht zu spät. Eine andere Welt, andere Gesichter, andere Stimmen warteten dort draußen darauf, entdeckt zu werden. Es gab immer noch Orte, die nur selten besucht wurden, Pfade, die noch nicht von Millionen Füßen festgetrampelt worden waren, legendenumwobene Städte, die in den stillen Stunden vor dem ersten Morgenlicht friedlich dalagen, bevor die Touristen aus ihren Hotels ausschwärmten. Sie würde per Schiff, Zug, Bus und zu Fuß reisen, eine gute persönliche CO_2-Bilanz haben. Sie hatte genügend gespart, um drei Jahre auszukommen, dann wäre immer noch genug übrig, um irgendwo in England ein abgelegenes Cottage zu kaufen. Außerdem war sie rüstig und hatte eine gute Ausbildung. In Asien, Afrika und Südamerika gab es vielleicht nützliche Arbeit zu verrichten. In den Jahren, als sie mit einer Kollegin auf Reisen gegangen war, hatte sie immer in den Schulferien verreisen müssen, die schlechteste Zeit, in der am meisten Betrieb war. Diese Reise würde sie alleine unternehmen, und sie würde anders werden. Sie hätte sie als Reise zur Selbstfindung bezeichnen können, aber der Begriff schien ihr eher hochtrabend als zutreffend. Wenn sie nach sechzig Jahren noch nicht wusste, wer und was sie war? Das Motto dieser Reise lautete nicht Selbstbestätigung, sondern Veränderung.

Am Steinkreis machte sie kehrt und ging forschen Schrittes zurück zum Manor.

»Das bedaure ich sehr, aber du wirst es selbst am besten wissen, das war schon immer so«, sagte Helena. »Und wenn ich dich brauche ...«

Lettie unterbrach sie: »Wirst du nicht.«

»Die üblichen Plattheiten können wir uns sparen, aber du wirst mir fehlen. Und das Manor läuft nicht weg. Wenn du das Herumvagabundieren leid bist, kannst du jederzeit nach Hause kommen.«

Doch so ehrlich diese Worte gemeint waren, so oberflächlich blieben sie. Lettie sah, dass Helenas Blick auf die Stallungen gerichtet war, wo das morgendliche Sonnenlicht wie ein goldener Schatten auf die Mauern fiel. Sie plante bereits die Renovierung, sah sich im Geiste die Gäste begrüßen, mit Dean über die Speisenfolge diskutieren. Vielleicht bekamen sie irgendwann einen Michelin-Stern, womöglich zwei, und wenn das Restaurant erfolgreich lief, würde Dean sich zu Georges Zufriedenheit für immer im Manor niederlassen. Glücklich träumend stand sie da und wappnete sich für die Zukunft.

3

Der Hochzeitsgottesdienst in Cambridge war vorüber, und die Gäste zogen bereits Richtung Vorraum. Clara und Annie blieben noch sitzen und lauschten der Orgel. Bach und Vivaldi waren schon gespielt worden, und nun verwöhnte der Organist sich selbst und die Gemeinde mit der Variation einer Bach-Fuge. Während sie vor dem Gottesdienst im Sonnenschein mit einer kleinen Gruppe weiterer Frühankömmlinge gewartet hatten, hatten sich alle einander vorgestellt. Auch eine junge Frau im Sommerkleid war dabei gewesen. Ihre kurzen, hellbraunen Haare umrahmten ein attraktives und intelligentes Gesicht. Sie hatte sich lächelnd als Kate Miskin vorgestellt, Mitarbeiterin in Mr. Dalglieshs Einheit. Auch Piers Tarrant, den jungen Mann, der sie begleitete, stellte sie vor, und einen gutaussehenden jungen Inder, der Detective Sergeant in Adams Team war. Auch andere hatten sich dazugesellt, Adams Verleger, Schriftsteller- und Dichterkollegen und ein paar von Emmas Kollegen aus dem College. Es war eine fröhliche, nette Gruppe, die zögerlich in die Kirche hineinging, als würde sie nur widerwillig die Schönheit der von der Maisonne beleuchteten Steinmauern und des Rasens gegen die kühle Strenge des Vorraums eintauschen wollen.

Der Gottesdienst hatte nicht lange gedauert, es wurde zwar Musik gespielt, aber auf eine Predigt war verzichtet worden. Vielleicht hatten Braut und Bräutigam das Gefühl gehabt, die alte Liturgie würde alles Nötige bereits beinhalten, ohne Konkurrenz durch die üblichen abgedroschenen Ermahnungen bekommen zu müssen.

Emmas Vater saß in der ersten Reihe. Die herkömmliche symbolische Geste, seinen Besitz in die Hände eines anderen zu führen, hatte er unmissverständlich verweigert. Emma schritt in ihrem cremefarbenen Hochzeitskleid, einen Kranz Rosen in den glänzenden hochgesteckten Haaren, allein durch den Mittelgang. Beim Anblick ihrer gefassten, wunderschönen Erscheinung stiegen Annie Tränen in die Augen. Und es war noch mit einer weiteren Tradition gebrochen worden. Statt mit dem Rücken zur Braut vor dem Altar zu stehen, hatte sich Adam umgewandt und ihr lächelnd die Hand entgegengestreckt.

Nur noch vereinzelte Gäste waren sitzen geblieben, um der Bach-Fuge zu lauschen. Clara flüsterte: »Die Hochzeit kann man doch als gelungen bezeichnen. Eigentlich hätte man meinen sollen, unsere kluge Emma würde sich über die üblichen weiblichen Konventionen hinwegsetzen. Umso beruhigender finde ich es, dass sie vom selben Ehrgeiz gepackt wird wie alle Bräute an ihrem Hochzeitstag – nämlich den versammelten Gästen den Atem zu rauben.«

»Ich glaube nicht, dass sie sich wegen der Gäste die Mühe gemacht hat.«

»Jane Austen würde doch hier passen«, sagte Clara. »Erinnerst du dich an Mrs. Eltons Kommentar im letzten Kapitel von *Emma? Kaum weißer Satin, kaum Spitzenschleier; eine überaus erbärmliche Angelegenheit!*«

»Überleg doch mal, wie der Roman endet: *Aber trotz all dieser Mängel sahen sich die wenigen Freunde, die der Zeremonie beiwohnten, in ihren Wünschen, Hoffnungen und Prophezeiungen durch das vollkommene Glück dieser Ehe bestätigt.*«

»Vollkommenes Glück, ein ganz schön hoher Anspruch«, meinte Clara. »Aber glücklich werden sie sein. Und wenigstens muss Adam nicht wie der arme Mr. Knightley mit seinem Schwiegervater zusammenwohnen. Du hast ja ganz kalte Hände, mein Liebes. Gehen wir doch raus in die Sonne zu den anderen. Ich brauche etwas zu trinken und ein paar Happen zu essen. Weshalb macht die viele Gefühlsduselei so hungrig? Aber wie wir Braut und Bräutigam und die Mensa hier im College kennen, werden sie uns nicht enttäuschen. Keine durchweichten Kanapees, kein warmer Weißwein.«

Aber Annie war noch nicht bereit für neue Vorstellungen, noch mehr unbekannte Menschen und das Stimmengewirr einer lachenden, Glück wünschenden, von der Feierlichkeit einer kirchlichen Trauung erfüllten Hochzeitsgesellschaft. »Lass uns bleiben, bis die Musik aufhört«, bat sie Clara.

Es gab Bilder, denen sie sich stellen, ungebetene Gedanken, mit denen sie sich hier an diesem ernsten und friedlichen Ort befassen musste. Sie saß wieder neben Clara im Old Bailey. Sie dachte an den jungen Mann, der sie überfallen hatte, und an den Moment, als sie den Blick auf die Anklagebank gerichtet und ihn gesehen hatte. Sie wusste nicht, was sie erwartet hatte, jedenfalls nicht diesen völlig gewöhnlich aussehenden Burschen, der sich offensichtlich nicht wohl fühlte in dem Anzug, den er angezogen hatte, um das Gericht zu beeindrucken, und der ohne sichtbare Regung dastand. Mit tonloser, kaum verständlicher Stimme bekannte er sich schuldig, ohne Reue zu zeigen. Er sah sie nicht an. Sie waren zwei Fremde, die durch einen einzigen Augenblick, eine einzige Tat auf ewig miteinander verbunden waren. Sie fühlte nichts, kein Mitleid, keine Vergebung, nichts. Es war ihr nicht möglich, ihn zu verstehen oder ihm zu verzeihen, sie dachte nicht in diesen Begriffen. Aber sie konnte sich vorstellen, dass sie nicht auf alle Zeiten unversöhnlich sein, sich nicht aus Rachgier an seiner Haftstrafe weiden würde. Es lag an ihr selbst, nicht an ihm, wie groß der Schaden war, den er ihr zugefügt hatte. Er würde keine dauerhafte Macht über sie haben, wenn sie es nicht zuließ. Ein Bibelvers aus ihrer Kindheit fiel ihr ein, der mit der unmissverständlichen Stimme der Wahrheit zu ihr sprach: *Vernehmet ihr noch nicht, dass alles, was außen ist und in den Menschen geht, das kann ihn nicht gemein machen? Denn es geht nicht in sein Herz.*

Und sie hatte Clara. Sie nahm Claras Hand. Und als Clara ihren leisen Druck erwiderte, war sie sofort beruhigt. Sie dachte: *Die Welt ist ein schöner und zugleich schrecklicher Ort. Jeden Augenblick werden Greueltaten begangen, und am Ende sterben die, die wir lieben. Wären die Schreie aller Lebewesen dieser Erde zu einem einzigen Schmerzensschrei vereint, würde er die Sterne erzittern lassen. Aber wir haben die Liebe. Sie mag uns zu zart erscheinen, um uns gegen die Schrecken dieser Welt zu schützen, aber wir müssen an ihr festhalten und an sie glauben, denn sie ist alles, was wir haben.*

P. D. James
Wo Licht und Schatten ist

Ein klassischer Detektivroman
der »Queen of Crime«

Combe Island ist eine Oase der Ruhe und des Friedens. Hochrangige Gäste aus Kultur und Politik erholen sich hier jenseits von Großstadtstress und Medienrummel. Einer der Gäste ist der weltberühmte Bestsellerautor Nathan Oliver, der sich hierher zurückgezogen hat, um sein neues Buch zu vollenden. Doch Oliver ist nicht nur ein großer Literat – er ist auch ein streitsüchtiger Egomane, und er schafft es, sich in kürzester Zeit sämtliche Inselgäste wie auch das Personal zum Feind zu machen. Als er eines Morgens am Leuchtturm der Insel aufgeknüpft gefunden wird, werden Adam Dalgliesh und seine Crew eingeschaltet, den Fall schnell und diskret zu lösen. Und Dalgliesh stellt fest: So gut wie jeder auf Combe Island hätte einen Grund gehabt, den verhassten Nathan Oliver zu töten …

Knaur Taschenbuch Verlag

P. D. James

Meisterwerke der »Queen of Crime«!

Im Land der leeren Häuser
Ihres Vaters Haus
Ende einer Karriere
Die Morde am Ratcliffe Highway
Tod an heiliger Stätte
Was gut und böse ist
Vorsatz und Begierde
Der Beigeschmack des Todes
Ein Spiel zuviel
Im Saal der Mörder
Wer sein Haus auf Sünden baut
Wo Licht und Schatten ist

Auf die Frage, warum ordentliche (Haus-)Frauen fortgeschrittenen Alters so blutrünstige Geschichten erfinden, antwortete P. D. James in einem Interview in der ZEIT: »Wir verstehen uns gut auf den Mord in familiärer Umgebung. Außerdem haben Frauen einen Sinn fürs Detail, der bei einer guten Detektivgeschichte wichtig ist.«

Knaur Taschenbuch Verlag

Kate Atkinson
Lebenslügen

Jackson Brodies persönlichster Fall!

Als kleines Mädchen musste Joanna Hunter miterleben, wie ihre Mutter und ihre Geschwister getötet wurden. Um die Vergangenheit zu vergessen, hat sie sich ein Bilderbuchleben geschaffen. Doch was würde sie tun, wenn nicht nur sie noch einmal bedroht wäre, sondern auch ihr Kind?

»Atkinson ist definitiv ein neuer Stern am Himmel
der europäischen Kriminalliteratur,
eine Meisterin des Plots, eine grandiose Stilistin,
witzig bis zur letzten Seite.«
Tobias Gohlis,
DIE ZEIT

Droemer